LA CHÂTELAINE DE MALLAIG

Diane Lacombe

LA CHÂTELAINE DE MALLAIG

roman

www.quebecloisirs.com

UNE ÉDITION DU CLUB QUÉBEC LOISIRS INC.
© Avec l'autorisation de VLB Éditeur
© 2002, VLB Éditeur et Diane Lacombe
Dépôt légal — Bibliothèque nationale du Québec, 2002
ISBN 2-89430-536-2
(publié précédemment sous ISBN 2-89005-800-X)

Imprimé au Canada

À Marie-Andrée
… parce que les âmes celtes ont voyagé
dans le temps et dans l'espace jusqu'à nous.

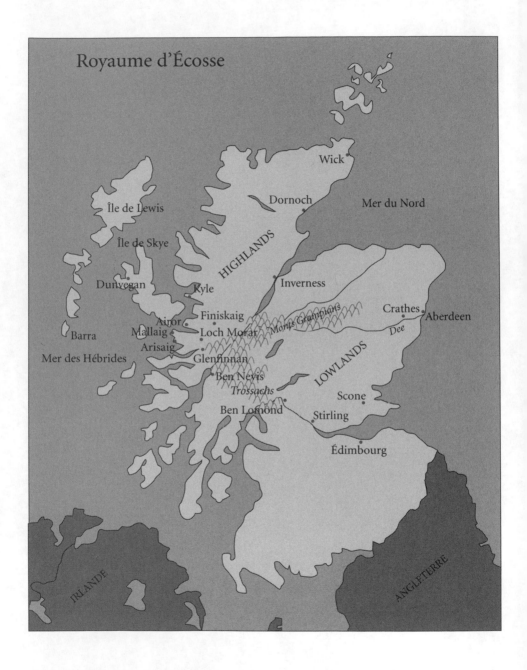

Royaume d'Écosse

Wick

Dornoch

Mer du Nord

Île de Lewis

Île de Skye

HIGHLANDS

Dunvegan

Kyle

Inverness

Crathes

Aberdeen

Finiskaig

Monts Grampians

Ainor

Mallaig

Loch Morar

Dee

Barra

Arisaig

Mer des Hébrides

Glenfinnan

LOWLANDS

Ben Nevis

Trossachs

Scone

Ben Lomond

Stirling

Édimbourg

IRLANDE

ANGLETERRE

CHAPITRE PREMIER

L'EXIL

Il avait plu pendant presque tout le trajet de la vallée de la Dee aux côtes ouest des îles, vers Mallaig. Tout dans notre strict équipage dégageait une lourde odeur d'humidité : les vêtements, la toile et le bois de chêne de la voiture, le pelage gommé des chevaux, nos coiffes et nos coffres. Le tambourinement continu de l'eau sur les toiles ruisselantes de l'abri contribuait à l'atmosphère lugubre qui régnait sur nous depuis notre départ. On aurait dit que le temps brumeux et gris persistait à s'harmoniser à la désolation dans laquelle s'enfonçait résolument mon cœur. Chaque pierre que l'attelage foulait m'éloignait un peu plus de ma famille et du château qu'elle avait érigé sur les rives de la Dee depuis, me semblait-il, la nuit des temps. « Qu'y a-t-il donc de dramatique à quitter ses parents à l'approche de sa vingtième année ? » ruminai je.

Cinq jours de route ininterrompue dans les chemins boueux des montagnes où j'allais, désolée, avec le seul soutien de mes deux servantes, de quatre gardes et hommes d'équipage, vers ma destinée. Celle de la troisième fille de Nathaniel Keith, armateur prospère d'Aberdeen, donnée en mariage au second fils de Baltair, chef du clan MacNèil, de Mallaig. Je ne me résignais pas au déchirement aussi total que définitif que représentait pour moi cette expatriation. Si cette alliance avait toutes les allures d'un désastre pour mon esprit loyal et mon cœur inexpérimenté, je devais admettre qu'elle revêtait un caractère hautement stratégique pour les clans opposés qu'elle unissait ainsi.

En effet, la longue dispute de nos pères et grands-pères sur l'usage d'armoiries similaires pour les deux clans fut, en cet an de grâce 1424, présentée en justice et tranchée par le tribunal en faveur des MacNèil. Pour que les Keith conservent le faucon aux trois bandes d'or sur leur blason, il fallait unir les deux familles par un mariage. En outre, les forêts des Grampians données par le roi aux MacNèil représentaient un potentiel de bois de coupe inestimable pour mon père. Comme les MacNèil ne s'intéressaient aux forêts que pour la chasse, les revenus de coupe constituaient pour les deux familles une puissante raison de conclure une entente. L'unique héritier des MacNèil était célibataire et j'étais la dernière fille à marier de ma famille. Ainsi, on me désigna pour être sacrifiée à cette union. Voilà donc où en étaient venus mon père et son rival de Mallaig au printemps. Car rien n'était plus commode à ces deux hommes orgueilleux que de masquer leurs différends sous l'union de leurs enfants. Cependant, la conclusion de cette entente ne leur avait pas été acquise dès le début, tant de mon côté que du côté de celui à qui on me destinait, appris-je plus tard.

Si, d'une part, le mariage n'avait jamais intéressé mon tempérament indépendant, il m'était, d'autre part, extrêmement pénible de contracter une alliance avec un homme que je ne connaissais pas et dont on ne me dit presque rien, sinon qu'il appartenait à un clan des Highlands, pays réputé farouche et dur. J'étais peu préparée à intégrer cette société. Étant la cadette, j'avais été choyée et entourée, jusqu'à ce qu'on me destine aux études en France, chez mon oncle John Carmichael, évêque d'Orléans. J'avais déjà quatre années d'apprentissage au couvent monastique lorsque la situation diplomatique avec la France se dégrada et que mon père me rappela en Écosse, à Crathes, où je vins passer au château de mon enfance ce qui allait être mon dernier automne de jeune fille.

Les assises de ce projet de mariage relevaient, pour mon père, d'impératifs autres que ceux d'un blason. Ma famille avait besoin, pour la construction de nouveaux navires, du bois des forêts appartenant au clan MacNèil, et une alliance allait assurer un approvisionnement continu des matières premières pour son commerce. Ainsi, telles avaient été les clauses du contrat : le clan MacNèil apportant davantage dans l'alliance que celui des Keith, c'est le seigneur MacNèil qui allait gagner une fille et non le seigneur Keith qui gagnerait un fils.

Quelle saison tendue que celle que je venais de passer à Crathes, entre mes parents, mes deux frères, mes deux sœurs et leurs maris. Pas une seule semaine sans que j'aie essayé d'infléchir cette décision qui pesait sur moi comme une épée de Damoclès. Mais je n'aboutis finalement à rien, sinon qu'à irriter mon père en m'op posant à ce projet. Il avait été fort contrarié de mon attitude fermée et n'avait pas voulu entendre ne serait-ce que le premier mot de mes arguments. Je n'avais pas eu non plus l'appui de ma mère qui, malgré le fait qu'elle m'était habituellement favorable, ne s'opposait jamais à son seigneur dans les affaires du clan. Ce mariage était en effet « affaire de clans » et avait peu à voir avec mon propre bonheur, ou ce que j'en imaginais. Ainsi m'étais-je rebiffée et battue toute seule, et en vain, durant tout l'automne. Enfin, non seulement j'avais échoué dans mes tentatives pour renverser la décision de mon père, mais je l'avais si bien fâché à mon endroit qu'il m'envoya seule en équipage réduit rencontrer ma destinée avant la Noël. Ni lui, ni ma mère, ni mes frères Daren et Robert n'allaient donc assister à mon mariage. Encore moins mes deux sœurs enceintes. Je crois que ce désaveu clouait définitivement le cercueil qu'était devenu mon exil.

Nellie, ma vieille nourrice, et Vivian, ma jeune servante, chantonnaient des gavottes assourdies au fond de la voiture. Ne sachant pas si j'étais d'humeur à joindre ma voix aux leurs, elles risquaient de temps à autre ces petites trêves musicales qui versaient un baume sur leur ennui et leur amertume. Cet exil n'était certes pas plus heureux pour elles que pour moi, et c'est le profond attachement qu'elles me gardaient qui les avait retenues à mon service. Qu'allions-nous devenir toutes trois dans ce pays qu'on disait rustre et impitoyable ? Cette question m'assaillait chaque fois que je regardais dans leur direction. Le poids de leur fidélité dans ce formidable tournant de nos vies m'oppressait et je n'osais pas leur confier mes appréhensions pour ne pas ajouter à leur fardeau.

La voiture s'immobilisa et quelques minutes s'écoulèrent avant que le lieutenant Lennox ne vienne nous prévenir de la halte. Nous n'avions pas remarqué que le jour s'achevait tant la pluie nous baignait d'obscurité depuis le matin. Il ferait nuit dans une heure et il nous faudrait établir un campement, le troisième depuis notre départ. Nous avions en effet pu dormir en auberge deux nuits avant de nous engager sur la route des monts Grampians qui traversent l'Écosse. « Demain, nous dormirons au château de Mallaig, ma future demeure. Demain, je connaîtrai le visage de mon époux », me dis-je avec un manque évident d'enthousiasme et même de simple curiosité.

Je me levai prestement et descendis de la voiture, heureuse de me dégourdir les jambes. La pluie avait finalement cessé. De grands bosquets de bruyère s'élevaient çà et là, fournissant des surfaces de sol dur et sec. Le goût me tenaillait de courir et de me précipiter sur la route qui dévalait derrière, vers la vallée de la Dee. « À quoi bon ? Aurai-je seulement la possibilité d'y revenir un jour ? » pensai-je sombrement. Soudain, je pris conscience de l'isolement qui nous entourait. Je ne distinguais aucune route, ni derrière ni devant notre équipage. Nous étions au milieu de la végétation chétive des plateaux, suivant ce qui m'apparaissait être, ni plus ni moins, un sentier.

« Mais où est donc la route, lieutenant Lennox ? m'écriai-je.

— Il n'y a pas de route dans le nord-ouest, ma dame. Il n'y a pas de pont non plus, ni de poste de change. Ce sont les Highlands ici », me répondit-il d'un air résigné.

Puis il ajouta sur un ton qu'il voulait réconfortant.

« J'y suis venu souvent et je connais le chemin, fort heureusement, sinon il aurait fallu nous fournir une escorte de Mallaig. »

Je n'aurais pu être plus dépitée. J'avais grandi au milieu de villes et de rues, de routes et de ports qui étaient pour moi le symbole des échanges, du commerce et de la vie même. Ils représentaient la marque tangible de la civilisation. Mais voilà qu'on m'avait non seulement donnée en mariage à un clan étranger à ma famille, mais encore envoyée en pleine terre sauvage. Un frisson me parcourut. Je me dominai en croisant le regard rempli d'appréhension du lieutenant et relevai la tête avec défi : « Je vais faire face, songeai-je. Je me le dois, je le dois à Nellie et à Vivian et, malgré tout, à toute ma famille. L'honneur des Keith repose sur mon attitude face au clan MacNèil ! » C'est donc l'air résolu que je remontai dans notre voiture au moment du départ. La fin de l'après-midi se déroula sans incident, sous un ciel gris, dans un paysage morne et brumeux qui sentait la neige prochaine.

Tandis que Nellie et les gens de ma garde préparaient notre modeste repas du soir survint une patrouille de quatre hommes dont trois à dos de mulet et l'autre menant une charrette tirée par un bœuf. J'eus à peine le temps de les entrevoir avant que le lieutenant Lennox ne m'enjoigne de regagner la voiture fermée. Bien que la route que nous suivions depuis le début du voyage ne fût pas réputée dangereuse depuis l'arrestation des Highlanders insoumis par le roi Jacques, il préférait me cacher à la vue de tout passant ; cela correspondait sans doute aux normes strictes d'escorte sécuritaire de cet homme d'âge mûr, solide et d'une loyauté indéfectible envers notre famille. Comme je l'aimais bien et que je ne voulais pas le contrarier, je me conformais toujours à ses recommandations. Je le faisais d'autant plus volontiers que je savais pouvoir compter sur Nellie et Vivian pour me rapporter fidèlement tout ce qu'elles apprenaient dans les rares rencontres faites au cours du voyage.

Elles m'apportèrent finalement mon repas dans la voiture, car les passants semblaient vouloir s'incruster, et d'ailleurs ils ne quittèrent notre campement qu'à l'aube le lendemain. J'aurais tant apprécié, moi aussi, faire sécher mes jupes près du feu comme elles et bavarder tout le soir avec les étrangers. Lorsqu'elles regagnèrent enfin la voiture pour la nuit, je ne dormais pas. J'étais impatiente de connaître les informations qu'elles rapportaient et je les questionnai à ce propos aussitôt qu'elles se furent enroulées dans leur manteau.

« Ah ! ma toute belle, me répondit Nellie d'un ton dolent, ce ne sont que des vilains en quête de travail et un maître vitrier d'Inverness. Il monte et répare le fenêtrage des églises et des châteaux dans les Highlands. Son fils est l'un d'eux et il apprend le métier. De braves hommes, je les crois. »

Ma nourrice s'était détournée et semblait vouloir terminer là son trop bref compte rendu. Étaient-ce l'heure avancée et la fatigue de la journée, était-ce le manque d'intérêt général de la rencontre qui la rendaient si peu loquace ? Je n'aurais su le dire. Il faisait trop sombre pour que je puisse distinguer ses traits, habituellement si révélateurs pour moi. Mais Vivian, après un moment de silence, déclara d'une voix moqueuse :

« Je ne pense pas beaucoup me tromper, il est vrai que leur accent est épouvantable, mais deux d'entre eux du moins n'auraient pas levé le nez sur une compagnie féminine pour la poursuite de leur voyage. Ils se sont en tout cas drôlement amusés au château de Mallaig à refaire les carreaux de la grand-salle, le mois dernier. »

À ma grande surprise, Nellie lui intima de se taire sur un ton péremptoire, alléguant qu'elle voulait dormir. Ce n'était pourtant pas son habitude d'interrompre ma servante dont elle appréciait particulièrement le bavardage. Je soupçonnai aussitôt que les informations glanées sur le compte des habitants du château de Mallaig étaient dignes d'intérêt. Aussi relançai-je immédiatement Vivian sur cette piste, lui enjoignant de tout raconter. J'appris à travers le récit décousu de ma servante que le style de vie des seigneurs MacNèil était totalement dépourvu de noblesse de vues et de tenue. Emportée par le plaisir de raconter, elle ne m'épargna pas les commentaires désobligeants que les voyageurs avaient faits au sujet de l'héritier MacNèil, qu'ils qualifiaient pour ainsi dire de vaurien.

À ce moment-là du récit, je compris de quoi ma nourrice avait voulu me protéger par sa réticence à parler. Moins j'en saurais sur le compte de mon futur époux, mieux je pourrais affronter sa famille. Demeurer ignorante de la personnalité de l'homme auquel j'allais être liée pour la vie était, pour ma fidèle amie, gage de tranquillité d'esprit. Mais elle ne pouvait arrêter Vivian, qui avait reçu ordre de parler. Aussi ne pouvait-elle qu'espérer que celle-ci glisserait sur les passages délicats. Or tous ses espoirs furent déçus. Vivian lancée, on ne pouvait lui demander de distinguer entre ce qu'il fallait dire et ce qu'il fallait taire. Et c'est à bout de souffle et de faits à narrer que ma servante se tut enfin, me souhaitant une bonne nuit, sans la moindre idée de l'alarme que son récit avait jetée dans le cœur de sa maîtresse. Le silence fut tout à coup complet dans la voiture. Vivian s'endormit tout de suite et Nellie peu après. Je restai seule éveillée jusqu'à l'aube, partagée entre la colère et l'appréhension de ce qui m'attendait, incapable de mettre en doute ce que quatre étrangers ignorants de ma situation disaient d'une famille qui les avait loyalement embauchés et hébergés durant plusieurs semaines.

Des nuages lourds de neige s'effilochaient à l'horizon, où se découpaient les montagnes escarpées de la pointe de Mallaig. Le temps gris allait se maintenir encore pour une quatrième journée consécutive. Peut-être même neigerait-il. Iain détourna de la fenêtre ses yeux fatigués et se laissa retomber sur le lit défait. Une douleur bien connue à l'estomac le tenaillait depuis son réveil. Beathag, lui faisant dos, dormait d'un sommeil égal, ses épaules d'un blanc satiné soulevées régulièrement par son souffle profond. Ses longs cheveux roux bouclés épars sur les oreillers et sa nudité le laissèrent étrangement indifférent. Elle avait coutume de se lever en milieu de matinée. Il faudrait à Iain toute sa volonté pour commencer tout de suite une journée qu'il aurait voulu entre toutes déjà terminée. D'abord s'extirper du lit de Beathag, se vêtir, retourner à sa propre chambre ou descendre directement aux cuisines et se restaurer autant que son estomac le lui permettrait. Une vive dispute avec son père et une autre beuverie étaient venues s'ajouter la veille à la longue série de dérèglements auxquels il s'adonnait depuis quelque temps et qui ne lui procuraient ni plaisir ni fierté, mais le laissaient au contraire rempli d'un profond ennui.

Le rez-de-chaussée du donjon était plongé dans un silence feutré. Les fenêtres closes de la grand-salle ne laissaient pénétrer ni franche lumière ni son de la cour ou du corps de garde de l'autre côté de celle-ci. Seuls quelques bruits étouffés parvenaient des cuisines attenantes situées dans l'aile ouest du château. Anna s'affairait avec lassitude autour des feux avec la cuisinière. Sa corpulence et son âge avancé l'empêchaient de se mouvoir avec vivacité. Cette lenteur naturelle se doublait d'une morosité dans laquelle la mort de sa maîtresse l'avait enfermée depuis cinq ans. C'était toujours vers cette dernière qu'allaient ses premières pensées de la journée tandis qu'elle préparait les plats du déjeuner qu'il fallait monter aux étages : un pour le seigneur Baltair dans sa chambre qu'il quittait rarement, un pour le secrétaire Guilbert qui ne descendait plus le matin et un pour le seigneur Iain qui n'aurait peut-être pas encore réintégré sa chambre.

Une jeune servante encore tout ensommeillée entra discrètement dans les cuisines et s'enquit de sa première tâche. Anna le savait, elle redoutait de devoir porter le plateau du seigneur Iain. On ne comptait plus les servantes qui avaient quitté le service du château depuis un an, en raison des harcèlements incessants des membres du clan et de son personnel gradé. Anna eut pitié d'elle et, avec un demi-sourire, lui confia le plateau du seigneur Baltair qu'elle se gardait habituellement, supputant en pensée le nombre de mois que la jeune fille demeurerait encore au service du château.

Le chef du clan MacNèil, le seigneur Baltair, entrait dans sa soixante-troisième année. Dieu avait été clément avec lui, plus qu'avec plusieurs autres chefs des Highlands qui avaient quitté ce monde avant d'avoir atteint l'âge de cinquante ans. « Pourquoi est-ce que je reste ? » se demandait-il chaque matin depuis le décès de son épouse Lite, une perte d'autant plus douloureuse qu'elle avait suivi de quelques mois la mort tragique de son fils aîné Alasdair. Pourquoi, en effet, continuer de vivre coûte que coûte avec cette plaie qui s'était creusée en lui et assister, impuissant, au déclin de son clan ? Le malheur l'avait touché dans ce qu'il avait de plus précieux, le laissant complètement dépourvu, privé de ce qui avait fait autrefois sa force et sa renommée : une épouse exceptionnelle et un fils doué et unanimement estimé.

En outre, les circonstances exactes qui avaient entouré la mort d'Alasdair n'avaient jamais été éclaircies devant le conseil de clan et les soupçons qui pesaient sur l'héritier Iain lui mordaient le cœur plus férocement qu'aucun affront n'aurait pu le faire. Il était hanté par l'éternelle question : « Qu'avait donc fait Iain à son frère à la fin de ce fatidique tournoi des îles de 1419 où la mort l'avait fauché ? »

Installé devant l'âtre de pierres noires où un feu vif crépitait, le seigneur Baltair se leva péniblement de son fauteuil à l'entrée de la jeune servante qui lui apportait son repas matinal.

« Pose-le près du lit, lui dit-il d'une voix lasse.

– N'allez-vous pas vous recoucher, mon seigneur ? Je vous entends, vous respirez avec difficulté. Vos jambes vous ont-elles fait beaucoup souffrir cette nuit ? »

lui demanda-t-elle d'une voix empreinte d'une véritable compassion.

Il était rare que les domestiques lui adressent ainsi la parole sans y être invités. Celle-ci ne devait pas être en service depuis bien longtemps. Elle n'avait pas quinze ans, ignorait tout de ses habitudes et n'avait évidemment pas connu le château à son heure de gloire.

« Bah ! Qu'importe, petite. C'est le prix à payer pour la vieillesse qu'on m'accorde de vivre. Dis au secrétaire que je l'attends pour les affaires courantes et à Anna de venir prendre les instructions pour la réception de la fille de Nathaniel Keith. »

La servante, efficace, posa le plateau sur le bahut qui faisait face au lit et se retira aussitôt sans bruit, étonnée que son maître n'ait pas demandé à voir son fils. N'était-ce pas du château de la famille Keith, à Crathes, que viendrait la future épouse du seigneur Iain ? Voilà bien trois semaines qu'un héraut était venu signifier cette entente extraordinaire avec le seigneur MacNèil. Prenant soudain conscience du caractère inhabituel de la journée et emportée par l'envie de partager son excitation avec quelque membre du personnel, elle s'empressa de retourner aux cuisines. Elle dévala les escaliers en colimaçon en tenant ses jupes serrées contre elle. La perspective du mariage du seigneur Iain suscitait beaucoup de curiosité parmi la domesticité féminine du château. De la curiosité, certes, mais aussi un vague espoir. Celui qu'une épouse parvienne à mettre un frein aux frasques d'un homme aux mœurs dissolues et celui que le château, laissé sans gouverne depuis la mort de la châtelaine, trouve en la nouvelle châtelaine venue de l'est une main capable de faire régner l'ordre. C'était beaucoup miser. À vrai dire, la vie au château de Mallaig pouvait difficilement être pire, quelle qu'en fût la prochaine châtelaine.

L'élan de la jeune servante fut arrêté lorsqu'elle pénétra dans les cuisines. Le seigneur Iain était là, attablé devant un bol de bouillon fumant, en jambières, la chemise ouverte et les cheveux en bataille, à moitié attachés au moyen d'une lanière de cuir. Imperturbable au milieu de la pièce enfumée se tenait Anna, qui lui tendit aussitôt le plateau du secrétaire et lui fit signe de monter. Elle en fut pour ses frais. Ce n'était pas de sitôt qu'elle pourrait bavarder avec l'intendante. Le plateau dans les mains, prestement elle virevolta et disparut dans la grand-salle.

Iain n'avait même pas levé les yeux. Il était absorbé par le nuage de vapeur qui s'échappait de son bouillon et triturait un quignon de pain qu'il trempait dans le bol de temps à autre. Sans qu'il se l'avoue, l'air préoccupé de l'intendante le dérangeait. Anna avait été sa nourrice et celle de son frère. Elle était certainement la seule personne au château dont l'estime lui était acquise. La seule à ne pas lui tenir rigueur de ses inconduites. La seule à le voir comme l'enfant qu'il avait été et à le comprendre tel qu'il était. Il n'avait encore échangé aucune parole avec elle depuis son arrivée aux cuisines, mais il avait senti son regard peser sur lui tandis qu'elle le servait. Il était évident qu'elle s'inquiétait de l'accueil qu'il ménageait à Gunelle Keith. D'ailleurs, tout le monde partageait cette inquiétude au château. Personne n'ignorait sa ferme opposition à ce projet de mariage, qu'il avait exprimée dès que son père l'en avait informé. Mais aller à l'encontre des opinions de Baltair

MacNèil ne menait à rien. Iain le savait, l'avait toujours su, mais il n'était pas non plus d'humeur à taire ses idées lorsqu'il s'agissait de son propre avenir, de la façon de mener sa vie et du choix de la femme qu'il aurait à honorer. Chacune de ses violentes sorties contre son père à ce propos depuis des mois ne tendait qu'à cet unique but : s'opposer au projet. Et cette lutte, dont chacun connaissait l'issue, minait le seigneur Baltair tout autant que son fils.

C'était précisément de ce perpétuel conflit entre les deux hommes qu'Anna souffrait en silence. Son dévouement envers le seigneur Baltair était sans faille depuis maintenant trente années qu'elle était au service de la famille, mais l'attachement qu'elle avait pour l'héritier ingrat dépassait parfois l'entendement. Le chagrin du seigneur Baltair l'affligeait et l'entraînait dans un état d'abattement chaque jour un peu plus profond. Son vieux maître avait le cœur et les poumons usés, il était perclus de rhumatismes et son esprit était tout entier plongé dans les regrets et le passé. C'était une véritable désolation que de voir sombrer peu à peu cet homme autoritaire qui avait si bien su maintenir le clan MacNèil à l'écart des pratiques frauduleuses envers la Couronne adoptées unanimement par les chefs de clan des Highlands durant la vingtaine d'années que le roi Jacques Ier était resté prisonnier des Anglais.

Dans les faits, Baltair MacNèil ne dirigeait plus ses hommes, ne tenait plus de conseils de clan en son château et gérait le domaine familial par l'entremise de son secrétaire, sans jamais visiter ses terres et ses lairds. C'était au fils MacNèil que revenait de faire régner l'ordre sur le domaine, comme étaient en droit de s'y attendre les serfs, et de le défendre contre les attaques fréquentes des clans voisins. Le père n'entrevoyait que très rarement la nécessité de préparer le fils à une véritable succession à la tête du clan. Il s'avouait vaincu devant le spectacle qu'offrait le jeune homme s'enlisant dans une vie où la torpeur alternait avec la révolte. Il semblait à Anna que Iain, à vingt-trois ans, était aussi étranger aux yeux du père que les fils des lairds du clan. « Ces deux hommes pourraient tant s'aimer, ils sont si semblables », se répétait-elle souvent. La vieille femme pinça les lèvres pour retenir un commentaire et secoua la tête pour chasser les sombres pensées qui l'assaillaient.

Le bouillon chaud produisait peu à peu son effet dans l'estomac dérangé de Iain. Il étendit les jambes sous la table, touchant du bout des pieds le grand chien roux à poils longs qui réagit au contact de son maître en remuant frénétiquement la queue. Iain se tourna vers Anna furtivement, puis, plongeant de nouveau le regard sur les restes de son repas, il dit d'une voix assourdie :

« Elle sera là ce soir. Je me demande si elle a envie de se marier autant que moi. Si c'est le cas, ça va bien se passer et tu n'auras rien à craindre du prochain chef MacNèil, même si je demeure le second choix de la famille !

– Vous ne la refuserez donc pas à l'autel comme vous en avez menacé votre père hier ? » s'enquit aussitôt Anna.

Pour poser sa question, elle avait pris un ton à la fois tendre et bourru, ce qu'elle faisait toujours quand elle craignait de le contrarier. Comme la plupart des domestiques, elle avait entendu la querelle entre le père et le fils au souper de la veille, un des rares repas que les deux hommes avaient partagés depuis des semaines.

Elle glissa un regard sur le profil aux lignes dures du jeune homme. Iain se taisait. Elle n'obtiendrait pas de réponse et ne s'en étonna guère. Son jeune maître en avait déjà beaucoup révélé en peu de mots. Ainsi était cet étrange fils MacNèil : taciturne, prompt et fuyant.

Après avoir aspiré la dernière gorgée de bouillon de son bol, Iain se leva lentement. Il esquissa un sourire qu'il voulut rassurant à l'intention de sa nourrice et la quitta avec un bref signe de la tête en guise de remerciement, son chien sur les talons. Qu'allait-il vraiment faire à l'autel, si on se rendait là ? N'y avait-il pas toujours la possibilité que la jeune Keith le refuse comme époux ? Il sourit intérieurement à cette idée. « Elle agirait en femme avisée si elle le faisait », pensa-t-il. Il fut aussitôt ramené à une réalité plus prosaïque. Si lui, en homme énergique qu'il était, ne réussissait pas à briser la volonté de son père, comment elle, une pucelle de couvent, y parviendrait-elle avec le sien ?

Il en était là dans ses pensées quand il entendit des bruits de pas dans l'escalier qu'il gravissait. Il leva les yeux. C'était la jeune servante qui revenait du service du secrétaire, un plateau sous le bras. Il croisa son regard et s'amusa de la voir troublée. Elle s'immobilisa et, baissant ostensiblement les yeux, elle se rangea contre le mur pour le laisser passer. Son visage avait pris une jolie teinte rose. Iain sentit tout à coup une nouvelle énergie monter en lui. Il amorça un mouvement vers elle, mais, avec beaucoup d'agilité, elle l'esquiva et, lui passant sous le bras, elle se précipita dans les dernières marches menant au hall. Iain n'eut pas même le temps de la retenir. Il haussa les épaules et poursuivit sa montée, le front barré du souci de la journée. Un impérieux goût de chevaucher dans la lande l'envahissait, qui ressemblait fort à une fuite.

À l'étage, le secrétaire de Mallaig, Guilbert Saxton, se tenait debout devant son seigneur, attendant que celui-ci lui indique un siège. La cinquantaine avancée, le visage émacié et la mise impeccable dans son pourpoint noir, il avait pris la suite de son père dans la fonction de secrétaire de la famille MacNèil. Démontrant une loyauté indéfectible envers son seigneur, il avait également été très attaché à la défunte châtelaine et portait le deuil de celle-ci dans le secret de son cœur. Ne s'étant jamais marié, il n'avait donc pas d'héritier direct et n'avait jamais nourri d'ambitions quant à sa suite. Il se considérait lui-même comme arrivé en fin de carrière et comptait se retirer à la mort de Baltair MacNèil. Les affaires du domaine stagnaient, certes, mais surtout il se sentait incapable de servir Iain, qui hériterait des terres autant que du titre de chef de clan. Il aurait sans doute pu poursuivre la gérance sous la gouverne du fils aîné, car il avait beaucoup estimé les qualités personnelles de ce dernier. Mais avec le cadet, c'était une tout autre affaire.

Baltair MacNèil leva les yeux du parchemin faiblement éclairé, soupira et fit signe à Saxton de prendre place sur la chaise placée de l'autre côté du bahut sur lequel était encore posé le plat du déjeuner.

« Avez-vous terminé l'évaluation du contrat et avez-vous une idée précise de ce que nous rapporteront les droits de coupe dans les Grampians, Saxton ? Si nous gardons un bon territoire de chasse, la forêt pourrait-elle compenser les pertes que nous subissons avec le cheptel ?

« — Certes, mon seigneur, dans la mesure où nous limiterons vos concessions. D'autre part, vos troupeaux ont beaucoup profité durant l'été et nous pourrons vendre plus qu'au cours des deux dernières années. D'après mes estimations, Nathaniel Keith pourra s'acquitter des droits sur sept acres la première année et sur quatre autres l'année suivante, ce qui rapportera une somme globale de sept cents livres à la maison MacNèil avant l'automne 1426. En outre, votre seigneurie pourra alors octroyer les terres nouvellement déboisées à ses chevaliers et lairds, dont plusieurs fils sont en âge de prendre domaine, comme vous le savez. »

Baltair MacNèil se déplaça lentement dans son fauteuil. Ses os le faisaient souffrir et aucune position n'était vraiment confortable. Cet examen du contrat de mariage le satisfaisait dans l'ensemble, mais il était agacé par le fait que son secrétaire lui exposait la situation selon une perspective à long terme. Or son état de santé ne lui permettait pas de se projeter dans l'avenir, même rapproché. L'idée d'une ronde d'assermentations de serfs l'oppressait littéralement. Il imagina Iain en train de s'acquitter de cette noble tâche : des hommes, tous plus vieux que lui, s'agenouillant pour lui prêter serment. Il ne put retenir une grimace à cette image. Il chercha son souffle un moment.

« Comment mon fils arrivera-t-il à faire respecter le titre des MacNèil s'il refuse de se comporter en homme digne de ce nom ? Pourquoi s'acharne-t-il à demeurer cet adolescent provocateur, avide de tournois, de rixes et de chasses, et farouchement opposé à toute forme d'éducation et aux bonnes mœurs ? Ses hommes, certes, l'admirent pour ses exploits et ses ennemis le redoutent, mais les serfs se méfient de son impulsivité et les lairds du clan tentent de l'ignorer. La noblesse est héréditaire, mais l'estime se gagne ou se perd et elle est indispensable à un chef de clan. Iain ne pourra être estimé de quiconque s'il poursuit dans cette voie. Plût au ciel que le mariage lui apporte stabilité ! » se disait Baltair Mac-Nèil.

Le vieux chef se tourna avec lassitude vers Saxton et entreprit la revue des affaires courantes. La simple pensée de s'engager dans des opérations de commerce avec Nathaniel Keith le mettait mal à l'aise. Il avait toujours transigé avec des hommes en qualité d'associé. Or Keith était son opposant voilà encore à peine un an. La voix unie et un peu nasillarde de son secrétaire avait le don de l'apaiser. Aussi l'écouta-t-il débiter son compte rendu tout en marchant lentement dans la pièce. Arrivé à la hauteur de la fenêtre, il regarda la neige tomber, fine et légère : une neige qui fondrait en touchant le sol. Puis, jetant les yeux au loin, il vit un cavalier qui galopait en direction des plateaux, un grand chien dans son sillage. C'était à n'en pas douter Iain. Il chevauchait seul, ce qui l'étonna. L'espoir que son fils allait au-devant de l'équipage Keith accéléra le rythme de son vieux cœur.

Notre équipage amorçait une légère descente en émergeant des bois qui nous entouraient depuis le début de la matinée. Une neige fondante avait momentanément recouvert le sol et disparaissait en laissant çà et là de larges plaques noires. Je levai vivement la tête.

J'avais nettement entendu la voix de notre lieutenant annonçant le Ben Nevis. Je me dressai et aperçus immédiatement au nord-ouest ce fameux mont, le plus haut sommet dans cette partie de l'Europe, ainsi que me l'avaient appris mes leçons de géographie à l'école monastique d'Orléans.

Comme tout cela me sembla loin soudainement. Je revis, tels les longs rubans de fête, se dérouler les quatre années passées à l'école monastique. La passion d'apprendre qui s'était tout de suite emparée de moi, dès mon arrivée au couvent, au milieu de ma quinzième année ; l'enthousiasme avec lequel j'avais plongé dans les études et la vie de couventine française ; la soif insatiable de connaissances dont j'avais immédiatement fait preuve ; et, finalement, le grand dépit que j'avais ressenti à mon rappel en Écosse à la suite de la défaite de mes compatriotes à Verneuil-sur-Avre, le 17 août dernier. Mon père avait cru bon de me rapatrier après ce revers militaire, le sort des Écossais en France lui apparaissant moins sûr qu'au moment de l'envoi du corps expéditionnaire destiné à prêter main-forte au dauphin Charles aux prises avec les Anglais. Les trois dernières années de succès écossais en territoire français avaient tout de même beaucoup profité au commerce de mon père. Toute la famille louait la justesse de ses visées sur ce marché du sud, cette France qu'on se plaisait encore à appeler en Écosse la « vieille alliée ». Mes propres mérites à l'école monastique d'Orléans étaient passés inaperçus.

Vivian et Nellie sortirent la tête de l'auvent qui couvrait la voiture et dirigèrent leurs regards vers le mont. Visiblement, la masse de granit du Ben Nevis ne les impressionnait guère, malgré son sommet enneigé. Elles s'intéressaient davantage aux troupeaux de bœufs qui paissaient dans la plaine sombre qui s'étendait au loin dans la lande. Elles se mirent à supputer le nombre de têtes du cheptel et la quantité de viande que cela représentait. Leurs remarques me firent sourire. « Que connaissent-elles aux élevages, elles qui ne peuvent pas voir plumer une poule sans tressaillir ? »

Le vent était tombé, mais le froid nous forçait à mieux nous couvrir ou à rentrer sous la toile. Pour ma part, je voulais voir chaque arbre, chaque caillou, chaque nuage de ce décor qui allait être le mien. Le paysage qui s'offrait à moi était gris, mouillé et vaste : les Highlands. Sur la ligne d'horizon apparaissait la mer, presque noire et ce royaume sauvage des îles Hébrides. Mon cœur se serra de nouveau. Que me réservait ce pays tourmenté des Highlands où chaque habitant tenait tant de ses ancêtres vikings que de ses ancêtres pictes : barbus, buveurs d'eau-de-vie, mangeurs de raves et de moutons, belliqueux et, disait-on, incultes ?

Plus tard, mon lieutenant s'approcha pour nous informer d'une halte : quelques minutes pour abreuver les chevaux dans le ruisseau que nous longions. Fixant les terres en contrebas, j'aperçus un cavalier suivi d'un chien qui s'éloignait à longues foulées vers le nord. Il contournait le troupeau à un demi-mile de notre équipage. Je distinguai également trois autres cavaliers qui semblaient encercler les bêtes. « Pourquoi n'y a-t-il pas d'enclos ? » me demandai-je alors. J'étais habituée aux pâturages réduits et clôturés de la Dee où paissaient tout au plus une dizaine de bœufs. Ici, il y avait une cinquantaine de têtes au moins. Les premiers signes de la démesure de ce pays s'imprimaient dans mon âme inquiète. Je respirai à fond l'air froid et attendis en silence que s'ébranle de nouveau notre compagnie vers sa destination : le château de Mallaig.

À la fin de l'après-midi, je le vis enfin au détour d'un bosquet de pins, au bout de la péninsule, entre les deux lochs*, adossé à la mer. Imposant. Tout le bâtiment était isolé sur un promontoire qui semblait imprenable du point de vue où nous étions. Son donjon, ses murailles hautes de trente pieds et tout le corps de garde étaient de grès rouge, ce qui frappait dans ce décor gris. Apparemment, aucun village ne s'adossait à ses murs. Des champs et des champs l'entouraient, les uns utilisés pour la culture d'une quelconque céréale, les autres servant de pâturages. Je comptai sept chaumières dans les alentours et un moulin à l'est. Rien d'autre. Ainsi m'apparurent la première fois la péninsule de Mallaig et son château.

Lennox avait fait arrêter les chevaux. Il donnait ses instructions pour faire annoncer notre arrivée au seigneur MacNèil. C'est Nial, notre jeune garde, qui nous précéderait sur le chemin du château. Nous étions toutes sorties de la voiture pour contempler la vue. Comme si elle avait lu dans mes pensées et en arrivait aux mêmes conclusions que moi, Nellie soupira :

« Voilà un endroit bien désolé et bien privé de compagnie. Une châtelaine doit goûter les travaux d'aiguille, car elle ne verra guère de troubadours en sa cour.

– Il est vrai que l'agitation du port d'Aberdeen offre de meilleures perspectives de divertissement, Nellie, lui répondis-je, mais il y a des châteaux fort animés par

---

* Loch (mot écossais) : lac allongé ou bras de mer.

la seule valeur de leurs gens. Qui sait si les MacNèil n'ont pas leurs poètes et leurs musiciens à demeure ?

« – Croyez-vous, ma dame, qu'on y organise des fêtes, des banquets et des concours comme chez nous ? intervint Vivian sur un ton rêveur.

– Je n'en sais rien, mais nous allons pour sûr y vivre une réception de mariage… n'est-ce pas ? » lui répondis-je d'un ton que je voulais enjoué.

Nellie me jeta un regard circonspect, puis détourna les yeux pour ne pas croiser les miens. Elle ne se faisait aucune illusion sur les festivités que nous allions connaître. Pour ma part, j'étais partagée entre l'espoir, peu fondé, d'y trouver une vie riche et animée et la crainte que l'aspect austère du château ne soit le reflet exact de l'atmosphère qui y régnait. Je regardai au loin Nial qui allait au galop. Malgré la fatigue, la faim et la saleté qui s'étaient attachées à nous durant ces six jours de voyage, je n'eus soudain aucune hâte de parvenir à destination.

Le révérend Henriot était un homme jeune, de petite taille, portant la tonsure des moines et de physionomie avenante. Un léger tic nerveux lui faisait hausser les épaules de temps à autre. Il se tenait immobile dans la vaste cour du château, récapitulant mentalement la formule d'accueil que le seigneur Baltair lui avait dictée. Le froid le gagnait peu à peu et il avait hâte d'en finir. À ses côtés se trouvait le seigneur Tòmas, visiblement mal à l'aise de faire partie de la maigre délégation d'accueil du château de Mallaig à sa future châtelaine.

Élancé, les cheveux blonds, le regard intelligent et très bleu, vêtu avec soin, le jeune homme avait un air de noblesse et de gravité. En tant que neveu du seigneur MacNèil, il avait tout naturellement été désigné pour présenter les honneurs de la famille. Dame Beathag, drapée dans une cape rouge bordée de loutre, tentait de masquer sa curiosité sous une attitude désinvolte, ses lèvres écarlates légèrement pincées en un demi-sourire. Une perpétuelle moue de dédain collait à son visage au teint de lait, aux lignes parfaites, encadré d'une chevelure de feu adroitement coiffée sous un hennin. Enfin, le jeune Nial restait un peu à l'écart, impatient de retrouver sa place parmi l'escorte de sa dame.

Au fond de la cour attendaient les gardes et palefreniers du château. Cachés à l'intérieur du passage de la grande porte se tenaient plusieurs membres du personnel du château, excités et curieux. Parmi eux, Anna, qui serait sans doute la première présentée à sa future maîtresse, se rongeait d'inquiétude. Elle caressait d'une main distraite les fins cheveux roux d'une fillette blottie dans ses jupes. L'attente semblait interminable à tout le monde quand, enfin, l'équipage pénétra lentement dans la cour. Une voiture escortée de quatre hommes d'armes, en tout et pour tout. Dans la voiture, de bonne facture, trois dames souriantes : deux jeunes et une plus âgée. « Laquelle est Gunelle Keith ? » se demandaient avidement les gens de la maison.

Le révérend Henriot se secoua de sa torpeur et s'avança au-devant de l'équipage. Les gardes avaient mis pied à terre et le plus vieux d'entre eux aidait les dames à descendre. Avec dignité et respect, il présenta la première dame au révérend : Gunelle Keith. Celui-ci lui tendit les mains, qu'elle prit, et débita sa formule de bienvenue à Mallaig. Elle avait retiré son capuchon et laissait voir des cheveux châtain clair, nattés et rassemblés sur sa nuque. Son visage n'avait rien de remarquable : teint rousselé, front haut ceint d'un bandeau de velours bleu, pommettes saillantes, lèvres minces, yeux bruns très mobiles, regard concentré. Elle n'était pas plus grande que le révérend auquel elle souriait en lui retournant sa formule de politesse d'une voix assurée. La deuxième dame, qui avait plus d'éclat et de charme, avait un air gêné et contemplait la pointe de ses chaussures. La dame plus âgée qui suivait était de grande stature et affichait un air sérieux.

Le seigneur Tòmas, que le révérend présenta aussitôt, s'avança à son tour vers Gunelle Keith. Il la salua en inclinant légèrement la tête en avant, la main droite à la hauteur du torse, à la façon des chevaliers du Nord, et, d'une voix rauque, il offrit les hommages de la famille MacNèil et présenta dame Beathag, la bru du seigneur MacNèil, qui ébaucha une révérence mais n'ouvrit pas la bouche. Dame Gunelle reçut les compliments, rendit les salutations et, se tournant vers ses gens, elle les nomma rapidement un à un, chacun hochant légèrement la tête à tour de rôle en guise de salutation.

La ronde des présentations se termina ainsi. Le seigneur Tòmas fit un rapide et précis signe de tête aux paletreniers, qui prirent immédiatement l'équipage en charge et se dirigèrent vers les écuries. Il invita les dames et les gardes de l'escorte à pénétrer dans le donjon, les précédant avec le révérend et dame Beathag dans le passage voûté qu'ils traversèrent à grandes enjambées sans s'arrêter aux domestiques qui s'y trouvaient. Ils avançaient maintenant en silence dans le corridor qui menait au hall. Il y faisait sombre et humide.

Je levai les yeux sur les murs et plafonds de pierres noircies du corridor. « Que cet intérieur est lugubre », songeai-je. Lennox marchait à mon côté, l'air imperturbable, son bras droit frôlant légèrement mon épaule, sa main gauche posée discrètement sur le pommeau de son épée. Je le sentais tendu, aux aguets. « Que se passe-t-il donc ? » me dis-je, légèrement mal à l'aise. J'aurais dû m'adresser à mes hôtes, qui marchaient devant moi, mais je ne trouvai rien à leur dire. En outre, ils me faisaient dos et paraissaient pressés de me mener là où ils me menaient. Sans doute aux seigneurs de Mallaig. J'étais déçue de leur absence dans la cour. Il me semblait que c'était un manquement grave à la plus élémentaire des politesses. Peut-être étaient-ils sortis, ou occupés, ou souffrant d'une incapacité quelconque ? J'en étais là dans mes réflexions quand nous traversâmes un vaste hall et pénétrâmes dans la grand-salle. Un imposant foyer aux pierres adroitement sculptées, d'une profondeur comme il ne m'avait jamais été donné d'en voir, occupait le fond de la pièce et répandait une chaleur bienfaisante qui nous enveloppa dès l'entrée. Nulle jonchée ne couvrait le sol de pierres qui laissait voir çà et là des plaques sombres d'humidité. Deux murs étaient garnis de tapisseries effilochées. Le plafond de bois noirci avait peut-être déjà été peint de couleur claire, mais sa hauteur baignait la pièce dans une espèce d'ombre. En revanche, les ouvertures étaient de belles dimensions. Des vitraux colorés – véritable luxe – ornaient toutes les fenêtres sud de la salle. Cela m'apparut inouï dans une demeure aussi isolée des villes. Je me rappelai la rencontre avec le maître vitrier et ses commentaires inquiétants sur les habitants du château me revinrent subitement en mémoire.

Le seigneur Tòmas s'était tourné vers moi et, ignorant le froncement de sourcils de mon lieutenant sur le qui-vive, il saisit fermement mon bras et me guida vers le foyer devant lequel s'alignaient plusieurs fauteuils. C'est alors que je remarquai un homme qui ne pouvait être autre que le vieux seigneur MacNèil. Il se leva à mon approche. Sous son chapeau vert foncé, du même velours que son manteau long brodé, on devinait une tête toute blanche et une chevelure encore remarquablement fournie. Il était de taille moyenne et il avait les traits tirés, de fatigue, de douleur ou simplement de vieillissement. Lâchant mon bras, le seigneur Tòmas me présenta aussitôt à lui :

« Mon oncle, voici Gunelle Keith, fille de Nathaniel Keith, frère de William Keith, maréchal du roi et beau-frère de l'évêque John Carmichael d'Orléans. Elle est accompagnée de ses gens, qui sont heureux d'accepter votre hospitalité.

– Soyez la bienvenue au château, dame Gunelle, me dit-il très simplement en me prenant les mains afin de retenir la révérence que je m'apprêtais à faire. Nous vous attendions avec impatience, vous ainsi que les membres de votre famille. »

Il parcourut la pièce du regard, puis ajouta :

« Nous sommes désolés de constater qu'ils n'ont pu vous accompagner. Les chemins ne sont pas encore fermés dans les montagnes, mais fort vilains en ce début d'hiver. Votre voyage s'est-il bien déroulé ? Aucun incident de route n'est survenu ?

— Je vous remercie, mon seigneur, tout s'est admirablement passé, lui répondis-je. Mon père vous transmet ses hommages, ainsi que toute ma famille. Il ne peut que rarement partir en novembre, car plusieurs cargaisons transitent par Aberdeen avant l'hiver. Aussi a-t-il été convenu que ma famille resterait toute à notre château de Crathes. »

Il admit cette explication sans trop s'émouvoir. Il m'indiqua un fauteuil et s'enfonça dans le sien en énumérant les services dont pouvaient disposer mes gens — logement, nourriture, commodités pour tout le temps qu'ils jugeraient bon de passer à Mallaig. Je ne pouvais détacher les yeux de son visage sévère. Ses traits étaient réguliers, sa mâchoire carrée, ses yeux très bleus et des sourcils épais ombrageaient son regard dur quand il inclinait la tête. Il parlait la langue scot avec le même accent que le révérend Henriot et le seigneur Tòmas, mais ses mots étaient plus recherchés, plus raffinés. Ses mains noueuses, à la peau transparente et tachée, étaient posées sur ses genoux, les doigts recroquevillés. Il les ouvrait et refermait lentement, comme avec difficulté. Baltair MacNèil était plus vieux que je ne l'avais imaginé.

Il y avait évidemment une question qui me brûlait les lèvres : « Où est donc le fils ? » J'avais discrètement scruté la salle et nul homme qui eût pu correspondre à lui ne s'y trouvait. Mes gens avaient pris place sur les bancs et devisaient à voix basse. Dame Beathag avait quitté la pièce, ainsi que le révérend Henriot. Mon interlocuteur s'était tu et me dévisageait tranquillement. Mal à l'aise, je laissai échapper :

« Mon seigneur, votre fils n'est-il pas à demeure en ce moment ? Il ne m'a pas été présenté dans la cour tout à l'heure.

— Mon fils n'est pas au château, mais nous l'attendons. Il se joindra à nous très bientôt… pour le souper que nous prendrons dans une heure, si cela vous convient », répondit-il sur un ton qui dénotait un certain agacement.

Voilà qui était pour le moins étonnant. Le seigneur Baltair ne semblait pas désireux de justifier l'absence de son fils, alors qu'il m'affirmait par ailleurs que notre équipage était bel et bien attendu au château ce jour-là. Je me levai en lui signifiant que j'allais gagner les appartements qu'on me désignerait avec mes servantes. Il acquiesça et appela son intendante afin qu'elle nous conduise à l'étage. C'était une personne à l'air bienveillant qui répondait au nom d'Anna. Lorsque je passai devant Lennox en quittant la salle, je surpris son regard courroucé. Je lui souris pour le rassurer. Bien sûr, il s'agissait là d'un accueil bien froid pour la future châtelaine de Mallaig, mais ni lui ni moi n'y pouvions rien changer. « Tout va bien, Lennox », lui soufflai-je, ce à quoi il répondit par un bref signe de tête peu convaincu.

Nous avions gravi deux étages du donjon par des escaliers aux marches particulièrement profondes. La chambre était tout au fond de l'aile est, formant une tour d'angle. Elle était étonnamment bien éclairée : deux longues fenêtres ogivales garnies de verre blanc laissaient passer une lumière douce à cette hauteur de l'édifice. Trois grandes tapisseries ornaient les murs ouest et nord et un retrait aménagé dans le mur du fond abritait une cuve de chêne pour le bain. Le sol était entièrement recouvert de tapis tressés. Au centre trônait un imposant lit garni de courtines damassées. Deux autres lits formaient un angle dans le coin opposé à la porte, où nos coffres avaient été déposés. C'était une chambre vraiment élégante. Je vis que Nellie et Vivian partageaient mon appréciation des lieux. Je devais apprendre plus tard que c'était la chambre de feu dame Lite MacNèil.

L'intendante s'assura qu'il y avait de l'eau dans les pichets et dans les bassins qui chauffaient devant l'âtre pour le bain. Sur une table basse étaient posés en pile plusieurs linges blancs proprement pliés, quelques pommes dans un joli plateau d'étain, une carafe avec gobelet, des fleurs de chardon séchées dans une assiette. Tout avait admirablement été prévu pour recevoir les voyageuses fourbues et exténuées que nous étions. Je sentis la tension dans mon dos et mon cou se relâcher : pour la première fois depuis mon arrivée au château de Mallaig, je respirai librement. Cette prévenance dont faisait preuve l'intendante dénotait une civilité et un accueil particulièrement bienvenus. J'étais heureuse et réconfortée de constater qu'Anna connaissait son métier. Nous n'avions rien compris des paroles qu'elle nous avait adressées. Elle s'exprimait en gaélique, comme sans doute l'ensemble de la domesticité du château. Aucune de nous trois ne parlait ni n'entendait cette langue des Highlands. De notre équipage, le lieutenant Lennox était peut-être le seul à pouvoir le faire.

Sitôt qu'elle eut terminé son service et quitté la chambre en refermant la porte derrière elle, nous tombâmes sur nos couches d'un même mouvement en soupirant d'aise. Un rire de détente montait dans nos gorges. Nous étions parvenues à destination et avions une heure devant nous pour redevenir nous-mêmes.

On vint nous chercher pour le souper lorsque la nuit était complètement tombée sur le château. Les murs des corridors projetaient des ombres épaisses que les flammes dorées des bougies ne réussissaient pas à adoucir. Nous pénétrâmes dans la grand-salle, où flottait une appétissante odeur de viande. Une table de bonne dimension y était dressée. Évaluant d'un œil rapide le nombre de couverts et de convives, je compris que Nellie et Vivian n'y prendraient pas place. Elles s'en rendirent compte elles aussi et nous nous séparâmes sans échanger une parole. De notre équipage, seul Lennox serait présent à mon premier souper à Mallaig : il patientait, un peu en retrait du foyer, figé dans une attitude tendue. Les convives m'attendaient en silence.

Près de la table se tenait le seigneur Baltair, qui me tendit la main dès mon arrivée et me fit signe d'avancer en m'indiquant la place au centre. En face d'une place vacante à ma droite était assis le révérend Henriot. Le seigneur Tòmas me faisait face et, à son côté, un grand homme sec, tout de noir vêtu, qu'on me signifia être Guilbert Saxton, le secrétaire de la famille. Son vis-à-vis était Lennox, le regard fermé, la mâchoire contractée, puis venait une autre place vide à l'autre bout de la table. « Celle de dame Beathag ou du fils MacNèil ? » me demandai-je. Ils n'étaient pas encore arrivés, et, pendant l'attente, je pus examiner la table à loisir. Elle était recouverte d'une nappe blanche impeccable ; des fleurs dont je ne connaissais pas le nom flottaient dans un bol d'eau parfumée ; des assiettes de noisettes et de tranches de pain épaisses occupaient son centre. Je notai encore une fois une certaine distinction qui, je ne sais pourquoi, me semblait si incongrue dans ce pays.

Nellie et Vivian avaient pris place sur les banquettes à l'entrée de la salle. Je levai les yeux dans leur direction en entendant le son d'un rire perlé qui précéda l'arrivée de dame Beathag et d'une suivante qui la laissa nous rejoindre seule à table. J'entendis le seigneur MacNèil à mes côtés formuler en gaélique un commentaire sur un ton acerbe. Me jetant un regard, il murmura une excuse que je m'empressai d'accepter. J'en déduisis aussitôt que la langue naturelle des gens de Mallaig était le gaélique, le chef du clan MacNèil n'y faisant pas exception.

En m'adressant un sourire figé, dame Beathag s'installa de biais avec Lennox et lui glissa un regard énigmatique. Le seigneur Baltair commanda aussitôt à ses domestiques le début du service. Je sursautai et ne pus m'empêcher de poser les yeux sur la place vide à ma droite. On allait donc commencer ce repas d'accueil sans la présence du fils.

Pour inconcevable que la chose puisse paraître, je compris bientôt que Iain MacNèil n'était pas encore de retour au château. Le seigneur Baltair soutenait la conversation en évitant systématiquement le sujet. Il était visiblement choqué et personne n'osait aborder la question de peur de provoquer sa colère. Je me pris à frissonner d'effroi. Cet homme âgé était devenu, en une heure, un énergique chef de clan. Durant tout le repas, aucune parole ne fut échangée en gaélique, même entre les gens de Mallaig. À l'évidence, un ordre avait été donné en ce sens. Comme dame Beathag n'ouvrit pas la bouche et ne prêta l'oreille à aucune conversation, j'en conclus qu'elle ne parlait pas le scot.

On nous servit des viandes de bœuf et de mouton, des légumes bouillis et de la pâte de coings. De l'hydromel et de la bière circulaient, et c'est le seigneur Tòmas qui veillait à ce que ma coupe ne soit jamais vide. J'étais affamée et fis honneur au repas, chassant de mon esprit le malaise que suscitait l'absence du fils. Le seigneur Baltair eut la politesse de s'informer abondamment de ma famille, de la vie à Aberdeen et de mes impressions sur les Grampians, ces terres nouvellement acquises par les MacNèil que j'avais traversées durant mon voyage. Il s'adressa également à Lennox avec civilité. L'ambiance demeura cependant tendue jusqu'à la fin du repas. Baltair MacNèil se comportait en hôte parfait. Furieux mais parfait.

C'est après le souper que les gens de mon escorte se joignirent à nous et que je retrouvai mes servantes à mes côtés avec un certain soulagement. Puis, en quelques minutes, en un flot ininterrompu, la grand-salle se remplit des habitants du château dont quelques-uns me furent présentés. Des chevaliers, des gardes, des domestiques, des membres de divers corps de métier qui œuvraient à l'intérieur des murs, leurs épouses et quantité d'enfants de tout âge se mêlaient dans une joyeuse pagaille. Le bruit devint vite assourdissant. Je notai parmi tout ce monde une majorité de roux : un roux cuivré. Les femmes étaient habillées de vêtements aux couleurs franches, mais dont la confection ne dénotait ni élégance ni richesse. Tous les hommes de Mallaig portaient la barbe, à l'exception du seigneur MacNèil, de son secrétaire, de Tòmas et du révérend. Je surprenais de temps à autre des regards de curiosité et entendais fuser des rires gras de toutes parts. La langue gaélique bourdonnait à mes oreilles et je me sentis vite un peu étourdie. Deux hommes ne me quittaient pas des yeux, l'air grave : le lieutenant Lennox et le seigneur Tòmas.

Près du portail, dame Beathag était entourée d'une cour particulièrement animée. Le révérend et le secrétaire s'étaient isolés dans un coin, en grande conversation. L'intendante Anna tournait autour du fauteuil de son vieux maître d'un air désemparé. J'aurais aimé la féliciter pour la conduite du repas, mais j'étais trop loin d'elle et pouvais difficilement me libérer. Bientôt, je ne pus réprimer des signes de fatigue. Heureusement, le seigneur Baltair se retira assez tôt, se contentant de me saluer d'un signe de tête. Je lui rendis son salut en soupirant : j'allais pouvoir regagner ma chambre. Je fis rapidement le tour de mes gens et de mes hôtes, leur souhaitant une bonne nuit. Quand je quittai enfin la salle avec mes servantes, Iain MacNèil n'avait pas paru. Il ne rentra pas de la nuit. Ni cette nuit ni les deux nuits suivantes.

Chapitre II

La rencontre

Le premier jour, le révérend Henriot n'avait pas été vraiment surpris de voir dame Gunelle et ses suivantes assister à l'office du matin à la chapelle. Pas plus que les hommes de sa garde. En fait, chacun d'eux avait fait bonne impression sur lui, la veille, par son comportement digne. La sobriété et la distinction qui transpiraient d'eux contrastaient avec les excès et la rudesse des habitants de Mallaig, particulièrement des seigneurs du château. C'étaient, sans conteste, des chrétiens honorables et pieux, qui accomplissaient leurs devoirs envers Dieu. En revanche, la connaissance approfondie du latin dont avait fait preuve dame Gunelle dans leur entretien qui suivit l'office l'avait étonné et quelque peu mis mal à l'aise.

En toute simplicité, elle était venue converser avec lui, s'informant du ministère qu'il exerçait à Mallaig, de l'éducation des enfants du bourg et des ressources médicales du milieu. Le révérend ne parlait pas souvent la langue scot et, comme il cherchait ses mots, son interlocutrice était naturellement passée au latin. La conversation

43

était devenue immédiatement fluide. Malgré lui, il était fasciné par la jeune femme : son aplomb, sa contenance et l'intelligence que dénotaient ses questions. Le révérend avait également été impressionné par le grand intérêt qu'elle portait à la collection de livres de la famille MacNèil. Depuis le décès du seigneur Alasdair et de dame Lite, plus personne n'ouvrait un livre au château. Il en éprouvait quelque honte devant cette personne apparemment érudite. La bibliothèque de la chapelle était peu garnie, car l'ensemble des ouvrages avait été porté dans la chambre du seigneur Alasdair, qu'on n'ouvrait qu'en de rares occasions. Mais il s'en présentait une : dame Gunelle avait exprimé le désir de voir la collection.

C'est ainsi que le brave révérend se trouva chargé de mener la jeune femme, à travers les étages du donjon, à la chambre du fils aîné et, chemin faisant, de lui faire visiter les lieux. À chaque question de la jeune dame, il faisait précéder sa réponse d'un haussement d'épaules, ce à quoi dame Gunelle ne prêta aucune attention, tout entière occupée à sa visite. Il y passa une bonne partie de la matinée, puis, l'office suivant le rappelant au bourg, le seigneur Tòmas prit la relève.

Le seigneur Tòmas éprouvait lui aussi un malaise aux côtés de la jeune femme, mais celui-ci avait une tout autre origine. Il l'admirait, et ce depuis les premiers instants de leur rencontre dans la cour. Bien qu'il eût le même âge qu'elle, il sentait monter en lui comme un besoin de la protéger. Il était captivé par ses paroles, ses regards, son maintien. Il redoutait de se trouver seul en sa présence, mais, heureusement, le lieutenant Lennox les accompagna pour le reste de la visite du château, qui se fit surtout sur les remparts. Les deux suivantes de dame Gunelle se joignirent au groupe et leur babil incessant emplit vite les silences qui se créaient invariablement.

Le vent glacial s'engouffrait dans les jupes des dames et entravait leur marche. Elles serraient d'une main raidie de froid le capuchon de leur cape autour de leur cou. D'un commun accord, nul ne parlait du seigneur Iain, tout le groupe se conformant ainsi à la volonté du seigneur Baltair. Le ciel était bas, mais des percées de soleil venaient jeter tout autour sur la lande des bandes jaunes de lumière. De chaque créneau du parapet, on pouvait nettement distinguer les troupeaux de bœufs et de moutons à tête noire qui cherchaient leur nourriture en évitant les marais autour du château. Tout le côté ouest de l'édifice était ceint d'un double mur.

Un ruisseau venant des montagnes coulait avec un joli bruit de cascade entre les pierres des douves qui séparaient les deux murs. Il s'échappait finalement à travers une grille encastrée dans le mur sud, pour tomber en une véritable chute dans la mer qui grondait tout en bas contre les rochers. Ceux-ci, composés essentiellement de gneiss et de schistes, formaient le promontoire sur lequel se dressait le château. Les embruns mouillèrent légèrement le visage des visiteurs qui s'approchèrent pour admirer le panorama. C'est arrivés à ce point de vue qu'ils découvrirent le bourg de Mallaig : un ensemble de maisons au toit de chaume blotties auprès d'un petit port.

« Voici Mallaig, ma dame, expliqua Tòmas. Le bourg compte trente-cinq feux, deux navires de pêche dont un pour la baleine, une salaison, un fumoir, une tannerie et des marais salants. Ils ont produit plus de cinq cents livres de sel cette année, mais ils ne sont exploités qu'en été. Avec la viande de bœuf, le sel est le principal produit d'exportation de Mallaig. Mais c'est aussi la cause de bien des dégâts que nous font subir nos ennemis. Il faut consacrer une garde de plusieurs hommes sur le port et les marais à longueur d'année pour protéger les stocks.

— Je l'imagine facilement, seigneur Tòmas, répondit Gunelle. À Aberdeen, mon père doit assurer une surveillance particulière des cargaisons de sel qui transitent sur ses navires. C'est une denrée qui vaut son pesant d'or et qui fait le bonheur des brigands de mer. »

Tòmas aurait voulu poser un grand nombre de questions à dame Gunelle sur le commerce d'Aberdeen et sur les navires qui mouillaient dans cet important port d'Écosse. Bien qu'il eût fait ses études à Édimbourg et connût davantage les échanges commerciaux avec le sud du pays, il s'enthousiasmait pour les routes marchandes qui empruntaient la mer du Nord, vers le Danemark, l'Allemagne et la Hollande. En sa qualité de guide, il se contenta cependant d'énumérer les particularités de Mallaig, de ses métiers et de ses difficultés, renonçant à engager la conversation sur Aberdeen.

Après avoir fait le tour des remparts, tout le groupe redescendit dans la cour, où Tòmas surprit dame Gunelle à faire une révérence rapide en direction d'une tour. Il vit aussitôt ce dont il s'agissait : une fillette à tête rousse, qui s'était éclipsée dès qu'elle avait vu le mouvement de la jeune femme.

« Qui est donc cette petite personne farouche qui se cache là ? demanda Gunelle à Tòmas étonné. Elle suit et guette notre compagnie depuis près d'une heure. J'aimerais bien faire sa connaissance.

– Ah ! c'est la petite Ceit, répondit Tòmas d'une voix légèrement hésitante, remarquant le manège de l'enfant pour la première fois. C'est une petite orpheline que dame Lite avait prise sous sa protection alors qu'elle n'était encore qu'un bébé. Elle est un peu sauvage et ne parle pas. Nous la tenons pour muette, malgré ce qu'en dit l'intendante Anna qui est celle qui l'élève au château. Elle prétend qu'elle peut parler. »

Cette explication laissa la jeune dame songeuse. Quant à ses deux suivantes, elles souriaient et se poussaient du coude, contentes d'avoir été témoins d'un événement amusant au cours de la fastidieuse visite au grand vent. Le seigneur Tòmas s'empressa de conduire le groupe à l'intérieur.

Comme elle l'avait fait plus tôt avec le révérend Henriot, dame Gunelle avait pris grande part à la visite guidée par le seigneur Tòmas, en lui posant toutes sortes de questions, faisant de cette première journée complète au château une expérience riche de renseignements pour toute sa compagnie. Ses hôtes étaient ravis du vif intérêt qu'elle portait à ce qui touchait la vie du château. Le soir venu, on l'aperçut en grande discussion avec ses suivantes, partageant quelques heures de détente dans la grand-salle. La journée durant, Gunelle Keith avait paru calme et attentive avec chacun, ne laissant voir aucun signe de contrariété face à l'absence du fils MacNèil. Elle semblait ne pas s'en inquiéter. En revanche, le lieutenant Lennox ne partageait apparemment pas sa sérénité sur cette question.

Dame Gunelle prit tous ses repas en compagnie de ses suivantes, du lieutenant Lennox et de ses gardes. Le seigneur Tòmas s'assit à leur table, mais ce fut le seul représentant de Mallaig. En effet, le vieux seigneur MacNèil avait fait savoir dès l'office du matin qu'il n'était pas suffisamment bien pour descendre de sa chambre. Par l'entremise d'Anna, il avait donc confié à son neveu Tòmas le soin de prendre en main la délégation de Nathaniel Keith.

À l'étage au-dessus, s'appuyant sur sa canne, Baltair MacNèil marchait de long en large dans sa chambre, ralentissant lorsqu'il passait devant le foyer afin de capter sa chaleur dans les plis de sa longue tunique bleue. Il avait très mal dormi la veille et avait gardé le lit toute la journée. En fait, il lui semblait qu'il n'avait pas fermé l'œil de toute la nuit. La colère l'étouffait. Comme cela lui arrivait souvent, elle s'était traduite en une difficulté réelle à respirer. Il avait toussé et craché tant et si bien qu'au petit matin il était littéralement épuisé, rompu, anéanti. Il ne voulut voir personne de la journée : ni son secrétaire, ni le révérend, ni même son médecin qui passait au château chaque jour. Il n'accepta qu'Anna à son chevet. Entre eux, nul besoin de parler. Elle savait les soins à lui prodiguer et respectait en toutes choses son besoin de solitude.

À la fin de cette première journée de la fille de Nathaniel Keith chez lui, alors que le soir tombait sur le château et qu'il n'avait eu encore aucun signe du retour de son fils, il la fit demander. Elle parut devant lui, dans une robe cintrée d'un rouge sombre. Ses manches larges pendaient le long de ses hanches étroites. Elle portait un touret d'un blanc immaculé dont le bandeau passé sous le menton soulignait l'ovale parfait de son visage. Il la trouva à la fois menue et sobre, bien qu'une certaine grâce se dégageât de sa tenue vestimentaire. Sa bru Beathag de même que sa défunte épouse l'avaient habitué à des atours plus somptueux. Elles cultivaient un goût poussé pour les bijoux, les hennins à étages, les savantes broderies de fils d'or et les velours damassés. Avec Gunelle Keith, on croyait être encore en présence d'une couventine. Il trouvait un certain charme dans cette rigueur juvénile. Cela lui plut. Il la salua donc avec beaucoup de douceur et lui indiqua le fauteuil à côté de lui, face à l'âtre. Elle s'enquit immédiatement de sa santé, des accents d'inquiétude dans la voix.

« Je vais aussi bien que je puisse aller dans les circonstances, je vous remercie, ma dame, lui répondit-il. Je n'ai pas l'intention de vous retenir longtemps, mais j'aimerais vous parler. »

Une quinte de toux lui coupa la parole. La jeune femme attendit patiemment qu'il puisse la reprendre.

« D'abord, dites-moi, comment s'est passée cette première journée ? Mon neveu Tòmas s'est-il bien acquitté de sa mission de guide ?

– Vraiment, mon seigneur, nous ne pouvions avoir personne plus enthousiaste pour visiter le château, répondit Gunelle. Il nous a également fort bien exposé la vie du bourg, au point de me donner envie d'y aller faire une visite demain, si la température le permet et si l'occasion se présente, bien sûr… Votre neveu aime beaucoup ce pays. Cela paraît.

– En vérité, il se passionne pour Mallaig. Il est comme un fils dans ce château. Mon jeune frère Aonghus, son père, est mort en sol français, à Baugé, en 21, en se battant contre les Anglais aux côtés du fils du régent Robert d'Albany. Tòmas était alors aux études au collège d'Édimbourg et souhaitait faire son apprentissage de chevalier ici. Il vit avec nous depuis maintenant deux ans et sera adoubé au printemps. Il a choisi Iain pour maître d'armes et parrain. »

Baltair MacNèil se tut soudainement, le visage crispé. Il aurait voulu éviter de parler de son fils. Dame Gunelle le devina aussitôt, car elle eut la présence d'esprit de détourner la conversation :

« J'ai aussi bénéficié d'un autre excellent guide en la personne du révérend Henriot. Il a bien voulu me montrer les livres conservés au château. Vous en possédez de magnifiques, mon seigneur. Les enluminures de certains sont d'une rare qualité. Je pense en particulier à cet ouvrage sur la mythologie grecque que j'ai feuilleté. Je le reprendrais avec plaisir, si vous ne voyez pas d'inconvénient à me donner accès à votre bibliothèque.

– Aucun inconvénient, ma dame. D'ailleurs, ce n'est guère ma bibliothèque. Elle a été, en son temps, celle de mon épouse et de notre fils Alasdair, les seules personnes érudites de cette maison, qui sont mortes, comme vous le savez sans doute, il y a cinq ans. Notre révérend est un brave homme et se débrouille parfaitement dans les textes bibliques, mais ses connaissances ne vont pas beaucoup au-delà. Les évêques n'ont pas l'habitude d'envoyer leurs prêtres les plus instruits dans les Highlands. À leurs yeux, nous faisons encore figure de sauvages à bien des égards… »

Voyant la jeune femme sursauter à cette assertion, il se reprit aussitôt :

« Le nord de l'Écosse, ma dame, est un pays lointain et sauvage pour l'Europe qui sait à peine que des gens y vivent. Mais il l'est également pour les Écossais des

Lowlands, ces messieurs de Stirling, de Glasgow et d'Édimbourg, notamment, qui ne font pas plus la différence entre un broch* et une tour d'habitation qu'entre un claymore** et une épée. Quant à nos monarques, ils ne sont pratiquement jamais venus dans les Highlands et y envoient rarement leurs connétables. D'ailleurs, que viendraient-ils bien y faire ? Nous gouvernons nos propres affaires… à notre manière : à la manière du Nord. Un peu expéditive parfois, mais combien efficace. Tous les clans des Highlands s'entendent là-dessus. Voilà au moins une vision que nous avons en commun ! »

Le vieil homme se prit à son propre jeu. Il avait fait venir Gunelle Keith par devoir et par politesse, mais la conversation avec la jeune personne l'avait stimulé. Il aborda avec fougue les sujets politiques qu'il avait depuis longtemps délaissés, retrouvant son impulsion de jadis. Il expliqua sans discontinuer tout ce que Gunelle Keith voulut savoir sur la position de son clan par rapport aux autres, sur les batailles qu'il menait et sur les relations de la famille avec le roi Jacques. Les mains du vieil homme s'agitaient devant lui, il haussait les sourcils et ses yeux lançaient des éclairs. À la fin, quand dame Gunelle se retira pour la nuit, il était redevenu, à son contact, Baltair MacNèil, le solide chef de clan. Il dormit profondément cette nuit-là.

« Quel homme étonnant, me dis-je en sortant de cet étrange entretien. Tantôt vieillard malade, tantôt grand seigneur qui fait autorité. » Je ne savais que penser de lui. Quand il m'avait fait mander, j'avais cru un instant qu'il allait aborder la question du mariage. J'en aurais évidemment éprouvé une certaine gêne. À l'issue de cette rencontre, j'étais bien en peine de déterminer son but réel. Peu importait au fond. Cela avait encore été l'occasion d'apprendre sur la famille MacNèil, et je devais me l'avouer, c'était de nature à assouvir ma curiosité naissante.

Après avoir moi-même refermé la porte de la chambre du seigneur Baltair derrière moi, je me retrouvai dans le silence absolu du corridor. Aucun bruit d'aucune pièce ou aile du donjon ne parvenait à mes oreilles en alerte. J'avançai lentement, ne sachant trop de quel côté aller pour regagner ma chambre. En quittant le halo de lumière que jetaient les deux torches fixées de part et d'autre de la porte, je fus plongée dans l'obscurité presque complète. Je n'avais pris ni chandelle ni torche avant de sortir. Je m'arrêtai, frissonnante. J'entendis tout à coup des pas dans la direction opposée à celle que j'avais empruntée. Je pivotai sur mes talons et vis s'agrandir un rond de lumière sur le mur d'angle du corridor. Les pas approchaient, vivement, saccadés. « Des bottes de chevalier », pensai-je aussitôt. Ma gorge se serra, je déglutis avec peine, bêtement figée. Dès qu'il tourna le coin, je le reconnus : « Lennox ! » soupirai-je avec soulagement.

« Ma dame ! s'écria-t-il en se précipitant à ma rencontre, comme le seigneur MacNèil vous a longtemps gardée auprès de lui ! »

Je m'emparai de son bras avec gratitude. Évidemment, à quoi d'autre aurais-je pu m'attendre de la part de cet homme à la vigilance infaillible ? Il était vraisemblablement monté de la grand-salle à ma suite et m'avait attendue tout le temps de l'entretien, dans la tour d'angle la plus proche. Au son de la porte qui se refermait, il était accouru.

Faisant fi de toute forme de discrétion, il m'interrogea gravement en m'entraînant d'une main ferme en direction de ma chambre :

« Qu'a dit le seigneur à propos de l'absence de son fils ? »

Je savais bien que cette question le préoccupait par-dessus tout. Sa mission auprès de moi ne se terminerait que le jour de mon mariage. Or l'homme à marier n'était pas au château.

« Il ne m'en a pas parlé, lui dis-je. Je crois qu'il ne veut pas qu'il en soit question. Sait-on seulement où est Iain MacNèil en ce moment ? »

Lennox étouffa un juron. Il déclara trouver parfaitement inadmissible la conduite des seigneurs MacNèil et estimait qu'il s'agissait d'un affront à la famille Keith.

« Comment ! m'exclamai-je, n'a-t-on pas envoyé des hommes quérir le fils MacNèil ? S'il n'est pas rentré, c'est qu'il est retenu quelque part, aux prises avec des difficultés. Voyons, Lennox, le seigneur Baltair lui a certainement dépêché une garde. S'il n'est pas là, c'est qu'on ne l'aura pas encore retrouvé, c'est tout ! »

Plus j'avançais dans ma plaidoirie, plus Lennox se renfrognait. Je lui coulai un regard de côté et compris qu'il en savait plus que moi sur le sujet. Je lui enjoignis donc de tout me raconter. Nous étions parvenus dans l'aile où j'étais logée. Il ralentit le pas en jetant de brefs coups d'œil aux différentes portes closes que nous croisions, cherchant un endroit à l'abri des oreilles indiscrètes. N'en voyant pas, c'est d'une voix sourde où je percevais des accents de colère retenue qu'il me confia ce qu'il savait :

« Pour sûr, ma dame, Iain MacNèil n'est pas en danger à l'heure qu'il est, où qu'il soit. Il est parti seul le matin de notre arrivée, apparemment sans motif autre que celui de baguenauder sur ses terres. Son père sait probablement où le trouver, mais il n'y enverra personne. Pourquoi, ma dame ? Parce que le fils MacNèil ne veut pas revenir au château. Voilà ! Comme ce n'est pas le genre d'homme qu'on ramène de force à la maison, il faudra attendre son bon vouloir. »

Je restai muette de stupéfaction. Je savais que les informations qu'avait glanées Lennox, probablement auprès de chevaliers dans le corps de garde, ne pouvaient qu'être exactes. N'était-ce pas son devoir de se renseigner ? « Mais pourquoi diable Iain MacNèil fuirait-il son propre château ? » me demandai-je. La réponse était toute simple et elle m'apparut soudain avec une aveuglante clarté : Iain MacNèil ne fuyait pas son château, il me fuyait, moi ! Je pris une profonde inspiration, le cœur fébrile. « Ça ne peut être… ! »

Nous étions arrivés devant la porte de ma chambre. Je me retournai vers mon compagnon et, plantant mes yeux dans les siens, je le remerciai de ses bons services et lui souhaitai une bonne nuit d'une voix que je tentai de garder calme. Je ne devais manifester aucune inquiétude devant mes gens. C'est à ce prix que tout se passerait bien à Mallaig. Et je voulais fermement qu'il en soit ainsi.

Lennox inclina lentement la tête et me rendit mes souhaits avant de se diriger vers ses propres appartements, emportant le chandelier, la démarche rigide. Quand il eut disparu à l'angle du couloir et que le bruit de ses bottes se fut tu dans le noir, je pénétrai lentement dans ma chambre. Mon cœur avait recommencé à battre de façon régulière. Nellie et Vivian se précipitèrent dans mes bras, vingt questions sur les lèvres, la parole entrecoupée de rires de nervosité. Elles aussi avaient redouté mon entretien avec le seigneur MacNèil. Mais je n'avais pas le goût de leur faire part de mes dernières impressions. Je les rassurai brièvement du mieux que je pus et elles s'en contentèrent.

Cette nuit-là, je ne connus pas le repos de la précédente. Alors que j'étais seule dans l'obscurité et dans la fraîcheur de mes draps, mille pensées m'assaillaient, mille doutes me tourmentaient. Je finis par m'endormir sur ces paroles énigmatiques de Lennox : « Il faudra attendre son bon vouloir. »

Le lendemain, dès la fin de l'office du matin, le seigneur Tòmas m'aborda avec déférence, s'offrant pour me conduire à cheval au bourg. Je ne pus réprimer un sourire : le seigneur Baltair, à qui rien n'échappait, avait donné quelques ordres à son neveu pour la journée.

« Je ne suis malheureusement pas très habile à manœuvrer une monture, lui répondis-je. Mais si nous pouvions y aller à pied, cela me plairait beaucoup. Mes suivantes pourraient alors nous accompagner, je suis sûre qu'elles en seraient ravies. »

Devant son air surpris, j'ajoutai :

« J'ai toujours eu peur des chevaux et mon père n'a pas insisté pour que j'apprenne à monter lorsque j'étais enfant. Comme j'ai passé les quatre dernières années de ma vie dans un couvent, je n'ai guère eu de contacts avec ces nobles bêtes. »

Un sourire radieux qui découvrit ses dents blanches et bien plantées me toucha immédiatement le cœur. J'éprouvai dès cet instant beaucoup d'amitié pour lui. Je le tins pour sensible et très bon. Dans cet univers sauvage des Highlands, admettre son incompétence à monter les chevaux équivalait à un aveu d'incapacité, voire d'infirmité. Je n'avais nul doute à ce sujet, même les dames devaient être ici d'excellentes cavalières. Je ne sais pourquoi, je soupçonnai alors que Tòmas ne se sentait pas aussi à l'aise en selle que la plupart des chevaliers. Une pensée surgit dans mon esprit, en contrepoint : son cousin et maître d'armes devait, lui, être champion dans le domaine équestre. « Va-t-on finir par me parler de Iain MacNèil ? » songeai-je avec anxiété.

Dès que notre petit groupe, formé de Nellie, Vivian, Lennox, notre jeune garde Nial, Tòmas, deux autres chevaliers de la maison MacNèil et moi-même, sortit du château par le pont-levis, j'aspirai à fond l'air vivifiant. Il s'y mêlait des odeurs de lande, de forêt et de mer. J'étais étrangement heureuse de quitter le château. Mes épaules se détendirent, ma cape me parut moins lourde, le vent d'hiver moins vif sur mon visage, et mes yeux furent éblouis par la lumière du premier soleil depuis près d'une semaine. La perspective de cette promenade au bourg me remplissait littéralement de joie.

C'est ainsi que je compris à quel point l'atmosphère du château m'avait pesé.

En contournant l'édifice pour descendre vers le port, je constatai avec une certaine angoisse la hauteur impressionnante de ses murs. Il s'agissait là d'une véritable forteresse. Au fil des générations de MacNèil, des rangées et des rangées de pierres s'étaient élevées autour de ce qui avait été probablement à l'origine une simple tour. Assurément, les gens de Mallaig étaient bien à l'abri en cas d'invasion ou d'attaque. Je secouai la tête afin de me débarrasser de ces pensées pessimistes et de revenir à mon état de bonheur de l'instant précédent. Tòmas, qui m'observait à la dérobée, surprit mon geste qu'il interpréta sans doute comme un signe d'impatience, car il me rassura sur la durée de la promenade. Je retrouvai aussitôt en lui le guide intelligent et attentif de la veille, qui ne ménageait ni les détails ni les anecdotes que lui inspiraient les choses ou les gens sur notre passage.

Cette matinée fut tout à fait dans le ton de l'après-midi précédente : riche en informations sur la vie à Mallaig. Nous eûmes ainsi l'occasion de croiser certaines personnes que nous avions vues à notre soirée d'arrivée dans la grand-salle du donjon : ici le forgeron, là le sellier ou encore le maçon, mais aussi d'autres hommes, femmes et enfants qui habitaient le bourg. La curiosité que notre équipage avait suscitée l'avant-veille ne se démentait pas. Tous les regards posés sur nous le prouvaient à chaque instant.

Ce premier examen du port et de ses maisons me révéla une pauvreté plus grande que celle que j'avais rencontrée en France ou même à Aberdeen. Plusieurs habitants allaient presque pieds nus, malgré le froid d'hiver qui givrait la tête des arbustes, et leurs vêtements tombaient en loques. Je vis de nombreuses bouches édentées et des yeux fiévreux pour la plupart. Cependant, un rapide coup d'œil en direction des membres de notre compagnie m'indiqua que j'étais la seule à relever de tels détails. Je ne surpris rien dans leurs regards qui laissât entrevoir qu'ils s'émouvaient de la situation. Je me gardai donc de faire part de mes constatations à Tòmas qui, du reste, était lancé sur la circulation des navires dans le petit port de Mallaig.

En y descendant, je vis une chaumière faite en longueur, adossée à la petite église de pierres. Elle semblait abandonnée, une partie de son toit de chaume épais s'était affaissée. J'appris qu'elle avait servi d'école avant le décès de la châtelaine. Je me rappelai ce que le révérend m'avait dit la veille concernant l'instruction des enfants : il avait perdu un jeune maître et n'arrivait pas lui-même à le remplacer dans cette tâche. Nous atteignîmes finalement le quai de chêne jeté entre les rochers mouillés, où se terminait notre promenade. Au loin, j'aperçus sur la mer, émergeant en cadence, les têtes noires de trois veaux marins lustrés.

Je me tournai pour faire face au château. Encore une fois, mon cœur se serra en voyant sa masse gigantesque dominant le modeste bourg. « Ce pays est démesuré », pensai-je. Un faucon survola un instant les tourelles, puis disparut en direction des montagnes.

Je sursautai : le seigneur Tòmas me posait une question que je n'avais pas entendue. Ses yeux bleus me fixaient attentivement. Une mèche de cheveux rebelle flottait au gré de la bise, lui barrant le front de temps à autre. Il se tenait droit, les bras libres le long de son corps souple. Il portait des armes légères fichées dans une magnifique ceinture de cuir pâle bouclée par un lourd fermoir doré. Sa tunique vert foncé bien lisse sur sa poitrine se soulevait au rythme de sa respiration. Je le trouvai beau à cet instant. Je dus lui sourire, car il détourna son regard d'un air gêné.

« Excusez-moi, seigneur Tòmas, lui dis-je alors, je ne crois pas avoir compris votre question. Auriez-vous l'amabilité de me la répéter ?

– J'ai un vilain accent quand je parle le scot, on me l'a dit cent fois à Édimbourg. N'y faites pas attention, je vous prie, ma dame. Je demandais simplement si les navires de votre père ont eu l'occasion de mouiller de ce côté-ci de l'Écosse, par exemple dans les îles.

– Vous voulez dire les îles de Rhum ou de Skye, ou les deux ? Quoi qu'il en soit, mon seigneur, je doute que nos navires se soient aventurés là. Je crois savoir que les îles n'ont pas bonne réputation. C'est une chasse gardée du clan MacDonald et les commerçants honnêtes ne s'y rendent guère.

– Vous avez parfaitement raison, ma dame. Je vois que les exploits du clan MacDonald sont connus dans l'Écosse entière. En vérité, ces gens sont les premiers parmi nos nombreux ennemis. Voyez-vous, Mallaig est la dernière enclave favorable au roi au nord du loch Ness. On se demande d'ailleurs pourquoi les MacNèil sont restés fidèles à la monarchie depuis des générations. Ils l'ont été tout le temps de la régence et ont prêté serment d'allégeance à Jacques Ier en avril, lorsqu'il a été libéré par les Anglais. J'imagine que le sens de la loyauté des MacNèil a toujours su l'emporter sur les guerres de clans. En tout cas, cela a rapporté cette fois-ci. On nous a octroyé les terres couvrant une grande partie des Grampians au détriment du clan Cameron. »

Comme je gardais le silence à la suite de ces révélations inquiétantes, mon interlocuteur s'absorba dans ses pensées tout en remontant vers le château, notre groupe dans son sillage. J'étais frappée par la modération dont il faisait preuve dans ses propos. Il n'y avait aucune comparaison possible avec le discours enflammé du seigneur Baltair, la veille. « Tòmas est doué d'un jugement d'une rare qualité », pensai-je. Il me tardait de connaître son appréciation plus générale des montagnards, les Highlanders. J'osai donc poser la question ultime qui me tourmentait :

« Il y a quelque chose qui me tracasse et ma question vous semblera sans doute très puérile. Aussi, veuillez pardonner ma sottise si telle elle vous paraît. Seigneur Tòmas, tenez-vous les habitants des Highlands pour des gens incultes et barbares ? »

Il ne me regarda pas tout de suite, fixant l'horizon, l'air concentré. Je sentis qu'il choisirait ses mots avec soin pour formuler sa réponse, démontrant le sérieux qu'il y accordait :

« Il me serait difficile de qualifier de barbares les gens à qui je me dois et ceux dont je suis issu. Ils sont rustres, certes, incultes pour la plupart, sans doute, mais je ne connais pas de peuple plus énergique devant le malheur, plus obstiné devant l'ingratitude de la nature, plus farouchement amoureux du chant, de la musique et de la danse. Toutefois, ils ne sont pas portés sur les grands discours. Ils parlent beaucoup plus avec leurs armes et se moquent du sang versé. Voilà le défaut de la cuirasse : les clans des Highlands s'entretuent allègrement. Les Anglais ont commencé à le comprendre et ce n'est qu'une question de temps pour qu'ils en tirent le meilleur parti. »

Cette réponse n'appelait pas de réplique. Quelque chose me disait qu'il avait raison. Les opinions politiques des MacNèil étaient pour le moins singulières : on ne pouvait ni franchement les contredire ni les ignorer. Je levai les yeux vers le ciel. De gros nuages de neige s'amoncelaient au-dessus des montagnes. Je remontai mon col. L'euphorie de la promenade m'avait définitivement quittée. J'aspirais à rentrer au château et à reprendre l'attente. L'attente du « bon vouloir ».

C'est alors que je vis sur le chemin trois cavaliers qui venaient à notre rencontre. Dès qu'ils furent assez proches, je reconnus dame Beathag et deux des chevaliers de Mallaig. Elle portait un costume d'un rouge orangé éclatant, une coiffe damassée volumineuse d'où s'échappaient élégamment quelques boucles de cheveux flamboyants. L'ensemble qu'elle formait avec ses gardes de noir vêtus était des plus saisissants.

Je ne l'avais pas revue depuis notre premier repas et j'avais presque oublié son existence. Elle salua en gaélique toute la compagnie avec un sourire éblouissant. Je crus surprendre un coup d'œil à l'intention de Lennox. Puis, elle fit pivoter sa bête et partit au galop dans la lande, ses gardes à quelque distance d'elle. Cette soudaine apparition ranima la conversation dans notre groupe. Chez les messieurs, on devinait une certaine nervosité : visiblement, dame Beathag n'en laissait aucun indifférent. Il lui suffisait de paraître quelques minutes pour leur mettre le rouge au front et leur faire hausser le ton. Seul Tòmas ne semblait pas avoir été touché par cette grâce. Il poursuivait sa progression sur le chemin d'un air indifférent et détendu, presque désinvolte. Sa mission avec moi tirait à sa fin. En effet, nous atteignîmes le château une vingtaine de minutes plus tard.

Nous prîmes notre souper comme la veille, en toute intimité entre gens de Crathes. Tòmas ne se joignit pas à nous, non plus que le seigneur Baltair qui avait gardé la chambre pour une deuxième journée consécutive. J'entrevis d'ailleurs en soirée l'homme qu'on me désigna comme son médecin, messire Kenneth MacDuff : extrêmement grand, dans la quarantaine, l'air affairé. Il resta presque une heure au chevet du vieux chef. Je ne trouvai personne par la suite pour me donner des nouvelles de son état de santé ; les habitants du château semblaient tous pressés d'aller se coucher ce soir-là. Le vent qui battait la lande venait frapper par bourrasques les volets et soulevait légèrement les tentures qui les couvraient. Le froid de l'extérieur s'infiltrait dans les pièces, partout où c'était possible. La veillée fut morne et nous montâmes tôt à nos appartements.

La neige tomba toute la nuit, en rafales au début, puis en légers flocons vers le matin. Nous nous étions blotties à trois dans mon lit pour nous réchauffer et nous réconforter. Vivian, que la visite du bourg avait dégoûtée, s'en était plainte une bonne partie de la soirée. Nellie avait bien tenté d'atténuer les choses par son bon sens, mais rien n'y fit. C'est alors que je commençai à penser que Vivian, friande de fêtes, de robes et de rencontres, ne supporterait pas la vie à Mallaig et qu'elle voudrait retourner avec Lennox à Crathes, au service de ma mère. Je soupirai, le cœur soudain gonflé de peine. Je ne voulais pas perdre Vivian. Je pressentais déjà que

Lennox me manquerait lorsqu'il quitterait mon service. De mon univers d'Aberdeen il ne me resterait plus que ma bonne Nellie et je ne me sentais pas prête à de nouveaux renoncements.

À la cuisine où je me rendis le lendemain après l'office, je surpris Anna avec la petite Ceit, affairées à fabriquer des galettes de miel. L'enfant, toute barbouillée et concentrée sur son travail, ne m'avait pas vue entrer, ce qui me permit de l'observer à loisir. C'était une enfant malingre au visage étroit. Ses traits accusaient une légère difformité. Au premier coup d'œil, cela ne paraissait pas beaucoup, mais ses yeux, qu'elle avait très bleus, étaient légèrement inégaux. Elle avait un petit menton volontaire qui détonnait dans cet ensemble empreint de fragilité. Nellie, qui était sur mes talons, fit une entrée plus remarquée. Ceit sursauta, lâcha la motte de pâte qu'elle manipulait et s'enfuit en toute hâte dans un froufrou de jupes enfarinées par une petite porte dérobée qui menait au cellier. Nous demeurâmes toutes trois interdites.

Anna fit un commentaire en gaélique. À mon grand étonnement, j'entendis Nellie lui répondre quelques mots en gaélique. Je me tournai vers elle et la dévisageai. Elle haussa les épaules, comme pour me signifier qu'il n'y avait rien de plus naturel que d'apprendre le gaélique en deux jours. Déconfite, je pris place sur un tabouret et écoutai les deux femmes converser lentement en gaélique, s'entraidant l'une l'autre avec force gestes, à la recherche des mots. Leur ressemblance me frappa alors. Est-ce que toutes les nourrices du monde ont ce même visage bon, cette même forme généreuse du corps, ce même timbre de voix assuré lorsqu'elles atteignent un âge respectable ? Je n'aurais su l'affirmer, mais ces deux-là m'apparurent comme un double rempart de protection contre les peines que me réservait, à n'en pas douter, ma vie à Mallaig.

Je laissai errer mon regard vers la porte donnant sur le jardin. On ne m'y avait pas encore emmenée, ayant jugé sans doute que son état d'abandon pour l'hiver le rendait inintéressant. Je voulus quand même l'explorer et sortis. La neige y avait presque entièrement fondu. Je fus d'abord impressionnée par sa grandeur : une dizaine d'allées se devinaient sous les débris de végétaux qui jonchaient le sol. Je comptai sept arbres fruitiers qui n'avaient pas été taillés depuis quelques années, me sembla-t-il : des pommiers, un prunier et un châtaignier. Au fond du jardin, un étang, qui pouvait aussi être un vivier, occupait un espace délimité par des rosiers, ce qui m'étonna fort en cet endroit de l'Écosse. Les rosiers non plus n'avaient pas été entretenus depuis un bout de temps.

J'examinai les tertres de terre gelée, mais ne pus déterminer ce que l'on avait pu y cultiver en saison. Nellie et Anna vinrent me rejoindre et je demandai aussitôt à Nellie de s'informer de ce qu'on y semait. La réponse vint, hésitante. Anna cherchait-elle ses mots ou bien ne savait-elle tout simplement pas ? Je finis par comprendre que le jardin ne produisait pas beaucoup faute de soins. Cela avait été le passe-temps favori de la défunte châtelaine et personne n'avait pu prendre correctement la relève.

La bibliothèque, le jardin, l'école du bourg : autant de choses délaissées depuis la mort de la châtelaine de

Mallaig. Combien en découvrirais-je d'autres ? Plus j'allais dans ma découverte des lieux, plus la personnalité de Lite MacNèil prenait forme. Cette châtelaine avait été très estimée de ses gens. Elle les avait marqués profondément par son savoir et son esprit d'initiative. Une impulsion me poussa à m'adresser à Anna qui, à cet instant, promenait un regard triste autour d'elle. Elle devait éprouver du chagrin à l'évocation du souvenir de sa maîtresse. Ses yeux humides en témoignaient et elle pressait ses mains rougies l'une contre l'autre, absente.

Un bruit dans la cuisine nous fit toutes tourner la tête en même temps : c'était encore la petite Ceit qui se cachait. Elle avait sans doute aperçu Anna par la porte ouverte et avait voulu la rejoindre, ne nous ayant pas vues, Nellie et moi, davantage avancées dans le jardin. Elle avait dû rebrousser chemin à la dernière minute en découvrant notre présence. Les deux femmes rirent du manège de l'enfant et entrèrent la voir. Avant de leur emboîter le pas, je jetai un dernier regard au jardin désolé. « Oui, me dis-je, cela a dû être un endroit magnifique jadis et Lite MacNèil a dû être une merveilleuse châtelaine. Que Dieu me vienne en aide afin que je sois à la hauteur du rôle qui m'attend ! »

Une autre journée tirait à sa fin. L'avent venait de débuter. J'avais assisté à l'office du soir, seule, sans Vivian et Nellie, car j'avais grand besoin de me recueillir et d'apaiser mon âme inquiète. Je trouvai beaucoup de réconfort dans les prières liturgiques toutes simples récitées sur un ton doux par le révérend Henriot. C'est donc l'esprit plus serein que j'allai rejoindre mes servantes à ma chambre et me préparer au souper. Trop absorbée dans mes méditations, je me trompai de direction et aboutis à l'étage au-dessous du mien, dans l'aile du seigneur Baltair.

Une forte odeur de poils mouillés flottait dans le corridor. J'aperçus tout de suite un grand chien roux que je n'avais jamais vu auparavant, couché devant la porte fermée de la chambre du vieil homme. Je me figeai aussitôt, glacée de peur. Le chien avait dressé la tête et m'observait. Il se leva lentement et s'avança vers moi. J'étais paralysée. J'aurais voulu fuir, mais mes membres ne m'obéissaient pas. Je me forçai au calme et m'obligeai à détailler la bête. Le museau était long, les oreilles légèrement tombantes et noires sur leur pourtour, les longs poils de ses pattes et de sa queue dégoulinaient.

De ses yeux très noirs coulait un regard doux. Il me flaira les mains, puis les pieds, et, visiblement satisfait, s'en retournait à son poste quand une forte voix d'homme traversa la porte de la chambre du seigneur Baltair. Une autre, celle du vieux seigneur que je reconnus aussitôt, y répondit. Le ton sur lequel les deux hommes se parlaient ne laissait aucun doute : c'était une dispute, en gaélique. Le chien s'était immobilisé lui aussi et fixait la porte en grondant. J'allais en profiter pour rebrousser chemin quand la porte s'ouvrit brusquement. Un homme sortit et s'arrêta net en me voyant. De taille moyenne, les cheveux longs et la barbe d'un brun presque noir, des épaules larges à l'étroit dans une tunique trempée, chaussé de bottes et de jambières de cuir noir, ainsi m'apparut Iain MacNèil. Car ce ne pouvait être que lui. Un frisson glacé qui me parcourut le dos m'en avait avertie. Son regard croisa le mien. Ses yeux, du même bleu que ceux du seigneur Baltair, étaient encore remplis de colère. Avant que j'aie eu le temps d'émettre un son, il s'était retourné, avait sifflé le chien et disparaissait à grandes enjambées dans la direction opposée.

Devant la porte restée ouverte, une flaque d'eau marquait l'endroit où le chien avait attendu son maître. Allongeant le cou, j'en vis une autre à l'entrée de la chambre, laissée par les bottes du maître. À l'évidence, ces deux-là étaient rentrés depuis peu.

Une quinte de toux s'éleva dans la chambre, se transformant vite en un étranglement. Je bondis. Le seigneur Baltair était courbé sur le bras de son fauteuil, les mains crispées sur une canne, le souffle coupé. Je me précipitai sur lui, le pris aux épaules, le forçant à se redresser. Il releva la tête et me reconnut : ses yeux étaient injectés de sang, un filet de bave rose coulait sur son menton, son teint tournait au gris. J'appelai à l'aide d'une voix fébrile qui se bloquait dans ma gorge. Certes, personne ne pouvait m'entendre ici. Il aurait fallu hurler pour cela. La canne tomba par terre avec un bruit sec. Baltair MacNèil accrocha ses mains tremblantes aux miennes. Je sentis une force inouïe passer dans ce geste désespéré. Il reprit son souffle durant quelques secondes. Ce fut suffisant pour le ramener du côté de la vie. Il s'affaissa dans le fauteuil et je me laissai tomber à ses genoux, nos mains toujours soudées. Je perdis la notion du temps. S'écoula-t-il vingt minutes ou une heure avant qu'Anna arrive ? Je n'aurais su le dire. « Tout va bien maintenant », soupirai-je en voyant la brave intendante entrer. Je fermai alors les yeux de soulagement.

Je retournai à ma chambre, que je trouvai vide. Je tombai, exténuée, sur un banc. Des sentiments de peur, de désespoir, de révolte se bousculaient en moi. Quel genre d'homme pouvait, en toute impunité, malmener un vieillard aussi malade que le seigneur Baltair ? Quel genre de fils était-ce là ? Je suffoquais de colère. Je fus longue à retrouver mon calme et c'est avec une maîtrise toute relative que je me présentai plus tard dans la grand-salle pour le souper.

Mis à part le seigneur Baltair, toute la famille était là. Le silence se fit à mon arrivée. Je demeurai hésitante, sur le seuil, cherchant des yeux le soutien d'un regard ami. Tòmas comprit mon appel muet, car il fut aussitôt à mes côtés. Voyant son air anxieux, je sus que la difficile tâche de me présenter à son impossible cousin lui incombait. Je déglutis avec peine et lui tendis la main. Il s'en empara. La sienne était moite et froide. Je levai la tête et croisai le regard glacial de Iain MacNèil, qui était planté au milieu de la salle et nous examinait les bras croisés. Il avait revêtu un pourpoint noir de jais sur une longue tunique de toile rouge. Ses cheveux avaient séché en plaques sombres sur son crâne. Étrangement, il ne s'était pas débarrassé de ses armes, qui pendaient à sa ceinture. Tòmas n'eut pas le temps de me nommer, car le seigneur Iain le fit à sa place. En prononçant mon nom, je perçus dans sa voix grave une intonation qui ressemblait à du mépris. Je me raidis aussitôt :

« Mon seigneur », murmurai-je en m'inclinant dans une révérence que je voulus stricte.

Le silence était lourd dans la salle. On n'entendait que le crépitement des torches fichées dans tous les coins. Chacun retenait son souffle, ne voulant rien manquer de ce qui allait se révéler être un véritable spectacle.

Imperturbable, le seigneur Iain entreprit de circuler lentement autour de moi dans le seul bruit de ses bottes martelant le sol. Je sentais son regard aiguisé me détailler comme il l'aurait fait avec une jument poulinière. C'était intolérable. J'avais les joues en feu. À ma grande stupeur, il s'adressa en gaélique au groupe en s'avançant vers lui. Apparemment, il dit quelque chose de drôle, car plusieurs s'esclaffèrent. Je vis Tòmas serrer les poings, le visage tendu. Il ne riait pas. Lennox, que j'aperçus non loin, affichait un air outragé. Je compris que le seigneur Iain faisait sur moi un commentaire peu flatteur. C'en était trop. Je l'interpellai, tremblante de rage :

« Ne pourriez-vous pas parler en langue scot, mon seigneur ? Je n'ai pas le bonheur de comprendre ce que vous dites et cela semble amusant. »

En m'entendant, le fils MacNèil se tourna lentement vers moi, le sourcil levé. Toute sa physionomie respirait la suffisance. Sans me quitter des yeux, il inclina la tête en direction de Tòmas et attendit. J'étais stupéfaite : était-il possible que le fils MacNèil ne parle ni ne comprenne le scot ? Apparemment oui, car Tòmas croisa mon regard et un demi-sourire se dessina sur ses lèvres. Il prononça d'une voix étrangement posée une phrase en gaélique à l'intention de son cousin. Cette phrase était-elle la traduction de ce que je venais de dire ? Tout le laissait croire. Des rires fusèrent. Le regard que le seigneur Iain posa sur moi se durcit. Les rires s'étouffèrent. Je compris que, cette fois, on se moquait de lui.

Je me tournai vers Lennox, le regard suppliant. Il me fallait à tout prix comprendre ce qui se disait. Il n'attendait qu'un signe de ma part pour intervenir et, en deux enjambées, il vint se placer derrière moi et me traduisit à voix basse les paroles de Tòmas :

« Le seigneur Tòmas a dit : "Comme je suis heureuse de faire enfin votre connaissance, mon seigneur. Je raffole des nobles barbus qui savent se faire attendre." »

Interdite, je me tournai vivement vers mon interprète. Je vis une lueur malicieuse briller dans ses yeux. Quand je croisai le regard de Tòmas, la même expression illuminait son visage. « On se paie la tête du jeune seigneur ! » pouffai-je.

Iain MacNèil n'était pas homme à perdre la face. Comme un coup de fouet, il lança dans l'air immobile ce qui me sembla bien être un juron. Puis, jetant un œil noir à Tòmas, il s'approcha vivement de moi et prononça à haute voix le nom de Lennox, dardant sur lui un regard glacial par-dessus mon épaule. Je tressaillis. Son haleine empestait l'eau-de-vie. Mon lieutenant se raidit derrière mon dos. Baissant alors les yeux sur moi, Iain MacNèil m'adressa une réplique cinglante, le visage dur et fermé, puis leva son regard sur Lennox et le nomma de nouveau. Il venait de reprendre en main la situation et indiquait ainsi clairement quels seraient les intermédiaires dans la discussion.

Je ne pouvais détacher mon regard de ce visage crispé aux traits durs. Lennox s'exécuta et me dit d'une voix sourde :

« Le seigneur MacNèil dit : "Pour ma part, je ne raffole pas des dames qui apprennent le gaélique en écoutant aux portes." »

Ce fut comme si une lame m'avait piquée. Je m'entendis répliquer sur un ton qui frisait l'insolence, me surprenant moi-même :

« Mon seigneur, si vous parlez de notre rencontre de tout à l'heure, sachez que je n'écoutais pas aux portes, mais que je m'initiais au langage des chiens en compagnie de votre obligeant setter. Pour ce qui est de l'affabilité, la langue canine constitue mon premier choix, venant avant le gaélique. »

J'avais à peine terminé que des rires fusaient du côté de Tòmas, du révérend, du secrétaire, de mes suivantes, bref de tous ceux qui comprenaient le scot. Je tournai le visage vers Lennox pour l'inviter à traduire et, imitant la manière du seigneur Iain, j'accompagnai mon geste d'un retentissant « Lennox ».

Iain MacNèil fulminait dans l'attente. Je le vis serrer les poings et bander les muscles de ses épaules et de son cou. Derrière mon dos, Lennox s'exécutait en gaélique sur un ton monocorde et la fin de sa réplique fut accueillie par un tonnerre de rires gras : de toute évidence, il y avait dans l'assistance davantage de personnes parlant cette langue. Je n'attendis pas la réaction du fils MacNèil pour rejoindre le groupe le plus proche et, toute tremblante, j'entrepris de saluer chacun avec courtoisie. Je surpris des œillades admiratives qu'on me décochait çà et là. On s'amusait fort de cette rencontre tant attendue, en retard de trois jours sur le calendrier de l'avent.

Le souper qui suivit ressembla fort à un tournoi où les équipes adverses occupent chacune la moitié de l'arène. J'avais pris place à un bout de la table avec les « Scots », c'est-à-dire le révérend agité de haussements d'épaules, le secrétaire Saxton, une lueur d'intérêt dans les yeux, Tòmas, rayonnant, Lennox, ulcéré, nos quatre hommes de garde et mes deux suivantes, excités. Le seigneur Iain s'installa à l'autre bout, me faisant délibérément face, avec ses chevaliers et dame Beathag. Nous évitions soigneusement de nous regarder, conscients du feu qui couvait dans la situation. Les conversations naissaient et mouraient dans une atmosphère d'étouffement généralisé.

Un moment, j'aperçus la petite Ceit cachée derrière un pilier, les bras passés autour du cou du chien roux, lui murmurant des secrets à l'oreille. Je remarquai que ses lèvres bougeaient : parlait-elle vraiment ? L'énervement décuplait mon attention. Tout au long du repas, je fus ainsi tendue, les sens en alerte, enregistrant une formidable quantité de détails insignifiants. Tòmas avait beau m'adresser des sourires d'encouragement, je n'arrivais pas à m'apaiser.

La fin du repas se bouscula, je ne sus pour quelle raison. Le fils MacNèil et sa suite quittèrent la table dans un même mouvement et sortirent de la salle avec beaucoup de tapage. Quelques chevaliers titubaient et dame Beathag s'agrippait en minaudant au bras de son beau-frère, qui lui avait visiblement beaucoup manqué.

Après leur départ, un silence lourd tomba dans la salle comme pierre au fond d'un puits. La tempête était passée. Je promenai mon regard autour de la table. Tous me dévisageaient, effarés. Ne pouvant plus me contenir, j'éclatai alors en sanglots.

Chapitre III

Les noces

Le lendemain de sa rencontre avec le seigneur Iain, dame Gunelle se mura dans sa chambre. Elle ne descendit pas à l'office et demanda à ses suivantes de la laisser seule. Nellie passa donc une bonne partie de la journée avec Anna, trouvant en cette dernière une véritable alliée. Anna ne pouvait approuver la conduite inqualifiable de son jeune maître et elle montra beaucoup de compassion pour la jeune maîtresse de Nellie ainsi bafouée. Elle glissa des gâteries dans les plateaux qu'elle lui fit monter pour les repas. Les deux nourrices se désolèrent et s'inquiétèrent ensemble de les voir redescendre intacts de la chambre de la jeune femme.

Lennox, pour sa part, était outré de l'indignité de Iain MacNèil et faillit à plusieurs reprises demander audience au père afin que ce dernier s'explique sur le comportement du fils. Mais, ce faisant, il aurait excédé la mission que lui avait confiée Nathaniel Keith et mis sa fille dans une position délicate. Le chef du clan Mac-Nèil était-il seulement en état de gérer la situation ? Lennox dut se faire violence pour ne pas intervenir sans en avoir reçu l'ordre. Il comprenait que cet ordre ne pouvait venir que de dame Gunelle. Aussi, il fit résolument le guet dans son aile toute la journée, dans l'espoir qu'elle le demanderait, malgré les nouvelles que Nellie lui avait données de leur maîtresse au matin.

C'est Guilbert Saxton qui eut la délicate tâche de faire rapport au seigneur Baltair de l'éprouvante soirée. Son maître l'avait fait demander dans ce but et il pénétra dans la chambre comme le médecin MacDuff en sortait. Les deux obligés se saluèrent froidement et passèrent leur chemin. Saxton n'accordait pas beaucoup de crédit au médecin et ce dernier méprisait le travail du secrétaire. Saxton ne s'enquit pas de l'état de santé en cette journée d'après-crise, sachant que les symptômes allaient être exagérés à dessein. Le médecin de Baltair MacNèil était un homme fier de son savoir comme de son ignorance, qui se retrouvaient à parts égales dans sa pratique.

Quand Saxton se tint devant son maître, il s'en voulut pourtant de ne pas s'être informé : Baltair MacNèil avait le visage livide, la respiration sifflante et un tremblement incessant agitait ses mains. Il était affaissé sur des coussins dans son lit. C'était la première fois que le chef de clan le recevait couché ! Anna, assise à son chevet, un linge dans les mains et une bassine d'eau fraîche sur les genoux, roulait des yeux contrits.

À l'arrivée de son secrétaire, le seigneur Baltair tourna la tête vers son intendante et lui demanda, dans un filet de voix, de le laisser seul, ce qu'elle fit à contrecœur. Puis, s'adressant à Saxton, il enchaîna lentement, en détachant chacun de ses mots :

« Veuillez m'excuser, Saxton, de vous recevoir ainsi, mais il me faut savoir exactement ce qui s'est passé hier. Je veux l'apprendre de votre bouche, car je tiens vos comptes rendus pour exacts. Il est inutile que je sorte de mon lit pour vous entendre. Je vous demande d'ignorer mon état de fatigue. Enfin, ne tentez pas de me ménager en me cachant des choses que je ne devrais pas ignorer. »

Saxton fit un effort pour trouver un ton neutre dans l'exposé qu'on lui demandait. Son maître avait pleine confiance en lui et il n'allait pas le décevoir à un moment aussi crucial pour la famille MacNèil. Il raconta donc de façon concise un des pires moments qu'ait vécus le château de Mallaig à sa connaissance. Son vieux maître avait fermé les yeux, si bien que Saxton ne savait pas s'il dormait ou s'il l'écoutait. À la fin de son récit, il perçut le murmure de Baltair MacNèil le remerciant. Il attendit quelques secondes pour connaître ses instructions, mais son maître s'était tu. Il sortit de la chambre, exténué.

Tandis qu'à l'étage Saxton faisait rapport au père, le médecin MacDuff faisait le sien au fils, dans le bureau du rez-de-chaussée. Iain MacNèil ne tenait pas lui non plus le médecin en très haute estime, mais il lui prêta une oreille attentive ce matin-là. C'est qu'Anna lui avait rapporté le malaise qu'avait éprouvé son maître avant le souper de la veille. Il en avait été fort surpris : il n'imaginait pas que son père soit aussi malade. En fait, il l'avait si peu vu ces derniers mois que l'état de santé détérioré du vieux chef était pour lui une découverte. Le pronostic du médecin était alarmant, mais dans quelle mesure fallait-il y prêter foi ? Pourtant, l'affolement d'Anna face à l'état de son père venait indéniablement corroborer le rapport de MacDuff.

Il congédia rapidement le médecin, et, resté seul dans la pièce sans feu, il l'arpenta avec nervosité. Il sentait monter en lui quelque chose comme de la culpabilité. Il se revoyait, à peine rentré au château, en train de se disputer avec son père. Le courroux que le vieux chef avait laissé voir, son regard haineux, le rictus qui déformait son visage ravagé, les paroles dures et blessantes qu'il avait proférées, tout l'assaillait. Surtout les reproches, toujours les mêmes, mais qui semblaient gagner en dureté de fois en fois. Baltair MacNèil n'en avait plus pour longtemps à vivre, affirmait le médecin. Lui serait-il donné, se demandait Iain, une seule chance de s'expliquer d'homme à homme avec lui avant qu'il ne rejoigne sa mère et son frère dans l'au-delà ? Au train où allaient les choses, il en doutait fort. Son estomac se noua et il en eut le souffle coupé quelques secondes.

Au cours de la semaine qui suivit la rencontre du fils MacNèil avec la fille Keith, le château de Mallaig fut étonnamment silencieux. Le seigneur Baltair reprenait tranquillement des forces dans le silence de sa chambre, n'acceptant que les soins de son intendante. Il ne voulait pas encore affronter son fils, qui ne lui rendit d'ailleurs aucune visite.

Le temps s'était radouci, mais le soleil ne paraissait pas. La neige avait complètement fondu et le seigneur Iain sortait le plus possible, évitant soigneusement de rencontrer dame Gunelle. Il partait au matin chasser avec les chevaliers de la maison et ne revenait qu'au soir. Il lui arriva à quelques reprises d'accompagner Beathag en promenade dans la lande. Cependant, jamais il ne chevaucha avec Tòmas ces jours-là : il lui en voulait d'avoir pris parti pour la jeune Keith lors de leur fatidique rencontre. Quant à ce dernier, il ne semblait nullement intimidé par cette bouderie, mais, au contraire, assez heureux d'être libre de se tenir à la disposition de dame Gunelle.

Depuis le retour de son cousin, le seigneur Tòmas appréhendait que Gunelle Keith ne demandât à reprendre le chemin de Crathes. Il n'en aurait pas été surpris, ni lui ni personne à Mallaig, et le lieutenant Lennox, qui ne décolérait pas, en aurait certainement été soulagé. Or ce fut un souhait d'un tout autre ordre que lui exprima la jeune femme ce matin-là, au retour d'une promenade solitaire. Le regard à la fois triste et suppliant, elle lui demanda avec circonspection s'il voulait bien lui enseigner la langue gaélique. Cette requête l'étonna, mais il fut encore plus ému de l'entendre se justifier :

« Je suis bien consciente des difficultés que cela peut vous créer en tant que représentant de cette famille. J'avoue avoir d'abord pensé au lieutenant Lennox, mais sa connaissance de votre langue est trop limitée et je veux apprendre le plus de mots possible, faute de quoi je ne pourrai jamais converser avec votre cousin sans intermédiaire. Ni avec votre cousin ni avec la majorité des gens de Mallaig. Et cela n'est pas envisageable pour moi, vous comprenez ?

– Je comprends parfaitement, ma dame, répondit-il avec empressement. Je suis flatté que vous ayez songé à moi et je ne me déroberai pas. Vous savez bien que je suis votre obligé dans cette maison. C'est donc un honneur que vous me faites en me demandant cela. Je ne me connais pas de qualités particulières pour l'art d'enseigner, mais je ferai tout ce qu'il faut pour les acquérir. Indiquez-moi seulement par où commencer. »

Le seigneur Tòmas n'était pas au bout de son étonnement et de son admiration pour la jeune femme. Les jours s'écoulèrent sans qu'il les vît passer. Gunelle Keith avait une facilité d'apprendre hors du commun. Elle était douée, en partie grâce à ses études en France, d'une mémoire remarquable : tout ce qu'il lui enseignait était immédiatement assimilé et elle pouvait s'en servir sans aucune forme de rappel de sa part. Elle avait des rudiments d'allemand et il prit conscience de la parenté qui existait entre cette langue celtique et le gaélique.

Ils allèrent ensemble des journées durant, devisant de sujets qu'elle choisissait au gré de leurs promenades au château, dans le bourg ou sur la falaise. C'est ainsi qu'elle en vint à très bien connaître les marchands, les pêcheurs, les artisans, les serviteurs et servantes du château, enfin tout ce petit monde qui gravitait autour de Mallaig.

En deux semaines, Gunelle Keith maîtrisa les bases de la langue du jeune homme et il en ressentit une très grande fierté.

Dans la journée qui suivit le retour du fils MacNèil au château, vingt fois je fus tentée de m'enfuir. Dès que je fermais les yeux, je revivais les minutes éprouvantes de ma rencontre avec lui. Chaque fois, je tremblais d'indignation. Qu'avais-je donc fait pour mériter tant de mépris de sa part ? Qu'aurait-il donc appris sur mon compte de si terrible pour me juger avant de me connaître ?

Bien sûr, aucune réponse satisfaisante ne venait m'éclairer. J'en vins à envisager les choses d'un point de vue tout extérieur : le fils MacNèil avait décidé de se faire attendre trois jours au terme desquels il avait affronté le courroux justifié de son honnête père ; il avait alors affiché une indifférence hautaine et discourtoise face à ma personne lorsque nous fûmes présentés, puis s'était retranché dans la rancœur et le mutisme. Son insolence n'avait réussi qu'à mettre en évidence son injustifiable ignorance du scot. Quant à moi, considérant l'inquiétude dans laquelle m'avait jetée le malaise du seigneur Baltair juste avant le moment si pénible des présentations, la douleur de ma séparation d'avec ma famille et l'attente de trois jours que je venais de vivre, on ne pouvait exiger que j'essuie un affront sans m'émouvoir. Cette constatation me porta à la clémence envers moi-même.

C'est alors que m'apparut la certitude que Iain MacNèil n'avait autre chose à me reprocher que d'être celle qu'on lui imposait en mariage. Il se montrait arrogant dans le dessein de me décourager de l'épouser et de faire peser sur moi l'odieux du refus. Par ses bons offices, la famille Keith se retrouverait de nouveau dans le tort. Mais il s'était trompé.

« Je ne m'enfuirai pas de Mallaig ni ne ferai manquer mon père à sa parole, me dis-je. Je m'expliquerai avec Iain MacNèil, dussé-je étudier sa langue jour et nuit jusqu'à notre prochaine rencontre. »

Je fus soulagée de la réponse si bienveillante de Tòmas à ma demande et je découvris bien vite que mes leçons de gaélique me passionnaient. Elles me transportaient dans un tel état d'excitation qu'il m'arrivait de me réveiller aux petites heures du matin sans parvenir à retrouver le sommeil. Je m'habillais alors sans bruit, ne voulant pas déranger Nellie et Vivian, et sortais sur les remparts pour regarder le jour naître.

J'avais trouvé une petite niche au sommet d'une tourelle, où j'étais à l'abri des vents. De ses trois meurtrières d'une largeur étonnante, on avait une vue grandiose des montagnes et des deux bras de mer qui entouraient la péninsule. Je posais mes mains à plat sur la pierre froide et contemplais le spectacle de la mer des Hébrides. Je formulais silencieusement des messages d'amitié pour ma famille qui me manquait tant. Ces moments de solitude volés au sommeil m'apaisaient mieux encore que ceux que je passais en prière à la chapelle, pourtant si réconfortants.

Un matin que j'étais plongée dans une de ces méditations, je sursautai à l'arrivée inopinée du chien du fils MacNèil que je n'avais pas entendu monter. Je me raidis immédiatement, non par peur de l'animal, mais bien par peur de rencontrer son maître. Je me retournai et l'aperçus aussitôt qui m'observait d'un créneau du chemin de ronde. Depuis combien de temps était-il là ? Je n'en savais rien, mais j'eus la désagréable impression d'avoir été espionnée. Je ne l'avais pour ainsi dire pas revu depuis le jour de la présentation et j'en étais presque venue à croire qu'il avait de nouveau quitté Mallaig.

Il abandonna son point d'observation et vint me rejoindre. Il était vêtu pour chasser : tunique courte, jambières de cuir et bottes, son claymore à la ceinture. Il ne portait pas de chapeau et ses cheveux épars s'emmêlaient en tourbillon sur ses épaules. Je crus déceler de la curiosité dans son regard lorsque ses yeux croisèrent les miens que je reportai vivement sur la mer, ne sachant quelle attitude adopter. Je l'entendis plus que je ne le vis s'avancer et venir se placer à mon côté. Il ne m'adressa aucune salutation et garda le silence. Tournant imperceptiblement la tête, je remarquai qu'il fixait l'horizon comme moi, par la même meurtrière. Je tressaillis lorsqu'il ouvrit enfin la bouche pour me demander tranquillement en gaélique, sans quitter la mer du regard :

« Votre famille doit beaucoup vous manquer, je suppose, ma dame. Votre famille et la vie à Aberdeen. À moins que ce ne soient Orléans et vos compagnes de couvent…

– Certes, mon seigneur, tout ce que vous mentionnez me manque. »

J'étais consciente de ma mauvaise prononciation et je rougissais.

« J'ai quitté un pays pour en trouver un autre. Je souhaite que la perte de ce que j'avais là-bas soit compensée par ce que je trouverai ici.

– Et qu'espérez-vous trouver ici, mis à part un mari, bien sûr ? »

La question était impertinente et je pinçai les lèvres de dépit. Je cherchais désespérément mes mots et me sentais gagnée par la confusion, quand je l'entendis reprendre la parole sur un ton conciliant :

« Posons la question autrement. Qu'aimez-vous le plus à Mallaig ? »

Cette fois-ci, il me dévisageait. Je fermai les yeux un instant pour me concentrer. Me tendait-il un piège ? Que voulait-il comme réponse ? Où voulait-il en venir ?

Je me reprochai aussitôt ces pensées. Il semblait sincère par cette troisième question. Je me devais de lui répondre. Reportant les yeux sur la mer, je trouvai un terrain neutre et avançai prudemment :

« J'admire fort la nature qui entoure Mallaig. Ce pays est si… si… »

Je n'arrivais pas à me rappeler le mot « vaste » en gaélique. En désespoir de cause, j'étendis les bras en secouant la tête pour montrer que je ne savais pas comment l'exprimer autrement. Nous étions à l'étroit dans la tourelle et mes manches effleurèrent le pommeau de son arme. Il recula d'un pas. Sa barbe bougea : il souriait de toutes ses dents. Il ouvrit les bras en imitant mon geste, ce qui fit japper son chien, et il partit d'un grand rire en me lançant :

« Je vois. Nous poursuivrons cette agréable conversation quand vous parlerez mieux la langue de ce vaste pays ! Je constate que mon cousin a fort à faire en vérité. Ou bien il est un piètre maître ou bien vous êtes une piètre élève. »

Tournant les talons, il ajouta par-dessus son épaule :

« Ou les deux ! »

Il disparut comme il était venu, son chien courant devant lui. Je fulminais dans le secret de ma tourelle désertée. Les larmes me piquaient les yeux. Quand je sortis plus tard de ma cachette, j'entraperçus la petite Ceit qui déguerpissait sur les remparts. Sa petite tête rousse me tira un sourire qui ne me quitta pas tout au long de l'office suivant mon retour au donjon.

En soirée, j'obtins plus de succès auprès du père avec mes connaissances en gaélique que j'en avais eu avec le fils le matin. Baltair MacNèil me fit en effet demander pour la première fois depuis sa dernière attaque et je comptais que l'entretien se passerait en gaélique. Je craignais de le trouver au plus mal, car les nouvelles que Nellie me rapportait régulièrement n'étaient pas encourageantes. Je fus soulagée de le voir assis dans son fauteuil, en grande tenue, la tête haute, le teint un peu pâle, mais la respiration régulière. « Cet homme a une force de récupération extraordinaire », ne pus-je m'empêcher de penser en me rappelant la crise qui m'avait précipitée à son secours. Le même souvenir avait dû lui traverser l'esprit, car il s'empara de ma main qu'il tint fermement dans les siennes, me faisant asseoir devant lui.

« Gunelle, me dit-il d'une voix émue, je vous ai négligée. Je n'étais pas suffisamment bien pour vous recevoir. »

Après une brève pause, il poursuivit :

« Nul ne l'ignore ici, je vous dois la vie. Malheureusement, tout ce que j'ai à vous offrir en retour, c'est un fils qui ne vous mérite pas. »

Je lus une profonde douleur dans ses yeux et en fus immédiatement touchée.

« Iain n'est pas entièrement mauvais, mais il a enfermé quelque part au fond de son cœur le meilleur de lui-même. Vous avez d'excellentes raisons de le croire méchant, mais je réponds du contraire, malgré la façon dont il vous a reçue. Gunelle, sachez que je vous estime trop pour permettre une union dans laquelle vous risqueriez d'être maltraitée. Je sais que Iain ne vous battra jamais. Même si c'est chose coutumière dans les Highlands, ce n'est pas de cette façon qu'ont été élevés les fils MacNèil, les fils de Lite MacNèil. »

Un moment, plongé dans ses pensées, il se tut avant de continuer avec gravité :

« Bien. Comme nous le savons, le terme fixé pour votre mariage est Noël. Ce qui laisse à compter d'aujourd'hui onze jours. J'ai eu une conversation avec mon fils ce matin et il ne tient pas à profiter de ce temps pour mieux faire votre connaissance. Gunelle, je vous remets la décision : celle de reporter la date des noces à plus tard et prendre tout le temps voulu pour réfléchir, ou celle de refuser mon fils en mariage. Sachez que je respecterai votre choix, quel qu'il soit. »

Cette dernière phrase lui avait coûté, cela se voyait. Je pris une profonde inspiration et baissai la tête sur nos mains encore liées. Ainsi, le fils m'acceptait : cela me mettait dans la position où je ne pouvais pas le refuser, malgré la possibilité qui m'en était donnée par le père. Je me fis donc violence et lui annonçai que je ne renonçais pas à ce mariage.

Je m'exprimai en gaélique et fus contente de déceler aussitôt la surprise dans ses yeux, ce qui m'incita à poursuivre. Sans trop y réfléchir, je me mis à raconter en détail les dernières semaines passées en compagnie de son neveu Tòmas, je lui dis le bonheur que j'avais eu à renouer avec ce que j'aimais le plus au monde : apprendre. Les mots venaient sans peine et à aucun moment je ne bafouillai. J'étais fière de moi, et de Tòmas. Le vieux chef de clan me regardait avec admiration. Je ne fis pas allusion à sa maladie ni au rôle salvateur que, selon lui, j'avais joué au cours de sa dernière attaque. J'éprouvai alors un fort sentiment de respect et d'attachement pour cet homme remarquable.

À la fin, j'étais décidée à ne pas retarder inutilement le mariage. Puisque Iain MacNèil était prêt, je le serais aussi. L'anniversaire de ma mère était le 18 décembre, jour de la Saint-Marchar, et c'est cette date que je suggérai pour les noces. Il approuva aussitôt, me disant qu'il allait confier les préparatifs à Anna, sous la direction de Nellie. Il voulait en cela que les choses se déroulent selon la coutume des mariages en pays d'Aberdcen. « Quatre jours. Dans quatre jours, je serai l'épouse de Iain MacNèil, la châtelaine de Mallaig », songeai-je avec appréhension en quittant le vieux chef.

Anna avait été fort impressionnée par le coffre d'épices. C'était un présent de la famille Keith pour les noces de leur fille. Le lieutenant Lennox l'avait apporté lui-même aux cuisines peu après le souper. Un grand nombre des épices qu'il contenait étaient parfaitement inconnues de l'intendante. Tout en l'explorant, Nellie lui en expliquait tant bien que mal les différents usages.

Une seule chose comptait pour Anna : le mariage allait se conclure. Elle ne disposait que de très peu de temps pour les préparatifs, mais le simple fait de ne pas avoir à les diriger elle-même la soulageait d'un poids énorme. Vivian, la jeune servante de dame Gunelle, allait prendre en charge l'ordonnance de la réception et l'habillement de la promise, tandis que Nellie allait superviser le banquet. Avec ce foisonnement d'épices, qui valait en soi une fortune, les mets allaient certainement être très relevés. Anna se réjouit intérieurement à cette pensée. Dame Lite avait, en son temps, beaucoup favorisé la cuisine épicée. Ses connaissances sur ce chapitre dépassaient celles de toutes les châtelaines des Highlands et sa table était la plus prisée des lairds.

Que lui restait-il, à elle, vieille nourrice, sinon de voir à ce que son jeune maître soit irréprochable pour la circonstance ? Il lui apparut tout à coup que c'était là peut-être la plus lourde tâche. Il semblait à Anna que, depuis des années, elle se dévouait inlassablement à répondre aux besoins du père et aux fantaisies du fils, tous deux sources d'innombrables inquiétudes pour son pauvre cœur.

Cependant, dès le lendemain, les plans que Nellie vint lui exposer étaient si bien agencés qu'elle se sentit rajeunir, fouettée par l'excitation naissante. Mallaig allait connaître un festin de mariage ! On voulait de la musique et de la danse. Soit, il lui faudrait faire prévenir, à Arisaig, les troubadours et les joueurs de flûte, de violon, de clàrsach* et de pìob**. Il n'en résidait plus à Mallaig depuis le décès de dame Lite et du seigneur Alasdair. On n'y donnait plus de soirées. Les murs du château avaient définitivement cessé de résonner du son des ballades nostalgiques et des reels enlevants.

Son jeune maître avait été un fameux danseur à seize et dix-sept ans. Même aujourd'hui, dans les Highlands, sa réputation de danseur égalait presque sa réputation de guerrier. Depuis qu'on ne tenait plus de fêtes au château, lorsqu'il lui prenait l'envie de danser, il se joignait à un groupe dans la demeure d'un des lairds du clan, et elle n'avait plus eu l'occasion de l'admirer. Combien de soirées et même de nuits avait-elle passées

---

* Clàrsach (mot gaélique) : harpe celtique.
** Pìob (mot gaélique) : cornemuse.

à le regarder danser, infatigable ! Immanquablement, Iain MacNèil tenait le rythme jusqu'à ce que les musiciens et les autres danseurs demandent pitié. L'immense plaisir qui se lisait sur son visage emplissait Anna de réconfort. Dans la danse, Iain révélait une nature complètement différente : il devenait épanoui, enjoué et complaisant envers tout le monde. Anna soupira d'aise. Voilà que tout cela allait lui être redonné à l'occasion de ces noces. Une question surgit pourtant : Iain consentirait-il à danser ?

L'étroite chapelle était bondée en ce matin du 18 décembre 1424. La cérémonie religieuse, toute simple mais empreinte de gravité, avait lieu au château et tous avaient tenu à y assister. La petite Ceit, cachée sous un banc, observait le bord de la bure sautillante du révérend Henriot qui lisait en gaélique, avec force haussements d'épaules, la généalogie des futurs époux, mais c'était la large bordure richement brodée de la robe de dame Gunelle, ses chaussures doublées d'hermine et le magnifique gland de fils d'or qui tombait de sa ceinture jusqu'au sol qui captaient son attention et l'emplissaient d'une véritable extase. Tout à côté, des chaussures de feutre noir, immobiles, et une pointe de claymore suspendue au-dessus la laissaient plus indifférente. Quand les trois personnages sortirent du champ de son regard, elle ne put réprimer une moue de déception.

De nervosité, Vivian dansait sur un pied et sur l'autre en dépit des regards d'exaspération que lui jetait le lieutenant Lennox à ses côtés. Les époux en étaient à l'échange des anneaux, une partie du cérémonial qui la subjuguait. Sa maîtresse était parfaitement ravissante dans sa robe de velours moiré, très serrée à la taille et se répandant en larges pans depuis ses hanches. Une très longue cape rouge, piquée d'étoiles d'azur, descendait de ses épaules étroites. Sur sa gorge tavelée de taches de rousseur pendait un collier de saphirs dont son père lui avait fait cadeau à son départ de Crathes. Un hennin satiné et brodé la coiffait.

La jeune mariée avait un air sérieux et un peu tendu. À ses côtés, la dépassant d'une tête, se tenait, rigide, le seigneur Iain. Vivian, qui était toujours très sensible au charme masculin, ne pouvait détacher ses yeux de lui : « Quelle prestance ! » murmurait-elle. Visiblement, l'intendante Anna avait eu gain de cause : on avait taillé les cheveux et la barbe du jeune homme ; son pourpoint bleu foncé entrelacé de lanières de soie noire mettait en valeur son torse puissant et ses larges épaules ; dessous, une tunique ocre lui descendait jusqu'aux chevilles. Vivian tressauta en entendant la voix grave du jeune seigneur qui prononçait en scot la formule traditionnelle des vœux en glissant un anneau dans le quatrième doigt de sa maîtresse :

« De cet anneau, je vous épouse et de mon corps, je vous honore. »

Ce fut le tour de sa maîtresse de réciter, cette fois en gaélique, la formule en l'accompagnant du même geste. La tâche du révérend tirait à sa fin : il ne lui restait plus qu'à bénir les époux, ce qu'il s'empressa de faire en voyant faiblir le seigneur Baltair désigné pour maintenir, avec un chevalier de sa garde, le voile pourpre des époux au-dessus de leurs têtes. Un chant fut alors entonné en gaélique par un groupe de chevaliers :

cette ode magistrale s'élevait avec solennité du fond de la chapelle, marquant la fin de la cérémonie.

« C'en est fait ! Ils sont mari et femme ! » dit, émue, Vivian qui n'arrivait pas à le croire. On avait plus d'une fois frôlé la catastrophe entre sa maîtresse et l'indomptable fils MacNèil et elle en était venue à douter que ce mariage fût un jour célébré. Elle s'empressa d'emboîter le pas aux jeunes époux qui quittaient la chapelle au bras l'un de l'autre. Elle avait encore beaucoup à faire pour la réception qui allait suivre. De sa vie jamais elle n'avait tenu un rôle si important.

Elle fut soudain bousculée par une dame qui lui barrait le passage : la bru du seigneur Baltair. Superbe dans ses atours aux couleurs voyantes, dame Beathag entendait occuper la meilleure place dans la grand-salle. Tout sourire, elle se précipita vers le vieux seigneur qui marchait avec lenteur derrière les époux. Vivian ne put retenir une grimace d'agacement face à cette femme hautaine et vulgaire à la fois. À ce moment-là, son attention fut attirée par le visage du seigneur Tòmas, non loin d'elle. La douleur s'y peignait très distinctement. Elle savait bien ce que, malgré elle, sa maîtresse avait semé dans ce cœur constant.

La grand-salle s'était complètement transformée sous les ordres d'Anna, de Nellie et de Vivian. Elle avait retrouvé son cachet d'antan. Les carreaux du fenêtrage avaient tous été polis un à un et le verre rouge et ocre, sur lequel jouait un soleil radieux, jetait des taches de couleur sur les murs de pierre et les tapisseries. Des bouquets de branches et de fleurs séchées avaient été accrochés à chaque pilier et sous les fenêtres. Cinq grandes tables avaient été magnifiquement dressées et des chevaliers, assignés au service des vins, bières, hydromel et des viandes durant le repas, se tenaient en faction près des dessertes situées derrière. L'espace devant l'énorme foyer était resté libre afin de permettre aux jongleurs et aux musiciens d'évoluer à leur aise et d'être bien vus des convives. L'air était rempli de fines odeurs épicées qui ouvraient les appétits déjà aiguisés.

Pour Mallaig qui en avait été longtemps privé, le ravissement de la fête était total. Quelques personnalités du diocèse s'étaient déplacées pour assister au repas donné en l'honneur des époux. Tous les lairds liés au clan et leurs épouses étaient présents ; la dizaine de chevaliers que comptait la famille, quelques gens de métier du bourg et tous ceux du château avaient également été invités.

Dans un va-et-vient continu des cuisines à la salle, serviteurs et servantes circulaient parmi les groupes, avides, curieux, observateurs. Un brouhaha de rires et de conversations animées assourdissait la salle au fur et à mesure qu'elle se remplissait. Le service du repas commença sitôt que les convives eurent tous pris place. Avec lui débutèrent les chants et la musique.

Les membres de la délégation de Nathaniel Keith occupaient la première table avec les chevaliers de la maison. La deuxième regroupait les lairds et leurs dames. La table d'honneur était naturellement présidée par Baltair MacNèil. Mis à part les nouveaux époux, y prenaient place le révérend Henriot et les ecclésiastiques, Guilbert Saxton, Lennox, Beathag, le maréchal de Kyle et sa dame, et Tòmas. Les quatrième et cinquième tables accueillaient les maîtres artisans du bourg et du château avec leurs épouses.

Anna, nerveuse, demeura debout derrière son vieux maître, se penchant constamment à son oreille pour recueillir ses instructions et les transmettre aux gens du service requis. Tout le temps que durèrent le repas et les divertissements qui le suivirent, elle observa du coin de l'œil le comportement des jeunes époux. Les inquiétudes qu'elle nourrissait à l'égard de son jeune maître allaient grandissant.

Dame Gunelle se tenait bien droite, l'air figé et concentré, les coudes serrés le long du corps, mesurant chacun de ses mouvements pour ne pas entrer en contact avec le seigneur Iain à côté d'elle. Celui-ci, détendu, un sourire énigmatique sur les lèvres, menait une conversation animée avec le maréchal de Kyle. Avec une singulière régularité, il faisait un signe par-dessus son épaule au chevalier servant pour qu'il remplisse son hanap. Anna, à qui le manège n'avait pas échappé, se mordit les lèvres : « Il va s'enivrer s'il continue à ce rythme-là », se dit-elle. Il lui vint soudain une idée : la coutume du partage de la coupe et du pain entre nouveaux époux.

« Oui, c'est cela ! pensa-t-elle. Il faut que les jeunes époux partagent la même coupe et le même pain. Et Iain va se modérer s'il boit à la même coupe que dame Gunelle. »

Se déplaçant derrière son jeune maître, elle lui rappela à l'oreille les rites en usage pour le nouveau marié. Iain sourit, puis, se tournant vers Gunelle avec une lueur de malice dans les yeux, il lui retira des mains la coupe à laquelle elle s'apprêtait à boire. Dans un geste lent, il la déposa devant lui, tendit son hanap à la jeune femme en déclamant la formule bien connue : « Boire, manger et coucher ensemble font le mariage, ce me semble ! » Le silence se fit à leur table. Gunelle, interdite et rougissante, prit le hanap de la main de Iain et, avec une légère hésitation, le porta à ses lèvres sous une salve d'applaudissements. La gorgée qu'elle but faillit l'étrangler.

« Mon seigneur, souffla-t-elle à Iain, ce n'est pas du vin que vous buvez !

– Non, ma dame, c'est du uisge-beatha*. Je bois très peu de vin. Il n'est pas bon ici. Le uisge-beatha que l'on fait est nettement meilleur. »

Jetant un coup d'œil à la coupe de Gunelle devant lui, il enchaîna sur le même ton sarcastique :

« Quoique ce vin-là doit être très supérieur à la moyenne puisqu'il provient du cellier de votre généreux père. Trois barils de vin et un coffret d'épices : comme il vous a admirablement dotée, ma dame ! »

Cette fois, Gunelle avait les joues en feu. Étouffant de colère et de honte, elle gardait les yeux baissés, incapable de répliquer quoi que ce soit. Heureusement, personne autour d'eux n'avait entendu les propos échangés par les époux. Lorsqu'elle se força à relever la tête au bout d'un moment, elle s'en rendit compte. Les conversations allaient bon train et nul ne lui prêtait attention, sauf son mari. Il l'épiait, voulant déceler son trouble, tels des ronds laissés par une pierre jetée dans l'eau calme.

« Maintenant le pain, ma dame, lui dit-il en élevant la voix. Qu'allez-vous prendre dessus ? De l'élan, du sanglier, du coq de bruyère, de l'ours, du renne, tous sont excellents et ils proviennent de mes chasses. Choisissez, je vous prie. Je n'ai pas de préférence.

---

* Uisge-beatha (mot gaélique) : whisky, eau-de-vie.

– Puisque vous me laissez le choix, mon seigneur, nous allons manger de l'agneau. On m'a dit qu'il était savoureux, spécialement relevé par le cumin de notre coffre. »

Le chevalier servant, qui s'était approché au signe de Iain pour prendre la commande de la dame, pouffa de rire en entendant la réplique de Gunelle. Il fut gratifié d'un regard noir de son maître qui ordonna sur un ton irrité :

« Qu'on apporte de l'agneau sur un même pain, pour ma dame et moi-même. »

À compter de ce moment, dame Gunelle se détendit. Le seigneur Iain reprit sa discussion avec le maréchal sans toucher à la portion de pain qu'on avait déposée devant lui et son épouse. Gunelle s'en découpa une part et lia conversation avec ceux et celles qui l'entouraient. Les musiciens avaient pris la relève du chanteur et elle put écouter pour la première fois les sons puissants et langoureux du pìob.

Elle sentit soudain une légère tension à la taille. Jetant un coup d'œil sous la table, elle découvrit la petite Ceit accroupie à ses pieds, palpant avec ravissement le gland doré de sa ceinture. Elle murmura son nom, mais l'enfant, prise en flagrant délit, virevolta brusquement et, à la vitesse de l'éclair, se faufila entre les jambes des convives pour gagner en courant le fond de la salle.

Vers la fin du repas, une nouvelle importante fut communiquée à leur table par le maréchal de Kyle, qui s'étonnait fort que le chef MacNèil ne l'ait pas encore apprise : le roi Jacques était arrivé par navire à Dunvegan, chez les MacLeod, dans l'île de Skye, avec une garde de vingt hommes et comptait se rendre à Scone par voie de terre.

« Seigneur MacNèil, dit-il pour conclure, il m'apparaît très probable que le roi accoste à Mallaig. Comme vous avez les écuries les mieux pourvues de toute cette partie de la côte ouest, Sa Majesté serait à même de faire chez vous l'acquisition de montures. »

Sur un ton de parfaite surprise, Baltair MacNèil répondit :

« Que diable vient-il faire dans les Highlands, maréchal ? Il s'est rendu très impopulaire par l'exécution de Murdoch et par l'arrestation des comtes d'Angus, de Douglas et de Mar. On dit qu'il va relâcher ces derniers, mais le mal est fait. Il risque gros sur ces terres en ce moment. Évidemment, si le roi d'Écosse choisit de descendre à Mallaig, il sera chez lui au château. »

Se levant et portant son verre en direction de dame Gunelle, il ajouta d'une voix forte :

« Notre roi Jacques sera d'autant bien reçu chez les MacNèil que le château a maintenant une dame aux grandes qualités et fort habile pour les réceptions en la personne de sa nouvelle châtelaine. Mes amis, levons nos verres à ma bru, dame Gunelle ! Slàinte*! »

La musique s'était tue et la grand-salle résonna soudain d'une ovation magnifique poussée par une centaine de voix à l'unisson. Fébrile, Gunelle se leva à son tour, s'empara de sa coupe toujours placée devant le seigneur Iain et la tendit en direction du seigneur Baltair en prononçant d'une voix claire :

---

* Slàinte ! (formule gaélique) : Santé ! Salut !

« À vous, mon cher père ! »

S'adressant à l'assemblée, elle ajouta :

« Mes amis, buvons à la santé du chef de clan, Baltair MacNèil, et à son fils Iain, mon époux aujourd'hui. Slàinte ! »

De nouveau, une formidable clameur fit écho à cet hommage. Iain s'était levé pour saluer et, lorsque Gunelle eut avalé une gorgée de vin dans sa coupe, il la lui prit des mains et but à son tour. Il plissait les yeux en dardant sur elle un regard pénétrant. Elle se rassit posément et prêta l'oreille aux conversations animées qui reprenaient tout autour. Iain se rassit, déposa la coupe loin de la portée de son épouse et replaça devant elle le hanap de uisge-beatha qu'on venait de remplir.

Les chants et la musique s'élevaient de nouveau. Comme le va-et-vient des serviteurs et des servantes était terminé, tous les musiciens, sauf le harpiste, s'avancèrent devant les tables et vinrent inciter les convives à la danse par leurs airs entraînants.

Anna, qui se tenait avec Nellie un peu à l'écart, nomma le reel que les musiciens entamaient et poussa du coude la nourrice de Gunelle :

« C'est la pièce préférée de mon jeune maître, lui souffla-t-elle. Regardez-le bien, Nellie, et vous verrez comme il sait sauter et tourner ! »

L'air effaré, Nellie répondit :

« Mais dame Gunelle ne peut pas danser là-dessus ! Elle n'a pas appris ces danses… »

Sa compagne n'entendit pas ses protestations, car un brouhaha de chaises et de bancs repoussés couvrit tout. Heureux de se dégourdir les jambes, plusieurs chevaliers, lairds, jeunes dames et domestiques s'assemblaient devant les tables, au milieu des musiciens, et commençaient à danser dans une joyeuse cohue.

Dame Gunelle ouvrait des yeux ébahis. Dans un rythme endiablé, chaque musicien semblait vouloir rivaliser avec les autres. La virtuosité des danseurs et la complexité des pas et des figures qu'ils exécutaient la laissèrent muette d'admiration. Elle n'avait jamais rien vu ni rien entendu de pareil en France.

Le seigneur Iain, le visage impassible, s'était avancé sur sa chaise et promenait tranquillement son regard dans la salle. Seul le bruit de son anneau de mariage martelant son hanap au rythme du reel signalait son intérêt pour l'air joué. Son chien, qui était resté paisiblement à ses pieds durant tout le repas, sortit la tête de dessous la table et vint la poser sur ses genoux, en frôlant la robe de Gunelle. Celle-ci tressaillit et s'agrippa instinctivement au bras le plus proche : celui de son mari. Il tourna la tête dans sa direction, puis, baissant les yeux sur la main de Gunelle qui se retira aussitôt, il sourit malicieusement en parlant au chien qu'il caressait d'une main :

« Mon brave Bran, il faudra éviter de toucher à ma dame. Elle est très sensible et n'aime pas du tout les bêtes à poil… à moins qu'elles ne lui apprennent leur langue. »

S'adressant vivement à Gunelle :

« Au fait, ma dame, comment progressez-vous en langue canine ?

– J'ai cessé les leçons, mon seigneur. »

Glissant elle aussi la main dans les poils du chien, elle poursuivit du même ton décontracté :

« On ne m'a pas laissé mon précepteur. Il a été requis pour de longues chasses ces deux dernières semaines. En revanche, je me suis perfectionnée en langue gaélique. Qu'en pensez-vous maintenant ? Ai-je fait quelque progrès à votre avis ?

— Il y en a eu, assurément, ma dame. Ce que je me demande, c'est à qui en va le crédit : est-ce l'élève qui s'est améliorée ou le maître ?

— Je crois que ce sont les deux, mon seigneur. »

Iain fulminait de se trouver à court de répliques. Ce petit jeu avec son épouse commençait à l'exaspérer. Il valait mieux la faire boire que de la faire parler. Aussi lui tendit-il son hanap, la gratifiant d'un large sourire.

Je ne pouvais me dérober : il attendait que je boive, l'air narquois. L'odeur même de la boisson ambrée me soulevait un peu le cœur, mais j'y trempai les lèvres, puis en bus une lampée qui me fit moins d'effet que la première. Je lui rendis le hanap qu'il vida d'un trait et leva au-dessus de sa tête pour signifier qu'on le remplisse. Je remarquai que son geste manquait d'assurance, le hanap se balançant légèrement au bout de son bras avant qu'on ne s'en empare. « Il est ivre », pensai-je.

L'instant suivant, je vis dame Beathag s'avancer vers nous dans une ondulation de jupes et de voiles. Elle s'adressa à moi d'une voix mielleuse quoique pâteuse :

« Très chère châtelaine aux grandes qualités, me feriez-vous la faveur de me prêter votre mari pour danser ? Mon beau-frère est le danseur le plus admiré ici et il serait dommage qu'il ne puisse montrer à sa nouvelle épouse ce dont il est capable.

– Je vous en prie, répondis-je, soulagée à la perspective de voir Iain s'éloigner. Je ne connais malheureusement aucune des danses qui sont interprétées. »

J'avais à peine terminé que Iain MacNeìl s'était levé et, après un bref signe de tête à mon intention, il quitta la table pour se diriger d'un pas assuré vers le groupe de danseurs, suivi de dame Beathag. C'est alors que j'assistai au spectacle le plus incongru qu'il fût donné de voir à une épousée : celui d'un mari se mouvant avec grâce et volupté dans les bras enveloppants de sa belle-sœur.

En effet, la série de reels et de gigues endiablés avaient fait place à une ballade qui ne m'était pas inconnue. J'essayais de détacher mes yeux du couple que formaient Iain et Beathag, mais en vain. Il s'en dégageait une telle harmonie, une telle entente : chacun de leurs gestes, de leurs regards témoignait de cette intimité qui s'installe entre les personnes qui se connaissent depuis très longtemps... « ou qui se connaissent privément », ne pus-je m'empêcher de penser. Cette idée me mit fort mal à l'aise et je détournai vivement la tête. Ce faisant, je croisai le regard de Tòmas non loin de moi. J'y décelai de la rage. Je baissai les yeux : quelque chose me dit qu'il avait lu dans mes pensées. « C'est insensé. Je suis trop émotive. » Il fut aussitôt à mon côté, la main tendue, m'invitant à danser :

« Ma dame connaît sûrement cette danse. Je sais qu'on l'aime beaucoup sur la côte est de l'Écosse. Comme son rythme est lent, ni votre robe ni votre cape ne gêneront vos mouvements. Je vous en prie, dame Gunelle, il vaudrait mieux que vous dansiez. »

C'était la première fois que je l'entendais prononcer mon nom. Il avait évidemment raison. Je ne pouvais rester assise là durant toute la réception donnée en l'honneur de mon mariage, les yeux rivés sur la main caressante de dame Beathag dans la barbe de mon mari. Il fallait que je me secoue. Pourquoi ne pas danser, même si je savais n'y être pas très habile ?

Je jetai un bref regard à mes voisins de table en me levant et surpris un signe d'approbation de la part de la femme du maréchal et de Lennox, à qui l'invitation de Tòmas n'avait pas échappé. Je pris résolument la main tendue. Elle était chaude. Tòmas serra la mienne fermement et m'entraîna vers les couples, au bout de la formation, alors que mon mari et dame Beathag se trouvaient à l'autre bout. Il était donc impossible qu'on fasse partie de la même passe. Cette constatation me soulagea et je pus goûter pleinement la musique tout autant que l'habileté de mon cavalier. Nous dansâmes ainsi quelques ballades avant que ne reprennent une série de gigues, qui, de toute évidence, avaient la faveur des gens de Mallaig.

Tòmas me reconduisit à ma place et, tout naturellement, prit celle de mon mari. Il savait que Iain n'allait pas me rejoindre de sitôt. À l'autre bout de la salle, il s'était engagé dans ce qui m'apparut être une sorte de concours de danse entre hommes. Sept chevaliers formaient un cercle au centre duquel ils avaient déposé leurs claymores. Les armes rutilantes miroitaient à la lueur des chandelles qui étaient maintenant allumées partout. La plupart des autres danseurs s'étaient regroupés pour mieux voir, en ayant soin de ne pas boucher la vue à la table d'honneur. Le joueur de pìob s'avança devant eux. Tous les autres musiciens s'étaient retirés. Une sorte de reel entêté et frénétique s'échappa de son impressionnant instrument.

Les bras à la hauteur des épaules, mains ouvertes, tendues, le bout de leurs doigts se touchant presque, les sept hommes frappaient en cadence le sol, entrecroisant les jambes et frôlant de la pointe du pied, puis du talon, le manche de leurs claymores respectifs toutes les deux mesures. Ils ne regardaient pas le sol, mais se fixaient dans les yeux les uns les autres, le torse bien droit. Bientôt, le rythme du pìob s'accéléra et un premier chevalier baissa les bras, salua le joueur de pìob, reprit son arme et quitta le cercle. Les autres danseurs s'arrêtèrent et avancèrent vers le centre en déplaçant leur claymore du bout du pied. Ils levèrent de nouveau les bras : cette fois-ci, les mains se touchaient. Ils les joignirent et la musique reprit. Le même manège se répétait chaque fois qu'un danseur abandonnait, le cercle se resserrant, les pointes des claymores se rapprochant jusqu'à former une étoile parfaite. Les hommes se tinrent par les avant-bras, puis par les coudes. Lorsqu'ils ne furent plus que quatre, ils mirent leurs mains, poings fermés, à la hauteur de leur ceinture.

Leurs cheveux étaient trempés de sueur. De larges cercles d'humidité mouillaient leur tunique. À mon grand étonnement, mon mari ne donnait aucun signe d'épuisement. Il avait le torse bombé, emplissant d'air ses poumons si durement mis à l'épreuve. Ses pieds sautillaient avec une étonnante légèreté, sans perdre la cadence. Son visage ruisselait, mais il était illuminé d'un sourire franc complètement dépourvu de malice.

Un sourire de pur bonheur. Je crois que ce fut la première fois que je le trouvai beau. Il resta le dernier, sous les applaudissements nourris des spectateurs. Les chevaliers l'avaient-ils délibérément laissé gagner ? Impossible de le dire avec certitude. Il n'en demeura pas moins que personne dans mon entourage ne sembla être surpris de l'issue du concours.

Le seigneur Tòmas s'était retiré, je n'aurais su dire à quel moment. Mon mari revint à mes côtés. Il s'empara aussitôt du hanap qu'il vida d'un trait, sans avoir même pris le temps de s'asseoir. Il poussa une exclamation en se tournant vivement vers moi :

« Bon sang, ma dame, qu'y a-t-il là-dedans ? De l'eau ?

– C'est cela, mon seigneur, lui dis-je d'une voix calme. J'avais envie d'eau. Comme il faut boire à la même coupe, j'en ai fait verser dans votre hanap. L'eau est très rafraîchissante et je crois qu'elle vous désaltérera mieux que le uisge-beatha après l'effort que vous venez de fournir dans cette magnifique gigue. »

Se laissant lourdement tomber sur sa chaise, il répliqua :

« Ma dame, que connaissez-vous à la gigue, puisque vous ne giguez pas, et que connaissez-vous au uisge-beatha, puisque vous n'en buvez pas ? Apprenez que cette boisson me désaltère plus que l'eau. »

Puis, jetant un regard dédaigneux sur ma gorge, il ajouta d'une voix sourde :

« D'ailleurs, vous buvez trop d'eau. Elle vous ternit de rouille. »

Je quittai la salle avant que les larmes ne se mettent à couler. Mon cœur suffoquait. Comme un automate, je me frayai un chemin jusqu'à la sortie. Il n'y avait nul endroit où m'isoler. Aussi, je me précipitai dans l'escalier menant aux étages, les joues mouillées.

Je n'étais pas dans ma chambre depuis cinq minutes que Vivian et Nellie y pénétraient, inquiètes. Je devais offrir un spectacle désolant : j'avais arraché mon hennin ; mes cheveux raidis de sueur se détachaient de la toque et tombaient lamentablement sur mes épaules ; mon visage était barbouillé de larmes dont je n'arrivais pas à endiguer le flot. Nellie me prit dans ses bras réconfortants et me berça doucement. Je m'apaisai peu à peu contre elle, au rythme de ses paroles de tendresse et d'amitié. Lorsque je fus complètement calmée et que j'eus cessé de pleurer, elle me demanda la cause de ma peine. Une lassitude extrême m'envahit alors. Comment expliquer ? Quoi expliquer ?

Je me dirigeai vers la glace sur pied près d'une fenêtre, défis le collier de mon père et contemplai longuement ma gorge, mes joues et mon nez. Les taches de rousseur étaient pâles, fines et clairsemées. Je me rappelai les commentaires de mes compagnes de dortoir au couvent à Orléans. Certaines disaient que cela devenait plus marqué avec l'âge, d'autres, que c'était le signe que mes parents m'avaient conçue dans les champs, d'autres encore, que les hommes détestaient la peau ainsi tavelée. Celles-là disaient vrai : j'en avais la certitude maintenant.

Je ne voulais pas redescendre dans la salle. Je m'en sentais incapable. Je me sentais surtout incapable d'affronter le regard de Iain MacNèil. À mon grand désarroi, Nellie renvoya Vivian à la fête, déclarant qu'elle allait seule me préparer pour la visite de mon mari. Je la laissai me dévêtir sans prononcer un mot. Le silence fut lentement rempli de sa voix douce qui m'instruisait de tout ce qu'une épousée doit savoir. D'imaginer Iain MacNèil accomplissant ses devoirs d'époux avec moi me mit littéralement au supplice.

En dépit de tous les usages et des préceptes mêmes de l'Église, je me pris à espérer qu'il ne monterait pas à ma chambre. Il dut entendre ma muette supplique, car il ne vint pas. Je l'attendis impassible dans mon lit durant tout le reste de la soirée, et une partie de la nuit. Par discrétion, Nellie et Vivian avaient prévu dormir à l'étage des domestiques. Je passai ainsi ma nuit de noces complètement seule et désespérée, le cœur en alerte et les oreilles fatiguées de se tendre au moindre bruit derrière ma porte. Au petit matin, je dus m'assoupir, car je n'entendis pas Nellie entrer.

Elle allait et venait dans la chambre, préparant l'eau du bain et les habits de la journée. Quand je passai la tête hors des courtines, je clignai des yeux à la lumière du jour qui filtrait doucement par les deux fenêtres. Elle me fit des signes en direction du lit : elle voulait savoir si j'étais seule. Je répondis par l'affirmative. Elle s'empressa vers moi pour m'aider à la toilette du matin. Je la surpris qui fouillait des yeux les draps chiffonnés quand je sortis du lit. Croisant mon regard, elle se hâta de dire sur un ton de confidence :

« On ne perd pas toujours son sang cette fois-là, ma toute belle. Cela ne veut rien dire. Le seigneur Iain ne vous en a pas fait la remarque, j'espère ?

– Non, bien sûr, Nellie. Ne t'inquiète pas. »

Voyant que je détournais la tête pour qu'elle ne voie pas mon visage, elle ajouta, soucieuse :

« Il vous a fait mal, il n'a pas été délicat ! Ma chérie, ces choses arrivent parfois. Les jeunes hommes sont souvent trop fougueux dans ces circonstances. Ceux des Highlands probablement plus que tous les autres. Cela va s'arranger, après quelques fois... »

Lui coupant la parole plus vivement que je ne l'aurais voulu, je lui déclarai que je ne souhaitais pas aborder le sujet de ma nuit de noces pour le moment. Elle ne dit plus mot et me donna mon bain en silence. L'eau chaude sur ma peau me calma, comme un baume sur une plaie. Je me détendis un long moment, abandonnée aux soins de ma nourrice. À la fin, je me sentis obligée d'apaiser ses inquiétudes et lui dis d'une voix franche :

« Je n'ai rien à reprocher au seigneur Iain, Nellie. »

CHAPITRE IV

LA VISITE

La matinée était très avancée. De la cour montaient les bruits habituels de l'eau que l'on puise, des chevaux que l'on mène aux écuries, des charrettes que l'on déplace selon les provisions à transporter. L'air glacial pénétrait dans la chambre par la fenêtre entrouverte. Iain se redressa lentement. Un violent mal de tête accompagna son geste. Beathag avait quitté la chambre. Il était seul. Il se leva péniblement, chercha à boire sur le bahut et, ne trouvant rien pour se désaltérer, il enfila ses vêtements, attacha sa ceinture, y glissa son claymore et sortit. Bran lui fit une fête de la langue et des pattes. Iain l'entraîna vers sa propre chambre, au bout du couloir. « Quelles noces ! Quelle nuit de noces ! Seulement, ce n'était pas avec ma femme », rumina-t-il. Il avait peine à rassembler ses souvenirs de la veille.

D'abord, après le départ précipité de Gunelle, il avait été apostrophé par cet impertinent Tòmas qui lui avait demandé ce qu'il avait fait ou dit à sa dame. « Un peu trop prompt à se porter au secours de Gunelle, celui-là. Il faudra l'avoir à l'œil si je ne veux pas me retrouver cocu », se dit-il. Puis, ça avait été le tour de la jeune servante de son épouse de venir lui annoncer, au bout d'un moment, que sa maîtresse était montée se préparer et qu'elle attendait le moment où il déciderait de se retirer de la noce. Elle avait pris un ton solennel pour lui dire cela, et son air pincé lui avait déplu. Il avait failli la prendre par la taille et l'asseoir sur ses genoux. Enfin, plusieurs hanaps de uisge-beatha bus à la table des chevaliers avaient fini par l'assommer et faire taire les reproches qui commençaient à sourdre en lui.

« Qu'ai-je donc fait ou dit de si mal, après tout ? se demanda-t-il. J'ai hérité d'une femme qui boit de l'eau, tente de m'en faire boire, préfère lire et prier plutôt que de chevaucher, ne danse pas et n'apprécie pas le gibier. »

Après un bon moment, son père avait demandé à s'entretenir avec lui. On l'avait accompagné dans la salle d'armes, attenante à la grand-salle. Baltair Mac-Nèil s'y tenait debout et Iain avait été frappé par sa haute stature. Très peu de mots avaient été échangés. En fait, le père avait enjoint au fils de regagner sa chambre, de se faire doucher à l'eau froide et d'aller honorer son épouse avant le lever du jour. Aucun cri, aucun blâme. Un ordre simple, clair et sans appel.

Deux compagnons chevaliers qui attendaient la fin de l'entretien s'étaient avancés vers eux sur un signe du chef de clan, avaient pris Iain sous les bras et l'avaient entraîné jusqu'à sa chambre en empruntant l'escalier du côté opposé au portail de la salle. Pour lui, la fête était terminée. La promenade avait suffi à faire reprendre ses sens à Iain qui avait renvoyé ses compagnons sitôt entré dans sa chambre. Il s'était écroulé sur son lit et y était resté le temps nécessaire pour dégriser. Une chose était claire : il n'était ni en humeur ni en état de dépuceler une jeune fille peu avenante, fût-elle son épouse.

Une heure plus tard, ayant repris toute sa connaissance, la gorge en feu, il avait cherché en vain de l'eau. Il avait souri à l'idée qu'il en trouverait sans aucun doute dans la chambre de Gunelle. Il était sorti. Le château était totalement endormi. Il avait caressé au passage la tête de Bran, allongé sur le pas de la porte, et poursuivi son chemin. Au fond du corridor, une porte était grande ouverte, celle de Beathag évidemment. Il était passé sans s'arrêter, mais s'était entendu appeler : elle avait repéré son pas et celui de son chien et s'informait du succès qu'il avait remporté dans le lit de sa femme. Il s'était immobilisé, les bras ballants, et elle l'avait rejoint dans le corridor. Le dernier souvenir qui lui revint de cette nuit était celui de Beathag, sa langue fouillant sa bouche, une main fourrageant dans ses cheveux et l'autre cherchant à détacher la boucle de sa ceinture.

Iain eut une grimace de dégoût. Il regarda sa chambre et vit tout de suite qu'Anna était passée. L'eau chaude fumait dans les bassins devant l'âtre ; il y avait des linges propres, ses habits étalés sur le lit et de l'eau froide dans une carafe qu'il vida d'un trait. Puis, il entreprit de faire sa toilette. Il se sentait poisseux et sale. « Sale comme un salaud », songea-t-il, plein d'amertume.

Le lieutenant Lennox ne sut que penser de sa maîtresse en la voyant si pâle et frêle en prière ce matin-là dans la chapelle. Pas d'époux à ses côtés, ce qui ne l'étonna guère. Son opinion sur Iain MacNèil n'avait jamais changé depuis leur première rencontre : elle était même encore plus mauvaise depuis la réception de la veille. Il fulminait intérieurement : comment un homme digne de ce nom, un héritier, un futur chef de clan, pouvait-il se saouler à ses noces au point de manquer à ses devoirs d'époux ?

Reportant son regard sur sa jeune maîtresse, il songea qu'il en était probablement mieux ainsi. En fait, le lieutenant Lennox n'avait pas quitté des yeux le fils MacNèil de toute la soirée et avait même discrètement surveillé sa porte au début de la nuit. Il avait aussi été témoin de l'escapade du marié dans la chambre de sa belle-sœur. Cela lui avait soulevé le cœur. En revoyant la scène de séduction de dame Beathag dans le corridor, il se demanda s'il aurait pu lui-même résister. Il se rappelait les œillades qu'elle lui lançait depuis les premiers instants de son séjour au château. Seule la prudence que lui commandait son métier lui avait permis de tenir cette femme à distance. « C'est une sorcière et lui, une ordure », pensa-t-il.

Bien entendu, il ne pouvait rien dire ni rien faire. Il souffrait pour sa jeune maîtresse. Depuis maintenant plus d'un mois qu'il en avait la garde, il en était venu à la protéger comme si c'eût été sa propre fille. Certes, il ne l'aurait pas donnée à Iain MacNèil ! Dans toute cette affaire, son maître Nathaniel Keith avait été plus homme d'affaires que père, car il n'ignorait pas le genre de famille qu'étaient les MacNèil. La veille, la partie de contrat de Nathaniel Keith s'était accomplie : sa fille était mariée. Dès qu'il en aurait obtenu confirmation de sa part, Nathaniel Keith pourrait donc envoyer ses équipes de bûcherons pour la coupe d'hiver dans les forêts du clan MacNèil. Lennox était résolu à faire partie du contingent de gardes du chantier et pourrait être ainsi à proximité de Mallaig. Il ne se résignait pas à quitter sa jeune maîtresse. D'autant plus que Vivian avait exprimé son désir de revenir à Crathes avec son équipage. Il savait que dame Gunelle ne refuserait pas ce départ même si elle allait beaucoup en souffrir. « Combien de déchirements attendent encore la jeune femme ? » se demanda-t-il en soupirant. Sa décision fut prise : il allait partir le jour même. Mieux valait ne pas s'éterniser à Mallaig.

Durant l'office du matin, la petite Ceit furetait dans les chambres, à l'étage. Du haut de ses six ans, elle n'arrivait pas à la hauteur des fenêtres et s'était habituée aux fouilles sous leur niveau, dans la noirceur. Ses petits pieds chaussés de feutres lui faisaient mener des explorations parfaitement silencieuses. Au demeurant, personne ne se souciait de ses déplacements au château, à plus forte raison en ce lendemain de festivités où tout le monde avait fort à faire.

Quand elle eut ouvert lentement la porte de la chambre de Gunelle, elle sut que sa visite allait être couronnée de succès : la chambre était vide et la superbe ceinture pendait là, à portée de sa main. Elle entra, la saisit et en ceignit sa petite taille de plusieurs tours. Puis, elle s'assit à même le sol et se mit à caresser, fascinée, les fines cordelettes de fils d'or des glands, les laissant couler entre ses doigts écartés. Elle n'entendit pas Gunelle entrer.

La jeune femme avança délicatement dans la pièce, captivée par la petite fille blottie au pied de son lit. Elle fit un mouvement qui lui révéla sa présence et Ceit bondit sur ses pieds, les yeux affolés, cherchant où se cacher. Il n'y avait que le dessous du lit qui était véritablement à sa portée. Elle s'y engouffra. Gunelle sourit, s'approcha et, s'étant allongée par terre, commença à parler d'une voix douce à l'enfant. Elle lui parlait de la fête, des habits que les dames portaient, des plumes aux chapeaux des messieurs, des friandises servies au dessert. Enfin, au bout d'un moment, voyant que Gunelle ne constituait aucun danger et surtout qu'elle n'essayait pas de la regarder, Ceit s'aventura à sortir du côté opposé à celui où se trouvait la jeune femme. Aussitôt, elle entreprit de défaire la ceinture. Elle entendit alors Gunelle lui dire :

« Ne l'enlève pas, Ceit. Elle te va très bien et je te la donne. »

Elle crut avoir mal saisi. C'était là un cadeau inespéré. Un cadeau comme on ne lui en avait jamais offert. Elle contourna le lit et vint se placer derrière une courtine qu'elle prit pour se cacher le visage. Gunelle vit sa petite tête rousse faire des signes de dénégation et perçut un faible « non ». Elle lui demanda la raison de son refus, mais n'obtint pas de réponse. Puis, au bout d'un moment, elle entendit les glands de la ceinture tomber sur le sol dans un bruit mat et regarda la petite fille s'échapper dans le corridor.

À l'extérieur des murs du château, le temps était gris. La marée basse avait laissé beaucoup de débris sur la courte grève du port. Il y avait grand vent. Le seigneur

Tòmas observait les mouettes et les fulmars s'y disputer des restes de mer. Il mit pied à terre et, laissant là sa monture, il fit quelques pas sur le quai, désert à cette heure de la journée. Il avait quitté l'office du matin avant la fin, ne pouvant supporter plus longtemps l'air contrit et malheureux de Gunelle, encadrée de ses deux servantes. Un besoin impérieux de bouger et de respirer le grand air l'avait jeté en selle et fait chevaucher à bride abattue durant une heure. Il avait maintenant les mains gelées et il les frappait l'une contre l'autre.

Scrutant l'horizon, il tenta de distinguer des navires en provenance de la pointe de l'île de Skye. Si le roi Jacques arrivait, ce serait de ce côté. Il ramena son regard sur la berge de part et d'autre du port, afin de voir les sentinelles à leur poste de guet. Il n'en vit aucune, ce qui le contraria : « Un autre problème à régler », bougonna-t-il. Depuis la fin de l'été, la relève des sentinelles accusait régulièrement des manques. On ne se présentait pas au poste de guet au bon moment ou on le quittait trop tôt. Le manque de discipline créait de plus en plus souvent des brèches dans le système de protection du château et du bourg. L'arrivée du roi, si arrivée il y avait, mettrait en lumière ce défaut qui se corrigerait par lui-même.

Il remonta en selle et se dirigea vers les pâturages, à un demi-mile de là. Chemin faisant, il rencontra plusieurs bergers et hommes de bétail qui le saluèrent joyeusement. Le mariage avait mis le cœur en fête à tout le monde de Mallaig, même à ceux qui n'y avaient pas assisté. Le seigneur Tòmas ne pouvait empêcher ses pensées de tourner inlassablement autour de Gunelle et de son cousin. Le comportement de Iain le mettait hors de lui, mais qu'y pouvait-il ? Il n'avait aucun moyen d'agir sur lui. C'était son maître d'armes et, de ce fait, il lui était subordonné comme à son oncle. Il se trouvait dans une impasse. Dame Gunelle n'était plus à la portée de son cœur ni de ses secours. Il poussa un profond soupir : la vie au château allait-elle devenir une torture ?

La matinée tirait à sa fin. Ayant vu tout ce qu'il s'était proposé de voir, il fit faire demi-tour à sa monture et rentra au château par les plateaux. En pénétrant dans la cour, il s'arrêta net. Un équipage s'apprêtait à partir. Il sentit plus qu'il ne le sut qu'un nouveau drame se jouait pour Gunelle. Il descendit de cheval et s'avança, bride à la main, jusqu'au premier homme de la garde, auprès de qui il s'informa de ce départ imminent. Il apprit ainsi que le lieutenant Lennox partait ce matin même et emmenait la jeune Vivian avec sa compagnie. Voilà donc ce qu'il pressentait depuis le lever du jour : Gunelle voyait se couper aujourd'hui presque tous les liens qui la reliaient à Crathes.

Aussitôt que leur équipage eut franchi le pont-levis, je me précipitai aussi vite que mes jupes me le permirent dans les escaliers menant au chemin de ronde. Je voulais les regarder aussi longtemps que mes yeux les verraient. J'avais réussi à faire bonne contenance tout le temps des adieux. Mon lieutenant avait précipité son départ, sachant très bien qu'il m'était douloureux, et je lui en étais secrètement reconnaissante. Lorsqu'il m'avait serré la main, ses yeux humides avaient failli me faire éclater en sanglots. Vivian ne m'avait pas beaucoup aidée, pleurant à chaudes larmes et ne pouvant me parler sans se réfugier dans son mouchoir.

De la maison MacNèil, Tòmas, Saxton et le révérend Henriot, qui tenait à bénir le voyage de retour, avaient assisté au départ dans la cour. C'est ainsi que l'on avait pu s'étreindre et se saluer en parlant scot ensemble une dernière fois.

Là-haut, où l'on eut la délicatesse de me laisser seule, je pus donner enfin libre cours à mon chagrin. Mes mains s'appuyaient au parapet et je voyais, à travers mes larmes, les mains tendues des cavaliers qui me faisaient signe, se retournant à tour de rôle sur leurs montures en s'éloignant de plus en plus. Je balançais le bras en réponse, tout agitée de sanglots. À la fin, n'y tenant plus, je me laissai glisser par terre, recroquevillée, me protégeant du vent et du froid dans ma cape enroulée autour de moi. Combien de temps pleurai-je ainsi ? Je ne le sus pas.

Plus tard, je sentis une main qui tentait de repousser les cheveux épars qui sortaient de mon capuchon pour me dévoiler les yeux. Je les ouvris et reconnus Ceit. Elle se tenait à genoux devant mon visage et m'observait, les yeux remplis de tristesse. « Partis », articula-t-elle.

Je me redressai aussitôt, regardant autour de moi. Nous étions seules. L'angle de la lumière sur les tours m'indiquait que l'après-midi était avancée. Je reposai mon regard sur la petite fille. On avait natté ses fins cheveux et on lui avait attaché un bonnet sous le menton avec un étrange ruban bleu. Je ne pus m'empêcher de lui sourire. Lui indiquant du doigt le ruban, je lui dis qu'il était joli. Elle prit un bout du ruban et tenta de répéter le mot « joli ». Puis, dans un geste d'une infinie délicatesse, elle essuya les traces de pleurs sur mon visage en répétant à voix très basse :

« Partis, partis… partis. »

Je refoulai à grand-peine un nouvel afflux de larmes. Je pris sa petite main dans la mienne et la portai à mes lèvres en lui murmurant :

« Merci, gentille Ceit. Mes amis sont partis, mais il m'en reste encore une. C'est toi. »

À compter de ce moment, Ceit ne se sauva plus en me voyant. Elle semblait même rechercher ma présence, ce qui était loin de me déplaire. Cela m'évitait de trop penser à Crathes ou à Orléans. Je découvris peu à peu que Ceit n'était pas muette, mais un peu sourde. Ce handicap l'avait empêchée d'apprendre à parler. En outre, les défauts de son visage la portaient à se cacher des gens. De là à se conduire comme un petit être sauvage, il n'y avait qu'un pas. Sa condition d'orpheline avait fait le reste.

Ce soir-là, je tins à assister au souper avec la famille dans la grand-salle, malgré l'offre répétée de Nellie de prendre mon repas dans ma chambre avec elle. Elle m'affirmait que toute la famille comprendrait mon besoin d'isolement et elle avait certainement raison, mais j'avais décidé de mettre de côté mes états d'âme et de faire face à ma nouvelle vie.

Dès que j'entrai dans la salle, mon mari vint à ma rencontre et me salua silencieusement, à la façon des chevaliers du Nord, la main ouverte sur le torse. Je fixais l'anneau à son doigt, cherchant à ne pas croiser son regard. Il s'empara de mon bras et me mena à table où il me fit asseoir à côté de lui. Tandis que nous avancions, il s'était enquis de ma santé en des termes très courtois, montrant qu'il était au courant des peines que le départ de ma délégation m'avait causées. Le ton de sa voix n'était ni hautain ni froid. Au contraire, il s'en dégageait sincérité et compassion.

Ce changement de comportement à mon endroit me prit de court. Je m'étais préparée à l'éviter le plus possible. Je comprenais que son absence de chez moi la nuit précédente constituait un affront : non pas cette fois à son père, mais à moi. Ce que je ne saisissais pas, c'étaient les raisons qui le motivaient. Certes, je devais beaucoup lui déplaire, et il ne me plaisait pas davantage. Mais nous avions l'un et l'autre consenti au mariage. Il fallait donc nous comporter comme des époux et faire ce qui se devait.

La grand-salle avait gardé ses décorations et, près de l'âtre, reposait debout sur sa base le clàrsach dont les cordes de laiton brillaient à la lueur des flammes. Le harpiste n'avait donc pas quitté le château. Je contemplai la table, aussi bien mise et garnie que la veille. On servait à boire, du vin et de la bière. Il n'y avait pas de uisge-beatha.

De nouveau réunis, les membres de la famille Mac-Nèil se faisaient face. Seul le seigneur Baltair manquait. Iain me fit un rapport détaillé de l'état de santé de son père avec lequel il s'était longuement entretenu durant la journée. Il m'apprit ainsi que les noces avaient épuisé ce qu'il lui restait de forces. À cela s'ajoutait l'anxiété engendrée par la perspective d'une visite du roi. Il fut surtout question de cette dernière nouvelle entre les convives. Iain me demandait souvent mon opinion, sur une chose ou l'autre : tantôt sur l'étiquette dans les réceptions royales en France, tantôt sur les us d'Aberdeen. Ce fut donc la première fois que nous conversâmes en gaélique tous les deux dans un esprit de bonne entente. Il avait soin de ne pas aborder la question de la noce et de sa nuit. Mais c'était compter sans dame Beathag. En effet, avec un petit air de connivence qui m'exaspérait, elle fit sur le sujet plusieurs remarques qui restèrent heureusement sans écho. Ce n'étaient certes pas le seigneur Tòmas, ni le révérend Henriot, ni le secrétaire Saxton qui allaient s'y intéresser. Cependant, son petit jeu me permit de comprendre que nous étions les seuls, Iain et moi, à savoir ce qui s'était vraiment passé dans ma chambre la nuit précédente. Le regard appuyé de mon mari me le confirmait. Et j'y lus un message : « N'en parlons pas. » « Soit », me dis-je.

Après le souper, j'eus la surprise de voir entrer le harpiste, qui s'installa à son instrument et se mit à jouer des ballades et des complaintes. Rien ne pouvait me faire plus plaisir et mieux me détendre. Tandis que toute la compagnie se proposait de jouer aux cartes à la table qu'on débarrassait, je m'approchai du musicien et m'assis tout près pour mieux observer son jeu. Une autre personne était fascinée par la musique qui coulait de ses doigts agiles : c'était la petite Ceit. Elle était furtivement entrée dans la salle sitôt le souper terminé et s'était glissée à mes pieds. Je connus alors un moment de grand apaisement. Je ne pensais plus à mes chers absents, je faisais abstraction des gens présents. La musique se traçait un doux chemin vers mon cœur lourd et l'allégeait. Je me surpris à caresser les cheveux de Ceit, qui était paralysée de plaisir. Je captai le regard énigmatique de mon mari sur nous.

Le harpiste ne semblait pas connaître les paroles de plusieurs airs qu'il exécutait pourtant avec beaucoup d'assurance. Quand je lui en fis la remarque, il me répondit qu'il ne chantait jamais, car sa voix éraillée était un affront à la beauté des lais. Il m'invita avec beaucoup d'affabilité à chanter à sa place, disant reconnaître à la longueur de mon cou mes qualités de chanteuse. Ce simple compliment, pour flatteur qu'il était, fit fondre mes réserves. Je lui demandai une pièce qu'il avait jouée précédemment. On chantait ce lai en France, où je l'avais appris de mes compagnes de couvent, et je l'aimais particulièrement. Je me mis donc à l'accompagner, d'abord avec hésitation, puis ma voix s'affermit et monta pure et claire dans la grand-salle. Le son me surprit. Je me souvins d'une réflexion de ma mère à propos des pleurs qui, selon elle, purifiaient les voix. Il me sembla qu'elle était là, à mes côtés, et m'avait vue sangloter toute la journée.

Quand la chanson fut terminée, Tòmas quitta la table de jeu et vint rejoindre notre groupe, me félicitant. Comme j'avais chanté en français, il me demanda de lui traduire les paroles. Il s'agissait d'un poème faisant partie d'une chanson sur les voyages : une dame faisait ses adieux à son amant qui partait en croisade. Je lui traduisis donc, vers par vers, tout le discours d'amour que se tenaient les héros. Tòmas écoutait avidement, comme si chaque parole lui était destinée.

Le reste de la compagnie s'était regroupé autour de nous pour entendre. Dame Beathag se montra très intéressée par l'amour courtois et elle me questionna sur la façon dont les dames tenaient leur cour d'amour en France, où cette mode était née. Comme mon expérience française se limitait à ce que l'on apprenait au couvent, je ne pus la satisfaire. Cependant, j'appris que l'ancienne châtelaine de Mallaig avait tenu une telle cour durant l'année qui avait précédé son décès. Ainsi, troubadours, chevaliers et gentes dames des Highlands avaient circulé dans cette même salle, déployant le raffinement des conversations courtoises et discutant, en joutes oratoires, des activités amoureuses. Cette image ne cadrait pas très bien avec ce château où je vivais depuis un mois. D'ailleurs, rien du Mallaig de dame Lite ne semblait avoir duré après son départ.

Cette conversation avait rembruni mon mari. Je sentis que la simple évocation de sa mère lui était douloureuse. Son regard perdu ne reflétait pas tant la tristesse éprouvée à la perte d'un être cher qu'une certaine rage ou impuissance. Cela me laissa songeuse. Je fus la première à manifester le désir de me retirer à la fin de la soirée. Mon mari réagit aussitôt et m'accompagna jusqu'aux escaliers menant aux étages, où il me souhaita une bonne nuit avant de me dire, sur un ton sec :

« Je vous prie de ne pas m'attendre. Ni cette nuit ni les prochaines. »

Il me remit le chandelier sans ajouter la moindre explication et s'en retourna dans la salle. Il ne me restait plus qu'à monter seule à ma chambre. Je ne savais quel sens donner à cet avertissement. Une chose était claire, j'étais dispensée de vivre une quelconque attente. « Le "bon vouloir" s'est clairement exprimé », songeai-je.

Pour le seigneur Baltair, la visite du roi Jacques ne pouvait pas plus mal tomber. Son fils était venu lui annoncer la nouvelle peu avant midi : le navire du roi était en vue des côtes de Mallaig et, profitant de la marée haute, il accosterait avant le souper. Le vieux chef cherchait son souffle depuis qu'il était éveillé et avait peine à parler. Il était désespéré et n'osait l'avouer. Ne pas pouvoir paraître devant le roi d'Écosse lui causait un très grand désappointement. En outre, il nourrissait mille craintes sur la façon dont on accueillerait le souverain sans lui. Le seigneur Iain partageait entièrement les inquiétudes de son père, mais eut soin de le lui cacher. Il eut recours, pour une première fois, aux talents supposés de son épouse pour organiser une réception royale. C'est ainsi que, pour rassurer le père, le fils se trouva dans cette étrange position d'avoir à vanter une personne qu'il s'appliquait par ailleurs à dénigrer.

Quand il fut sûr que son père allait se reposer, il le laissa aux soins d'une servante et descendit informer les gens de la maison de ce qu'il convenait de faire. Il avait fait venir tout le monde dans la salle d'armes. Dès qu'il entra, son œil fut attiré par les armoiries du clan gravées dans la pierre au-dessus du foyer : un promontoire rocheux surmonté de l'inscription *Vincere vel mori* – « Vaincre ou mourir » –, une devise qui remontait au sixième chef, Neil Og MacNèil, qui avait combattu pour Robert Bruce dans la fameuse bataille de Bannockburn contre les Anglais en 1314. Tout le poids de ses ancêtres et leur fidélité aux rois d'Écosse vinrent peser sur ses épaules en cet instant. Il reporta son regard sur ses gens qui attendaient, vaguement inquiets. Il ne fallait pas les décevoir.

D'une voix claire et profonde, il exposa la situation : préparer le château à accueillir le roi d'Écosse en ses murs sans la présence de son maître, le seigneur

Baltair. Il énuméra les tâches à accomplir et les distribua au fur et à mesure. Quand il en arriva aux préparatifs de la réception, il désigna Anna et Nellie sous la conduite de leur maîtresse, son épouse. C'est alors que dame Beathag s'interposa pour se proposer à sa place, arguant qu'elle était plus habituée à diriger le personnel du château et avait plus d'expérience en matière d'organisation de fêtes et de réceptions :

« Mon seigneur, donnons à votre épouse plus de temps pour connaître parfaitement les habitudes de la maison et tirer le meilleur parti de nos gens. La vie de couvent, on le sait, diffère beaucoup de la vie à la cour, et les talents certes fort grands de dame Gunelle ne seront assurément pas d'un grand concours dans le projet que vous exposez. Confiez-moi tout cela, je me débrouillerai on ne peut mieux.

– Chère Beathag, répondit le seigneur MacNèil d'une voix calme, lorsque vous avez quitté les îles d'où vous n'étiez jamais sortie, vous êtes venue vous enfermer à Mallaig, dès après votre mariage. Ce que vous savez des réceptions se limite probablement à ce qu'il convient de porter sur soi ou d'enlever, selon la circonstance. Vous auriez pu devenir la châtelaine de Mallaig, mais mon père en a décidé autrement. Le roi d'Écosse sera reçu ici selon la tradition de la famille, c'est-à-dire par la première dame du château : dame Gunelle. Si mon épouse requiert vos services, elle vous le demandera elle-même, et je vous prierais de lui donner satisfaction. »

Il avait prononcé cette dernière phrase en se tournant vers dame Gunelle. Anna sentit son cœur se gonfler de fierté à ces paroles : fierté pour son jeune maître et pour sa nouvelle maîtresse. Le seigneur Iain venait de placer son épouse au-dessus de son ingénue belle-sœur devant tout le personnel du château. Elle glissa un regard de jubilation à Nellie à ses côtés. Dame Beathag adressa à Gunelle un large sourire que démentaient ses yeux chargés de mépris.

Gunelle n'y prêta aucune attention, tout absorbée par l'ampleur de la tâche qui venait de lui être confiée. Elle leva les yeux vers son mari pour connaître la suite de ses instructions, mais elle vit qu'il semblait attendre quelque chose d'elle. Avec un petit signe de tête, il lui passa la parole :

« Le reste vous appartient, ma dame. C'est à vous de nous dire ce que vous attendez de chacun. Pour ma part, je n'ai rien à ajouter. »

Gunelle se tourna alors vers ses gens, prit une profonde inspiration et nomma ceux et celles dont elle requérait les services. Puis, après un bref salut à son mari, elle les entraîna à sa suite vers les cuisines, entièrement concentrée sur le plan qu'elle élaborait déjà. Dame Beathag, furieuse, quitta la salle en coup de vent, sans un regard pour le seigneur Iain. Après ces départs, celui-ci prit Tòmas avec lui et sortit du château en direction du port, où il fallait organiser la garde.

Guilbert Saxton n'avait jamais rencontré le roi. L'événement qui se préparait dépassait tous ceux auxquels il avait assisté durant sa carrière au château. Il était curieux de voir comment le fils Iain et sa jeune épouse allaient s'en sortir. Ce jour-là, il avait fait une brève visite à son maître et l'avait trouvé extrêmement affaibli. Il avait longuement parlé avec Anna de l'état de santé du vieux chef et partageait ses inquiétudes. Baltair MacNèil s'éteignait. Il ne contemplerait probablement pas un nouveau printemps sur Mallaig, il ne se rendrait pas à la nouvelle année. Il ne voulait plus recevoir son médecin et il fut convenu qu'Anna passerait désormais tout son temps à son chevet, laissant peu à peu son rôle d'intendante à Nellie sous les ordres de la nouvelle châtelaine, qui, toutes deux, maîtrisaient à présent le gaélique.

Le secrétaire, comme l'ensemble du personnel du château, s'était fait une haute opinion de la jeune châtelaine. Dame Gunelle forçait l'admiration de tous par la dignité de son comportement et par l'extraordinaire talent à s'adapter à la vie de Mallaig. Il était d'autant plus heureux de découvrir tant de capacités chez la jeune femme qu'il voyait approcher rapidement le moment où il quitterait ses offices de secrétaire au château et aurait à passer la tenue des livres à quelqu'un de compétent. Il n'avait aucun doute quant aux connaissances de dame Gunelle en calcul et en gestion. Cette jeune femme avait reçu une éducation complète et pouvait, comme plusieurs épouses instruites de son époque, tenir les livres du domaine familial.

Le fils MacNèil ne pouvait avoir meilleure compagne pour le seconder, lui qui avait farouchement refusé toute instruction. Ne sachant ni lire ni écrire, ne connaissant même pas le scot, Iain MacNèil était rivé aux terres des Highlands, avec, comme seuls interlocuteurs, les lairds de son propre clan et les chefs des clans voisins. Apparemment, cela lui avait jusqu'ici suffi : maintenir l'ordre sur son domaine, devenir un guerrier redoutable et le champion incontestable des tournois de tout le nord de l'Écosse, y compris des îles. Il fallait considérer l'homme d'un point de vue pratique. Malgré son ignorance, Iain MacNèil avait certainement l'étoffe d'un chef de clan : il montrait une grande compétence à commander des hommes, suscitait beaucoup de respect à titre de chevalier et de stratège en matière de bataille. Il était rusé, grand expert dans le maniement des armes, très habile cavalier et infatigable au combat.

Guilbert Saxton l'avait beaucoup observé au cours des dernières années et, en dépit des nombreux défauts dont était affligé cet homme tourmenté, il avait été impressionné par sa capacité à s'affirmer face à son père, homme autoritaire et impitoyable. Le dernier épisode de la lutte entre le père et le fils MacNèil à propos du mariage avait laissé de profondes meurtrissures dans le cœur du seigneur Baltair, mais semblait avoir durci encore davantage celui de son fils. La visite du roi allait mettre en lumière les nouvelles forces en présence au château : sa jeune châtelaine et son futur maître. Un frisson de curiosité parcourut le flegmatique secrétaire tandis qu'il se dirigeait vers la grand-salle pour l'accueil du monarque écossais.

Toutes les torches du hall brûlaient, dégageant une odeur âcre de suif et faisant ressortir le rose de la pierre de taille des murs. De nombreux gardes avaient pris position de part et d'autre de chaque porte ouvrant sur les différentes ailes du château. Le portail de la grand-salle était bordé d'une rangée d'hommes armés, des chevaliers de la maison pour la plupart. Le silence régnait dans les rangs. Intimidé, chacun arborait un air sérieux et figé. Les barbes et les moustaches étaient parfaitement immobiles sur les visages intimidés.

Dans la grand-salle, des tapis de laine faisaient une allée du portail à l'âtre, devant lequel on avait disposé des fauteuils dont plusieurs avaient été descendus des chambres. À peu près tous les chandeliers du château avaient été requis et ils formaient un vaste cercle de lumière scintillante tout autour. Dame Gunelle avait revêtu la somptueuse robe qu'elle portait à son mariage et se tenait toute droite, la tête haute, au seuil du portail. Les gens de la maison, regroupés derrière elle, attendaient dans un silence tendu qu'entre la délégation royale.

Quand il pénétra dans la grand-salle, le roi d'Écosse ne vit que des dessus de tête et des nuques durant une longue minute. Les hommes avaient posé un genou par terre et les dames, courbées dans une profonde révérence, fixaient le sol. Il se tourna vers sa délégation, qui le suivait à deux pas de distance, à la recherche du seigneur Iain qu'il trouva juste derrière lui. En désignant dame Gunelle, il lui demanda, en scot :

« Mon seigneur, est-ce là votre dame ? »

Iain devina le sens de la question et s'empressa de passer devant son roi pour lui présenter Gunelle. Il lui tendit la main et la fit avancer vers le roi, en la nommant. Soulagé de voir enfin les têtes et les corps de l'assemblée se redresser, le roi inclina légèrement le front en croisant les yeux de la jeune châtelaine et murmura en français un « Mes hommages, ma dame » auquel Gunelle répondit dans la même langue par un simple « Majesté » empreint de respect. Le roi lui sourit et porta son regard sur les gens de la maison qu'il détailla un à un, dans l'attente qu'on les lui présente. Après un bref coup d'œil dans la direction de son mari, la jeune châtelaine s'éclaircit la voix et entreprit de présenter chacun d'eux en employant la langue scot.

Le roi Jacques d'Écosse, âgé de trente ans, était un homme de belle prestance. Il avait un physique d'athlète, un port de tête majestueux, des manières raffinées et un fort accent anglais. Pour détendre l'atmosphère, il disait à chacun un mot aimable qui n'appelait pas de réponse. Une fois terminée la présentation des gens du château, il désigna un homme parmi sa propre délégation, qui s'avança vers le groupe. Il le présenta lui-même, sans cérémonie, en s'adressant principalement au seigneur Iain :

« Seigneur MacNèil, voici le shérif James Darnley, que je viens de nommer au titre d'officier de la Couronne dans les Highlands. Disons que ce sont les yeux, les oreilles et la main de votre souverain dans le Nord. Ma visite n'a d'autre but que de vous le présenter et de vous demander de lui assurer, à Mallaig, un lieu de résidence temporaire. Pensons pour l'instant à un séjour de sept mois. »

James Darnley se tenait devant le seigneur Iain. Dans la quarantaine, c'était un homme de haute stature, de forte taille, le visage rubicond et le cheveu rare. Il plissait constamment les yeux, qu'il avait petits et très noirs, et promenait sur les choses et les gens un regard scrutateur. Il inclina imperceptiblement la tête à l'intention du seigneur Iain, qui lui rendit son salut avec la même économie de gestes. Le roi reprit la parole, sans attendre d'autres échanges de leur part :

« Voilà qui est conclu, je suppose, mon seigneur. Je savais que nous trouverions ici loyauté et fidélité envers la Couronne et l'Écosse. Mallaig est la place forte par excellence dans le nord du pays pour implanter la nouvelle loi sur les impôts. Je compte donc sur le clan MacNèil pour protéger et soutenir mon représentant comme s'il s'agissait de moi-même. »

Sur ce, il se mit en marche vers le foyer, prenant au passage le bras de dame Gunelle pour l'accompagner. Le seigneur Iain, que le shérif fixait toujours de son regard perçant, esquissa un mouvement de recul en direction de sa garde. La voix de Darnley, qui s'adressait à lui en gaélique, l'arrêta.

« Seigneur Iain, je me trompe ou vous ne parlez pas le scot ? »

N'obtenant pas de réponse, il poursuivit :

« C'est ce que je pensais. Alors, laissez-moi vous expliquer ce que notre souverain attend de vous. »

Iain fulminait intérieurement. Il se raidit en sentant la main du shérif se poser sur son bras pour l'entraîner un peu à l'écart. Il attendit avec impatience que ce dernier eût terminé son exposé sur les volontés royales à Mallaig. Il sentait monter en lui une vague d'antipathie pour cet officier au ton condescendant.

C'était un supplice que d'entendre le roi s'adresser à mon mari sans obtenir d'autre réponse que des signes de tête. Je tremblais qu'un tel manque d'égards ne fût relevé et que l'honneur de la famille MacNèil ne fût à jamais terni, mais, à mon grand soulagement, je m'aperçus vite qu'il était dans les habitudes du roi de discourir seul. En effet, le roi Jacques, que la fatigue ou l'énervement du voyage en mer avait affecté, éprouvait un besoin plus grand de parler que d'écouter. C'est ainsi qu'il m'accabla de mille commentaires sur son voyage dans les Highlands, à la seule fin de meubler le silence. Puis, confortablement installé au creux du meilleur fauteuil, après avoir avalé le vin chaud qu'on lui avait offert, il commença doucement à se détendre et son bavardage se tarit.

J'avais prévu de faire souper toute la compagnie assez tôt, car on m'avait avisée que le roi voulait quitter Mallaig le lendemain dès l'aurore. Aussi donnai-je bientôt le signal de passer à table.

Le monarque semblait ne plus vouloir d'autre interlocuteur que moi et il entreprit de me questionner sur la santé du seigneur Baltair, invitant le seigneur Tòmas à prendre part à la conversation, puisque c'était de ce dernier qu'il avait appris la nouvelle de sa maladie à sa descente du navire. Tòmas s'assit vis-à-vis de moi, immédiatement à côté du roi qui occupait la place d'honneur au bout de la table. À ma gauche, il y avait mon mari, puis le secrétaire Saxton ; en face d'eux, le shérif et le révérend Henriot. Dans cet agencement des convives, Iain se retrouvait au beau milieu des gens parlant scot. Son air renfrogné témoignait assez éloquemment de son malaise. Je lui coulais des regards à la dérobée et je m'inquiétais. Je ne sais par quel détour de la conversation avec le seigneur Tòmas le roi apprit que je parlais couramment le français.

Je fus alors stupéfaite d'entendre le souverain employer cette langue pour me parler de son épouse, Jeanne Beaufort, fille du comte de Somerset, et de leur petite fille de deux ans, Marguerite. Il avait une élocution aisée et maîtrisait parfaitement cette langue que tous les monarques d'Europe employaient couramment entre eux. Il eut l'amabilité de me féliciter sur ma connaissance du français et nous en rîmes ensemble. Je crois que c'est à ce moment-là que je fus conquise par sa gentillesse.

Sur le ton de la confidence, il me raconta qu'il parlait français avec son épouse quand, en public, il ne voulait pas que l'on comprenne ce qu'ils se disaient. Il me confia qu'il avait fait un mariage d'inclination, ce qui était fort rare dans les cours royales. Quelle simplicité, quelle candeur il mettait dans ce genre d'aveux si inattendus de la part d'un roi ! J'étais pour ainsi dire subjuguée quand, au bout d'une demi-heure, je compris soudain, en croisant le regard admiratif de Tòmas, que le roi m'avait isolée dans une langue que nous étions seuls à connaître à table. Le roi aussi dut s'en apercevoir, car il commença à parler à Tòmas en scot et l'interrogea sur les études des jeunes seigneurs du Nord dans les collèges d'Édimbourg.

Je fus alors soulagée de ne plus mener la conversation avec mon souverain et je pus me consacrer à mes autres devoirs d'hôtesse, notamment au service de la suite du repas. L'ordonnance des mets que j'avais établie avait été respectée à la perfection et la saveur de tous les plats rendait justice aux efforts consentis en cuisine durant la journée.

Je surpris une discussion en gaélique entre mon mari, le secrétaire Saxton et le shérif Darnley. Il était question de redevances et de nouvelles lois. Je savais, pour en avoir beaucoup entendu parler à la maison de mon père, que le roi Jacques s'était acquis, depuis son retour d'Angleterre, une réputation de grand législateur.

Ses édits royaux fort nombreux réglementaient la formation militaire des jeunes hommes, la parité des monnaies écossaise et anglaise, la répression des rixes et du vagabondage, la pêche au saumon, l'exportation de l'or. À peu près aucun domaine de la vie écossaise n'échappait à son Livre des statuts. Il était évident que cette volonté de tout légiférer obéissait à la nécessité de restaurer l'ordre et la prospérité dans le pays que vingt ans de régence avaient mis en faillite. En observant et écoutant l'austère shérif Darnley, on comprenait aussi que rien ne se réaliserait sans une surveillance sans faille des chefs de clan du Nord, historiquement prompts à contourner le pouvoir royal.

Cette constatation me mit mal à l'aise. Les seigneurs Baltair et Iain accepteraient-ils de soumettre le clan MacNèil à cette nouvelle visée du souverain ? Lorsque je pus capter le regard bleu acier de mon mari, je sus que la colère avait commencé à s'installer en lui.

La réception fut un succès. Le roi me témoigna son appréciation, que je me promis de partager avec mes gens dès que j'en aurais l'occasion. Il exprima le désir de se retirer tôt, ce qu'il fit dès que les échanges de politesses qui suivent habituellement un repas furent terminés. Il eut également un mot aimable à l'endroit de Tòmas avant de quitter la salle. Mon mari, en grande discussion avec le shérif Darnley, ne put saluer le roi ni ne le fut par lui.

Après le départ du souverain avec ses propres gardes et nos chevaliers, je restai assise paisiblement au coin du feu et je partageai mes impressions sur la visite royale avec Tòmas. J'étais ravie des commentaires intelligents et pertinents que Tòmas émettait. Nous avions les mêmes idées et nous nous posions les mêmes questions sur cet homme exceptionnel qu'était le roi Jacques. Nous dûmes ainsi dialoguer près d'une heure ensemble, en adoptant tout naturellement la langue scot. Ce fut la première erreur. Iain, qui avait délaissé la compagnie du shérif et que nous n'avions pas vu approcher, était planté derrière nous et me harangua sur un ton sec :

« Qu'y a-t-il, ma dame, de si intéressant à raconter à mon cousin que je ne puisse entendre ? Vous vous plaisez à employer ce soir toutes les langues de votre impressionnant savoir, mais pas un seul mot en gaélique. »

Je restai muette de surprise. Tòmas se leva d'un bond et, l'air outragé, répondit à son cousin à ma place. Ce fut la deuxième erreur.

« Mais enfin, Iain ! Ton épouse parle dans la langue choisie par le roi pour s'adresser à lui. C'est elle qui sauve la face de la famille et tu l'en blâmes ? Elle couvre ta propre ignorance de la langue des Écossais devant ton souverain et tu oses lui en faire le reproche ?

– Sors d'ici ! lui ordonna Iain d'un ton qui n'admettait pas de réplique. Tu n'es pas le roi et c'est avec toi qu'elle discute en scot depuis une heure. »

Puis, me jetant un regard glacial, il ajouta :

« Je vous interdis de parler scot au château désormais. Est-ce que je me fais bien comprendre, ma dame ?

– Parfaitement, mon seigneur », murmurai-je du bout des lèvres en gaélique.

Je sentais qu'il ne fallait pas le provoquer. Tout dans son attitude dénotait le goût qu'il avait de se battre. Je déglutis et baissai les yeux sur mes mains, espérant de toutes mes forces que Tòmas sortirait de la salle sans répliquer. Je respirai d'aise quand j'entendis ses pas s'éloigner.

Je levai les yeux. Presque tout le monde avait déjà quitté la salle pour la nuit. Mon mari prit place dans le fauteuil que Tòmas avait occupé à côté de moi et demanda à boire du uisge-beatha. On lui apporta un hanap aussitôt. Le silence entre nous devenait lourd, palpable, étouffant. Il l'interrompit d'une voix douce qui me surprit.

« Comme c'est étrange, ma dame. Vous n'avez plus rien à raconter. Ne me dites pas que vous cherchez vos mots.

— Non, mon seigneur. Je suis disposée à discuter de ce que bon vous semblera. »

Après un moment d'hésitation, je poursuivis :

« Je n'ai rien à vous cacher. Le seigneur Tòmas et moi ne nous sommes pas aperçus que nous parlions en scot après le départ du roi. Nous partagions nos impressions sur notre souverain et sur la réception en général.

— J'imagine que vous vous attendez à ce que je vous félicite pour cette réception, n'est-ce pas ?

— Bien sûr que non, mon seigneur. Je n'ai fait que mon devoir du mieux que je le pouvais.

— Évidemment. Votre devoir… »

Il vida son hanap d'un trait et ajouta, sur un ton agacé :

« Jusqu'où êtes-vous prête à faire votre devoir, ma dame ? J'aimerais bien le savoir. »

Je ne savais que répondre. Où voulait-il encore en venir ? Je n'arrivais pas à le saisir. Il fallait pourtant que je lui parle. Aussi longtemps que j'avais conversé avec Tòmas si cela était possible. Je m'efforçai d'employer un ton conciliant, plein de retenue, pour aborder le sujet qui m'avait tant captivée quelques minutes auparavant avec Tòmas : le roi. Je redis, cette fois en gaélique, ce que je pensais du souverain.

Iain levait de temps à autre sur moi un regard indéchiffrable, puis se replongeait dans la contemplation du feu dans l'âtre, sans mot dire. Je monologuai ainsi toute seule un bon moment. Il ne me donnait aucun indice sur l'intérêt que mes propos suscitaient en lui. Il se cala plus profondément dans le fauteuil et allongea les jambes. Bran vint précautionneusement poser sa tête sur ses pieds. Lorsque, à son signal, un serviteur vint remplir son hanap, il m'en offrit. Contre toute attente, j'acceptai. Il se redressa et me dévisagea. Puis, s'avançant dans son fauteuil, il approcha son visage tout près du mien et me demanda, narquois :

« Dites-moi, ma dame, est-ce aussi par devoir que vous acceptez de boire du uisge-beatha avec moi ?

— Je suis fatiguée de parler seule, mon seigneur. Puisque vous semblez d'humeur à boire et à être en ma compagnie, aussi bien boire avec vous. La boisson a ceci d'intéressant qu'elle se passe de discours et se boit dans n'importe quelle langue. N'êtes-vous pas de cet avis ?

— Vous venez de le dire, ma dame, la boisson se passe de discours. »

Saisissant le hanap qu'on m'apportait, il me le tendit, puis y choqua le sien, qu'il vida d'un trait. Il n'ouvrit plus la bouche, mais ne me quitta plus des yeux tout le temps que je bus mon uisge-beatha. Ce fut fort long. La boisson me brûlait la gorge et les entrailles à chaque gorgée. Une immense fatigue pesait sur moi comme une chape de plomb. Je faillis m'endormir au bout de vingt minutes et y serais parvenue si mon mari n'avait pas éclaté de rire en me voyant dodeliner de la tête. Il se leva, me retira le hanap des mains, me fit lever et me conseilla d'aller au lit d'une voix douce. Comme je m'emparais d'un chandelier pour quitter la salle, qui était presque vide à ce moment-là, il ajouta très bas :

« La réception était parfaite, ma dame. Vous vous en êtes admirablement bien tirée et toute la famille MacNèil vous doit ce succès. »

Chapitre V

L'aveu

Le temps s'était mis au beau depuis le départ du roi et de sa suite. Les hommes du château chassaient tout le jour, ne rentrant que le soir avec leurs prises à apprêter. Lorsque je montais sur les remparts avec Ceit, je n'avais plus à me protéger le visage du froid mordant. J'y venais maintenant tous les jours et je profitais de l'isolement que j'y trouvais pour faire l'éducation de ma petite protégée.

J'avais en effet remarqué qu'elle était très réceptive lorsque je parvenais à m'isoler avec elle. D'être au grand vent me permettait de parler fort sans me soucier de déranger quiconque. Ainsi, je m'assurais que la fillette entendait bien toutes les syllabes que je prononçais pour qu'elle puisse les répéter à son tour. Ses progrès étaient fort encourageants et cette occupation me tenait éloignée de la désagréable compagnie de dame Beathag et de sa suivante. Je n'avais pas réussi à m'intéresser à leurs travaux de haute lisse, auxquels elles se consacraient toute la journée, et leur oiseux bavardage rempli de sous-entendus m'exaspérait. Je fuyais leur présence autant qu'elles, la mienne. Nous ne nous parlions pour ainsi dire qu'à l'heure des repas et les conversations étaient toujours décevantes.

J'avais également pris l'habitude de passer quelques heures l'après-midi dans la bibliothèque qu'était devenue la chambre du défunt seigneur Alasdair. Parfois, Ceit m'y accompagnait, mais elle ne restait pas longtemps. Je me plongeais dans l'examen de manuscrits et de livres à la lumière du jour qui entrait à flots par les fenêtres orientées plein sud. J'y sélectionnais des œuvres que je pouvais proposer en lecture au seigneur Baltair. Comme le vieil homme ne quittait plus son lit, je lui rendais régulièrement visite et le distrayais en lui faisant la lecture. Cette initiative le ravissait. Il me recevait avec une grande joie et écoutait aussi longtemps que ses forces le lui permettaient les histoires que je lui lisais. Je m'étais aperçue qu'il ne connaissait pas bien la collection de livres assemblée par son épouse et son fils aîné au fil des années et en avais conclu qu'il n'avait pas été un grand lecteur. Je me réjouissais de le voir découvrir la richesse des écrits qu'il possédait.

Nous étions le 24 décembre et la joie de Noël m'habitait depuis le lever. L'office du matin m'avait remplie de paix qui était, pour moi, une forme de bonheur possible à Mallaig. La veille, j'avais choisi un livre portant sur la vie du roi Arthur et, au sortir de la chapelle, je me dirigeais vers la chambre du seigneur Baltair pour lui en faire lecture quand je fus arrêtée par Màiri, une jeune servante qui s'était attachée à mon service après le départ de Vivian.

Màiri portait sur son bras ma cape fourrée et mes gants, qu'elle me tendit. Le souffle court comme si elle avait couru, elle m'avisa que j'étais attendue dans la cour :

« Vous partez en promenade, ma dame, ce matin. C'est le seigneur Iain qui m'envoie vous chercher. Il m'a dit de vous surveiller à la sortie de l'office et de vous amener tout de suite. Toute la compagnie vous attend. »

Voilà qui était tout à fait dans le style de mon mari : requérir ma présence pour une activité sans me demander mon avis. Je confiai le livre à Màiri et enfilai ma cape et mes gants. Quand je sortis, je compris de quel genre de promenade il s'agissait. Ce serait une promenade à cheval. La sueur commença à perler à mon front et à me glacer le dos. Dame Beathag, sa suivante, le shérif Darnley, Tòmas et quatre chevaliers de la maison étaient en selle au milieu de la cour.

À côté de mon mari, qui tenait son cheval par les rênes, un écuyer attendait avec un cheval blanc qui m'était visiblement destiné. J'eus un mouvement de recul immédiat et avouai d'une voix dont j'avais peine à maîtriser les accents de peur :

« Mon seigneur, on ne vous l'a pas mentionné ?… Je ne monte pas. Je ne sais pas monter… je…

– On me l'a dit, ma dame, mais le shérif désire parcourir une partie de nos terres et vous allez profiter de l'occasion pour les visiter vous aussi. J'aurais dû le faire bien avant, je le sais. Il est inadmissible que la châtelaine de Mallaig ne connaisse pas son domaine. Ne partagez-vous pas cet avis ? »

J'étais littéralement affolée à l'idée d'approcher du cheval que tenait l'écuyer et incapable de prononcer une seule parole. Comme mon mari n'obtenait pas de réponse, il laissa son cheval et vint me prendre par le bras pour m'aider à monter en selle en me parlant de la bête comme s'il s'était agi d'un membre du personnel :

« Ce brave Melchior est doux comme un agneau et lent comme un crabe. Nous l'aimons bien, mais il n'a plus guère l'occasion de sortir. Je suis sûr qu'il ne remarquera pas qu'il est avec une cavalière inexpérimentée. C'est à peine s'il notera votre présence sur son dos. »

Je dus pousser un cri en me dégageant de son emprise, car il sursauta. Je courus vers le porche, mais il eut tôt fait de me rattraper. Me saisissant par les poignets, il m'obligea à lui faire face. Il dut lire la détresse sur mon visage, car son air fâché se mua en contrariété alors que je tentais de m'expliquer, d'une voix suppliante :

« Ça m'est impossible, mon seigneur. J'ai trop peur des chevaux pour monter. Je vous en prie, ne m'y obligez pas… je vous le demande. J'irai en voiture… ou à pied.

— Mais enfin, ma dame, c'est insensé ! Notre domaine fait cinquante miles et il n'y en a pas huit qui soient praticables en voiture. Vous ne pourrez jamais parcourir cette distance à pied. Il va vous falloir vaincre votre peur et monter à cheval.

— Je vais essayer d'apprendre à monter, mon seigneur. Je vous le promets, mais pas aujourd'hui et pas avec toute cette compagnie qui m'observe. Je verrai les terres un autre jour. Cela peut attendre, plaidai-je à voix basse.

— Le représentant du roi d'Écosse ne verra pas les terres des MacNèil avant la châtelaine de Mallaig », déclara-t-il en guise de réponse.

Il me lâcha les poignets et, s'adressant aux cavaliers et cavalières qui nous attendaient, il leur ordonna de partir devant, par le littoral sud. Le groupe s'ébranla aussitôt, Tòmas en tête. Iain renvoya l'écuyer et le cheval blanc aux écuries et entreprit de desseller son cheval. Je ne comprenais rien. Quelle était donc son intention ? Il ne laissa que la couverture de grosse laine bleue sur le dos du cheval et la bride. Il se tourna vers moi, me prit la main et la tira doucement vers les naseaux de la bête qu'il tenait de l'autre main, en me fixant droit dans les yeux.

« Laissez-vous sentir, ma dame », dit-il simplement.

Ma main était emprisonnée dans la sienne. Je ne pouvais la retirer. Je fermai les yeux pour qu'il ne voie pas mon effroi et me laissai faire durant quelques secondes qui m'apparurent des heures. Ce qui se passa ensuite fut très rapide. S'accrochant à la crinière du cheval, Iain l'enfourcha et, se penchant de côté, me saisit d'un bras par la taille et me souleva de terre comme si j'avais été un fétu de paille. L'instant d'après, j'étais installée devant lui, une jambe passée de chaque côté de l'encolure de la bête, mes jupes la couvrant en partie. Il tenait les rênes de la main gauche et m'encerclait du bras droit, plaquant mon dos contre son torse. Mes cuisses pesaient sur ses genoux serrés contre les flancs du cheval.

Des deux mains gantées, j'agrippais désespérément le bras qui m'entourait, le serrant à m'en briser les jointures. Je retenais mon souffle. Mes oreilles bourdonnaient. « Je vais mourir », pensai-je. La bête avança lentement, obéissant à un signe que je n'aurais pu identifier. Puis, elle prit le trot et s'engagea sur le pont-levis. Je refermai les yeux, pétrifiée de peur.

« Voilà, ma dame. Vous êtes montée, me dit Iain. Je vous prie d'ouvrir les yeux, car vous allez manquer la visite. »

S'apercevant probablement que je n'obtempérais pas à ce conseil, il ajouta tranquillement :

« Vous sentez-vous tenue fermement, ma dame ? »

N'obtenant pas de réponse, il poursuivit :

« Croyez-vous que j'aie l'intention de vous laisser tomber ? »

Je sentis une pression de son bras à cette question qu'il me répéta. J'ouvris les yeux.

« Répondez-moi, ma dame. Me croyez-vous capable de vous lâcher ?

— Non, murmurai-je.

— Bien. Maintenant, croyez-vous que je puisse moi-même tomber de cheval ? »

Je dus faire un effort extrême pour formuler la première réponse qui me vint à l'esprit.

« Plusieurs vous comptent parmi les meilleurs cavaliers du nord de l'Écosse. J'imagine que les chevaux que vous montez ne chercheraient pas à vous désarçonner.

— Excellent ! Alors, dans ce cas, dites-moi, ma dame, ce qui pourrait vous arriver de grave ce matin, à chevaucher entre mes bras ? »

Je n'avais évidemment pas de réponse à cela. Toute raidie, je fixais les épaisses oreilles noires très mobiles qui pivotaient devant mes yeux chaque fois que mon mari parlait. Les naseaux du cheval laissaient échapper régulièrement une vapeur blanche qui s'accumulait en givre sur le pelage de l'encolure. La crinière noire emmêlée ondulait au rythme cadencé de son pas.

J'osai un coup d'œil à l'horizon. Nous étions déjà à une bonne distance du château, mais encore à un demi-mile du groupe qui nous précédait. Je tournai légèrement la tête à droite et vis la mer scintiller au loin, puis, de l'autre côté, la ligne sombre des montagnes se déployer. Je pris une profonde inspiration. L'air froid qui pénétra en moi agit alors comme un levier pour en extirper la peur qui y était logée. Je sentis la tension dans mes bras se relâcher. Mon mari dut s'en rendre compte, car il me murmura d'une voix qui trahissait sa satisfaction :

« Maintenant, vous allez pouvoir goûter votre promenade, ma dame. Vous ne serez pas déçue. Vous possédez les plus belles terres des Highlands. »

Nous chevauchâmes ainsi plus d'une heure. Mon mari ne semblait pas vouloir rejoindre le groupe, qu'il se contentait de suivre à bonne distance. Il me parla tout le long de la promenade. Il m'expliqua d'abord pourquoi il avait dû insister pour que je fasse cette tournée de reconnaissance ce matin-là et non plus tard. C'est alors que j'appris le rôle exact du shérif Darnley à Mallaig : il avait pour mission de vérifier les livres de l'ensemble des clans des Highlands et d'établir de nouvelles redevances royales pour chacun. Iain m'informa que le secrétaire Saxton ne supportait pas cette intrusion dans son travail et avait demandé à quitter le service du château dès que possible. Enfin, j'étais désignée pour le remplacer dans cette tâche.

« Comprenez-vous, ma dame, pourquoi vous ne devez jamais en savoir moins que Darnley sur le domaine MacNèil ? Vous devez avoir vu, lu et entendu tout ce qu'il viendra à voir, lire ou entendre sur nous. Le comprenez-vous, ma dame ?

« — Je le comprends, mon seigneur, répondis-je.

— Voyez-vous, ma dame, je ne vous force pas à monter pour le plaisir de vous forcer. Je me dois de vous emmener ce matin et je le fais. Je voudrais que vous sachiez que je ne vous contraindrai jamais à faire quelque chose qui vous répugne à moins d'y être obligé. »

Cette mise au point fit se desserrer le nœud que j'avais à la gorge depuis notre départ. Je ne pouvais lui en vouloir ni le blâmer pour sa conduite envers moi. Elle était parfaitement justifiée. J'étais obligée d'admettre, tout au fond de moi, que j'avais confiance en lui et que j'approuvais ses décisions. Je commençai à ce moment-là à me détendre. J'éprouvai une sensation étrange à entendre sa voix derrière moi, à sentir son visage sur l'étoffe de mon capuchon lorsqu'il se penchait et le poids de son bras peser autour de ma taille.

Le paysage qu'offrait la péninsule que nous contournions capta bien vite toute mon attention. Le littoral, que le sentier surplombait, se composait de rochers noirs et dénudés à perte de vue. La mer s'y précipitait avec force bouillonnements, projetant dans l'air froid une écume toute blanche. Mon mari détaillait la côte et les îles invisibles au loin, me signalant toutes les choses qui avaient un rapport direct avec le domaine MacNèil et qu'il importait que je sache. Il s'agissait parfois d'anecdotes historiques, parfois de détails sur le rendement de terres ou de pêches, parfois de techniques employées, parfois aussi de gens. À la différence de Tomas, mon mari était un guide très concis, m'expliquant les choses comme si j'avais toujours habité les Highlands. Cela me plut.

Vers la fin de la matinée, nous rejoignîmes le groupe qui avait fait halte dans une anse. Le vent s'était levé et s'engouffrait dans ma cape ouverte. Je n'osais lâcher le bras de mon mari pour la tenir mieux fermée, même d'une seule main. Mes yeux, cinglés par le froid, pleuraient. Je devais offrir une image désolante, car, quand le cheval s'immobilisa, Tòmas, probablement inquiet à mon sujet depuis notre départ, s'approcha en hâte pour m'aider à descendre. Sitôt que je fus à terre, il m'enroula dans sa propre cape et me mena à l'abri d'un rocher, sous le regard agacé de mon mari.

Les dames et le shérif Darnley s'y trouvaient déjà, occupés à se réchauffer les mains au-dessus d'un petit foyer de fortune dans lequel brûlait du bois rejeté par la mer. Le shérif esquissa un sourire à mon intention et m'adressa la parole en scot. Je ne pus m'empêcher de me raidir et de jeter un coup d'œil en direction se mon mari qui s'approchait.

« J'allais oublier, dame Gunelle, que vous n'étiez pas mariée voilà seulement une semaine. Cela explique que vous partagiez la même monture que votre mari. »

Cette remarque était grivoise, du moins je la perçus comme telle. Je décidai de l'ignorer, mais le shérif la répéta en gaélique pour le bénéfice de Iain, qui était maintenant à portée de voix. Dame Beathag et sa suivante pouffèrent ensemble d'un même rire impertinent et dame Beathag enchaîna d'une voix suave, en se tournant vers mon mari :

« Je n'ai pas eu ce bonheur de chevaucher ainsi amoureusement avec votre frère Alasdair, car je savais déjà monter quand je suis venue vivre à Mallaig, souvenez-vous, mon seigneur.

— Même si vous n'aviez pas su aller à cheval, chère Beathag, répliqua Iain, vous n'auriez jamais pu monter sur la même bête que mon frère. Je ne connais aucun cheval qui aurait été capable de supporter votre poids à tous deux pendant plus d'un mile.

— Ah ! il est vrai que votre frère était un homme d'une stature exceptionnelle. Dites-moi, mon seigneur, il devait bien avoir une tête de plus que vous ? Comme je suis moi-même mieux bâtie que dame Gunelle…

— Taisez-vous donc, Beathag, coupa Iain sèchement.

— Voyez-vous ça ! Les hommes sont tous les mêmes. Ils n'admettent jamais qu'ils peuvent être inférieurs à d'autres. Allons, mon seigneur, je n'ai pas dit que vous n'êtes pas une belle pièce d'homme. »

S'adressant à moi, elle insista :

« N'est-ce pas que vous avez là, dame Gunelle, une belle pièce d'homme ? »

Je n'eus pas à répondre, car mon mari l'interrompit de nouveau, d'une voix où pointait l'exaspération :

« Quand cesserez-vous, chère Beathag, de me considérer comme un étalon toujours prêt à saillir la première croupe qu'on lui présente ? »

Dame Beathag partit d'un grand rire de gorge. La réplique de mon mari fit sourire toute la compagnie, sauf Tòmas. Pour ma part, j'en éprouvai de la gêne, d'autant que certains mots que mon mari avait dits m'étaient inconnus et que le contexte m'indiquait qu'ils devaient être déplacés. Dame Beathag s'était levée et se dirigeait vers les chevaux, tous les regards fixés sur elle. Elle s'arrêta et, se tournant vers nous, elle lança une réponse à la question de mon mari, qui claqua comme un fouet :

« Quand vous aurez cessé de vous comporter comme tel. »

Cette fois-ci, un silence complet tomba sur le groupe. Mis à part Darnley, plus personne ne souriait. Mon mari jura en donnant un coup de pied dans le feu. Son visage se contracta en un rictus haineux et il dit entre ses dents : « Sale vipère ! »

Je tressaillis à ces mots. De quelle nature était donc la relation entre mon mari et sa belle-sœur ? Tantôt ils se comportaient comme s'ils avaient été au mieux, tantôt ils s'envoyaient des piques acérées.

Je frissonnai d'inconfort. Mon mari dut s'en apercevoir, car il donna le signal du départ. Un chevalier vint éteindre le feu tandis que tout le monde se mettait en selle. Le vent avait redoublé de force et je tins à peine debout lorsque je sortis de mon abri tellement mes jupes se gonflaient et entravaient ma marche. Iain fit un signe à Tòmas qui vint reprendre sa cape. Il lui dit sèchement :

« Aide-la à monter derrière. Je vais lui couper le vent. »

Puis, à mon intention, sur un ton radouci :

« La vue sera moins belle, ma dame, mais si vous pensez être capable de bien vous tenir, vous aurez moins froid derrière moi. Croyez-vous y parvenir ? »

Je n'en étais pas sûre du tout, mais je ne voulais pas m'opposer, résolue à montrer toute la bonne volonté possible. Je fis un signe affirmatif de la tête. Il bondit sur le dos de son cheval et me tendit le bras que je saisis sans hésitation. Je me sentis aussitôt soulevée par Tòmas qui m'installa assise à califourchon derrière Iain. Je me plaquai instinctivement contre son dos, l'empoignant à bras-le-corps. Tòmas rassembla ma cape sous mes jambes de part et d'autre du cheval afin que je sois bien enveloppée, puis donna une claque sur la fesse de l'animal qui se mit à avancer. Je me blottis plus étroitement contre mon mari en réprimant à grand-peine un cri d'effroi. Iain coinça fermement mes bras sous les siens et imprima un mouvement du corps à sa monture qui partit au trot.

Le retour fut nettement plus silencieux que l'aller. La joue écrasée sur le dos de mon mari, j'entendais comme à travers un cornet les commandements qu'il lançait aux autres cavaliers. La tête me tournait de voir le paysage se dérouler dans cette perspective oblique. Je me fermai aux attaques du vent froid, plissant les yeux et enfouissant le nez dans mon capuchon. L'odeur de cuir chaud de la veste de Iain emplit bientôt mon univers clos. Aucune parole ne fut prononcée entre lui et moi jusqu'à notre arrivée au château. Il en fut ainsi tout le reste de la journée. L'ouverture qui s'était momentanément créée entre nous le matin se refermait et j'étais, encore une fois, bien incapable d'en déterminer les causes exactes.

Le révérend Henriot n'aurait su dire s'il était vraiment attaché au seigneur Baltair. Il se posait la question depuis qu'il était allé lui donner la communion en cette veille de Noël et avait entrevu la très proche perspective d'administrer le sacrement des morts à ce fidèle. La dernière fois qu'il avait eu à le faire au château, ça avait été pour la châtelaine. Henriot l'avait peu connue puisqu'il avait pris son ministère à Mallaig au printemps 1417, deux ans avant la tragédie qui avait frappé les MacNèil.

Toute la vie avait basculé par la suite au château. Lorsque dame Lite était tombée malade, il avait remarqué que la foi même des membres de la famille s'était amenuisée. Ils en vinrent à déserter la chapelle, le laissant totalement désemparé. Avec ferveur, durant des nuits entières, il avait prié Dieu de lui venir en aide pour soutenir cette famille éprouvée dont il avait charge d'âmes. Mais la disparition de dame Lite avait définitivement fermé aux enseignements de l'Église les cœurs des deux seigneurs MacNèil. Il savait, lui, que leur pratique religieuse n'était plus qu'apparence. En quelques mois, Baltair MacNèil lui était devenu lointain et inaccessible, et son fils, presque un inconnu.

Ce matin-là, en visite chez le seigneur Baltair, il avait eu pleinement conscience qu'une de ces deux âmes perdues allait bientôt se présenter devant son Dieu. Trouverait-il les paroles justes pour lui faciliter ce dernier voyage ? De toutes les tâches de son ministère, celle de l'accompagnement des fidèles dans la mort lui semblait la plus difficile. Le révérend Henriot n'avait pas trente ans et il se sentit soudain trop jeune pour comprendre un vieillard comme Baltair MacNèil. Il haussa les épaules et poussa un long soupir en refermant la porte de la chambre du vieux chef.

Lorsque, à minuit, le révérend leva l'hostie au-dessus de sa tête dans le chœur illuminé de la chapelle, une grande paix coula en lui et il sut que la grâce lui serait accordée de servir une dernière fois son Dieu auprès du seigneur Baltair.

Les chants des chevaliers et des dames du château s'élevaient clairs et fervents en cette messe de minuit. Toute la maison MacNèil était présente. Les nouveaux époux paraissaient pour la première fois depuis leur mariage, l'un à côté de l'autre dans la première rangée. Le seigneur Iain, le visage fermé, murmurait les répons du bout des lèvres. À ses côtés, son épouse priait avec recueillement et la joie de Noël se lisait dans chaque trait de son visage. En la regardant, au moment de la bénédiction des fidèles, le révérend Henriot se prit à espérer que la foi divine regagnerait le cœur des seigneurs MacNèil par le biais de cette châtelaine, comme elle s'en était allée avec le départ de la précédente.

Comme le voulait la coutume, Nellie et Anna avaient préparé une collation de veillée qu'elles servirent au sortir de l'office. Surtout composés de gâteaux, de galettes d'avoine et de miel et de pâtes d'amande, les plateaux jouxtaient sur une même table des coupes d'hydromel et des pichets de posset, un mélange de vin chaud et de lait caillé.

Le joueur de clàrsach, que le seigneur Iain avait gardé au service du château, avait placé son instrument devant la table et interprétait les airs enseignés dans les monastères pour accompagner la liturgie de Noël. Les dames, les suivantes et les servantes raffolaient de ce répertoire et elles chantonnèrent tout le long de la collation. Dame Gunelle connaissait les paroles de ces airs en latin et elle souriait à la traduction en langue populaire que les Highlanders en avaient faite.

Littéralement agrippée aux jupes de la jeune châtelaine, la petite Ceit avait revêtu une robe blanche au corsage finement brodé et avait noué en plusieurs tours la ceinture de la toilette de noces. Dame Gunelle posait une main protectrice sur les frêles épaules de la fillette et se penchait sur elle pour lui glisser des petites choses à l'oreille. Ceit souriait alors quelques secondes, puis se cachait de nouveau le visage dans l'étoffe soyeuse de la robe de sa protectrice.

La vue du seigneur Iain qui se dirigeait vers elles la paralysa dans cette position. Il les observait du coin de l'œil depuis un moment. Lorsqu'il fut tout près de son épouse, voyant le manège de la fillette, une lueur d'amusement traversa son regard. Il se pencha à sa hauteur pour lui demander d'une voix grave :

« Dis-moi, Ceit, puisque maintenant tu parles, comment trouves-tu le petit Jésus cette nuit ? »

N'obtenant pas de réponse, pas même un regard, il aborda un autre sujet.

« C'est la première fois que je te vois aussi joliment vêtue. Surtout ta ceinture. Je crois que je l'ai déjà vue. La portais-tu au mariage ?

– Non ! C'est à Gunelle ! » répondit-elle promptement en lui faisant face.

Iain lui attrapa le menton et l'observa longuement et tristement. Puis, la relâchant et se relevant, il lui dit lentement :

« Il faut dire : "Dame Gunelle". »

Ceit se détacha du couple et s'enfuit de la salle en courant. Bran, qui rôdait autour, croyant que l'enfant voulait jouer, s'élança sur ses talons mais fut rappelé par son maître. Iain se tourna alors vers son épouse, mal à l'aise. Il sentait qu'il devait lui parler de Ceit en voyant ses yeux interrogateurs. Il s'éclaircit la voix et lui demanda :

« J'imagine, ma dame, que vous vous attendez à ce que je vous parle de Ceit ?

— Non, mon seigneur. Pourquoi le feriez-vous ? lui répondit-elle calmement.

— Parce qu'elle a beaucoup gagné à votre contact, je suppose. »

Après un court silence, il poursuivit, un sourire amer sur les lèvres :

« Vous avez un véritable don pour les langues, semble-t-il. Vous parlez le latin, le français, l'allemand et sans doute l'anglais. Vous apprenez une langue en deux semaines. Vous enseignez à parler à une muette en une seule. Alors, dites-moi, ma dame, en combien de temps pourriez-vous m'apprendre le scot ?

— Cela dépend de vous, mon seigneur. Quel genre d'élève êtes-vous ? Avez-vous de la mémoire ? Pouvez-vous fournir un effort de concentration durant de longues heures ? Pouvez-vous lire et écrire rapidement ? Vous savez, apprendre une langue dans un court laps de temps requiert tout cela.

— Ma dame, je ne sais pas quel genre d'élève je suis, car je ne l'ai jamais été. Puisque vous semblez encore l'ignorer, apprenez que je ne sais ni lire ni écrire. Je me suis toujours refusé à l'instruction. J'ai laissé ce domaine tout entier à mon frère, qui y excellait, et me suis consacré au domaine des armes, qui correspond davantage à ma nature. Avec le résultat que vous voyez. Personne n'attaque Mallaig quand j'y suis, mais je ne peux prendre connaissance d'aucun document qui le concerne sans interprète. Avec la maladie de mon père et un représentant du roi dans la maison, mes talents de guerrier ne suffiront pas, j'en ai peur.

– En ce cas, mon seigneur, je ne puis répondre précisément à votre question. Je peux et je vais vous apprendre le scot si c'est ce que vous désirez. Nous verrons si vous êtes bon élève. Si vous l'êtes, vous parlerez cette langue, la lirez et l'écrirez avant la nouvelle année. Il faudra y consacrer tout votre temps libre et… lever l'interdiction que vous m'avez faite de parler scot au château !

– Évidemment, ma dame. Il va de soi que cette interdiction est levée, mais avec moi seul. »

Cependant, les leçons de langue scot ne purent débuter. Les jours qui suivirent Noël éteignirent toutes les joies et les espérances au château. D'abord, une nouvelle crise du seigneur Baltair fit planer le spectre de la mort durant quarante-huit heures. Insensible à la commotion que cela causait chez les gens du château, le shérif Darnley accapara le secrétaire Saxton pour l'examen des livres, qui prit fin sur un violent désaccord entre les deux hommes. Malgré tous les efforts diplomatiques dont il était capable, le seigneur Iain ne réussit pas à régler le différend en faveur de son secrétaire et dut se résoudre à accepter sa démission.

Guilbert Saxton aurait voulu demeurer au service de la famille MacNèil jusqu'au dernier souffle de son chef, mais la foi en son travail lui interdisait de se plier aux volontés du shérif. En outre, les quelques heures passées avec la jeune châtelaine, à la demande de son époux, pour discuter de la situation financière du domaine l'avaient convaincu que la relève était convenablement assurée. Dame Gunelle était vive, intelligente, réfléchie et représenterait les intérêts de la famille avec beaucoup d'efficacité. Là où cela avait achoppé avec

Darnley, elle saurait adopter une meilleure approche. Une approche féminine. Il sourit en repensant aux multiples talents de la précédente châtelaine, dont celui, en particulier, d'obtenir exactement ce qu'elle voulait des gens, fussent-ils ses ennemis. Quelque chose lui disait que dame Gunelle acquerrait ce même pouvoir.

Lorsqu'il annonça son départ au vieux seigneur Baltair, ce fut en présence du fils MacNèil et de son épouse. Il observa attentivement Iain et Gunelle, placés de part et d'autre du lit, dans une attitude commune de respect et d'amitié pour le vieux chef. Il crut déceler entre les époux une certaine entente et entre le père et le fils, une nette accalmie.

« Ils vont y parvenir, se rassurait le secrétaire. Ces trois personnes ont un tel besoin de vivre en paix… L'avenir de Mallaig en dépend. Il faut leur faire confiance. Que Dieu leur vienne en aide ! »

C'est ainsi qu'il quitta Mallaig avec le sentiment du devoir accompli. Le seigneur Iain le dota d'une escorte de six hommes jusqu'à sa destination, le monastère de Dornoch, sur la mer du Nord, d'où il était originaire et où son frère était encore évêque. Les adieux échangés avec les gens du château avaient révélé à Guilbert Saxton que les liens d'attachement tissés durant de si nombreuses années sont le bien le plus précieux qu'un homme puisse posséder au bout d'une carrière au service d'un clan.

Le révérend Henriot vint bénir ce deuxième équipage qui partait de Mallaig en deux semaines. Ne restait plus qu'à espérer que ce début de janvier serait clément envers les voyageurs qui s'éloignaient, regroupés autour de la bannière des MacNèil qui claquait au vent froid du nord.

Pour Tòmas, la fin prochaine du seigneur Baltair suscitait la même douleur qu'il avait jadis éprouvée à la perte de son père. Il se levait tôt, incapable de poursuivre une nuit de sommeil dans laquelle la peine et les doutes se bousculaient. Il craignait sans cesse que son oncle ne succombe à la crise suivante et il se tenait constamment en alerte. Cela l'épuisait.

Il aurait aimé partager son angoisse avec quelqu'un. Aucun compagnon chevalier n'était assez près de lui pour être son confident et son cousin lui était désormais hostile. Tòmas ne voyait que dame Gunelle à qui s'ouvrir, mais il s'était lui-même imposé de l'éviter le plus possible. Il ne devait faire aucun geste susceptible d'accroître les tensions extrêmes qui l'opposaient à Iain, et porter attention à Gunelle en faisait partie. Tòmas en éprouvait du regret, car les journées passées avec elle à lui enseigner le gaélique représentaient, à ses yeux, l'expérience la plus enrichissante de sa vie.

Un matin que le sommeil l'avait quitté aux petites heures, il se rendit à la chapelle. Elle était plongée dans la pénombre et une odeur d'encens et d'humidité flottait comme une présence. Il ne prit pas de cierge et s'agenouilla dans un coin, un long moment, pour prier. Quand il se redressa, son pied heurta un objet dur. Se penchant, il trouva sur le sol le livre des psaumes, probablement oublié par Gunelle. Il le ramassa et sortit. Il valait mieux le rapporter à la bibliothèque que de le remettre à la jeune femme. Aussi monta-t-il directement à l'étage.

L'aile où se situait la bibliothèque comptait trois chambres donnant sur la face sud du donjon ; la première était la chambre du seigneur Iain, la deuxième, celle d'Alasdair et la dernière, celle de dame Beathag. Tòmas remarqua la présence de Bran, qui errait dans le couloir, mais n'y prêta pas attention et entra dans la chambre d'Alasdair où toute la collection de livres de la famille était conservée. Il posa le livre des psaumes bien en vue sur la table et fureta quelques minutes autour des étagères. L'alignement des reliures était parfait. Il prit quelques livres entre ses mains, les replaça, en reprit d'autres, les feuilleta. Il se mit à lire, çà et là, prenant conscience de son éloignement de la lecture depuis son départ d'Édimbourg. À Mallaig, l'entraînement au titre de chevalier avec son cousin l'occupait totalement, si bien qu'il n'avait jamais eu l'occasion, comme ce matin-là, de visiter la chambre d'Alasdair. Il passa ainsi une heure au milieu des livres, jusqu'à ce qu'il entende la cloche des matines sonner dans la cour. L'évasion de la lecture lui avait procuré sérénité et apaisement. Il replaça les livres un à un et quitta la chambre.

Sur le seuil de la porte, il s'arrêta net : dame Gunelle se tenait immobile au bout du couloir, un livre entre ses bras croisés sur la poitrine, les yeux fixés droit devant elle. Tòmas tourna la tête pour voir ce qui la captivait à l'autre extrémité du couloir et comprit : étendu de tout son long devant la porte de la chambre de dame Beathag, Bran dormait.

Il n'eut pas le temps de se tourner vers Gunelle qu'elle fuyait déjà par l'escalier menant à son étage. « Bon sang ! murmura-t-il entre ses dents, il ne lui aura rien épargné… » Il descendit à la chapelle, le cœur rempli de dépit. Contrairement à son habitude, Gunelle ne s'y présenta pas durant tout l'office du matin.

Tòmas se sentait désemparé : il voulait aider la jeune femme, mais ne savait comment. Parler avec son cousin était une démarche vouée à l'échec, l'épineuse question des relations entre Iain et sa belle-sœur étant un sujet tabou au château. Machinalement, il prit la direction de la chambre de son oncle pour aller s'informer de sa santé auprès d'Anna qu'il savait à son chevet. Elle y était, en effet, en compagnie de Gunelle, qui se leva dès son arrivée et voulut sortir. Il tenta maladroitement de l'en empêcher :

« Je vous en prie, ma dame, ne partez pas. Je venais seulement aux nouvelles.

— Le bulletin de santé est bon, mon neveu, répondit aussitôt Baltair MacNèil du fond de son lit. Je vous remercie de votre visite. Venez vous asseoir et voir un peu ce qui ne va pas avec ces dames. Elles n'ont rien à dire ce matin et je n'arrive pas à savoir ce qui les préoccupe. »

Tòmas jeta un regard furtif vers Gunelle. Elle gardait obstinément les yeux baissés. Anna rompit le silence la première et dit, tout en replaçant les oreillers de son maître :

« Mon seigneur, allons, vous mettez vos visiteurs mal à l'aise. Ce n'est pas bien de votre part. Nous n'avons rien à dire parce que la journée commence à peine et que nous ne sommes pas encore parfaitement réveillées. Voilà. Et puis, nous nous inquiétons tous de votre santé.

— Certes, répondit-il. C'est fort compréhensible. Ne trouvez-vous pas désolant de voir des jeunes gens perdre leur temps au pied de mon lit ? Tòmas, vous vous montreriez obligeant si vous emmeniez dame

Gunelle prendre le vent ce matin. Voilà deux jours entiers qu'elle passe dans le bureau et l'air doit y être vicié. Sortez-la, c'est un ordre ! »

Tòmas esquissa un geste d'impuissance à l'intention de Gunelle qui le fixait durant cette tirade. Le ton impératif du malade n'autorisait aucune discussion : il fallait obtempérer. Gunelle le comprit, car elle quitta la chambre en murmurant : « Comme vous voudrez, mon seigneur. » Tòmas lui emboîta le pas sans rien ajouter. Devant la porte refermée, elle lui donna rendez-vous sur le chemin de ronde nord et monta chercher sa cape et ses gants à ses appartements.

Là-haut, Tòmas regarda les montagnes où s'amoncelaient des nuages lourds de neige. Le vent soufflait nord-nord-est, ce qui signifiait que la neige allait couvrir le bourg. Il réprima une grimace : plusieurs maisons mal orientées ne protégeaient pas bien leurs habitants. Il tenta de distraire son esprit fébrile à la pensée de s'entretenir seul avec Gunelle. Il n'y parvint pas.

Lorsqu'il la vit s'avancer au grand vent à sa rencontre, il eut un serrement de cœur. Comme elle paraissait abattue ! Il sut que la conversation porterait sur son cousin.

« Seigneur Tòmas, dit-elle d'une voix ténue en gaélique, vous n'êtes pas obligé de me parler. Vous savez la découverte que j'ai faite ce matin et les conclusions que j'en tire. Je suis certaine, maintenant, que personne n'abordera ce sujet au château. »

Après une hésitation, elle poursuivit :

« Il m'est très pénible de constater que je suis la dernière à apprendre ce que tout le monde semble savoir depuis longtemps et qui, de surcroît, me concerne. »

Elle avait, pour dire cela, ramené les bords de son capuchon doublé de fourrure autour de ses yeux, si bien qu'il était impossible de les voir. Seul son nez fin émergeait de cette figure emmitouflée.

« Ma dame, je ne suis tenu par aucun secret envers mon cousin et je désapprouve la manière dont il conduit sa vie privée. En revanche, j'ai beaucoup d'estime pour vous et, si je puis vous venir en aide, j'en serais très heureux. Je suis prêt à vous dire ce que vous êtes en droit de savoir à propos de l'homme que vous avez épousé. Voulez-vous entendre cet aveu, ma dame ? »

Dame Gunelle avança lentement. Elle s'appuya au bras que le seigneur Tòmas lui offrait et régla son pas sur le sien. Elle garda le silence un long moment, au point que son compagnon se demanda si elle accepterait son aide. Il l'entendit pourtant reprendre la parole, dans un filet de voix :

« Mon seigneur, je suis déroutée. Je ne sais comment agir dans tout cela. Je connais mal la nature des hommes… je… Ah, c'est si difficile !

– Ma dame, laissez-moi donc vous parler de mon cousin. »

Après un silence qu'il prit pour un assentiment, Tòmas poursuivit :

« Lorsque je suis entré à Mallaig pour mon apprentissage, il y a deux ans, dame Beathag était déjà sa maîtresse. Je fus stupéfait de voir que leur liaison était connue de tous et tolérée par son père. Jamais je n'ai eu connaissance de discussions entre mon oncle et Iain à ce propos, et Dieu sait qu'il ne tarit pas de reproches à son endroit. Comment mon cousin et sa belle-sœur composent-ils avec cette faute, je n'en sais rien.

Cela ne pèse visiblement pas lourd sur leur conscience. Vous avez dû vous apercevoir qu'ils ne sont ni l'un ni l'autre des chrétiens très fervents. Cependant, ils sont, l'un et l'autre, des êtres tourmentés et mal aimés. Il peut vous sembler étonnant que je dise cela, et je ne le dis pas pour tenter de les disculper. Ils ne sont pas heureux ensemble. Ce qu'ils s'apportent n'a rien à voir avec l'amour. Beathag est une femme insatiable et mon cousin est un homme désabusé. Je crois que la mort d'Alasdair joue un rôle dans cette liaison, mais je ne saurais vous expliquer lequel.

— Votre aveu me touche. Il y a tant de choses que j'ignore et qui m'empêchent de comprendre votre cousin, seigneur Tòmas. Il est insaisissable. Je ne comprends pas davantage le comportement de dame Beathag. Pourquoi est-elle demeurée à Mallaig après la mort de son mari ? Ne devait-elle pas retourner auprès de sa famille qui vit encore dans l'île de Skye ?

— Écoutez, à cette époque, j'habitais à Inverness chez mon père et je n'avais pas beaucoup de contacts avec mon oncle et ma tante. Mais je sais que dame Lite a beaucoup apprécié la compagnie de sa bru avec laquelle le château a connu ses heures de faste. Malgré le fait qu'elle ait été déclarée bréhaigne et prive la famille d'un héritier, ma tante a demandé, à la mort d'Alasdair, que sa veuve demeure au château. D'ailleurs, dame Beathag ne serait pour rien au monde retournée dans son île. Elle a besoin d'une cour d'admirateurs pour être heureuse. Mallaig la lui offre. Il n'y a pas un seul homme qui soit passé ici sans qu'elle l'ait séduit ou ait tenté de le faire. Si elle avait parlé le scot, elle aurait essayé de séduire le roi, j'en suis sûr !

– Vous a-t-elle séduit, seigneur Tòmas ? »

Le jeune homme tressaillit à cette question directe. La voix de dame Gunelle était ferme et ne trahissait plus le malaise du début de l'entretien. Ils avaient atteint la tour du corps de garde et étaient maintenant à l'abri du vent. Tòmas put voir le visage de son interlocutrice qui avait relâché les bords de son capuchon. Son expression dénotait une intense curiosité. Il détourna le regard pour répondre :

« Disons qu'elle a essayé et n'a pas obtenu ce qu'elle voulait. Dame Beathag n'est pas mon genre de femme.

– Cher cousin, tonna soudain la voix du seigneur Iain derrière eux, est-ce que votre genre de femme serait du genre de la mienne ? »

Tòmas et Gunelle se retournèrent d'un même mouvement, sidérés. Iain MacNèil, qu'ils n'avaient pas entendu arriver, se tenait à quinze pas d'eux, droit, immobile, menaçant. Il était vêtu d'une tenue de combat, casque et cotte de mailles courte, claymore à la ceinture, skean dubh* à la cheville. Instinctivement, Gunelle eut un mouvement de recul vers Tòmas, ce qui fit rire cyniquement son mari. Tòmas avait peine à maîtriser le tremblement de rage qui l'avait saisi. Un silence de mort s'était abattu sur le groupe. C'est Iain qui le brisa en déclarant d'une voix saccadée à l'adresse de son cousin :

« Il suffit ! Je t'attends dans la cour. Nous reprenons l'entraînement ce matin. Combat au claymore. Va revêtir ta cotte ! »

---

* Skean dubh (mot écossais) : petit poignard des Highlanders porté à la cheville, inséré dans la botte.

Comme dans un rêve, je vis Tòmas contourner Iain et quitter les remparts vers le corps de garde d'un pas énergique. Je ne voyais plus que les yeux de mon mari sous son casque. Ils me fixaient avec dureté. Je me sentis glacée de peur. J'eus beau me rappeler les paroles du seigneur Baltair m'assurant que les fils MacNèil ne maltraitaient pas les femmes, la terreur que mon mari m'inspira à ce moment-là fut la plus forte. Sans réfléchir, je me retournai et m'enfuis dans la direction opposée au corps de garde.

Je faillis buter contre Bran qui passait derrière moi. Je poussai un cri de surprise et, ramassant mes jupes pour dégager mes jambes, je déguerpis aussi vite que je pus. Je ne pensais à rien dans ma course furieuse. Des larmes d'amertume, avivées par le vent froid, ruisselaient sur mon visage. Quand j'atteignis enfin ma chambre, je me précipitai sur mon lit, anéantie. « Qu'est-ce que je vais faire, maintenant ? » pensai-je, découragée. J'entendis alors frapper discrètement à la porte, puis je vis entrer Màiri, la mine inquiète.

Elle vint silencieusement vers moi et m'aida à enlever ma cape et mes gants. À son air, je compris qu'elle était informée du drame qui se vivait. Sans trop savoir pourquoi, je lui demandai ce qu'elle pensait de mon mari. J'eus aussitôt conscience que sa réponse risquerait de lui attirer des réprimandes, mais je perçus dans son regard une telle sympathie et une telle confiance que je sus qu'elle me parlerait ouvertement.

Elle le fit en effet. Avec beaucoup de simplicité, elle me brossa le portrait d'un homme transformé depuis son mariage. Un homme qui ne harcelait plus les servantes, un homme qui ne se saoulait plus, un homme qui ne maudissait plus son père, un homme qui se préoccupait des gens du château et de leur bien-être, un homme qui recevait le roi d'Écosse avec dignité. Cette description de mon mari m'apparut, sur le coup, des plus fantaisistes. Le plus déconcertant, c'est qu'elle m'attribuait tout le mérite d'un tel changement ! « Voyons, me dis-je, cette brave fille nage en plein mirage. »

Puis, en y réfléchissant bien, je dus admettre que ce que Màiri me rapportait correspondait probablement à cette image d'un Iain MacNèil « transformé » en deux semaines. Ainsi, mon mari avait eu l'habitude, avant notre mariage, de lutiner les domestiques, de se quereller avec le seigneur Baltair, de négliger les gens du château, de s'enivrer. Je me remémorai tout à coup ce qu'en avaient dit à Nellie et Vivian les passants sur la route des Grampians, qui l'avaient donné pour vaurien. J'avais délibérément enfoui cette image au fond de ma mémoire afin qu'elle ne troublât pas ma rencontre avec la famille MacNèil, et elle resurgissait maintenant avec force. J'étais obligée d'y réfléchir.

Après avoir ravivé le feu dans l'âtre, Màiri quitta mon service d'un air satisfait. Je m'avançai vers la fenêtre. Une fine neige tombait en longues rafales, masquant le paysage d'un voile blanc. La pointe nord de la péninsule de Mallaig disparaissait tranquillement à ma vue. Un frisson me parcourut. Je m'approchai de l'âtre et m'accroupis devant. En fixant les flammes bleues, je revis les yeux de mon mari remplis de courroux. « Iain MacNèil, soupirai-je, qui êtes-vous ? » Je tournais en rond avec cette question sans réponse. De toute évidence, je n'aurais plus la chance de converser avec Tòmas. Pourquoi avait-il parlé d'« êtres tourmentés et mal aimés » à propos de

Iain et de sa belle-sœur ? Pourquoi mon mari serait-il un « homme désabusé » à vingt-trois ans ? En quoi la mort du fils aîné MacNèil avait-elle affecté son jeune frère ?

J'étais résolue à parler à Anna de mon mari dès que l'occasion se présenterait. Qui connaissait mieux que sa nourrice les drames qui avaient modelé un homme ? Elle était sans doute la seule, avec le seigneur Baltair, à pouvoir répondre à mes questions. Et alarmer le vieux chef avec mes tourments était une chose exclue. « Anna, voudras-tu, un jour prochain, me parler du passé de ton jeune maître sans avoir l'impression de le trahir ? » pensai-je.

Lorsque le seigneur Iain descendit plus tard dans la cour pour retrouver son cousin, toute sa colère était tombée. L'air épouvanté de son épouse le hantait. Il voyait un profond ravin se creuser entre eux, sentait bien qu'il en était lui-même l'artisan, mais il ne maîtrisait pas la situation. Il prit une profonde inspiration. Le chien vint lui toucher le dos de la main de son museau frais. Iain lui fit une caresse et lui ordonna de l'attendre d'un bref « Couché ! »

Il fut presque déçu d'apercevoir son cousin au centre de la cour, qui l'attendait dans une attitude figée, en tenue de combat. Les chevaliers de la famille étaient venus assister à l'exercice et s'étaient regroupés près du mur du corps de garde. Il n'y avait pas eu de séance d'entraînement depuis l'arrivée de Gunelle au château. Durant tout ce temps, les hommes avaient été occupés à la chasse et les combats devaient leur manquer. Mais

Iain MacNèil n'avait plus le goût de se battre. L'idée lui en était venue lorsqu'il avait aperçu, par la fenêtre de Beathag, son cousin sur les remparts avec son épouse. Maintenant, il trouvait sa réaction indigne d'un chevalier, mais le défi avait été lancé et il fallait s'y résoudre.

Il avança d'un pas décidé vers son cousin et fut surpris de le voir subitement dégainer son claymore. D'un geste automatique, il dégaina lui aussi. Les lames tenues à main nue par les deux hommes se mirent à osciller doucement dans l'espace qui les enfermait. Un frisson d'excitation parcourut Iain. « Mon cousin est un adversaire intéressant, se dit-il. Il apprend vite et n'a pas peur. »

Les pieds glissaient sur le sol durci. Les combattants se déplaçaient silencieusement, suivant un cercle imaginaire, à l'affût du mouvement qui créerait une première brèche. De leur bouche ouverte, des petits nuages de buée montaient au rythme de leur respiration mesurée. Quand les premiers claquements des armes résonnèrent dans l'air froid, le silence fut complet dans la cour. Iain comprit vite que son cousin allait être celui qui attaque. Chacun de ses coups portait. Iain n'avait que le temps de parer, le coup suivant était déjà amorcé. « Bien, se dit-il. On veut se battre. Soit ! »

Une neige sèche, poussée par le tourbillon de vent qui se formait dans la cour, avait commencé à tomber et à recouvrir le sol. Tout allait bientôt devenir sale et glissant. Iain était passé à l'attaque. Il se savait plus fort et plus habile et il n'en tenait qu'à lui de mener le combat. Il accéléra le rythme et mit plus de force dans ses mouvements. Tòmas tenta des déplacements latéraux rapides, évitant les coups de son cousin qui allaient se perdre dans le vide. Les deux hommes se mirent à déraper dans ce qui était devenu, sous leurs pieds, une boue compacte. Le combat prenait une tournure dangereuse et Iain eut l'idée d'y mettre fin quand il entendit Tòmas murmurer entre ses dents « Continue, salaud ! », les yeux rivés aux siens.

Iain tressaillit en entendant l'insulte. Il était contraire aux règles d'injurier l'adversaire en combat d'entraînement. Qu'est-ce qui prenait à Tòmas ?

« Qu'as-tu dit ? demanda Iain en portant un coup droit.

— Tu as entendu, répondit Tòmas en esquivant.

— Et on peut savoir en quoi je suis un salaud ?

— Parce que tu la déshonores toutes les nuits avec la femme de ton frère. »

Iain vit rouge. Sans qu'il eût à en commander le mouvement, son bras porta un coup qui toucha l'épaule de Tòmas et fendit les maillons légers de la cotte dans un bruit métallique. Aussitôt, une giclée de sang se répandit dans la neige fraîche. Sous l'impact, Tòmas lâcha son arme et recula d'un bond. Iain baissa son arme et recula aussi de quelques pas. Il lança à Tòmas sur un ton menaçant :

« Ça, cher cousin, ça ne te concerne pas. Je te conseille de te mêler de tes affaires et de me laisser mener les miennes à ma guise. Reprends ton claymore, le combat n'est pas fini. »

Au fond de la cour, les chevaliers sursautèrent en entendant ces paroles. Le seigneur Tòmas était touché et le seigneur Iain aurait dû interrompre immédiatement le combat, mais voilà qu'il provoquait son adversaire blessé. C'était inouï. À leur grande surprise, ils virent soudain dame Gunelle, le regard effaré, arriver dans la cour. L'un d'eux fonça vers elle et, lui expliquant qu'il s'agissait d'un exercice et qu'il valait mieux ne pas approcher, lui bloqua le passage, mais elle se dégagea en criant d'une voix aiguë :

« Êtes-vous tous aveugles ? Ne voyez-vous pas que mon mari veut le tuer ? »

C'est alors que les chevaliers virent avec stupeur la jeune châtelaine, les mains tendues, bondir vers son mari qui avait repris le combat sans se rendre compte de la présence de son épouse derrière lui. Il leva son arme par-dessus son épaule et vint entailler la main de la jeune femme. Le temps s'était subitement arrêté. Les secondes qui suivirent furent un cauchemar pour les deux cousins, pétrifiés d'horreur.

Nellie accourut d'on ne sait où, des linges à la main, en criant à l'assassin. Elle se précipita sur sa maîtresse pour la secourir. Quelque part, cachée dans un recoin de la cour, la petite Ceit hurlait. Des chevaliers s'étaient emparés des armes et d'autres poussaient le seigneur Tòmas vers le corps de garde. Dame Gunelle s'était laissée glisser au sol et fixait, les yeux remplis de larmes, la tunique dégoulinante de sang du seigneur Tòmas qu'on emmenait.

Le seigneur Iain ferma les yeux dans une grimace de douleur. Quand il les ouvrit, il s'approcha de son épouse que Nellie avait soulevée et soutenait du côté de sa main ensanglantée. Dardant sur elle un regard glacial, il lui dit d'une voix contenue :

« Ne refaites plus jamais cela ! »

Chapitre VI

Le décès

Je vis les lèvres de mon mari bouger quand il fut devant moi, mais je n'entendis aucune parole. Un bruit assourdissant de tambour cognait derrière mes tempes. Le linge dont Nellie m'avait enveloppé la main était complètement imbibé de sang. Ce fut la dernière image qui s'imprima sur ma rétine avant que je ne bascule dans le néant.

Lorsque je repris conscience, j'étais allongée, en chemise, dans mon lit. Nellie me trempait le visage d'eau fraîche en me murmurant des mots de tendresse. Je tentai de remuer les doigts de ma main droite, mais je ne les sentis pas. Inquiète, j'inclinai la tête et vis ma main : tout entourée d'un linge propre d'où seul mon pouce émergeait.

« Vais-je perdre ma main ? demandai-je d'une voix faible. Je ne la sens plus

— Mais non, ma toute belle, répondit aussitôt Nellie. Votre mari a examiné la blessure et a dit que la lame n'avait pas détaché les chairs ni sectionné de nerfs. Vous nous avez fait une telle frousse ! Ah ! j'en suis encore toute chamboulée ! Il ne faut pas s'interposer dans des exercices de ce genre. Votre mari a raison. Qu'est-ce qui vous a pris, ma chérie ? »

Je fermai les yeux. Ainsi, mon mari avait examiné ma main et la déclarait superficiellement entaillée. Je fus étrangement soulagée d'entendre cela. Il devait s'y connaître en matière de blessures infligées par les armes et j'eus confiance en son diagnostic.

« Et le seigneur Tòmas, Nellie, il va s'en sortir ? murmurai-je.

— Je n'ai pas de nouvelles de lui. Votre mari est à ses côtés en ce moment. Espérons que sa blessure n'est pas trop grave. Que de sang, tout de même !

— Ma bonne Nellie, lui demandai-je après un long silence, veux-tu me laisser seule ? Je crois que je vais essayer de dormir.

— Bien sûr, ma colombe. Je vais vous envoyer Màiri dans une heure. Reposez-vous bien. Vous êtes très faible avec tout ce sang perdu. »

Elle quitta mon chevet et referma doucement la porte de ma chambre. J'étais seule avec, pour tout bruit, le crépitement du feu dans l'âtre. Je serrai mes paupières gonflées de larmes. « Dieu tout-puissant, implorai-je, venez-moi en aide ! Je ne sais plus que penser. » Une question hantait mon esprit tourmenté : Iain avait-il eu l'intention de tuer Tòmas, comme mon instinct m'en avait avertie, ou était-ce réellement un exercice de combat, comme tout le monde s'entendait à le dire ? Si la première hypothèse était la bonne, je devais conclure que j'avais épousé un monstre. Je me mis à pleurer silencieusement. Je n'avais plus la force de refouler mes larmes. C'est ainsi que je sombrai dans un lourd sommeil qui dura quelques heures.

Quand j'ouvris les yeux, j'aperçus des ombres dorées qui se mouvaient sur les courtines de mon lit, au gré du rougeoiement des flammes. La nuit était donc tombée. Màiri s'était installée à mon rouet et filait, en silence. Son profil délicat se détachait dans la pénombre de la chambre, éclairé par les lueurs de l'âtre. Elle n'avait pas allumé de chandelles. Je bougeai légèrement la main droite et sentis des aiguilles la traverser. La sensation était revenue et, avec elle, la douleur. Je dus gémir, car ma servante tourna la tête dans ma direction et laissa aussitôt son ouvrage.

« Comment vous sentez-vous, ma dame ? s'enquit-elle d'un air navré. Vous avez dormi toute l'après-midi. Nellie m'a bien dit de ne pas vous réveiller et la petite Ceit vous a réclamée tout le temps.

– Merci, Màiri. Cela va mieux. Je ne vais pas me lever tout de suite. J'ai trop mal à la main. Mais va me chercher Ceit et rapporte-moi à boire, je te prie.

– Tout de suite, ma dame. C'est le seigneur Iain qui va être content de vous savoir réveillée ! »

« Le seigneur Iain content… », songeai-je avec amertume en regardant ma servante se précipiter hors de la chambre. Peu m'importait que mon mari s'inquiète de mon sort. Se préoccupait-il seulement de son cousin ? Je soupirai et me redressai sur mes oreillers. J'eus la visite immédiate de ma petite Ceit qui se blottit contre moi, le visage tout barbouillé de larmes séchées. Elle ne faisait que murmurer des reproches à l'endroit de mon mari qu'elle qualifiait de « méchant chevalier » et de « tueur de dragons ». Cela me fit sourire d'imaginer Tòmas transformé en dragon, lui qui était doux comme un agneau.

C'est Anna qui vint me porter à boire, une décoction d'herbes contre la douleur, servie chaude avec du miel. Son regard plein d'affection pour moi était lourd de questions muettes. Elle aurait bien voulu savoir ce qui m'avait poussée à voler au secours du seigneur Tòmas et à m'exposer de la sorte. Elle me donna des nouvelles de ce dernier quand je lui en demandai, ainsi que des nouvelles du seigneur Baltair. Tous les deux se portaient bien. Je ressentis un grand soulagement à ces paroles.

Il fut convenu que je ne descendrais pas pour le repas du soir qu'on me servirait dans ma chambre. Ceit demanda à demeurer avec moi. Durant une heure en soirée, le joueur de clàrsach vint me distraire, à la demande de mon mari. Il interpréta une série de mélodies très douces et mélancoliques, typiques du nord de l'Écosse. Je découvris la beauté de ces airs pleins de tendresse et l'idée me vint, en les écoutant, que c'était peut-être Iain qui les avait suggérés au musicien. Cette pensée me mit étrangement mal à l'aise.

Iain MacNèil avait perdu toute maîtrise de lui-même devant ses chevaliers, en combat d'entraînement. Une telle chose ne lui était jamais arrivée et il avait du mal à se ressaisir. Quand il pénétra dans la salle du corps de garde, tous les yeux confirmèrent ses appréhensions : il n'avait pas monté dans l'estime de ses hommes.

Son cousin était étendu sur un lit près d'une fenêtre, torse nu, entouré de chevaliers. Il s'en approcha lentement. Les hommes se reculèrent pour lui laisser le passage. Quand il fut seul avec son cousin, il tenta de lui faire lever les yeux :

« Montre-moi ta blessure », lui dit-il d'une voix grave.

Tòmas ne le regarda pas, mais souleva le pansement qui lui couvrait l'épaule en réprimant une grimace de douleur. Iain se pencha et examina les dégâts faits par son arme. L'entaille était profonde. Un nerf pouvait avoir été sectionné. Étrangement, peu de sang en sortait.

« Peux-tu bouger l'avant-bras et les doigts de ta main ? » demanda Iain sur le même ton posé.

Tòmas s'exécuta en silence, toujours sans un regard pour son cousin. Il plia à moitié son bras et serra ses doigts pour fermer la main. Le sang recommença à sourdre de la blessure. Iain posa la main sur le poing de son cousin, puis la retira. Il s'assit sur un tabouret et, les coudes appuyés sur les genoux et la tête entre les mains, il fixa le sol en silence. Ses cheveux étaient encore mouillés et collants de sueur. Après un long moment, il leva les yeux et, affrontant le visage toujours fermé de son cousin, se mit à parler d'une voix tendue :

« Tòmas, j'ai fait une erreur dans ce combat. Une grave erreur. La même que toi. Je me suis laissé emporter par mes émotions. Ce qui s'est passé n'aurait pas dû se passer et aurait pu être fatal pour toi ou pour elle. J'en prends toute la responsabilité. »

Après une hésitation, il continua :

« À compter d'aujourd'hui, je ne peux plus être ton maître d'armes, mais cela ne veut pas dire que tu doives quitter Mallaig. Tu peux choisir n'importe quel chevalier de la maison pour poursuivre ton entraînement.

Je veux que tu sois adoubé ici, au printemps, ainsi qu'il a été convenu avec mon père. »

Comme Tòmas gardait un silence obstiné, Iain se leva pour le quitter. C'est alors qu'il entendit son cousin derrière son dos lui dire :

« Je pars. Demain, si j'en suis capable. Je ne peux plus rester à Mallaig.

– Ainsi, tu l'aimes ! » jeta Iain d'une voix sourde avant de sortir précipitamment de la salle.

Le vieux Baltair MacNèil respirait avec peine. Au début de la soirée, il avait tout de même demandé à Anna de l'aider à quitter son lit et de le préparer à recevoir son fils, assis dans son fauteuil. Les événements du matin au château s'étaient transformés en drame et il ne pouvait s'en désintéresser. Ne pas recevoir le shérif Darnley, ne pas prendre connaissance du courrier ou des livres de comptes, cela passait toujours. Mais si son fils en venait aux mains avec son neveu et que la jeune châtelaine en fît les frais, la situation devenait intolérable et exigeait qu'il intervienne.

Quand Iain se présenta devant lui, il comprit d'un seul coup d'œil que son fils rebelle souffrait. Assis en face de son père, le regard perdu, les mâchoires contractées, Iain se taisait.

« Il refoule encore sa peine, pensa aussitôt le seigneur Baltair. Lorsqu'il souffre, il se renferme en lui-même et musèle son cœur. Il ne me dira rien. Mais moi, je peux lui parler. »

Il l'examina longuement avant de prendre la parole. Quand il se décida enfin, sa voix était douce et sa respiration se fit plus légère.

« Mon fils, que comptes-tu faire de ton cousin maintenant ? Ne serait-il pas opportun de l'éloigner quelque temps du château ? Disons le temps que tes relations avec ton épouse soient moins… distantes. »

Après une courte pause, il poursuivit :

« Je pense que ce qui est arrivé entre Gunelle et Tòmas devait arriver. Tu as laissé à ton cousin toute la place auprès d'elle dès le début, dans un moment où elle avait bien besoin de quelqu'un pour lui faciliter les choses à Mallaig. Ça aurait pu et ça aurait dû être toi. Tu as choisi de fuir ce rôle-là. Je sais que tu as tes raisons, bien que je ne les comprenne pas. Écoute-moi bien, mon fils : depuis un mois, je sais que je m'en vais et que tu as pris les commandes du clan. Je sais également que je n'ai plus aucun pouvoir sur toi. Aussi dois-je me contenter de te regarder agir alors que j'aimerais tant pouvoir t'aider…

– Pourquoi m'aideriez-vous, père ? interrompit Iain d'une voix sourde.

– Parce que j'ai failli me perdre, moi aussi, jadis. Et je voudrais te l'éviter. J'ai connu une vie de désordre dans ma jeunesse. J'ai pillé, volé, violé autant que la folie me l'a permis, défiant l'autorité paternelle par pure bravade. Mais j'ai eu la chance inouïe de rencontrer une femme. Une femme qui m'a aimé et c'est cet amour-là qui m'a sauvé. Cette femme exceptionnelle s'appelait Lite MacGugan, ta mère.

Et j'imagine aisément que vous voyez ma mère en Gunelle, répliqua le fils.

– Peu importe ce que tu reproches à Gunelle Keith, je sais une chose : cette jeune femme est ton épouse, même si tu ne l'as pas choisie. Je la connais bien

171

maintenant, mieux que toi peut-être, et je te connais aussi. Et elle est faite pour toi, mon fils. Mérite son amour et elle te montrera le vrai Iain MacNèil.

– Père ! vous êtes devenu romantique comme un troubadour et vous parlez comme si vous étiez dans une cour d'amour ! Je n'ai rien pour gagner le cœur tout pur d'une Gunelle Keith, même si je le voulais.

– Si ton claymore est tout ce que tu possèdes pour la conquérir, tu as raison. Elle n'a rien à faire de ton cœur. Laisse-le bien enfermé comme il l'est en ce moment. Ne le lui montre pas. C'est mieux ! »

La réflexion du seigneur Baltair eut sur son fils l'effet d'une gifle retentissante. Iain se leva d'un bond et parcourut à grandes enjambées la distance qui le séparait de la porte. Avant de l'ouvrir, il se tourna vers son père et lui dit, sur un ton qu'il voulut désinvolte :

« Au fait, vous m'avez posé une question, père. Que faire de Tòmas ? Je vais suivre votre conseil et l'envoyer mener l'escorte du shérif Darnley. Notre éminent connétable s'en va dans les îles pour un mois, faire les livres des MacDonald et compagnie. Votre neveu aura mille occasions de jouer du claymore et ça lui fera le plus grand bien. »

L'épaule du seigneur Tòmas guérissait bien, grâce aux bandages serrés et aux onguents d'Anna. Ce qui se soignait plus difficilement, c'était son cœur meurtri. Comment couper les ponts définitivement avec Mallaig qu'il adorait ? Comment quitter son oncle malade ? Comment refuser la main tendue de son cousin qu'il estimait encore beaucoup comme maître d'armes ? La famille MacNèil était désormais sa seule famille mais, avec Gunelle en son centre, il lui fallait s'en éloigner, il le savait bien. Aussi accepta-t-il l'offre que Iain lui fit d'accompagner le shérif Darnley dans les îles.

Durant les deux jours qui suivirent l'accident, sans quitter le corps de garde, il s'exerça à se servir de son bras. Il parvint à des résultats satisfaisants à force de patience et de ténacité. Le matin du départ, il sortit dans la cour et attendit la fin de l'office du matin pour saluer les gens de la maison. Il comptait descendre au port le plus tôt possible.

Un soleil radieux montait déjà dans le ciel pur et le vent de la mer s'était calmé. Tòmas allait tête nue, ses cheveux blonds qu'il avait très longs attachés sur la nuque, et il avait revêtu une tunique rouge doublée de fourrure légère. Il avait maintenant hâte de monter à bord du navire de son oncle et de prendre la mer. La vue qu'on y avait du château l'avait toujours ravi. Le seigneur Tòmas avait un besoin impérieux d'évasion. Ses adieux avec les membres de la famille trahirent cette impatience.

Dame Gunelle tressaillit en entendant parler de ce départ. Elle était descendue de sa chambre pour la première fois depuis trois jours et apprenait la nouvelle sur le pas de la chapelle. Elle ne put rien dire au moment des adieux, que le seigneur Tòmas semblait vouloir expédier, et en ressentit beaucoup de peine. Elle revoyait également son mari pour la première fois depuis l'incident, car il ne lui avait fait aucune visite dans sa chambre, se contentant des nouvelles que ses gens lui transmettaient.

Autre surprise, ce matin-là, il avait assisté à l'office. Sa barbe était soigneusement taillée et il portait une tunique longue sous la ceinture de son claymore. Dame Gunelle en déduisit qu'il ne s'apprêtait pas à sortir et à accompagner l'équipage du shérif au port. Elle le surveilla quand il fit ses adieux à son cousin et fut étonnée de ne lire aucune émotion sur son visage. Lorsqu'il s'informa aimablement de sa main, elle dissimula son bandage dans ses manches qu'elle tenait jointes devant elle et lui répondit laconiquement en évitant son regard.

Le seigneur Iain avait choisi ce jour-là pour la première leçon de scot et il en informa son épouse, qui lui fit une réponse qui manquait d'enthousiasme. Ils convinrent de se rejoindre dans la bibliothèque après le repas du matin servi dans la grand-salle. De mauvaise humeur, le seigneur Iain s'en fut du côté du bureau pour s'entretenir une dernière fois avec le représentant du roi.

Je l'attendais depuis une heure et je m'impatientais. Mon cœur criait de révolte contre cette injustice flagrante envers Tòmas. À l'évidence, mon mari s'était arrangé pour l'éloigner du château, car il ne tolérait pas qu'un membre de la famille me témoignât une affection qu'il était incapable d'éprouver lui-même.

Quand il entra enfin, je fis un geste d'agacement. Je n'avais aucune envie de travailler avec lui et il dut le comprendre, car il m'adressa des excuses pour l'attente qu'il m'avait imposée. Puis il demanda poliment :

« Par où voulez-vous commencer, ma dame ?

– Par votre claymore, mon seigneur. J'aimerais que vous ne le portiez pas durant les leçons. Il est inutile de vous présenter armé devant moi, je n'ai pas l'intention de vous attaquer. D'ailleurs, qui le ferait à l'intérieur de votre forteresse ? Vous êtes le seul à ne pas déposer vos armes en entrant dans le château.

– Ma dame, ce claymore m'a été offert par mon père à l'âge de seize ans et je le porte depuis partout où je vais. Je ne l'enlève que pour dormir ou prendre mon bain. Je ne crains personne ici, vous moins que quiconque. Dans les Highlands, aucun château n'est tout à fait impénétrable lorsqu'un ennemi vous choisit comme cible. Si un tel ennemi vient chercher mon père, il me trouvera armé. Si un brigand cherche à s'en prendre à l'un de ceux qui bénéficient de ma protection en ces murs, il passera par moi d'abord. Si un homme cherche ma femme, il me trouvera.

– En effet, mon seigneur ! Vous nous avez offert une éloquente démonstration de votre protection… Je vais en garder un souvenir impérissable », lui répondis-je, hors de moi, en soulevant ma main bandée devant ses yeux.

Son regard devint noir. Il détourna la tête et fit quelques pas dans la pièce en direction de la fenêtre, devant laquelle il s'immobilisa. Je ne voyais que son dos droit, ses cheveux bruns drus où jouaient des reflets roux allumés par le soleil qui frappait sa tête inclinée. Quand il reprit la parole, il ne se tourna pas tout de suite. Sa voix dénotait une grande tension :

« Je suis venu à vous ce matin pour une leçon de scot. Je constate que vous êtes intéressée par un autre sujet. Je suis prêt à en parler, ma dame. »

Faisant demi-tour, il ajouta, son regard cherchant le mien :

« Je regrette énormément de vous avoir blessé la main. Je suis également désolé d'avoir touché mon cousin, mais ce sont les risques du combat. Ce qui me déconcerte, c'est la promptitude avec laquelle vous vous êtes jetée dans la mêlée pour le protéger. J'aurais pu vous atteindre plus gravement. Vous auriez même pu perdre la vie. »

Ce fut à mon à tour de me détourner. J'étais confuse. Il était en droit de vouloir comprendre mon geste irréfléchi et hautement dangereux. Je me devais de lui donner une explication et de faire preuve d'une même ouverture à la discussion que lui. Mais que lui dire ? Que je n'étais pas descendue de ma chambre avec l'intention d'assister au combat, mais que je n'avais pu éviter de regarder dans la cour, comme les occupants du château à ce moment-là ? Que la vue du sang de Tòmas m'avait jetée dans un état d'affolement où toute réflexion était exclue ? Que j'étais persuadée que les deux cousins se battaient véritablement ?

« Mon seigneur, lui dis-je en détachant chaque syllabe, je n'ai jamais eu l'occasion de voir des combats au claymore. J'ai réellement cru un instant, en vous voyant, qu'il ne s'agissait pas d'un exercice. J'ai senti quelque chose qui est difficile à expliquer. J'ai été convaincue que vous alliez l'emporter et j'ai eu peur des conséquences pour votre cousin. »

Le silence qui suivit cet aveu me fut très pénible. Après un long moment, il se dirigea vers moi. Il vint se placer tout près, de façon à forcer mon regard. Je le regardai dans les yeux et fus étonnée d'y lire de la douleur.

« Dites-moi, ma dame, si ça avait été votre mari qui avait été menacé, auriez-vous risqué votre vie de la même façon pour le protéger ? »

Je fus incapable de soutenir son regard et dus baisser les yeux. Quelle réponse donner à une question si hypothétique ? Je ne connaissais pas moi-même la réaction que mon cœur aurait commandée dans ces circonstances. Mon devoir aurait certainement été de tenter de protéger mon mari. Mais est-ce que le devoir seul peut exiger d'une personne un geste qui met sa vie en péril ? Est-ce que cela voulait dire que les sentiments que j'éprouvais pour Tòmas étaient plus profonds que je ne me l'imaginais ? Mon mari avait dû deviner ma pensée, car, n'entendant pas de réponse immédiate de ma part, il conclut :

« Ne répondez pas, ma dame. C'est inutile. J'ai ma réponse. Elle est inscrite sur votre visage. »

Il s'éloigna de moi de plusieurs pas et poursuivit, sur un ton empreint d'affliction :

« Je dois vous avouer quelque chose. Votre instinct ne vous a pas trompée. Le combat d'entraînement n'en était plus un quand vous êtes intervenue. Nous nous battions réellement. Pour je ne sais quelle raison, mon cousin m'a insulté et j'ai perdu la maîtrise de moi-même. Ce qui est arrivé est entièrement ma faute. »

Je fus révoltée en entendant cela. Ainsi, Iain aurait pu tuer Tòmas. Quelle espèce d'homme était-il donc ? Une violente colère montait en moi et je serrai les poings. Ma main droite me fit aussitôt mal.

« Et j'imagine que c'est grâce à vos bons offices que Tòmas est expédié dans les îles affligé d'une blessure qui l'empêchera probablement de se défendre efficacement s'il venait à être attaqué par ces barbares ? sifflai-je en levant les yeux vers lui.

— Comme vous y allez, ma dame ! Il n'y a pas plus de barbares dans les îles qu'il n'y en a à Mallaig ! Je vous rappelle que mon cousin voyage sous la bannière du roi d'Écosse, et, à ce titre, il risque moins sa vie dans les îles que s'il s'y rendait sous la bannière des MacNèil.

— Si vous aviez un peu plus de courage, c'est vous qui escorteriez le shérif Darnley et non votre cousin. »

Cette dernière remarque de ma part était imprudente, mais elle m'avait échappé. Il me saisit violemment par les épaules qu'il serra à me faire mal. Son regard perçant me fouillait l'âme.

« Je vois, rétorqua-t-il d'une voix rageuse. Vous allez maintenant me dire clairement lequel de nous deux vous auriez pris pour mari si on vous en avait donné le choix. Moi ou lui ? »

La même frayeur face à sa violence que celle que j'avais éprouvée sur les remparts s'empara de moi, à la différence que je ne pouvais pas fuir. Je gémis de douleur. Il me broyait littéralement les épaules par la seule force de ses mains. Avec horrcur, je l'entendis me déclarer qu'il me lâcherait quand il aurait obtenu une réponse. Je fermai les yeux pour retenir les larmes que je sentais monter et lui répondis dans un souffle : « Lui... »

Il me lâcha brusquement, si bien que je faillis perdre l'équilibre, et il sortit, laissant la porte ouverte. Je m'affaissai sur un tabouret, rompue, désemparée. Est-ce que toute discussion entre nous se terminerait toujours ainsi ? Ne pourrais-je réussir autre chose avec cet homme que de provoquer sa colère ? Encore une fois, je m'abandonnai à ma peine. Et de nouveau, c'est ma petite Ceit qui vint me sortir de ma torpeur.

La salle d'armes du château faisait toute la longueur de l'aile est, jouxtant la chapelle. Les murs y étaient clairs parce que le foyer y brûlait moins souvent que dans les autres pièces. Elle possédait trois fenêtres en arc d'ogive qui lui conféraient une allure élégante. Iain MacNèil s'y était toujours senti bien. La proximité des armes, le bruit des outils que les ouvriers utilisaient pour leur entretien, les armoiries suspendues et l'histoire qu'elles rappelaient : tout contribuait à en faire pour lui un refuge. Les femmes n'y venaient jamais, et en cela aussi la qualité de l'isolement y était garantie. En effet, tous les conflits de Iain MacNèil avaient une origine féminine. Il savait pouvoir compter sur le silence des hommes lorsqu'il pénétrait dans la salle d'armes. Il y déposait le fardeau de ses préoccupations et s'y recueillait même mieux qu'à la chapelle.

Quand il y fit irruption le matin du départ du shérif, il ne s'y trouvait que trois chevaliers occupés à apprécier la qualité de diverses lames récemment retrempées. Ils furent les témoins involontaires d'un des rares accès de rage du fils MacNèil. Sans même remarquer leur présence, Iain se rua, claymore à la main, sur un socle de bois utilisé pour fendre le bois de l'âtre et lui assena des coups d'une telle violence que des copeaux s'en détachèrent. Quand sa rage fut passée, vidé d'une bonne partie de ses forces, il tomba à genoux. Son arme glissa de ses mains ouvertes et toucha le sol dans un bruit sec. Les hommes, à l'autre bout de la salle, s'étaient immobilisés, interdits. Ils entendirent alors avec stupéfaction le jeune homme maudire le château qui l'avait vu naître :

« Qu'ai-je fait à ce maudit château pour n'y être jamais aimé ? Après Alasdair, c'est Tòmas, et après Tòmas, il en viendra un autre pour prendre ma place… »

Les chevaliers, que ce spectacle avait sans doute gênés, sortirent pour le laisser seul. Iain demeura enfermé dans la salle d'armes le reste de la journée, sans manger, et personne ne vint le déranger. Le soir, quand le château se fut assoupi, Iain entendit les plaintes de Bran qui filtraient sous la porte et il se leva pour lui ouvrir. L'animal, qui depuis des heures sentait son désarroi, se précipita sur son maître. Iain prit le long chien dans ses bras et enfouit son visage défait dans son pelage chaud.

Le lendemain, le jeune seigneur assista à l'office, tapi au fond de la chapelle. Dame Gunelle ne l'aperçut qu'en sortant et ne put réprimer un geste de surprise. Il lui emboîta le pas et lui demanda, sur un ton détaché, de reprendre la leçon de scot. Affectant elle aussi le détachement, elle lui donna le même rendez-vous que la veille.

Cette fois, elle n'eut pas à l'attendre. Quand elle entra dans la chambre d'Alasdair, son mari y était déjà installé à une table et feuilletait un livre, tournant les pages délicatement comme s'il s'était agi de papier de soie. Il se leva à son entrée. Elle remarqua tout de suite sa ceinture. Aucune arme n'y pendait. Elle baissa la tête de confusion et dut se concentrer pour adopter un ton naturel en s'adressant à lui. Iain ne se départit pas de son attitude fermée durant toute la matinée. Il en fut de même durant cette première semaine entière de cours où il se présenta ponctuellement à la bibliothèque chaque matin. Dame Gunelle manifesta une froideur égale à l'égard de son élève. Elle fut cependant soulagée de voir qu'il apprenait avec rapidité, ce qui allait considérablement lui faciliter la tâche.

Iain MacNèil avait une mémoire prodigieuse, une force de concentration supérieure à la moyenne et une détermination à toute épreuve. L'atmosphère de sérieux qui s'installa tout de suite entre le maître et l'élève fut de nature à favoriser l'apprentissage. Si bien qu'après un mois les époux constatèrent des résultats très satisfaisants : Iain s'étonnait lui-même de se découvrir du goût pour les études et Gunelle était heureuse de mettre en valeur son talent d'élève.

La jeune châtelaine se jeta corps et âme dans cette activité et en vint à oublier l'homme derrière l'élève. Elle avait opté pour l'enseignement simultané de la langue scot, de l'écriture et de la lecture, ce qui correspondait bien au tempérament de Iain qui trouvait la sérénité dans l'action. Elle lui faisait choisir, dans la bibliothèque, les livres à partir desquels elle donnait ses leçons. Elle put donc prendre connaissance d'un abrégé sur la fabrication de la bière, sur celle du uisge-beatha, sur la chasse au faucon, sur la navigation dans la mer du Nord et sur les principes d'architecture pour l'érection de murs de défense.

C'est ainsi que les époux passèrent, en présence exclusive l'un de l'autre, les plus longues heures qu'il leur avait été donné de passer ensemble depuis qu'ils se connaissaient. Ils avaient parfaitement conscience que plusieurs sujets risquaient de les entraîner sur un terrain brûlant et ils avaient la sagesse de ne pas les aborder.

Dame Gunelle avait retrouvé l'usage de sa main droite en peu de temps. Les bandages avaient bien fait leur travail et la peau demandait à être exposée à l'air libre. Une longue cicatrice traversait le côté de la main, partant du petit doigt jusqu'au poignet où la lame avait atteint les premières veines. La jeune châtelaine dissimulait le plus souvent sa main dans sa manche, surtout devant son mari. Il n'en fut plus question entre eux.

Les après-midi étaient libres pour l'un comme pour l'autre. Iain sortait chasser ou régler des différends sur ses terres avec ses chevaliers, et Gunelle partageait son temps entre le seigneur Baltair, la petite Ceit et la conduite des affaires du château. La tenue des livres ne lui était pas encore chose acquise et elle dut fournir de louables efforts pour maîtriser l'ensemble des connaissances que cette tâche requérait.

Les quelques leçons d'équitation qu'elle accepta de prendre de son époux, ainsi qu'elle le lui avait promis, lui demandèrent aussi beaucoup d'énergie. Quant à Iain, il fit preuve d'une grande patience et se félicita d'avoir réussi à amener son épouse à surmonter sa peur des chevaux et de lui permettre ainsi l'usage du seul moyen de transport possible dans les Highlands.

Après quelques semaines de ce régime, les relations entre les habitants du château avaient changé. Chacun s'attachait à son rôle et s'y appliquait. Les soirées prirent une tournure particulièrement agréable quand la châtelaine demanda au musicien de clàrsach de jouer durant le souper et de l'accompagner après. Nellie, qui avait une fort belle voix, se joignait à sa maîtresse et les deux chanteuses ravissaient leur auditoire par les ballades et les complaintes des Lowlands. Elles apprirent du musicien plusieurs chants du Nord et, bientôt, Anna, Màiri et Finella, la suivante de dame Beathag, finirent par former, avec les deux dames d'Aberdeen un harmonieux chœur de voix féminines. Les hommes de la maison, qui avaient l'habitude de veiller dans le corps de garde, demeurèrent de plus en plus souvent dans la grand-salle pour écouter les dames chanter durant la soirée.

Les époux conservaient une attitude distante l'un à l'endroit de l'autre, un mélange de réserve et de respect. Quelques allusions faites à Iain par dame Beathag au cours d'un de ces soupers révélèrent à Gunelle que son mari négligeait la compagnie de sa belle-sœur. Avait-il déserté son lit ? Elle n'aurait pu le dire et ne voulait pas le savoir. Chaque fois qu'elle pensait à la conduite répréhensible de son mari, un profond malaise l'envahissait. Elle ne pouvait s'empêcher de chercher les raisons de son refus à accomplir avec elle ses devoirs d'époux. Elle avait entendu parler de ces jeunes femmes nobles délaissées par leur mari dont les préférences allaient aux hommes, mais ce n'était évidemment pas le cas du sien qui avait la réputation d'être « un étalon toujours prêt à saillir ». Alors, qu'avait-elle de si désagréable qu'un homme valide ne puisse surmonter dans l'acte conjugal ? Cette question la torturait plus qu'elle ne l'aurait voulu et attisait son ressentiment envers son mari. Aussi avait-elle résolu de l'oublier le plus possible.

Nellie, Anna et Màiri savaient bien ce qu'il en était des relations entre les jeunes époux, mais gardaient à cet égard un silence respectueux. Les raisons pour lesquelles le seigneur MacNèil dédaignait la couche de son épouse leur étaient inconnues, donc incompréhensibles. Que cette situation fît souffrir leur maîtresse, elles pouvaient fort bien se l'imaginer.

Quant à Iain MacNèil, plus le temps passait, plus il lui devenait difficile d'imaginer quelque relation intime avec son épouse. L'antipathie qu'il lui avait inspirée dès leur rencontre, et cela sciemment, s'était muée en aversion, puis, récemment, en froideur. Ils en étaient venus à se cacher derrière un écran d'indifférence polie. Le jeune homme n'avait jamais pris de force une femme ni même possédé une femme qui n'éprouvait pas une certaine attirance pour lui. Au fil de ses expériences, il avait acquis le rare talent d'éveiller et d'assouvir le désir chez ses conquêtes. Mais, avec son épouse, les choses se présentaient de la mauvaise façon. Il l'avait si bien braquée contre lui qu'il était certain qu'elle ne concevait que du dégoût à son égard.

Le shérif Darnley revint à Mallaig dans les derniers jours de février. Il était d'une humeur irascible, car sa mission dans les îles n'avait pas donné les résultats escomptés. Tòmas n'avait pas eu à livrer de combat. Personne ne cherchait à quereller les membres de l'escorte du représentant du roi d'Écosse, fussent-ils des MacNèil. La politique royale pratiquée à l'endroit de ceux qui avaient trahi la Couronne commençait à avoir une influence sur les clans insoumis.

L'éloignement de Mallaig avait beaucoup mûri Tòmas. Il avait eu en outre une aventure avec la fille du secrétaire au château de Duart dans l'île Mull et cette idylle lui avait permis de prendre ses distances par rapport à Gunelle et de remettre en question l'admiration inconditionnelle qu'il lui portait. Il adopta une attitude réservée envers elle, tout en lui conservant toute son amitié. La tension entre les deux cousins s'en trouva grandement diminuée. Ne restait plus aux deux hommes que d'avoir l'occasion de combattre aux côtés l'un de l'autre pour retrouver leur complicité d'élève à maître. Cette occasion leur fut donnée.

Au cours d'une chevauchée dans les Grampians, les seigneurs Iain et Tòmas ainsi que sept chevaliers et hommes d'armes de la maison MacNèil repoussèrent une attaque des hommes du clan Cameron. Ils se battirent à neuf contre douze et durent déployer beaucoup de savoir-faire pour disperser leurs assaillants. L'incursion sur leurs terres ne surprenait guère. Les Cameron tentaient, par ces rixes, de reprendre ce que le roi leur avait confisqué. S'ils parvenaient à chasser les MacNèil, ils redeviendraient propriétaires de fait de cette partie de la forêt.

Les combattants de Mallaig n'avaient pas revêtu leurs cottes de mailles pour cette expédition, mais les Cameron, qui savaient fort bien ce qu'ils venaient faire dans les montagnes, s'étaient équipés en conséquence. Moins gênés dans leurs vêtements, les MacNèil avaient été plus légers et agiles dans leurs mouvements, ce qui leur avait donné l'avantage. Cependant, ils revenaient passablement tailladés par les claymores de leurs adversaires.

Iain, qui était toujours la cible principale de ces attaques, se retrouvait souvent aux prises avec deux combattants à la fois. Il en venait toujours à bout, mais cela lui coûtait invariablement une veste taillée en pièces quand il ne s'était pas fait écharper un membre. Cette fois-là, il fut frappé dans le dos, à la hauteur des omoplates. La lame lui avait déchiré la chair en profondeur sur une longueur d'une main et avait touché deux côtes. Le retour au château fut long, car il perdait beaucoup de sang et se tenait difficilement en selle. Le groupe dut faire plusieurs arrêts pour lui prodiguer des soins. Quand les hommes franchirent enfin le pont-levis, la nuit était tombée sur Mallaig.

Iain fut directement porté à sa chambre et on alla quérir le médecin MacDuff. Anna, qui avait l'habitude de ces retours d'expéditions ensanglantées, ne s'affola pas outre mesure au chevet de son maître. Elle en avait vu bien d'autres avec ce jeune homme intrépide et savait parfaitement quoi faire. Elle obligea tout le monde à sortir de la chambre et lava la blessure à grande eau. Il fallait arrêter le saignement. Elle enduisit d'un baume le pourtour de la plaie pour resserrer les chairs, puis elle la pansa soigneusement. Iain réclamait à boire sans arrêt. Ses hommes lui avaient fait avaler du uisge-beatha pour lui éviter de perdre connaissance durant le retour et il était assoiffé.

Quand le médecin se présenta, le nécessaire avait été fait. Il jeta un regard mauvais en direction d'Anna qui se retira avec un haussement d'épaules. La châtelaine, dame Beathag et sa suivante avaient accompagné le médecin dans la chambre pour voir le blessé. Elles le trouvèrent assis sur une chaise, nu à partir de la taille, le torse entouré d'un bandage. Il ne leva même pas les yeux à leur arrivée. Le médecin, que plus rien ne retenait, choisit de causer avec la châtelaine. Il lui demanda des nouvelles de son patient, le seigneur Baltair, qu'il n'avait pas ausculté depuis un bon moment. Puis, il s'informa de son état à elle, lui demandant si un enfant était en route. Il fut étonné de la voir rougir si violemment. Un bref coup d'œil en direction du mari lui apprit que la question était inopportune.

Voulant se faire pardonner son indiscrétion, le médecin se sentit obligé d'expliquer qu'une jeune femme n'était pas toujours féconde la première année de son mariage. Il ajouta que les prières aidaient beaucoup de jeunes couples à procréer un héritier. Dame Beathag, que les relations de son amant avec sa femme intriguaient beaucoup, se permit un commentaire acide :

« Mon cher messire MacDuff, du côté des prières, il n'y a certainement pas à s'inquiéter avec notre châtelaine. Elle passe plus de temps en chapelle que dans la chambre de son mari. »

Iain, qu'on n'avait pas encore entendu, cria qu'il en avait assez et somma tout le monde de partir sur un ton péremptoire. Gunelle était maintenant rouge de colère. Comment son mari pouvait-il la laisser accuser par sa maîtresse d'une situation dont il était entièrement responsable ? La réplique cinglante partit toute seule à l'intention de dame Beathag et de son mari :

« Le grand avantage de la chapelle sur la chambre de mon mari, c'est que, dans le lieu sacré, on est sûr de trouver celui qu'on vient y chercher ! »

Elle quitta la chambre avec un tel empressement qu'elle bouscula le médecin qui faillit tomber. Le pauvre homme ne comprenait rien à cette conversation, mais se rendait compte du conflit dans lequel ses remarques avaient plongé tout le monde. Il s'excusa et se retira. Iain chassa dame Beathag et sa suivante en criant, ce qui fit revenir Anna au galop. En un coup d'œil, elle vit que son jeune maître était fiévreux. Restée seule avec lui, elle le mit au lit et entreprit de le veiller, un linge d'eau fraîche à la main. Iain tourna la tête de son côté. Il eut pitié de sa vieille nourrice au visage ravagé par la fatigue à force de nuits blanches passées au chevet de son père. Il lui demanda de le laisser seul, l'assurant que tout irait bien. D'expérience, Anna savait qu'il était inutile d'insister et elle repartit.

Chaque respiration coûtait à Iain un effort, car son poumon appuyait sur ses côtes blessées. Il voulut changer de position et, procédant avec délicatesse, il se tourna sur le côté. C'est alors qu'il vit, dans l'entrebâillement de la porte, le minois de Ceit. Il l'invita à entrer en prenant soin de ne pas laisser passer le chien. Après une longue minute de réflexion, elle accepta. Elle s'avança prudemment dans la pièce, écarquillant les yeux de curiosité. Quand elle fut devant lui, elle demanda doucement :

« Tu as mal à ton ventre ?

— Non. À mon dos, lui répondit-il.

— Tu as chaud aux cheveux ?

— Non, je fais de la fièvre et ça mouille le front.

— Tu t'ennuies tout seul, sans chanson ?

— Oui, dit-il avec un sourire de tendresse.

— Je vais chercher Gunelle. Elle va te chanter une berceuse.

— On dit : "Dame Gunelle" », lui rappela Iain alors que l'enfant s'en allait déjà.

Il dut s'assoupir un moment, car il n'entendit pas entrer son épouse. Quand il ouvrit les yeux, elle se tenait devant lui, l'observant d'un air indéchiffrable. Il voulut se redresser, mais une douleur cuisante au dos lui rappela qu'il était blessé. Il gémit et se laissa retomber en fermant les yeux. Les paroles que son épouse avait prononcées en présence du médecin lui revinrent en mémoire et il se sentit gagné par une vague de honte :

« Je ne suis pas en position pour vous présenter des excuses… », commença-t-il lentement.

Il fut interrompu aussitôt :

« Je ne viens pas ici pour en entendre, mon seigneur. Je viens chanter pour vous, à la demande de ma petite Ceit… Si vous le voulez, bien sûr.

— Ma dame, rien ne me ferait plus de bien en ce moment que de vous entendre chanter… »

Je le vis fermer les yeux et redevenir l'image que je contemplais la minute précédente : un homme ruisselant de sueur, le teint basané autour de sa barbe, les épaules musclées et la poitrine blanche autant que le pansement qui l'enserrait d'un côté à l'autre. Je promenai un regard circulaire sur la pièce. Dame Beathag avait raison : je n'avais jamais vu la chambre de mon mari. C'était une pièce très dépouillée, comme celles qui servent aux voyageurs de passage. Une seule fenêtre l'éclairait, l'âtre était étroit. Le lit, mal orienté, n'avait pas de courtines ; au-dessus, une large bannière aux couleurs des MacNèil barrait tout le mur nord. Il n'y avait pas de tapis au sol et plusieurs armes étaient posées dans un coin, dont son claymore. On ne l'avait pas nettoyé et des taches de sang séché le maculaient. Je frissonnai.

La réalité des combats m'échappait complètement. Tout ce qui était bataille et guerre m'apparaissait irréel. Je constatai que si je ne parvenais pas à saisir cet aspect de la vie des Highlanders je ne comprendrais jamais mon mari. Le moindre objet dans cette chambre me disait que son occupant se définissait d'abord comme un guerrier.

Je pris place sur la chaise qu'il avait occupée durant la visite du médecin et entonnai la première chanson qui me vint à l'esprit. C'était une berceuse que j'avais apprise de ma mère. Une vieille berceuse très douce. Puis, il m'en vint une autre, et j'enchaînai avec une ballade. Les chansons montaient à mes lèvres et je n'avais qu'à les laisser sortir, doucement, clairement. Le chant effaça toutes les traces de colère dans mon cœur et endormit le blessé brûlant de fièvre.

Dans son sommeil, mon mari avait roulé sur le dos. Je me levai et lui baignai les tempes et le front avec le linge d'Anna. Il ouvrit les yeux un bref instant, puis sombra de nouveau dans ses rêves. C'est au milieu de la nuit que je pus regagner ma chambre, assurée que la fièvre tombait. Une curieuse sensation d'intimité m'habitait et je fus longue à trouver le sommeil.

Le lendemain, tout était arrangé comme par enchantement. Les vêtements des combattants, qui avaient été remis en bon état et lavés des souillures de sang, dissimulaient les corps meurtris. Les visages étaient de nouveau souriants, les rires montaient haut dans la grand-salle et on ne parlait même plus de l'escarmouche. J'étais étonnée de voir à quel point la bataille était un fait divers à Mallaig. J'étais également fort impressionnée par la vigueur de ces hommes qui avaient vite retrouvé leurs forces, plus particulièrement par celle de mon mari.

Il se présenta à moi à la sortie de la chapelle où j'avais assisté à l'office du matin. Il était dans une tenue impeccable, ses cheveux étaient tirés en arrière et noués par un lacet de cuir. Ses yeux avaient gardé la brillance de la fièvre, mais rien dans son maintien ne laissait paraître qu'il avait une blessure au dos. Il me remercia de ma présence chez lui la nuit dernière. J'étais gênée de cette marque de reconnaissance, surtout que de tels témoignages de gratitude étaient assez inhabituels de sa part. Je lui répondis un peu sottement :

« C'est tout naturel, mon seigneur. Je n'ai fait que mon devoir. »

Je le vis aussitôt se raidir, mais il ne dit rien. Je ne sus quoi ajouter pour réparer ma maladresse. C'était trop tard. Sur ces entrefaites, nous fûmes appelés de toute urgence chez le seigneur Baltair, qu'une autre crise secouait.

Je demeurai sur le seuil de la porte, incapable d'entrer dans la chambre du vieux chef. Je me sentais impuissante et j'étais désemparée. Mon mari prit aussitôt les choses en main. Il donna congé à Anna, qui était sur le point de défaillir, et la suppléa auprès de son père. Quelqu'un lui demanda si le médecin devait être appelé et il fit signe que non. Il s'était assis sur le lit et tenait les deux mains de son père dans les siennes. Il se pencha sur le vieil homme et lui parla doucement.

Les servantes, Nellie et Anna se retirèrent. J'entrai sur la pointe des pieds et me collai contre le mur. Le froid de la pierre pénétrait mes vêtements et me glaçait. Mon mari dut entendre le froissement de ma robe, car il tourna les yeux vers moi. C'est alors qu'il me demanda d'aller chercher le révérend Henriot, ce que je m'empressai de faire, trop heureuse d'apporter mon aide d'une quelconque façon.

On aurait dit que le révérend m'attendait. Il fut inutile de lui parler du seigneur Baltair. Il avait préparé ce qu'il fallait pour les derniers sacrements et il me suivit avec le plus grand calme. Tandis que je marchais à ses côtés dans un silence recueilli, une paix me gagna peu à peu, qui ne me quitta plus jusqu'à la fin.

À notre arrivée, Iain lâcha les mains de son père et céda la place au révérend, qui s'installa aussitôt près du malade. Je m'étais retirée au fond de la pièce, près du feu, et restais disponible, au cas où l'on aurait besoin de moi. Mon mari vint me rejoindre et s'assit dans un des fauteuils, le dos droit, renversant la tête sur le dossier. Il ferma les yeux. Je ne décelais rien des sentiments qui l'habitaient. Je voyais seulement qu'il se comportait en fils aimant, et cette constatation me soulageait.

Le révérend demeura une heure auprès du mourant, dont il entendit la confession et à qui il administra les derniers sacrements. Les ultimes heures que le chef de clan MacNèil vivait furent paisibles. Nous n'avions échangé aucune parole, mon mari et moi. Le révérend s'était retiré. Soudain, le seigneur Baltair m'appela d'une voix très faible. Je me précipitai à son chevet. Il avait gardé les yeux fermés mais cherchait ma main sur ses draps. Doucement, je nouai mes doigts aux siens. Il murmurait dans un filet de voix brisée par sa respiration sifflante et je dus approcher mon visage pour comprendre.

« Je ne serai pas sauvé par vos mains cette fois-ci, dit-il. Je vais partir… Gunelle, vous êtes la châtelaine dont Mallaig avait besoin. Vous êtes aussi la femme dont Iain a besoin, mais il ne le sait pas. Ne renoncez pas, Gunelle, promettez-le-moi…

– Mon seigneur, lui répondis-je, je ne renonce jamais. Ce n'est pas dans ma nature. Je vous promets d'être à la hauteur des châtelaines qui m'ont précédée ici. Je vous en prie, faites également confiance à votre fils. Il possède vos qualités de chef. Vous n'avez pas à vous inquiéter pour l'avenir de Mallaig. »

Je me tus, un sanglot me montait à la gorge. Je baissai les yeux sur nos mains jointes et lui dis adieu dans mon cœur : « Que Dieu prenne l'âme de cet homme digne. » J'entendis le vieux seigneur demander son fils dans le privé. Je me levai aussitôt et jetai un coup d'œil désespéré à mon mari qui nous surveillait du fond de la chambre. Il fut sur nous en deux enjambées et je déposai la main inanimée de son père dans la sienne, puis je sortis de la chambre.

Un chevalier était en faction devant la porte et Màiri attendait à ses côtés. Ils durent lire la détresse sur mon visage, car ils me prirent chacun un bras et m'entraînèrent dans la grand-salle, parmi les gens du château. Je relevai la tête : « Être à la hauteur », me dis-je. Je refoulai ma peine pour m'occuper des autres, consciente que c'était là mon dernier devoir envers mon beau-père.

L'inconsolable, c'était la dévouée Anna. Je m'aperçus vite qu'elle avait besoin de secours et je chargeai le révérend Henriot et Nellie de veiller à ce que les gens venus attendre la mort de leur chef soient soutenus et ne manquent de rien. J'entrepris alors de consoler la vieille nourrice que j'emmenai avec moi dans un coin tranquille, à l'abri des regards. Pendant les deux heures que nous restâmes ensemble, j'appris plus sur le seigneur Baltair, son épouse et leurs deux fils que j'en avais appris en trois mois. Dans le secret de mes deux bras refermés autour d'elle, Anna se vida le cœur de ses souvenirs, de ses regrets, de ses appréhensions et de ses doutes. C'est par elle qu'un premier coin du voile se souleva et que j'entrevis le drame de cette famille. Un drame qui renfermait la clef pour comprendre le cœur tourmenté de mon mari.

Il y avait eu, à Mallaig, voilà trente ans, une châtelaine qui avait donné naissance à un héritier superbe nommé Alasdair. Cet enfant tant attendu comblait tous les espoirs d'un clan puissant au cœur des Highlands et la châtelaine adorait ce fils exceptionnel à tous les points de vue. Or, elle mit au monde un second fils, quatre ans plus tard, et cette naissance laborieuse faillit lui coûter la vie. Le second fils, nommé Iain, n'eut pas droit à l'adoration de sa mère et fut laissé à sa nourrice.

Celle-ci agit comme sa propre mère durant toute la petite enfance du garçon, mais l'enfant cherchait désespérément à conquérir l'amour maternel dont il était privé. Son frère aîné représenta vite l'obstacle principal à franchir pour l'atteindre. Une vie de discordes permanentes et de jalousies entre les deux frères commença au château, qui ne connut d'accalmie que lorsque l'aîné partit s'instruire durant deux ans à Édimbourg. Le fils cadet ne sut profiter de l'absence de l'aîné pour améliorer ses relations avec sa mère et dut admettre qu'il ne serait jamais aimé d'elle.

La vie au château lui devint insupportable et il chercha par tous les moyens à y demeurer le moins possible. Il allait guerroyer ou participait à des tournois aussi souvent que les occasions se présentaient, s'illustrant comme un guerrier de grand talent aux côtés de son père et comme champion incontesté des joutes équestres ou du maniement des armes. Au retour de son frère à Mallaig, Iain lui était devenu supérieur dans ces domaines.

La ronde des défis lancés aux frères MacNèil pour participer à des tournois des Highlands les amena à combattre ensemble durant une année, au terme de laquelle eut lieu le fameux tournoi des îles. Iain avait dix-neuf ans et Alasdair, vingt-trois. Alasdair y trouva la mort, à la suite d'un coup de poignard. Iain, qu'on soupçonna de ne pas l'avoir secouru, fut couvert d'opprobre par le clan.

L'après-midi tirait à sa fin quand on vint annoncer, dans la grand-salle, le décès du seigneur Baltair. Le révérend Henriot prit la conduite de l'assemblée en invitant ses fidèles à prier ensemble pour le repos de l'âme du défunt. Un chevalier vint me chercher et, avec Nellie qui s'était offerte pour faire la toilette du seigneur, nous montâmes. Anna, qui n'était plus que pleurs, fut laissée aux soins des femmes de Mallaig accourues rendre hommage à leur vieux maître.

Je trouvai mon mari prostré au pied du lit de son père, en prière. Je regardai sa tête penchée sur ses mains jointes, ses épaules affaissées, son dos raidi. C'était l'image même du fils repentant. Je m'approchai et m'agenouillai à côté de lui, silencieusement. Mes yeux se dirigèrent tout naturellement vers le visage de mon beau-père où se lisaient la paix et la sérénité. « Ainsi, me dis-je, le père s'est réconcilié avec le fils avant de partir. » Je reportai mon regard sur mon mari. Je vis alors qu'il pleurait et mon cœur chavira.

Chapitre VII

La marée

En ce 1er mars 1424, les funérailles du onzième chef du clan MacNèil furent marquées par un rassemblement exceptionnel d'ecclésiastiques, de nobles et de chefs de tous les coins des Highlands. Une centaine de personnes vinrent rendre un dernier hommage au chef, dans la dignité et le respect que cet homme exceptionnel inspirait à tous.

Une pluie diluvienne tombait sur Mallaig depuis deux jours et l'hébergement d'un grand nombre de voyageurs au château posa quelques problèmes. Fort heureusement, dame Gunelle fut bien secondée par son personnel et put s'acquitter d'une manière honorable de ses devoirs de châtelaine sans avoir à faire appel à son mari, qui, de toute façon, n'aurait pas été en mesure de la soutenir.

En effet, le seigneur Iain vivait les moments les plus difficiles de toute sa vie. Le deuil de son père l'affectait profondément ; les derniers instants passés au chevet du mourant avaient été chargés d'émotions et s'étaient révélés cruciaux pour la paix de l'un et de l'autre. En outre, Iain subissait une pression extrême relativement à sa succession à la tête du clan, une question qui ne faisait pas l'unanimité parmi les lairds. La notoriété du seigneur Baltair dans les Highlands amenait dans les murs mêmes du château les autres chefs de clan, dont plusieurs étaient des ennemis de la famille MacNèil, une situation qui engendrait chez le guerrier qu'était Iain une inquiétude à la limite du supportable. Enfin, l'œil scrutateur et énigmatique que le shérif Darnley promenait sur tout cela achevait de l'exaspérer.

Le révérend Henriot, le seigneur Tòmas et les chevaliers de la famille comprirent l'état d'esprit dans lequel se trouvait le fils MacNèil et firent preuve d'une grande loyauté envers lui à cette occasion. Le révérend Henriot se chargea de recevoir les témoignages de sympathie à la place du jeune seigneur, pour que sa peine n'en fût pas ravivée. Tòmas demeura dans l'entourage des lairds, suscitant ou agréant les marques de fidélité envers son cousin. Les chevaliers de Mallaig organisèrent une surveillance étroite, discrète et efficace des invités hostiles à la famille et firent en sorte qu'aucun incident ne mette en péril la sécurité des gens du château.

Quand prit fin cette journée de funérailles et que, dans la chapelle, la tombe fut refermée sur son père et la dalle mise en place, Iain MacNèil sentit, pour la première fois de sa vie, un vide immense, plus grand encore que celui qui l'avait dévasté à la mort de sa mère. Cette fois, il perdait le seul homme à lui avoir témoigné amour et compréhension. Les paroles que son père lui avait adressées sur son lit de mort lui paraissaient un présent inestimable, lui redonnant foi en lui-même. Un aveu, en particulier, avait délesté son âme du faix le plus lourd qu'un homme puisse porter : celui du fratricide.

« Mon fils, entendait-il en lui-même, je sais que tu n'as pas tué ton frère. C'est lui qui t'a tué. Il a pris toute la place au château et tout l'amour de ta mère. Je ne connais pas de façon plus sûre de tuer l'homme qui se prépare dans un garçon. »

Quand la chapelle se fut complètement vidée des fidèles venus prier une dernière fois pour le repos éternel du seigneur MacNèil, Iain demeura seul, agenouillé sur la dalle, les mains à plat sur les inscriptions. Il n'entendait plus rien. Il ne sentait rien, pas même le battement du sang dans sa plaie au dos. Il poussa un long soupir et se recueillit un très long moment. Il fit ainsi ses adieux au père qu'il avait si mal aimé.

La nuit était descendue sur le château quand il se releva enfin, fort d'une nouvelle force, apaisé d'une nouvelle paix, presque heureux. Il sortit lentement de la chapelle, sur la pointe des pieds. Il n'eut pas un regard pour la pierre portant les inscriptions de sa mère, tout à côté de celle de son père. Il ne lui avait jamais fait ses adieux. Pour l'un de ses deux parents, il demeurerait un fils proscrit.

Parmi les invités venus de loin figuraient deux représentants de la famille Keith : Daren, le frère aîné de dame Gunelle, et le lieutenant Lennox. Ils avaient tous deux appris le décès du chef du clan tandis qu'ils se trouvaient sur le chantier de coupe, dans les Grampians. Pour la jeune châtelaine, ces retrouvailles avec deux membres de sa famille furent l'occasion d'une grande joie au milieu de la peine générale. Une fois que les visiteurs eurent franchi la muraille d'enceinte pour quitter le château et qu'il ne resta qu'un petit nombre d'invités, elle put se consacrer entièrement à son frère et au lieutenant, qui demeurèrent encore trois jours entiers au château.

Durant ce séjour, le lieutenant Lennox renoua de bon gré avec les lieux, les habitants et les habitudes de Mallaig. Ses yeux noirs ne quittaient pas la jeune châtelaine et tentaient de découvrir des signes d'un changement d'attitude entre les époux. Il en arriva vite à la constatation que leur relation était distante. « Au moins, Iain MacNèil a cessé de l'insulter », se dit-il. Il s'enquit auprès d'elle de l'origine de la cicatrice qu'elle dissimulait à la main et il fut troublé en apprenant que la blessure lui avait été infligée par son mari. Il fut également très surpris d'apprendre que l'entraînement des chevaliers dans les Highlands ne se faisait pas à armes émoussées, comme partout en Europe. Une autre pratique du Nord qui le choquait et lui inspirait méfiance face à la famille MacNèil.

Daren Keith surveillait aussi le comportement de son beau-frère. À Crathes, il avait été informé par la jeune Vivian du caractère agressif du fils MacNèil et des difficultés que sa jeune sœur avait connues avec lui dans ses débuts à Mallaig. C'était d'ailleurs une des raisons qui l'avaient poussé à chevaucher jour et nuit pour se rendre aux funérailles du seigneur MacNèil avec le lieutenant Lennox. L'autre raison était une mission d'affaires : il fallait préciser certaines données sur l'exploitation des forêts de coupe avec le représentant MacNèil.

Daren Keith était un homme de haute stature, large de carrure plutôt qu'élancé. La rondeur de son visage lui conférait un air bon enfant qui était loin de correspondre à ce qu'il était dans les faits. De tempérament fantaisiste et têtu, il manquait parfois de jugement, une faiblesse que son courage compensait dans plusieurs situations. Curieusement, il avait un don pour les négociations et les tractations de toutes sortes, ce qui le rendait fort utile à son père, Nathaniel Keith. Par-dessus tout, il adorait sa jeune sœur et avait beaucoup souffert de ses départs de Crathes : d'abord pour la France et ensuite pour les Highlands.

Quand il fit la connaissance de son beau-frère, il eut du mal à ne pas voir en lui un ennemi. Il le trouva hautain, taciturne et froid. Il s'étonna avec le lieutenant Lennox de l'entendre s'exprimer en scot avec aisance, et les deux hommes s'imaginèrent aussitôt que son ignorance de cette langue n'avait été qu'un leurre au moment du mariage. Par ailleurs, le seigneur Daren s'inquiétait de la santé de sa jeune sœur. Certes, sa blessure à la main l'avait choqué, mais surtout la mine fatiguée de la jeune femme le tracassait. Il s'informa auprès de Nellie si le teint de sa sœur était relié à un début de grossesse, ce qui embarrassa fort la vieille nourrice. Il sentit qu'il y avait anguille sous roche et, comme il était fort habile à arracher des aveux, il finit par apprendre que sa sœur était négligée par son mari. Il se mit dès lors à observer la jeune châtelaine et finit par conclure qu'elle était maltraitée, mal mariée et malheureuse à Mallaig.

Il n'en fallait pas plus à Daren Keith pour concevoir le projet de ramener sa sœur en pays d'Aberdeen. Comme on n'enlève pas aisément une épousée à son mari, aussi négligent soit-il, le seigneur Daren devait trouver un excellent prétexte, et son esprit inventif triompha rapidement de cette difficulté : il décréta que l'état de santé de leur mère exigeait la présence de la jeune femme à Crathes.

Dame Gunelle s'étonna de ce que son frère lui donne si tard des nouvelles de sa mère. Pourquoi ne lui avait-il pas transmis ce fait désolant sitôt arrivé ? Elle ne s'expliquait pas non plus pourquoi Vivian ne lui avait rien écrit à ce propos, alors qu'elles s'étaient juré de s'écrire pour tout sujet d'importance. Elle fut obligée de reconnaître que sa vie à Mallaig avait tant exigé d'elle depuis ces deux mois que tout contact avec sa famille avait basculé au second plan. Cette constatation la troubla.

Quand elle voulut en savoir davantage sur la maladie de sa mère, elle ne reçut que des réponses évasives de son frère, ce qui contribua grandement à nourrir ses inquiétudes. Elle crut que, pour ne pas l'affliger, il lui cachait la gravité de la situation à Crathes et y vit une manifestation de l'attitude protectrice que son frère aîné avait toujours eue à son endroit. Le seigneur Daren réussit si bien à l'alarmer qu'elle acquiesça immédiatement à son projet quand il lui en fit part. C'était la veille du jour prévu pour le départ de son frère et du lieutenant Lennox.

Ce soir-là, le seigneur Iain demanda à son épouse d'examiner l'acte des droits de coupe dans les Grampians en vue d'une discussion au sujet du chantier, le lendemain, avec le seigneur Daren.

Une bougie s'était entièrement consumée avant que je n'aie fini de prendre connaissance des clauses de mon contrat de mariage relatives aux droits de coupe sur les terres des MacNèil. Il faisait nuit et la fatigue me piquait les yeux. Tout le château s'était assoupi. Le vent battait en rafales sur les murs nord et il pleuvait encore. J'aurais voulu aller me coucher. Comme je regrettais les compétents services du secrétaire Saxton cette nuit ! J'avais de la difficulté à me concentrer et mes pensées, que l'épuisement rendait fébriles, s'en allaient sans cesse vers Crathes. J'en vins à repasser dans ma tête, pêle-mêle, toutes les nouvelles qu'on m'avait données de chacun des membres de ma famille et auxquelles je n'avais pas eu le temps de réfléchir.

Je revis chacun des habitants du château de mon père : mes sœurs Elsie et Sybille, qui arrivaient toutes deux au terme de leur grossesse, mes beaux-frères, mes neveux et nièces. Pour Elsie, l'aînée, il s'agissait d'un troisième enfant, et d'un deuxième pour Sybille. « Les filles Keith sont de bonnes génitrices », claironnait toujours mon père à qui voulait l'entendre. Il était aussi fier de ses petits-enfants que s'il en avait été le père. Je me mordis les lèvres en pensant qu'il devrait être fort déçu de moi s'il savait que je ne portais pas d'enfant. Je baissai les yeux sur mon surcot de toile damassée, puis les fermai un instant. Soudain, ce fut Ceit qui traversa mon esprit : ses joues roses piquées d'une fossette, ses yeux bleus, ses cheveux de cuivre et son petit air concentré quand je lui parlais. Une bouffée de tendresse m'envahit et je soupirai. « J'aimerais avoir un enfant, murmurai-je. Cela donnerait un sens à ma vie, ici. »

Puis, comme par un retour tout naturel de mes pensées, les images de ma mère affluèrent dans mon cœur tourmenté et je sentis avec force à quel point elle me manquait. Son jugement, ses conseils, ses croyances, son savoir : tout cela me serait si utile pour remplir mon nouveau rôle de femme mariée et de châtelaine. Il me fallait la revoir ! Mallaig pouvait se passer de sa châtelaine quelques semaines, elle qui n'en avait pas eu durant cinq ans... Une bûche bascula dans l'âtre avec un froissement d'étincelles rouges. Un frisson me parcourut le dos. Je repliai les pages du contrat et rassemblai les papiers épars sur la table. Je pris le chandelier et quittai le bureau.

Le chemin le plus court pour regagner mes appartements passait par l'escalier menant de la chapelle au premier étage. Lorsque je m'y engageai, j'aperçus une lumière dansante qui léchait la paroi du mur face à moi. « Quelqu'un vient, me dis-je, étonnée. Qui peut encore circuler à cette heure ? » La personne qui descendait dut voir la lueur de ma propre bougie, comme moi je voyais la sienne, car elle fit demi-tour et je ne la croisai pas. Mais quand j'atteignis le palier, j'entendis nettement la voix gloussante de dame Beathag filtrant sous sa porte entrebâillée d'où s'échappait un rayon de lumière jusqu'à mes pieds.

J'eus un mouvement de recul immédiat. Puis, levant les yeux vers le fond du corridor, je distinguai nettement la forme de Bran, allongé devant la porte de la chambre de son maître. « Ainsi, ce n'est pas mon mari qui est avec elle », conclus-je aussitôt. J'eus une moue de dégoût face à ma réaction. Je me sentais dans la peau d'une espionne, et cela m'affligea. Je tournai les talons et poursuivis mon ascension vers ma chambre.

Je passai une nuit mouvementée, peuplée de rêves confus, et je m'éveillai le lendemain dans un état de fatigue épouvantable. Màiri m'en fit la remarque quand elle me peigna les cheveux avant de les placer dans une résille de perles :

« Vous n'avez pas bien dormi, ma dame. Êtes-vous souffrante ?

– Je suis lasse, c'est vrai, mais je vais bien, Màiri, lui répondis-je. Je serais heureuse que tu prennes Ceit avec toi, aujourd'hui. Elle va s'ennuyer de moi. Je dois partir pour le château de mes parents avec mon frère et je vais y séjourner quelque temps. Nellie s'occupera de mes bagages aujourd'hui.

– Vous nous quittez ? Aujourd'hui même ? s'exclama-t-elle.

– Ma mère est malade et mon frère pense qu'elle a besoin de moi. Je serai certainement revenue à Mallaig pour le Calluinn*. »

Je vis à son air effaré que ce projet de voyage lui apparaissait tout à fait extraordinaire. Sur le coup, je ne compris pas pourquoi mais, quand le sujet fut abordé en présence de mon mari une heure plus tard, j'en saisis toutes les implications.

Bran était couché devant la porte du bureau. Il ne leva pas la tête à mon arrivée, se contentant d'un regard doux et d'un battement de queue. Quand j'entrai dans la pièce, mon mari y était déjà avec mon frère. Au premier coup d'œil, je sus que quelque chose n'allait pas. Iain me reçut sèchement, sans se lever de son siège, et me parla en gaélique :

---

* Le Calluinn (mot gaélique) : le jour de l'An. À cette époque, en Écosse, l'année débutait le 25 mars.

« Vous voilà, ma dame ! J'apprends de la bouche de votre frère que vous partez pour Crathes ! J'imagine que vous vous proposiez de me consulter ce matin là-dessus ?

— En effet, mon seigneur, lui dis-je d'un ton peu assuré en prenant place à la table de travail. Ma famille me manque beaucoup et ma mère est souffrante. Vous n'avez pas vraiment besoin de moi dans les prochaines semaines et je suis persuadée que quelques-unes suffiront pour nous rassurer, elle et moi, sur son état de santé.

— Chère sœur, intervint Daren, ne pourrions-nous pas discuter en scot ? »

Je vis Iain serrer les poings sur les appuie-bras de son fauteuil. Il se tourna lentement vers mon frère et lui répondit en scot, sur un ton qui n'admettait pas de réplique :

« Je parle à mon épouse dans la langue qui me convient. Son projet de voyage ne vous concerne qu'à titre d'escorte potentielle. Je vous ferai savoir quand nous traiterons de vos affaires dans les Grampians. »

Il se tut, avec le désir évident que mon frère quitte la pièce. J'étais paralysée par l'émoi. J'eus soudainement très chaud. La tension extrême qui flottait dans l'air devenu irrespirable m'écrasait. Je commençai à trembler légèrement, de fatigue, d'énervement ou d'appréhension, je n'aurais su le dire. De tout cela à la fois, sans doute. Mon frère s'en aperçut et il s'enfonça dans son fauteuil, ramenant les bras sur son ventre, avec l'attitude de celui qui va s'engager dans une longue discussion. Je l'entendis alors, épouvantée, tenir tête à mon mari, lui demandant s'il était dans ses habitudes de terroriser son épouse, de la blesser par arme, de la négliger.

Cette dernière insinuation me fit lever d'un bond. Iain réagit également. Il quitta son siège, marcha sur mon frère, l'empoigna par les revers de son surtout et le souleva de terre comme s'il eût été un enfant. Il lui ordonna de quitter la pièce avec une telle violence que Daren en fut saisi. Iain me faisait dos, mais j'imaginais assez bien le visage qu'il devait avoir en disant cela, et un frisson de panique me parcourut. Je fermai les yeux pour ne pas m'effondrer, priant silencieusement mon frère de ne pas faire de geste irrémédiable. « Pars, murmurai-je, je t'en prie, Daren, sors. Tout de suite ! »

J'entendis un glissement de pas sur le plancher, le bruit de la porte qu'on ouvrait et qu'on refermait. « Daren est sorti », soupirai-je sans ouvrir les yeux. L'instant d'après, je sentis derrière moi mon mari. Il appuya ses mains sur mes épaules pour me faire asseoir. Je me laissai choir sur le banc et posai mes bras croisés sur la table, tête baissée. Il contourna la table et revint prendre place dans son fauteuil, face à moi. Après une longue minute de silence, il m'adressa enfin la parole, d'une voix où vibrait l'effort qu'il faisait pour garder son sang-froid.

« Il est vrai, ma dame, que les événements que nous venons de vivre au château ne nous ont pas beaucoup permis de discuter tous les deux. Je ne sais pas depuis combien de temps vous complotez de partir avec votre frère, mais ce projet ne se réalisera pas. Je ne l'autorise pas. Que votre famille vous manque, je peux le concevoir. Que votre mère soit malade, c'est possible. Qu'elle soit mourante, j'en doute fort. Je ne sais pas qui a fait croire à votre frère que je vous maltraite, mais j'espère très sincèrement que ce n'est pas vous. »

Il attendait une réponse de ma part et je le regardai, désemparée. « Comment éteindre la colère chez un homme qui ne souffre pas d'être critiqué ni même contrarié ? » songeai-je. Il me fallait d'abord tenter d'étouffer le ressentiment que j'éprouvais à cause de la façon révoltante dont il avait congédié mon frère. J'essayai moi aussi de maîtriser ma voix pour qu'il ne perçoive pas ma rancœur.

« Mon seigneur, je mentirais en disant que vous me maltraitez. Ici, je jouis de tous les égards dus à une châtelaine. Mon frère est de nature un peu excessive quand il s'agit de choses qui me concernent et je dois beaucoup lui manquer pour qu'il en arrive à tirer de telles conclusions sur ma vie à Mallaig. Aussi, je vous prie de l'excuser. Par ailleurs, je me permets de vous présenter ma demande. J'aimerais beaucoup voir ma mère. La vie est tranquille en cette fin d'hiver et le château ne souffrira pas d'une courte absence de ma part. Mon seigneur, vous venez de perdre votre père et vous devez certainement comprendre le besoin que l'on peut ressentir de son parent. Permettez ce voyage si vous le pouvez...

– Lorsque vous ferez une visite à Crathes, ma dame, je vous y accompagnerai moi-même. Ce sera en voiture l'été, quand les chemins sont secs, ou par bateau, quand les eaux sont libres de glaces. De plus, nous irons avec une très solide escorte, puisque la maison MacNèil est devenue menaçante dans les Highlands en abritant le shérif du roi. Vous avez ma parole que vous irez à Crathes, mais pas en ce moment. Vous êtes requise au château pour me seconder dans la succession au titre de chef de clan.

– Je ne m'étonne pas de votre réponse, mon seigneur, répliquai-je après un moment de silence. Vous arrive-t-il de penser à d'autres personnes qu'à vous-même ici ? Que vous fassiez passer les hommages et les titres avant les devoirs filiaux, ce n'est guère surprenant. Toute ma famille pourrait bien mourir, s'il y a une réception à conduire ici, je serai mise en devoir par vous. D'un autre côté, je ne crois pas que ma sécurité soit menacée au cours d'un tel voyage, car j'estime ne pouvoir être sous meilleure protection qu'avec mon frère et le lieutenant Lennox. Aucune de vos raisons ne justifie votre refus. Seul le manque de considération pour moi vous motive. »

Sur ce, je me levai. Je suffoquais de chagrin, de colère et de mépris. Je n'étais plus maîtresse de moi. Il aurait fallu que je me taise, mais je continuai sur ma lancée :

« Après m'avoir accueillie ici avec dédain et m'avoir infligé toutes vos sautes d'humeur, vous m'utilisez à votre gré pour parfaire votre éducation, tenir vos livres et votre table. Vous me déshonorez avec votre belle-sœur au vu et au su de tous, me privez de toute personne susceptible de m'apporter quelque amitié, insultez mon frère et m'empêchez de revoir les miens en me tenant prisonnière dans vos murs. »

Je me tus, à bout de souffle, fis demi-tour et quittai la pièce sans prendre congé de lui. Mon frère attendait dans le hall avec le chien et fut bien étonné que je ne lui fasse aucun signe avant de me précipiter vers les escaliers. Je disparus ainsi pour le reste de la matinée. Je n'aurais pas dû. À l'heure du repas, Nellie vint me trouver et je vis immédiatement qu'elle avait pleuré. En l'interrogeant, j'appris avec horreur qu'après mon départ mon mari s'était querellé avec mon frère et l'avait chassé du château sans l'autoriser à me faire ses adieux. À mes yeux, il n'y avait pas plus grand affront que l'on pût faire à un membre de ma famille. Je m'effondrai sur mon lit en murmurant :

« Il me déteste et je le déteste. Dieu tout-puissant, vous m'avez donné un homme impossible à aimer !

– Ne dites pas ça, ma chérie, dit Nellie. Il ne faut pas maudire son mari, c'est un péché. »

Je ne sais pas combien de temps nous restâmes prostrées dans les bras l'une de l'autre. En tout cas, nous ne nous présentâmes pas à ce repas du midi dans la grand-salle. Je ne revis pas mon mari au repas suivant, car il avait quitté le château.

Tous les invités venus aux funérailles du seigneur Baltair avaient regagné leurs terres et il ne restait plus que les membres de la famille au château. Les froids de l'hiver avaient cédé la place à une saison de pluies qui mouillaient tout le paysage, agrandissaient les cercles des marais dans la lande et grossissaient le torrent du ruisseau qui cascadait en un bruit assourdissant dans les murs d'enceinte.

L'eau pure qui descendait des montagnes provenait en bonne partie de la fonte des neiges et c'était la meilleure pour la fabrication de la bière, et du uisge-beatha. C'était donc en cette saison-là qu'on les fabriquait et les mettait en tonneaux. Une bonne partie du personnel du magasin et de la tonnellerie était alors requise dans les caves pour procéder au triage des orges et des malts dans les grands bassins de décantation et à la distillation de l'alcool dans les chauffoirs. Le révérend Henriot descendait voir si tout se faisait selon les techniques mises au point dans les abbayes, comme le faisait son prédécesseur, mais les gens de Mallaig connaissaient si bien leur métier qu'il n'avait jamais rien à redire.

« Cette production va devoir être généreuse », pensait le révérend. Le mariage et les funérailles avaient grandement épuisé les réserves de bière, d'hydromel et de uisge-beatha qu'on gardait près de huit ans dans des tonneaux de chêne. Si le fils MacNèil était finalement reconnu chef de clan, ses fonctions au château allaient nécessiter de regarnir le cellier. En effet, le tribunal local, tenu dans la salle d'armes pendant les dernières années actives du chef Baltair MacNèil, avait été un lieu de rassemblement hebdomadaire fréquenté par des serfs, des intendants, des lairds qui venaient demander justice à leur seigneur et à qui on donnait à boire et à manger durant des jours entiers.

Pour le révérend, la perspective d'un va-et-vient des lairds à Mallaig était de nature à le stimuler, car il aimait la compagnie de tous ces petits nobles qui sortaient le château de son isolement. En outre, la reprise d'une vie de clan active allait infailliblement accroître son autorité sur les autres aumôniers. Le révérend Henriot haussa les épaules en remontant du cellier. Il espéra de toutes ses forces que les démarches du fils MacNèil auprès des lairds seraient fructueuses.

Après le départ de Daren Keith, le seigneur Iain n'avait pas voulu se renfermer dans le deuil et avait entrepris de visiter toutes ses terres ainsi que les lairds afin de renouer les liens que son père avait établis avec chacun d'eux. Les lairds, tous plus âgés que le fils Mac-Nèil, accordèrent beaucoup de temps à leurs entretiens et l'écoutèrent avec grand intérêt. Ils reconnurent dans le fils le tempérament et les qualités du père. Ils sentirent surtout le respect et l'amour sincères de Iain Mac-Nèil pour Baltair MacNèil, et cela rendait le fils apte à remplir le rôle qu'il réclamait au sein du clan.

Le jeune seigneur s'était fait accompagner de son cousin et de deux chevaliers dans cette tournée. Dans chaque maison, on lui fit bon accueil et on lui offrit l'hospitalité pour la nuit, si bien qu'il ne revint dormir au château qu'au bout de quatre jours.

Mallaig avait repris sa vie normale. Le shérif Darnley était parti inspecter les livres du côté d'Inverness, profitant de l'escorte du chef Grant, un des derniers invités à quitter Mallaig le jour du départ de Daren Keith. Iain MacNèil avait hâte de retrouver son château. Il devait reconnaître qu'il se sentait plus à l'aise à Mallaig quand le shérif n'y était pas. Il souhaita que le connétable poursuive sa mission vers le nord sans repasser par Mallaig. Cela lui donnerait, pour au moins deux mois, un répit dont il avait grand besoin.

Il n'était pas fier de la façon dont il avait traité son beau-frère, mais l'état d'épuisement dans lequel il était après les funérailles l'avait rendu fragile et esclave de ses impulsions. Il aurait dû ignorer les insinuations et les reproches de Daren Keith comme le lui commandait sa qualité d'hôte. Le seigneur Iain était surtout mécontent d'avoir de nouveau encouru la colère et le mépris de son épouse en provoquant une discussion qu'il aurait dû éviter. Elle aussi avait connu des heures exténuantes durant les jours de funérailles et il ne l'avait pas ménagée au cours de leur dernière conversation. Il souhaita fort que cette séparation de quatre jours eût atténué le ressentiment de Gunelle envers lui. Il soupira de dépit en scrutant l'horizon au sortir de la forêt.

C'était une fin d'après-midi sans nuages. Le vent était frais et constant au fur et à mesure qu'ils avançaient sur la péninsule. Leurs chevaux étaient fourbus, car Iain avait choisi de traverser la partie boisée de sa terre au galop sans un seul arrêt. Il n'était pas d'humeur à essuyer une escarmouche. Leur tournée s'était déroulée sans aucun incident, ce qui était assez étonnant. Dans les Highlands, les semaines séparant le décès d'un chef et la nomination d'un autre étaient habituellement marquées de rixes et de désordres locaux. Ce ne fut pas le cas à la suite du départ de Baltair MacNèil. Tout le clan regrettait son chef en silence, dans l'attente des événements. Personne ne semblait vouloir les provoquer.

Des cinq lairds du clan, un seul avait exprimé le désir de revendiquer le titre de chef. C'était le plus jeune oncle de Iain, Aindreas, du loch Morar. Il possédait plusieurs troupeaux et ses revenus lui permettaient d'habiller et d'armer une demi-douzaine de chevaliers. Cependant, on ne lui faisait pas totalement confiance dans la conduite de ses relations avec les autres clans des Highlands. Il avait demandé à Iain de lui laisser le temps d'y réfléchir davantage avant de prendre une décision.

Iain MacNèil en déduisit qu'il avait monté dans l'estime du clan depuis son mariage. Plus personne ne reparlait de la mort d'Alasdair, et la réception du monarque d'Écosse à Mallaig l'avait haussé au rang de grand chef. Toutefois, le jeune seigneur n'était pas dupe : son épouse y était pour quelque chose dans ce regain d'intérêt pour la renommée du château. C'est ainsi qu'il revenait à Mallaig assuré du serment de quatre des cinq lairds et il avait convenu de les recevoir le soir du Calluinn. Il souhaitait que la cérémonie d'hommage puisse se tenir à ce moment-là, dans douze jours.

En voyant apparaître les tourelles du château au loin, Iain éperonna sa monture et descendit dans la lande à toute allure, suivi de ses hommes. Il avait hâte de revoir son épouse et de tenter de nouer de meilleures relations avec elle. Lorsqu'il entra au château, elle ne s'y trouvait pas. Il apprit d'Anna que dame Gunelle était sortie sur la plage avec Màiri et la petite Ceit en début d'après-midi. Iain sursauta à cette nouvelle :

« Sans escorte, Anna ?

– Non, mon seigneur. En fait, votre épouse voulait marcher seule, comme elle le fait depuis que vous êtes parti, mais aujourd'hui nous avons insisté pour que Màiri et Ceit l'accompagnent. Elle était très troublée. Je crois qu'elle a reçu des nouvelles navrantes de sa famille par le révérend Raibeart arrivé de Glenfinnan ce matin.

– Où est-il ? » s'enquit aussitôt Iain sur un ton inquiet.

Il le trouva en compagnie du révérend Henriot, qui connaissait déjà la teneur des nouvelles concernant la famille de dame Gunelle. Iain apprit que ce n'était pas de la santé de la mère qu'il s'agissait, mais de celle du fils Daren. En quittant Mallaig, lui, ses gardes et Lennox avaient essuyé une attaque des Cameron dans les Grampians avant d'atteindre le site du chantier. Daren avait été très profondément touché à l'estomac et n'était plus en état de combattre. On l'avait fait porter à Crathes.

« Ainsi, se dit Iain, Gunelle aura su que la sécurité n'est pas assurée dans les Grampians. »

Il était cependant fort contrarié de cette attaque des Cameron et enrageait de ne pouvoir riposter sur-le-champ. Il lui fallait d'abord régler la succession à la tête du clan avant d'entreprendre une telle bataille, car celle-ci nécessiterait la participation des hommes de tous les lairds. Tournant la tête, il vit Anna, qui attendait, anxieuse, la fin de son entretien avec les deux prêtres. Il se leva brusquement, faisant sursauter Bran à ses pieds. Il salua les deux révérends et partit à la rencontre de son épouse sur le littoral. Il remonta en selle et galopa vers le bourg, le grand chien dans son sillage.

Le soleil commençait à disparaître dans la mer, lançant des rayons obliques poudreux de brume. Le vent était tombé. Ceux auprès de qui il s'informa du passage de son épouse ne l'avaient pas revue depuis le début de l'après-midi, au moment où elle se dirigeait avec sa servante et la fillette vers le sud et les grottes. Iain eut alors un pressentiment en regardant la mer et les falaises sud. Son estomac se noua soudain. La marée montait depuis trois heures et, si elles avaient eu le temps d'atteindre la grotte de St. Ninian, elles n'auraient pas le temps d'en sortir avant que l'eau ne les bloque à l'intérieur. Voilà pourquoi on ne les voyait pas revenir.

Il partit au galop sur le sable glacé de la grève qui se rétrécissait à chaque vague. En le voyant détaler, les gens qu'il avait interrogés prirent conscience du danger de la marée et se hâtèrent vers le château pour chercher de l'aide.

Iain dut chevaucher plus haut sur le littoral. La mer avait gagné les rocs et le coupait de l'anse des grottes. Les minutes étaient comptées. Si l'eau avait atteint ce niveau-là près du bourg, il ne devait plus rester que six pieds d'air libre dans les grottes. Il vit soudain, au loin, une femme et une fillette qui venaient à sa rencontre en courant : il reconnut Màiri. « Bon sang, où est Gunelle ? » gémit-il. Il poussa son cheval et les rejoignit dans la même minute.

« Où est ta maîtresse ? » demanda-t-il aussitôt d'une voix tendue.

Màiri était en larmes, elle avait perdu sa coiffe et ses vêtements étaient déchirés. La petite Ceit était trempée jusqu'aux os, les yeux agrandis d'épouvante. Elle s'accrocha à l'encolure du chien qui s'était approché et la léchait.

« Mon seigneur, c'est affreux ! répondit Màiri d'une voix éplorée. Nous avions réussi à grimper sur les rochers quand Ceit a glissé et est tombée à la mer. Dame Gunelle s'est précipitée à l'eau et l'a rattrapée mais, comme elle me la tendait, c'est elle qui a été emportée par la vague. J'ai gardé la main de Ceit, mais j'ai perdu celle de ma maîtresse. Ah ! tout est de ma faute. Je savais qu'il fallait rebrousser chemin avant la marée, mon seigneur. Maintenant, elle est coincée dans la grotte de St. Ninian et elle va se noyer. Je… je suis damnée… »

Iain n'avait pas attendu la fin de l'histoire. Si, par bonheur, Gunelle était parvenue au plafond de la grotte sans être transportée par la vague, il fallait la faire sortir par le haut et atteindre le pic de St. Ninian avant que ce passage ne soit lui aussi coupé par la marée montante.

Le pic était entouré de récifs qui en rendaient impossible l'accès par bateau.

Depuis son enfance, Iain connaissait parfaitement la grotte sous ce pic pour y avoir joué à risquer sa vie avec son frère contre les mouvements de la marée. La paroi nord comportait une ouverture qui débouchait sur le pic, mais celle-ci était souvent obstruée par les débris de mer que les marées y laissaient. S'il pouvait atteindre la plateforme du pic, il retrouverait cette ouverture et pourrait descendre dans la grotte, à la condition qu'elle ne soit pas déjà immergée.

« Dieu tout-puissant, implora-t-il, retenez votre marée, je vous en prie ! Ne reprenez pas Gunelle maintenant ! »

Iain était descendu de cheval, vis-à-vis du pic. Il courut aux rochers couverts d'écume. Trois pointes de rocs noirs qui donnaient accès au pic de St. Ninian étaient encore visibles quand la vague se retirait. Tandis que Bran jappait d'inquiétude, Iain se débarrassa de son claymore et descendit sur le premier rocher, attendit que la mer découvre le deuxième et sauta dessus. Ses pieds glissèrent et il faillit perdre l'équilibre, mais il se rassembla et se projeta sur le troisième avant un nouveau flux. Cette fois, il fallait s'agripper à la roche moussue et s'y maintenir jusqu'à ce que la vague se retire. Il y parvint. Mouillé d'écume et prenant appui sur les parties découvertes de la roche, il se hissa dessus. De là, il put atteindre le pic. Quand il se retourna, il vit la mer couvrir entièrement les trois rochers et le couper totalement du littoral d'où lui parvenait, couvert par le mugissement des flots, le hurlement de son chien.

Il retrouva rapidement le passage entre deux pierres pour pénétrer dans la grotte. Rien ne l'obstruait. L'hiver, les marées charriaient moins de débris. Il se glissa dans l'ouverture et fut aussitôt plongé dans l'obscurité. Le fracas de l'eau contre les parois de la grotte emplissait ses oreilles. Il dut attendre, le cœur battant, que ses yeux s'habituent aux ombres. Peu à peu, il distingua la forme des rochers et le niveau de l'eau : il restait à peine la hauteur de sa taille avant que la mer ne lèche le plafond de la grotte. Il avait calé ses pieds entre les pierres et fouillait la grotte d'un regard désespéré lorsque l'eau se retirait. Enfin, il la vit. D'abord, un amas de vêtements trempés d'où émergeait une longue chevelure flottant au gré des vagues. Elle n'était qu'à une brassée de lui. Il se glissa en hâte sur les pierres jusqu'à elle.

C'est alors qu'il découvrit son visage tuméfié, ses yeux bouffis, ses lèvres entrouvertes. Il la saisit sous les bras et la tira sur les dernières pierres à découvert près du plafond de la grotte. « Dieu tout-puissant, murmura-t-il, dites-moi qu'elle respire ! » Quand il approcha son oreille de sa bouche, il perçut un souffle. Sous l'effet d'une formidable poussée d'énergie, Iain souleva son épouse et la porta hors de la grotte en quelques secondes. Là-haut, il faisait maintenant tout à fait nuit, on ne distinguait plus la côte. Le vent s'était levé et balayait le plateau rocheux que recouvrait une mousse chétive. Il n'y avait nul arbre, nulle roche, nul écran derrière quoi s'abriter du vent. Iain eut un moment de panique en regardant son épouse inconsciente qu'il avait allongée sur le sol, la tête sur ses genoux.

Il lui prit le visage et commença à l'appeler doucement. Elle ouvrit les yeux et les referma aussitôt. Ses joues étaient froides, son front et ses mains aussi. Iain comprit que le sang avait commencé à se figer. Il avait perdu des hommes de cette façon, après un coup de froid dans la mer : le sang se retirait doucement du cœur et ils s'endormaient pour ne plus se réveiller. Il jeta un regard éperdu autour de lui. Rien. Rien pour allumer un feu. Ses vêtements à lui étaient secs et sa pierre à feu aussi, mais il n'y avait rien sur le plateau à brûler. « Si je ne la réchauffe pas, je la perds », se dit-il.

Il défit en hâte son plaid qui lui barrait l'épaule gauche, retira sa veste de cuir, sa tunique et sa chemise. Le torse nu, il entreprit de déshabiller son épouse. Les vêtements trempés collaient à sa peau tendue et ce ne fut pas chose facile que de les lui retirer un à un. Quand elle fut nue, il s'allongea sur le dos à même ses habits secs, la prit dans ses bras et l'appuya sur lui, poitrine contre poitrine. Il l'enveloppa de son plaid de laine et, de ses deux mains fébriles, lui frotta énergiquement le dos, à la hauteur du cœur. Il sentait la tête mouillée de son épouse dans le creux de son cou, son visage froid posé sur son épaule.

« Ma dame, lui souffla-t-il. Parlez-moi. Il faut que vous me parliez. Vous ne devez pas dormir. Dites-moi quelque chose ! »

Il ne supportait pas son silence et il redoubla d'efforts pour la sortir de sa torpeur, répétant son nom désespérément. Il sentit enfin ses lèvres bouger contre sa peau et il l'entendit murmurer faiblement : « Laissez-moi dormir. »

La tête me tournait. Je n'entendais plus le bruit assourdissant des vagues qui me secouaient. Je ne sentais plus l'eau autour de moi. « Où suis-je ? » me demandai-je. Je n'arrivais pas à ouvrir les paupières et je ne sentais pas mes jambes. Je dus faire un effort de concentration pour retrouver la sensation dans mes bras, puis dans mon corps. Je ne sentis pas le poids de mes vêtements trempés qui m'avaient tirée au fond de la grotte. Les avais-je perdus en me noyant ? Je m'entendis appeler. La voix était tout près de moi. Je me concentrai sur cette voix. Je reconnus celle de mon mari qui me suppliait de ne pas dormir.

J'ouvris les yeux. Je ne vis d'abord rien, il faisait nuit là où j'étais. Puis, me revint la perception de la position de mon corps dans l'espace. J'étais étendue contre un corps, peau contre peau, des mains me frictionnaient le dos et la voix de mon mari m'appelait avec insistance, juste au-dessus de ma tête. Il demandait que je lui parle. J'eus soudain conscience que j'étais nue dans ses bras. Je n'étais donc pas morte. J'aurais voulu me dégager, mais aucun membre ne répondait à ma volonté. Je lui dis de me laisser dormir.

« Non, ma dame ! Si vous dormez, vous ne vous réveillerez plus », l'entendis-je me répondre d'une voix étouffée.

Je fermai les yeux d'épuisement. Je n'y pouvais rien. J'étais engourdie de la tête aux pieds. Je le sentis me presser contre lui et m'interdire de nouveau de dormir. Puis, il se mit à me dire des mots en gaélique qu'il me demandait de traduire en scot, puis en français. Je ne répondis pas d'abord mais, comme il insistait, je commençai à traduire lentement les mots qu'il prononçait d'une voix tendue. Ces mots n'avaient aucun rapport les uns avec les autres. Sans cesser de me frictionner, il les dictait un à un, désordonnés, sans suite logique. L'idée que cette façon d'apprendre une langue était très peu efficace me vint à l'esprit, mais je n'avais pas la force de protester et répétais docilement en scot et en français les mots : herbe, pâlir, tourner, tapisserie, poignard, feu, boire, tréteau, épaule, loutre… Lorsqu'une hésitation de ma part installait le silence entre nous, il reprenait le dernier mot en exerçant une pression des mains sur mes omoplates. La chaleur de ses mains sur moi et celle de sa poitrine sous moi me pénétrèrent peu à peu jusqu'au cœur et je me mis à trembler.

« C'est bien, ma dame. Vos réflexes reviennent, l'entendis-je murmurer d'une voix pleine d'espoir. Tremblez, ma dame, tremblez. Je vous tiens bien au chaud.

— Pourrais-je me reposer maintenant ? Je suis fatiguée des leçons de langue, mon seigneur. »

Une de ses mains quitta mon dos et parcourut un à un mes membres frissonnants pour terminer son inspection sur mon visage, qu'elle caressa doucement.

« Oui, ma dame, vous pouvez vous reposer, dit-il d'une voix enjouée. Votre peau redevient chaude. Moi aussi, je suis fatigué du scot et du français. »

Ses mains replacèrent le plaid autour de mes épaules et il enserra mes jambes entre les siennes. Il repassa ses bras autour de moi par-dessus la laine et je sentis sa barbe frotter mes tempes lorsqu'il déposa un baiser sur mes cheveux mouillés. Une étrange sensation de bien-être m'envahit alors et finit par apaiser les frissons qui me parcouraient le corps. J'avais peine à réfléchir à la situation depuis que mon esprit était délivré de l'obligation de traduire. On aurait dit que je sombrais de nouveau. Je sentis le sommeil m'envahir et je ne pus y résister.

Je ne sais combien de temps je restai ainsi endormie contre lui, mais, lorsque je me réveillai, toute ma conscience me revint d'un seul coup. Je redressai la tête, roulai sur le côté et m'assis. Une lune claire se découpait à travers des nuages de brume. Je vis son visage tourné vers moi, souriant. L'air passant sur mon corps découvert me fit frissonner et je m'emparai du plaid avec lequel je me couvris aussitôt. Je lui demandai :

« Où sommes-nous, mon seigneur ? Pourquoi personne ne vient-il nous secourir ?

— Parce que nous sommes isolés du reste du monde pour encore au moins quatre heures, ma dame. La mer nous entoure de toutes parts. Nous sommes sur le pic de St. Ninian, juste au-dessus de la grotte qui vous a engloutie.

— Où sont mes vêtements ? J'ai froid !

— Ils sont ici, ils sèchent. »

Il se leva et me tendit sa tunique :

« Tenez, enfilez ça. Elle vous gardera au chaud. »

Je passai les bras dans la tunique et l'enfilai par-dessus ma tête. Je fis sortir de l'encolure mes cheveux raides de sel. J'effleurai mon visage qui me brûlait. J'avais des boursouflures sur les tempes et une plaie au front. Les rochers ne m'avaient pas épargnée. Toute la scène du sauvetage de Ceit me revint à l'esprit en même temps que celle de ma noyade. Mais je ne m'étais pas noyée. Mon mari m'avait sauvée. Je le regardai, intriguée. Il était assis, les jambes croisées sous lui. Il avait mis sa chemise, qui était restée ouverte sur sa poitrine, et m'observait en silence. Il me tendit sa veste de cuir, mais je la refusai.

« Prenez-la, mon seigneur, lui dis-je. Je vais garder votre plaid.

— Et vous allez revenir dans mes bras », ajouta-t-il en enfilant la veste.

Tremblante, je couvris du plaid mes pieds nus glacés et ramenai mes genoux sous mon menton. Il se déplaça pour s'approcher de moi et me reprit contre lui, m'entourant de ses jambes et de ses bras, de façon à me protéger du vent. J'étais de nouveau secouée de frissons et je n'offris aucune résistance. Je me laissai aller au creux de la chaleur bienfaisante de mon mari, ma tête basculée sur son épaule. Étrangement, nous avions pris la même position que celle dans laquelle nous avions chevauché la veille de Noël, mon dos appuyé sur son torse, ses bras m'encerclant la taille. Ainsi enlacés, nous allions entreprendre la seconde portion de la nuit.

C'est alors que, par-dessus le bruit incessant des flots frappant les parois du pic, j'entendis sa voix grave et douce me parler à l'oreille. Il se reprochait de ne pas m'avoir mise en garde contre les marées dans les grottes, me donnait des nouvelles de Màiri et de Ceit, s'excusait de sa conduite lors de notre dernier entretien, me résumait sa tournée des lairds et me faisait part de son inquiétude à la suite de l'attaque dont mon frère avait été victime dans les Grampians. Je l'écoutais, interdite, s'exprimer comme le plus attentionné des maris et j'étais fascinée par son discours. « Quel est donc ce nouveau Iain MacNèil que je ne connais pas ? » pensai-je.

Quand il se tut, je ne pus retenir un soupir. Il resserra son étreinte et, après un bref silence, me demanda :

« Dites-moi, ma dame, à moins que de vouloir mourir, c'était de la folie de votre part de vous jeter à l'eau pour sauver Ceit. Pourquoi l'avez-vous fait ?

– Mais, mon seigneur, il m'aurait été impossible d'agir autrement ! Sait-on pourquoi on fait certains gestes quand une vie est en danger ? Pourquoi m'avez-vous sauvée, alors ? Par devoir ? Vouliez-vous vous tuer ? »

Je me déplaçai pour voir son visage. Il avait un air grave et le front plissé. Il déclara lentement :

« Je vous ai sauvée parce que je ne voulais pas vous perdre. »

Je soutins son regard. Comme cet aveu semblait lui avoir coûté !

« Je n'ai pas sauvé Ceit pour me perdre, lui dis-je. Si vous me croyez capable d'attenter à ma vie, vous connaissez mal ma foi en Dieu et vous m'offensez. Je ne suis pas heureuse à Mallaig mais, rassurez-vous, je ne me tuerai pas pour cela. »

Sur ce, j'enfouis ma tête dans mes bras croisés sur mes genoux relevés : « Cet homme a le don de me heurter », pensai-je. Je l'entendis murmurer derrière moi :

« Je ne suis pas heureux à Mallaig, moi non plus, mais je le serais si je savais comment vous y rendre heureuse. »

Je relevai la tête et le regardai. Il avait incliné le front et je ne pouvais distinguer ses yeux. Sa silhouette se découpait sur le ciel sombre. Je voyais ses épaules se soulever au rythme lent de sa respiration. Je tournai les yeux vers la mer, mon cœur rempli de désarroi. Je ne comprenais plus rien à cet homme et je le lui dis doucement. Il tendit les bras et me reprit contre lui.

« Je ne comprends pas grand-chose non plus, ma dame, murmura-t-il dans mes cheveux, mais je sais que je suis fatigué de vous faire la guerre et j'abandonne. Désormais, je ne lutte plus contre les sentiments que j'éprouve pour vous. Tant pis si vous devez un jour me rejeter ! »

Cet aveu me prit de court. Mon cœur battait la chamade et j'avais peine à démêler mes propres sentiments. N'avais-je pas détesté cet homme voilà à peine quelques heures ? En trois mois, Iain MacNèil avait fait naître dans mon cœur toute une gamme de sentiments contradictoires, allant de la colère à la confiance, du mépris à la fierté, et voilà que, cette nuit, il voulait y éveiller l'amour. Je ne savais plus où j'en étais. Je fermai les yeux et me blottis au creux de ses bras enveloppants.

Le silence s'installa entre nous, sans que nous en ayons éprouvé de gêne. Nous avions déjà dit beaucoup de choses qu'il nous fallait méditer, l'un comme l'autre. Je me laissai aller à écouter cette mer furieuse qui nous entourait et nous isolait sur le pic de St. Ninian. La marée descendait. Dans quelques heures, nous allions être rendus à nos gens. La mort avait rôdé et n'avait pris personne finalement. « Dieu soit loué ! » pensai-je, épuisée, en m'assoupissant de nouveau.

CHAPITRE VIII

LE VOTE

Tous les habitants du château, de même que ceux du bourg, s'étaient massés sur les rochers afin de voir les chevaliers pénétrer dans la grotte de St. Ninian dès l'aurore, le lendemain. L'inquiétude et la consternation se lisaient sur tous les visages tendus.

La mer s'était complètement retirée des rochers et le vent doux annonçait une belle journée. Bran, qui s'était aventuré dans la grotte à la suite des hommes, poussa soudain un aboiement joyeux répercuté en écho sur les parois rocheuses. Un même soupir de soulagement s'exhala de cinquante poitrines : ils étaient saufs.

Une immense clameur salua la sortie de la grotte du fils MacNèil, son épouse dans les bras. Les femmes du château riaient et pleuraient à la fois. Màiri se précipita à la rencontre de sa maîtresse, suivie plus lourdement par Nellie, le visage ruisselant de larmes. La petite Ceit bondissait d'une pierre à l'autre pour s'approcher de la jeune châtelaine, qui lui tendit les bras dès que son mari l'eut posée par terre dans le sable fin. L'enfant vint s'y blottir en criant de joie.

Le seigneur Tòmas, qui avait accouru vers son cousin, le prit à bras-le-corps dans une accolade affectueuse. Il le regarda dans les yeux, ému, et ne put rien lui dire. Le seigneur Iain lui sourit et lui serra l'épaule. Puis, il jeta un regard circulaire sur la masse des gens attroupés pour assister à son retour et eut une bouffée de reconnaissance plus que de fierté devant tous ces visages ravis. « Pourquoi n'ai-je jamais senti que les gens de Mallaig m'aiment ? » se demanda-t-il. Il se retourna et vit Anna qui hochait la tête dans son désarroi, les yeux rougis. Il alla vers elle, la prit dans ses bras et l'étreignit sur son cœur comme l'eût fait un fils réconfortant sa mère, la gorge nouée.

« Ah ! Anna, ne pleure pas, lui murmura-t-il. Ne sais-tu pas que je te reviens tout le temps ?

— Bien sûr, mon seigneur, que je le sais, répondit-elle en sanglotant, mais dame Gunelle, vous allez finir par la perdre si vous n'y faites pas attention.

— Je vais m'y employer désormais, Anna. C'est promis ! » lui dit-il dans un grand sourire.

Tandis que le jeune seigneur rengainait son claymore qu'un chevalier lui avait tendu, sa belle-sœur lui sauta au cou et l'embrassa goulûment sur la bouche, sous les regards gênés de tous. Agacé, il la repoussa en lui demandant de se contenir. Dame Beathag, qui n'aimait pas voir ses élans arrêtés, se détourna, mécontente, et rejoignit sa suivante en maugréant. Quand toute la compagnie regagna le littoral où attendaient les chevaux et une voiture, elle se rapprocha du seigneur Iain en lui reprochant sa froideur, à portée de voix de dame Gunelle qui venait tout de suite derrière avec Nellie, Màiri et Ceit.

« Vous n'êtes pas très généreux, mon seigneur, lui dit-elle. Vous venez de passer plus de sept heures en tête à tête avec votre épouse. Vous pourriez avoir quelques minutes à m'accorder plutôt que de me tenir à l'écart comme si j'étais une pestiférée.

– Ainsi donc, le shérif Darnley vous manque déjà, très chère ! » lui rétorqua Iain, excédé.

Coupant court à toute forme de discussion, il se retourna vivement, prit les mains de son épouse derrière lui, l'enlaça et la fit monter dans la voiture. Puis, il hissa la petite Ceit à ses côtés et, saisissant les rênes du premier cheval à portée de main, il sauta en selle et fila droit vers le château, Bran à ses trousses. Les autres dames montèrent dans la voiture et le cortège s'ébranla, fermé par les chevaliers sur leurs montures et les habitants du bourg.

C'est ainsi que dame Gunelle rentra à Mallaig, nue dans la tunique de son mari sur laquelle on avait jeté une cape doublée de fourrure. Elle était entourée de sa suite de dames caquetantes de plaisir. Seuls deux yeux vert jade dardaient sur elle un regard meurtrier : dame Beathag n'admettait pas d'être rejetée publiquement.

Toute la journée fut placée sous le signe de la fête au château. Dans la cour où l'on s'entassa rapidement, on ouvrit des tonnelets d'hydromel et de bière sur ordre du jeune maître. On distribua des œufs et des petits pains de seigle et de miel et on alla chercher le joueur de pìob. Les Highlanders tenaient pour miracle toute vie humaine arrachée à la mer, et chaque miracle avait le pouvoir d'effacer un deuil. C'est ainsi que les chants et la musique emplirent l'air de Mallaig jusqu'au soir sans qu'aucun n'y vît offense pour la mémoire du vieux chef Baltair.

Au début de l'après-midi, dame Gunelle descendit dans la cour et se mêla à ses gens en liesse. Elle était reposée. Elle avait été baignée, coiffée et vêtue par ses suivantes, émerveillées de son retour. Un sourire discret illuminait son visage pâle et tuméfié. Le personnel du château et les dames du bourg se pressaient autour d'elle et cherchaient à lui dire mille petites choses gentilles. Elle fut surprise de recevoir tant de témoignages d'amitié. À un moment donné, elle capta le regard dur de dame Beathag et se demanda si l'épouse d'Alasdair avait reçu, en son temps, les hommages de Mallaig.

Gunelle se remémorait le dernier bal auquel elle avait participé lors de son mariage et elle en gardait un souvenir ambivalent. Cette fois-ci, elle eut pour elle toute seule le compagnon de danse le plus convoité, au dire de dame Beathag. Le seigneur Iain mena son épouse d'un quadrille à l'autre avec beaucoup de dextérité et de douceur, lui enseignant avec patience les figures et les pas typiques des Highlands. Il l'entoura d'attentions, lui suggérant tantôt de manger, tantôt de se reposer, tantôt de danser avec lui. Il ne se départit pas un seul instant de son sourire détendu durant toute la fête et un étranger aurait cru que c'était jour de noces en l'observant, son épouse à son bras.

Quand l'après-midi tira à sa fin, que l'air fut devenu trop frais et qu'il ne resta plus que les gens du château et les chevaliers dans la cour, toute la compagnie entra et se rassembla dans la grand-salle autour de l'âtre. Le harpiste et le joueur de pìob exécutèrent une série de ballades et de complaintes auxquelles les femmes prêtèrent leurs voix, et les chants montèrent clairs contre les murs de pierre.

Dame Gunelle s'était assise un peu à l'écart, sur un banc, le dos appuyé à une colonne, la petite Ceit blottie dans ses bras. Rompue de fatigue et de bonheur, la fillette s'était endormie. Le seigneur Iain s'approcha de son épouse et lui prit délicatement l'enfant des bras.

« Elle est trop lourde pour vous, ma dame. Laissez-la-moi », lui dit-il.

Il cala le petit corps chaud au creux de son épaule et s'installa par terre, à côté de dame Gunelle. Il examinait la main menue de l'enfant qu'il caressait d'un pouce ferme. Son épouse le regardait faire, d'un air attendri. Elle fut surprise d'entendre son mari lui déclarer, d'une voix rauque :

« Je ne vous ai pas remerciée, ma dame, d'avoir sauvé ma fille. »

Après un court silence, il ajouta :

« Je sais que cette révélation doit vous surprendre. Un homme n'est jamais enchanté de présenter sa bâtarde à son épouse et je ne suis pas fier de le faire, mais je vous dois la vérité sur moi. »

Regardant son épouse dans les yeux, il poursuivit :

« J'en prends le risque.

– Puis-je demander qui en est la mère ?

– Elle est morte en lui donnant naissance. Ceit ne l'a jamais connue mais porte son nom. C'était une suivante de ma mère. Elle était de quinze ans mon aînée et m'a séduit alors que j'en avais seize, avec l'autorisation de ma mère. »

Dame Gunelle s'était détournée, les lèvres pincées.

« Je puis me taire, ma dame, si vous le voulez. On vous a probablement fait un portrait idyllique de la précédente châtelaine de Mallaig et je risque de l'écorcher si je poursuis.

– Est-il nécessaire pour moi ou pour vous que je sache le reste, mon seigneur ?

– Seulement si vous êtes désireuse de connaître l'homme que vous avez épousé. »

Je ramenai mes yeux sur lui et contemplai l'image toute neuve pour moi du père et de sa fille. Je revis le regard intense de Ceit avec ses yeux bleus, du même bleu que ceux de mon mari et de mon beau-père décédé. « Mon Dieu ! Si mon mari est son père, je suis la mère de ma petite Ceit… », pensai-je. Iain me regardait avec un mélange d'inquiétude et d'espoir. Je soutins son regard et lui répondis :

« Je suis désireuse de connaître l'homme que j'ai épousé. »

Il soupira et reporta ses yeux sur l'enfant endormie. Bran réagit au soupir de son maître en venant poser son museau noir sur sa main qui quitta la fillette pour caresser la tête du chien. L'animal se pelotonna de nouveau contre mon mari et ne bougea plus, comme dans l'attente des confidences qu'il s'apprêtait à faire. D'une voix assourdie, sans me regarder, mais la tête tournée dans ma direction, il se mit à parler :

« Cet été-là, mon père avait commencé mon entraînement de chevalier et je l'accompagnais dans toutes ses sorties. Ma mère recevait beaucoup. Je crois que cette deuxième année d'absence d'Alasdair lui pesait et qu'elle cherchait à s'en distraire. Elle s'était mis dans la tête de réunir à Mallaig une cour d'amour avec les dames des lairds et les chevaliers des Highlands. Lorsque nous étions présents, mon père et moi, nous assistions à ces rencontres. Mon père ne s'y sentait pas très à l'aise, mais il voyait ma mère rayonner dans cet univers et cela lui suffisait. Pour ma part, ces exercices d'amour courtois me mettaient au supplice. Mon manque d'instruction et mon inexpérience des femmes me rendaient maladroit et ridicule, ce dont s'amusait ma mère. Elle en vint à prendre du plaisir à mon embarras et à mes premiers émois d'homme et manigança pour me pousser dans les bras de sa suivante. Je ne sais pas si dame Ceit m'aimait réellement, mais j'ai dû beaucoup lui plaire, car elle ne me tint pas longtemps en haleine. Elle m'enseigna tout ce qu'un homme peut apprendre au lit et je devins son objet exclusif. J'aurais dû m'en ouvrir à mon père à cette époque, mais j'avais peur de ses réactions face au rôle de ma mère dans cette histoire. Au printemps suivant, dame Ceit tomba enceinte. Il était évident pour elle et pour ma mère que j'étais responsable de son état. Les deux femmes m'évitèrent. Dès lors, je fus incapable de rester plus de trois jours consécutifs au château et je participai à tous les tournois qui se tenaient dans les Highlands. Dame Ceit partit pour l'île de Rhum où elle mit au monde sa fille. Ma mère pleura longtemps la mort de sa suivante et m'en voulut amèrement. J'étais complètement perdu et malheureux cet hiver-là et, quand il prit fin avec les fêtes du Calluinn, ma mère m'envoya dans l'île de Rhum chercher l'enfant. Elle s'attacha immédiatement à la petite et m'interdit de la reconnaître pour ma fille. Je respectai son désir et gardai le silence, me faisant croire que l'amour que ma mère portait à ma fille était un peu d'amour pour moi. »

Iain s'était tu depuis un bon moment quand Nellie, qui se retirait pour la nuit, vint chercher Ceit pour la mettre au lit. Mon mari se leva avec l'enfant dans les bras en disant qu'il la porterait lui-même. Se tournant vers moi, il me salua pour la nuit :

« Voilà, ma dame, la triste histoire de la venue au monde de votre petite Ceit et celle, plus pitoyable, de la débauche de son père. Je vous remercie de m'avoir écouté et je vous souhaite une bonne nuit.

— Bonne nuit, mon seigneur », lui répondis-je, émue.

Je le regardai sortir de la salle à pas lents, son doux fardeau dans les bras. Je regagnai ma chambre peu de temps après, refusant les services de Màiri pour la toilette de nuit. Je désirais ardemment être seule.

J'entrai dans ma chambre comme si j'y pénétrais pour la première fois et j'y vis la chambre de Lite Mac-Nèil. Je marchai lentement dans la pièce avant de me décider à me dévêtir. Les sujets des tapisseries, la couleur des courtines, le cadre sculpté du miroir sur pied : tout détail, lourd ou discret, dans cette chambre me parut parler d'amour courtois.

Je me sentis tout à coup mal à l'aise. « Ainsi, des mères peuvent pousser à la débauche leur propre fils ? » songeai-je. Combien d'autres révélations semblables me restait-il à entendre de la bouche de mon mari ? Quelque chose me dit que cet épisode n'était que le premier d'une série et que Iain ne s'offrirait à moi qu'une fois qu'il m'aurait dévoilé ce qu'il estimait bon que je sache avant de l'accepter. Cette réflexion me serra le cœur. Me remontèrent alors à la mémoire des paroles qu'il avait prononcées sur le pic de St. Ninian : « Tant pis si un jour vous devez me rejeter. »

Les jours qui suivirent baignèrent dans le calme d'après-drame. Mon visage guérissait rapidement et j'étais portée par de nouvelles forces. Les travaux au cellier tiraient à leur fin et je vis le révérend Henriot et les ouvriers retourner les uns après les autres à leurs tâches habituelles. Dame Beathag et Finella venaient de retirer de leur métier à tisser la plus grande pièce d'étoffe à être produite au château, que j'allai admirer sur leurs instances. Le temps fort doux avait réveillé le jardin que Nellie, qui avait de solides notions de jardinage, entreprit de biner avec l'aide de la petite Ceit. Enfin, j'avais commencé aux cuisines, avec Anna et les domestiques, les préparatifs en vue de la grande fête du Calluinn.

Pour Iain, deux engagements arrivaient à échéance le 25 mars : la cérémonie de l'hommage au nouveau chef de clan et la fin de ses leçons de scot, d'écriture et de lecture. Comme Iain n'avait aucune démarche à faire concernant la succession au titre de chef sinon d'attendre la décision de son oncle Aindreas, il mit les bouchées doubles pour parfaire son instruction. Il me demanda d'y consacrer des journées entières jusqu'au 25 mars au lieu des leçons de demi-journée que nous avions adoptées avant la mort du seigneur Baltair. C'est ainsi que nous reprîmes chaque matin notre travail dans la chambre d'Alasdair, jusqu'à la fin de l'après-midi. Il nous arrivait souvent de dîner sur place d'une collation que nous faisait monter Anna.

Le temps était exceptionnellement doux et le soleil chauffait la pièce à travers les fenêtres, de sorte que nous n'avions plus besoin d'y allumer du feu. Iain y travaillait souvent en chemise de lin, manches retroussées, incapable de supporter plaid et tunique de laine sur lui. Je me surprenais alors à contempler ses larges épaules, son dos et ses bras musclés lorsqu'il était penché sur une feuille, plume à la main. Je découvris que cette exploration, avec les yeux, du corps de mon mari me troublait.

Un matin, au sortir de l'office, Iain fut appelé sur ses terres pour régler un différend entre serfs. Il s'excusa auprès de moi et partit avec Tòmas et quatre hommes. Désœuvrée, j'allai prêter mon concours aux cuisines et y passai le reste de la matinée. À la fin du dîner, mon mari n'était pas encore rentré et j'appris que sept autres hommes d'armes avaient été demandés en renfort, car la situation qu'il était parti régler le matin avait dégénéré en bataille. Je me retrouvai seule à table avec dame Beathag qui, profitant de mon anxiété, entreprit de se moquer de moi, sous prétexte de me rassurer :

« Chère Gunelle, ne vous en faites pas. Ce n'est qu'une escarmouche de plus. Il vous reviendra sain et sauf, comme il le fait toujours. Mon beau-frère n'est pas tuable, ni sur un champ de bataille ni au lit. »

Voyant mon embarras, elle poursuivit :

« Oh ! il est vrai que vous ignorez tout sur ce dernier point. Évidemment, je ne vous apprends rien en vous disant que je connais fort bien Iain dans ce domaine. Je pourrais vous indiquer ses préférences, au cas où il vous arriverait d'avoir à en faire usage… »

Je m'étais levée, rouge de confusion et de colère, avec la nette intention de faire taire au plus vite ce perfide commérage, mais dame Beathag ne l'entendit pas de cette façon et tint à me faire étalage de la connaissance intime qu'elle avait de mon mari. Elle m'agrippa le bras et me força à me rasseoir. Comme elle était beaucoup plus grande et plus forte que moi, je ne pouvais me dégager sans avoir à la bousculer. Au même moment, quelqu'un entra dans la salle pour je ne sais quelle raison, puis en ressortit aussitôt. Je me sentis piégée. Si je voulais me libérer de Beathag, j'aurais à faire un tapage qui ameuterait les domestiques, ce que mon rôle de châtelaine m'interdisait. Je demeurai donc là où j'étais et m'armai de patience en tâchant de rester maîtresse de mes émotions.

« Petite curieuse, va ! minauda-t-elle en remarquant que je ne résistais pas.

— Je n'ai pas ce genre de curiosité dont vous semblez vous délecter, lui rétorquai-je. Ce que vous faites dans votre lit est votre affaire et je ne veux pas le savoir. Je voudrais que vous n'oubliiez pas que votre beau-frère est marié. S'il est encore votre amant, cet état de fait ne pourra durer éternellement. Alors, gardez donc pour vous les détails de vos débauches.

— Je crois, chère Gunelle, que vous ne saisissez pas bien le pouvoir limité d'une épouse sur un mari highlander. Le caractère de nos hommes du Nord se résume à deux choses : leur virilité et leur indépendance. Si vous ne pouvez satisfaire la première, vous allez à coup sûr pâtir de la deuxième ! Iain est un homme généreux et exigeant au lit. Il ne connaît jamais de longues périodes d'oisiveté et on ne s'ennuie pas avec lui. Encore la nuit dernière, j'ai eu le plaisir de mordre son cou tendu de désir. »

Je ne pus supporter d'en entendre davantage et je me précipitai hors de la salle, le bruit de mes souliers couvert par son rire cristallin. Je sortis du château par la première porte et courus me réfugier sur les remparts. Je mis longtemps à me calmer. En fait, j'y passai presque toute l'après-midi.

La brume avait envahi la lande. Aucune brise ne venait de la mer pour la chasser. Le paysage était immobile, comme suspendu entre ciel et terre. Le temps sentait l'orage. Mes yeux n'avaient rien à contempler et je dus les tourner à l'intérieur de moi-même pour examiner les sentiments contradictoires qui s'y bousculaient.

Je songeais avec dépit que je ne savais à peu près rien des relations de mon mari avec sa belle-sœur. Mon instinct me disait que, depuis l'incident du pic de St. Ninian, Iain n'avait pas touché Beathag, mais quelle assurance de lui en avais-je ? Aucune, bien sûr. Que se passait-il, la nuit, dans l'aile où ils avaient leurs chambres ? Avec le dernier aveu de Beathag, j'allais tourner et retourner à loisir dans ma tête cette question torturante.

Malgré ma grande ignorance en matière de relations intimes entre hommes et femmes, je ne pouvais souscrire à la description limitative de Beathag du caractère des maris highlanders. Ne se passait-il rien d'autre entre les époux que des échanges charnels ? Je me rappelai le « sale vipère » qu'un jour Iain avait lancé à Beathag. « Les vipères mordent », m'entendis-je murmurer.

La fin de la bataille fut noyée dans un formidable orage. Des torrents d'eau tombaient du ciel noir et aveuglaient les combattants. Le seigneur Iain et ses compagnons interrompirent les hostilités d'un commun accord avec leurs assaillants. Il leur arrivait souvent de lancer une escarmouche sans grand motif et d'y mettre un terme sans meilleures raisons. « Pour garder la forme ! » disait alors Iain à ses hommes. Cette bataille avait été une de celles-là. Un petit vol de bétail entre les serfs de son clan et ceux du clan voisin. Deux bêtes à cornes. Rien qui nécessitât l'envoi d'une troupe d'une douzaine d'hommes armés, mais, si l'on envisageait la chose du point de vue de l'exercice, la bataille avait été salutaire, voire agréable. Personne n'avait été grièvement blessé. Aucune injure ni menace n'avait été proférée, chacun reprenait son bien et rentrait chez lui se faire sécher.

Iain rengaina son claymore, monta en selle et s'étira voluptueusement sous l'eau de pluie. Voilà près d'une semaine qu'il n'avait pas chevauché et un mois qu'il ne s'était pas battu. Comme il passait de longues heures courbé au-dessus de la table de travail, ses muscles s'étaient engourdis et cette expédition lui avait fait le plus grand bien. Il sourit à ses hommes qui, visiblement, en avaient tiré le même bénéfice que lui. La petite troupe quitta le champ de bataille devenu un véritable marécage et fila vers Mallaig.

Il faisait bien sombre dans le donjon à son arrivée. Iain alluma toutes les torches sur son passage. Dégoulinant de boue et d'eau, il grimpa directement à sa chambre en demandant à un domestique de monter de l'eau chaude pour un bain. Dès que le bain fut prêt, il s'y glissa avec délices et ferma les yeux de satisfaction, le sourire aux lèvres. Il ne vit pas dame Beathag entrer.

« Vous semblez bien heureux, mon seigneur, dit-elle. Cela s'est passé à votre goût dans la lande, on dirait.

— Pas trop mal », lui répondit-il en refermant les yeux.

Beathag tournait silencieusement autour de la baignoire, contemplant son beau-frère d'un air avide. Quand elle fut derrière lui, elle se pencha sur sa tête, passa les bras par-dessus ses épaules et plongea les mains dans l'eau, à la hauteur du ventre. Iain eut un sursaut et se redressa.

« Il y a longtemps, ce me semble, que je ne vous ai donné votre bain. Laissez-moi faire, mon seigneur, vous ne le regretterez pas », lui offrit-elle sur un ton mielleux.

Accompagnant l'offre d'un geste, elle posa les mains sur les épaules de Iain, qu'elle se mit à masser doucement. Puis, l'embrassant dans le cou, elle fit rapidement descendre ses doigts sur le torse. Elle allait poursuivre plus bas quand Iain l'arrêta en lui saisissant les poignets.

« Je préférerais que tu n'en fasses rien. Je vais me débrouiller tout seul.

— Et la nuit, Iain, est-ce que tu te débrouilles tout seul avec cela ? lui dit-elle en désignant son sexe en érection.

— Sors d'ici immédiatement ou je te mets à la porte moi-même ! cria-t-il.

— Mon seigneur ! Que vous voilà violent ! Avez-vous peur que votre irréprochable petite femme s'amène constater les dégâts causés par la bataille d'aujourd'hui ? J'en serais fort étonnée après toute l'assurance que je lui ai donnée sur vos différentes prouesses… »

Iain bondit hors du bain et s'empara d'un linge, le regard noir de colère.

« Bon sang, Beathag, laisse Gunelle tranquille ! Elle n'a rien à voir avec tes sottises.

— Avec NOS sottises, veux-tu dire. Non, je t'assure, elle s'est montrée assez intéressée. Mais tu auras beaucoup à faire avec elle avant qu'elle puisse te satisfaire au lit. Elle n'a pas la moindre idée de ce qui te fait gémir… sauf peut-être ceci. »

En disant cela, Beathag saisit les épaules nues de son beau-frère et le mordit à la naissance du cou. « C'est un truc que je lui ai donné », lança-t-elle avant de sortir précipitamment de la chambre. Iain n'eut pas le temps de réagir. Il porta la main à son cou où les dents de sa belle-sœur avaient laissé des marques.

Quand Iain s'assit à table ce soir-là, il comprit que la discussion de la journée entre son épouse et sa belle-sœur avait fait des ravages. Gunelle ne participait à aucune conversation, ne levait pour ainsi dire pas le nez de son pain et, ce qui l'alarmait par-dessus tout, évitait son regard. En revanche, Beathag babillait sans arrêt et affichait ce petit air victorieux qui avait le don de le mettre en rogne. Il aurait souhaité être seul avec Gunelle et se promit de l'amener marcher sur le chemin de ronde sitôt le repas terminé. Le temps était venu de lui parler de ses relations avec Beathag et, sur ce point, son honneur était sérieusement entaché. Il poussa un profond soupir et croisa à cet instant les yeux de son épouse. Il y lut de la suspicion. Il baissa la tête le premier. « La partie n'est pas gagnée », se dit-il.

Le repas terminé, alors que dame Gunelle se dirigeait vers les fauteuils qui se trouvaient près des musiciens, elle sentit son mari se placer à son côté. Elle leva les yeux sur lui. Il avait un air inquiet et elle perçut une supplication dans sa voix quand il lui demanda de l'accompagner pour une promenade sur les remparts. Elle acquiesça et il lui prit la main pour sortir de la salle.

La pluie avait cessé. Le vent était léger et l'air sentait la bruyère mouillée, les marais et le varech. L'orage avait formé des centaines de rigoles qui serpentaient dans la lande, et les derniers rayons du soleil les faisaient briller au loin. Les époux marchèrent plusieurs minutes en silence, précédés d'un Bran gambadant, heureux de cette promenade inespérée. Gunelle avait posé sa main sur le bras que son mari lui avait offert et gardait les yeux fixés sur l'horizon. Sans échanger une seule parole, ils atteignirent le parapet qui donnait vue sur le bourg et la mer. Gunelle lâcha le bras de son mari et alla s'appuyer contre la pierre. Elle avança le visage dans un créneau. Son mari prit place à ses côtés et, d'une voix calme, lui dévoila un autre épisode de sa vie :

« Ma dame, lui dit-il, je crois que ma belle-sœur vous a tenu aujourd'hui des propos que vous auriez préféré ne pas entendre. Je la connais assez pour me douter qu'ils étaient déplacés. Cependant, je serais malhonnête de prétendre qu'ils étaient dénués de tout fondement…

— Mon seigneur, l'interrompit-elle, ce qu'elle fait avec vous ou ce qu'elle fait de vous regarde votre conscience. Je ne suis pas différente des autres épouses et ne vous oblige pas à justifier votre conduite.

— Vous ne m'obligez à rien, ma dame. C'est moi qui désire m'expliquer. J'ai décidé de me montrer tel que je suis à celle que je veux mériter. »

Gunelle sortit la tête du créneau et dévisagea son mari. Elle le regarda longtemps, sans colère ni mépris. Elle vit un homme à découvert. Un homme courageux. Il lui fallait faire preuve du même courage et écouter une autre confession.

« Je vous écoute, mon seigneur », lui dit-elle simplement.

Iain lui offrit de nouveau le bras et ils reprirent leur marche lente sur les remparts battus par un vent de printemps.

« J'ai connu Beathag MacDougall lors d'un tournoi dans les îles, l'année qui a précédé le retour de mon frère à Mallaig. Elle avait décidé de jeter son dévolu sur le champion du concours et ce fut moi. Je suis tombé amoureux d'elle, comme on peut l'être à dix-sept ans. Je fus rappelé à Mallaig par mon père et ne la revis que l'été suivant quand je retournai dans les îles avec mon frère. Elle fut immédiatement séduite par lui. Pourquoi se contenter du cadet quand on peut avoir l'héritier MacNèil ? Ils se sont mariés en automne et, blessé dans mon amour-propre, j'ai fui Mallaig durant presque une année entière. Je rencontrais mon frère un peu partout dans les Highlands, dans des tournois où les fils MacNèil avaient la cote auprès des hérauts et des spectateurs pour les combats en équipe. Beathag ne l'accompagnait jamais. Après la mort de mon frère, j'ai dû revenir au château où je constatai une affliction plus grande chez ma mère que chez ma belle-sœur. Beathag décida de me prendre dans son lit pour se consoler. J'avoue que je n'ai pas hésité à faire d'elle ma maîtresse. Je l'ai fait autant pour me venger de mon frère que pour blesser ma mère, mais je n'ai réussi ni l'un ni l'autre.

« — Étiez-vous encore amoureux d'elle ? lui demanda Gunelle.

— Avec Beathag, répondit-il, le cœur d'un homme n'est pas sollicité. Ce n'est pas ça qui l'intéresse. Elle est incapable d'exclusivité. Cette liaison nous convenait à tous les deux et elle a duré cinq ans. »

Iain s'était arrêté pour prononcer ces derniers mots et regardait son épouse dans les yeux. Il y lut une interrogation muette qui lui donna espoir. Lui prenant la main droite, il parcourut d'un doigt la longue cicatrice rose et lui dit :

« J'ai renoncé à Beathag le jour où je vous ai fait ça.

— Mon seigneur, lui demanda-t-elle, embarrassée, que voulez-vous dire par renoncer ? »

La question surprit Iain. Une vague appréhension lui traversa l'esprit. Que lui avait raconté Beathag exactement ? Devait-il se défendre d'une accusation ? Laquelle ?

« Je veux dire que je n'ai pas touché ma belle-sœur depuis ce jour, ma dame. Avez-vous des informations contraires ?

— Oui, mon seigneur. Votre belle-sœur m'a rapporté que vous étiez dans son lit la nuit dernière et que vous portez à votre cou la marque de vos ébats. »

Iain lâcha un juron et pivota sur lui-même, les bras ballants, la tête renversée, dans une attitude d'impuissance. « C'était donc ça ! » pensa-t-il. Il se planta devant son épouse, qui soutint son regard dans l'attente d'un démenti. D'un geste brusque, il dégagea son plaid, défit le col de sa veste et ouvrit sa chemise tout en expliquant d'une voix tendue :

« J'ai bien une marque au cou. Elle ne date pas d'hier mais de tout à l'heure et ce n'est pas le genre de marque que ma belle-sœur a dû vous décrire. »

Gunelle regardait, figée, le cou dénudé de son mari. La morsure, toute rouge, était imprimée sur la peau à la jonction du cou et de l'épaule. Elle ferma les yeux et lui dit durement :

« Dites-moi donc de quel genre de marque il s'agit, mon seigneur. Je suis si ignorante de ces choses…

– Bon sang ! ma dame, croyez-vous que j'aurais accepté cette caresse si c'en avait été une ? Beathag est venue me trouver dans ma chambre alors que je venais d'arriver de la lande et que je prenais un bain. Je ne nierai pas qu'elle avait l'intention de se donner à moi, mais je ne l'ai pas prise. Elle m'a mordu pour me punir et pour vous punir d'être celle pour qui je la délaisse. »

Je sentis mon cœur bondir dans ma poitrine comme s'il avait voulu en sortir. Avais-je le droit de douter, ne serait-ce qu'une seconde, de ce que me relatait mon mari ? Tout dans son attitude me criait sa sincérité. Je me rendis compte que j'éprouvais un réel besoin de le croire. Oui, je désirais ardemment que Iain mette fin à ses rapports intimes avec sa belle-sœur. Si ce qu'il disait d'elle était vrai, nous avions certainement une ennemie dans le château. Cette femme était capable de bien des bassesses pour arriver à ses fins, et je me demandais si j'étais capable de l'affronter. Le désir que mon mari la chasse du château m'effleura.

Iain dut s'inquiéter du silence qui suivit son explication, car il me demanda d'un ton anxieux s'il avait ma confiance. Dans un geste spontané qui m'étonna moi-même, je me blottis sur sa poitrine et lui répondis par l'affirmative. Il me pressa dans ses bras en soupirant de soulagement.

« Merci, ma dame », me dit-il.

Quand nous regagnâmes la grand-salle, je surpris le regard de Beathag sur le col ouvert de mon mari. Je dus sourire, car elle me gratifia d'un rictus figé. Je crois que cet échange muet n'échappa pas à Iain puisqu'il accentua la pression de ses doigts autour de ma main. Je me sentis rougir aussitôt et répondis à son signe de la même façon. « Non, pensai-je, je n'ai rien à craindre de Beathag MacDougall. Mon mari a fait son choix. »

Le lendemain, il arriva une missive de Crathes : les premières nouvelles écrites de ma famille. Elle était adressée à mon mari et signée de mon père. J'en pris donc connaissance en présence de Iain dans le bureau. Mes mains tremblaient d'excitation en manipulant la feuille raide d'humidité. Le cachet, tout à fait semblable à celui des MacNèil à cause de la similitude de nos armoiries, me donnait la sensation étrange d'ouvrir un courrier qui ne m'était pas destiné. Je tendis la lettre à mon mari sans l'avoir lue :

« Voici un exercice de lecture en scot, mon seigneur. L'écriture est belle et facile à déchiffrer. Dites-moi si vous voulez le faire.

– Êtes-vous si peu avide d'en connaître le contenu que vous ne vouliez la lire d'abord ? Ce peut être long avant que vous ne la repreniez.

– Mon seigneur, j'ai évidemment grand-hâte de savoir ce que raconte mon père, mais cette lettre vous est adressée à vous, non pas à moi. Comme vous comprenez le scot et que vous savez lire maintenant, il vous appartient d'être le premier à prendre connaissance de votre courrier. »

Sans ajouter un mot, il se plongea dans la lecture de la missive. Je fis quelques pas dans le bureau pour calmer mon impatience. Pour nous être parvenue à cette date, la lettre devait avoir été écrite dans les jours qui avaient suivi le retour de mon frère Daren à Crathes. Il y était certainement question de son état de santé et de celui de ma mère. Mais le fait que la lettre était adressée à Iain laissait supposer qu'il y avait autre chose. Je fus tirée de mes pensées par un formidable coup de poing sur la table. Je me retournai vivement et vis deux yeux bleus me fixer avec fureur. Mon sang se figea dans mes veines.

« Dites-moi, ma dame, souhaitez-vous demander une annulation de notre mariage par l'entremise de votre oncle Carmichael, évêque d'Orléans ? »

J'étais sidérée. Qu'est-ce que mon père tramait pour écrire une telle chose ? Je vins m'asseoir en face de Iain et plantai mon regard dans le sien.

« Non, mon seigneur. Je n'y ai même jamais pensé », lui répliquai-je calmement.

La colère le quitta comme elle l'avait gagné. Il me tendit la lettre sans dire un mot. Je la lui pris des mains et la lus, me forçant au calme. À la lecture, j'en éprouvai aussitôt de la honte. Mon père enjoignait à mon mari de fournir une garde de vingt hommes sur le chantier de coupe, faute de quoi il interrompait paiements et travaux. Il exigeait en outre l'annulation de notre mariage pour non-consommation. Aucune nouvelle de l'état de santé de mon frère ni de ma mère. Il s'agissait d'une sommation pure et simple, probablement faite sous l'empire de la peur ou de la colère. J'étais consternée, et mon mari le vit lorsque je posai les yeux sur lui. Il prit la lettre de mes mains, qu'il garda un instant dans les siennes. Puis, il se leva et arpenta le bureau.

« Nous allons maintenant avoir un exercice d'écriture en scot, ma dame, me dit-il.

– Qu'avez-vous l'intention de faire, mon seigneur ?

– Pour la garde du chantier ou pour la consommation de notre union ? »

Je me sentis rougir et baissai les yeux. Je pestai intérieurement contre ma réaction. Décidément, cette question me mettait toujours mal à l'aise. J'en voulus à mes années de couvent qui m'avaient tenue dans l'ignorance de cet aspect de la vie, et aussi à ma mère qui n'avait pas pris le temps d'y remédier. Je vis Iain tirer près du mien un tabouret rond. Il y prit place, m'entoura les épaules de son bras et me dit en fixant mon visage :

« Ma dame, je vais répondre à la question du chantier. L'autre ne concerne que nous. Êtes-vous d'accord ?

– Certes », murmurai-je.

Il se releva, alla chercher papier et encre et s'installa en face de moi à la table. Je le vis s'appliquer comme durant nos leçons. Ses doigts gourds, peu habitués aux mouvements demandant finesse et précision, traçaient avec lenteur les lignes et les courbes de chaque lettre. Je ne pus m'empêcher de sourire à cet homme qui avait tant appris en quelques semaines, passant de l'ignorance à l'instruction comme un paysage passe de l'ombre à la lumière selon le déplacement d'un nuage. J'étais si fière de lui. Ce fut à cet instant que je m'aperçus que je pourrais l'aimer.

Quand il eut fini, il me tendit sa feuille avec un sourire complice. Je la pris en lui rendant son sourire. Avant d'en faire lecture, je le félicitai pour sa calligraphie et cela le fit éclater de rire. Je pris donc connaissance de sa réponse à mon père dans une atmosphère parfaitement détendue, contrastant avec celle dans laquelle mon mari avait lu la lettre de mon père quelques minutes plus tôt.

Dans le style très direct des Highlanders, Iain garantissait à Nathaniel Keith que l'ordre régnerait sur ses terres des Grampians, comme sur toutes les autres de son domaine. Qu'il jugerait lui-même de la pertinence d'une garde sur le chantier et déciderait du nombre d'hommes à y affecter, le cas échéant. Il s'informait de l'état de santé de Daren et de ma mère. Et il terminait sur cette phrase énigmatique : « Votre fille vous avisera elle-même lorsqu'un héritier MacNèil sera attendu. » Levant les yeux de la feuille, je croisai son regard, où je lus de la tendresse.

La passation du titre de chef de clan avait toujours lieu au château du dernier chef, à la date choisie par le successeur naturel. Iain MacNèil attendit jusqu'à la veille du Calluinn la réponse de son oncle Aindreas. Ce dernier se présenta tard dans la soirée avec épouse et chevaliers.

Les deux hommes s'isolèrent dans la salle d'armes, où, quel que soit le chef choisi, la cérémonie de l'hommage devait se dérouler le lendemain matin. Après deux heures de discussion, Iain se retrouva dans une impasse. Au cours des derniers jours, son oncle avait réveillé le spectre du décès d'Alasdair auprès des quatre autres lairds. Les perspectives d'appui de ceux-ci à la candidature de Iain n'étaient plus aussi bonnes. En outre, Aindreas lui offrait de partager les responsabilités liées au titre de chef du clan s'il se ralliait à lui. « Ainsi, songea Iain avec amertume, Alasdair ne me laissera jamais une place. »

« Je ne peux me rallier à vous, mon oncle, lui répondit Iain. Je ne crois pas dans vos capacités de chef, même avec un fardeau allégé. Mon père était l'aîné, vous, le cadet. Je sais ce que c'est que d'être deuxième : cela développe des qualités de chef ou cela les tue. Moi, je les ai développées. Pas vous.

– Il y a une autre façon de passer du second au premier rang dans une famille. C'est d'éliminer celui qui occupe le premier rang, lui rétorqua Aindreas. Vois-tu, mon neveu, la différence entre toi et moi, c'est que je n'ai jamais détesté ton père comme toi tu as détesté ouvertement ton frère. Et c'est ça le plus important pour tenir un clan uni. Parce que le clan, c'est d'abord une famille. Voilà la première chose que Baltair aurait dû t'enseigner avant de te donner un claymore. »

Quand son oncle se leva pour prendre congé, Iain lui rappela qu'il n'avait pas tué son frère Alasdair, mais ses paroles tombèrent dans la salle d'armes comme des coquilles vides hantées par d'anciens vents. Il monta se coucher, le cœur dur comme une pierre et l'estomac noué.

Élevés comme des rivaux pendant toute leur enfance, les fils MacNèil n'avaient pas appris à s'aimer. Quand Iain se fit ravir Beathag MacDougall par son frère, les animosités accumulées se transformèrent en véritable haine. Le seigneur Alasdair, jaloux de la supériorité de son frère aux armes et de la notoriété que ses victoires spectaculaires lui avaient donnée, eut soin d'entretenir son ressentiment. Le cadet finit par ne plus pouvoir revenir à de meilleurs sentiments. Les combats d'équipe auxquels ils participèrent ensuite prirent l'allure de duels entre frères par adversaires interposés. Iain se chargeait du plus coriace des deux rivaux et laissait l'autre à Alasdair. Lorsque le combat au skean dubh en double leur fut proposé, Iain sut que son frère avait peu de chances d'en sortir vainqueur. S'il ne l'avait pas tant haï, il aurait refusé le défi et son frère serait probablement encore vivant. Lite MacNèil avait deviné cela et, au moment de mourir, elle en avait accusé Iain, le reniant pour fratricide : « Tu n'es rien, Iain, lui avait-elle déclaré. J'avais Alasdair et tu l'as tué. Je ne suis plus ta mère et tu n'es plus mon fils. »

« Ne surtout pas montrer sa peine, se dit-il. La peine, c'est une faille par où tout peut s'écrouler. »

Il dormit mal et quand, le lendemain, il se retrouva devant l'assemblée des lairds et de leurs épouses, il sut qu'il allait subir un nouveau procès. Ainsi qu'il en avait été averti la veille par son oncle Aindreas, les appuis qu'il avait obtenus des lairds avaient fondu. Iain en éprouva beaucoup de dépit et d'amertume.

Il fallait donc tenir conseil en présence des épouses qui, dans le clan MacNèil, avaient droit de parole pour le choix d'un chef. Les femmes avaient été, cinq ans plus tôt, ses accusatrices les plus déchaînées à la suite de la mort d'Alasdair. Ce dernier avait brillé durant toute une année à la cour d'amour de dame Lite et les avait conquises irrémédiablement. Aussi Iain se prépara-t-il à se défendre sur ce front. Cependant, ce qu'il n'avait pas prévu et qui fit en sorte que les choses se présentèrent d'une façon fort différente cette fois, ce fut l'effet que produisit Gunelle sur sa famille.

Six fauteuils, dans lesquels prenaient place les hommes, étaient placés autour d'une table ronde sur laquelle reposaient six claymores rutilants que le soleil franc frappait à travers les fenêtres. Derrière chaque fauteuil se tenait une épouse assise sur un tabouret. La salle d'armes était tout entière baignée d'une fine poussière en suspension qui prenait la forme de faisceaux dans les rayons obliques de lumière qui tombaient sur le sol.

Quand Iain se leva pour parler, un silence complet enveloppa l'assemblée. Les hommes avaient un air sérieux et fermé. Les dames examinaient discrètement la jeune châtelaine de Mallaig.

« Le jour est venu de remplacer Baltair MacNèil à la tête de notre clan, dit Iain d'une voix grave. Plusieurs d'entre nous rejettent la succession héréditaire et Aindreas soumet sa candidature. En de telles circonstances, il convient d'entendre chacun de vous avant de se prononcer par vote. »

Après une brève pause, il se tourna vers son oncle Aindreas qu'il invita à prendre la parole. Aindreas était un homme trapu et musclé. Sa barbe toute brune contrastait avec sa chevelure abondante où se mêlaient le brun et le gris à parts égales. Sa voix saccadée trahissait une certaine impatience. Il reprit, pour le compte de l'assemblée, un récit que tout le monde connaissait, sauf peut-être dame Gunelle : les circonstances de la mort du seigneur Alasdair. Il fut de nouveau reproché au seigneur Iain de n'avoir pas retiré de la poitrine de son frère le skean dubh planté par son adversaire et de l'avoir laissé se vider de son sang sans intervenir. Aindreas parla longuement de la haine que nourrissaient les deux frères l'un contre l'autre et termina sa plaidoirie par cette question :

« Peut-on mettre à la tête du clan MacNèil un homme coupable de fratricide ? »

Griogair, l'aîné des lairds, prit aussitôt la parole. C'était l'un des deux beaux-frères du seigneur Baltair, le mari de la sœur aînée du défunt.

« Nous connaissons cette histoire qui a déjà été débattue, Aindreas. Ce que j'aimerais savoir, c'est pourquoi tu crois pouvoir nous faire un bon chef.

— Parce que je suis celui qui, parmi vous, entretient le plus de chevaliers, possède le plus grand cheptel et le meilleur château, répondit-il.

— Mis à part Iain MacNèil, bien entendu », intervint Daidh de Finiskaig.

Struan d'Airor et Aulay d'Arisaig s'exprimèrent à tour de rôle, expliquant leur hésitation à confier le clan au plus jeune d'entre eux sans avoir l'assurance que celui-ci était capable de faire passer les intérêts communs du clan avant ses sentiments personnels. Quand le dernier à parler se tut, Iain reprit la parole.

Il lui répugnait d'avoir à évoquer encore les minutes de stupeur qu'il avait vécues, penché sur son frère mourant après l'arrêt du combat. Surtout, il s'inquiétait des remous que le récit allait provoquer dans le cœur de son épouse. Il releva la tête, décidé à aborder le problème de front. Il ne pouvait apercevoir Gunelle sans tourner complètement la tête, aussi ne put-il recevoir le soutien de son regard. Mais, levant les yeux sur les armoiries au-dessus du foyer, il sentit la présence très nette de son père dans la salle.

« Je ne suis pas coupable de fratricide, dit-il lentement. Je n'ai pas tué Alasdair. Ce n'est pas moi qui l'ai poignardé et, même si j'avais retiré le skean dubh aussitôt, il serait mort quand même. Quiconque a vu sa blessure peut en témoigner. Je n'ai pas regretté sa perte parce que j'en étais incapable. Ce dont je suis coupable envers lui et lui seul, c'est de ne l'avoir jamais aimé. »

Cet aveu fut suivi d'un profond silence que Rosalind, la sœur aînée de Baltair MacNèil, rompit en ouvrant la discussion aux cinq épouses. Elles vouaient une admiration sans bornes au défunt Alasdair que sa mort tragique avait élevé au rang des héros MacNèil. Étrangement, aucune d'entre elles ne fit valoir les qualités d'Aindreas pour prendre la tête du clan, pas même sa propre épouse. Le tour de dame Gunelle vint en dernier et tous les yeux se braquèrent sur elle, sauf ceux de son mari qui gardait la tête baissée.

La châtelaine était la plus jeune des femmes de l'assemblée et la plus menue. Ce matin-là, elle paraissait particulièrement frêle dans sa robe d'une grande sobriété, le visage aussi pâle que son touret blanc. Dès ses premières paroles, sa voix assurée et calme en saisit plusieurs et imposa à tous silence et respect :

« Je sais, en m'adressant à vous, que mon opinion ne peut être considérée comme impartiale. En outre, je ne connais pas l'adversaire de mon mari, le seigneur Aindreas. Aussi, je ne me prononcerai pas sur ses capacités de chef. Même si je suis, parmi vous tous, celle qui connaît Iain MacNèil depuis le moins longtemps, je pense le connaître suffisamment pour croire qu'il fera un aussi bon chef que le fut son père. C'est un Écossais loyal envers son monarque aux yeux duquel il a bien placé le clan. Il sera en mesure de le défendre contre les autres clans, car son instruction lui permet de tenir le rôle diplomatique que jouait son père dans les Highlands. Mon mari est un homme sincère et adroit. Il peut se dépenser sans compter et je le sais capable de risquer sa vie pour sauver les siens. Il a ses haines et ses faiblesses comme chacun d'entre nous, mais je crois qu'aucune d'elles ne peut nuire à son jugement de chef.

– Vous me surprenez, ma dame, intervint alors l'épouse d'Aindreas. Peut-on faire crédit à un homme qui détestait son frère et sa mère et qui se révoltait contre son père, et lui confier sans broncher la conduite de toute sa famille ? Ma chère, on voit que vous ne savez pas ce que veut dire détester pour accorder à ce sentiment si peu d'importance.

– J'en accorde, répondit dame Gunelle d'une voix tremblante. J'étais auprès du seigneur Baltair à ses dernières heures et je puis vous affirmer que Iain MacNèil aimait son père et était aimé de lui. Cet amour-là était inconditionnel. Ce qu'un homme éprouve pour sa mère ne regarde que lui. Quant à l'amour fraternel entre le seigneur Alasdair et mon mari, il était inexistant

tant chez l'un que chez l'autre. Le cadet n'a pas de devoirs envers l'aîné que ce dernier n'ait envers le cadet. Il est vrai que la haine gouverne l'esprit, mais, comme tous les sentiments, elle peut changer. Je le sais pour avoir moi-même détesté Iain MacNèil, mais, aujourd'hui, je crois en lui plus qu'en tout autre homme. »

Iain releva la tête et se tourna en direction de son épouse, le cœur battant à tout rompre. Ainsi, Gunelle avait foi en lui malgré le désaveu des lairds et de leurs épouses. En croisant son regard fier, il sut que, pour lui, prendre la tête du clan était maintenant secondaire à côté de la place qu'il voulait occuper dans le cœur de son épouse. Il entendit son père lui murmurer : « Mérite son amour et elle te montrera le vrai Iain MacNèil. »

Se levant, il fit face à l'assemblée qu'il conduisit à l'étape cruciale de la réunion. Il demanda si quelqu'un voulait encore parler avant de passer au vote, mais personne ne manifesta le désir d'ajouter quoi que ce soit à ce qui avait été dit. Les cinq lairds fixaient, intrigués, cette petite châtelaine qu'on était allé chercher dans une famille riche des Lowlands, toute fraîche sortie d'un couvent français et qui usait d'un si solide jugement. Quant aux épouses, elles étaient subjuguées par cet éloquent témoignage de loyauté envers un époux dont la réputation de coureur était loin d'être exagérée. Sur un signe de leur aînée, elles quittèrent la salle l'une derrière l'autre, seuls les lairds ayant droit de vote.

Elles prirent place dans les fauteuils de la grandsalle, dans l'attente du résultat du vote, et se lancèrent dans un babillage nerveux. Dame Gunelle, qui ne les avait rencontrées que deux fois, à l'occasion de son mariage et aux funérailles de son beau-père, se sentit un peu à l'écart. Elle méditait sur les révélations entendues dans la salle d'armes quand dame Rosalind, qui avait pris le siège à côté d'elle, lui adressa la parole.

« Chère Gunelle…, lui dit-elle sur le ton de la confidence, je vous admire d'avoir pris Iain comme époux. C'est le garçon le plus hardi et tourmenté que je connaisse. Mais vous avez parfaitement raison quant à ses qualités de chef. C'est un MacNèil de grande lignée. Et j'avoue que vous êtes à la hauteur de la tâche, malgré le fait que vous ne soyez pas une femme du Nord, comme nous toutes.

— Je vous remercie, dame Rosalind, répondit la jeune femme. Je souhaiterais rencontrer plus souvent les femmes du clan. Je sais que j'ai beaucoup à apprendre de vous. Cela m'aiderait à vous connaître et à vous estimer, quel que soit celui qui deviendra chef aujourd'hui. »

Rosalind MacNèil s'empara de la main de la jeune châtelaine et la serra dans les siennes en l'assurant de son soutien, un sourire admiratif sur les lèvres.

Dans la salle d'armes, chacun avait repris son claymore sur la table et regagné sa place en silence. Iain regarda chacun des cinq lairds, se pencha, posa son arme à ses pieds, puis se redressa lentement. Griogair s'avança, déposa son claymore aux pieds de Iain et retourna à son fauteuil. Il fut suivi par Aulay, Struan et Daidh. Seul Aindreas demeura à sa place et mit son arme devant lui sur le sol. Les MacNèil venaient de se prononcer à cinq contre un en faveur du fils de Baltair.

Un formidable soupir de soulagement et de fierté sortit de la poitrine de Iain. Il leva les yeux sur les armoiries et pensa : « Père, je suis votre successeur. Je jure que les MacNèil n'auront jamais à regretter ce choix. »

CHAPITRE IX

LE CALLUINN

Depuis le sauvetage de dame Gunelle par son cousin au pic de St. Ninian, le seigneur Tòmas avait retrouvé la paix de l'âme. Durant la nuit fatidique, la perspective de perdre à la fois la jeune châtelaine et le jeune maître de Mallaig l'avait plongé dans une angoisse que leur retour sains et saufs au château avait éteinte. Après la mort de son oncle, il aurait eu peine à supporter un autre décès.

En entrant dans la grand-salle, il vit que dame Gunelle était anxieuse. Assise au milieu des épouses des lairds, elle jetait des regards inquiets sur la porte de la salle d'armes où se déroulait le vote. Il s'approcha d'elle et lui glissa à l'oreille un mot d'encouragement en scot auquel elle répondit par un sourire.

Lui aussi désirait ardemment, pour son cousin, le titre de chef de clan. Ces dernières semaines, il avait eu maintes occasions de changer d'opinion sur la valeur de Iain MacNèil. Il devait reconnaître ses qualités d'homme et de meneur d'hommes. En outre, depuis son retour des îles avec le shérif Darnley, ses observations lui confirmaient que dame Gunelle avait obtenu le respect de son mari et que la belle-sœur de Iain devait se contenter de sa condition de veuve d'Alasdair. Il n'était plus nécessaire de vérifier devant quelle porte dormait le chien pour savoir quel lit fréquentait le maître. Il eut une bouffée d'admiration pour la jeune châtelaine qui avait réussi à provoquer un tel changement de comportement chez son indomptable cousin.

Quand la porte de la salle d'armes s'ouvrit enfin, faisant sursauter Bran sur le seuil, Tòmas fit un pas en avant et vit que Iain précédait les lairds. Il poussa un soupir de soulagement : son cousin avait obtenu la majorité des votes. Les hommes sortirent les uns derrière les autres, Aindreas le dernier. Tòmas croisa son regard rempli d'amertume et devina que l'oncle de Iain ne se ralliait pas à la décision du clan.

Les dames, qui s'étaient levées d'un seul mouvement, regardèrent avec ravissement le seigneur Iain, resplendissant de satisfaction, venir présenter ses hommages à son épouse. Il s'avança lentement au-devant d'elle et la salua solennellement, à la manière des chevaliers du Nord. La jeune châtelaine lui rendit son salut en s'inclinant dans une profonde révérence. Comme isolés de l'assemblée, les époux communiquaient ensemble silencieusement, avec les yeux.

Un tonnerre d'applaudissements éclata dans la grand-salle qui s'était remplie des gens du château et des serfs du domaine, venus prêter serment à l'héritier MacNèil. Chacun avait, à sa manière, prié pour cette issue favorable à leur maître et seigneur et à leur jeune maîtresse, car le titre de chef de clan leur assurait une plus grande protection. Secoué de haussements d'épaules, le révérend Henriot se signa en rendant grâce pour les faveurs accordées. En cette première journée de l'an 1425, le soleil et Dieu tout-puissant inondaient Mallaig de leurs feux.

Par la cérémonie de l'hommage, les serfs assuraient leur seigneur de leur fidélité et de leur labeur, et celui-ci leur promettait en retour travail et protection sur ses terres. La coutume, dans les Highlands, voulait que l'héritier d'un domaine reçoive le renouvellement de l'hommage rendu à son prédécesseur. C'est ainsi qu'en ce matin du Calluinn une quarantaine d'hommes attendaient dans la joie le moment de prêter serment à Iain MacNèil.

En l'absence du secrétaire de la famille, à qui revenait la tâche d'organiser la cérémonie, ce fut le révérend Henriot qui la dirigea. Chacun des serfs et leurs familles lui étaient bien connus et il n'eut aucune difficulté à les rassembler dans la salle d'armes afin de procéder, dans l'ordre, à la présentation de l'hommage. Les hommes suivirent docilement les instructions du petit homme toujours secoué de haussements d'épaules.

La petite Ceit se glissa furtivement par la porte de la salle d'armes restée grande ouverte. Fort impressionnée par la vue des matraques hérissées de pointes, haches, arbalètes, claymores, armures pour chevaliers et montures, cottes d'armes, blasons et heaumes coiffés de plumes, elle ne manquait jamais une occasion d'entrer dans la salle d'armes qui en était décorée. La foule y était très dense et, pour voir, elle dut se réfugier sur l'estrade, derrière le faudesteuil surmonté d'un dais de bois où se tint le seigneur Iain durant toute la cérémonie, qui fut fort longue.

Avec curiosité, elle vit défiler un à un tous les hommes du château et tous ceux des champs. Le ceinturon défait, ils s'agenouillaient aux pieds du seigneur, plaçant leurs mains jointes entre celles du maître, et prononçaient invariablement tous les mêmes paroles : « Je jure de vous garder ma foi, de rester loyal envers vous contre tous les autres et de protéger vos droits de toutes mes forces. » Le seigneur les relevait en les saisissant par les épaules, les embrassait sur la bouche et leur donnait un rameau en leur promettant sa protection. La petite Ceit jeta un œil sur le panier rempli de rameaux déposé à côté du faudesteuil et en saisit un qu'elle examina avec émerveillement : « Cette branche est donc magique, se dit-elle. Elle a un pouvoir de protection. »

Sitôt leur serment prononcé, les serfs et hommes du château quittaient la salle. Il ne resta bientôt plus que les chevaliers de la maison, les lairds et leurs dames. Le seigneur Iain descendit parmi eux. À la surprise générale, Aindreas s'avança vers lui, lui prit les mains et, baissant la tête, lui jura fidélité. Les autres lairds firent de même. Ému, Iain les gratifia chacun d'une accolade. Puis, emboîtant le pas à dame Rosalind, les femmes s'approchèrent une à une et reprirent la formule complète des serfs en s'agenouillant à ses pieds, signifiant ainsi qu'elles mettaient leurs châteaux et leurs gens à la disposition de leur nouveau chef. Iain fut touché par ces gestes spontanés venant de celles qui l'avaient tant décrié. Il les releva et les embrassa de la même façon qu'il l'avait fait pour ses serfs.

La dernière à venir s'agenouiller devant lui fut son épouse, mais il l'en empêcha en la maintenant par les épaules. Quand elle voulut lui adresser son hommage de fidélité, il l'interrompit et dit d'une voix sourde, en plongeant son regard dans le sien :

« Non, ma dame, c'est moi qui vous jure de rester loyal envers vous contre toutes les autres. »

Et, sans lui laisser le temps de parler, il déposa un baiser léger sur ses lèvres et la serra contre lui.

On avait rangé toutes les tables contre les murs de la grand-salle et les mets y étaient placés de façon que chacun puisse se servir. Du vin et de la bière étaient offerts aux gens du château, aux serfs et aux lairds conviés à la fête du Calluinn. Plusieurs cercles, formés par les gens se tenant par la main, remplirent vite le centre de la pièce. On entonna le chant traditionnel du Calluinn, *Auld Lang Syne*, et plusieurs femmes lancèrent une pincée de sel dans l'âtre pour conjurer les mauvais esprits qui auraient été tentés de s'introduire dans la nouvelle année.

Puis, les musiciens s'installèrent et se mirent à jouer un air de danse que toute l'assemblée accueillit par des exclamations de joie. La fête battit rapidement son plein et les rires autant que les reels couvrirent tous les autres bruits.

À l'extérieur de la salle, dans les cuisines où elles supervisaient le service des plats, Anna et Nellie exultaient en s'étreignant les mains. Toutes les émotions qu'elles avaient vécues dans les dernières semaines remontaient à la surface de leur cœur usé, et des larmes de joie mouillaient leur visage. Anna, rassurée par l'attitude digne de son jeune maître, sentait se dissiper tous ses doutes sur lui. Elle soupira en pensant que l'heure de bonheur avait peut-être sonné pour cet enfant farouche et qu'il trouverait enfin sa place au château, au bras de sa jeune châtelaine.

Pour Nellie, le changement observé chez sa jeune maîtresse depuis l'accident de la grotte de St. Ninian l'emplissait d'espoir pour le couple qu'elle formait avec le seigneur Iain. Gunelle avait cessé d'être en guerre contre lui et le regardait différemment, sans colère ni méfiance. On avait même surpris entre les époux des gestes d'affection. Il était maintenant permis à la nourrice d'espérer que sa jeune maîtresse connaîtrait bientôt son époux et porterait son enfant.

Pour avoir assisté les deux sœurs de Gunelle dans leurs grossesses et soigné les nourrissons qu'elles avaient mis au monde, elle savait combien de petites joies lui procurerait une nouvelle naissance. En outre, en femme pratique, elle pensait sincèrement qu'entre toutes les filles Keith Gunelle était celle qui avait le plus de dons pour devenir mère. «Dieu tout-puissant, n'abandonnez pas le seigneur Iain. Vous faites des merveilles en ce moment avec lui!» priait-elle.

Je repensai ce jour-là à la promesse que j'avais faite au seigneur Baltair: ne jamais renoncer à jouer mon rôle de châtelaine de Mallaig et d'épouse de Iain. Chaque geste que je fus appelée à accomplir était porteur de cet engagement envers mon beau-père, que j'avais peu connu mais beaucoup aimé, peut-être plus que mon propre père.

Durant le conseil des lairds, les révélations sur la mort du frère de mon mari m'avaient beaucoup bouleversée et j'avais dû me retenir pour ne pas condamner Iain. Quand le droit de parole me fut donné, au milieu de la désapprobation générale de la famille, je sentis monter en moi des mots de défense, ceux que me soufflait son père. Oui, Baltair MacNèil aurait âprement défendu son fils. J'en étais convaincue et je sus que je me devais de le faire à sa place. Quand, à la fin de mon discours, je croisai le regard éperdu de reconnaissance de mon mari, je compris que j'endossais totalement chacune de mes paroles en sa faveur. Ce n'était plus la promesse qui me liait au seigneur Baltair qui m'avait fait le défendre. C'était un sentiment nouveau pour moi, éprouvé pour son fils qui m'avait sauvée de la noyade non pas par bravoure ou par devoir, mais simplement par amour.

Je devais constater que, ces derniers jours, mon mari s'était ouvert à moi comme peu d'époux le font. Il avait mis son âme et son cœur à nu et m'avait donné, ce faisant, bien plus que la plupart des épouses ne reçoivent durant tout leur mariage. «Voilà ce qu'il peut parfois y avoir entre mari et femme», songeai-je avec amitié.

Je me mis à examiner Iain, le suivant des yeux au milieu de ses gens en fête. Il évoluait tranquillement parmi eux, la tête haute, le rire communicatif, prodiguant des gestes chaleureux de ses larges mains, tantôt sur l'épaule d'un homme, tantôt sur le bras d'une dame ou sur la tête d'un enfant. J'eus tout à coup le désir de ces mains-là sur moi et je fermai les yeux pour goûter cette image nouvelle et déroutante.

Quand je les rouvris, je vis Iain s'adresser à la petite Ceit, accroupi tout à côté d'elle et abrité derrière une colonne. Je fus instinctivement portée à m'approcher d'eux. Je surpris alors l'une des scènes les plus attachantes qu'il m'eût été donné de voir: une déclaration d'amour d'un père à sa fille.

Ceit tentait de cacher un petit rameau derrière son dos et Iain lui demanda :

« Dis-moi, Ceit, à quoi te sert cette branche ?

– Elle est magique. Elle protège, mon seigneur. Mais il faut donner un baiser avant. Écoute bien, je vais te montrer ! »

Ayant placé son rameau par terre, elle prit dans ses toutes petites mains celles de Iain, s'agenouilla et prononça, sans aucune hésitation et sans en omettre un mot, le serment des serfs à leur seigneur :

« Je jure de vous garder ma foi, de rester loyale envers vous contre tous les autres et de protéger vos droits de toutes mes forces. »

Puis, elle ramassa la branche, se releva et la lui mit dans la main, les yeux plongés dans les siens, dans l'attente de la réponse à son serment. Le visage de mon mari trahissait une profonde émotion et il dut s'éclaircir la voix avant de réciter sa partie de serment :

« Toi, Ceit, je t'assure de ma protection et de mon amour puisque tu me reconnais pour ton… père.

– Non, tu dois dire : "puisque tu me reconnais pour ton maître et seigneur" », le reprit-elle sur un ton déclamatoire en détachant chaque syllabe.

Sans même attendre qu'il se soit corrigé, elle posa un baiser sur les lèvres de Iain et recula aussitôt en se grattant le menton. Elle lui lança :

« Que tu es piquant ! Bran a les poils plus doux quand je l'embrasse pour lui dire des serments. »

La prenant dans ses bras, il la souleva de terre :

« Oui, je suis plus piquant que Bran pendant un serment, mais ma protection est plus grande aussi. D'autant plus que je suis le chef du clan aujourd'hui, en plus d'être ton père.

– Que dis-tu? Mon père est parti. Je n'en ai pas, répliqua-t-elle, étonnée.

– Non, Ceit, ton père vit toujours avec toi, dans le même château, et il te tient dans ses bras en ce moment.»

À cet instant, Iain m'aperçut derrière sa fille et me sourit. Ceit se tourna vers moi, le regard émerveillé. Elle me tendit les bras et Iain vint à moi avec son petit fardeau tout tendu d'excitation face à cette étonnante révélation.

«Entends-tu ça, Gunelle? Le seigneur Iain est mon père et toi, tu es mariée avec lui. Tu es donc ma mère!»

Je saisis les petites mains ouvertes que j'embrassai, chavirée par le bonheur tout entier et tout simple de ma petite Ceit. Je croisai les yeux de mon mari et je compris que ce bonheur était totalement partagé. «Aujourd'hui, tout lui est redonné», songeai-je en lui souriant.

«Il ne faut pas dire: "Gunelle", Ceit…, commença mon mari.

– Il faut dire: "Dame Gunelle", je sais maintenant, seigneur Iain! lui répondit sa fille en appuyant sur le mot "dame".

– Non, Ceit, il faut dire: "Mère" désormais. Et pour moi, il faut dire: "Père". Maintenant, tu viens danser avec moi, la musique est belle!

– Oh non, seigneur Iain! Tout le monde va me regarder! protesta-t-elle vivement sans employer les dénominations qu'on venait de lui apprendre. Ils vont voir comme je suis laide! Dis-lui, Gunelle. Je veux rester cachée!

– Qui a dit que tu es laide? fit aussitôt mon mari, sur un ton faussement fâché. Tu ne peux pas l'être puisque tu es ma fille. Tu sais bien que les filles ressemblent à leur père. Est-ce que tu me trouves laid, Ceit, ma fille ?

— Non, mon seigneur, mais j'aimerais mieux ressembler à Gunelle.

— Ce sera ton frère qui ressemblera à Gunelle », répondit-il en me regardant dans les yeux, amusé par l'entretien.

Ceit me jeta un regard interrogateur. Je lui embrassai de nouveau les mains et lui dis de faire ce que son père lui demandait :

« Tu devrais accepter cette offre de danser avec ton père, ma chérie. Il y a ici plein d'enfants qui aimeraient bien se trouver dans les bras du chef de clan. Il y a des dames aussi qui aimeraient être à ta place… comme moi.

— Vous aurez votre tour, ma dame », me dit mon mari d'une voix douce en emportant sa fille vers le quadrille qui venait de se former.

Je les regardai s'éloigner ensemble, le pas ferme de Iain et la petite tête rousse sautillant au-dessus de ses larges épaules, les bras menus passés autour de son cou. C'est dame Rosalind qui me tira de ma contemplation.

« J'apprends, dame Gunelle, que vous êtes un maître accompli. Vous avez fait de véritables miracles en quelques semaines. Vous avez montré à parler à cette petite qu'on disait muette et vous avez appris à mon neveu à lire et à écrire, ce qui fut sans doute le plus ardu des deux enseignements. Tout le monde sait à quel point Iain a toujours été réfractaire à l'instruction. Il était de toute façon hostile à toute activité dans laquelle pouvait exceller Alasdair. Iain a donné dans l'art des combats et ça lui a servi, visiblement.

– Dame Rosalind, ce ne fut pas une tâche difficile d'instruire mon mari. C'est un homme extrêmement doué, peut-être autant que l'a été son frère que je n'ai évidemment pas connu. Il en va de même pour la petite Ceit. Par ailleurs, cela m'a été d'autant plus facile que j'ai découvert, ce faisant, que j'adore l'enseignement. Je pense même que c'est ce qui m'a aidée dans mon adaptation à la vie de Mallaig», lui répondis-je.

Je vis qu'elle réfléchissait à ce que j'avais dit. Son regard était rempli de curiosité et de sympathie à mon endroit. J'en fus soulagée. Je désirais ardemment en faire une alliée. Je voyais en elle une personne susceptible de m'apporter un éclairage nouveau sur le clan Mac-Nèil et je voulais gagner sa confiance. Il me semblait que c'était à ce prix que je pourrais devenir une véritable épouse highlander.

«Qu'allez-vous faire maintenant que les apprentissages sont à peu près terminés pour la fillette comme pour Iain? Il serait dommage de perdre une main si heureuse pour l'enseignement. Vous devriez, si vous voulez un conseil de la part d'une vieille dame qui n'y connaît rien, reprendre l'école du bourg. Ma belle-sœur Lite tenait beaucoup à l'instruction des enfants de Mallaig et il est désolant que le révérend Henriot ne s'en préoccupe pas davantage.

– Vous avez raison, ma dame. Les entreprises de celle qui m'a précédée comme châtelaine sont toutes dignes d'être continuées et je me ferai un devoir d'en assurer la poursuite.

– Est-ce que cela inclut la cour d'amour, dame Gunelle? Vous n'êtes pas sans savoir que dame Lite a fait la renommée du château avec cette innovation si divertissante pour nous toutes et nos chevaliers. Cela donnerait l'occasion à la veuve d'Alasdair de faire valoir ses talents de courtisane. Vous l'ignorez sans doute, mais dame Beathag a brillé autant que son mari ici dans cette grand-salle…

– Certes, répliquai-je trop vivement. Par ces mêmes talents, elle s'est également assurée de mon mari comme amant. Je n'ai malheureusement ni les qualités ni le savoir pour organiser un tel divertissement à Mallaig, que ce soit pour le bénéfice de nos chevaliers, des dames du clan ou pour celui de la veuve Beathag.

– Voyons, ma dame, je n'ai pas voulu vous blesser en abordant ce sujet. Je vois que vous y voyez des torts qui ne sont pas aussi grands que vous le croyez. Mon neveu Iain n'a jamais été sous la seule emprise de dame Beathag. Il est ce que vous me permettrez d'appeler un libre coucheur, comme bien des hommes. Cependant, tel que je le connais, je puis vous dire que vous êtes exactement le genre d'épouse à qui il souhaite jurer fidélité. Et s'il le fait, vous pourrez vous y tenir. Iain est entier et c'est ce qui en fait un être si attachant ou si répugnant, selon le point de vue où l'on se place. Dans le clan, nous savons toutes que votre mariage comporte des problèmes, mais pas plus que dans la plupart des unions arrangées. »

Me prenant les mains en voyant mon indécision, elle ajouta :

« Je ne sais pourquoi, mais je vous aime infiniment. Vous me faites penser à la seule fille que j'ai eue et que j'ai perdue quand elle avait douze ans. »

Je ne reçus pas la suite de ses confidences. Iain était venu me chercher pour danser, et je la quittai avec un sourire de gratitude et de connivence.

Je me retrouvai entraînée dans un rythme endiablé, avec le seul soutien des mains fermes de mon mari. Elles me dirigeaient aussi sûrement que le font celles des tisserandes avec les fuseaux en va-et-vient constant sur le métier. Je me déplaçais au gré des figures, j'allais et venais autour de lui, m'approchant ou m'éloignant de lui, mes yeux rivés aux siens, tentant de prêter suffisamment l'oreille à la musique pour en suivre le rythme.

Les révélations de dame Rosalind me faisaient maintenant voir en Iain un homme obtenant les faveurs de plusieurs femmes et non pas d'une seule comme je me l'étais imaginé jusqu'ici, à part les aventures qu'il avait pu avoir avec la domesticité féminine du château. Il était même possible que, parmi les danseuses qui nous entouraient, filles de lairds ou de serfs, il se trouvât de ses anciennes conquêtes, peut-être ces jeunes femmes dont le regard se posait sur moi avec curiosité.

Comment la tante de mon mari pouvait-elle conclure que j'étais le genre de femme pour qui Iain serait prêt à changer son comportement de libre coucheur? Je n'en avais aucune idée. Il était vrai qu'il m'avait juré fidélité dans la salle d'armes à peine quelques heures plus tôt. Je me raccrochai soudain à cette promesse comme si elle avait eu sur moi pouvoir de vie ou de mort. «Iain MacNèil, me dis-je, serais-je devenue amoureuse de vous?»

J'eus une ébauche de réponse à cette question après plusieurs danses avec lui, quand nous quittâmes le cercle des danseurs pour aller nous désaltérer. Il me mena par la main à travers la foule, jusqu'à un banc placé contre le mur de la salle d'armes, attrapant au passage un hanap de bière qu'il m'offrit d'abord. Je m'effondrai sur le banc en le portant à mes lèvres et y bus à grandes gorgées. Lorsque je lui rendis le hanap, il me sourit en constatant qu'il était presque vide. Comme il se levait pour aller le faire remplir, le révérend Henriot, que je n'avais pas vu, vint prendre place à côté de moi. Il était tout rouge et transpirait à grosses gouttes. «A-t-il dansé?» me demandai-je aussitôt. D'une voix saccadée, en regardant la fête, il se mit à me parler des gens du bourg. Je découvris à quel point le révérend était attaché à ses fidèles.

Je me rappelai alors la suggestion de dame Rosalind et profitai de l'occasion pour soumettre au révérend le projet de réouverture de l'école du bourg. Sur le coup très surpris, il formula certaines remarques concernant l'organisation: le nombre d'enfants, l'éventail d'âges, le bâtiment. S'amorça une discussion fort constructive pour moi qui ne demandais qu'à en parler pour mieux clarifier mon idée. Quand il nous rejoignit, Iain accueillit le projet avec une réserve prudente, sans toutefois me signifier une franche désapprobation. Je souris en songeant qu'il ne me serait pas difficile de le convaincre du bien-fondé de l'instruction.

Le révérend pensait sans doute la même chose, car il fit remarquer à mon mari que Mallaig avait la bonne fortune de compter parmi ses habitants une châtelaine érudite, capable de transmettre son savoir, et qu'il serait dommage de ne pas en faire profiter les enfants du bourg et ceux du château, comme la petite Ceit.

Iain ne répondit pas à cela. Il semblait poursuivre une autre idée, car il demanda au révérend s'il existait une procédure d'adoption appliquée par l'Église lorsqu'on voulait reconnaître une orpheline comme son héritière. Sa question m'émut par sa générosité et je le gratifiai aussitôt d'un regard admiratif. Le révérend avait tout de suite deviné de quelle enfant il s'agissait, car il mentionna le nom de Ceit dans sa réponse à mon mari. Il existait bien une bénédiction pour les enfants et les parents adoptifs, mais l'inscription d'un héritier non légitime au registre d'une famille noble n'avait pas besoin de la reconnaissance de l'Église.

« Fort bien, dit Iain. Dans ce cas, j'aimerais tout de même, mon révérend, que vous nous bénissiez, mon épouse et moi, comme parents adoptifs de la petite Ceit. Demain, si cela vous va.

— À votre convenance, mon seigneur », répondit Henriot en se levant pour prendre congé.

Quand nous fûmes seuls, Iain leva son hanap à la hauteur de ses yeux et but à la santé de sa fille ; ensuite, il me le tendit et je repris sa formule en précisant « notre fille » avant d'y boire à mon tour.

« Pardonnez-moi, ma dame, me dit-il. Je ne vous ai pas consultée. Avez-vous scrupule à devenir la mère de ma bâtarde ?

— Mon seigneur, lui répondis-je en mettant un doigt sur ses lèvres, ne la traitez plus de ce nom, je vous prie. Je suis tout à fait heureuse d'être sa mère. »

Il me prit les doigts et les maintint contre sa bouche, les embrassant lentement un à un. J'eus un léger mouvement de recul au contact de sa barbe sur ma peau. Il s'en aperçut et s'interrompit pour me regarder, conservant ma main dans la sienne.

« Vous êtes certainement plus heureuse d'être sa mère que d'être mon épouse », déclara-t-il tranquillement d'une voix unie.

De mon autre main, je touchai sa joue, puis ses lèvres dans un geste doux et lui fis un signe de dénégation. Son visage s'illumina aussitôt. Il se leva d'un bond, tendit son hanap au premier venu et m'entraîna au milieu des danseurs. Il s'agissait d'une danse très lente dans laquelle les couples se tenaient les avant-bras, les hommes faisant passer la dame devant eux, puis sur leur côté. Je me laissai de nouveau guider par lui, goûtant la chaleur de ses mains et la proximité de son corps qui me frôlait. Il me sortit de ma rêverie par une question qui me parut incongrue et qu'il me formula d'une voix assourdie:

« Ma dame, voulez-vous être ma femme?

— Je croyais que nous étions déjà mariés, mon seigneur, lui répondis-je, interloquée.

— Nous le sommes, mais nous n'avons rempli que la moitié de notre serment d'époux. Celui-là, me dit-il en saisissant entre ses doigts mon anneau de mariage. "De cet anneau je vous épouse…", mais de mon corps je ne vous ai pas encore honorée.

— Mon seigneur, vous ne m'avez donné aucune occasion de vous refuser mon lit. Ce que je n'aurais certainement pas fait si vous aviez manifesté quelque désir.

— Je sais très bien, ma dame, qu'à ma demande vous auriez fait votre devoir conjugal sans protester. N'ai-je pas épousé une femme de devoir? Mais… je ne veux pas vous conduire au lit par devoir. »

Nous ne pouvions plus poursuivre cette conversation tout en respectant les figures de la danse. Me tirant doucement en dehors du quadrille, il m'entraîna d'un pas résolu au fond de la salle. Sur notre passage, je surpris les regards curieux de la part de ceux et celles qui observaient les couples de danseurs. Mon cœur palpitait et je me sentis rougir. Lorsque nous fûmes à l'abri d'un pilier, il me prit dans ses bras et, avant qu'il n'ajoute quoi que ce soit, je posai de nouveau mes doigts sur ses lèvres pour le contraindre au silence. Mes yeux plongés dans les siens, j'affirmai mon désir de lui :

« Mon seigneur, je n'irai pas au lit avec vous par devoir. Si vous me désirez pour votre femme, je vous veux de la même façon pour mari. »

Pour toute réponse, il m'embrassa sur les lèvres avec une infinie délicatesse, presque religieusement. Je frémis à ce contact et me pressai contre lui.

Les serfs et les gens du château avaient quitté la grand-salle depuis longtemps lorsqu'on alluma toutes les torches et qu'on remporta les restes des plats aux cuisines. Cette première journée de l'an de grâce 1425 tirait à sa fin et la fatigue semblait maintenant avoir gagné tout le monde. Les lairds et leurs épouses qui demeuraient au château pour la nuit avaient pris place autour de l'âtre et écoutaient béatement les musiciens qui interprétaient des pièces tranquilles. Soudain, quelqu'un s'avisa de faire chanter la châtelaine. Dame Rosalind fut celle qui insista le plus auprès de la jeune femme, qui finit par céder, au grand plaisir de l'assemblée. Le seigneur Iain dut se résigner à laisser s'échapper de ses bras son épouse qu'il tenait enlacée depuis la fin des danses, assis avec elle au bout d'un long banc, sous le regard amusé de tous. Jamais Iain n'avait affiché si ouvertement devant sa famille sa tendresse et son attachement pour une femme.

Toutes les dames, sauf une, étaient littéralement sous le charme du jeune chef de clan visiblement épris de son épouse. Dame Beathag, qui n'était pas de nature à ronger son frein, avait profité de toutes les occasions pour se distraire du spectacle de son beau-frère amoureux, n'hésitant pas à lorgner du côté des lairds à plusieurs reprises.

Le seigneur Tòmas s'était aperçu de son manège et en avait conçu quelque appréhension pour l'harmonie familiale. Il fut soulagé de la voir finalement jeter son dévolu sur Raonall, un cousin célibataire, fils de Rosalind. À l'heure des chants, Tòmas les vit s'éclipser de la grand-salle, Raonall tenant les bras de Beathag et de sa suivante, toutes les deux gloussant de plaisir. Hochant la tête de résignation, il ne put s'empêcher de penser à la jeune fille qu'il avait courtisée au château de Duart le mois précédent. Il aurait bien voulu tenir lui aussi dans ses bras une femme à qui il aurait murmuré « ma bien-aimée ». Il se versa un autre hanap de uisge-beatha.

Dame Gunelle était particulièrement en voix ce soir-là. Depuis le temps, elle avait mis au point une fort belle suite de chansons avec le joueur de clàrsach, et les chants qu'ils interprétèrent ravirent leur auditoire. Le joueur de pìob, qui connaissait plusieurs des airs, décida de les accompagner en sourdine, de l'autre bout de la salle. Le moment fut extraordinaire pour tous.

Assis un peu en retrait du cercle des fauteuils, Iain eut l'impression très nette, en regardant son épouse, qu'elle ne chantait que pour lui, comme la nuit de son accident dans les Grampians. Anna, qui s'était approchée sans bruit de son jeune maître, vint s'accroupir à ses côtés et ne put s'empêcher de lui prendre la main. Elle lisait sur son visage l'expression de bonheur qu'il avait enfant quand elle le prenait sur ses genoux pour lui démêler les cheveux ou simplement pour le caresser en chantant. Iain tourna la tête dans sa direction et lui murmura, en lui pressant les doigts :

« Anna, écoute chanter la deuxième fée de ma vie. La première, c'est toi. »

La vieille nourrice se redressa, tout émue, et le réprimanda sur un ton bourru, lui interdisant de se moquer d'elle par une comparaison avec la jeune châtelaine. Elle sortit de la salle, un sourire attendri sur les lèvres, les yeux brillants de bonheur, et regagna d'un pas appesanti la chambre qu'elle partageait avec Nellie et la petite Ceit au premier étage.

Si, au passage, elle avait jeté un œil par la meurtrière de l'escalier qu'elle gravissait, elle aurait aperçu le déplacement d'une centaine de torches qui descendaient des plateaux et prenaient position loin dans la lande, encerclant le château. Si elle était montée sur les remparts, elle aurait constaté l'absence complète de guetteurs de nuit. Mais Anna progressait, presque somnambule, les yeux lourds de fatigue.

Le seigneur Iain put enfin se retirer, une fois tous ses invités installés pour la nuit. Il menait son épouse en la tenant d'une main, un chandelier dans l'autre. Il avait pris un pichet d'eau qu'il lui avait demandé de porter et avait ordonné à son chien de rester dans la salle. Après quelques minutes d'une promenade étonnamment silencieuse, la jeune châtelaine, légèrement mal à l'aise, s'inquiéta de l'endroit où il la conduisait.

« Mais où allons-nous, mon seigneur ? Ce n'est ni la direction de ma chambre ni celle de la vôtre.

« – En effet, ma dame. Nous n'irons pas chez vous, car, la dernière fois que j'ai mis les pieds dans cette pièce, c'était pour être renié par ma mère sur son lit de mort et je me suis juré de ne jamais y retourner. Nous n'irons pas non plus chez moi, j'y ai reçu trop de dames. Nous allons dans la chambre de mon père : mes parents s'y sont beaucoup aimés. J'ai d'ailleurs besoin de quelque chose que je suis sûr d'y trouver. »

Quand il ouvrit la porte de la chambre du seigneur Baltair, une lourde odeur d'humidité pénétra ses narines. Il fit asseoir Gunelle, lui prit le pichet des mains, le déposa sur le bahut et s'activa à faire du feu dans l'âtre. Il vint ensuite ouvrir le lit afin que les draps puissent s'imprégner de la chaleur du foyer. Toujours en silence, il s'empara du pichet et du chandelier, les posa sur une table en retrait sous la fenêtre, dont les volets intérieurs étaient fermés, défit son baudrier et son plaid, puis enleva sa veste, sa tunique et sa chemise.

Son épouse le regardait, interdite, ne comprenant rien à son comportement, mais n'osant l'interroger. Elle le vit bientôt, torse nu, prendre place devant la table sur laquelle reposait un petit miroir sur pied et un nécessaire à raser. Versant de l'eau dans un bol et faisant mousser du savon sur son visage, Iain entreprit de se raser. En même temps, il s'excusait auprès de son épouse de la faire attendre :

« Je n'en ai pas pour bien longtemps, ma dame. L'attente en vaudra la peine, vous verrez.

– Mon seigneur, dit-elle au bout d'un moment, vous rasez votre barbe !

– N'est-ce pas ce que vous souhaitez, vous et notre fille ?

– Mais je croyais que les Highlanders tenaient beaucoup à leur barbe!»

Se retournant, le rasoir à la main, les joues barbouillées de mousse, il lui sourit malicieusement.

«Très juste, ma dame! J'y tiens beaucoup, mais je tiens davantage à sentir vos baisers sur mon visage cette nuit. Les rasages à la lueur de la chandelle ne sont pas fameux, mais je fais de mon mieux. Vous constaterez vous-même les résultats dans une minute.»

Sur ce, il se remit à sa tâche, silencieux et concentré. Dame Gunelle ne put s'empêcher de sourire, heureuse de l'atmosphère détendue qui régnait en cette étrange seconde nuit de noces. Elle promena son regard sur la pénombre de la chambre, où se distinguaient à peine les murs et les meubles, et se laissa envahir par les souvenirs des derniers instants qu'elle y avait passés au chevet du seigneur Baltair. Une vague de bonheur prit possession de son cœur déjà palpitant.

Elle défit lentement son touret et dénoua ses cheveux, qu'elle peigna consciencieusement avec ses doigts et coiffa en une seule longue natte dans son dos. Après quelques minutes absorbée à ce travail, elle surprit le regard de son mari. Il avait terminé son rasage et la contemplait d'un air ravi.

Il se leva, s'approcha d'elle, ayant soin de mettre son visage dans la clarté de la chandelle, et lui demanda son avis. Lui prenant délicatement la main, il la fit glisser sur ses joues et son menton. Gunelle, penchant la tête de chaque côté, laissa se promener ses doigts sur ce nouveau visage et sourit en y découvrant, au milieu de chaque joue, une fossette qui donnait un air enfantin à son mari et faisait apparaître une autre ressemblance avec sa fille.

«Cela semble vous plaire, ma dame, murmura-t-il.

– Vous aviez raison, mon seigneur. L'attente en valait la peine. Vous avez très bien réussi votre rasage.»

Avec un sourire dans la voix, elle poursuivit:

«Je crois même que vous êtes maintenant aussi doux que Bran… Il est dommage que je ne puisse, à mon tour, enlever de moi ce qui vous déplaît.

– Et qu'est-ce qui est censé me déplaire, je vous prie? lui demanda-t-il, intrigué.

– Ceci», répondit-elle en ouvrant son corsage sur sa gorge parsemée de taches de rousseur.

Il la prit par les épaules et la releva doucement. Il déposa un baiser dans son cou, puis sur sa gorge dénudée et termina en caressant des lèvres ses joues et son nez. Il frémit au contact du corps de son épouse plaqué sur son torse nu.

«Vous faites erreur, ma dame, lui dit-il d'une voix rauque. J'adore votre peau mouchetée. Avec vos yeux bruns, je crois tenir une biche dans mes bras. Puis-je vous dévêtir maintenant?»

Il entreprit aussitôt de détacher les lacets qui attachaient ma robe dans mon dos, en me disant qu'il était plus facile de retirer des vêtements secs que des vêtements mouillés, me rappelant ainsi que ce n'était pas la première fois qu'il me dévêtait. Ce souvenir fit fondre la gêne que m'inspirait ma nudité devant lui et je devins immédiatement plus détendue. Je me laissai aller aux caresses et aux baisers que chaque partie de mon corps recevait sitôt découverte. Je fermai les yeux de plaisir. Il m'apparut bien vite que le devoir conjugal allait être le moins ardu de tous mes devoirs à Mallaig.

Après avoir retiré ses braies, il me déposa sur le lit. Au contact des draps froids, mon corps se raidit. Cela le fit sourire et, s'allongeant sur le dos, il me prit aux épaules et me fit rouler sur lui. De nouveau, notre nuit sur le pic de St. Ninian vint occuper mon esprit. Mes avant-bras appuyés sur sa poitrine, je le regardai dans les yeux : il y pensait lui aussi. Nous nous sourîmes, puis je me penchai sur ses lèvres pleines et invitantes, toutes dégagées de sa barbe. Je fus ravie de constater combien les premiers gestes d'amour étaient faciles à prodiguer lorsqu'on se sentait en confiance.

Il me rendit mon baiser avec fougue et, m'enveloppant de ses bras, il inversa nos positions. Mes mains et mes bras redevenus libres l'entourèrent tout naturellement, lui caressant les épaules et le dos où je sentis le renflement de la récente cicatrice entre les omoplates. Ses genoux ouvrirent doucement mes jambes et sa virilité dressée vint m'effleurer. Je me remémorai la courte description que m'avait faite Nellie de l'acte conjugal et l'inconfort me paralysa. Iain dut le déceler, car il interrompit son mouvement et s'appliqua à m'embrasser la poitrine, le cou et la bouche avec lenteur. Je m'emparai de sa tête dont je caressai les cheveux drus, puis descendis mes mains le long de son cou jusqu'au dos. Lorsqu'elles touchèrent ses reins, je le sentis tressaillir, et c'est ce moment-là qu'il choisit pour me faire sienne.

Contrairement à ce que Nellie m'avait raconté, je ne sentis aucun mal, aucune douleur, quand il pénétra délicatement mon intimité. Le torse redressé, appuyé sur ses bras tendus, Iain me regardait attentivement tout en se mouvant entre mes jambes. Puis, il glissa un genou entre elles et pressa davantage. Ce que je sentis alors entre nous me fit frémir d'une sorte d'impatience. Je fermai les yeux sur un monde de sensations bouleversantes et je m'entendis bientôt gémir de plaisir. Je perdis contact avec la réalité quelques secondes et, quand je repris conscience de nos corps unis, je sentis sous mes doigts la peau du cou de mon mari parcourue de frissons. J'ouvris les yeux et le vis tendu au-dessus de moi, la tête légèrement tournée du côté de l'ombre, les lèvres entrouvertes, les sourcils froncés et les yeux fermés comme dans l'effort, imprimant à son corps une ultime poussée.

Lorsque nous fûmes côte à côte dans les draps moites, reprenant lentement notre souffle, il me saisit la main qu'il porta à ses lèvres et embrassa doucement en me disant :

« J'espère, ma dame, ne pas vous avoir fait mal. Il est très important pour moi que cette nuit de noces soit réussie et que vous y preniez votre plaisir autant que moi, le mien.

– Rassurez-vous, mon seigneur. Je n'aurais pu être davantage comblée », lui répondis-je en me blottissant contre lui, la tête sur son bras replié et remontant les draps sur nous.

Une bouffée de reconnaissance pour mon mari m'envahit tout entière et je m'assoupis dans cet état d'âme. Je ne sais pas combien de temps nous dormîmes avant d'être réveillés par l'entrée impromptue de Bran dans la chambre. Le chien posa ses deux pattes de devant sur le bord du lit du côté de Iain et émit un jappement sec.

Iain s'était aussitôt redressé et avait saisi le chien par le museau pour le faire taire, mais nous entendîmes au même moment la voix paniquée de Tòmas derrière les courtines :

« Dieu soit loué ! tu es là ! Il faut te lever, mon cousin. Le château est encerclé. Je ne sais pas par combien d'hommes, mais j'ai compté tout à l'heure une cinquantaine de torches dans la lande…

– Bon sang ! pourquoi n'a-t-on pas donné l'alerte ? Que fabriquent encore ces imbéciles de guetteurs ? »

Tout en disant cela, il avait sauté du lit et enfilait ses vêtements à la hâte dans l'obscurité. La chandelle sur la table ne jetait plus qu'une faible lueur et Tòmas n'en portait pas d'autre avec lui. Sur le même ton marqué par la peur, le cousin de mon mari poursuivait son récit : il était monté sur les remparts avant de gagner le corps de garde avec les derniers chevaliers et avait aperçu, au loin, les petits points lumineux des torches disposées dans la lande, en formation d'encerclement ; en redescendant, il avait découvert les guetteurs rassemblés dans la cour, couchés pêle-mêle dans un nuage vaporeux empestant l'alcool.

Tòmas s'était alors précipité vers la chambre de son cousin, puis vers ma chambre. N'y trouvant personne, il s'était mis en quête de Bran, qu'il dénicha dans la grand-salle, assoupi au milieu des invités installés pour la nuit. Ne voulant pas donner l'alarme, il avait sorti le chien et lui avait ordonné de chercher son maître.

Iain jurait et pestait contre la situation. Il attacha son baudrier et s'apprêtait à sortir de la chambre quand il s'avisa de ma présence dans le lit. Je m'étais assise, couvrant des draps ma nudité, et scrutais les ombres des deux hommes en discussion. Iain vint s'asseoir sur le bord du lit et, me saisissant les épaules, il m'enjoignit de ne pas sortir de la pièce et de ne pas faire de bruit jusqu'à ce qu'il revienne me chercher. Son ton était rude et angoissé.

Je lui pris le visage dans mes mains et le rassurai aussitôt, faisant taire la panique que je sentais monter en moi: «Je ne bouge pas et je vous attends ici, mon seigneur», lui murmurai-je, les lèvres contre son oreille. Il déposa furtivement un baiser sur mes cheveux et sortit de la pièce rejoindre son cousin et son chien dans le corridor.

Je me levai lentement, comme engourdie sous le choc. «Qu'arrive-t-il au château?» me demandai-je, bouleversée, en me rhabillant. C'est alors que je vis du sang sur mes cuisses. Je l'essuyai avec la serviette que mon mari avait utilisée pour se raser.

Ainsi se termina le Calluinn 1425.

Chapitre X

Le siège

La première chose que fit le seigneur Iain fut de monter sur les remparts avec son cousin, mais il n'aperçut qu'une dizaine de points lumineux, immobiles, à un demi-mile au nord-nord-est du château. Côtés ouest et sud, il n'y avait rien à signaler.

« Je t'assure, Iain, il y en avait cinq fois plus tout à l'heure, insista Tòmas devant l'air indécis de son cousin. L'encerclement était alors bien visible. Ils auront pris position et éteint leurs torches.

— Je te crois, Tòmas, lui répondit Iain d'un air sombre. Je ne vois que les Cameron pour penser à attaquer Mallaig en ce moment. Ils auront su que mes lairds étaient tous ici, sans leurs hommes. Ce qui m'inquiète, c'est leur nombre. Ils ont pu s'allier à un autre clan : ils ont le choix parmi nos ennemis.

— Tu crois qu'ils vont attaquer cette nuit?

— C'est possible. Allons, nous n'avons pas une minute à perdre! Il faut vider le bourg. Ils vont tenter de l'incendier. Fais entrer tout le monde par la passerelle ouest. Laisse les hommes dans la cour et fais descendre les femmes et les enfants aux caves. »

Iain était déjà parti en direction du corps de garde. Passant devant le guetteur sur le chemin de ronde nord, il fut tenté de lui demander de rendre des comptes sur son guet, mais il se ravisa. « Plus tard », pensa-t-il en dégringolant l'escalier vers la cour, Bran sur les talons.

Quand il entra dans le corps de garde où dormaient soldats et chevaliers, il comprit à quel point son château était vulnérable la nuit quand la surveillance sur les remparts faisait défaut. Soudain, il se demanda si des ennemis avaient déjà pu pénétrer dans les murs et une sueur froide le glaça.

Il donna très brièvement ses ordres à ses hommes ébahis et fila au donjon pour prévenir les lairds et organiser la protection de ses gens. Il y avait à peine plus d'une heure qu'il avait quitté la grand-salle et déjà tout y était silencieux. Il eut de nouveau un frisson d'inquiétude en pensant à la possibilité que des ennemis se fussent glissés parmi eux. Quand il eut repéré ses lairds et les eut réveillés, il les entraîna dans la salle d'armes pour leur exposer la situation et convenir d'une défense en cas d'attaque du château. Quant à leurs épouses, réveillées et inquiètes, elles tournaient en rond en se morfondant et ne furent rassurées sur leur rôle que lorsque la châtelaine fut parmi elles.

Ne voyant pas revenir son mari, dame Gunelle sortit silencieusement de la chambre du seigneur Baltair et gagna celle de Nellie, Anna et Ceit. La longue pièce se trouvant au-dessus de la salle d'armes, l'oreille fine d'Anna avait perçu une activité inhabituelle et l'intendante était déjà sur pied, arborant un air bougon :

« Ah, ma dame! dit-elle à Gunelle en la voyant dans la porte, la fête reprend en bas, on dirait. Écoutez-moi ça!

— Ce n'est pas la fête, Anna, répondit Gunelle d'une voix assourdie. On pense que le château est encerclé. Par qui ? Je l'ignore. Mais notre nuit est finie. Il faut nous habiller et nous tenir prêtes. Le seigneur Iain va venir nous chercher tantôt. »

Nellie fut réveillée, ainsi que la petite Ceit que dame Gunelle elle-même aida à se vêtir. Une lourde atmosphère de peur s'insinuait entre les femmes et le silence tomba sur elles. La fillette, encore dans ses rêves, se taisait et s'abandonnait aux gestes précis de la jeune châtelaine qui l'habillait à la hâte. Quand elles furent toutes vêtues et prêtes à sortir, des pas se firent entendre dans le corridor et une lueur apparut bientôt, précédant l'entrée du seigneur Iain, torche à la main.

« Que faites-vous ici, ma dame ? dit-il d'un ton sec en apercevant Gunelle. Ne deviez-vous pas rester là où je vous ai laissée tout à l'heure ? »

Comme son épouse allait répondre, il lui mit la main sur la bouche en lui disant :

« En ce moment, il ne faut surtout pas que j'aie à vous chercher. »

Se tournant vers les deux nourrices, il ordonna :

« Venez, personne ne reste aux étages. On descend dans la grand-salle. »

En dévalant les marches, il tenait si serrée dans la sienne la main de Gunelle que celle-ci fit un mouvement pour se dégager, demandant à son mari ce qui se passait. Le seigneur Iain relâcha un peu l'étreinte de ses doigts et jeta un bref regard dans sa direction, le front barré d'un pli, les mâchoires contractées. Gunelle fut frappée par la dureté de son visage ; la barbe aurait eu l'avantage de camoufler ce menton et ces joues que la colère et la peur crispaient. La jeune femme en eut immédiatement l'estomac à l'envers.

Avant qu'il ne l'abandonne devant le grand portail encombré de gardes, elle s'agrippa à sa veste et lui demanda, sur un ton autoritaire:

«Mon seigneur, répondez-moi! Que se passe-t-il? Je dois le savoir. Je suis la châtelaine et il faut que je sache quoi faire avec nos gens.»

Iain était mécontent de lui-même, sans trop savoir pourquoi. Il aurait aimé taire ses appréhensions devant elle, mais il était évident qu'il fallait la mettre au courant de la situation. Il détacha les mains de Gunelle de sa veste en regardant le déploiement de sa garde autour d'eux, l'esprit fébrile, tout entier accaparé par l'éventualité d'une attaque. Il lui expliqua qu'on faisait entrer les habitants du bourg dans le château et qu'il faudrait s'occuper d'eux; qu'ils se réfugieraient dans les caves et que les hommes seraient mis à contribution dans la cour; que si le combat s'engageait et qu'il y avait des blessés, on les porterait dans la grand-salle pour qu'ils reçoivent ses soins et ceux des autres dames.

«Ma dame, est-ce que je me fais bien comprendre? Je ne veux voir aucune femme ni aucun enfant en dehors des caves et de cette salle. Vous y compris.»

La regardant dans les yeux et prenant un ton de commandement, il ajouta:

«Est-ce que maintenant la châtelaine de Mallaig en sait suffisamment pour pouvoir tenir son rôle?

– Oui, mon seigneur, lui répondit-elle d'une voix exacerbée. Tout cela est très clair et vos ordres seront respectés autant qu'ils pourront l'être.»

Sur ce, elle se détourna de lui et entra, furibonde, dans la grand-salle où les dames l'attendaient et l'accueillirent aussitôt. Lorsqu'elle jeta un œil derrière elle, son mari avait disparu en laissant quatre gardes en faction et son chien aux aguets dans le hall.

La nuit était froide et un vent constant du nord soufflait sur Mallaig, charriant des odeurs de mer et de marais et couvrant les bruits qui venaient de la lande. Aucune lune ne brillait dans le ciel couvert de gros nuages noirs. Dans un état de nervosité extrême, Iain se rendit directement au bastion rejoindre les chevaliers et les lairds. Du vivant de son père et de son grand-père, le château n'avait jamais été attaqué. Il grimaça de fureur en y pensant.

La fonction défensive du château de Mallaig était admirablement bien servie par les caractéristiques de sa construction qui remontait au siècle précédent, période où le deuxième mur d'enceinte en pierres sèches avait été érigé. Une barbacane, où étaient postés quatre hommes, protégeait la porte d'entrée de ce mur extérieur. Un pont-levis fermé de barres, passant au-dessus de larges douves en partie remplies par l'eau descendant des montagnes, conduisait au deuxième mur, haut de vingt-cinq pieds. Cette muraille, que surmontait le chemin de ronde, reliait cinq tourelles rondes, percées de meurtrières permettant le tir dissimulé. Elles comportaient des mâchicoulis, ces galeries en saillie dont le fond présentait des ouvertures par où on pouvait lancer ou laisser tomber des projectiles ou des matières incendiaires sur les assaillants.

Enfin, chaque face de la muraille était flanquée d'une large bretèche de pierre aménagée pour que trois hommes puissent y tenir à l'aise et surveiller l'accès aux murs d'enceinte, mais ce poste était quelque peu exposé aux tirs. Les gardes qui avaient failli à leur devoir cette nuit-là sur le chemin de ronde y furent affectés.

Le pont-levis aboutissait à la muraille par une double porte à gonds inversés précédée d'une herse. Au-dessus, il y avait un épais bastion, dont l'ouverture en chicane permettait d'attaquer facilement les arrivants. Cette nuit-là, Iain y installa huit archers avec des munitions pour une douzaine. C'est également là qu'il établit son quartier général.

Une fois la muraille franchie, on atteignait la cour qu'entouraient les bâtiments fonctionnels du château appuyés aux murs : écuries, fours, citerne, logements des forgerons et selliers, tous recouverts de chaume. Sous le commandement d'un laird, une trentaine d'hommes du bourg et du château s'y activaient silencieusement à la lueur des flambeaux, rassemblant des réserves d'eau en cas d'incendie des bâtiments et préparant dans deux bassins suspendus au-dessus de feux un mélange chaud de sable et de poix devant être monté plus tard dans les mâchicoulis.

Le corps de garde et le donjon attenant formaient un ensemble de bâtiments compacts adossé à la muraille sud, qui donnait sur la falaise. Le donjon, coiffé d'un toit de bois où flottait l'étendard aux couleurs des MacNèil, était une tour massive et carrée de trente pieds de large et d'une cinquantaine de haut, comportant plusieurs fenêtres à chacun de ses trois étages. Il constituait le refuge ultime du château. On y avait principalement accès par une large porte de bois enchâssée dans un haut portail surmonté d'un fronton, habituellement gardée par un seul guetteur. Iain y avait placé en faction deux gardes armés. Deux autres petites portes, l'une ouvrant sur les cuisines et le jardin au sud-ouest et l'autre donnant directement accès à la chapelle, à l'est, avaient été barrées de l'intérieur.

Enfin, tout au fond de la cour, entre deux ateliers, le mur ouest était percé d'une étroite porte de bois épais ouvrant sur une passerelle légère qu'on pouvait abaisser au-dessus du torrent qui descendait des falaises et par laquelle on gagnait le bourg et le port en serpentant à travers les rochers. C'est par cette porte que Tòmas fit entrer, en colonne, les habitants du bourg, à la lueur des flambeaux qui grésillaient dans la nuit opaque.

Je fus étonnée de constater l'état de quasi-calme dans lequel les épouses des lairds attendaient la suite des événements. N'ayant pas plus de renseignements que moi, elles s'interrogeaient sur le pourquoi et le comment d'une éventuelle attaque du château. Certaines avaient déjà vécu une situation semblable, notamment dame Rosalind qui paraissait maîtriser sa nervosité mieux que les autres. Je fus attirée par elle comme par un aimant. Elle avait gagné le fond de la salle et s'activait à nourrir le feu. Toutes les dames s'y rassemblèrent bientôt.

Ma petite Ceit s'accrochait à ma robe en titubant de fatigue et je m'installai avec elle dans un fauteuil, l'asseyant sur mes genoux. Elle se blottit aussitôt au creux de mes bras et ne bougea plus. Des étages, où les gardes faisaient descendre les occupants, arrivèrent Raonall, dame Beathag et sa suivante. Elles ne semblaient pas avoir beaucoup dormi ni l'une ni l'autre et vinrent s'immiscer dans les discussions que les épouses des lairds avaient entamées sur la défense des châteaux. Quant à Raonall, il échangea quelques mots avec sa mère et fila au corps de garde.

J'observais tout cela, comme engourdie, repensant à l'attitude froide de mon mari envers moi, qui me glaçait le cœur : « Quel contraste avec celui qui m'a honorée il y a à peine quelques heures ! » me disais-je, déconfite. Je dus me secouer pour répondre aux questions que m'adressait posément dame Rosalind :

« Quels médicaments possédez-vous ici, ma chère, si on venait à nous confier des blessés ? Avez-vous de quoi faire des pansements, des cataplasmes ? Ne pourrait-on pas demander de faire chauffer de l'eau et d'apporter des couvertures et des fourrures de rechange dans la salle ? Il m'a semblé entendre que nous allions y être confinées quelque temps, n'est-ce pas ?

— Certes, vous avez raison, ma dame », lui répondis-je en cherchant des yeux Nellie et Anna.

Mes deux servantes avaient déjà compris ce qu'il convenait de faire pour aménager un hôpital de fortune et donnèrent des ordres en ce sens. Elles avaient même pensé à préparer de quoi sustenter les gens du château et me firent part de leur plan, auquel je ne pus que donner mon accord. Voulant chasser Iain de mon esprit, je me levai, confiai Ceit à Màiri qui se trouvait tout près et m'engageai dans l'action des préparatifs.

Je décidai d'aller voir aux caves comment s'organisaient les femmes et les enfants du bourg. Cette démarche me fut salutaire en captant toute mon attention. Plusieurs torches avaient été allumées, chassant les ombres plus épaisses dans ces espaces sans fenêtre. Aucun feu n'était allumé et il y faisait très froid et humide.

La première personne que je rencontrai fut le révérend Henriot, qui m'accueillit avec enthousiasme et m'exposa la situation des familles réfugiées : quatre femmes allaitaient; une douzaine de vieillards, hommes et femmes, sommeillaient dans un coin, enroulés dans les couvertures qu'ils avaient emportées; une vingtaine de garçons et de filles, âgés de cinq à douze ans, jouaient autour des cuves du cellier; une dizaine de jeunes femmes et de mères attendaient patiemment qu'on leur assigne une tâche. Sitôt qu'elles me virent, elles se levèrent et avancèrent vers moi, le sourire aux lèvres.

Je fus touchée par leur attitude sereine. «Comment peuvent-elles sourire en de telles circonstances?» me demandai-je, admirative. Je leur souris à mon tour et m'enquis de leurs besoins en eau et en vivres. Le révérend Henriot me seconda auprès d'elles et nous dressâmes ensemble l'inventaire de ce qui manquait dans le refuge pour passer une nuit à peu près confortable et la journée suivante. Durant ce conciliabule, les enfants, curieux, s'étaient approchés et m'examinaient attentivement. Je les reconnaissais pour les avoir tous vus à quelques reprises dans le bourg ou dans la cour du château.

Je ne pus me retenir de penser à eux en tant qu'élèves et cela m'incita à demander le nom de chacun. Les enfants, ravis, se présentèrent un à un, les petites filles me faisant la révérence. Au cours de ces présentations, je m'aperçus que je réussissais fort bien à associer le nom de leurs parents avec les leurs et je dus faire bonne impression parmi les mères lorsqu'elles m'entendirent associer à chaque nom le métier qu'exerçait l'homme qui le portait, dans le bourg ou au château. Ensuite, je pris avec moi Jenny, une jeune fille de seize ans, pour aller chercher ce qui manquait aux familles, recommandant à tous d'essayer de poursuivre leur nuit du mieux qu'ils pouvaient. Le révérend Henriot demeura parmi eux.

Dans la grand-salle, le calme régnait. La plupart des dames étaient allées s'allonger, enroulées dans leurs capes. Dame Rosalind était demeurée assise au coin du feu, semblant vouloir tenir une veille durant la prochaine partie de la nuit. Je confiai Jenny à Nellie pour le rassemblement des vivres et partis en direction du portail pour m'entretenir avec les gardes de la possibilité d'accéder aux étages afin de rassembler des vêtements et des couvertures.

Je sentis tout de suite leur résistance. Mon mari avait donné des ordres stricts : personne n'était autorisé à se promener dans le donjon. Cependant, les hommes hésitaient à refuser le libre déplacement à leur châtelaine et j'en profitai. L'un des gardes s'offrit pour m'accompagner et j'en demandai un deuxième. Nous montâmes par le premier escalier et je ne pus m'empêcher de jeter des regards curieux par les meurtrières. Je ne vis rien d'autre que la nuit noire immobile et étrangement silencieuse.

Je me contentai de vider les chambres du premier étage, prenant tout ce dont je pus accabler mes deux gardes, des couvertures, des tapis et des fourrures, et portant moi-même les deux torches. Notre expédition ne dura que quelques minutes. Lorsque nous redescendîmes dans le hall par l'escalier opposé, nous fûmes accueillis par mon mari, furieux, qui sermonnait les deux gardes restés en faction dans le hall. Avant même qu'il ne m'adresse la parole, je lui donnai des explications d'une voix coupante :

« Gardez vos réprimandes, mon seigneur, vos hommes ont obéi à leur châtelaine qui organise en ce moment le refuge aux caves avec du matériel de couchage. Vous n'y voyez aucune objection, j'espère ?

— Emportez ça aux caves!» siffla-t-il à l'intention des gardes indécis.

Puis, s'approchant de moi, il ajouta d'une voix assourdie :

«Vous semblez prendre un malin plaisir à contredire mes ordres, ma dame. Je ne suis pas d'humeur à discuter avec qui que ce soit cette nuit. Alors, tâchez d'éviter que j'aie à le faire avec vous. »

Je fus libérée aussitôt de son regard noir. Il s'était détourné et se dirigeait à grandes enjambées vers le corridor menant au corps de garde, suivi de deux chevaliers. En entrant dans la grand-salle, je surpris sur moi une lueur d'intérêt dans les yeux des gardes qui venaient de se faire semoncer par leur maître. Je me mordis les lèvres de dépit. « Pourquoi Iain s'adresse-t-il à moi comme à une étrangère importune ? songeai-je, inquiète. N'ai-je pas été sa femme cette nuit, sa compagne et son associée ? »

Visiblement, le guerrier qu'il était avait repris ses droits ; j'avais eu tendance à oublier cet aspect de sa personnalité dans ses bras. C'était la seule explication valable, et je dus m'en contenter durant les deux jours que dura le siège de Mallaig.

Les hostilités commencèrent à l'aube, lorsque la lumière fut suffisante pour découvrir la lande et ses marais. Du haut du bastion, le seigneur Iain et ses lairds virent avec stupeur l'ennemi avancer lentement, resserrant le cercle autour du château. Ils comptèrent plus de cent soixante hommes, dont une trentaine de chevaliers en armure. Ils couvraient tout le flanc est, le côté nord et le côté nord-est et étaient munis d'échelles et d'engins de guerre tels que béliers, bombardes, mangonneaux et même arbalètes, pourtant défendues par l'Église. Mais les Highlanders se souciaient fort peu de ce qui était permis ou prohibé par les évêques sur un champ de bataille. Chacun son métier!

«Les Cameron!» s'écrièrent ensemble Iain et ses hommes quand ils purent distinguer l'étendard ennemi. Au même moment, ils virent une épaisse fumée s'élever du bourg plongé dans la brume de mer.

«Ça y est! gronda Iain. C'est commencé. Je préfère cela à l'attente. Tout le monde en position, Mallaig est attaqué!»

Le seigneur Tòmas conduisait la défense ouest du château. Lorsqu'il vit le bourg s'enflammer, sa colère monta d'un cran. Pour lui, Mallaig, c'était tout autant le château que le bourg. Il était soulagé que ce dernier ait été évacué avant l'aube, mais la perte des maigres biens que possédaient les habitants lui brisait le cœur aussi sûrement que la perte de son propre cheval. «Les bandits!» grommela-t-il. Il porta ses regards vers les plateaux du nord d'où descendaient les troupes ennemies. Il reconnut lui aussi l'étendard des Cameron, et la rage s'empara de lui. Des yeux, il fit le tour des positions de ses hommes et attendit le signe de son cousin pour ordonner le tir des archers.

Un soleil pâle se leva tout à fait, chassant complètement la brume matinale qui enveloppait le bourg et le port. C'est alors que Tòmas aperçut une flotte de trois navires qui s'approchaient des côtes, battant pavillon du clan MacDonald. Il sentit son sang se glacer dans ses veines: «Déjà du renfort! pensa-t-il. Combien seront-ils?»

La marée était haute, ce qui signifiait qu'ils accosteraient dans une heure ou moins. Il envoya un soldat avertir son cousin de l'arrivée imminente du clan MacDonald.

Des flèches commencèrent à pleuvoir sur les murailles, mais les Cameron n'étaient pas encore à la portée de celles des MacNèil. Presque aussitôt, des cris montèrent de la cour. Trois hommes avaient été atteints par les premiers projectiles de l'ennemi et l'on apprit ainsi, à l'intérieur, que le combat était engagé à l'extérieur du château. On donna l'ordre à des hommes de monter dans les tourelles les chaudrons fumants de poix pour les mâchicoulis, et aux autres, de se mettre à l'abri dans les bâtiments.

Les premières cibles que pouvaient atteindre les archers MacNèil apparurent sur le flanc ouest. Tòmas savait à quel moment il valait la peine de tirer. Le grand arc en if dont étaient munis ses soldats était de la taille d'un homme. Bien entraîné, un archer pouvait tirer, à la minute, douze flèches avec empenne en plume d'oie et pointe de fer, et percer des plaques d'armure ou une cotte de mailles sur une cible à huit cents pieds. Mais les fantassins envoyés sur la ligne de front avec les échelles ne portaient qu'un casque pour tout équipement de protection. Il ordonna de tirer à un premier groupe d'archers. Presque toutes les flèches atteignirent l'ennemi et les échelles se brisèrent contre la muraille.

La bataille s'étendit rapidement à tous les flancs du château, sauf du côté sud-sud-ouest, naturellement protégé par la falaise et la mer. À l'aide de larges écrans de bois, les Cameron couvraient les positions à partir desquelles ils pouvaient atteindre les bâtiments et le donjon avec des projectiles enflammés lancés par les mangonneaux et avec les boulets tirés par les bombardes.

Dès les premiers tirs, Iain comprit que les engins de guerre allaient faire des dégâts considérables au château. Plusieurs fenêtres du donjon avaient volé en éclats et des parties de certains toits des dépendances brûlaient déjà. L'angle de tir était mince et il devenait difficile d'atteindre ceux qui manœuvraient ces engins. Iain affecta ses meilleurs archers à ces cibles. La charge d'une bombarde explosa à la figure d'un canonnier et détruisit un écran. Trois archers MacNèil atteignirent en même temps leurs cibles ainsi mises à découvert. Trois Cameron tombèrent aussitôt. Le nombre de soldats sur le premier mur d'enceinte était suffisant pour repousser chaque échelle qui l'atteignait et aucune ne permit l'invasion d'ennemis dans les douves.

Les navires du clan MacDonald accostèrent enfin et déversèrent dans le port une quarantaine d'hommes, armés surtout d'arbalètes. Peu de cavaliers, aucun chevalier en armure et pas l'ombre d'un chef de clan.

«MacDonald ne veut pas trop s'engager ni se compromettre. Il doit penser que Darnley est au château, songea Iain en observant le débarquement. Ainsi, il pourra accuser un de ses truands de frères si le roi venait à lui reprocher sa participation à l'attaque de Mallaig.»

L'arrivée des soldats de MacDonald insuffla une nouvelle force à l'attaque des Cameron et accéléra nettement le rythme de leurs assauts. La première porte d'enceinte fut secouée par les coups de bélier et il s'en fallut de peu qu'elle ne cédât. Mais une pluie de flèches piquèrent les assaillants et un abondant déversement de poix en brûla plusieurs assez gravement pour les forcer à battre en retraite. Le seigneur Iain se demandait avec appréhension quand les hommes de ses lairds arriveraient en renfort et feraient une diversion sur le flanc nord, contraignant ainsi les manieurs de mangonneaux et de bombardes à déplacer leurs écrans, mais il eut la déception de n'en voir aucun jusqu'à l'aube du lendemain.

Après plusieurs heures de combat, il y eut une période d'accalmie. Engins et cris de guerre des combattants s'étaient tus, laissant l'air rempli des gémissements des blessés. Ils étaient en plus grand nombre à l'extérieur des murs que sur ceux-ci ou à l'intérieur. Une dizaine d'hommes étaient blessés dans la cour et une vingtaine de soldats sur les murs, dont tous ceux qui étaient postés dans les bretèches. Le château avait surtout subi des dommages matériels. On était venu à bout des incendies, mais on y avait passé toutes les réserves d'eau.

Quand tous ses lairds vinrent au rapport, Iain constata avec soulagement qu'il n'y avait aucun mort dans ses rangs. Il fit distribuer à boire et à manger. «Mes hommes n'ont pas dormi de la nuit, ceux de Cameron, peut-être», songea-t-il avec amertume en regardant les visages fatigués et les corps fourbus des soldats aux alentours. La question du sommeil avait une certaine importance durant un siège, car les défenseurs devaient ajouter aux heures de combat les heures de guet, alors que les attaquants disposaient du temps à leur guise, décidant des moments de repos la nuit. Ce genre de pensées avait le don de mettre les nerfs en boule au jeune chef. Il se sentait nettement plus à l'aise dans un rôle d'attaquant, et de préférence au sol, d'homme à homme, plutôt que dans le rôle de défenseur au haut d'une muraille, le claymore s'y révélant inutile.

Le vent se leva, dispersa la fumée provenant du bourg et entraîna des nuages lourds de pluie. «Dieu du ciel, déversez votre déluge juste ici!» soupira Iain. Au cours du siège d'un château, l'eau qui tombait favorisait toujours la défense : elle éteignait les feux, mouillait ce qui devenait par la suite difficile à incendier, rendait le sol impraticable pour les attaquants à l'extérieur et, surtout, les trempait de la tête aux pieds, incapables qu'ils étaient de s'abriter en demeurant à proximité des murs.

Les Cameron virent venir la même chose que le chef MacNèil, car ils commencèrent à transporter leurs blessés vers l'orée de la forêt, à un demi-mile, interrompant momentanément les hostilités. Du haut des murailles de Mallaig, les soldats se regardèrent en soupirant d'aise. On allait connaître une trêve bien méritée. Les mains tremblantes des soldats replongèrent dans les écuelles remplies à ras bord d'une épaisse bouillie d'avoine et de lard. À défaut de dormir, ils pourraient manger, à condition que le siège ne dure pas trop longtemps. Car si les vivres venaient à s'épuiser, l'approvisionnement coupé comme il l'était par les assaillants, il ne leur resterait plus qu'à mourir de fatigue et d'inanition. De quelle quantité de viande et de farine le château disposait-il pour tenir un siège ? Chacun se le demandait en son for intérieur en avalant sa portion.

C'est à propos de cette même question qu'Anna se morfondait, assise toute seule au milieu du magasin où étaient entassées les provisions. Le premier repas pour tous les gens du château l'avait épuisée. Descendue aux caves pour faire l'inventaire des denrées, la vieille intendante s'avoua dépassée par la tâche que représentaient toutes ces bouches à nourrir. Elle se mit à pleurer doucement sans sanglots, laissant couler sur ses joues ravinées un flot ininterrompu de larmes salées. La jeune Jenny la trouva ainsi, dans la plus grande désolation. Toute désemparée, la jeune fille courut chercher la châtelaine.

Dame Gunelle entra dans le magasin et vint s'accroupir à côté de l'intendante, lui passant un bras autour des épaules. Elle envoya la jeune Jenny chercher le révérend, à qui elle devait demander d'apporter de quoi écrire.

«Ne t'en fais pas, Anna, lui dit-elle. Nous nous en sortirons et personne ne mourra de faim. Il s'agit simplement de faire des calculs et, si c'est nécessaire, de limiter les rations. Cette bataille va finir. Elle ne peut pas durer des jours, tout de même! Le seigneur MacNèil et ses lairds vont trouver une solution.

– Il le faudra bien, ma dame, gémit Anna. Nous avons près de deux cents personnes à nourrir en ce moment. C'est trois fois plus que d'habitude et nous ne gardons, pour les gens du château, que les denrées fraîches pour une semaine. On pourrait boulanger pour deux semaines, sans plus. Et des soldats, ça ne peut pas manger que du pain.»

Le sourcil levé, le révérend Henriot entra discrètement, muni d'une planchette, d'une seule feuille et d'un encrier, prêt à prendre la dictée. La jeune châtelaine se redressa et lui indiqua une place, près de la torche. Elle entreprit de faire l'inventaire, à voix haute, de tout ce que contenait le magasin, demandant de temps à autre à Jenny de déplacer des sacs ou des barils qui en camouflaient d'autres. Anna, l'air hébété, écoutait cette énumération en fixant la longue tresse couleur de blé mûr qui se balançait dans le dos de sa maîtresse à chacun de ses pas. Ses larmes séchèrent et elle reprit confiance, à mesure que la feuille du révérend se noircissait de colonnes de chiffres et de mots.

L'opération fut vite terminée et Gunelle remonta aux cuisines par l'escalier du cellier avec l'intendante, relevé à la main.

« Viens, Anna, nous allons calculer d'abord, et établir des menus ensuite, selon ce que chacun doit manger. Mais avant, il faudrait avoir une idée du temps que pourrait durer le siège du château. »

Elle installa Anna à une table, lui demandant d'évaluer le nombre de pains qu'elle pouvait faire avec la farine dont elle disposait, puis sortit par la porte du jardin dans l'intention de retrouver son mari sur les remparts. Elle fut immédiatement saisie par l'odeur de fumée qui flottait sur la cour déserte. S'avançant prudemment à travers les débris épars sur le sol, elle vit les toits fumants de l'écurie et de l'atelier de forge. Un vent fort poussait de lourds nuages de pluie sans qu'il en tombe une seule goutte sur Mallaig. Levant les yeux sur les remparts est, elle aperçut deux archers accroupis au-dessus d'écuelles et, un peu plus loin, trois soldats assis le dos contre le parapet, jambes étendues.

Elle songea un instant que la bataille avait pris fin et monta quatre à quatre les escaliers les plus proches menant au chemin de ronde en évitant les nombreuses flèches fichées dans le sol. Elle s'enquit de l'état de la situation auprès du premier soldat. Celui-ci leva le sourcil et lui répondit d'un air sombre :

« Ils ramassent leur viande. Ça va reprendre tout à l'heure.

– Que voulez-vous dire, capitaine ? » demanda Gunelle, intriguée.

Au même moment, un coup de semonce provenant de l'extérieur des murs fit sursauter la jeune femme.

« Vous entendez, lui dit le soldat, nullement ému. C'est bien ce que je vous disais. "Fils de chiens, venez chercher de la viande ! " C'est le cri de guerre des Cameron. Ils vont attaquer de nouveau. Si vous voulez mon avis, vaudrait mieux que vous quittiez les lieux. On va recevoir de la pique… »

Du bastion, Iain vit son épouse monter sur les remparts et son sang ne fit qu'un tour :

« Par le Diable, qu'est-ce qu'elle fait encore ? » gronda-t-il en se précipitant hors de la pièce sous le regard ahuri de ses occupants. Il courut à découvert sur le chemin de ronde jusqu'au premier escalier qu'il dévala à toute vitesse. Il franchit la cour et rattrapa Gunelle, qui était redescendue précipitamment, bouleversée par son entretien avec le soldat. Une flèche vint atterrir par terre à quelques pas de la jeune femme. Iain se rua sur elle et la plaqua contre le mur. Il n'eut pas le temps d'ouvrir la bouche.

« Ah ! mon seigneur, lui dit-elle aussitôt, hors d'haleine, je vous cherchais, justement. Les hostilités vont reprendre, je pense. Croyez-vous en avoir encore pour longtemps ? Enfin, prévoyez-vous un siège de quelques jours ou moins ? Nous tentons d'établir des rations pour tous nos gens en ce moment et nous aimerions avoir une idée du nombre de repas qu'il faudra servir avant que le château soit de nouveau approvisionné.

– Ma dame ! explosa-t-il. Est-ce que vous vous moquez de moi ? Comment voulez-vous que je réponde à cette question ? Vous ne semblez pas comprendre que nous sommes attaqués en ce moment et que nous nous défendrons tant et aussi longtemps que l'attaque durera. Il faudrait poser votre question à Cameron.

– C'est vrai, admit-elle, confuse. Mais que veut-il ? Pourquoi veut-il prendre le château ? »

Le seigneur Iain bouillait d'exaspération. Il jeta un bref coup d'œil sur les remparts et la cour et, prenant fermement son épouse par le bras, il l'entraîna à longues enjambées vers la tourelle en la tançant :

« Ma dame, je ne sais pas ce qu'il veut et je ne veux pas le savoir. Par contre, je sais ce que je veux en ce moment et je vais l'obtenir, dussé-je vous enfermer pour cela. Je ne veux plus vous voir hors du donjon. Nous sommes en guerre et vous allez devoir le comprendre très rapidement. »

Il la précéda dans les escaliers de la tourelle. Gunelle eut à peine le temps d'empoigner ses jupes qu'elle gravissait les marches, n'en touchant qu'une sur deux. Quand ils atteignirent le palier du mâchicoulis, Iain fit signe de sortir aux trois soldats qui s'y trouvaient. Emportant leurs écuelles et laissant leurs arbalètes, ils s'exécutèrent, les yeux écarquillés de surprise. Quand le dernier se fut engagé dans l'escalier, Iain contourna le lot de munitions par terre et plaça son épouse devant une meurtrière. Lui faisant face, il s'adossa au mur, les bras croisés sur sa poitrine, et lui demanda de lui décrire ce qu'elle voyait. Son ton dur témoignait assez éloquemment de son état d'esprit et Gunelle devint moite de peur.

J'appuyai mes mains sur la pierre, de part et d'autre de la meurtrière, comme je l'avais si souvent fait au début de l'hiver, mais le spectacle qui s'offrit à moi cette fois-là me glaça d'horreur. Des dizaines de blessés, de mourants ou de morts étaient étendus sur le sol à moins de cent pieds du château. Une dizaine d'autres étaient emportés par des soldats ennemis vers les plateaux. Plus au nord-est, de larges panneaux de bois fumants et hérissés de flèches abritaient d'autres assaillants. En fond de terrain circulaient au trot une trentaine de chevaliers en armure. Je fus tirée de mon observation par la voix impatiente de mon mari me disant qu'il attendait mon compte rendu.

«À combien s'élèvent nos pertes, mon seigneur? lui demandai-je prudemment en le regardant dans les yeux. Nous n'avons pas reçu beaucoup de blessés ce matin.

— Aucun mort jusqu'à maintenant, Dieu soit loué! Mais à la prochaine charge, l'ennemi pourrait bien pénétrer la première enceinte. S'il réussit, toutes nos vies sont menacées. Vous sentez-vous maintenant en état de guerre, ma dame? me dit-il d'un ton acerbe.

— Mais mon seigneur, il faut arrêter le carnage! Vous ne savez même pas pourquoi on nous attaque! Leur avez-vous seulement demandé? lui dis-je, révoltée.

— Bon sang, ma dame! croyez-vous que je m'amuserais à discuter avec les Cameron de ce qu'ils veulent quand ils nous bombardent? Ils veulent nous anéantir, ils veulent récupérer leurs terres, ils veulent du uisgebeatha, du sel, n'importe quoi! On n'en a rien à faire! fulmina-t-il.

— Comment, mon seigneur? Vous n'avez pas échangé une seule parole avec votre adversaire? Vous vous engagez dans un conflit qui vous coûte le bourg, des hommes blessés, des morts peut-être dans quelques heures, qui a déjà fauché des dizaines d'hommes dans l'autre camp, et il ne vous vient même pas à l'idée de négocier une solution?

— Écoutez-moi bien, ma dame, gronda-t-il. La guerre, ce n'est pas votre affaire, mais la mienne. Je ne vous dis pas comment broder et vous ne me direz pas comment me battre. »

Et, entendant reprendre le tir des bombardes :

« Vous allez maintenant me laisser travailler en paix et retourner au donjon immédiatement ! »

J'étais désespérée et atterrée. Un chef de clan ne pouvait agir ainsi. C'était insensé. Le seigneur Baltair aurait tenté de discuter avec le chef Cameron. De cela, j'étais persuadée. Il fallait à tout prix que Iain le comprenne. « Mais comment ? me dis-je. Il est de mon devoir de lui faire voir le sien. Il a des vies entre les mains… »

Nous descendîmes l'escalier au même rythme que nous l'avions gravi quelques minutes plus tôt. Je remarquai que sa main était froide. Lorsque nous débouchâmes au bas de la tourelle, les trois soldats nous regardèrent, l'air nerveux. Iain leur laissa le passage et ils grimpèrent sans un mot. Si nous sortions de l'entrée, nous nous retrouverions à découvert. Mon mari me tira derrière lui et, se plaçant dans l'embrasure, il examina durant une minute la cour et les remparts pour évaluer nos chances d'atteindre le donjon sans être touchés. Je l'observais de biais : ses épais sourcils froncés, son profil fermé, sa mâchoire contractée, ses cheveux collés sur ses tempes mouillées. J'eus soudain envie de toucher son visage pour en atténuer la dureté. Il tourna la tête dans ma direction et croisa mon regard.

« J'ai l'impression de ne plus vous connaître, mon seigneur. Où est celui qui m'a prise la nuit dernière ? lui murmurai-je en lui caressant la joue.

– Il est ici, ma dame. C'est le même qui vous a fait l'amour, mais il est occupé à faire la guerre aujourd'hui et sa tâche la plus urgente est de vous mettre à l'abri. Venez ! »

Il avait prononcé ces paroles sur un ton détaché et ses yeux trahissaient une certaine indécision. Je sentis qu'il valait mieux ne rien ajouter et le suivis, les lèvres closes sur ma tristesse et ma déception.

Anna fut très surprise de me voir entrer par la porte du jardin escortée de Iain. Il disparut sans jeter un regard derrière lui et sans nous saluer. La peur me fit trembler légèrement. Je m'effondrai sur un banc et couchai ma tête entre mes bras croisés sur la table. Je sentis alors la main de l'intendante caresser ma tresse et la soulever lentement. Je tournai mon visage de son côté.

«Deux cent vingt-quatre pains, ma dame, me dit-elle doucement.

– Bien! Voyons maintenant la répartition des autres vivres», lui répondis-je calmement.

Je m'emparai de la feuille d'inventaire sur la table et commençai à en tirer des chiffres. Des projectiles sifflèrent au-dessus de la cour et atteignirent les murs de fortification sans allumer aucun brasier. Je me précipitai pour fermer la porte du jardin et la barrer. Puis, j'entraînai Anna avec moi dans la grand-salle. Les images du champ de bataille flottaient devant mes yeux et une peur atroce me nouait l'estomac. «"Fils de chiens, venez chercher de la viande!" Que ces Highlanders sont barbares!» pensai-je, affolée. Dame Rosalind vint à ma rencontre sitôt qu'elle m'aperçut et me tendit une large tranche de pain.

«À défaut de dormir, il faut manger, ma chère. Tenez, c'est votre portion. Soyons économes, n'est-ce pas?

– En effet, ma dame. J'aimerais avoir votre avis sur ceci», lui répondis-je en lui montrant l'inventaire.

Elle me sourit et prit la feuille qu'elle parcourut attentivement. Je la regardais en mordant dans la mie dense. Je trouvai la tante de Iain très belle à ce moment-là. Il se dégageait d'elle noblesse et intelligence et je me sentis épaulée avant même qu'elle n'ait émis une seule remarque sur l'inventaire des denrées disponibles au château.

Je balayai la salle du regard. Les blessés se restauraient ensemble dans un coin et les dames, dans l'autre. Màiri et ma petite Ceit s'étaient assoupies côte à côte sur des fourrures, Bran à leurs pieds. Nellie était descendue aux caves avec des servantes pour approvisionner les familles.

Je suivis dame Rosalind qui m'entraîna jusqu'au cercle des fauteuils où nous prîmes place. J'écoutai attentivement ce qu'elle avait à me dire sur la distribution de nourriture, tentant de chasser de mon esprit le mur d'enceinte extérieur qui pouvait céder le passage à l'ennemi dans la prochaine heure. Son analyse des réserves fut absolument édifiante et j'adoptai ses recommandations sans hésiter. Je mis immédiatement Anna au courant, ce qui la rassura grandement et lui redonna beaucoup d'autorité dans son rôle d'intendante.

Cet effort m'avait vidée de mes forces. Je restai prostrée le reste de la journée dans la grand-salle, épuisée mais incapable de me reposer comme me le suggéraient mes gens. Je n'avais plus du tout envie de sortir du donjon et je me contentai d'écouter les bruits de la guerre qui sévissait dehors et d'imaginer les dégâts qu'elle causait. Nous ne reçûmes que quatre nouveaux blessés dans l'après-midi.

À la tombée de la nuit, les combats cessèrent, mais je ne vis pas mon mari revenir. Le cœur lourd, je descendis aux caves et me joignis aux familles pour la prière du soir du révérend. Comme toujours, elle fut de nature à m'apaiser. En regardant les visages autour de moi, tous recueillis dans la même foi, je rendis grâce à Dieu pour cette journée donnée et les vies préservées et demandai le repos de l'âme de ceux qui étaient morts au combat. Je remontai ensuite dans la salle et allai me blottir contre Ceit dans l'espoir d'y trouver le sommeil. La chaleur de son petit corps me gagna et m'engourdit. Je tombai rapidement endormie.

Au réveil, le lendemain, alors que les blessés affluaient dans la salle, j'appris avec stupeur que les ennemis avaient joué de stratégie à la faveur de la nuit : ils avaient réussi à assécher les douves grâce à un barrage qu'ils avaient construit en amont, détournant la cascade qui fournissait l'eau autour du château ; ils avaient démantelé la porte du mur extérieur et avaient pris position au pied des murailles, tentant en plusieurs endroits de les escalader au moyen d'engins d'approche. Hélas ! nous comptions nos premiers décès : cinq soldats, deux archers, un chevalier de la maison d'un laird et le maçon de Mallaig.

J'étais anéantie. Je fis descendre Ceit et Màiri aux caves par le cellier et m'armai de détermination pour recevoir mon premier contingent de blessés. Ce furent surtout des brûlures au dos et aux bras, des pointes de flèche à retirer et des membres à panser. Je n'osais pas imaginer l'état des adversaires. Ce devait être la catastrophe. Je savais bien qu'à tout moment nous pouvions être envahis et j'en tremblais intérieurement. Comment tenir toute la matinée ainsi, sans m'arrêter de soigner et sans défaillir ? Les épouses des lairds gardaient le rythme, de même que dame Beathag, qui déployait un zèle exemplaire avec Finella pour remettre sur pied nos gens.

On vint nous annoncer que les chevaliers de nos lairds étaient arrivés du nord et livraient un combat acharné à la cavalerie Cameron sur les plateaux. Cette nouvelle nous réconforta momentanément.

À midi, il y eut une trêve. Je vis le seigneur Tòmas traverser la salle en direction de la salle d'armes, y entrer et en ressortir quelques instants plus tard avec un étendard portant une croix blanche sur fond bleu : la croix de saint André, patron des Écossais. Il fit un détour de mon côté et me glissa à l'oreille que son cousin avait l'intention de négocier, puis il disparut par le portail. Le cœur gonflé d'espoir et fière de mon mari, je me levai péniblement, les jambes engourdies d'être restée accroupie trop longtemps. Je laissai mon blessé aux soins d'un brancardier qui le ramena au fond de la salle avec les hommes invalides et marchai lentement jusqu'au portail. Il n'y avait plus qu'un seul garde dans le hall et il me conseilla avec humilité de ne pas sortir. Je lui souris, le remerciai de sa gentillesse et, tandis que je m'apprêtais à retourner au milieu des miens, l'idée me vint de lui demander si les MacNèil avaient un cri de guerre. Il eut du mal à dissimuler son embarras. Comme j'insistais, il finit par me le révéler, sans me regarder et d'une voix qui trahissait sa gêne : « Que ceux qui n'ont rien entre les jambes se couchent ! »

Je ne pus m'empêcher de sourire en me dirigeant vers un groupe de blessés dont dame Beathag avait la charge. Elle surprit mon expression et me demanda le sujet de la plaisanterie échangée avec le garde, ce à quoi je ne sus que répondre sur le coup. Puis, comprenant qu'elle faisait allusion à ce qui m'avait fait sourire, je le lui dis. Elle en rit aussitôt, de son rire de gorge :

«Ce cri de guerre est tout à fait MacNèil, si vous voulez mon avis. Et il est assez récent. Devinez un peu qui l'a inventé? me lança-t-elle, espiègle.

– Je n'en ai aucune idée. J'espère seulement que ce n'est pas votre beau-frère, lui répondis-je laconiquement.

– Presque! Ce n'est pas Iain, mais moi! N'est-ce pas approprié comme cri sur un champ de bataille de Highlanders?»

Que répondre à une telle idiotie? Je mis fin à cet entretien en me tournant vers un autre groupe et dirigeai toutes mes pensées vers mon mari. Il fallait que les pour-parlers réussissent. C'était primordial! Tous ces blessés qui se multipliaient, ces morts qui s'ajoutaient aux morts, ces deuils à vivre… Je repensai à la famille du maçon: son épouse était de celles qui avaient un nourrisson en bas et la famille comptait deux autres garçons. Mon cœur se serra et je dus fermer les yeux quelques instants pour garder contenance. Je me mis alors à prier avec ferveur pour Iain.

L'après-midi tirait à sa fin et un pâle soleil jetait sur le sol de pierre jonché de linges imbibés de sang ses derniers rayons de lumière. Les combats n'avaient pas repris. Il planait sur la salle une atmosphère d'intermède, de temps suspendu. Les blessés invalides reposaient sur des tapis près de l'âtre; ceux qui pouvaient marcher avaient quitté la salle et regagné leur position sur les remparts ou s'étaient regroupés dans la cour. Le révérend Henriot allait et venait parmi tous ces hommes mal en point, assistant les uns, bénissant les autres.

On avait déplacé le cercle des fauteuils un peu à l'écart. Le silence était presque total quand j'entendis des pas dans le hall et vis apparaître Iain, qui s'immobilisa à l'entrée de la salle et s'adossa contre l'arc du portail, les yeux fixés sur moi. Je me levai d'un bond et courus vers lui. Je ne l'avais jamais vu aussi épuisé. La douleur se peignait sur chaque trait de son visage et son regard exprimait une sorte de résignation.

« Que puis-je faire pour vous, mon seigneur ? lui dis-je avec compassion.

— Venir dans mes bras si j'ai encore votre amitié », me répondit-il dans un souffle en ouvrant les mains devant lui.

Je pris ses mains dans les miennes et appuyai ma tête contre sa poitrine sans un mot. Il posa sa bouche sur mes cheveux et soupira bruyamment. Puis, se redressant, il m'entraîna dans le bureau, au fond du hall.

J'avais le cœur en alerte. La guerre était-elle finie ? Avait-il capitulé devant Cameron ? Le fait qu'il circulait seul ne signifiait-il pas que tout danger était écarté ? Il s'assit dans le seul fauteuil de la pièce et me prit sur ses genoux, m'enserrant de ses deux bras. Il renversa la tête sur le dossier et demeura ainsi de longues minutes en silence, les yeux fermés. Je détaillais sa figure sale et ravagée de fatigue : la barbe naissante lui ombrageait les joues et le menton. Je lui caressai doucement le visage du revers de la main. Il ouvrit les yeux et me regarda longuement, d'un air indéchiffrable.

« Ma dame, j'ai écouté vos conseils et j'ai marchandé la paix cette après-midi : moi contre la restitution des forêts. Les hommes de MacDonald se sont retirés ce midi et repartent avec la prochaine marée. Cameron veut reprendre possession de ses terres, mais il ne lui reste plus qu'une trentaine de guerriers et une dizaine de cavaliers. Ils ont réussi à entrer dans l'enceinte, mais ils ne peuvent aller plus loin. Nous les tenons. En quelques heures, nous les tuons tous. Seulement, je suis incapable de continuer. C'est de la boucherie. Je crois que Cameron est devenu complètement fou. Il risque la vie de ses hommes comme d'autres misent leurs souliers au jeu. J'ai proposé un combat singulier avec lui. Si je perds, les Cameron reprennent les Grampians. Si je gagne, ils y renoncent définitivement. »

Mais qu'est-ce que cela voulait dire : « Si je perds » ? J'étais affolée. Mon mari était-il en train de m'expliquer qu'il mettait sa vie en jeu pour épargner celle de tous les autres, de son clan et de celui des Cameron ? Je glissai de ses genoux à ses pieds, les mains accrochées aux siennes que je pétrissais fébrilement.

« A-t-il accepté cette offre, mon seigneur ? articulai-je avec peine.

— Pas tout à fait. Il veut un combat en double, en souvenir des frères MacNèil. Ce sera les cousins MacNèil. Lui et son frère Athall contre Tòmas et moi.

— Dieu du ciel ! » m'exclamai-je.

J'enfouis ma tête entre mes bras tendus sur lui. J'étais épouvantée. Comment pouvait-on en arriver à une telle solution ? Il reprit la parole d'une voix sourde et je dus relever la tête et tendre l'oreille pour comprendre ce qu'il disait.

« Croyez-moi, ma dame, j'aurais préféré épargner Tòmas. D'autant plus que c'est à lui que je vous aurais confiée si les choses avaient mal tourné pour moi en combat singulier. Mais maintenant ce n'est plus possible. Si l'un des deux cousins doit tomber, le risque est grand que ce soit celui à qui vous avez donné votre préférence, il y a deux mois.

— Taisez-vous donc! Comment pouvez-vous parler ainsi?» haletai-je.

Me redressant comme si le feu eût été pris à mes jupes, je le saisis aux épaules et me penchai sur son visage:

«Sachez, mon seigneur, que j'ai découvert un autre homme depuis. Un homme qui a non seulement ma préférence désormais, mais qui possède mon cœur totalement. Comment faut-il vous le dire, Iain MacNèil, pour que vous compreniez? Je vous aime d'amour…»

Je ne pus terminer ma déclaration, car il avait bondi sur ses pieds et m'embrassait sur la bouche avec fougue.

«Comme vous venez de le dire, ma dame, c'est tout à fait clair», murmura-t-il entre deux baisers.

Il me serra longuement dans ses bras en donnant un léger mouvement de bercement à nos corps enlacés et me chuchota des paroles d'espoir:

«Nous commencerons le combat à la tombée de la nuit et nous pouvons le gagner si nous reprenons des forces. Je voudrais me reposer en votre seule compagnie jusqu'à ce moment-là. J'ai besoin de votre chaleur ce soir. Voulez-vous rester auprès de moi, ma dame?

— Je serais bien incapable de vous quitter, ne serait-ce qu'une minute. Je me suis sentie tellement loin de vous depuis hier que de vous retrouver me comble de bonheur. Je ne veux plus vous perdre de la sorte, mon seigneur. Promettez-moi de ne plus jamais me traiter avec froideur comme vous l'avez fait…

— Je vous le promets si vous me promettez en retour de ne plus courir au-devant du danger à la moindre occasion qui se présente à vous», répondit-il tendrement.

Me voyant sourire, il m'entraîna dans l'enclave de la fenêtre où il me fit asseoir par terre sur un tapis. Il défit son baudrier qu'il mit à mes pieds, et il s'allongea sur le côté, posant la tête sur ma jupe tachée de sang séché, en m'enserrant les genoux avec son bras. Je m'adossai au mur et promenai mes mains sur son épaule et son dos, comme on le fait avec un enfant à protéger.

Il m'expliqua calmement son attitude envers moi : sa propre peur de me perdre l'avait jeté dans un état de panique en me voyant mettre ma sécurité en danger. Je dus admettre que j'avais fait preuve d'imprudence plus d'une fois depuis mon arrivée à Mallaig. Nous évoquâmes ces souvenirs et cela nous fit oublier la situation dramatique qui avançait à notre rencontre à mesure que la nuit approchait.

Doucement, je caressai à deux mains ses cheveux défaits et je le sentis bientôt s'assoupir. Un chant d'amour monta en moi et je le laissai couler d'entre mes lèvres, dans l'air frais du soir, regardant par la fenêtre le jour s'éteindre.

Chapitre XI

La chasse

La guerre était finie. La lande fumante autour du château était baignée du pâle soleil de la fin de mars. Une légère brise soufflait de la mer, emportant les derniers relents de salpêtre des bombardes vers les plateaux et accompagnant les troupes Cameron qui regagnaient leurs terres, chef en tête. Plusieurs chariots chargés des blessés et des défunts précédaient la colonne de cavaliers et d'engins de guerre qui quittait le champ de bataille.

Trois chevaliers MacNèil fermaient la marche et l'un d'eux menait par la bride un cheval destiné à ramener le révérend Henriot, qui était monté à bord d'un chariot afin d'assister les mourants durant leur retour chez eux. Les quatre hommes de la maison MacNèil devaient revenir à Mallaig quelques heures plus tard avec le chef Cameron et son frère pour le combat contre le seigneur Iain et son cousin Tòmas.

Du bastion, le seigneur Tòmas regarda s'éloigner les troupes Cameron vers le nord, jusqu'à ce que leur étendard ait disparu à l'orée du bois. Il tenait toujours à la main le drapeau de la croix de saint André que son cousin avait utilisé pour signifier son intention de négocier. Sur le coup, il en avait éprouvé admiration et fierté. Son cousin avait fait preuve d'une maturité peu habituelle chez lui en amorçant l'arrêt des hostilités au moment où la victoire lui était acquise. Mais, en se remémorant les conditions de l'entente qu'il avait conclue avec Cameron et qui l'engageaient dans un combat en double, Tòmas ne pouvait s'empêcher d'éprouver de la déception et de l'appréhension. «Je ne fais pas le poids», se dit-il en pensant aux deux hommes contre lesquels il allait se battre avec Iain.

Bruce Cameron et son frère Athall étaient dans la trentaine avancée, bien bâtis et fort habiles guerriers. Depuis qu'il vivait à Mallaig, Tòmas n'avait jamais rencontré le chef Bruce, mais son frère Athall avait fait partie de toutes les rixes qui opposaient constamment les deux clans. C'était toujours Iain qui prenait ce dernier comme adversaire et Tòmas se souvenait que son cousin le trouvait coriace. Quant à Bruce Cameron, il y avait fort à parier qu'il était champion au claymore. «Je vais perdre la vie et Iain va perdre ses terres si je ne gagne pas mon combat ce soir», songea-t-il avec résignation en redescendant des remparts.

La première personne qu'il rencontra en entrant dans la salle du corps de garde fut son oncle Aindreas et, en croisant son regard, il ne put s'empêcher de penser au rôle de chef des MacNèil qu'il avait revendiqué auprès des lairds quelques jours plus tôt. Contre toute attente, son oncle lui prit le bras et l'entraîna au fond de la salle, s'offrant à le préparer en vue du combat.

«Viens avec moi, Tòmas, tu dois absolument prendre quelque repos, lui dit-il. Ce n'est pas gagné, ce soir. Tu vas jouer ta vie et celle de ton cousin.

« — Si Iain meurt, mon oncle, vous allez devenir le chef, n'est-ce pas ? » murmura faiblement Tòmas, les dents serrées.

Aindreas s'arrêta net et regarda son neveu dans les yeux. Une inquiétante lueur y brillait. Il se détourna, examina ceux qui les entouraient, puis, se penchant à l'oreille du jeune homme, il lui dit :

« Et s'il meurt et que toi, tu restes en vie, tu hérites de son château, et probablement de son épouse… Les destins sont étranges, Tòmas. Il faut y penser avant de dégainer. Tu risques gros, ce soir, mais tu peux remporter gros aussi.

— Laissez-moi, mon oncle ! Vos espoirs sont indignes d'un MacNèil », répliqua Tòmas, révolté, en s'écartant brusquement, sous l'œil ébahi des chevaliers qui étaient à portée de voix.

Tòmas sortit du corps de garde à toute vitesse, comme s'il avait eu une vision du Malin. Le cœur battant, il se dirigea directement vers la porte du donjon, le drapeau à la main, inconscient de tous les regards posés sur lui dans la cour. En entrant dans le hall, il se heurta à la jeune Jenny qui sortait, menant dehors les enfants qui étaient restés enfermés dans les caves durant deux jours. Il eut un sursaut en la voyant et, comme il lui présentait ses excuses, elle l'interrompit d'une voix faible :

« Mon seigneur, que le ciel vous protège cette nuit. J'ai entendu que vous alliez livrer combat aux Cameron avec le seigneur Iain. Je prie pour vous et je vais prier à chaque minute jusqu'à la nuit. Vous ne devez pas mourir. »

Pivotant sur elle-même, elle sortit en hâte rejoindre les enfants, sans se retourner, laissant Tòmas au milieu du hall, désemparé. Il vit Bran assis devant la porte du bureau et comprit que son cousin s'y était isolé. « Il faut que je dorme, sinon je suis perdu », pensa-t-il. Il partit en direction de la salle d'armes, serrant le drapeau entre ses doigts avec détermination.

Le révérend Henriot était rompu. S'en revenant à Mallaig, il se laissait disgracieusement ballotter au gré du pas lent de sa monture. À côté de lui allaient le chevalier Eachann, du loch Alsh, et derrière, les chevaliers Eideard et Dòmhnull, tous deux de Gairloch. Devant eux allaient les seigneurs Cameron et quatre hommes de leur maison.

Le ciel était tout à fait dégagé et son dôme étoilé était percé d'une pleine lune blanche, presque transparente. Le révérend priait en silence pour le repos de toutes ces âmes rappelées durant cette courte guerre. Jamais il n'avait eu à bénir autant de mourants à la fois et il aurait vraisemblablement à en bénir d'autres cette nuit. De tout cœur, il souhaita que ce ne soit pas le seigneur Iain ni son cousin :

« Qui suis-je, Dieu tout-puissant, pour vous implorer d'intervenir en faveur du seigneur Iain ? plaida-t-il. S'il Vous faut prendre de nouveau des hommes, épargnez les MacNèil. Ce sont les Cameron qui ont rompu la trêve de Dieu en déclarant la guerre en plein carême. Les hommes de Mallaig se sont défendus dans le respect de l'Église. »

Quand l'escorte déboucha sur les plateaux, le révérend aperçut au loin, à la pointe est de la lande, un cercle de longues torches fichées dans la terre humide de ce qui avait été, quelques heures plus tôt, un champ de bataille. Une trentaine d'hommes se tenaient à l'extérieur de ce cercle. Un garde, à cheval, circulait tout autour, portant l'étendard du clan MacNèil. «Le combat aura lieu en dehors des murs», se dit-il, surpris et rassuré.

Lorsqu'il passa le pont-levis, laissant les chevaliers et les Cameron derrière lui sur la lande, il eut l'étrange pressentiment qu'aucune autre mort ne viendrait s'ajouter à celles, déjà nombreuses, qui avaient marqué ce jour. Il haussa les épaules nerveusement. Le seigneur Iain l'attendait dans la cour et vint l'aider à mettre pied à terre. Le révérend Henriot remarqua aussitôt que le jeune chef était propre, changé et reposé. Il soupira d'aise.

«Révérend, dit celui-ci, j'aimerais que vous me bénissiez, ainsi que mon épouse et la petite Ceit, avant le combat. J'aimerais également que vous m'entendiez en confession.

— Ce sera un bonheur pour moi de le faire, mon seigneur. Je souhaitais ardemment que vous me le demandiez», lui répondit le révérend, le cœur léger.

D'un pas presque solennel, les deux hommes entrèrent dans la chapelle par la petite porte donnant sur la cour. La nef était faiblement éclairée par des cierges posés sur l'autel. Dame Gunelle et la petite Ceit attendaient, assises main dans la main, sur un banc de la première rangée. Derrière elles, le seigneur Tòmas, Anna, dame Beathag et sa suivante, les cinq lairds et leurs épouses formaient un groupe compact de visages tirés et angoissés. En voyant entrer le révérend et son mari, dame Gunelle se leva et s'avança vers eux avec Ceit.

Elle avait revêtu une robe bleu sombre très discrète et était simplement coiffée d'un touret blanc. La fillette était également sobrement habillée, les cheveux nattés sous un bonnet ouvert. Son petit visage crispé montrait qu'elle luttait contre le sommeil.

Le révérend leur prit les mains en leur souriant. Il se sentit soudain sale, puant le cheval, devant cette assemblée qui avait eu le temps de se rafraîchir. Se tournant vers le seigneur Iain derrière lui, il vit que celui-ci donnait des signes d'impatience et il décida de procéder rapidement aux bénédictions d'adoption. Il indiqua une place, tout à côté de l'autel, aux deux parents et à l'enfant, puis alla quérir ses livres d'un pas vif dans la petite sacristie.

Iain vint se placer à côté de moi et me prit la main, passant son bras devant sa fille qu'il appuya contre lui. Ceit s'accrocha tout de suite à la main de son père et y posa la joue. Iain me regarda et me sourit. Ses yeux brillaient d'intensité. Son visage, de nouveau rasé de près, était détendu et apaisé. Je lui rendis son sourire et pressai mes doigts autour des siens.

Après avoir longtemps dormi la tête sur mes genoux, il s'était réveillé reposé et à nouveau sur un pied d'alerte. Avec des gestes de tendresse, il m'avait quittée pour se rendre au corps de garde où il s'était baigné et entretenu avec son cousin en attendant le retour des frères Cameron.

« Ma dame, m'avait-il dit avant de sortir du bureau, je dois rester auprès de mon cousin jusqu'à l'arrivée de nos adversaires. Il nous faut nous préparer et nous concentrer uniquement sur le combat que nous allons livrer ensemble. J'ai une demande à vous faire : j'aimerais que vous n'y assistiez pas.

— Soit, mon seigneur, lui avais-je répondu d'une voix tremblante. Je n'irai pas, mais je serai avec vous. »

Posant ma main sur sa poitrine, j'avais ajouté :

« Ici. »

En me laissant sur un baiser, il m'avait fait savoir qu'il voulait reconnaître Ceit avant le combat et avait demandé que je me tienne prête avec elle dès que le révérend entrerait au château.

J'avais passé avec Ceit tout le temps qu'il me restait avant la cérémonie d'adoption. Je l'avais fait monter à ma chambre avec moi et avais pris un bain avec elle. Je ne cessais de lui parler de Iain et de l'adoption, car je voulais qu'elle comprenne bien ce que cela signifiait et qu'elle soit capable de nommer Iain « père ». Je sentais que le geste de mon mari envers Ceit ce soir-là avait beaucoup d'importance pour lui. Il en avait également beaucoup pour moi. Ces moments d'intimité passés avec ma petite Ceit détournèrent mes pensées du combat qui allait être livré dans moins d'une heure et coûter la vie à un homme ou à deux.

J'écoutais le révérend Henriot prononcer en latin la bénédiction de l'adoption après en avoir traduit les grandes lignes en gaélique. Ceit se tenait très droite et avait laissé la main de son père, s'apprêtant à se signer. Quand nous fûmes tous bénis, elle se retourna, leva les yeux vers Iain et lui tendit les bras. Iain la prit doucement dans les siens et la serra contre lui. J'entendis Ceit lui chuchoter à l'oreille :

« Je vous aime de tout mon cœur, père… »

Il l'embrassa, puis la reposa sur le sol et sortit de son pourpoint une feuille pliée. Se tournant vers la petite assemblée, il la déplia et en fit lecture à haute voix :

« En ces premiers jours de l'an de grâce 1425, moi, Iain MacNèil, fils de Baltair, reconnais la fille Ceit comme ma fille et mon héritière, au même titre que les enfants qui seront issus de mon mariage. Qu'elle soit élevée par mon épouse Gunelle qui la prend pour sa fille aujourd'hui. »

Après un bref silence, il se tourna vers le révérend et lui dit :

« J'aimerais que vous signiez ce document comme témoin, révérend. »

Puis, en me regardant, il ajouta d'un même souffle :

« Et vous aussi, ma dame. »

Un encrier et une plume, que je n'avais pas remarqués jusque-là, étaient posés sur une table en retrait de l'autel ; le révérend et moi avançâmes ensemble pour signer le document que Iain nous tendait. Il avait repris la main de sa fille et alla s'asseoir sur le banc que nous occupions avant son arrivée. Quand mon mari avait-il préparé ce document ? Ce ne pouvait être que ce soir-là. Il était bien rédigé et j'en éprouvai de la fierté. Je jetai un œil sur l'assemblée et notai une vive émotion chez Anna et chez Tòmas.

Sauf Iain qui resta avec le révérend, nous quittâmes tous la chapelle et regagnâmes la grand-salle. Je fus immédiatement abordée par dame Beathag en mal d'attention.

« Chère châtelaine, me dit-elle d'une voix suave, qu'avez-vous fait à notre chef en si peu de temps ? Il capitule devant ces truands de Cameron, se rase comme un Anglais et adopte une orpheline comme un homme qui n'est assuré d'aucune descendance.

– Je suis surprise que vous connaissiez si mal votre beau-frère, chère Beathag, pour croire qu'il n'agit pas de son propre chef. Mon mari n'a pas capitulé, mais a décidé de régler cette guerre à quatre hommes plutôt qu'à cent. Il ne se rase pas comme un Anglais, mais comme un Écossais, et il n'adopte pas Ceit parce qu'il me croit stérile, mais parce qu'il lui est attaché autant que moi.

– Je connais mon beau-frère, chère Gunelle, et, comme toutes les femmes ici présentes, je sais reconnaître un changement chez lui quand il y en a un. »

Se tournant vers le groupe des épouses des lairds, elle poursuivit :

« Je maintiens que vous l'avez transformé. Donnez-nous la recette de votre philtre, je suis curieuse de savoir comment vous vous y êtes prise.

– Si la recette existe, vous n'en possédez pas l'ingrédient principal », lui répondis-je en me détournant d'elle et entraînant Ceit en dehors de son cercle.

J'entendis aussitôt une voix claire venant du groupe des femmes que Beathag avait prises pour témoins de ses commentaires. C'était dame Rosalind, qui compléta ma réponse :

« Chère Beathag, je crois que la châtelaine de Mallaig fait allusion à l'amour. Pas à l'amour des sens qui ignore les mouvements du cœur, pas non plus à l'amour courtois qui s'éteint quand les amants passent à l'acte, mais à l'amour véritable qui grandit parfois entre des époux, aussi étrange que cela puisse vous paraître. »

Je fus soulagée de ne plus rien entendre venant de Beathag et je me réfugiai auprès de Nellie et d'Anna. J'avais le goût d'être en compagnie de personnes qui aimaient inconditionnellement ma fille et mon mari. Ma nourrice et l'intendante n'étaient-elles pas mon double rempart à Mallaig ? Je pris place à côté de Nellie, qui m'entoura affectueusement de son bras et me chuchota :

« Ne faites pas attention à dame Beathag. La jalousie la ronge. Dame Rosalind a parfaitement raison, ma chérie. Une femme qui aime peut influencer beaucoup celui qu'elle aime. Je suis rassurée de vous voir amoureuse du seigneur Iain. Cela vous va bien, à vous et à lui aussi. Et que dire de la félicité incroyable de notre petite Ceit ? »

Je lui souris avec reconnaissance et entrepris d'attendre, le cœur serré, le départ de Iain et de Tòmas pour le combat avec les Cameron.

Quand le seigneur Iain termina sa confession, il vit Tòmas agenouillé au fond de la chapelle. Celui-ci se redressa aussitôt, vint vers son cousin et, posant une main sur son épaule, lui souffla : « C'est mon tour, Iain, je te rejoins bientôt. » Puis, il alla s'agenouiller près du révérend.

Iain passa la porte de la chapelle et se dirigea vers la grand-salle. Tous les regards convergèrent sur lui quand il entra. L'atmosphère était chargée d'émotions. À l'énervement que deux jours de guerre avaient provoqué chez les gens de Mallaig venait s'ajouter l'anxiété d'un combat dans lequel le jeune chef MacNèil risquait sa vie et celle de son cousin. Iain choisit de couper court aux effusions, se privant délibérément de plusieurs témoignages de respect et d'encouragement. Il alla droit à son épouse qu'il prit par la main et entraîna vers la sortie après avoir fait une caresse sur la joue de sa fille blottie contre Anna.

« Ma dame, dit-il d'une voix sourde quand il fut seul avec Gunelle, j'y vais maintenant. Je veux que vous sachiez le plus important : je n'ai jamais aimé avant vous parce que j'ai toujours eu peur de voir mon amour rejeté. Vous m'avez tiré du côté de la lumière en me montrant comment être heureux. »

Il la baisa au front, puis ajouta :

« Quoi qu'il arrive, Gunelle, souvenez-vous que vous êtes ma bien-aimée et le demeurerez toujours. »

La jeune châtelaine refoulait à grand-peine son désespoir. Elle ne put rien répondre à cette première déclaration d'amour de son mari et s'abattit sur sa poitrine, lui passant les bras autour du cou. Il lui enserra la taille, appuya la tête sur son épaule et ils demeurèrent ainsi étreints de longues minutes, goûtant en silence cet instant de communion intense. Quand le seigneur Tòmas sortit de la chapelle, il les surprit dans cette attitude et tourna les talons pour se diriger vers le corps de garde. Il entendit presque aussitôt le bruit des bottes de son cousin, derrière lui dans le couloir.

Dans la salle commune des chevaliers et soldats, un grand feu brûlait dans l'âtre et des hanaps de uisgebeatha passaient de main à main entre les hommes nerveux. Iain et Tòmas ne burent rien. En silence, ils enlevèrent leur tunique et revêtirent, avec l'aide de deux chevaliers, haubert en cotte de mailles, jambières, brassards, plastron, épaulières et heaume, puis, ayant pris leurs claymores, ils sortirent dans la cour. Emprisonné dans son carcan de métal, la visière du heaume relevée, chacun avançait vers le pont-levis sans parler. Ils s'étaient tout dit sur la façon de combattre ensemble.

Durant près d'une heure, le seigneur Iain avait instruit son cousin des meilleures tactiques à employer, lui parlant non pas comme un maître d'armes, mais comme un homme dont la vie dépend d'un autre. Jamais Iain n'avait discuté de la sorte avec son frère, avec qui il avait pourtant livré tous ses combats en équipe. Il se sentit très proche de son cousin, lié à lui du même lien qu'il imaginait entre un aîné et son cadet, quand existe un amour fraternel.

« Tòmas, lui dit-il tout en marchant, cette nuit je ne me bats pas pour mes terres. Je me bats pour que nous restions tous les deux en vie. Si tu es touché, je demande vie sauve et je me soumets aux Cameron. Ne te sacrifie pas. Tu es le frère que je voulais avoir et je ne veux pas te perdre. »

Le seigneur Tòmas déglutit avec peine. Une peur atroce l'oppressait et cette déclaration de son cousin le mettait au supplice. Une foule de sentiments contradictoires se bousculaient en lui et, depuis sa conversation avec leur oncle Aindreas, il n'arrivait plus à faire le partage entre ce qu'il voulait et ce qu'il redoutait. Devenir maître de Mallaig aux côtés d'une Gunelle veuve était un rêve impossible et il se refusait à y penser. Il savait qu'il ne ferait rien, au cours du combat, pour qu'il se réalise. Maintenant qu'il connaissait le cœur de son cousin et les sentiments que celui-ci éprouvait pour son épouse et pour lui, sa mort lui devint une perspective tout à fait intolérable. « Iain doit vivre », se dit-il.

Arrivés au bout du pont, qui débouchait directement sur la lande depuis que la première porte avait été enlevée, ils virent le cercle de combat entouré des torches fumantes. Il leur parut rétréci. Une cinquantaine de personnes s'étaient massées sur le pourtour : les lairds MacNèil, les chevaliers, des soldats, le révérend Henriot et quelques hommes et femmes du bourg, dont la jeune Jenny. En retrait, la compagnie Cameron s'était regroupée autour de son étendard planté en terre près de ses chevaux.

Tous se turent lorsque les cousins MacNèil apparurent. Le cri d'un oiseau de nuit déchira l'air immobile et un frisson glacé parcourut l'assemblée. Les MacNèil descendirent d'un même pas vers le cercle de combat. Le premier regard que Tòmas surprit sur lui fut celui de son oncle Aindreas. Dans un souffle, il dit à Iain :

« Iain, si je meurs et que tu restes en vie, promets-moi de toujours te méfier de notre oncle Aindreas. Il veut ta place et a été prêt à te trahir devant moi tout à l'heure. »

Le seigneur Iain se tourna vivement vers son cousin et, l'arrêtant de la main, l'examina un long moment, essayant de deviner sur ses traits la nature de cet aveu. Après un soupir, il lui dit doucement :

« Tòmas, si je meurs et que tu restes en vie, promets-moi de toujours la protéger. Je te la confie avec ma fille. »

Ces paroles firent tressaillir Tòmas. Il serra les poings et les mâchoires en regardant son cousin :

« Si Dieu est avec Mallaig, aucun de nous ne mourra, Iain ! » lui répondit-il d'une voix claire.

Les deux hommes se sourirent et se tournèrent vers le cercle de combat. Les seigneurs Cameron étaient déjà en position de combat, énervés par l'attente.

Selon les conditions que Iain avait négociées, les MacNèil avaient le choix de l'emplacement, des armes et du protocole d'arrêt du combat. Les Cameron décidaient du moment du combat et des équipements de protection. Quand Bruce Cameron sut que Iain choisissait le claymore seul, il opta pour une armure réduite : haubert, épaulières, brassards et gantelets de fer ; pas de plastron, cuissards, jambières et heaume. Les chevaliers aidèrent Iain et Tòmas à se débarrasser de l'équipement superflu. Ce fut le premier point en faveur de Tòmas qui, n'ayant pas terminé sa formation de chevalier, s'était très peu entraîné à combattre au sol en tenue d'armure.

Une fois les quatre hommes en position dans le cercle, Iain se plaçant face à Athall pour laisser Bruce à son cousin, les Cameron comprirent que la blessure, bien que peu apparente, de leur chef n'était pas passée inaperçue. En effet, Iain avait décelé une raideur au bras droit de Bruce Cameron au cours de leurs négociations dans l'après-midi et en avait déduit que l'homme était blessé. Que son adversaire eût choisi comme équipement les pièces protégeant les épaules, les bras et les mains vint confirmer ses suppositions. Les cousins avaient convenu que Bruce serait l'adversaire le plus faible des deux et que Tòmas l'affronterait. C'était le deuxième point en faveur de celui-ci dans ce combat en double.

Dès les premiers échanges de coups entre Bruce Cameron et Tòmas, le style d'évitement pratiqué par ce dernier donna le ton à leur combat. Tòmas parait chaque coup, n'en donnait aucun et se déplaçait à une vitesse telle que son adversaire commença rapidement à s'énerver. Encore sous l'emprise de sa révolte et de sa folie destructrice, le chef Cameron s'investissait de façon démesurée et perdait progressivement son sang-froid. Il s'épuisait en assauts qui ne portaient pas, alors que Tòmas ménageait ses forces en bloquant les attaques ou en les évitant.

Dans l'autre partie du cercle, après plusieurs coups techniques que Iain avait portés pour jauger la forme d'Athall, le combat devint serré. Les forces en présence étaient égales: Athall était plus grand que Iain et son arme balayait un champ plus vaste, forçant ce dernier à de plus larges voltes. En revanche, le jeune chef MacNèil avait l'avantage de la force de frappe, car il était nettement plus puissant que Cameron et plus rapide dans le maniement du claymore. Iain se concentrait sur son adversaire, mais, quand Tòmas traversait son champ de vision, il ne pouvait s'empêcher d'être distrait une seconde. Athall dut s'en apercevoir, car il manœuvra pour que Iain fût le plus souvent possible dans cet angle.

De son côté, Bruce Cameron était de plus en plus exaspéré. Le souffle court, il lâcha soudain à Tòmas :

« Tu es brave de combattre avec ton cousin. Il va te laisser mourir au bout de ton sang quand je t'aurai touché !… »

Iain tressaillit en entendant ces mots et dit entre ses dents :

« Tais-toi, ordure ! »

Bruce Cameron réagit à l'invective en faisant un mouvement mal calculé, ce qui donna à Tòmas l'occasion inespérée de le frapper au bras droit. Tòmas le fit avec une telle force et une telle précision que ce fut le seul coup qu'il eut à porter. Cameron tomba au sol, désarmé, le bras désarticulé, hurlant de douleur. Hors de combat.

Profitant de la seconde d'inattention de son adversaire, Athall allongea un coup fulgurant et réussit à désarmer Iain. Au moment même où le claymore de Iain tombait et qu'il reculait d'un bond devant l'arme pointée sur sa gorge, Tòmas se rua sur Athall par-derrière et lui plaqua sa lame sur le cou en criant :

« Demande vie sauve, Cameron ! »

Athall se raidit en sentant sa peau se fendre. Il abaissa son claymore, puis, après une seconde d'hésitation, le laissa tomber à ses pieds en murmurant sur un ton résigné : « Vie sauve… » Iain regarda son cousin, sidéré.

Une clameur qui se répercuta jusqu'au château s'éleva aussitôt autour du cercle de combat. Les chevaux des Cameron hennirent de surprise. Les torches pétillaient sous le ciel étoilé et les chevaliers de Mallaig se précipitèrent sur les vainqueurs.

Je le regardai s'éloigner dans le corridor à travers un rideau de larmes. «Pourquoi est-ce ainsi?» murmurai-je. J'avais mis tant de temps à l'aimer et il allait peut-être m'être enlevé cette nuit. Quand il eut disparu, j'entrai lentement dans la chapelle. Un trop-plein d'émotions m'étreignait. Prier: c'était tout ce qu'il me restait à faire pour lui et pour moi.

La fraîcheur de cette pièce sans feu me saisit aussitôt. Je vis le révérend Henriot sortir par la petite porte à côté de la sacristie, qu'il laissa ouverte sur la nuit étoilée. J'avançai toute seule et m'agenouillai au pied de l'autel, l'esprit et le corps paralysés. Je restai ainsi prostrée durant ce qui me sembla être une éternité. Je n'entendis rien de la clameur qui monta des murs nord, rien de la bousculade dans le hall qui mena les femmes de la grand-salle à la cour, rien des aboiements excités de Bran qui accueillait son maître.

Ce fut le révérend Henriot qui me trouva en entrant dans la chapelle et me sortit de ma torpeur en me relevant doucement par les bras:

«Venez, mon enfant, tout est terminé. Dans sa grande sagesse, Dieu n'a repris la vie d'aucun combattant. Les Cameron vaincus s'en retournent chez eux avec leurs gens, et votre mari et son cousin sont rentrés sains et saufs.»

Je le regardai, interdite, cherchant à bien saisir le sens de ses paroles.

«Ils sont vivants tous les deux!» m'écriai-je.

Sans réfléchir, je me jetai dans les bras du révérend, éperdue de reconnaissance. Je le sentis immédiatement hausser les épaules nerveusement et je me dégageai, confuse. Je me signai en regardant l'autel et courus hors de la chapelle sans ajouter un mot. La grand-salle était parfaitement silencieuse. J'y aperçus, au fond, Nellie et Ceit endormies dans un coin, l'une contre l'autre. Jetant un œil dans le couloir menant au corps de garde, je vis Bran, en déduisis que tous les autres devaient être là et m'y précipitai.

Le cœur battant, j'entrai dans ce bâtiment pour la première fois. Les murs de pierre, moins épais que ceux du château, étaient recouverts de chaux sur croisées de bois noir. Le plafond, très haut, et le plancher étaient également de bois, et plusieurs petites fenêtres basses ouvraient sur la cour. On accédait par une échelle à une galerie profonde couvrant un demi-étage et qui devait probablement abriter les couchettes. Près de l'entrée, un large foyer muni d'une crémaillère jetait un éclairage dansant sur la foule compacte et bruyante des gens du château. Ils bourdonnaient autour des vainqueurs que je ne pouvais même pas apercevoir.

Je demeurai sur le pas de la porte, en proie à une vive émotion. Bran vint me lécher les mains et, instinctivement, je me penchai pour lui caresser la tête. Dame Rosalind avança à ma rencontre et, me prenant le bras, me fit pénétrer dans la touffeur de la pièce enfumée pour me conduire vers le groupe agglutiné autour de Iain, tout en babillant sur un ton désinvolte:

«Où étiez-vous donc cachée, ma chère? Nous vous cherchions. Les MacNèil ont gagné, vous le saviez? Et presque sans effusion de sang! Enfin, n'est-ce pas incroyable! Bruce Cameron a le bras sectionné et l'orgueil brisé. Son frère Athall est déshonoré d'avoir baissé l'arme sous celle d'un homme qui a la moitié de son âge et n'est pas chevalier. C'est une issue palpitante pour une guerre qui ne l'a pas moins été. Notre bon Henriot croit que c'est la volonté divine qui a parlé, punissant ceux qui ne respectent pas les jours fériés. À votre avis?»

Je ne savais absolument pas quoi dire. Il était vrai que l'Église interdisait de mener des hommes à la guerre durant l'avent, le carême et les dimanches, mais j'avais des doutes sur la ferveur chrétienne des Highlanders dans le domaine de la guerre. En fait, j'écoutais à peine dame Rosalind. Je venais d'apercevoir Iain. Il me faisait dos et avait contre lui sa belle-sœur qui lui entourait amoureusement les épaules de son bras scintillant de bracelets. Mon mari tenait à la main un hanap, probablement de uisge-beatha. Tòmas, des chevaliers et des lairds les entouraient et des rires francs montaient de leur groupe. Quand Tòmas me vit, son visage se figea et Iain se retourna. Mon regard croisa celui de mon mari dans un silence subit. Se dégageant de Beathag, il fit un pas dans ma direction, puis, se ravisant, il se tourna vers sa belle-sœur et lui tendit son hanap en disant d'un ton narquois:

«Tenez, ma chère. Faites boire Raonall, c'est un guerrier méritant et vous avez plus de chances d'aboutir avec lui.»

Iain fut aussitôt devant moi et, me serrant contre sa poitrine, il me chuchota d'une voix pressante:

«Où sont ma femme et ma fille? Ne leur ai-je pas manqué?

– Votre fille s'est endormie et moi, j'attendais dans la chapelle, transie de peur, lui soufflai-je en me blottissant contre lui. Oh, Iain! j'en serais morte si vous n'étiez pas revenu…

– Non, ma bien-aimée, vous n'en seriez pas morte. Vous ne pouvez pas. Vous êtes la châtelaine de Mallaig et la mère de Ceit et avez trop à faire pour rendre tout ce monde heureux…», me répondit-il en plongeant ses yeux radieux dans les miens.

Que d'amour j'y lus à cet instant! Sous l'emprise de son regard bleu, je ne pus saisir celui tout noir chargé de haine que me jetait Beathag. Le cercle s'était refermé sur elle et Raonall la détaillait d'un air fripon, dans l'attente qu'elle le fasse boire.

Tòmas sourit de plaisir en voyant l'attitude de son cousin à l'endroit de Beathag et ne put s'empêcher de couler un regard équivoque à Raonall.

«Vous n'avez pas rencontré le shérif Darnley, cousin Raonall, lui dit-il. C'est un homme impressionnant, je vous assure. Ne trouvez-vous pas, dame Beathag?

– C'est un homme intéressant, répondit-elle avec un air renfrogné. On aime ou on n'aime pas. C'est selon…

– C'est selon quoi? lui demanda Raonall, dont la curiosité avait été piquée.

– C'est selon qu'on est une femme ou un homme», fit Tòmas, décontracté.

Laissant Raonall stupéfait et Beathag furieuse, Tò-mas tourna les talons et se dirigea vers un autre groupe. C'est alors qu'il aperçut, près de la porte ouverte sur la cour, la jeune Jenny qui l'observait à la dérobée. Il la rejoignit.

«Bonsoir, Jenny, lui dit-il. Que faites-vous ici? Votre famille n'est-elle pas encore au château pour la nuit? Demain, on s'attellera à la reconstruction des maisons du bourg. Tout le monde sera requis. Vous devriez être parmi les vôtres, ce soir. Où sont-ils?

— Mon père est parti avec des membres de la garnison pour démolir le barrage qui détourne l'eau dans la montagne, sinon nous en manquerons tous demain. J'attends leur retour. Je vous ai vu combattre tout à l'heure. Comment se fait-il que vous ne soyez pas chevalier? lui demanda-t-elle, l'air absorbé.

— Parce que je n'ai pas encore été adoubé. Je le serai avant l'été, quand tout sera reconstruit à Mallaig et que le château sera réparé… et que cette maudite guerre ne sera plus qu'un mauvais souvenir pour tous, expliqua Tòmas.

— Pas pour moi, dit vivement Jenny. La guerre restera un bon souvenir parce qu'elle m'a permis d'approcher la maîtresse… et vous. »

Sur ce, la jeune fille s'enfuit en courant dans la cour qu'éclairaient les rayons de la lune. Tòmas la regarda sautiller en évitant les débris qui jonchaient le sol et esquissa un sourire amusé. Jenny était tellement menue qu'elle lui fit penser à un elfe.

L'heureuse réunion autour des cousins victorieux ne dura pas longtemps. Tout le monde était fourbu. Comme la nuit n'était pas très avancée, plusieurs lairds, exténués et rendus inquiets par le climat d'insécurité dans lequel vivait le clan MacNèil depuis trois jours, décidèrent de rentrer chez eux le soir même et rassemblèrent leurs gens. Aindreas du loch Morar fut le plus empressé à quitter les lieux. Au moment de son départ, le seigneur Iain le tira à l'écart :

« Mon oncle, vous ne m'avez pas félicité pour le combat. N'en êtes-vous pas satisfait ?

— C'était très enlevant, mon neveu. Tu es un maître d'armes hors pair. Tòmas est on ne peut plus prêt à être adoubé, répondit Aindreas, agacé.

— C'est vrai. Tòmas a toutes les qualités pour devenir un parfait chevalier. Une surtout, que je ne lui ai pas enseignée parce qu'elle ne s'apprend pas. La loyauté. »

Regardant son oncle dans les yeux, Iain ajouta :

« Je sais une chose de Tòmas, c'est qu'on ne pourra jamais l'accuser de félonie.

— Est-ce que tu m'accuses de quelque chose, Iain ? demanda l'oncle, sur la défensive.

— Non. Je vous avertis de quelque chose. »

Plissant les yeux pour contenir la révolte qu'il sentait monter en lui, il continua :

« Je suis le chef du clan et, aussi loin que l'on remonte dans son histoire, les MacNèil ne se sont jamais trahis entre eux. Je serais désolé qu'ils commencent avec nous et je ferai tout en mon pouvoir pour l'éviter. »

Aindreas dut se détourner pour cacher sa rage. Il avait mal jaugé son neveu Tòmas et prenait conscience de son erreur. Au moins, il savait qu'il avait désormais affaire à deux hommes plutôt qu'un. Deux cousins qui, cette nuit, s'étaient battus comme des frères, l'arme de l'un au service de l'autre.

Tous les lairds ne partirent pas. Du moins, l'épouse de l'un d'eux resta. En effet, dame Rosalind offrit à la jeune châtelaine de rester pour assister les gens du château et du bourg dans les prochains jours, envoyant son mari quérir son propre maçon pour remplacer celui que Mallaig avait perdu. Son fils Raonall s'empressa de déclarer qu'il resterait lui aussi, tout le temps que Mallaig aurait besoin de ses services, ce à quoi sa mère sourit malicieusement. S'adressant à dame Gunelle, elle dit :

« C'est une bonne idée, ma dame. Gardez donc Raonall, il vous sera utile de bien des façons. En particulier auprès des dames du château, n'est-ce pas ? »

Gunelle ne put réprimer un sourire de connivence. Elle appréciait décidément beaucoup cette femme franche et sûre d'elle. Comme elle aurait aimé avoir la moitié de son assurance en certaines circonstances ! Anna, qui avait déjà reçu les instructions de son maître pour faire coucher les gens du bourg et les invités, vint apprendre à dame Rosalind qu'elle occuperait la chambre de feu sa belle-sœur. En entendant cela, Gunelle sursauta :

« Es-tu sûre, Anna, que le seigneur MacNèil a bien indiqué cette chambre ? chuchota-t-elle à l'intendante.

– Certaine, ma dame. Et il donne la sienne au seigneur Tòmas. Il ne veut plus qu'il couche avec les autres au corps de garde. »

Avec un petit air confus, elle ajouta :

« Mon maître prend la chambre du seigneur Baltair avec vous, ma dame. C'est exactement ce qu'il m'a dit. Tous vos effets personnels y ont déjà été transportés. Màiri s'en est occupée tout à l'heure, après avoir couché Ceit.

– Je vois », fit dame Gunelle pour tout commentaire.

Quand, quelques minutes plus tard, elle franchit la porte de sa nouvelle chambre avec son mari, Iain s'aperçut de son malaise :

« Vous semblez contrariée de vous retrouver ici, ma dame. Vous n'avez pas aimé la façon dont j'ai disposé de votre chambre avec Anna ? »

La serrant contre lui, il poursuivit :

« Désormais, nous ne dormirons plus dans des chambres différentes et nous ne partagerons pas non plus notre lit avec personne. Je sais que c'est la coutume dans les Lowlands, en Angleterre et en France d'inviter des visiteurs à le faire, mais ce lit est un lit d'amants. Regardez sa largeur ! Même Ceit n'y serait pas à l'aise avec nous. Dites-moi que cela vous convient, ma dame… vous pouvez bien passer ce caprice à votre guerrier d'époux… »

Gunelle était décidée à passer tous ses caprices à son mari. Pour toute réponse, elle lui caressa lentement le visage et l'embrassa. En lui rendant ses baisers, Iain défit son touret et répandit ses cheveux sur son dos. Il la souleva de terre et la déposa sur le lit en la contemplant amoureusement.

« Je suis sale, affamé, courbaturé et épuisé, ma biche. Mais je suis amoureux. Ne me tenez pas rigueur de la manière dont je vais vous honorer. Ce n'est pas la meilleure, mais c'est la seule dont je sois capable cette nuit. »

Il la prit avec fougue. La jeune châtelaine découvrit avec ravissement que l'ardeur de son mari appelait la sienne et elle la lui manifesta en lui prodiguant baisers et caresses. Elle fut de nouveau comblée par lui et, pour la deuxième fois de la journée, elle le regarda s'assoupir, sa tête sombre posée sur son ventre, sa main chaude refermée sur son sein.

Les premiers jours d'avril furent lumineux et fort doux sur la côte est. Plusieurs ouvriers, envoyés par les lairds, étaient descendus à Mallaig pour aider à la reconstruction du bourg et à la restauration du château. Une tournée du seigneur sur ses terres avait permis de constater que la guerre n'avait pas touché les troupeaux, qui paissaient assez loin de Mallaig à cette période de l'année. Iain fut heureux de savoir le cheptel intact, car il allait devenir la source de revenus la plus fiable dans la prochaine année, les installations pour la fabrication de sel ayant été détruites par l'incendie du bourg.

Le seigneur Iain dirigea lui-même les travaux de réfection au château : les projectiles avaient causé plusieurs brèches dans le mur d'enceinte extérieur, quelques trous à la façade nord du donjon et à la tourelle ouest. Une bretèche avait cédé et une section de la toiture du bastion s'était écroulée. Le décès du maçon de Mallaig avait laissé sans maître le jeune homme qu'il avait commencé à former. Le seigneur Iain demanda au maçon prêté par son laird de prendre le garçon comme apprenti et lui versa la somme nécessaire pour toute la durée des travaux.

Dans le bourg, c'est le seigneur Tòmas qui agissait comme maître d'œuvre, veillant à l'approvisionnement en matières premières nécessaires à la construction des maisons et y prêtant le concours de ses bras. Toutes n'avaient pas brûlé, mais les toitures de chaume étaient à refaire partout. Le reste du fourrage d'hiver destiné aux écuries du château y passa. Les hommes et les femmes du bourg travaillèrent à rebâtir leurs maisons selon un agencement différent proposé par le seigneur Tòmas et qui valut à ce dernier une vive admiration de la part de tous.

L'orientation des bâtiments par rapport à la mer fut modifiée et l'emplacement des ouvertures, portes et fenêtres fut choisi de manière à protéger les habitants des vents dominants de Mallaig. De sa participation à la reconstruction du bourg Tòmas conçut un attachement plus profond envers Mallaig et ses gens. Pendant des jours entiers, il se dépensa sans compter, dans le respect du code de chevalerie qui demandait qu'un chevalier donne son assistance aux plus faibles et les protège. Ces semaines furent parmi les plus gratifiantes de sa vie.

Durant les premiers jours de la reconstruction, les enfants furent gardés dans la cour du château afin que soient facilités les travaux au bourg et dame Rosalind les prit en charge. Le soir, la jeune Jenny l'assistait dans cette tâche et montrait une autorité naturelle sur les petits. Jenny se rendit également utile auprès de Nellie au jardin. Plusieurs plants avaient été semés et la jeune fille manifesta un vif intérêt pour la culture potagère. La vieille nourrice de la châtelaine prit beaucoup de plaisir à partager ses connaissances avec elle, d'autant plus que celle-ci la délestait de tous les travaux ardus. C'est ainsi que, peu à peu, Jenny se fit une place dans les murs.

Le jour de Pâques, il faisait un temps radieux sur Mallaig et le révérend célébra l'office dans la cour bien nettoyée. Tous les habitants, tant ceux du château que ceux du bourg, s'y rassemblèrent avec bonheur, l'église du bourg n'ayant pas encore de toiture. Ce fut un moment émouvant pour le jeune prêtre de voir rassemblés tous ses fidèles pour une même cérémonie.

Profitant des travaux de réparation en maçonnerie, Gunelle avait demandé à son mari d'ouvrir une petite pièce basse attenante à la chapelle, sur le mur extérieur du donjon, pour y tenir des classes. Avec l'aide du révérend, elle avait tracé le plan de cet ajout et l'avait présenté à Iain avec appréhension, connaissant sa réserve sur ce sujet.

« Mon seigneur, lui dit-elle, si la classe se fait dans nos murs, le révérend Henriot et moi-même aurons moins à nous déplacer. De plus, ce sera salutaire pour les enfants de venir ici et réconfortant pour leurs parents de les savoir en sécurité. En outre, neuf des enfants à instruire demeurent déjà au château, soit près de la moitié de la classe.

— À combien d'heures par jour estimez-vous la présence de tous ces enfants près de la cour ? Ici, nous nous exerçons au tir, au combat avec toutes sortes d'armes et à des manœuvres équestres. Suggérez-vous que nous fassions tout cela sur la lande pour éviter de blesser les enfants ? lui répondit-il.

— Ne pourrions-nous pas partager la cour ? J'entends par là qu'il y aurait, à chaque jour d'école, des périodes pour l'entraînement de vos chevaliers et d'autres pour les classes. De plus, je crois que certains de vos hommes aimeraient apprendre à lire et à écrire. Ils seraient les bienvenus durant les heures de classe…

— … et deviendraient plus savants que leur chef. Ma dame, vous m'en demandez beaucoup. Je ne vois pas quel intérêt trouverait Mallaig à ce projet, bien qu'une châtelaine heureuse soit un avantage pour n'importe quel château. Si cela contribue à votre bonheur ici, je ne peux pas m'opposer à votre idée. »

Dame Gunelle lui sourit : que ne ferait pas cet homme par amour d'elle ! Elle s'approcha et lui caressa doucement le visage, comme elle le faisait si souvent maintenant. Elle le remercia à voix basse pour n'être entendue que de lui :

« Iain, je vous aime. J'ai épousé un homme non seulement valeureux, mais également très généreux, pour son épouse comme pour ses gens. Et puis, n'ayez crainte : vos hommes ne seront pas plus instruits que vous-même. J'y verrai personnellement.

— Que comptez-vous faire, ma dame ? Vous ne leur enseignerez que la moitié de l'alphabet et leur apprendrez à compter jusqu'à vingt seulement ? »

Lui emprisonnant le visage entre ses mains, elle déclara :

« Je vais poursuivre votre propre instruction, voilà ce que je vais faire. Vous êtes un élève talentueux et je ne vais pas me gêner pour vous apprendre tout ce que je sais moi-même.

— Si je le veux et si j'en ai le temps, évidemment…

— Mon seigneur, Dieu vous a donné des capacités exceptionnelles pour apprendre, en plus d'une épouse qui enseigne ; il serait malvenu de Lui faire offense en dédaignant de vous instruire », trancha-t-elle en souriant.

Deux semaines après que le seigneur MacNèil eut donné gain de cause au projet de son épouse, trois murs épais étaient érigés en contrebas de la chapelle et un plancher de bois était monté. L'école put ouvrir à la mi-avril et reçut vingt-deux enfants et trois chevaliers dans la trentaine. Avec l'activité économique qui reprenait au bourg et la semaison qui commençait, l'instruction des enfants fut accueillie par tous comme une bénédiction.

Dame Rosalind avait exprimé le désir de passer le printemps au château tant elle s'intéressait aux activités de la petite école, ce dont dame Gunelle fut enchantée. Avec le révérend qui enseignait les Saintes Écritures le matin et les deux dames qui se relayaient les après-midi et donnaient des leçons de lecture, d'écriture et d'arithmétique, les enfants de Mallaig entreprirent un programme d'instruction assez complet pour une éducation de bourg. Le seigneur Iain avait payé pour que chaque élève ait sa propre tablette de cire et son stylet et ordonna qu'il leur soit servi à dîner des galettes et du lait chaque jour de classe.

Toute la bibliothèque du château était redescendue de la chambre d'Alasdair à la sacristie déjà pourvue de nombreuses tablettes pour la recevoir et à portée de main de l'école. Sous l'œil complaisant du révérend Henriot, la jeune châtelaine et son invitée s'y retiraient durant des soirées entières et préparaient les cours avec passion. Il en résulta entre les deux dames une grande amitié, dont Gunelle retira beaucoup d'expérience. À partir de ce moment-là, la jeune femme prit de l'assurance, et ce fut tout naturellement qu'elle organisa autour du château une vie sociale largement stimulée par la part active que son mari prenait aux intérêts du clan et à la conduite des affaires du domaine.

En effet, le seigneur Iain restaura les séances hebdomadaires du tribunal du clan et accueillit un flot ininterrompu de serfs, vassaux et clercs venus demander justice sur ses terres. Tout ce va-et-vient au château contribua à occuper dame Beathag, qui profita du travail de la châtelaine en classe pour jouer à l'hôtesse dans la grand-salle. La belle-sœur du seigneur MacNèil avait longtemps espéré cette reprise d'une vie mondaine à Mallaig et elle mit momentanément en veilleuse sa jalousie pour se consacrer entièrement aux invités et aux passants. Elle descendait toutes les après-midi en grande tenue, scintillante de bijoux, tout sourire, et circulait de groupe en groupe, volubile et empressée.

Dans la dernière semaine d'avril, comme les travaux de réparation au château étaient presque achevés, le seigneur Iain décida de se rendre dans les Grampians jusqu'au chantier de son beau-père. Par cette expédition, il visait essentiellement à s'assurer que l'ordre régnait bien sur cette portion de ses terres et que les Cameron respectaient l'accord. Il réunit une garnison d'une dizaine d'hommes, laissant à Mallaig trois chevaliers et les autres soldats et hommes d'armes, sous la gouverne de son cousin Tòmas. Il prévoyait être absent trois ou quatre jours. Dame Gunelle parvint tant bien que mal à lui cacher sa déception jusqu'à son départ.

Lorsque je vis Iain monter en selle dans la cour où j'étais venue assister à son départ, je détournai la tête pour qu'il ne voie pas mes yeux s'embuer de larmes. Je me privai ainsi d'un de ses regards doux et ardents à la fois, auxquels il m'avait habituée ces dernières semaines.

«Je suis idiote, pensai-je. Un seigneur ne reste pas toujours dans son château, et Iain pas plus que les autres. Il faudra que je m'y fasse, car je vais vite devenir malheureuse. N'est-ce pas étrange? Il y a cinq mois, j'étais malheureuse à Mallaig quand il s'y trouvait, et maintenant je ne conçois pas d'y être heureuse sans lui.»

Quand il eut passé le pont-levis avec sa garde, je regagnai le porche et surpris le regard énigmatique de Tòmas posé sur moi. Je lui souris et passai devant lui sans dire un mot. Où en était le cousin de Iain dans l'évolution de ses sentiments? J'avais su qu'il avait sauvé la vie de mon mari en combat contre les Cameron et cela me mettait mal à l'aise, sans que je puisse dire pourquoi. Ce soir-là, au souper, Tòmas nous fit la conversation en scot et dame Rosalind et moi-même employâmes la même langue, nous isolant de Beathag. Celle-ci dut en éprouver du ressentiment, ou bien elle se sentait suffisamment libérée de son beau-frère, car son animosité envers moi reprit. Elle m'envoyait des piques que j'ignorais de mon mieux.

Le lendemain du départ de Iain, le shérif James Darnley revint du Nord. Aussitôt arrivé, il me demanda audience dans le bureau, où il me retint près d'une heure. Son expédition, qui avait duré presque deux mois, ne lui avait pas permis de terminer sa tournée des clans des Highlands et il avait dû convoquer plusieurs secrétaires de seigneurs à venir lui présenter leurs livres à Mallaig. Il réquisitionnait donc le bureau pour le reste de son séjour et me demanda d'en retirer nos papiers et nos affaires. Je ne pouvais refuser et je n'en eus d'ailleurs pas l'intention. Comme il ne lui restait plus que deux mois pour terminer la mission que le roi lui avait confiée au début de l'hiver, il craignait fort de ne pas y parvenir et n'hésita pas à me faire part de cette appréhension. Durant notre entretien, qui se déroula en scot, je le trouvai vindicatif et très contrarié de ne pas avoir affaire à Iain. Il laissa paraître clairement son mécontentement quand nous apprîmes, le lendemain, que mon mari ne reviendrait pas avant dix jours, car il avait décidé de traiter la question du chantier directement avec mon père et était parti pour Crathes avec le lieutenant Lennox.

Je fus moi-même très peinée par cette nouvelle et je dus m'armer de patience pour supporter le représentant du roi qui empoisonnait notre vie. Il fut d'une humeur massacrante, particulièrement aux repas, avec dame Rosalind qui le méprisait ouvertement. Une seule personne trouvait grâce à ses yeux, c'était évidemment Beathag, qui le poursuivait jusque dans le bureau où il avait établi ses quartiers. Pour désagréable que fût le retour du shérif dans nos murs, il avait le mérite d'accaparer l'attention de la belle-sœur de mon mari et cela me fit le plus grand bien. Une visite de l'oncle Aindreas réussit également à distraire le shérif et dame Beathag durant toute une journée. Ils se découvrirent une infinité d'intérêts communs, dont la chasse au faucon. Aindreas possédait une fauconnerie et leur proposa d'organiser une chasse sur ses terres, qui jouxtaient celles de Mallaig.

Quelques jours après le retour de Darnley au château, dame Rosalind se fatigua de sa présence et décida de retourner dans son domaine. J'étais navrée de son départ, mais nous nous laissâmes sur la promesse de nous revoir régulièrement :

« Ne soyez pas chagrine, chère Gunelle, me dit-elle, je vais accompagner mon mari chaque fois qu'il viendra au château. Je ne peux pas vous abandonner ainsi, vous et tous nos chers élèves ! Mais, pour le moment, j'ai besoin de respirer un autre air que celui de ce détestable connétable. Je suis trop vieille pour accepter de me faire bousculer par un malotru.

« — Je suis vraiment désolée que sa présence vous chasse, lui répondis-je en l'embrassant, mais je vous comprends. Je pense bien que je ferais la même chose si j'en avais seulement la possibilité. »

C'était une de ces journées douces de printemps où les rayons du soleil viennent à bout du vent frais de la mer. Nos visages se tendaient instinctivement vers l'astre lumineux, tandis que nous nous tenions tous dans la cour pour faire nos adieux à mon invitée, que Tòmas allait escorter. Ma petite Ceit courait en riant avec des enfants de la classe, tête nue et manches retroussées. J'éprouvais beaucoup de plaisir à voir comme elle avait évolué en quelques mois, ne se cachant plus, jouant maintenant volontiers avec les autres enfants, se faisant même des amis et, surtout, s'exprimant avec aplomb. Sa condition de fille du seigneur avait certes contribué à son acceptation par la petite société de Mallaig, qui n'osait plus se moquer de sa surdité ou de son visage.

Alors que l'équipage de dame Rosalind et de Tòmas allait s'ébranler, j'entendis dame Beathag les interpeller depuis les écuries :

« Attendez-nous, seigneur Tòmas, nous allons faire route avec vous. Le shérif Darnley et moi-même allons au loch Morar pour une partie de chasse au faucon. Le temps est idéal ! La journée s'y prête à merveille ! »

Elle précédait en courant les palefreniers qui amenaient les chevaux dans la cour, accompagnée de deux hommes de la garde personnelle du shérif. Au même moment, celui-ci sortit, vêtu comme un prince. Je ne pus m'empêcher de m'exclamer en le voyant tellement son accoutrement était extraordinaire. « Comment a-t-il pu voyager avec de tels habits dans ses malles ? » me demandai-je avec stupéfaction. Dame Beathag n'était pas en reste, toujours d'une élégance sans pareille. Je l'entendis soudain s'adresser à moi sur un ton enjoué:

«Je pense que vous devriez venir, dame Gunelle. Vous n'avez jamais vu les terres des MacNèil jusqu'au loch Morar. C'est une forêt magnifique et le seigneur Aindreas et son épouse seraient ravis de la visite de la châtelaine de Mallaig, n'est-ce pas, Tòmas?

– Je ne sais pas, dis-je, hésitante. Je vais vous retarder. Tout le monde est prêt à partir.»

Je regardais, indécise, Tòmas et dame Rosalind, qui semblaient trouver l'invitation tout à fait acceptable. De plus, le fait que le shérif explore une partie du domaine qui m'était encore inconnue me poussait à accepter l'offre. Beathag m'assurant que le groupe avait le temps d'attendre que je me prépare, je m'éclipsai et me changeai le plus vite possible. Au fond, j'avais très envie de partir en promenade par ce temps radieux et cette occasion me sembla la bonne.

La route vers le loch Morar était très belle et je chevauchai aux côtés de Tòmas et de dame Rosalind qui bavardaient en scot avec le shérif. Je cessai bientôt de me concentrer sur ma tenue en selle et je pus prêter l'oreille à leur intéressante conversation. J'appris ainsi que la précédente châtelaine de Mallaig avait beaucoup prisé la chasse au faucon et avait même possédé un oiseau que lui avait offert le seigneur Baltair. Au décès de dame Lite, la fauconnerie du château avait été abandonnée, mon mari préférant la chasse au gros gibier.

«Mon cousin, m'expliqua Tòmas, répugne à faire faire par les animaux ce qu'il dit être la tâche d'un véritable chasseur. Il n'autorise même pas son chien à lever le gibier. Il adore trouver lui-même sa proie et la guetter longtemps avant de l'abattre. C'est un chasseur redoutable parce qu'il respecte les bêtes qu'il tue. »

Lorsque nos chemins se séparèrent après une heure de route, je tombai dans le silence du groupe restreint formé par le shérif, ses deux hommes et dame Beathag. Je n'en appréciai pas moins le paysage. Nous avions quitté la lande et avancions dans une forêt épaisse où dominait l'odeur des sapins. Il y faisait plus frais et les chevaux, mouillés de sueur, furent bientôt harcelés par les mouches. C'est dame Beathag qui ouvrait la marche, suivant un sentier qui, parfois, n'était pas très apparent. En fin de matinée, nous débouchâmes dans une vaste clairière d'où partaient une dizaine de sentiers. Dame Beathag avait dû beaucoup fréquenter cet endroit, car elle en choisit un sans hésiter, nous affirmant que nous n'étions maintenant plus très loin du château du loch Morar. Je perçus une odeur d'eau et sus qu'elle avait raison.

Le château de l'oncle de Iain était de dimension modeste : une haute et large tour fortifiée trônait au milieu d'une cour murée. Des écuries, un lavoir et un four extérieurs pour toutes dépendances. L'intérieur était fort bien éclairé par la lumière du jour qui tombait du plafond par des fenêtres de verre poli. Trois larges galeries composaient les étages, tous garnis d'ouvertures orientées sud-sud-est. L'épouse d'Aindreas semblait impressionnée de ma présence et multipliait les attentions à mon égard, ce qui agaçait Beathag. Nous prîmes un dîner très bref, les chasseurs étant impatients de chasser. J'aurais préféré rester en compagnie de mon hôtesse, mais l'oncle Aindreas insista à un point tel pour que j'assiste à la chasse qu'il aurait été impoli de ma part de refuser.

Je me joignis donc au groupe des chasseurs et repartis sur ma monture, au cœur de la forêt. L'oncle Aindreas était visiblement un grand amateur de faucons de chasse. Il en élevait plusieurs et en vendait même à des seigneurs des Highlands. J'appris que l'on pouvait mettre deux ans à entraîner un jeune faucon à la chasse : plus que le temps nécessaire à l'entraînement de certains jeunes hommes aspirant à devenir chevaliers. L'allusion me fit sourire. Je ne réussis pas à m'intéresser à la technique de chasse, dans laquelle le shérif et dame Beathag faisaient preuve d'une grande habileté, et restai derrière le groupe toute l'après-midi.

Quand le soleil commença à baisser et qu'il fut temps de penser à repartir, les chasseurs se rassemblèrent et firent le bilan de leurs prises pour se les partager. Aindreas nous invita pour le souper, mais nous redoutions de revenir à Mallaig le soir et refusâmes. Il reprit ses oiseaux et nous nous saluâmes dans la clairière.

Sur le chemin du retour, les hommes ouvrirent la marche et je demeurai derrière avec Beathag. Elle semblait fatiguée, car elle avait cessé tout bavardage. Je remarquai qu'elle ralentissait l'allure de sa monture, si bien que la distance qui nous séparait du groupe de tête s'agrandit. Soudain, sans que je m'y attende, elle éperonna son cheval et partit au galop, disparaissant de ma vue à travers la densité du bois.

Mon cheval, qui, depuis notre départ de Mallaig, suivait docilement le groupe sans que j'aie beaucoup à le diriger, n'eut pas le réflexe de courir derrière la monture de Beathag. Je n'osais faire un geste qui m'aurait désarçonnée et le laissai poursuivre selon son pas, dans la direction que j'espérais être la bonne. Après un bon moment, je m'aperçus que j'avais perdu la trace de notre compagnie. Je n'entendais pas le bruit qu'auraient pu faire les cavaliers, et la forêt s'assombrissait de plus en plus. J'arrêtai mon cheval et mis pied à terre. Il était inutile que je m'enfonce dans une direction qui risquait d'être la mauvaise et de compliquer ainsi leurs recherches pour me retrouver. Je repérai une roche moussue, légèrement en saillie, et y pris place, laissant ma bête fourrager alentour comme Iain le faisait si souvent avec la sienne au cours de nos promenades.

Une heure dut s'écouler ainsi dans une attente qui nourrissait ma peur avant que je ne constate que personne ne venait à ma recherche. «Ce n'est pas possible! ruminai-je, nerveuse. Ils ne peuvent pas tout simplement m'abandonner ici…» C'est alors que je revis le regard étrange que Beathag m'avait coulé avant de partir au galop: «Elle le peut et elle l'a fait», pensai-je soudain. Dès cette minute, j'eus la certitude que la belle-sœur de mon mari avait tout manigancé pour me perdre dans le bois et que son plan allait réussir si je n'arrivais pas à retrouver mon chemin, sinon pour retourner à Mallaig, du moins pour regagner le loch Morar. Voulant rappeler mon cheval, je levai les yeux sur la forêt et m'aperçus que la nuit tombait. Je ne le vis ni ne l'entendis. J'étais maintenant seule. L'angoisse me broya le cœur et m'oppressa. Il me semblait que je n'entendais plus que ma respiration.

Chapitre XII

La forêt

Le seigneur Tòmas aimait beaucoup sa tante Rosalind et son oncle Griogair. Il connaissait peu leurs trois fils et ne s'était pas lié d'amitié avec eux, mais, à Mallaig, il avait assez conversé avec l'aîné Raonall pour savoir que sa compagnie était agréable. D'une dizaine d'années plus jeune que lui, il admirait sa tranquille assurance et son esprit ouvert et il s'était bien amusé du jeu de séduction entre lui et Beathag.

À leur arrivée, sa tante l'invita à souper, puis à veiller au château, et il ne put refuser. Il passa ainsi, avec les quelques hommes d'armes de Mallaig qui les avaient accompagnés, des heures charmantes et détendues. Tant et si bien qu'il faillit accepter l'invitation à passer la nuit. Mais son devoir lui commandait de revenir à Mallaig, qu'il était chargé de défendre en l'absence de son cousin.

Il partit tard après la tombée de la nuit. La pleine lune était particulièrement brillante et éclairait leur route, qui serpentait sur les plateaux descendant vers Mallaig. Aucune brise ne dérangeait le décor gris qui les entourait. Leur chevauchée fut silencieuse. Quand ils pénétrèrent dans l'enceinte du château au milieu de la nuit, tout était calme. Les sentinelles étaient à leur poste et un vieux palefrenier les accueillit pour mener les chevaux à l'écurie. Le vieil homme n'échangea aucun mot avec le groupe, trop heureux à la perspective de bientôt se coucher. Les hommes d'armes se pressèrent vers le corps de garde en saluant brièvement Tòmas d'une voix ensommeillée.

Ainsi, ce dernier n'alla pas à l'écurie, ne constata donc pas l'absence du cheval de Gunelle, monta directement à sa chambre et se mit au lit sans avoir adressé la parole à âme qui vive. Le château était complètement plongé dans la paix de la nuit qui enveloppa le jeune homme et l'assoupit aussitôt.

Je me forçai au calme. Il fallait réfléchir et ne pas m'affoler. Je jetai des regards perdus dans toutes les directions, tournant lentement sur moi-même, dans le seul bruit du froissement de ma robe. Je ne distinguais aucune forme de sentier nulle part. Je frissonnai. Partie ce matin sous les chauds rayons du soleil, je n'avais pris avec moi ni cape ni manteau de chasse. Je n'avais rien non plus pour me faire un feu. Je levai les yeux sur le ciel où les étoiles commençaient à s'allumer les unes après les autres. Je me pris à espérer que la lune, qui serait pleine, ne serait voilée d'aucun nuage.

«Que dois-je faire? Récupérer mon cheval ou retrouver le chemin du loch Morar? me demandai-je. Mon cheval saura peut-être regagner instinctivement son écurie. Par contre, je suis incontestablement plus près du château de l'oncle Aindreas...»

Il était certes inutile que je tente de rappeler ma monture avec laquelle je n'étais pas suffisamment familiarisée pour espérer qu'elle réponde à un sifflement ou à un appel quelconque, comme celle de Iain. Mais ça ne coûtait rien d'essayer, d'autant plus que mes appels auraient l'avantage de signaler ma présence dans la forêt. Je me mis donc en quête du sentier en appelant d'une voix qui s'affermissait au fur et à mesure de ma progression. Toutes sortes d'obstacles entravaient ma marche, déchirant allégrement ma robe. Mes souliers se prenaient entre les ronces et les pierres. Au bout d'un long moment, je fus en nage, le cœur palpitant, les mains froides et écorchées à force de m'être accrochée aux branches qui me fouettaient au passage. Où était donc ce damné sentier? J'eus soudain la certitude que je l'avais manqué et que je m'enfonçais au cœur de la forêt. Je m'arrêtai, la poitrine oppressée.

Je m'appuyai à un tronc d'arbre et tentai de percevoir des sons: si j'étais capable de repérer les bruits du loch, je pourrais marcher dans une direction susceptible de me faire croiser un sentier. Rien. Était-ce la peur, l'angoisse? Je n'entendais rien que les battements de mon cœur affolé. Soudain, le cri d'une chouette traversa l'air au-dessus de moi. Je m'écroulai au pied de l'arbre et pleurai de désespoir. «À l'aide… venez à mon secours, gémis-je faiblement. Quelqu'un, je vous prie! Ne me laissez pas ici…»

Je dus rester longtemps prostrée dans cette position d'abandon. Une nuée de moustiques m'avaient repérée et m'encerclaient dans un vrombissement ténu. Ils s'attaquaient à mes joues et à mon cou salés de larmes et je fus obligée de me lever et de reprendre ma marche erratique à travers branches et feuillages. Je constatai que la lune s'était complètement levée. En y réfléchissant bien, elle pourrait m'aider à m'orienter dans la bonne direction. Mais était-elle au nord, au sud, à l'est ou à l'ouest de Mallaig? Du loch Morar? J'étais absolument incapable de trouver la réponse. On aurait dit que mon esprit était brouillé par la peur.

Une question en entraîna une autre. Quels animaux étaient actifs la nuit? Étaient-ce des prédateurs de l'homme? Devais-je me trouver un abri? Je constatai avec effroi que j'avais une très mince expérience de la forêt. Je n'y avais presque jamais chevauché avec Iain, qui choisissait plutôt de me faire parcourir les terres des MacNèil par la lande et le littoral pendant nos leçons d'équitation. Durant mon voyage dans les Grampians, l'automne précédent, je ne m'étais jamais éloignée de notre compagnie et n'avais jamais posé de questions au lieutenant Lennox ou aux membres de notre garde sur la vie en forêt. Je devais réaliser avec dépit que ma totale absence de curiosité pour les bois m'avait privée des renseignements essentiels à ma survie dans ces lieux. Ne restaient plus dans ma mémoire fébrile que les contes et les fables, où foisonnaient monstres et vilains de la nuit, que l'on se racontait, bien au chaud, dans les dortoirs d'Orléans.

Je me mordis les lèvres au sang pour ne pas crier. C'est alors que je perçus des bruits de ce qui me sembla être des branches cassées et des grognements me parvenant d'assez loin sur ma gauche. Je figeai sur place et tendis l'oreille. J'entendis alors distinctement un hennissement. «Mon cheval!» m'exclamai-je, les sens en alerte. Je me concentrai sur ces bruits pour diriger mes pas. La lune, maintenant très blanche, illuminait mon parcours et j'évitai assez facilement les obstacles, marchant presque sans bruit. Je perçus ainsi de mieux en mieux et de plus en plus fort les sons provenant du site vers lequel je progressais. Tout à coup, une pensée me frappa tandis que je distinguais des grognements mêlés aux hennissements stridents : « Il y a un autre animal ! » Je m'arrêtai, interdite. « Une lutte, pensai-je à toute vitesse. Entre un cheval et un autre animal. Lequel ? Un ours, un loup, un chat sauvage ? »

Je me mis à trembler de la tête aux pieds. Je n'avais absolument rien sur moi pouvant me servir d'arme. Je cherchai fébrilement un bâton, sentant que je devais avoir quelque chose en main. Dans un geste instinctif, je ramassai la première branche trouvée par terre. Toute pourrie, elle se brisa sous la pression de mes doigts. J'en repérai aussitôt une autre qui se révéla nettement plus solide quand je l'éprouvai sur une pierre. Le son sec que le coup produisit me remplit d'angoisse. Les bruits de lutte cessèrent et un silence menaçant m'enveloppa de toutes parts. Puis, un long hennissement fendit l'air et me glaça jusqu'aux os.

Quand, après quelques minutes de marche, j'atteignis l'endroit d'où ne provenaient plus que des bruissements faibles, je fus saisie d'horreur et retins à grand-peine un cri. Dans une légère dépression du terrain gisait mon cheval assailli de plusieurs loups qui s'acharnaient sur son encolure noire de sang. Son corps était parcouru des frissons de l'agonie. Filtrant entre les arbres touffus, la lune éclairait sa tête blanche aux yeux révulsés, grands ouverts sur la mort. Sa bride torsadée était enroulée autour de branches. Je me détournai de l'atroce spectacle et, prise de panique, je fonçai dans les bois, serrant entre mes doigts la branche comme ultime défense. Je courus, mue par le seul espoir de n'être pas poursuivie et de trouver un refuge. Quelle distance parcourus-je ainsi en m'éloignant du carnage ? Elle me sembla fort grande. L'épuisement vint à bout de ma course et je me mis à trébucher de plus en plus. J'essayai de me concentrer sur ce que je savais des loups. « Préfèrent-ils la viande de cheval à celle des humains ? Certains du groupe m'ont-ils suivie ? Comment m'en protéger ? Puis-je les tuer au moyen de ce bâton ou avec des pierres ? Nagent-ils ? Grimpent-ils aux arbres ? »

Cette dernière question était la bonne. Je me rappelai que les ours grimpaient aux arbres, mais pas les loups. Je me mis aussitôt en quête d'un arbre dans lequel je serais en mesure de me réfugier et repérai un mélèze dont les branches les plus basses offraient des prises faciles. Lâchant mon bâton, j'en entrepris l'ascension. Mes jambes fatiguées répondaient mal et me soulevaient avec peine, s'entremêlant dans ma robe en lambeaux. « Dieu tout-puissant, venez-moi en aide ! » implorai-je tout bas. Ma main droite trouva une branche et je levai la tête pour me hisser d'un cran. J'entendis au même moment un grognement. Baissant les yeux, je vis des crocs happer l'air tout près de mon pied qui venait de gagner l'appui suivant. Je poussai un cri d'effroi et une impulsion me fit gravir encore plusieurs paliers vers le milieu de l'arbre, autour des branches maîtresses auxquelles je m'agrippai désespérément en hurlant sans discontinuer. En bas, une partie de la meute se rassemblait en grondant. Mes doigts se crispèrent autour de mon appui.

Tòmas fut surpris de ne pas rencontrer Gunelle à l'office du matin, auquel il assista en la seule compagnie de Nellie et de la petite Ceit. Sa surprise se mua en vague inquiétude lorsqu'il apprit que la jeune châtelaine était restée au loch Morar. Quand, vers le milieu de la matinée, Beathag descendit déjeuner en compagnie du shérif Darnley et qu'il croisa son regard énigmatique, il sut qu'il s'était passé quelque chose à cette chasse au faucon. À sa demande, le récit qu'elle lui fit de la journée ne relatait pourtant aucun désagrément pour l'un ou l'autre des gens qui avaient participé à l'excursion. Mais quelque chose dans l'attitude de la belle-sœur de Iain le mettait en alarme.

« Iain n'aurait pas laissé Gunelle seule chez Aindreas », songea-t-il.

Se tournant vers un chevalier, il annonça :

« Je pars chercher dame Gunelle au loch Morar. Je prends deux hommes et, si je ne suis pas revenu au souper, c'est qu'il y a un problème. Envoyez du renfort.

– Pourquoi tant de presse, cher Tòmas ? susurra Beathag. Il pleut, vous n'allez pas faire voyager notre châtelaine sous cette eau. Vous n'y pensez pas. Elle est en toute sécurité chez Aindreas et peut très bien y passer une journée de plus. La pauvre, elle a si peu l'occasion de sortir !... »

Étrangement, il sentit dans le commentaire de Beathag une urgence d'agir et se leva si brusquement que son banc bascula, frôlant la patte de Bran.

« Mon oncle sera heureux de m'offrir l'hospitalité à moi aussi. Si dame Gunelle ne veut pas affronter les intempéries, je la ramènerai plus tard et j'enverrai un messager vous avertir», répondit-il d'une voix coupante.

Jamais il n'avait chevauché de la sorte. Il parcourut toute la distance à bride abattue, sans tenir compte de la fatigue de sa monture. Son escorte avait peine à le suivre. Il ne vit rien de la forêt qu'ils traversèrent à ce train d'enfer. Quand, à son arrivée au loch Morar, il apprit que Gunelle n'y était pas revenue comme l'avait raconté Beathag, il devint livide et laissa échapper un cri de rage tel que tous furent frappés d'épouvante.

Les cheveux longs trempés collés sur ses tempes, l'œil hagard, les vêtements ruisselants de pluie, la voix saccadée et le ton sifflant, Tòmas n'était plus lui-même. Aindreas fut saisi. Quand il eut compris que la jeune châtelaine n'était pas revenue avec le groupe à Mallaig la veille, il mesura le danger qu'elle avait couru à passer la nuit dans les bois. Il offrit sans hésitation le concours de tous ses hommes dans la battue que Tòmas organisa. Le groupe se déploya à partir de la clairière où les deux femmes s'étaient vraisemblablement laissées.

C'est peu après midi que les hommes découvrirent les restes de la monture de Gunelle, au fond du ravin, mais aucune trace de la jeune femme. Ils furent remplis de crainte en voyant l'œuvre des loups. Tòmas maîtrisait à grand-peine sa panique. La pluie n'avait pas cessé et toute empreinte avait été effacée. Il n'y avait qu'un moyen de retrouver la jeune femme : la faire pister par un chien. «Bran!» s'écria Tòmas, et il partit au galop, sous l'œil ahuri de ses hommes et de ceux d'Aindreas.

La battue se poursuivit, infructueuse, jusqu'au retour de Tòmas avec le chien que l'on amena au fond du ravin. Bran, épuisé d'avoir tant couru, flaira lentement la carcasse du cheval. Sa queue s'était rabattue sur son train arrière, les poils de son échine étaient dressés et des grondements sourds filtraient entre ses babines retroussées. Tout fébrile, les sens en alerte, il détectait l'odeur des loups. Tòmas descendit de sa monture et sortit de son sac une chaussure appartenant à Gunelle. Il agrippa Bran par l'échine et le tira hors du site de la carcasse, puis lui présenta la chaussure à flairer en lui parlant d'un ton impératif :

« Bran, sens! Gunelle! Cherche, mon chien! Cherche Gunelle! »

Le long museau plongea dans le soulier et la queue se mit à battre l'air. Il émit un bref aboiement en levant les yeux sur Tòmas, dont il semblait attendre quelque chose. Le jeune homme, d'une voix brisée et suppliante, renouvela sa demande à l'animal. Celui-ci mordit au soulier qu'on lui présentait, s'assit sans cesser d'agiter sa queue touffue et mouillée. Soudain, un accent de désespoir dans la voix de Tòmas sembla être, pour le chien, l'élément déclencheur.

Au grand soulagement de tout le groupe rassemblé, Bran lâcha le soulier et entreprit une fouille frénétique des bois, museau collé au sol. Il trouva la piste tout en haut du ravin et la flaira sur près de mille pieds, jusqu'au mélèze où était juchée la jeune femme. C'est là qu'ils la découvrirent, dans un état d'égarement total. Désemparé, Tòmas eut la plus grande peine à la faire descendre de son refuge. Elle ne répondait pas à son nom, ne reconnaissait personne et s'agrippait à chaque branche, la bouche ouverte sur des cris qui ne sortaient pas. Son visage était couvert de piqûres, ses cheveux défaits remplis de brindilles et gommés de résine, ses mains pleines d'égratignures à vif et ses yeux noirs égarés, comme ouverts sur un spectacle horrible et sans fin. Lorsqu'elle atteignit le sol et que Bran vint la flairer avec joie, elle poussa un cri si perçant que tous reculèrent. Tòmas comprit instinctivement qu'elle voyait en lui un loup et demanda à un garde d'emmener l'animal hors de sa vue. Il la prit dans ses bras en lui cachant le visage, la gorge nouée sur des mots d'apaisement qu'il ne parvenait pas à prononcer.

Aindreas proposa à Tòmas de la ramener au loch Morar, mais essuya un refus prompt et catégorique qui le blessa. Tòmas fut inflexible. Il fit desseller sa monture et enveloppa Gunelle dans une large cape qui limita les soubresauts d'épouvante qui la secouaient. Puis, il enfourcha son cheval et prit la jeune femme tremblante devant lui, l'enserrant comme il avait vu son cousin le faire. Le voyage de retour se fit en silence, au pas, sous une pluie lugubre. Le visage de Iain en colère hantait Tòmas: «J'ai failli, se répétait-il. Je ne mérite plus sa confiance...»

En repartant du château de Crathes, le lieutenant Lennox observait du coin de l'œil Iain MacNèil qui chevauchait à ses côtés. Malgré lui, il était impressionné par le jeune chef de clan. La façon avec laquelle il avait mené ses affaires en langue scot devant Nathaniel Keith dénotait une maturité qui l'avait surpris.

Quand Iain MacNèil s'était présenté au mont Braeriach sur le chantier des Grampians une semaine plus tôt, tel un seigneur visitant ses terres accompagné d'une garnison réduite, Lennox s'était senti tout de suite rassuré. Même si la réponse laconique de Iain Mac-Nèil à la lettre de son maître se plaignant des attaques sur le chantier laissait supposer que les MacNèil n'avaient pas l'intention d'affecter des hommes à la protection de celui-ci, la seule présence du chef sur cette partie de ses terres si tôt après le siège de Mallaig indiquait sa volonté de respecter le contrat.

En discutant avec le jeune chef, Lennox avait découvert que le contrat ne faisait pas allusion aux rives de la rivière Dee, par laquelle le bois coupé était acheminé jusqu'à Aberdeen. Or, les versants du mont Braeriach donnant sur la Dee étaient des terres appartenant au clan MacPherson et ceux-ci ne voulaient pas octroyer un droit de passage aux hommes du chantier de Keith. Cette constatation sembla soulager Iain MacNèil, qui avait cru le chantier menacé par le clan Cameron.

L'essentiel du litige reposait donc sur une mauvaise compréhension des limites des terres MacNèil dans les Grampians. Le bois était bel et bien coupé sur les terres faisant l'objet du droit de coupe cédé par les MacNèil, mais il demeurait prisonnier du chantier si l'on ne pouvait le faire passer par les versants sud des montagnes. Les cartes étant inexistantes pour cette partie sauvage de l'Écosse, il fallait donc se fier aux dires de chacun des clans propriétaires de terres dans les Grampians. Les deux hommes avaient vite conclu qu'il fallait expliquer la situation au seigneur Keith, qui aurait vraisemblablement à passer des ententes avec le clan MacPherson.

À Crathes, ce ne fut pas aussi simple. En homme d'affaires opiniâtre, Nathaniel Keith reprochait au défunt Baltair MacNèil de lui avoir caché les limites exactes des terres sujettes au droit de coupe, le laissant dans l'ignorance du fait que les versants sud n'étaient pas couverts. Jamais gendre ne fut reçu aussi cavalièrement par son beau-père. Tout le château des Keith fut paralysé d'émoi devant le manque de savoir-vivre flagrant de son maître. Même la mère de Gunelle, déjà mal disposée envers son gendre par les bons offices de Daren et de la jeune Vivian, fut contrainte de reconnaître que son mari manquait d'égards d'une manière éhontée.

Mais le jeune seigneur MacNèil s'était déjà fait une tête de son beau-père et avait préparé sa compagnie à être accueillie froidement à Crathes. Il aurait préféré de beaucoup rencontrer pour la première fois sa belle-famille en présence de son épouse et il regrettait fort son absence. À l'issue des premières discussions, Iain Mac-Nèil força l'admiration du lieutenant Lennox par le sang-froid qu'il opposa aux insultes à peine voilées qui sortaient de la bouche du seigneur Keith. Durant les deux jours que dura sa visite, Iain conserva son sang-froid et un esprit d'analyse rigoureux faisant de lui un adversaire de taille pour mener des affaires avec son impitoyable beau-père.

Iain se retint de mentionner qu'aucun paiement n'était encore parvenu à Mallaig pour le droit de coupe, alors que le contrat stipulait qu'un premier versement devait suivre le mariage. Les MacNèil n'étaient pas dans le besoin et, même après avoir subi un siège, le château se tirait fort bien d'affaire. Iain en était fier et c'est par fierté qu'il choisit de taire ce manquement au contrat. Le jeune homme ne pouvait rien pour son beau-père qui s'entêtait à faire passer son bois par le sud alors que les versants nord étaient tous des terres MacNèil et débouchaient aussi sur une rivière coulant vers la mer du

Nord. Il finit par offrir de négocier lui-même avec les MacPherson un droit de passage pour le bois de son beau-père, mais rien n'y fit et la discussion prit fin abruptement :

« Entre seigneurs des Lowlands, nous parviendrons à un meilleur accord, MacNèil, répondit le père de Gunelle. Contentez-vous de protéger vos terres pour toute la durée de la coupe. Ce bois me revient plus cher que convenu. Alors, assurez-vous que je ne perdrai aucune journée de travail parce que mes hommes manient l'arbalète plutôt que la hache. »

La visite à Crathes, bien que désagréable, avait été fructueuse pour Iain. Elle lui avait permis d'assouvir une bonne partie de la curiosité suscitée par la famille de son épouse, dont il n'avait connu que Daren comme membre. Il était également satisfait de pouvoir apporter des nouvelles fraîches à Gunelle, la mère de celle-ci lui ayant confié du courrier pour sa fille. En outre, le voyage en compagnie du lieutenant Lennox l'avait rapproché de cet homme dont il admirait l'attitude digne et juste. Ils faisaient de nouveau route ensemble, lui regagnant Mallaig et Lennox, le chantier. Leurs conversations se tenaient en langue scot.

« Nous avons entendu parler de l'attaque de Mallaig, mon seigneur, dit le lieutenant. Le bourg a été détruit, je pense, mais vous n'avez pas perdu autant d'hommes que Cameron, d'après ce que l'on rapporte.

– C'est vrai, répondit Iain. C'était une erreur pour Cameron de tenter de prendre Mallaig. Je crois qu'il voulait nous affaiblir suffisamment pour négocier la récupération de ses forêts, et il a en quelque sorte réussi.

– Je ne savais pas que vous étiez venus sur le point de capituler.

– Nous ne l'avons pas été. J'ai accepté de négocier pour terminer ce qui était devenu une boucherie et pour épargner ce qu'il lui restait d'hommes… sur les conseils d'une certaine châtelaine… »

Lennox se tourna vers son interlocuteur et surprit sur ses lèvres un sourire énigmatique. Dans le silence qui suivit cet aveu, le lieutenant comprit que les sentiments de Iain MacNèil envers son épouse devaient être très forts pour qu'ils aient pu jouer un rôle dans une guerre qu'il menait.

« Je vois, mon seigneur, reprit Lennox. À un certain moment, il est inutile d'être un grand stratège. Aucun camp n'a plus rien à gagner. Cette attaque de Cameron aura été un coup d'épée dans l'eau. Croyez-vous qu'il se tiendra loin du chantier désormais ?

– Je ne peux l'assurer. Aussi, je vais laisser un de mes hommes en patrouille sur les flancs ouest et nord du mont Braeriach. Évidemment, Lennox, si vous êtes inquiétés par quelque clan que ce soit sur nos terres, vous pouvez faire appel à moi et ce sera vite réglé. J'estime que la sécurité dans les Grampians fait partie intégrante de ma partie de contrat.

– Je vous remercie beaucoup, mon seigneur. Je crains cependant que le seigneur Keith ne retienne son deuxième versement des droits de coupe tant qu'il n'aura pas réussi à récupérer à Aberdeen le bois coupé cet hiver. »

À ces mots, Iain se retourna sur sa monture et, dévisageant Lennox, l'air intrigué, il lui demanda calmement :

« M'avez-vous parlé à l'instant d'un deuxième versement, messire Lennox ? »

Cette fois-ci, ce fut Lennox qui jeta un regard de parfaite surprise au jeune seigneur. Il choisit avec soin ses mots avant de formuler le doute que la question suscitait en lui.

« Mon seigneur, me laissez-vous entendre que vous n'avez pas reçu le premier versement que le seigneur Keith a fait parvenir en janvier, en conclusion du mariage de dame Gunelle avec vous ?

— En effet. Je n'ai rien reçu de lui. Savez-vous qui en était le porteur ?

— Moi-même jusqu'au chantier et trois hommes de notre garde jusqu'à Mallaig. Il s'agissait d'un petit coffre de cuir blanc serti de plomb. Outre le versement en espèces dans une bourse, il contenait des lettres adressées à dame Gunelle : de sa mère, de ses sœurs et de Vivian. Il y avait également une croix en or, offerte par son oncle John Carmichael comme cadeau de mariage. »

Plongés dans les pensées que cette découverte suscitait, les deux hommes se turent un long moment. Lennox devint mal à l'aise. Devait-il croire que le coffre avait été volé sans que la famille Keith en sût rien ? Comment cela était-il possible ? Il avait revu récemment les hommes de la garde chargés de sa livraison à Mallaig et, s'ils l'avaient volé, ils ne seraient certainement pas encore des employés de la famille. Il entendit alors son compagnon lui faire un aveu singulier :

« Je ne regrette pas tant la perte de l'argent que celle des nouvelles de Crathes à ma dame. Sa famille lui a cruellement manqué. Ces lettres lui auraient procuré une grande joie à une époque où elle en était complètement privée…

— Il faut retrouver ce coffre, mon seigneur! Il en va de la loyauté de votre beau-père. Je sais qu'il s'est acquitté de son versement en conformité avec le contrat. Qu'en est-il advenu? Vous comme moi devons le savoir…

— Nous le saurons, Lennox. Croyez-moi, nous finirons par l'apprendre. »

L'enquête ne put débuter immédiatement. Comme ils commençaient à gravir le mont Braeriach, ils furent rejoints par un messager venant du chantier à leur rencontre. Il apportait la nouvelle de l'attaque de la châtelaine de Mallaig par des loups en forêt. Iain n'apprit presque rien du messager qui ne connaissait aucun détail. L'événement avait été raconté par un homme envoyé du loch Morar.

Le jeune seigneur fulminait, partagé entre une rage impuissante et la torture de l'ignorance. Il quitta le lieutenant Lennox et sa garde et partit avec la sienne après des adieux écourtés. Iain MacNèil était redevenu un homme d'action, un guerrier à qui l'on s'en prend. Le lieutenant Lennox le regarda s'éloigner au galop dans un nuage de poussière. Une atroce douleur lui étreignait le cœur. Sa précieuse protégée assaillie par les loups: qu'était-il donc arrivé?

Dans les premiers jours de mon retour au château, lorsque je m'éveillais après un de ces trop courts sommeils, j'arrivais, pour quelques minutes, à rassembler mes esprits embrouillés. C'est ainsi que je distinguai peu à peu la chambre que j'habitais. Celle du seigneur Baltair. Puis, un jour, je reconnus la voix de Nellie, mais pas la vieille femme qui l'émettait. Une autre fois, j'entrevis par la porte une petite fille rousse qui pleurait en m'observant et qui m'appelait « mère », mais aucun son ne sortit de ma bouche en réponse à son appel. Ces instants de lucidité apaisaient momentanément l'oppression de mon cœur et dénouaient le nœud dans mes entrailles.

Hélas, ils étaient trop brefs et toujours je retombais tout éveillée dans mon cauchemar jusqu'à ce que l'épuisement vienne à bout de moi. C'est alors seulement que le sommeil immobilisait mes affreuses pensées et figeait mon tourment. Je n'avais plus les narines remplies de l'odeur du sang de mon cheval ; je n'avais plus les oreilles bourdonnantes des grognements des loups ; je n'avais plus les yeux obstrués par des crocs jaunes qui s'ouvraient sur ma cheville.

Lorsqu'il m'arrivait de m'éveiller en pleine nuit, mon esprit sombrait dès que j'ouvrais les yeux. L'obscurité décuplait la peur qui m'habitait tout entière. Je crois que les personnes qui me veillaient le comprirent, car, un soir, on alluma une multitude de chandelles près du lit, le baignant d'un large halo ocre. Autour de moi, les bras qui entravaient mon agitation habituelle me maintinrent dans un angle qui faisait face à la lumière vive. Je tentai de la fixer le plus longtemps possible avant que le gouffre ne réapparaisse devant mes yeux humides. Par la suite, on vit à ce que la chambre ne fût jamais plongée dans l'obscurité quand le soir descendait.

J'avais cessé de crier. Comme aucun son ne sortait de ma bouche, il était inutile de pousser si fort l'air hors de mes poumons et de risquer d'en manquer par la suite. J'avais également cessé de pleurer. Il ne devait plus rester de larmes. Mes moments de conscience devinrent de plus en plus longs. Je crois que les gens qui me soignaient virent dans ces changements une amélioration. Un homme interdisait qu'on parle de démence dans la chambre. Je crois que c'était un prêtre, car, une fois, avec la croix de bois passée dans un lacet de cuir autour de son cou, il me bénit avant que je ne reparte pour l'abîme. Lorsque j'en ressortis, mes doigts serraient très fort la croix de bois libérée de son lacet. On me la laissa. Le contact de son bois rugueux me poussait parfois à la frapper contre une surface dure. On me la retirait alors pour me la rendre par la suite, à mon retour d'une autre absence.

Un jeune homme, qu'on appelait Tòmas, m'apportait quelquefois des fleurs coupées le midi. Il les plaçait près de mon lit et ne me parlait pas, se contentant de me saluer de la tête, la main sur la poitrine. Il ne restait jamais longtemps. Ses yeux doux remplis de peine ne croisaient jamais mon regard. J'aurais tant aimé pouvoir parler en ces occasions. Je fermais les yeux et me bouchais les oreilles pour que la vue d'aucun objet ou la perception d'aucune parole ne me projette dans mon cauchemar. Il suffisait de si peu de chose pour que je reparte! Je tentais de toutes mes forces de demeurer immobile, présente, là.

La nuit était tout à fait noire. Une brise salée et constante balayait les remparts et charriait des nuages opaques qui voilaient la lune et les étoiles. Comme un roulement de tambour au loin, le son assourdi de la mer frappant les rochers à l'est indiquait la marée montante. Tòmas avait pris l'habitude de faire le guet à la tourelle nord, dès la nuit tombée. Il voulait être le premier à s'adresser à son cousin à son retour. Il savait que son oncle Aindreas s'était chargé d'envoyer un messager au chantier. À moins d'être toujours retenu à Crathes, Iain devait être revenu dans les Grampians. «Vivement que je puisse me libérer, pensait-il. La culpabilité est trop lourde à porter, Iain. Reviens, tout le monde t'attend à Mallaig!» Comme cela lui arrivait depuis quelques jours, il revit l'image de Beathag au regard fuyant chaque fois que l'on parlait du retour de son cousin. Il entendait les accents d'anxiété qui pointaient quand elle demandait, chaque matin, des nouvelles de la châtelaine, dont elle semblait craindre plus qu'espérer le recouvrement de la raison. Certes, Beathag agissait comme quelqu'un qui redoutait quelque chose. Quoi? Tòmas aurait payé cher pour le savoir.

Soudain, son cœur bondit. On entendait clairement le martèlement de sabots provenant des plateaux. «Des cavaliers à cette heure, ce ne peut être que lui…», se dit aussitôt le jeune homme en alerte. Il descendit à grandes enjambées jusqu'au pont-levis qu'il fit abaisser avant même que la sentinelle n'eût reconnu les arrivants.

Quand Iain mit pied à terre, la cour s'était déjà remplie de plusieurs de ses gens, étrangement silencieux. Partout sur les visages, ce même air contrit et navré. Son cousin Tòmas se précipita à ses genoux, les bras ballants, désarmé, tête baissée, avouant son erreur d'une voix implorante :

« Iain, j'ai failli à ma tâche. Alors que tu me l'avais confiée, ton épouse n'était pas sous ma garde lorsqu'elle est sortie du château. Je suis responsable de son malheur et je ne suis plus digne de ta confiance.

– Elle est donc toujours vivante ! soupira Iain en relevant son cousin. Où est-elle ? Je veux la voir ! »

Le révérend Henriot se détacha du groupe et, saisissant le bras du jeune maître, il le mena à l'intérieur du donjon tout en lui décrivant sur un ton calme et sérieux l'état dans lequel se trouvait la jeune châtelaine. Les explications du révérend mirent un frein à l'empressement de Iain à se trouver auprès de Gunelle. Il écouta attentivement, un étau lui serrant le cœur au fur et à mesure que se précisait dans son esprit le mot « démence » pour qualifier le comportement que le révérend dépeignait. Ce dernier termina son compte rendu en affirmant que, selon lui et le médecin MacDuff, qui avait examiné la châtelaine, il s'agissait d'un état de choc qui s'atténuerait avec le temps.

« Mon seigneur, j'interdis formellement à quiconque ici de parler de folie ou d'emprise du Vilain. Votre épouse n'est pas possédée, je l'affirme devant Dieu », ajouta Henriot, d'un air sévère.

Iain lui serra vigoureusement les mains. Tout le groupe entourant le jeune seigneur avait pénétré dans la grand-salle. Un feu allumé dans la soirée crépitait encore dans l'âtre devant lequel Iain vint s'asseoir. Soudain, Bran fit irruption et se jeta contre les jambes de son maître qui lui prit la tête entre ses mains. Les traits tirés, l'air préoccupé, il leva les yeux sur l'assemblée et demanda Tòmas à ses côtés. D'une voix sourde, il s'enquit auprès du jeune homme des circonstances du drame et il ne fut pas tout à fait satisfait du rapport :

« Ne me cache rien, Tòmas, lui dit-il. Quelque chose dans ton récit n'est pas convaincant. Qu'est-ce que c'est ?

— Écoute, Iain, je ne sais pas. Je n'arrive pas à croire ce que rapporte ta belle-sœur. Que Gunelle ait décidé de faire demi-tour pour retourner seule au loch Morar, c'est invraisemblable… Elle n'est pas assez bonne cavalière et, surtout, le domaine de notre oncle ne lui est pas assez familier pour qu'elle ait décidé de retourner sur ses pas sans escorte. Tu questionneras Beathag demain. Tu en obtiendras plus que moi. »

Hochant la tête, il ajouta :

« Il n'en demeure pas moins que je n'aurais jamais dû laisser partir à la chasse la châtelaine de Mallaig sans sa propre garde.

— Les hommes de Darnley formaient une escorte suffisante pour ce genre d'excursion, Tòmas. De quoi aurais-tu pu te méfier ? Ils ne pouvaient pas connaître l'inexpérience de Gunelle et s'opposer à ce qu'elle retourne seule au loch Morar… »

Après un court silence, il s'écria, en secouant la tête :

« Bon sang ! Ce traître d'Aindreas ! C'est la dernière place chez qui envoyer un des miens !

— C'est précisément de cela que je suis fautif, Iain. Si Gunelle souhaitait participer à une chasse au faucon avec Aindreas, je me devais d'être à ses côtés, car moi, je sais la menace qu'il représente !… »

Iain MacNèil n'eut plus le goût de discuter. Malgré la fatigue et l'anxiété qui l'étreignaient, il ne voulut pas dormir en cette nuit de retour à Mallaig et demeura dans la grand-salle. Anna vint lui faire rapport de la conduite du château, lui donna des nouvelles de la petite Ceit et lui apprit que dame Rosalind, venue rendre visite à la châtelaine, avait décidé de rester afin de soulager le révérend de l'enseignement aux enfants de Mallaig. Elle termina son compte rendu en lui suggérant d'attendre au lendemain pour voir son épouse, lorsqu'elle sortirait de sa torpeur. Avant de prendre congé de son maître, la vieille intendante ne put retenir une caresse sur sa tête noire de poussière et de sueur.

« Pourquoi le malheur s'acharne-t-il sur notre châtelaine ? gémit-elle. Elle est si bonne, sa foi en Dieu est si grande. Ne peut-Il la protéger un peu mieux ?

– Anna, ma douce, c'est hélas à moi de protéger mon épouse. Dieu me l'a donnée et je ne la méritais pas. Voilà ce qui est…, murmura Iain d'une voix brisée en saisissant la main de sa nourrice.

– Ne dites pas cela, mon seigneur. Vous la méritez. Ah certes ! S'il y a un seul Highlander pour elle, c'est vous, un MacNèil ! »

Iain lui sourit faiblement et la regarda s'éloigner, fixant son large dos qui avait commencé à se voûter. « Le drame, songea-t-il, c'est que Gunelle Keith n'est pas faite pour les Highlands ni pour un Highlander. »

Le lendemain, lorsque Nellie sortit de sa chambre en compagnie de la petite Ceit, elle fut étonnée de ne pas voir Bran couché devant la porte de la chambre de sa maîtresse selon son habitude depuis son retour.

«Quel genre de nuit ont-elles passée», se demanda-t-elle en pensant à dame Gunelle et à Màiri qui la veillait chaque nuit. Comme tous les matins, elle descendit aux cuisines pour prendre une bouchée avant de relever la jeune servante auprès de la malade. Nellie se sentait épuisée par la fatigue des nuits blanches accumulées et par la peine et l'inquiétude qu'elle éprouvait pour sa maîtresse. Elle entendit soudain un cri de joie de Ceit qui l'avait précédée dans la grand-salle. Un soupir de soulagement lui détendit les épaules en entrant : le seigneur Iain était enfin de retour.

Ceit avait pris d'assaut son père en le découvrant allongé sur une banquette au fond de la pièce, près de l'âtre. Elle lui grattait le visage couvert de barbe et lui embrassait les mains en riant. Iain se redressa et la serra contre lui :

«Bonjour, ma fille ! Tu es bien joyeuse, ce matin... Ton père t'a manqué, dirait-on.

– Père, c'est terrible, répondit-elle en perdant son sourire. Les loups ont pris la voix de mère dans la forêt. Il faut aller les tuer ! Aujourd'hui ! Sinon, elle ne pourra plus jamais me parler. Je veux qu'elle me parle encore, et qu'elle chante aussi, et qu'elle revienne dans la classe. Oh, père ! vous êtes le meilleur de tous les chevaliers. Dites-moi que vous pouvez vous battre contre les loups...

– Je tuerai tous les loups d'Écosse s'il le faut, ma chérie. Je veux qu'elle me parle, à moi aussi. N'y pense plus et viens manger des galettes avec moi. »

Lorsqu'il vit Nellie sur le seuil de la porte qui les observait, le sourire aux lèvres, il eut un mouvement de surprise. La nourrice de son épouse paraissait avoir vieilli de dix ans. Sous sa coiffe, les cheveux jadis gris étaient complètement blancs. Son visage amaigri était sillonné de rides profondes. Il la salua brièvement et se hâta vers les cuisines, tenant sa fille par la main, une vive appréhension dans l'âme.

Il retarda le plus longtemps possible sa visite à Gunelle. Il assista à l'office, prit un bain et se rasa, parcourut le jardin avec Anna et la jeune Jenny, se rendit avec Ceit dans la classe, passa un moment au corps de garde avec ses chevaliers et Tòmas, mais évita sa belle-sœur. Il ne se sentait pas prêt à l'interroger. Il salua à peine Darnley quand il l'aperçut en revenant au donjon. Il monta sur les remparts et passa en revue tous les postes de garde. Il resta longtemps seul à contempler la mer, les cheveux au vent. Une foule de souvenirs avec Gunelle montaient en lui et le décontenançaient. Son chien le sortit de sa rêverie en lui léchant les doigts. «Bon sang, se dit-il. Elle n'est pas morte! Allons, il est temps d'aller affronter les loups…»

Il eut une seconde d'hésitation avant d'ouvrir la porte de la chambre. Quand Nellie le vit entrer, elle eut une moue de désolation:

«Elle n'est pas encore revenue, ce matin, mon seigneur. Je veux dire qu'elle n'a pas sa connaissance, mais elle n'est pas agitée. Màiri dit qu'elle a été calme cette nuit.»

Iain glissa un regard vers le lit. Son épouse, en chemise légère, les cheveux coiffés en deux longues nattes, lui faisait dos, agrippée au montant du lit, recroquevillée sur elle-même. Il demanda à Nellie d'un air intrigué:

«Où sont passées les courtines?»

— Elle les arrachait en s'y accrochant. Il a fallu toutes les enlever. Elle s'accroche après tout ce qu'elle peut trouver… Mon seigneur, il faut qu'elle sorte de son cauchemar. C'est mauvais pour l'enfant…, répondit-elle en se tordant les mains.

— De quel enfant parlez-vous, Nellie? lui demanda-t-il vivement.

— Je pense ne pas me tromper, mon seigneur. Je connais bien les filles Keith et je suis certaine que ma maîtresse est enceinte d'enfant, même si elle ne le sait pas. Et cet enfant-là ne sera pas normal s'il grandit dans le giron d'une âme aussi tourmentée…»

Iain, sidéré, dévisageait Nellie qui s'était tue, confuse. Au bout d'un long moment, il se tourna vers son épouse et l'appela doucement, la gorge nouée. Gunelle ne broncha pas. Il s'avança prudemment en contournant le lit et vint se placer face à elle. Il fut frappé par son teint livide et ses yeux hagards qui fouillaient le sol à ses pieds. Il jeta un œil à Nellic qui l'observait, l'air angoissé.

«Elle examine toujours ainsi le plancher, mon seigneur. C'est comme s'il y grouillait des serpents, expliqua-t-elle d'une voix nerveuse.

— Pas des serpents, Nellie, murmura-t-il en reportant son attention sur Gunelle. Mais des loups…»

Il s'approcha davantage et tendit les mains vers les bras blancs de Gunelle noués autour du montant de bois patiné. Il les caressa lentement, puis entreprit d'ouvrir un à un ses doigts crispés de peur. Ce faisant, il lui parlait d'une voix très douce et triste:

«Gunelle, ma bien-aimée, c'est moi. Je suis avec vous. N'ayez plus peur. C'est fini…»

Avec beaucoup de persévérance, car elle repoussait sans cesse ses gestes, il réussit à la détacher du montant sans qu'elle lui ait jeté un seul regard, les yeux toujours fixés au sol. Il se pencha pour entrer dans son champ de vision tout en lui maintenant fermement les deux mains. Il capta son regard et l'appela de nouveau d'une voix chuchotante :

«Mon amour, revenez. Je vous en supplie, revenez…»

Nellie tressaillit. Le spectacle qui s'offrait à ses yeux lui gonfla le cœur d'espérance. Elle vit sa maîtresse réagir pour la première fois à un appel. En effet, Gunelle clignait des yeux et examinait les mains de son mari tenant les siennes. Puis sa respiration s'accéléra et devint bruyante. Elle porta son regard ahuri sur le visage de son mari et, d'une voix rauque, elle prononça son nom.

Nellie se signa :

«Dieu tout-puissant, elle parle! Elle vous reconnaît, mon seigneur! C'est un miracle!»

Puis elle sortit de la chambre avec hâte, laissant les époux seuls.

Je sentis soudain les branches se frotter à mes bras. En bas, les loups s'étaient tus. J'avais beau chercher, je ne les voyais nulle part. L'arbre faisait des mouvements pour se libérer de mon emprise. «Je vais tomber», pensai-je, mais, curieusement, je ne tombais pas. J'aperçus tout à coup mes mains, puis deux autres. «Comment est-ce possible?» me dis-je. J'entendis alors distinctement un chuchotement. «Quelqu'un! Enfin!» Une lumière blanche m'éblouit et je sortis de l'abîme. «Iain!»

J'avais dit son nom, avec ma voix que je ne reconnaissais pas. Mon mari était là. Il tenait mes mains froides et m'appelait «mon amour» en me fixant de ses yeux bleus suppliants. Un tambour battait contre mes tempes. Je m'efforçai de concentrer mon attention sur les yeux de Iain, implorant le ciel de me garder présente encore un peu avant de me laisser repartir. Je voulais de toutes mes forces rester avec mon mari qui me demandait de revenir. Je dégageai une main et la passai sur son visage crispé, et je sus que j'étais bien avec lui : sa peau était moite, sentait le savon de rasage, ses lèvres tremblaient légèrement, il retenait sa respiration. J'appuyai ma tête sur mon bras tendu et parvins à le mettre en garde :

«Ils vont revenir, Iain. Il ne faut pas descendre. Ils sont dangereux. Ils ont tué mon cheval. Ce sont des loups, Iain. Les loups que Beathag a envoyés sur moi…

– Où est Beathag, maintenant ? l'entendis-je me demander comme dans un écho.

– Elle est partie au galop rejoindre les autres et m'a laissée. Ils ne viennent pas à ma recherche, Iain. J'aurais dû attacher mon cheval, lui répondis-je, haletante, sans le quitter des yeux.

– Et le loch Morar ? Pourquoi vouloir y retourner ?

– C'est plus près d'ici, mais j'aimerais mieux retrouver le chemin de Mallaig. Dans quelle direction est-ce ? Je n'en sais rien…»

Je sentis les larmes couler sur mes joues et j'en fus étonnée. Iain enferma mon visage entre ses larges mains et, silencieusement, il se mit à écraser chaque nouvelle larme de ses pouces qu'il passait doucement sous mes yeux. Je portai mon regard au-dessus de sa tête et reconnus le décor de la chambre. Je n'entendais plus que nos deux respirations. Je ne sombrais pas dans mon gouffre. Je restais là, aux côtés de mon mari retrouvé.

Je fermai les yeux, m'appuyai contre lui et accueillis, une à une, mes sensations revenues. D'abord le poids de mes cheveux sur mon dos. L'ouverture de mes mains posées à plat sur sa tunique de laine. Mes épaules enserrées entre ses bras. Sa chaude odeur qui m'envahissait. Sa voix tendre qui ne cessait de m'enfermer dans un discours d'amour qui semblait inépuisable. Je sanglotais maintenant, se-couée de longs hoquets. «Pleurez, pleurez, mon amour. La peur va partir à mesure que votre cœur se videra», l'entendis-je me dire de sa même voix chuchotante.

Je basculai doucement dans ses bras quand il se laissa choir sur le lit et je me blottis aussitôt dans le creux de son épaule. L'étau de l'horreur desserra son étreinte peu à peu et un calme bienfaisant se répandit en moi. Je crois que nous sommes restés ainsi immobiles de très longues heures. J'eus vaguement conscience que des gens entraient et ressortaient de la chambre à tour de rôle. Ni Iain ni moi ne nous en inquiétions.

«Ne partez pas, Iain, lui demandais-je de temps en temps.

– Je reste et je vous tiens, ma bien-aimée», me répondait-il invariablement.

Je me mis bientôt à lutter pour ne pas m'endormir, craignant de replonger dans mon cauchemar. À bout de forces, je le suppliai de m'aider à me maintenir éveillée. Il m'enjoignit au contraire de dormir. M'assurant qu'il n'y avait rien à craindre, il me promit de veiller sur mon sommeil.

«Mon amour, il faut vous laisser aller à dormir. Vous en avez besoin. Lorsque vous vous réveillerez tantôt, je serai encore là. Nous dînerons ensemble et boirons la dernière bouteille du vin des caves de votre père. Nous lirons ensuite du courrier de Crathes et vous y répondrez. Puis, nous irons écouter le joueur de clàrsach en bas. Si vous le voulez, je chanterai avec vous, ou vous chanterez pour moi. Tout cela, nous le ferons, mais seulement si vous êtes tout à fait reposée. »

Je souris, le nez plongé dans son cou. C'était bien Iain avec ses mille et un plans. Comme c'était bon de sentir de nouveau mon esprit totalement présent. « Je suis guérie », pensai-je, remplie d'allégresse. Je ne pus résister à l'envie de dormir et au réconfort de mon mari. Je m'assoupis, tout enveloppée de lui.

La première chose que je vis en ouvrant les yeux, ce fut le visage intrigué de ma petite Ceit. Elle m'examinait, le menton posé sur le matelas. Une bonne odeur de soupe à l'orge emplissait l'air. Je pris une grande respiration et souris à ma fille. « Ma fille », pensai-je. J'avais l'impression de revenir d'un très long voyage. Je me soulevai sur un coude et aperçus Iain, assis au pied du lit, un bol d'étain à la main. Il se retourna et me sourit :

« Pardonnez-moi, ma dame. J'avais trop faim. Je ne vous ai pas attendue. Comment vous sentez-vous ?

– Assez bien pour entreprendre le programme que vous m'avez proposé tout à l'heure, lui répondis-je, ravie de le voir découvrir ses dents blanches sur un large sourire.

– Mère ! s'écria Ceit en bondissant sur ses pieds. Votre voix est revenue ! Je savais bien que père viendrait à bout... »

Iain l'interrompit aussitôt sur un ton sévère :

« Ceit ! on a dit qu'on n'en parlait pas. Souviens-toi, ma fille. »

Voyant les larmes brouiller ses petits yeux et les fossettes creuser ses joues roses, je tendis les bras vers elle et la pris contre moi dans le lit.

« Mon seigneur, dis-je doucement à Iain, soyez indulgent pour notre fille. Je lui ai manqué... autant qu'à vous. »

Le voyant baisser les yeux, j'ajoutai :

« Iain, ne savez-vous pas que je vous aime ?

– Je le sais, mais c'est nouveau chaque fois que vous me le dites, me répondit-il d'une voix sourde. Vous ignorez le pouvoir qu'ont sur moi ces quelques mots prononcés par vous. »

Je lui tendis la main et il me serra le bout des doigts. Il contempla longuement le spectacle que nous offrions, notre fille et moi, blotties l'une contre l'autre, et il poussa un étrange soupir. Tant d'émotions allaient et venaient en nous, comme les mouvements inlassables de la marée.

Ce fut un cortège de visages ruisselants de larmes de joie qui défila dans la chambre durant les quelques minutes qui suivirent mon réveil. La tante Rosalind, Nellie, Anna, le révérend Henriot, Tòmas, Màiri et Jenny vinrent me rendre visite. Beathag, sa suivante et le shérif ne se présentèrent heureusement pas. Sur les conseils de Tòmas, Iain avait donné des ordres en ce sens et m'en avait prévenue afin que je ne nourrisse pas d'angoisses inutiles à ce sujet. La bouteille de vin promise par Iain fut partagée en autant de coupes que le nombre de mes visiteurs.

Nellie dressa une petite table où je pris place après qu'elle m'eut aidée à enfiler une robe. Iain refusa qu'on remonte mes cheveux sous un touret et il vint s'asseoir à mes côtés, Ceit sur ses genoux. Je me surpris à manger avec appétit tout ce que Nellie et Anna se plaisaient à m'offrir. Plus tard, le joueur de clàrsach se joignit à nous et, d'un commun accord, nous gardâmes tous la chambre. Ma voix encore mal assurée recevait le support de la voix affermie des autres, et les chants se succédèrent, joyeux et clairs, jusqu'à la tombée de la nuit. Jetant un œil inquiet sur les fenêtres, je les vis s'assombrir graduellement vers la nuit redoutée.

Iain dut percevoir la montée de mes craintes, car, à un moment donné, il me prit la main et me demanda à l'oreille de boire du uisge-beatha à son hanap :

« Vous me feriez un grand plaisir, ma dame, en partageant l'eau-de-vie avec moi. Je ne connais pas de meilleure boisson pour entreprendre la nuit lorsqu'on n'a plus sommeil. »

J'aurais fait absolument tout ce qu'il m'aurait conseillé de faire tellement solide était la confiance que j'avais en lui ce soir-là. Je pris le hanap qu'il me tendait et y bus à plusieurs reprises, mes yeux plongés dans les siens. Aucun loup ne vint me hanter. Plus tard, j'eus à peine connaissance du départ des visiteurs et du moment où j'allai au lit.

Le seigneur Iain aida Nellie à mettre son épouse au lit et resta dans la chambre un long moment à la regarder dormir, l'air songeur, préoccupé. Nellie allait et venait, ramassant et rangeant. Le maître lui avait demandé de demeurer auprès de dame Gunelle durant la première partie de la nuit. Elle le regardait à la dérobée, cherchant à deviner la cause du souci qui lui barrait le front. Il ne semblait pas avoir été gagné par l'euphorie générale qui s'était emparée du château à l'annonce du rétablissement de la châtelaine, et elle aurait bien aimé savoir pourquoi. Appréhendait-il une rechute? Craignait-il pour la santé de l'enfant à naître? Ne sachant pas quoi redouter, elle en vint elle-même à replonger dans l'inquiétude.

Iain ne pouvait plus retarder sa rencontre avec sa belle-sœur. Si, comme il le supposait, elle avait délibérément abandonné Gunelle en forêt et manigancé pour empêcher qu'on ne lui porte secours, il serait forcé de la considérer comme une ennemie mortelle, qu'elle fût consciente ou non de l'emprise de sa jalousie. Il s'aperçut qu'il serrait les poings à s'en faire craquer les jointures en descendant dans la grand-salle.

Plusieurs chevaliers étaient encore attablés et jouaient aux dés en riant. Ils se retournèrent en entendant les griffes de Bran sur le sol dallé et accueillirent l'entrée de leur chef avec animation. Iain leur sourit et les salua en s'approchant du groupe, frappant du plat de la main quelques dos au passage. Puis, il se dirigea vers le fond de la salle, vers le cercle de fauteuils où prenaient place le shérif et Tòmas.

«Bonsoir, Darnley, dit-il en scot. Je vois que ma belle-sœur vous a faussé compagnie. Heureusement que nous avons Tòmas. Il me remplace fort bien comme hôte à Mallaig.»

Prenant un siège, il poursuivit:

«Si vous n'y voyez pas d'inconvénient, j'aimerais connaître votre version des événements qui ont causé un si grand choc à mon épouse. Selon vous, comment cela s'est-il passé?

– Votre belle-sœur serait d'un meilleur secours. C'est elle qui était avec dame Gunelle en dernier lieu, mon seigneur, lui répondit-il tranquillement.

– Je sais cela. J'aurai également sa version. Mais la vôtre m'intéresse. »

James Darnley ne pouvait se dérober. Il se déplaça sur son siège. Sans qu'il pût se l'expliquer, une certaine nervosité le gagnait alors qu'il relatait les événements à partir de la chasse au faucon. De temps à autre, il surprenait un regard entre les deux cousins, mais aucun d'eux ne fit de commentaire, écoutant d'un air concentré. Quand il eut fini, il fut saisi par l'expression de dureté du jeune maître et se crut obligé de justifier son comportement :

« J'avoue que l'empressement de dame Beathag à quitter la forêt m'a paru suspect sur le coup. Quand elle nous a rejoints au galop en nous entraînant à sa suite sans même ralentir pour nous donner des explications fort brèves sur l'absence de votre épouse, j'ai eu un mouvement d'hésitation et je me suis retourné pour voir si elle était en vue. Sachant maintenant qu'elle n'a pas retrouvé son chemin vers le loch Morar, je me reproche de ne pas l'avoir fait escorter par un de mes hommes. Mais votre belle-sœur parlait d'elle comme si elle l'avait elle-même accompagnée sur ce chemin. Voyez-vous, MacNèil, il s'agit d'un malheureux accident…

– Je vous remercie, Darnley, coupa Iain en se levant promptement. C'est en effet malheureux. Voyons voir maintenant s'il s'agit d'un accident.

– Attendez, MacNèil ! dit le shérif qui se leva à son tour et retint Iain par la manche. Je sais que les circonstances peuvent donner prise à des soupçons sur votre belle-sœur. C'est une dame au tempérament plutôt vif qui ne cache pas ses sentiments, mais je ne la pense pas aveuglée par la jalousie au point de commettre un acte si… enfin…

– Écoutez-moi bien, Darnley, lui répondit Iain en se dégageant, vous êtes ici pour vérifier des livres. Celui qui juge à Mallaig, c'est moi. Si j'estime que ma femme est la cible de quelqu'un au château, c'est une situation intolérable que je vais régler à ma façon, qu'elle vous plaise ou non. »

Iain MacNèil ne put voir la moue de mépris de son interlocuteur tant il s'en était détourné rapidement. Il quitta la salle, devenue tout d'un coup silencieuse. Les dernières paroles du chef et son attitude de colère présageaient un formidable orage. Tòmas fit un signe discret à un chevalier, qui lui emboîta le pas, et tous deux montèrent doucement à l'étage, à la suite du maître de Mallaig.

Quand Beathag vit le seigneur Iain entrer dans sa chambre et signifier à Finella de quitter les lieux, elle s'épanouit d'un large sourire et se leva à sa rencontre.

« Voilà bien longtemps que je ne vous ai eu ici seule à seul, lui dit-elle dès que la porte se fut refermée sur sa suivante. Je vois que votre épouse n'est pas en mesure de vous recevoir… »

Elle allait passer ses bras dodus autour de la taille de son beau-frère quand elle reçut une formidable gifle. Elle recula d'un bond, la main sur la joue, les yeux écarquillés, frappée de stupeur. Son beau-frère la saisit par les épaules et la projeta contre une chaise.

« Assieds-toi et ne t'avise pas de me toucher, lui lança-t-il. Je viens écouter ta confession, vipère, et je n'ai pas l'intention de m'éterniser. Raconte-moi ce qui s'est passé entre toi et Gunelle dans la forêt avant que tu ne la quittes.

« — Tu le sais déjà, siffla-t-elle entre ses dents. Tòmas t'a mis au courant. Il est inutile de me menacer. Tu n'obtiendras rien d'autre. »

Hors de lui, Iain empoigna le collier qui pendait sur la poitrine blanche de sa belle-sœur et l'enroula autour de son poing fermé.

« C'est ce que nous allons voir… », laissa-t-il tomber dans un souffle.

Sans tenir compte des mains de sa belle-sœur qui tentait de se dégager, il fit tourner son poing lentement.

« Assez ! » suffoqua-t-elle aussitôt.

Iain la lâcha et elle palpa son cou meurtri par la chaîne, qui s'était imprimée dans sa peau. Reprenant contenance, elle dissimula sa haine sous un air engageant :

« Que voulez-vous entendre, mon seigneur ? » susurra-t-elle en baissant les yeux.

Iain prit place sur un tabouret en face d'elle et la fixa un instant, le regard glacial.

« Les paroles qui ont été échangées entre toi et ma femme avant que tu ne la laisses pour rejoindre la compagnie de Darnley.

— Il n'y en a eu aucune, mon seigneur. Nous n'avons pas parlé ensemble. J'ai pensé qu'elle ne voulait pas rentrer de nuit à Mallaig et préférait l'hospitalité offerte par votre oncle Aindreas. Je l'ai laissée faire ce que bon lui semblait.

— Faux ! Elle préférait revenir à Mallaig. »

Dame Beathag regarda son beau-frère en souriant, une légère lueur de mépris dans les yeux :

« Ah ! je vois que notre châtelaine a retrouvé la parole. Mon seigneur, comment croire ce qu'une personne aussi égarée que votre épouse dit préférer? Se souvient-elle seulement d'être allée à la chasse ce jour-là? Faites attention aux accusations que vous pourriez être enclin à porter sur la foi d'un témoignage si contestable... Vous ne pouvez quand même pas sévir en l'absence de preuves. Darnley ne le permettrait pas... »

Iain bondit sur ses pieds, blanc de colère:

« Que le Diable l'étouffe s'il lève un seul doigt. C'est certainement le dernier homme qui m'empêchera de mener les affaires de mon château comme je l'entends. »

En marchant vers la porte:

« Tu es confinée dans cette chambre jusqu'à marée haute, par laquelle tu repartiras dans ton île. On t'enverra tes affaires avec ta suivante sur une autre traversée. »

Se retournant vers elle:

« Ne reviens jamais à Mallaig, Beathag, car ce serait le dernier sol que tu foulerais vivante! »

Iain sortit et referma la porte avec force. Dans le corridor, il vit Tòmas et un chevalier, en état d'alerte, l'arme à la ceinture. C'est à son cousin qu'il donna son ordre bref:

« Surveillez cette porte! Ma belle-sœur ne doit ni sortir ni recevoir qui ou quoi que ce soit. Et ce jusqu'à ce que je vienne moi-même la chercher pour la conduire au port demain. Est-ce que c'est clair?

— Ça l'est », répondit promptement Tòmas.

Au même moment, les trois hommes entendirent distinctement, derrière la porte, Beathag menacer son beau-frère d'une voix rendue aiguë par la colère:

« Salaud de MacNèil! Tu vas me le payer! »

Chapitre XIII

Le tournoi

Nellie fut heureuse de voir revenir le jeune seigneur dans la chambre. Il paraissait plus calme et il la libéra de son service avec le sourire. Sa maîtresse ne s'était pas réveillée et elle poussa un soupir de soulagement en refermant la porte après avoir souhaité une bonne nuit à son maître, lui recommandant de laisser plusieurs chandelles brûler près du lit toute la nuit.

Iain se dévêtit, se rafraîchit le visage et les mains à l'eau d'une cruche et se glissa doucement dans le lit en ayant soin de ne pas déranger son épouse endormie. Il fut long à trouver le sommeil. L'expulsion de Beathag hors de Mallaig tournait une page de sa vie dont les conflits avec sa mère avaient été la toile de fond. Une nouvelle personne allait prendre bientôt racine au château : l'enfant que Gunelle portait. Serait-ce un fils ou une fille ? Son épouse était-elle assez forte pour mener à terme la grossesse ? L'enfant vivrait-il ? Et surtout, Gunelle survivrait-elle à l'enfantement ? Cette question torturante le hantait et attiédissait la joie que lui procurait la venue prochaine d'un héritier. Ses dernières pensées s'attachèrent au vol du versement de son beau-père, mais les suppositions qui germaient dans son imagination se perdirent dans le sommeil qui s'abattit finalement sur lui.

Ma tête ensommeillée se tourna de côté et toucha son épaule chaude. Je m'éveillai. Le jour filtrait derrière les volets. Deux bougies se consumaient encore au pied du lit. Mon mari, couvert à moitié, respirait lentement, le visage hâlé et les joues piquées d'une fossette qu'un sourire marquait dans son sommeil. Malgré une légère nausée, je me sentis remplie de joie : «J'ai dormi toute la nuit sans faire un seul cauchemar », songeai-je, ébahie.

Je me redressai et contemplai Iain sortir de sa nuit. Il ouvrit les yeux, qui se posèrent immédiatement sur moi, et me fit un sourire radieux. Je lui caressai le visage, mes doigts se frottant à sa barbe naissante, et lui murmurai des mots de remerciement pour ne pas m'avoir abandonnée à ma folie. Il se redressa à son tour et, m'entourant de ses bras, appuya mon dos sur son torse velu.

«Gunelle, mon amour, vous n'avez jamais été folle, me dit-il d'une voix grave. Vous avez vécu des moments horribles et, dans votre état, cela ne pouvait que plonger votre esprit dans un grand égarement.

— Mais à quel état faites-vous allusion, mon seigneur ? lui demandai-je, intriguée, sans me retourner.

— À l'état d'une femme enceinte, ma biche, me répondit-il en plongeant le nez dans mes cheveux et en accentuant la pression de ses bras autour de moi.

— Qui vous a dit cela ? Nellie ? l'interrogeai-je vivement en me tournant pour le regarder droit dans les yeux.

— Elle… et votre corps… Je ne vous ai jamais vu des seins aussi ronds, ma dame, dit-il en me les caressant d'une main hésitante.

— Iain! m'écriai-je, comment est-ce possible déjà?»

Pour toute réponse, il m'étendit à ses côtés et me gratifia d'un sourire espiègle avant d'entreprendre, avec ses lèvres, une exploration complète de mon corps frémissant. Je m'accrochai à ses épaules musclées et le reçus en moi avec volupté, espérant que Nellie n'entrerait pas dans la chambre.

Elle apparut seulement quand Iain me quitta en me demandant de garder la chambre le temps qu'il revienne. Il devait se rendre au port pour régler le départ de sa belle-sœur. Il avait été succinct dans ses explications à ce sujet et je ne fis aucun commentaire, préférant détourner mon esprit de tout ce qui faisait référence à Beathag, particulièrement au rôle qu'elle avait joué dans mon drame et que je devinais encore d'une manière très confuse.

Nellie, silencieuse comme à son habitude, s'affaira à préparer l'eau du bain. Je l'observais du coin de l'œil et constatai combien elle avait vieilli. J'en fus émue aux larmes. «Ah, Nellie! comme tu as dû t'inquiéter de moi ces derniers temps!» pensai-je.

«Il faudra remettre des courtines à ce lit, Nellie, lui dis-je au bout d'un moment. Et préparer un berceau dans les mêmes draps… Dis-moi, puisque tu dois le savoir, quand aurai-je cet enfant que mon mari m'annonce?»

Je ne pouvais lui faire plus grand plaisir en abordant cette question. Elle vint en hâte s'asseoir près de moi et me prit les mains en riant d'un air soulagé. Je lisais dans ses yeux la grande joie qui inondait son vieux cœur.

«Ma toute belle, cet enfant pourrait bien voler la vedette au petit Jésus. D'après mes calculs, vous enfanterez autour de Noël. Vous allez voir, ce sera un bel enfant, comme personne n'en a jamais vu dans ce pays des Highlands! Un garçon pour succéder à notre maître le jour venu, ou une petite sœur pour Ceit... Ce château va entrer dans une ère de parfait bonheur, j'en suis sûre!»

Je souris à son enthousiasme débordant et reconnus là ma bonne vieille nourrice, résolument optimiste. Un peu plus tard, tante Rosalind m'apporta le plateau du déjeuner. La conversation avec elle m'emplit d'aise. Sa tranquille assurance et son affabilité me réconfortèrent. Nous ne fîmes aucune allusion à mes jours de maladie et parlâmes de ma grossesse tout naturellement. Je fus frappée par l'attachement et l'intérêt qu'elle montrait pour moi et me rappelai qu'elle n'avait ni fille ni bru. «Je crois que mère et elle s'entendraient bien», songeai-je. Pour ma part, j'étais fort tentée de la prendre pour confidente.

Iain revint peu avant midi. Il sentait la mer et ses cheveux, qui lui tombaient sur les épaules, étaient tout emmêlés. Il avait l'air préoccupé et vint s'asseoir près de moi en examinant les restes de mon plateau:

«Vous avez fait ripaille, ma dame! J'en suis heureux. Il vous faut toujours bien manger si vous voulez me donner un MacNèil grand et fort.

– Un ou UNE MacNèil», le repris-je doucement en caressant sa chevelure que j'entrepris de démêler.

Je devinais qu'il s'était heurté à des difficultés avec sa belle-sœur et je voulus l'en distraire:

«Ne m'avez-vous pas parlé de courrier venant de Crathes hier, mon seigneur?

– En effet, ma dame. Je l'ai ici, fit-il en fouillant la poche intérieure de son pourpoint. Je puis vous assurer que toute votre famille se porte à merveille, votre mère y compris. »

Je lâchai ses cheveux et m'emparai de la lettre qu'il me tendait. C'était l'écriture de ma mère et mon cœur se souleva de bonheur. Je décachetai fébrilement l'enveloppe et pris connaissance de la longue missive. Iain s'était levé et avait gagné la fenêtre.

L'essentiel de la lettre portait sur des nouvelles des membres de ma famille. Ma mère m'informait de la naissance, en mars, de la fille de ma sœur Sybille et du deuxième fils de l'aînée Elsie. Ces petits-enfants étaient, comme les autres, des nourrissons dotés d'une bonne constitution. Elle me rassurait sur son propre état de santé qui n'avait jamais donné signe d'alarme cet hiver comme Daren l'avait inventé. Ce dernier était complètement remis de sa blessure, mais restait auprès de mon père pour les affaires d'Aberdeen, laissant entièrement la conduite du chantier au lieutenant Lennox. Elle terminait par un commentaire énigmatique sur mon mari : « Parmi les hommes du Nord qu'il m'a été donné de rencontrer, ton mari est le moins sauvage. »

Cette petite phrase, qui était blessante à mes yeux, me fit sursauter. Je pris soudain conscience du fait que Iain avait traité avec mon père et avait sans doute rencontré toute ma famille. Je jetai sur mon mari un regard inquiet et lui posai quelques questions sur sa visite à Crathes. Ses réponses laconiques me donnèrent à penser que l'accueil avait été assez froid. Je me mordis les lèvres de dépit et j'eus, pour la première fois, un mouvement de révolte contre mon père. Non content de m'avoir expédiée au fond de l'Écosse vers un mari étranger à notre famille, il me faisait l'affront de manquer de courtoisie quand il le rencontrait.

Je questionnai Iain sur le règlement du litige qui l'avait amené à Crathes, mais je n'obtins guère plus de commentaires. J'en conclus que mon mari et mon père n'étaient pas dans les meilleurs termes et cela me causa de la peine, ce que je pris soin de dissimuler.

«Aimeriez-vous descendre avec moi, ma dame? me demanda-t-il pour changer de conversation. Si vous vous sentez assez forte, je crois qu'une courte apparition en classe plairait aux enfants et rassurerait tout le château. Le révérend Henriot a également hâte de s'entretenir avec vous.

– Avec plaisir, mon seigneur. Je pourrais aller au bout du monde à votre bras, sauf si nous devons traverser une forêt, lui répondis-je en me levant.

– Mon amour, me dit-il tout bas, nous irons aussi en forêt ensemble, mais pas maintenant.»

Il m'enveloppa de ses bras et déposa un baiser sur mon front.

Après toute une nuit de guet avec le chevalier Dòmhnull derrière la porte de Beathag, Tòmas se sentait courbaturé. À part la suivante de la veuve d'Alasdair, personne ne s'était présenté de la nuit. La séquestrée n'avait pas même essayé de sortir ni ne leur avait adressé la parole. Quand Tòmas entendit le bruit des bottes de son cousin dans le corridor et vit Bran apparaître, il soupira d'aise. Il allait enfin pouvoir être relevé de son poste.

Iain s'approcha en les saluant. Il portait son claymore et tenait une corde à la main. En l'apercevant,

Tòmas sursauta. Iain ignora sa réaction et lui fit signe d'ouvrir d'un geste de la tête. Dame Beathag, nue, était étendue sur son lit, dont les couvertures n'avaient pas été tirées, un sourire provocateur sur les lèvres. Sans préambule, Iain entra, cherchant des yeux les vêtements de sa belle-sœur.

« Lève-toi et habille-toi ! Fais vite, je ne suis pas d'humeur à t'attendre… », gronda-t-il entre ses dents.

Il avisa une robe suspendue dans le retrait, la décrocha et la lui lança. Tòmas et Dòmhnull se tenaient dans l'embrasure, indécis, attendant que le chef leur signifie leur congé, mais celui-ci semblait avoir oublié leur présence.

« Si je ne puis avoir l'aide de ma suivante, vous devrez me donner un coup de main, mon seigneur. Je n'y arriverai pas seule… Enfin, pas aussi rapidement que vous le souhaitez », susurra Beathag du fond du lit en ramassant la robe qui avait atterri à côté d'elle.

Avec un mouvement d'impatience, Iain se tourna vers les deux hommes et fit signe au chevalier Dòmhnull d'aller auprès de sa belle-sœur. Beathag partit d'un grand éclat de rire et lui lança sur un ton acerbe, tout en faisant des œillades au chevalier hésitant :

« Voyez-vous ce MacNèil vertueux ? Incapable de toucher la femme dans le lit de laquelle il s'est vautré durant cinq ans ! Allez, Dòmhnull, venez frôler une femme bien faite à la place de votre chef. Le mariage lui a ôté toute virilité… »

Iain serra les poings pour ne pas bondir et se tourna vers son cousin. Tòmas lui fit un sourire contrit en haussant les épaules.

« Je compte jusqu'à trente et je te sors telle que tu es ! dit Iain sans regarder dans la direction de sa belle-sœur. Si

392

tu veux quitter Mallaig dignement, il va falloir collaborer, Beathag MacDougall. Ne me donne pas l'occasion d'abîmer ton joli corps. J'ai déjà grand-peine à me retenir de le faire.

— Comptez, comptez, mon seigneur, puisque c'est tout ce dont vous êtes maintenant capable… », répondit-elle en glissant la main sous l'oreiller.

À la vitesse de l'éclair, elle en sortit un ciseau et le projeta en direction d'Iain qui lui tournait le dos. Tòmas devina le geste plus qu'il ne le vit et tira son cousin à lui. Avec un bruit sourd, la pointe du ciseau alla se ficher dans la porte ouverte, frôlant la manche du jeune chef. Un silence lourd emplit l'air. Dòmhnull se précipita sur la jeune femme pour la maîtriser.

Jamais Iain n'avait ressenti une telle haine et n'avait eu à ce point le goût de tuer. Quand il se tourna vers sa belle-sœur, son visage était blanc de rage et ses yeux plissés brillaient de lueurs de colère. Il s'agrippa à la manche de son cousin, cherchant à être retenu plus qu'à retenir. Mû par un sentiment d'urgence, Tòmas comprit l'appel implicite et entraîna son cousin dans le corridor. La suivante de Beathag s'y tenait avec Anna et le shérif Darnley. Celui-ci fixait le ciseau planté dans la porte d'un air hébété, la bouche entrouverte. Ceux qui se trouvaient dans le corridor n'avaient visiblement rien perdu des derniers propos échangés dans la chambre. Les deux femmes s'y engouffrèrent et s'empressèrent d'habiller la belle-sœur secouée d'un rire nerveux.

Après quelques pas ensemble, les deux cousins s'immobilisèrent. Iain, livide, tendu comme une arbalète, mit la corde dans les mains de son cousin et lui souffla d'une voix rauque :

« Sors-la attachée. J'attends dans la cour… »

Puis, il se tourna vers son cousin et le regarda droit dans les yeux :

« Tòmas, empêche-moi de la tuer. Au port, sois à mes côtés jusqu'à ce qu'on l'embarque pour l'île de Skye. »

Il en fut ainsi : Beathag MacDougall quitta le château fermement escortée et dans l'indifférence générale des gens de Mallaig, sous un soleil éblouissant qui se maintint plusieurs jours de suite sur la côte ouest de l'Écosse.

Le mois de juin 1425 fut magnifique sur toute l'Écosse. Il plut très peu et la chaleur de cet été hâtif donna un essor à toute la nature, tant sauvage que campagnarde. Les massifs de bruyère fleurie teintaient de blanc les plateaux qui surplombaient la péninsule de Mallaig et les marais asséchés s'entouraient d'une verdoyante couverture d'herbe grasse. Dans les champs, les moissons montaient haut, ondulant sous la brise humide de la mer, et les hommes et les femmes allaient et venaient, tête nue, outils en main.

Les troupeaux de moutons à tête noire et de bœufs, redescendus de leurs pâturages d'hiver, peuplaient toute la lande autour du château, additionnés de plusieurs agneaux et veaux patauds nés au printemps.

Les enfants du bourg montaient chaque jour au château pour leurs classes et ils bénéficiaient d'un nouveau maître en la personne de Tòmas. Le cousin MacNèil avait pris la relève de sa tante Rosalind, qui avait regagné son château. On lui confiait les leçons d'écriture et d'arithmétique et il mettait tout son cœur dans l'enseignement, pour lequel il se découvrit une véritable passion. La jeune Jenny le secondait et, ensemble, ils formaient une équipe capable de captiver de longues heures les enfants autant que les quelques adultes qui fréquentaient encore les classes. Le révérend Henriot étendit son enseignement à l'astronomie et à la géographie, en plus des Saintes Écritures et de l'histoire des grands héros de l'Antiquité. Sitôt l'office du matin terminé, il rassemblait les élèves du château et ils allaient tous à la rencontre de ceux du bourg, qui montaient par la passerelle sud. La châtelaine ne donnait plus que les leçons de scot et de lecture. À la demande de son mari, elle ne passait qu'une heure par jour dans la classe. Même si cela lui apparaissait trop peu, elle s'en contentait.

Gunelle restait plusieurs heures dans sa grande chambre à tenir les livres de la famille et à poursuivre l'instruction de son mari. Le jeune chef MacNèil recommença à y consacrer la majeure partie de ses matinées, avec le même intérêt qu'auparavant. Les gens du château étaient ravis de voir l'harmonie qui régnait dans le couple. La tendresse et la bonne entente entre les époux faisaient rêver toutes les femmes, de la plus jeune à la plus âgée. Le couple était également le point de mire du clan et de la petite société qui fréquentait le château.

Ses devoirs de châtelaine appelaient Gunelle à assurer une présence assidue dans la grand-salle, accueillant les visiteurs de son mari et ceux du shérif. Ce dernier passait son dernier mois à Mallaig et recevait beaucoup dans le petit bureau. Plusieurs secrétaires retardataires défilaient à tour de rôle, venant présenter leurs livres et obtenir la décharge du représentant du roi. Par l'entremise de certains d'entre eux, le shérif demeura en relation avec Beathag MacDougall, cantonnée dans son île.

Au château, personne ne regrettait l'impétueuse veuve d'Alasdair. Au contraire, toute l'atmosphère s'était améliorée après son étrange départ, sans bagages ni adieux. Elle n'était plus qu'un vague souvenir pour tous et on ne mentionnait que rarement son nom. Seul Darnley y faisait parfois allusion avec la domesticité, qui veillait à ce que le maître et la maîtresse ne l'entendissent pas. Selon un accord tacite, tous respectaient le mutisme : le chef et la châtelaine agissaient comme si dame Beathag n'eût en quelque sorte jamais existé.

Anna et Nellie furent attelées aux préparatifs d'une nouvelle réception d'envergure : celle de l'adoubement du seigneur Tòmas, qui devait avoir lieu à la Saint-Jean. Un ensemble de pâtés en croûte et de galettes, de confits et de liqueurs furent préparés au fil des journées chaudes qui composèrent le mois. Le seigneur MacNèil avait envoyé des invitations à tous les membres du clan et tenait à ce que l'événement soit remarqué. À cette fin, il comptait organiser un tournoi dans lequel Tòmas serait le favori.

Les deux cousins n'avaient jamais été aussi complices ; leurs séances d'entraînement se terminaient invariablement par des boutades et des espiègleries dont tous les chevaliers se repaissaient. Iain remarqua que la présence de la jeune Jenny dans le fond de la cour pendant les exercices avait un effet stimulant sur son cousin, et il manigança afin qu'elle s'y attarde le plus souvent possible. Il se prit à imaginer le couple que ces deux personnes réservées formeraient s'il venait à l'idée de son cousin d'ouvrir un peu les yeux sur la jolie jeune femme, toute servante qu'elle fût. Une fois, il fit part de ses vues à son épouse qu'il étonna fort par ses révélations. Il s'amusa de la voir rougir ; les jeux de séduction entre hommes et femmes l'embarrassaient toujours autant.

Les jours étaient également heureux pour Ceit, qui avait beaucoup souffert de la maladie de sa jeune mère. Elle était maintenant dans sa huitième année et s'était beaucoup développée durant le printemps, tant sur le plan physique que sur le plan intellectuel. La fillette se réjouissait de la venue d'une petite sœur ou d'un petit frère et manifestait sans réserve à sa mère toute sa curiosité sur le sujet. Auprès de Nellie, elle s'était découvert une passion pour le jardin en voyant le plaisir que sa mère prenait à s'y promener de temps à autre.

Délaissant parfois ses petites amies, elle s'y réfugiait à la fin de la journée et s'attachait à chaque pas de la vieille nourrice qui en était le maître d'œuvre. À la mi-juin, une première récolte de haricots s'offrit aux mains des deux cueilleuses émerveillées. Les rosiers enfin taillés fleurirent également à ce moment-là et produisirent tant et si bien que la grande table de la salle recevait son bouquet chaque semaine.

Je découvris vite que ma maladie m'avait beaucoup affaiblie. Le soir venu, j'étais incapable de veiller avec mes gens et je gagnais ma chambre très tôt avec Ceit. Je la prenais alors dans mon lit et nous nous parlions un long moment avant de nous endormir. Comme ces petites conversations pleines de naïveté me plaisaient! Quand Iain montait se coucher, il prenait sa fille dans ses bras et la portait dans la chambre voisine sans la réveiller. Je m'éveillais parfois à ce moment-là et je l'entendis souvent murmurer à Ceit endormie des paroles de tendresse qui gonflaient mon cœur d'amour pour lui.

Je ne sais pas s'il y eut une époque de notre vie où notre entente fut plus complète qu'en ce début d'été. Je me sentais entourée, protégée, aimée par lui, à chaque instant de la journée. Quand il n'était pas avec moi en promenade sur les remparts, qui demeuraient notre lieu privilégié, il était en compagnie des gens du domaine dans la salle d'armes pour la cour de justice ou dans la grand-salle. Tous les matins, après l'office, nous remontions à la chambre où nous avions repris l'habitude de travailler quelques heures. Il y avait fait transporter une grande table, dont l'extrémité était encombrée des livres de comptes auxquels je me consacrais chaque semaine. L'autre extrémité servait à nos travaux. Nous y prenions place, l'un en face de l'autre, avec enthousiasme et poursuivions le parachèvement de ses connaissances.

J'abordai avec lui des ouvrages plus ardus et en fis venir d'autres du monastère de Melrose. Il avait toujours hâte de commencer les leçons. Il était plus détendu face à l'apprentissage et plus curieux aussi. Depuis ma maladie, il avait adopté le scot pour me parler dans le privé et, bientôt, il en étendit l'usage avec ses visiteurs.

J'étais si habituée à vivre en langue gaélique que j'étais toujours surprise et séduite quand j'entendais les mots d'amour qu'il me prodiguait en scot. C'était comme s'il était entré dans le monde de mon enfance et y avait pris toute la place. «J'aime passionnément cet homme», me surpris-je à penser de plus en plus souvent.

C'est avec beaucoup d'émotion que j'informai ma famille de ma grossesse dans une lettre que j'adressai non pas à mon père, comme Iain l'avait prévu, mais à ma mère, en réponse à la sienne. Je lui avouai que je souhaitais nommer mon enfant Annabel, comme elle, si c'était une fille, ou Baltair si c'était un garçon, du nom du père de Iain. Je me montrai très optimiste sur mon état de santé, lui cachant les semaines de tumulte que j'avais vécues en mai. Je ne fus pas avare de commentaires sur l'irréprochable mari qu'était Iain pour moi et l'amour total qu'il m'inspirait. Je lui parlai également de Ceit, ma fille adoptive, et de l'école que j'avais mise sur pied à Mallaig. Je voulais de tout cœur qu'elle comprenne à quel point j'étais heureuse et ne souhaitais pas d'autre vie que celle qui était devenue mienne dans les Highlands. Je crois que je réussis cela.

Je profitai d'une visite impromptue du lieutenant Lennox au château pour faire porter ma missive à Crathes. Il nous arriva dans la première semaine de juin, accompagné d'un seul homme d'armes. Je le surpris dans la grand-salle quand je descendis pour le repas du midi et il se précipita à ma rencontre, le visage rayonnant:

«Ah! vous, enfin, ma dame! Comme je suis heureux de vous revoir! Je me suis tellement morfondu à l'annonce de votre accident…»

Submergée d'émotion, je lui pris les mains et plongeai un regard affectueux dans le sien. «Mon très cher Lennox», songeai-je avec gratitude. Je lui fis les honneurs de notre table, le faisant asseoir entre Iain et moi. Il ne resta pourtant qu'une nuit à Mallaig et s'entretint longuement seul à seul avec Iain. Je crus qu'ils discutaient du chantier et les laissai ensemble.

Le regardant partir, le lendemain, j'eus un serrement de cœur. Cet homme avait le don de me manquer dès qu'il me quittait. En observant l'attitude de Lennox envers mon mari, je m'étais prise à désirer sa présence permanente au château, car il montrait du respect et même un certain attachement pour Iain. Je ne croyais pas que ses sentiments pour l'époux étaient guidés par l'affection qu'il portait à l'épouse. Ils semblaient plutôt s'être développés par eux-mêmes, à l'occasion des quelques jours que les deux hommes avaient passés ensemble en mai. J'allai jusqu'à m'imaginer que Lennox s'était comporté en allié pour mon mari lors de sa visite à Crathes. Cette idée n'était pas fausse.

À son départ, Iain lui fit une invitation pour la Saint-Jean, lui proposant d'amener ses gens d'armes désireux de participer au tournoi et pouvant porter les couleurs de la famille Keith. Je souris de bonheur quand j'entendis sa réponse affirmative. «Je vais bientôt le revoir, exultai-je. Il me rapportera peut-être d'autres nouvelles de Crathes.» Quand Lennox et son compagnon ne furent plus visibles sur le chemin des plateaux les ramenant au chantier, je surpris l'air songeur de Iain à mes côtés, les yeux fixés sur l'horizon. Il me prit le bras pour rentrer au donjon en me confirmant ce que j'avais ressenti auparavant entre les deux hommes :

«Ce lieutenant est un homme d'une grande maturité comme j'aimerais en avoir un ici, me dit-il. Si j'étais à la place de votre père, je ne le gaspillerais pas à surveiller un chantier. Je le prendrais avec moi et ferais de lui mon conseiller.»

Un sourire rêveur et taquin sur les lèvres, il ajouta :

«En vérité, ma dame, Lennox est le seul Écossais du Sud à qui j'accorderais toute ma confiance.

– Vous avez raison d'apprécier Lennox, mon seigneur, lui répondis-je, mais votre aveu m'oblige à défendre les Écossais des Lowlands : ils sont aussi braves et loyaux que les Highlanders.»

J'eus un moment d'hésitation, puis je poursuivis :
« Ne fondez pas votre jugement sur quelque représentant au caractère irascible du pays d'Aberdeen… »

Après la visite du lieutenant Lennox à Mallaig, Iain MacNèil devint très songeur et pensa beaucoup à son père. Comment aurait-il réagi face au vol du premier versement de Keith ? Sa conversation avec le lieutenant ne laissait aucun doute. Ayant sur le chantier un des trois hommes à qui la livraison du coffre avait été confiée, Lennox avait commencé son enquête par lui. Il avait ainsi appris que les trois cavaliers s'étaient perdus sur les rives du loch Morar au milieu d'une tempête de neige. Ils avaient été repérés par des hommes du clan MacNèil, qui les avaient conduits chez l'un des leurs. Ce dernier, qui se présentait comme le frère du seigneur Baltair, leur avait immédiatement fait bonne impression. Les armoiries MacNèil qui ornaient tout son château confirmaient son appartenance au clan, et les hommes de Lennox n'avaient pas hésité à accepter son offre de porter lui-même à Mallaig le coffre dont ils ignoraient par ailleurs le contenu. Ils le lui remirent donc et, sans plus s'en inquiéter, ils s'en retournèrent au chantier dès le lendemain et ne jugèrent pas nécessaire de mentionner le fait à Lennox.

« Mon seigneur, avait dit Lennox à Iain, je n'ai aucune raison de douter de cette histoire. Il s'ensuit que le coffre n'est plus en la possession de représentants Keith depuis la mi-janvier. Qui l'a en ce moment puisqu'il ne vous a pas été remis, et pourquoi apprenons-nous si tard qu'il a été volé ? Je suis extrêmement perplexe… Enfin, puis-je vous demander ce que vous avez appris de votre côté?

— Rien du tout, lieutenant. Rien, parce que je n'ai pas cherché depuis mon retour. Voyez-vous, la santé de dame Gunelle m'a totalement accaparé. Toute question autre que celle-là était reléguée au second plan. Je vous surprends peut-être en vous disant cela et je me surprends moi-même… Je vais vous confier autre chose, Lennox : je voue à ma femme une véritable passion. Si je l'avais perdue, je ne sais ce que je serais devenu. »

Après un long silence, il reprit :

« Soyez remercié pour ces informations. Vous avez fait votre devoir en menant votre enquête et sachez que, de ce jour, je vous relève de la livraison du coffre. Je le tiens pour être entre des mains MacNèil. Il m'appartient désormais, et à moi seul, de trouver lesquelles.

— Bien, mon seigneur. Permettez cependant que je demeure à votre service dans le règlement de cette question. Et si je viens à apprendre d'autres informations, je me ferai un devoir de vous les communiquer.

— J'apprécie votre geste, Lennox. Je ne vous demande qu'une seule chose : que toute cette affaire demeure entre nous. Je suis un chef de clan et c'est mon devoir d'en maintenir l'unité devant les autres clans des Highlands et devant notre roi. J'en appelle à votre loyauté envers mon épouse qui est maintenant une MacNèil.

— Mon seigneur, je vous donne ma parole que je ne dirai rien à personne au sujet de la disparition du coffre de Nathaniel Keith », promit solennellement le lieutenant au jeune chef.

Les révélations du lieutenant Lennox avaient fortement ébranlé Iain MacNèil. Les détails de l'histoire laissaient entendre que le coffre était détenu par un de ses lairds. S'il s'agissait d'un frère de son père, et si ses terres touchaient le loch Morar, ça ne pouvait être que son oncle Aindreas. Une sueur froide lui glaçait la nuque et une crampe lui barrait le ventre quand il formulait cette conclusion. Il avait beau essayer de trouver une autre explication, aucune idée valable ne s'imposait pour détourner les soupçons de vol qui se fixaient sur son oncle. Ce qui le stupéfiait, c'était que ce vol avait eu lieu avant la mort de son père.

En vain, il chercha dans sa mémoire quelques paroles du vieux Baltair pouvant donner à penser qu'il aurait eu un différend avec son jeune frère Aindreas. Cependant, il se rappela douloureusement qu'à cette époque il évitait son père le plus possible et ignorait totalement ses affaires. Il aurait pu recevoir des confidences au moment où le secrétaire Guilbert Saxton avait quitté le service de la famille, mais il avait préféré laisser sa femme s'occuper de la gestion du domaine et tenir compagnie à son père.

Quelles avaient pu être les relations de son père avec son frère cadet? Il n'en avait aucune idée et il se reprocha son inconscience d'alors. Maintenant, il devait juger son oncle d'après les relations qu'il entretenait avec lui depuis mars. «À mes yeux, Aindreas est un ambitieux et un homme déloyal. Mais envers son frère, aurait-il pu manquer de loyauté?» se demandait inlassablement Iain. Dans les jours qui suivirent le départ du lieutenant Lennox, les réflexions du jeune chef MacNèil le menèrent à la certitude que son oncle Aindreas avait volé le coffre.

Jusqu'à la Saint-Jean, il vécut habité par ces sombres pensées. Il les cachait de son mieux devant son épouse avec laquelle il partageait tout le reste. Il songea une fois à s'en ouvrir à son cousin, mais il se ravisa. Seule la cérémonie d'adoubement devait occuper l'aspirant chevalier. Un homme est sacré chevalier une seule fois et cet engagement conduit sa vie tout entière. Il décida d'oublier cette affaire un certain temps et de se consacrer à Tòmas, dont il avait à présider l'adoubement en tant que seigneur de Mallaig. Comme l'aspirant chevalier devait être mené à la cérémonie par son parrain, Iain devait prévoir un remplaçant pour lui-même qui avait été le parrain de son cousin. Il opta pour le chevalier Dòmhnull dans ce rôle et le jumela à son cousin dans les derniers exercices parachevant sa formation. Dòmhnull était le plus vieux de ses chevaliers et, comme Tòmas, il était arrivé orphelin de père et de mère à Mallaig. Le château était devenu pour lui sa seule patrie.

C'est ainsi que l'on vit, sur le plateau bordant le mur est du château, Tòmas s'entraîner en armure durant les semaines précédant la Saint-Jean, sous la gouverne de Dòmhnull, au milieu des ouvriers s'activant à l'érection de l'estrade et à la construction de la lice en vue du tournoi. On entendait par les fenêtres, aux volets grands ouverts dès le lever du soleil, les marteaux des charpentiers se mêler au bruit des armes qui frappaient les équipements ou les armures. La jeune Jenny leur apportait sur le terrain à boire et à manger: des collations frugales qu'ils avalaient rapidement avant de se remettre à l'exercice. Au plus chaud de la journée, ils enlevaient leurs armures et allaient se plonger dans le torrent qui descendait en cascade de la falaise. Dans l'eau glacée, Tòmas et Dòmhnull se livraient parfois à une lutte à mains nues pour ne pas manquer une seule occasion de s'entraîner à toutes les formes de combat. Leurs corps nus et ruisselants brillaient et doraient au soleil.

Lorsque le 23 juin arriva, Tòmas était prêt et magnifique. Ses longs cheveux blonds avaient pâli et lui faisaient une crinière presque blanche. Sa peau cuivrée faisait ressortir le bleu de ses yeux. Sous sa tunique, on devinait un torse et des épaules musclés qui lui conféraient une allure altière et virile. Dòmhnull gonfla la poitrine de fierté en préparant son protégé pour la cérémonie du lendemain. D'abord, le bain purificateur de l'aspirant chevalier, qu'il lui fit prendre au corps de garde. Il le revêtit ensuite de la chemise blanche, symbole de pureté, et de la tunique rouge, représentant le sang que le chevalier verse pour défendre Dieu et l'honneur. Durant toutes ces heures de préparation qu'ils passèrent ensemble, Dòmhnull rappela l'engagement du chevalier :

« Que ton bras, Tòmas, soit au service de l'Église, des pauvres et des faibles ; les femmes, les enfants et les paysans en font partie... Tu ne commettras aucun acte contraire à l'honneur. Quand ton seigneur t'appellera à la guerre, tu te présenteras devant lui en armes et à cheval. L'héroïsme et la bravoure motiveront chacun des coups que tu porteras pour lui. »

Quand le soir fut tombé, Dòmhnull mena Tòmas à la chapelle. Il déposa sur l'autel le claymore et les éperons du jeune homme qu'il laissa seul, en prière et en méditation toute la nuit. Au petit matin, c'est le révérend Henriot qui aborda Tòmas le premier. Sans pouvoir contenir son émotion, il l'étreignit longuement. Tòmas était le premier homme à être adoubé à Mallaig depuis qu'il en avait charge d'âmes, et l'engagement sacré du jeune chevalier représentait pour lui un acte de grande foi. Comme il se devait, il l'entendit en confession, puis dit la messe à son intention devant toute l'assemblée du château.

Le repas du matin fut particulièrement joyeux dans la grand-salle. Les membres de la famille, les chevaliers et plusieurs invités déjà arrivés s'y étaient massés et entouraient Tòmas, qui montrait un visage calme et détendu. Iain, en grande tenue, l'observait, une lueur de tendre orgueil dans les yeux. «Le premier homme que j'adoube, songeait-il. C'est heureux que ce soit celui auquel je suis le plus attaché.»

En entrant dans la salle d'armes tout illuminée des rayons du soleil, Tòmas se sentit pénétré d'une grande joie. D'abord attirés par tous les visages heureux tournés vers lui, ses yeux glissèrent sur les armoiries et les bannières aux couleurs des MacNèil, rafraîchies et montées sur perches. Dòmhnull, qui marchait derrière lui, le menait à Iain, une main posée dans son dos. Tòmas en sentait la chaleur au travers de sa tunique et il ferma les yeux un instant, ému. Il entendit alors la voix basse de son nouveau parrain lui murmurer :

«C'est un grand honneur d'être reçu chevalier dans la maison MacNèil, Tòmas, et je suis particulièrement fier d'être celui qui te présente à ce titre...»

Tòmas lui glissa un regard de gratitude par-dessus l'épaule en lui disant tout bas : «Merci, maître Dòmhnull», avant d'avancer seul jusqu'à son cousin qui l'attendait au fond de la salle. Le bruissement des voix cessa quand Tòmas s'immobilisa, droit, les yeux plantés dans ceux du chef. Ce dernier dégaina son claymore et, des deux mains, l'éleva au-dessus de la tête blonde en prononçant d'une voix haute et claire les paroles de l'adoubement :

«Tòmas d'Inverness, fils du clan MacNèil, au nom de Dieu, je te fais chevalier. Sois valeureux, vaillant et humble. Souviens-toi d'où tu viens et de qui tu es le fils.»

Tòmas sentit peser sur chacune de ses épaules le plat de la lame de son cousin. Dòmhnull s'approcha ensuite dc lui et glissa son claymore à sa ceinture en le saluant d'un hochement de tête, puis, s'agenouillant, il accrocha ses éperons à ses bottes. Cela fait, Tòmas se retourna et reçut l'ovation de toute l'assemblée. Parmi elle, le visage illuminé de Jenny retint son regard et il lui sourit.

Un frisson de joie me parcourut tout entière quand s'éleva la clameur dans la salle d'armes. Je ne pouvais détacher mes yeux de Tòmas, qui rayonnait de bonheur. Je surpris le sourire qu'il adressa à Jenny et me promis de ménager à la jeune fille une place parmi les dames, sur l'estrade. «Iain a raison, pensai-je. Il y a quelque chose entre ces deux cœurs.»

Toutes les invitations envoyées par mon mari avaient été acceptées, car je ne relevai aucune absence quand je commençai à attribuer à chacun une place à l'une des trois tables qui avaient été dressées sous la surveillance d'Anna et de Màiri. L'atmosphère était à la fête et, déjà, les joueurs de violon et de pìob rivalisaient d'ardeur, plongeant l'assemblée dans un joyeux tintamarre tandis que tout le monde prenait place et que le service commençait.

Je remarquai que Iain délaissait la compagnie de ses lairds pour celle de ses chevaliers, en particulier Tòmas qu'il ne quittait pas d'une semelle. Le groupe formé par Nellie, Ceit et Jenny était sans cesse rejoint par la tante Rosalind, qui semblait heureuse de renouer avec les femmes du château. Je dus me consacrer aux épouses des lairds, que l'annonce de ma grossesse avait rendues intarissables sur le sujet, et me prêtai de bonne grâce à leurs questions et recommandations multiples. Le shérif Darnley était en grande conversation avec les lairds, et je le surpris à plusieurs reprises en train de faire des confidences à l'oncle Aindreas. Enfin, je me permis de prendre à mes côtés le lieutenant Lennox, qui était descendu le matin même des Grampians avec deux hommes d'armes que j'avais reconnus comme des hommes de la garde personnelle de mon père. Ainsi que je l'espérais, il m'apportait la réponse de ma mère à ma lettre.

Coqs de bruyère en pièces montées, saumons en croûte, pâtés de foie, gigots de mouton et haggis, bœuf en sauce : les mets furent déposés sur les tables et chacun fut invité à se servir. Les épaisses tranches de pain bis posées devant chaque convive furent bientôt imbibées du jus des viandes, et les doigts graisseux disparaissaient régulièrement sous la table pour un nettoyage hâtif à la nappe avant de revenir pour s'emparer ici d'un morceau juteux, là de la coupe d'hydromel ou de bière que les serviteurs maintenaient pleine. En observant le déroulement du banquet et les visages réjouis, je sus que la table de Mallaig était à la hauteur des souvenirs de mon mari et de ceux des convives qui avaient connu la précédente châtelaine.

Tout se déroula à la perfection jusqu'au moment où l'épouse d'Aindreas s'avisa de l'absence de Beathag, pour qui elle avait beaucoup d'amitié. De toute évidence, la tante savait fort bien de quoi il retournait, mais elle voulait mettre le seigneur de Mallaig mal à l'aise en posant des questions sur les circonstances de ce départ. Je vis Iain se raidir dès les premières paroles de sa tante et je me sentis trembler. Rosalind vint à notre secours, à notre grand soulagement :

«Chère Morag, intervint-elle, pourquoi demander ici ce que vous avez appris de la bouche même de votre amie? N'avez-vous pas rendu visite aux MacDougall avec Aindreas la semaine dernière? Rappelez-vous, vous y avez rencontré mon fils Raonall, qui avait à traiter dans l'île.»

Aindreas jeta à sa femme un œil furibond que mon mari remarqua. Je vis la sueur perler sur les tempes noires de Iain et je lui serrai le bras délicatement. Il tourna son regard vers moi et j'y lus de la suspicion. Je ne sus à quoi attribuer cette attitude. Pour ma part, je sentais la rougeur gagner le haut de mon visage. La tante Morag s'était tue, l'air furieux, et, après le silence qui avait suivi l'intervention de Rosalind, les conversations reprirent. Mes épaules se détendirent. La menace était passée. Je m'appliquai à respirer normalement. J'entendis Iain me glisser à l'oreille :

«Tout va bien, ma dame. Calmez-vous...»

Lennox, à mes côtés, posa un regard intrigué sur Iain, qui ne réagit pas.

Au milieu de l'après-midi, nous quittâmes tous la grand-salle pour aller assister au tournoi. Il régnait une telle chaleur à l'extérieur des murs que je crus un moment défaillir et me retins au bras de Iain. L'air inquiet, il me demanda si je préférais demeurer dans la fraîcheur du donjon avec Anna ou Nellie.

«Pas du tout, mon seigneur. C'est un malaise passager. J'ai dû boire trop d'hydromel. Je ne manquerais pour rien au monde le premier tournoi à Mallaig depuis six ans! lui répondis-je avec le sourire.

« – C'est dommage que j'aie à le présider, ma dame, car j'aurais eu grand plaisir à jouter pour votre faveur », me glissa-t-il, taquin.

Je serrai ses mains avec ardeur quand il me fit gravir les marches et m'installa à la place d'honneur dans la section de l'estrade réservée aux dames. Avant qu'il ne gagne le dais sous lequel se tenaient le seigneur et les notables, je lui demandai très bas de voir à ce que la jeune Jenny grimpe aux côtés des autres dames, derrière moi, à titre de suivante de la châtelaine. Il leva ses sourcils épais sous l'effet de la surprise, puis il me gratifia d'un sourire d'entendement. Il descendit et chercha Jenny des yeux, mais, comme elle n'était visible nulle part, il dit quelques mots à un garde avant de se diriger vers la tente des jouteurs, dressée contre les murs d'enceinte.

Un vent régulier venant de la mer dépliait les étendards qui flottaient aux quatre coins de la lice et sur les auvents protégeant l'estrade. Leurs couleurs vives donnaient à toute la plaine un air de grande fête. Le joueur de pìob allait et venait le long de la clôture basse qui séparait la lice en deux, tirant des notes stridentes de son instrument.

Rosalind, qui avait pris place à ma droite, identifiait les différents boucliers tenus par les écuyers en faction près de la tente. J'étais stupéfaite de l'entendre énumérer les noms des familles et de leurs alliances, révélées par les seuls motifs et couleurs que les écus affichaient. Dans un flot ininterrompu et captivant, elle me combla de ses connaissances en matière d'armoiries, qui valaient bien celles des hérauts les plus compétents. Je pus ainsi bénéficier de sa grande expérience comme spectatrice de tournoi, moi qui de ma vie n'avais assisté à aucun événement de ce genre.

Peu avant le début des joutes, je vis sortir Jenny de la tente et s'acheminer vers l'estrade d'un pas sautillant. Elle se fraya un chemin jusqu'à moi et, rose d'émoi, elle me dit :

« Me voilà, ma dame. On m'a demandé à l'instant de vous rejoindre. »

Tandis qu'elle se glissait derrière moi, elle me murmura tout bas :

« Vous êtes la bonté même, dame Gunelle. »

Enfin, nous entendîmes les trompettes sonner la représentation. Trente-six cavaliers sortirent des tentes, visières relevées, en défilant au son du cliquetis de leurs armures. Ils marchèrent vers les montures que tenaient les écuyers et, prenant appui sur ces derniers, ils sautèrent en selle. Avant qu'on ne leur tende boucliers et lances, ils abaissèrent leurs visières. Je compris aussitôt toute l'importance du code des armoiries. Sans elles, impossible de reconnaître le jouteur claquemuré dans son équipement de fer.

Sous nos applaudissements frénétiques, les cavaliers défilèrent lentement dans la lice, où ils s'immobilisèrent face à l'estrade pour la salutation au seigneur. La rangée qu'ils formaient ainsi devant nos yeux avait de quoi impressionner. Dans un foisonnement de couleurs, le blason de chaque cavalier se répétait sur son haubert, son heaume, son bouclier et sur le manteau de sa monture qui ondulait élégamment à chaque sautillement de sabots. De même couleur que leur blason, leur lance était pointée en avant et tanguait légèrement. Sur un signal de Iain, les lances se relevèrent verticalement et les cavaliers poussèrent un « Pour l'honneur ! » retentissant. Ils sortirent ensuite un à un, laissant en lice deux cavaliers qui gagnèrent au trot les extrémités de la clôture centrale, où ils prirent position de part et d'autre.

Sans plus de cérémonie, les trompettes appelèrent la première joute. Rosalind m'expliqua le déroulement d'une voix que l'excitation rendait vibrante. Je devinai que ma vieille compagne était très friande de ce genre de spectacle. Nous n'allions voir dans ce tournoi que des rencontres simples, à la lance, les représentants de Mallaig tenant toujours le champ droit de la lice. C'était l'oncle Griogair, le mari de Rosalind, qui agissait en tant que héraut, annonçant le nom des jouteurs. Sa voix forte s'éleva quand les deux premiers combattants se furent immobilisés :

« Pour Mallaig, le chevalier Ruad contre Sioltach MacNèil d'Arisaig. »

La péninsule d'Arisaig était le domaine d'Aulay, un des lairds du clan. Rosalind m'apprit que Sioltach en était le fils aîné et, me montrant du menton une grande rousse au hennin extravagant, elle ajouta qu'il était marié et avait deux filles. Je vis les combattants abaisser leurs lances et, au signal bref d'une trompette, lancer leurs montures au galop en direction l'un de l'autre. Ils se croisèrent presque au milieu de la lice sans se heurter. Ils gagnèrent l'extrémité de la barrière, firent pivoter leurs montures et s'élancèrent de nouveau. À chaque croisement des cavaliers, des cris de surprise fusaient dans l'assemblée.

Je m'aperçus que je pétrissais la main de Rosalind sous l'emprise de l'énervement. Elle me sourit aimablement et me rassura :

« N'ayez crainte, ma chère. Ils sont bien couverts. Quand ils se toucheront, cela fera beaucoup de bruit et de poussière, mais il n'y aura pas d'effusion de sang.

« – On dit que la pointe de leur lance est émoussée, pour ne pas blesser, dame Rosalind. Est-ce vrai ? lui demandai-je, d'une voix que je voulais assurée.

– Pas dans les Highlands, ma dame. Les armes ne sont jamais émoussées ici. Les Highlanders ne les porteraient pas. C'est contraire à leur vision du combat, en tournoi ou pas », me répondit-elle d'un air tranquille.

Un cri de la foule me ramena à la joute. Ruad avait été désarçonné par son adversaire et se relevait péniblement, sans bouclier ni lance, l'armure ternie. Il releva sa visière et, d'un geste lent et noble, se tournant vers l'estrade, il salua en direction de Iain. Le gagnant s'avança au trot et vint saluer sa dame en s'inclinant sur l'encolure de son cheval. Les deux combattants quittèrent la lice sous les applaudissements tandis que les suivants se présentaient.

Il y eut ainsi, durant toute l'après-midi, des joutes entre représentants de Mallaig et représentants d'autres membres du clan MacNèil ou de ma famille avec les deux hommes qu'avait amenés avec lui le lieutenant Lennox. Je ne tins pas le compte des gagnants et des perdants et ne sus que plus tard que, sur les dix-huit combats ce jour-là, onze avaient été remportés par les représentants de Mallaig. En épiant les réactions de Lennox, je vis avec satisfaction son sourire à l'endroit des deux combattants pour la famille Keith, qui mordirent la poussière au premier assaut.

Si les joutes, avec leur séquence répétitive, me lassèrent rapidement, en revanche, les préambules et les sorties me captivèrent. En effet, les faveurs avouées entre combattants et dames m'intéressèrent au plus haut point. Jetant des regards circulaires autour de moi, je compris vite que je n'étais pas la seule. Des murmures montaient de la section des dames comme un essaim d'abeilles chaque fois qu'un combattant venait déclamer le nom de la dame pour laquelle il prenait le titre de serviteur. Certains faisaient voir à l'assemblée une écharpe ou un ruban que l'élue leur avait confié en gage. Je frémissais à l'évocation de ces dévotions déclarées et ne pouvais m'empêcher d'imaginer ce que j'aurais ressenti si Iain avait ainsi pris à témoin de l'amour qu'il me portait toute une assemblée de tournoi.

On avait gardé Tòmas pour la dernière joute et je sursautai en entendant son nom. J'en avais presque oublié sa participation. Il affrontait le chevalier Dùghall du loch Morar. «Comme c'est étrange», pensai-je. Sans pouvoir me l'expliquer, je n'aurais pas imaginé un autre adversaire pour Tòmas qu'un homme de l'oncle Aindreas. Mis à part la couleur de fond des écus, bleue pour les MacNèil de Mallaig et pourpre pour les MacNèil du loch Morar, les blasons étaient semblables pour les deux combattants.

Dùghall fit pivoter son cheval deux fois avant de réclamer bien haut la faveur de Thora, la fille d'Aindreas. Tous les regards convergèrent sur elle tandis que, rouge de confusion, elle dénouait les bouts du long châle vert qui lui couvrait les épaules, puis le jetait au pied de la monture du cavalier en guise d'assentiment. Dùghall la salua d'un mouvement de tête et gagna son coin de la lice.

Faisant avancer sa monture lentement vers l'estrade, Tòmas l'immobilisa devant moi. Je tressaillis. Mes mains devinrent froides et je les dégageai de celles de Rosalind. J'étais hypnotisée par l'attitude figée et silencieuse du cousin de Iain. Toute l'assemblée s'était tue en même temps, dans l'attente de la déclaration du nouveau chevalier pour une dame. C'est alors que je remarquai un ruban blanc attaché à son gant droit. Tòmas ne dit rien. Il se pencha longuement sur l'encolure de son cheval, tourné dans ma direction, puis il se releva et éperonna sa monture pour gagner au galop l'extrémité droite de la lice.

J'étais rouge de confusion et surpris les regards ébahis des dames. Je n'osais détacher mes yeux du fond du terrain où ils s'étaient fixés. J'entendis à peine la trompette annonçant l'assaut. Quand je pus me ressaisir, je jetai furtivement un œil sur Iain. Quelle ne fut pas ma surprise de le voir sourire en regardant dans ma direction. En me concentrant sur ses yeux bleus, je découvris qu'il fixait Jenny derrière moi et compris en un éclair que Tòmas joutait pour le cœur de la jeune fille et que son salut ne m'avait pas été destiné. Je me fis violence pour ne pas me retourner sur mon siège et dévisager celle que je venais de nommer ma suivante.

« Comme vous semblez vous amuser, ma chérie, me glissa Rosalind, ce qui me fit sursauter. Notre nouveau chevalier possède un charme fou qui parvient, on se demande comment, à transparaître au-delà de son équipement de fer. Souhaitons-lui bonne chance… »

Je ne pus m'empêcher de rire franchement à sa remarque. Quand je reportai mon attention sur ce qui se déroulait dans la lice, un premier croisement des lances avait eu lieu sans qu'elles atteignent leur but. Au deuxième assaut, Tòmas partit avec une seconde de retard et fut sur son adversaire en moins de foulées. Sa lance très droite frappa le bouclier de Dùghall en un bruit mat, le déséquilibrant un instant. Un écart du cheval de celui-ci déporta son cavalier à l'extérieur de son assise et il laissa échapper sa lance. Tòmas, qui s'était retourné, interpella Dùghall en laissant tomber sa lance par terre :

415

«Dùghall, à la force du bras!»

Rosalind se pencha à mon oreille et dit:

«Et bon prince, avec ça! Tòmas offre de poursuivre la joute, qui lui était acquise pour avoir désarmé son adversaire… Dùghall ne connaît pas sa chance et Aindreas doit exulter.»

Je vis les deux cavaliers faire tourner leurs montures l'une contre l'autre, cherchant à s'empoigner avec leur seul bras droit. Puis, après quelques pivots, lâchant bride et bouclier, ils s'attrapèrent des deux mains et tirèrent de toutes leurs forces afin de se faire tomber. Il me sembla que Dùghall n'avait pas une bonne prise et ses gants glissèrent sur la cotte de Tòmas. Profitant de l'occasion et avec une secousse vive, Tòmas bascula son adversaire en bas de sa monture. Je bondis de mon siège en même temps qu'une bonne partie de l'assemblée, joignant ma voix au tonnerre d'acclamations qui accueillit l'issue du dernier combat.

Tòmas se découvrit, plaçant son heaume sous son bras. Ses cheveux blonds collés sur son crâne brillaient au soleil, comme un casque doré. Il fit un salut de la tête en direction de Iain, puis un autre dans ma direction et celle de Jenny derrière moi. J'eus un regard par-dessus mon épaule pour elle et, ce faisant, j'aperçus plus loin Lennox. Une expression indéchiffrable se lisait sur son visage et ses yeux fixaient Thora à la hauteur de la gorge, où pendait une croix dorée que je n'avais pas remarquée quand elle avait défait son châle pour le lancer à son jouteur. «Qu'est-ce qui lui prend de lorgner ainsi la fille d'Aindreas?» pensai-je un instant avant d'avancer, emportée par les dames qui quittaient toutes ensemble l'estrade.

Sitôt descendue, je fus rejointe par Ceit, surexcitée, qui avait observé une partie du tournoi avec Nellie et Màiri, au niveau du sol, sur le pourtour de la lice. Bran se plaqua dans mes jupes en aboyant et Rosalind vint me prendre le bras pour m'entraîner vers la cour du château. Jenny avait disparu, sans doute dans la tente des combattants où je vis Iain pénétrer à la suite de son cousin. Un dernier regard dans sa direction m'informa que Lennox était sur ses talons.

Iain MacNèil était on ne peut plus satisfait de l'ensemble du tournoi, et en particulier de la joute qu'avait menée son cousin: «Décidément, Tòmas a le sens du spectacle!» songeait-il en entrant dans la tente. Avant qu'il n'ait atteint le cercle d'écuyers qui entouraient Tòmas et l'assistaient dans son dépouillement d'armure, le lieutenant Lennox l'aborda:

«Mon seigneur, lui dit-il d'une voix tendue. Pourriez-vous m'accorder un entretien seul à seul… dehors?»

Sans hésiter, Iain hocha la tête et suivit l'homme qui se fraya un chemin d'un pas rapide vers la sortie. Quand ils furent à l'abri des oreilles et des regards, Lennox fit part au jeune chef de sa découverte: la croix que portait au cou la fille d'Aindreas était celle que contenait le coffre de Nathaniel Keith et qui était le cadeau de mariage de l'oncle Carmichael à Gunelle.

«Je ne peux pas me tromper, mon seigneur, affirmait Lennox. Je reconnais cette croix en or. Examinez-la bien quand vous le pourrez. Vous verrez que c'est un travail d'orfèvrerie française, caractérisé par l'absence de cercle au centre comme en portent les croix celtes.

– Vous avez certainement raison, Lennox. Le coffre a abouti entre les mains de mon oncle et il y a un moment que, pour moi, la chose ne fait plus de doute. Cette croix est peut-être la preuve dont j'aurai besoin, mais je n'ai pas encore décidé de ma façon d'agir dans cette affaire. Je ne souhaite pas porter d'accusations maintenant. Aussi, je vous demande de ne rien dire ou faire. Je vous ferai signe quand le temps sera venu d'avoir votre appui. »

Le retenant avant de se séparer de lui, Iain remercia de nouveau cet homme de son beau-père qui semblait de plus en plus dévoué au service de Mallaig. Il rejoignit Tòmas et ses chevaliers, qui avaient tous porté ses couleurs durant le tournoi, et il les félicita chaleureusement pour leur joute, qu'elle fût gagnante ou perdante. Les écuyers ne se firent pas dire deux fois d'ouvrir un baril de uisge-beatha à la santé des jouteurs. Dòmhnull et Tòmas se tenaient le bras et se congratulaient joyeusement. Iain ressentit beaucoup de joie à les voir ainsi liés. Comme il se devait également à ses invités, il sortit bientôt de la tente et gagna la cour du château où les rafraîchissements étaient servis.

Du premier coup d'œil, il devina qu'il se tramait quelque chose entre son oncle Aindreas et le shérif Darnley. Les deux hommes s'entretenaient en aparté, hanap à la main, et ils se détournèrent dès qu'ils le virent entrer. Le jeune chef ignora le manège et marcha droit vers le groupe de son épouse. Une autre réception l'attendait avec le repas du soir et il voulait s'assurer qu'elle était en mesure d'y tenir son rôle d'hôtesse. Le sourire radieux avec lequel elle l'accueillit, son teint frais, l'absence de coiffe et de voile sur sa gorge lui confirmèrent éloquemment qu'elle était bien-portante et appréciait la journée.

«Mon seigneur, s'exclama-t-elle en lui tendant la main, quelle journée inoubliable vous nous avez offerte à tous! Je me permets de vous en remercier, au nom de tous nos invités.»

Les dames et seigneurs qui les entouraient renchérirent sur les paroles de la châtelaine, chacun voulant exprimer personnellement sa joie au seigneur de Mallaig. Iain s'était emparé de la main de son épouse et lui pressa les doigts amoureusement en écoutant d'un air ravi les témoignages qu'elle avait suscités.

Grisé tant par les éloges qu'on lui décernait que par le uisge-beatha qu'il avait ingurgité en abondance, Tòmas finit par s'approcher de la jeune Jenny et l'entraîna à l'écart sans tenir compte de sa gêne. Il sortit le ruban blanc du col de sa chemise et le lui tendit en réclamant sa faveur:

«Je vous rappelle que j'ai gagné la joute, et, par conséquent, j'en réclame l'enjeu. C'est vous qui m'avez donné ce ruban et je l'ai accepté.»

La saisissant par la taille, il lui murmura:

«Vous me devez un baiser, Jenny…

– Mon seigneur, fit-elle, éperdue, je n'ai pas l'intention de vous le refuser, mais…»

Le reste de sa phrase fut happé par les lèvres avides de Tòmas. D'une main malhabile, il cherchait les lacets de son corsage. Quand elle réussit à se dégager, à bout de souffle, elle recula de plusieurs pas, troublée. Tòmas, ahuri, la dévisageait.

«Vous n'aimez pas embrasser un chevalier, Jenny? Il m'avait semblé pourtant que vous n'attendiez que le moment où je serais adoubé…, commenta-t-il.

« – Vous vous moquez de moi, mon seigneur. Un chevalier agit par honneur et ce que vous attendez de moi ne s'y rapporte pas. Auriez-vous un tel comportement avec une des jeunes dames qui se trouvent dans cette cour? J'en doute. Mais moi, je ne suis qu'une servante, votre honneur de chevalier ne s'applique pas», lui répondit-elle, les larmes aux yeux.

Elle s'enfuit si vite que Tòmas n'eut pas le temps de réagir. Penaud, il retourna à la fête, le cœur lourd d'avoir commis une erreur impardonnable. Laquelle? Le fait d'avoir réclamé sa faveur? La façon dont il l'avait sollicitée?

«Le cœur, pensa-t-il, misérable. Je n'ai pas parlé de mon cœur qui se moque éperdument qu'elle soit une servante… Quel imbécile je suis! Ah, Jenny!»

Les festivités prirent fin fort tard ce 24 juin 1425 à Mallaig. Après un repas aussi copieux que le précédent, les invités eurent l'immense plaisir d'entendre chanter la châtelaine, tous assis au clair de lune dans la cour. Les accents du violon et du pìob montèrent longtemps vers les étoiles et ne furent couverts que par les bruits de la marée montante frappant la falaise à la nuit tombée.

Le seigneur Iain accompagna son épouse lorsqu'elle exprima le désir de se retirer, prenant dans ses bras sa fille accablée de fatigue. Comme ils atteignaient le portail du donjon, le shérif Darnley les accosta:

«Mon seigneur, quelle parfaite soirée!» dit-il d'une voix pâteuse.

Regardant Gunelle, il poursuivit:

«Quelle journée épuisante pour vous!… Vous faites bien d'aller vous reposer maintenant. J'aurai besoin de vos services, demain matin…

– Pour quoi faire, je vous prie? demanda sèchement Iain, mis en alerte.

– Pour les livres, évidemment, répondit le shérif, l'air sournois. Il y a quelque chose que je voudrais vérifier… une somme que je n'ai pas vue apparaître en janvier quand j'ai examiné vos états financiers avec Saxton… ou peut-être avec dame Gunelle… Je ne sais plus lequel de vous deux tenait les livres au moment où la rentrée d'argent s'est effectuée. »

Tout étonnée, Gunelle allait répondre, mais elle en fut aussitôt empêchée par son mari :

«Laissez, ma dame. Nous verrons cela demain. Je suis sûr que le shérif ne s'attend pas à ce qu'on l'éclaire ce soir. N'est-ce pas, Darnley?

– Cela va de soi. Je vous souhaite une bonne nuit, dame Gunelle, et à vous aussi, mon seigneur», répondit le shérif en faisant une petite caresse sur la joue de Ceit que Iain lui dérobait en s'en allant.

CHAPITRE XIV

LE COMPLOT

Bien qu'épuisée, je ne pus trouver le sommeil, préoccupée par cette histoire de somme encaissée n'apparaissant pas aux livres du domaine. Iain m'avait reconduite à la porte de notre chambre et me laissa à ma toilette de nuit avec Màiri. Il porta Ceit dans la chambre voisine, suivi de Nellie. Il dut retourner directement dans la cour, car je ne le revis que bien plus tard, après le départ de nos invités.

J'avais demandé à Màiri de laisser un chandelier allumé avant de partir. Les bougies brûlaient toujours quand j'entendis Iain entrer. Je roulai sur le bord du matelas et glissai un regard hors des courtines. Je le vis détacher la ceinture de son claymore, qu'il contempla un instant avant de le déposer. Il avait l'air contrarié.

Quand, une fois dévêtu, il s'approcha pour souffler les bougies, il surprit mon visage tourné vers lui et mon regard qui l'examinait.

«Je sais, ma dame, vous vous posez des questions, me dit-il en se glissant à mes côtés. Sachez que je me pose les mêmes, mais que j'ai une petite idée des réponses. La somme à laquelle faisait allusion Darnley tout à l'heure a été versée en janvier à mon père, mais n'a pas été touchée à Mallaig, ce qui explique qu'il n'en soit pas fait mention dans nos livres. »

Devinant plus qu'il ne voyait mon air interrogateur, il m'entoura de ses bras et m'invita à dormir :

« Ce n'est pas très clair, mais n'y pensez pas. Je vous en reparlerai demain, mon amour. Dormez bien, maintenant…

— Comment ! m'exclamai-je. Ne croyez pas m'apaiser aussi simplement, mon seigneur. Vous avez commencé une histoire qui concerne les livres et vous allez la terminer tout de suite, sinon je ne dormirai pas… »

Je l'avais enjambé et me tenais, furibonde, au-dessus de lui, les mains plaquées sur le matelas, de chaque côté de ses épaules, mon ventre collé au sien.

« Vraiment ? » murmura-t-il en m'embrassant les seins avec application.

Je ne pus réprimer un sourire en le voyant faire. « Quel homme ! pensai-je. Au moins, il n'est plus contrarié. » Je le suivis dans son jeu et glissai doucement sur lui, le forçant à lâcher prise. Ses lèvres quittèrent ma poitrine pour mon cou. Quand ma bouche put atteindre la sienne, je l'embrassai avec ardeur. Je sentis la peau de ses bras parcourue de frissons. À bout de souffle, il emprisonna mon visage entre ses mains et, haletant, il murmura :

« Laissez-moi tranquille, ma dame, sinon je ne dormirai pas moi non plus… »

Nous nous endormîmes en effet très tard, cette nuit-là. Après avoir fait l'amour, le rire au cœur, il me raconta longuement tout ce qu'il savait de cette incroyable affaire concernant le premier versement de mon père en conformité avec notre contrat de mariage : l'aide du lieutenant Lennox, les doutes sur l'oncle Aindreas, le contenu du coffret, y compris la croix en or de l'oncle Carmichael, maintenant pendue au cou de Thora. Je compris enfin l'énigmatique attitude de Lennox au tournoi et celles, non moins étranges, d'Aindreas et de son épouse durant toute la journée. J'étais abasourdie. « Comment trouver le sommeil après de telles révélations ? » pensai-je en me blottissant contre le corps chaud de mon mari qui s'était assoupi après s'être vidé le cœur. « C'est ma faute, me dis-je. Il a bien tenté de m'épargner une nuit blanche. Ma curiosité a eu gain de cause. »

Repensant à la façon dont je m'y étais prise pour l'amener à tout me raconter, j'eus un délicieux frisson de plaisir. C'est sur cette note que je sombrai finalement dans un profond sommeil.

Le lendemain matin, dès la sortie de l'office, nous nous retirâmes dans le bureau avec Darnley. Iain avait apporté le livre de nos comptes et l'ouvrit sur la table du shérif, d'un air de défi. Je pris place devant et attendis qu'on m'interrogeât. Darnley, qui ne semblait pas très en forme, parcourut quelques pages en silence, à la recherche de l'information litigieuse.

« Dame Gunelle, pouvez-vous me trouver les entrées du mois de janvier ? me dit-il au bout d'un moment. Je ne comprends pas la datation de Saxton. »

Je pris le livre que je tournai dans ma direction et feuilletai à mon tour, quelques instants. Je repérai facilement la page à laquelle j'avais commencé mon service d'écriture et je replaçai le livre devant lui, ouvert sur ce qui devait être les premières entrées du mois de janvier. Il fit glisser le long des pages son doigt gras, à la recherche d'un montant. Iain n'avait pas bronché depuis le début, se tenant debout derrière moi. Le shérif se mit à réciter une colonne à haute voix :

« Semences de millet, Mànas le rouge, trois shillings ; cinquante livres de sel, MacLeod de Harris, sept cent cinquante shillings ; vingt-trois livres de hareng fumé, MacNèil du loch Ness, quinze shillings… »

Sans lever les yeux de la page, il demanda :

« De quel montant parlons-nous, déjà, mon seigneur ? Une centaine de livres si je ne me trompe ?

– Cent vingt, dit Iain entre ses dents.

– Voyons voir : douze shillings, quarante, cinq, soixante-sept, cinquante-cinq shillings… Il n'y a aucun montant qui atteigne la livre qui soit inscrit jusqu'à cette mention datée d'avril : jument de trois ans, huit livres, maréchal de Kyle, reprit Darnley. N'est-ce pas, dame Gunelle ? C'est bien là votre écriture ? »

Refermant le livre brutalement sans attendre ma réponse, il continua :

« Alors, MacNèil… avez-vous reçu ou non le premier versement des droits de coupe ? »

Iain se mit à arpenter la pièce, prenant plaisir à faire patienter le shérif. Je sentis mon visage rougir peu à peu de confusion. Nous n'avions pas discuté, Iain et moi, de l'attitude à adopter. Je savais qu'il voulait préserver l'unité du clan avant tout et qu'il abhorrait le désagréable représentant du roi. Il était partagé sur la conduite à tenir : déclarer le vol de la somme et ouvrir une enquête au sein du clan ou le dissimuler et n'avoir aucune explication à donner sur son encaissement. Je tressaillis en l'entendant parler à l'autre bout du bureau, après un interminable silence.

« Ni mon père ni moi après son décès n'a reçu le montant en question. J'ai appris que Nathaniel Keith l'avait versé, mais la bourse a dû se perdre en route. Voilà pourquoi ni Saxton ni mon épouse n'a rien inscrit là-dessus dans nos maigres recettes cet hiver. »

S'approchant du shérif au point où la poignée de son claymore le toucha :

« Darnley, je n'ai pas l'habitude de perdre ce qui m'est dû. Je vais retrouver cette somme et je suis disposé à l'inscrire dès maintenant, de sorte que mes livres soient conformes à ceux de mon beau-père. Je paierai évidemment l'impôt sur ces cent vingt livres, avec le reste de ma part à la Couronne. Cela conviendra-t-il au roi d'Écosse ?

— Espérons-le, mon seigneur, répondit sèchement le shérif. En ce qui me concerne, une entrée d'argent fictive après vérification des livres demeure le signe le plus courant de malversation. Je vous conseille donc fortement de retrouver le versement de votre beau-père avant mon départ pour Stirling d'ici une quinzaine. »

Sans prononcer une parole ni même saluer, Iain s'empara du livre d'une main et de mon bras de l'autre et nous sortîmes précipitamment du bureau, comme j'avais vu faire tant de secrétaires qui n'avaient pas obtenu la dispense du shérif pour leurs maîtres. Mon mari tremblait de rage contenue et j'eus soin de ne pas commenter, sur le coup, notre entretien avec le shérif. Il me laissa dans la grand-salle pour le repas du matin et je fus immédiate-ment accaparée par Ceit qui m'y attendait. Je me retour-nai juste à temps pour le voir disparaître dans l'escalier menant à l'étage, Bran sur les talons. Je ne le revis pas de la matinée.

En ouvrant les yeux sur le jour avancé, Tòmas réprima une moue de dégoût. Il promena un regard hagard sur sa chambre où il n'avait touché à rien depuis que son cousin l'avait habitée. « Quel piètre chevalier je fais », songea-t-il en repensant à sa soirée de la veille. Il s'était mis au lit sans se dévêtir, dans un état d'ivresse avancée, et ne se souvenait pas très clairement des événements qui avaient clos cette journée de la Saint-Jean, jour béni de son adoubement et de sa victoire au tournoi. Le visage de Jenny en larmes était la seule image claire qui s'imposait à sa mémoire.

Il s'extirpa du lit péniblement, luttant contre l'oppression de l'étau qui lui enserrait les tempes.

« Saleté de uisge-beatha! » murmura-t-il.

Il examina avec mépris pour lui-même son pourpoint souillé duquel émergeait, à l'encolure, un petit ruban qui avait été blanc.

Quand il entra dans la grand-salle, Dòmhnull l'accueillit avec le sourire franc d'un père devant les frasques de son fils.

« Notre jeune chevalier a bien gagné ses éperons hier, lui lança-t-il, mais je crois qu'il les astique au uisge-beatha! »

Cette remarque souleva le rire des trois autres chevaliers présents. Tòmas coula un regard découragé au groupe et s'affaissa sur un tabouret.

« Ne le prends pas si mal, Tòmas, lui dit calmement Dòmhnull en s'asseyant à ses côtés. Ce n'est rien qu'une petite cuite bien méritée, et ça ne peut en aucune façon entacher ton honneur. Pour te rassurer, sache que les lairds se sont saoulés autant que toi et ils ont tous eu de la difficulté à se mettre en selle au moment de quitter le château.

— Tous sauf l'oncle Aindreas, je suppose, marmonna Tòmas.

— Tu as raison. À bien y penser, il était en effet très bien-portant. Ah! vois-tu, tu n'étais pas aussi ivre que tu nous l'as laissé voir, hier. Allons, mon garçon, il n'y a pas de classe aujourd'hui. Les enfants ont congé. Viens passer la journée au corps de garde. On joue aux ·dés. Un champion est favorisé par la fortune au lendemain d'une victoire. Il faut nous montrer ça!»

Sur ce, Dòmhnull se leva et attendit le consentement de son protégé d'un air engageant. Tòmas n'avait ni le goût ni la force de s'opposer et il se leva à son tour. «Ne pas croiser Jenny aujourd'hui», songea-t-il en suivant Dòmhnull dans le couloir menant au corps de garde.

Le jeune écuyer sanglait le cheval de Iain d'une main malhabile. Les traits durcis et les ordres secs du maître le troublaient. Depuis quelques mois, il n'était pas dans les habitudes de Iain MacNèil de se laisser aller à des mouvements d'humeur avec la domesticité. Pourtant, ce matin-là, il bousculait son écuyer sans raison valable. Le jeune garçon était désemparé et accumulait erreur sur erreur. Il soupira d'aise quand le maître quitta enfin l'écurie et s'élança au galop par le pont-levis, son grand chien à ses trousses.

Iain parcourut la lande vers les plateaux ouest, contournant les champs et les troupeaux qui paissaient.

Il n'adressa la parole à personne et se contenta d'un bref signe de tête en réponse aux saluts que ses serfs lui envoyaient. «Rien comme de chevaucher seul pour réfléchir», se disait-il en forçant sa monture déjà mouillée de sueur. Le ciel était couvert de nuages duveteux qu'une forte brise charriait depuis les îles vers les montagnes feuillues.

Quand il eut atteint un point à découvert à l'orée de la forêt, d'où il avait une vue large du port et du château, il s'arrêta et mit pied à terre. Bran, échauffé et langue pendante, vint se coucher près de lui. Iain s'accroupit sur ses talons et caressa la tête de son chien. Les yeux fixés sur le pelage roux, il concentra son attention sur les bruits ambiants. Le vent dans la cime des arbres se mêlait aux bruits éloignés des marteaux des charpentiers qui s'activaient à démonter la lice et l'estrade. Iain soupira si fort que Bran se dressa sur ses pattes et vint fourrer son museau humide dans l'encolure ouverte de la tunique de son maître.

«Où vais-je trouver les quatre-vingt-douze livres qu'il me manque? dit-il à voix haute. Les réparations au château ont presque vidé les coffres de Mallaig... Maudite guerre! Truands de Cameron! Infâme Aindreas!»

Il se redressa et promena un regard amer sur l'horizon.

«Ne surtout pas emprunter à mes lairds. Il faut que je règle cette histoire avec mon oncle sans qu'ils en aient vent. C'est le prix à payer pour un clan uni. Mais qui peut me prêter une telle somme en quinze jours?»

«Mon père, Iain! répondit son épouse quand il s'ouvrit à elle de ses réflexions le soir venu. Je suis sûre que, si je lui en fais la demande, il ne pourra me la refuser.

Allons, mon seigneur, l'argent est si rare. Il n'y a qu'un riche commerçant comme mon père pour pouvoir réunir une telle somme aussi rapidement. Nous n'avons pas à mentionner la raison de l'emprunt. Je vous en prie, laissez-moi tenter notre chance de ce côté. »

Iain aurait voulu tenir son beau-père à l'écart de tout cela, mais il était bien obligé de reconnaître qu'il n'arriverait pas à présenter cent vingt livres au revêche shérif Darnley sans aucune forme d'aide de quiconque. Pourquoi pas celle de Nathaniel Keith ? Ce fut donc à contrecœur qu'il autorisa Gunelle à écrire à son père. La lettre fut confiée à Tòmas dès le lendemain.

Le jeune chevalier partit avec trois hommes, dont Dòmhnull qui semblait ne plus vouloir le quitter. Tandis que la petite troupe s'éloignait des murs d'enceinte sous une fine pluie, Jenny les observait d'une fenêtre du donjon, le cœur rempli de doutes. Le seigneur Tòmas n'avait pas cherché à la voir depuis la Saint-Jean. Ses espoirs de recevoir des excuses sur sa conduite s'étaient définitivement envolés.

« Qu'aurait un seigneur à se reprocher avec une servante ? se disait-elle. Ne sommes-nous pas là pour leur bon plaisir ? » Mais quelque chose au fond d'elle criait le contraire. Pas à Mallaig ! « Plus à Mallaig depuis que nous avons notre châtelaine… »

J'étais en classe, remplaçant Tòmas dans les leçons d'arithmétique, quand on vint m'annoncer son retour. Les quinze derniers jours avaient été tendus au château. Iain était taciturne et s'efforçait de ravaler une colère sourde qu'il avait tendance à laisser éclater lorsqu'il était en présence du shérif. Comme il avait de la difficulté à s'intéresser à autre chose qu'à sa préoccupation première, nous avions suspendu son instruction et j'avais consacré plusieurs de mes matinées libres aux élèves.

La jeune Jenny, que j'emmenais de plus en plus avec moi, montrait beaucoup d'aplomb avec les enfants et je les lui confiai avant de me précipiter, le cœur battant, dans le couloir menant à l'entrée du donjon. Jamais je n'avais douté de l'aide de mon père durant l'absence de Tòmas qui me ramenait sa réponse. Il arrivait à point nommé, le départ du shérif étant prévu pour le lendemain. Arrivée au portail, je tombai sur Iain et sur son cousin ébouriffé et couvert de poussière. Les deux hommes levèrent sur moi des yeux où brillait l'impatience.

« Tòmas, enfin ! soufflai-je en lui prenant les mains. Jamais courrier de mon père n'aura été plus attendu à Mallaig. »

À l'affût, mon mari promena son regard autour de nous et nous entraîna à l'étage, dans notre chambre, pour prendre connaissance du résultat de la mission de son cousin. En grimpant les escaliers, il tenta de calmer l'excitation qui m'avait gagnée.

« Je me rappelle une lettre de votre père que mon père et moi-même attendions avec la plus grande impatience, mon père souhaitant une réponse affirmative et moi, une réponse négative... », me raconta-t-il, un sourire dans la voix.

J'étais surprise par son ton dégagé et même enjoué. Je réfléchis à ce qu'il venait de dire et rougis violemment quand je compris qu'il faisait allusion au consentement de mon père à l'offre de mariage faite par le seigneur

431

Baltair pour son fils. Je lui glissai un regard oblique et vis qu'il surveillait ma réaction le sourire aux lèvres. En entrant dans la chambre, il se pencha à mon oreille et me glissa :

« Si c'était à refaire, vous connaissant comme je vous connais maintenant, je n'attendrais pas de réponse, mais irais la chercher moi-même et exigerais qu'elle soit affirmative. »

Levant les yeux sur son cousin, qui était allé s'asseoir à la table de travail et détachait son pourpoint :

« Prions pour que celle-ci le soit… »

Tòmas était rompu. D'un air las, il sortit la lettre et me la tendit en marmonnant : « Charmante famille que la vôtre, dame Gunelle. » Je m'emparai du pli que je décachetai maladroitement, les doigts rendus gourds par l'émotion qui m'habitait. Je vis que Tòmas avait deux autres lettres, qu'il plaça sur la table en face de moi en disant : « De votre mère et de votre sœur Sybille. » Puis, il se leva et marcha vers la porte. Mon mari, déçu de ne pas voir apparaître une bourse, lui saisit le bras au passage et le remercia de la diligence et de la discrétion avec lesquelles il s'était acquitté de sa mission.

Je regardai la lettre fort courte de mon père et ne pus m'empêcher de penser à celles, très longues, qu'il m'adressait lorsque j'étais en France. En ce temps-là, j'étais sa petite benjamine qu'il affectionnait tendrement. Est-ce qu'aujourd'hui cette affection allait se démentir, moi qui étais devenue la femme mariée d'un Highlander, « le moins sauvage » qu'il leur avait été donné de rencontrer ?

Je lus la réponse de mon père à haute voix. Elle ne s'avéra ni positive ni négative. Il n'avançait que la moitié de la somme et la ferait parvenir par Lennox dans les prochains jours, à l'occasion de la livraison d'un verse-ment au clan MacPherson pour des droits de passage sur ses terres. Les quarante-six livres seraient déduites du deuxième versement pour nos droits de coupe, qui devrait être fait à la fin de l'été, quand tout le bois coupé aurait quitté le chantier. Il terminait sa missive par des vœux de bonne santé pour moi et pour l'enfant qui grandissait dans mon sein. Aucun mot pour Iain, aucune nouvelle du reste de ma famille.

À la fin de la lecture, je levai les yeux sur Iain. Il avait pris place sur un tabouret et penchait la tête entre ses bras posés sur ses cuisses. Je l'entendis pousser un profond soupir et murmurer : « Quarante-six livres, c'est trop peu et trop tard… » Je pris le tabouret que Tòmas avait quitté et le tirai près de Iain. Je m'y assis, entourai le dos de mon mari de mon bras et appuyai ma joue contre son épaule affaissée.

« Je suis désolée, mon amour, lui dis-je doucement. J'ai vraiment cru que mon père pouvait disposer de la somme sur-le-champ et la remettre à notre courrier. Il faut maintenant espérer que le roi maintiendra sa confiance dans les MacNèil et ne doutera pas de notre bonne foi.

– J'ai bien peur que ça ne suffise pas, dit-il en se redressant. Je m'attends à ce que Darnley ne fasse preuve d'aucune complaisance dans la présentation des comptes de Mallaig envers la Couronne. »

M'adressant un sourire piteux, il poursuivit :

« Je vous en prie, prenez connaissance des autres lettres, ma dame. Je suis sûr que ce sera plus amusant ! »

Je lui rendis son sourire et entrepris de lire mon courrier. Iain marcha jusqu'à la fenêtre et s'y tint, songeur, tout le temps que dura ma lecture. Les lettres étaient brèves, l'une comme l'autre. Elles avaient été écrites à la hâte. Ma mère se réjouissait de ma grossesse et se plaignait du départ de Crathes de Sybille et de sa famille. Mon beau-frère avait acheté une grande maison à Aberdeen et s'y installait, à la fin de l'été, avec ma sœur et leurs enfants. Il était beaucoup question de cette maison dans l'autre lettre, celle que m'adressait Sybille. À travers les lignes, je perçus cependant un reproche au sujet de notre correspondance, et cela me rappela que le coffret volé en janvier contenait une lettre d'elle.

Le silence qu'exigeait Iain sur toute cette affaire commençait à me peser. Je regrettais plus amèrement ce courrier de Crathes perdu que la croix de l'oncle Carmichael. Je rageais surtout à l'idée que ces lettres se trouvaient entre des mains étrangères au loch Morar. « Y a-t-il seulement quelqu'un là-bas qui sache lire le scot ? » songeai-je, dépitée.

Je sursautai quand j'entendis la voix de Iain qui émergeait d'une longue méditation.

« Je peux encore tenter une chose, même si ça me répugne de le faire. Trouver l'argent chez le voleur… s'il n'a pas déjà été dépensé en cadeaux aux lairds et à leurs femmes en mars dernier ou pour armer des chevaliers.

– Iain ! m'exclamai-je. Comment oncle Aindreas aurait-il pu oser ? »

Tout en rejetant cette idée monstrueuse, je savais que mon mari avait bien jugé les motifs de son oncle. Je le regardai, muette, fourrager dans les vêtements de son coffre, se dévêtir et enfiler un habit de chasse de cuir noir. Il n'eut pas besoin de me dire où il comptait se rendre et ce qu'il y ferait. Un frisson de peur me parcourut le dos en entendant le cliquetis de son claymore dans son baudrier lorsqu'il en ceignit ses hanches et souhaitai du fond de mon cœur qu'il n'aille pas seul au loch Morar malgré le secret dont il persistait à entourer l'affaire.

En passant devant le corps de garde dans la cour, Iain se ravisa : « Bran, reste ! » ordonna-t-il à son chien qui suivait sa monture. Il fit signe au chevalier Eachann qui le regardait d'une fenêtre.

« Mon seigneur ? dit celui-ci quand il eut rejoint le jeune maître.

– Je vais au loch Morar pour une affaire, j'aimerais que tu m'accompagnes, lui dit Iain à voix basse. Fais vite ! Je t'attends là-haut », ajouta-t-il en montrant les plateaux de la tête.

Le temps lourd d'humidité rendait son cheval nerveux. Le ciel au-dessus de la mer donnait des signes d'orage. « Il va y avoir tempête sur les îles », songea Iain, les yeux fixés sur l'horizon en attendant Eachann. Ses pensées se tournèrent naturellement vers l'île de Skye et sa belle-sœur. Iain savait que la menace de mort qu'il lui avait lancée la veille de son départ l'empêcherait de revenir à Mallaig, mais cela ne voulait pas dire qu'elle demeurerait dans son île ni qu'elle renoncerait à se venger. Il savait que le shérif Darnley était resté en contact avec elle et il redoutait que ce dernier ne lui prêtât son concours si elle le lui demandait. Un pli barra son front. Il était habile à se défendre contre un ennemi quand celui-ci était un homme.

« Moi qui pensais ne plus avoir de problèmes avec les femmes. Beathag est capable de surpasser ma mère si elle s'avise de m'empoisonner la vie, même à distance », songeait-il, plein d'amertume.

Il fit tourner son cheval dès qu'il vit Eachann galoper dans sa direction et il s'enfonça dans le bosquet qui bordait le plateau nord. Quand son chevalier l'eut rejoint, il poussa sa monture au galop. Les deux hommes traversèrent en silence toute la distance qui les séparait du loch Morar.

Iain avait envisagé plusieurs façons d'aborder le vol avec Aindreas et s'était préparé à toutes sortes de réactions, mais pas à l'absence de son oncle. Quand sa tante l'informa que son mari était sorti sur ses terres avec ses faucons, Iain fut déçu. Mais quand elle ajouta, avec un sourire pervers, que sa belle-sœur Beathag l'accompagnait, il fut franchement décontenancé. Ouvrant des yeux ahuris, il laissa échapper :

« Beathag ! Ici !

— Et pourquoi pas, Iain ? répondit-elle tranquillement. Nous sommes libres d'accueillir ici qui nous voulons, même une personne que le chef du clan MacNèil répudie. Beathag MacDougall est une grande amie à moi et nous trouvons dommage que votre épouse n'ait pas réussi à s'entendre avec elle à Mallaig, car il ne fait pas de doute que c'est dame Gunelle qui vous a demandé de la chasser. »

Regardant posément le visage stoïque de son interlocuteur, elle ajouta :

« J'avoue qu'il peut être gênant de garder sous un même toit femme et maîtresse…

— Beathag n'est pas ma maîtresse, ma tante, quoi qu'elle ait pu vous dire. Et sachez que mon épouse n'a jamais réclamé le départ de la veuve de mon frère, gronda Iain en se levant pour prendre congé. Au contraire, je crois qu'elle se serait laissé menacer par elle avant de me

436

demander d'intervenir. Si Beathag avait maîtrisé sa jalousie, elle serait encore à pérorer dans la grand-salle de Mallaig. Bonsoir, ma tante!»

Iain sortit, furieux. Autant il avait eu de la difficulté à se débarrasser de l'étiquette d'assassin d'Alasdair, autant il en aurait à se débarrasser de celle d'amant de sa veuve. Il rejoignit à longues enjambées Eachann dans la cour et enfourcha son cheval. Inquiet de son air contrarié, le chevalier ne put retenir une question:

«Où allons-nous, maintenant, mon seigneur?»

Sans le regarder, Iain lança, agacé:

«À la chasse au faucon!»

En se guidant sur le vol des oiseaux de proie, Iain et Eachann trouvèrent la compagnie de l'oncle Aindreas à deux mille pieds du château de celui-ci. Dans une petite clairière, trois chevaliers, sa fille Thora et Beathag, tous en grande tenue, chassaient avec lui dans un joyeux tumulte de rires et de conversations. Iain aperçut Beathag en premier et un frisson de haine le parcourut tout entier. Mue comme par une sorte d'instinct, sa belle-sœur s'était tournée dans sa direction, et leurs regards se croisèrent avant qu'elle ne signale sa présence aux autres chasseurs.

«Voilà le chef MacNèil en personne! s'exclama-t-elle. Il vient nous honorer de sa visite jusqu'au fond des bois, seigneur Aindreas!»

Se tournant vivement vers sa compagne, elle continua:

«Que votre cousin de Mallaig est impressionnant tout de noir vêtu, ma chère Thora. Avec cet air d'épouvante, il me fait l'effet d'un diable justicier!

– Tiens, tiens, mon cher neveu! enchaîna aussitôt Aindreas. On ne t'a pas beaucoup vu au loch Morar depuis ta visite au printemps! Que nous vaut l'honneur?»

437

Iain avait immobilisé sa bête et se tenait droit, silencieux, Eachann à deux pas derrière lui. Il promena sur la compagnie un regard noir, évitant celui de sa belle-sœur. Se soulevant légèrement sur sa selle, il répondit à son oncle sur un ton dur:

« Ce n'est pas une visite du neveu à son oncle, Aindreas. Ce sont les affaires de Mallaig qui me conduisent ici. J'ai à vous parler seul à seul et immédiatement. »

Il fit pivoter son cheval et s'enfonça dans le sentier qu'il avait emprunté précédemment, signifiant d'un geste à Eachann de demeurer à vue. Son oncle, sans se débarrasser de son faucon, monta en selle et le suivit, une esquisse de sourire sur les lèvres. Quand les deux hommes ne furent plus à portée de voix du groupe, Iain mit pied à terre. Aindreas prit le temps de mettre le capuchon sur la tête de son faucon et de le placer sur son épaule avant de descendre de cheval. Il marcha sur Iain d'un pas mesuré, une main posée sur la poignée de son claymore.

« Si tu viens pour affaires, Iain, je n'aime pas ta façon de t'adresser à moi. On ne traite pas ses lairds comme ses serfs...

– Suffit, Aindreas! l'interrompit Iain d'une voix autoritaire en posant la main sur son arme. Vous savez très bien ce que je viens réclamer ici: le coffret de Nathaniel Keith!

– Nous y voici, dit Aindreas en souriant méchamment. Il était temps! Je l'ai eu entre les mains en janvier dernier... je dirais durant douze heures. J'ai appris assez récemment qu'il contenait une jolie somme d'argent en rapport avec la conclusion de ton mariage. Il faut croire que ta charmante épouse l'a considérée comme son bien propre et ne t'en a pas fait part. »

Voyant l'air concentré et tendu de son neveu, il reprit :

« Si tu es ici, c'est qu'elle t'a caché pendant tout ce temps l'existence de ce coffre... Voilà ce qu'il advient quand on a pour épouse une fille de commerçant des Lowlands... À ta place, Iain, je ne lui confierais pas mes livres. »

Aindreas avait à peine terminé sa phrase qu'il avait le claymore de son neveu sous le nez. Trop absorbé par son jeu, il n'avait pas surveillé les gestes de son interlocuteur et n'eut pas le temps de parer l'attaque. Il jeta un coup d'œil par-dessus l'épaule de Iain et sourit en voyant Eachann et un de ses propres chevaliers qui les observaient de loin.

« Du calme, mon seigneur, minauda-t-il. On vous voit faire... Ce n'est pas gentil.

— Vous osez accuser ma femme ? siffla Iain sans abaisser son arme. Comment espérez-vous me faire avaler un tel mensonge ?

— À toi, je ne ferai certainement rien avaler, articula l'oncle en se tournant lentement vers sa monture. Il s'agit seulement que les autres avalent, en particulier Darnley.

— Ignoble ! Vous avouez votre félonie ! s'écria Iain, la voix étranglée, les pieds rivés au sol et les mains crispées autour de son claymore. C'est la parole de ma femme contre la vôtre. Êtes-vous si sûr de ce que vaut votre parole ?

— Mon cher neveu, ce n'est un secret pour personne que ton épouse et toi, vous vous êtes détestés ferme avant la mort de mon frère. Qu'elle ait voulu se venger de son malheureux mariage à ce moment-là est on ne peut plus plausible. Le coffret venait de son père, après tout, et il est tout à fait normal qu'elle se le soit approprié. Quant à ma parole, elle est soutenue par un témoin.»

Montant en selle avec des gestes posés:

«En effet, ta belle-sœur était présente quand j'ai remis le coffret de Nathaniel Keith à ta femme. Penses-y bien, Iain, avant de porter des accusations dans ton propre clan. Tu ne sais pas le tort que tu vas causer aux MacNèil…»

Iain était pétrifié. Il regarda son oncle partir au trot en direction de la clairière et ferma les yeux de douleur. Il rengaina d'un geste vide. Une preuve. Il y avait bien une preuve à produire en dehors des témoignages. «C'est un complot…», se dit-il. Il tendit la main vers sa monture, la tira à lui et appuya la tête contre le pelage chaud de son encolure. Levant les yeux vers les nuages gris, il laissa échapper douloureusement:

«Père, qu'est-ce donc que ce frère que vous aviez? Il ne devait pas vous aimer plus que je n'ai moi-même aimé Alasdair…»

Le retour à Mallaig se fit dans un silence lourd que le jeune chef maintint et que son chevalier n'osa pas rompre. Quand ils pénétrèrent dans l'enceinte, le repas du soir était terminé dans la grand-salle du donjon et la veillée débutait, comme à l'accoutumée par des chansons et de la musique.

La jeune châtelaine, un peu crispée, s'exécutait, sous le regard intrigué de Tòmas. Personne n'avait donné d'information sur la sortie du maître ni ne l'avait commentée. Les gens du château étaient habitués à ses mystères. Ce qu'ils craignaient davantage, c'était la mine inquiète de la châtelaine. La jeune Jenny sentait que quelque chose n'allait pas, mais ne s'autorisait pas à interroger sa maîtresse. Elle se doutait bien que le retour de Crathes du seigneur Tòmas avait quelque rapport avec la situation, mais le jeune homme était certainement la dernière personne à qui elle aurait demandé des explications. Elle s'appliquait au contraire à ne pas lui adresser la parole plus que son service ne l'exigeait.

« Je suis ridicule de le trouver encore aussi beau, se disait-elle chaque fois qu'elle pouvait l'épier sans qu'il la voie. Il n'est pas pour moi. Dieu tout-puissant, empêchez-moi de l'aimer ! »

Tòmas finit par devenir inquiet de l'absence de son cousin. De le savoir parti au loch Morar achevait de l'alarmer. Si dame Gunelle ne l'avait pas retenu lorsqu'il l'avait appris en descendant de sa chambre où il était allé se rafraîchir et dormir quelques heures, il serait parti le rejoindre. Aussi, quand son oreille fine l'avertit de bruits de sabots martelant le pont-levis, il se leva discrètement et fila dans la cour. Il attrapa la bride du cheval de Iain avant l'écuyer.

« Alors, comment ça s'est passé ? demanda Tòmas, soulagé de le voir descendre de cheval sain et sauf.

– Qu'est-ce qui s'est passé ? De quoi parles-tu ? grommela Iain. Sais-tu quelque chose par Gunelle ? »

Le ton suspicieux surprit Tòmas et raviva une ancienne blessure.

« Mais non, Iain, je ne sais absolument rien de ce que tu es allé faire au loch Morar. Ce que je sais, c'est que tu n'y es certainement pas allé pour chasser au faucon…

– Erreur ! Aindreas a chassé toute l'après-midi… et en charmante compagnie. Devine un peu qui était là ? »

Devant le silence de son cousin, il répondit lui-même :

«Mon ineffable belle-sœur! Beathag la traîtresse! Beathag l'ignoble!»

Iain se ressaisit en voyant l'air éberlué de son cousin. Passant le bras autour de ses épaules, il l'entraîna vers le donjon :

«Excuse-moi, Tòmas. Tu ignores dans quel pétrin je me trouve… Comment va Gunelle? Elle ne s'est pas trop inquiétée aujourd'hui? Allons la retrouver, je te raconterai tout plus tard.

– Écoute, Iain, tu n'as pas de comptes à me rendre. Seulement, je n'aime pas que tu ailles chez l'oncle Aindreas sans moi. »

Tòmas jeta par-dessus leurs épaules un bref coup d'œil à Eachann qui s'en allait au corps de garde et ajouta :

«Je t'aurais accompagné si tu me l'avais demandé…

– Je le sais bien, Tòmas. J'ai voulu te laisser te reposer. Tu en avais déjà fait beaucoup pour moi. Je te promets que je t'emmènerai la prochaine fois. »

Quand ils entrèrent dans la grand-salle, le silence se fit. La jeune châtelaine se leva et vint en courant au-devant de son mari qui la reçut dans ses bras, le visage enfoui dans ses cheveux. La petite Ceit, ne voulant pas être en reste, lâcha le cou de Bran avec lequel elle jouait sur les tapis et s'élança vers ses parents enlacés. Le chien suivit à son tour en aboyant et toutes les gorges se détendirent en même temps sur un rire libérateur. La tension venait de tomber avec le retour du maître de Mallaig.

Sous le portail, derrière la petite famille réunie, Tòmas observait le cercle des fauteuils devant l'âtre et les mines réjouies des gens du château. Il croisa le regard

442

fuyant de Jenny et décida de marcher vers elle avant qu'elle n'ait l'idée de s'éclipser. Il la rejoignit juste à temps pour lui couper toute retraite.

« Je sais que vous avez de bonnes raisons de me fuir, Jenny, lui dit-il d'une voix oppressée, et j'en éprouve de la honte. Acceptez mes excuses, je vous en prie. J'ai fait des gestes qui sont indignes du respect que je vous porte et qui sont contraires au code de chevalerie que je viens d'adopter. Considérez que je serais l'homme le plus heureux si vous me conserviez votre amitié. »

Il avait prononcé cette dernière phrase sur un ton presque suppliant. Jenny leva les yeux sur lui et le considéra avec un malaise grandissant.

« Qui suis-je, en réalité, balbutia-t-elle, pour susciter des excuses, mon seigneur ? À force de fréquenter le jardin et la classe de ma maîtresse, et après m'être assise dans l'estrade avec les dames, j'ai failli me considérer comme telle. Mais je ne suis pas une dame et vous serez toujours un seigneur. J'ai joué au jeu du gage avec vous, mais je n'étais pas à ma place. Je mérite le comportement que j'ai déclenché en…

— Chut, Jenny ! l'interrompit Tòmas en lui posant un doigt sur les lèvres. Ne me parlez pas de dames et de seigneurs ! Notre amitié se moque de ces titres. Rien ne m'autorise à vous déconsidérer d'aucune façon. J'ai été comblé de jouer pour vous et je me suis bien mal approprié votre faveur. Ne me maintenez pas dans l'horrible image du seigneur qui abuse de ses prérogatives, Jenny… je vous en prie. »

Jenny se sentit rougir en repensant aux lèvres de Tòmas sur les siennes. Elle baissa la tête pour éviter son regard et murmura :

« Si j'avais bu la moitié du uisge-beatha que vous aviez bu ce jour-là, je suis certaine que je vous aurais suivi là où vous sembliez vouloir aller, seigneur Tòmas. Les filles me trouvent bien folle de vous avoir résisté. Mais pas mes parents… »

Elle le regarda droit dans les yeux et ajouta :

« Et moi non plus. Je vous souhaite le bonsoir, mon seigneur. »

Le saluant gravement de la tête, elle se retourna et quitta la salle de son pas sautillant, l'âme en fête. Tòmas la regarda s'éloigner, soulagé de la peine que son comportement envers elle lui causait depuis quinze jours. Il sentit sa tête enfin réconciliée avec le titre de chevalier, et son cœur, avec le titre d'amoureux.

Iain ne m'avait jamais semblé plus préoccupé que ce soir-là. Je l'examinais silencieusement, attendant qu'il s'ouvre sur sa rencontre avec son oncle. Après avoir passé quelque temps dans la grand-salle avec Ceit, les chevaliers, Màiri, Nellie, Anna, Tòmas, le révérend Henriot et Darnley, nous nous retirâmes dans notre chambre.

Comme il le faisait souvent lorsque nous nous passions de l'aide de domestiques pour la toilette du soir, il vaqua à leurs tâches, l'air absent. Il disposa les chandeliers, ouvrit les draps du lit et tira sur les courtines pour favoriser la circulation de l'air. Il ferma les volets de joncs qui, l'été, empêchaient les moustiques de pénétrer dans la chambre. Il activa la petite braise que l'on maintenait dans le foyer pour l'eau chaude et vint défaire les lacets qui fermaient ma robe dans le dos.

«Ma dame, l'entendis-je murmurer, il me semble que vos vêtements sont serrés. Êtes-vous bien sûre que l'enfant a assez de place pour grandir?

— Mon seigneur, lui répondis-je, amusée, il est tout petit en ce moment. Je n'ai pas changé de taille encore. N'ayez crainte, je ne me laisserai pas étouffer. Nellie pense que je n'aurai pas à porter la robe ample avant septembre.»

Je me tournai vers lui en ajoutant:

«Il paraît que les hommes n'aiment pas beaucoup les ventres proéminents…

— Je me moque de ce que les hommes aiment ou n'aiment pas, ma dame. Moi, j'adorerai toujours ce ventre, car il contient mon trésor…»

En disant cela, il plaça ses mains à plat sur mon ventre et les fit pivoter légèrement. Ses yeux bleus étaient accrochés aux miens et j'y puisai une grande tendresse. Je passai mes bras autour de ses épaules et nichai ma bouche au creux de son cou humide. Je fermai les yeux en murmurant: «Je vous aime, Iain MacNèil…»

Petit à petit, il se détendit et me relata en détail sa visite au loch Morar. Je surpris ses poings crispés et un léger tremblement de ses bras quand il mentionna le nom de sa belle-sœur. Les mots qu'il employait pour parler d'elle, le ton de sa voix, l'éclat de son regard, tout me disait que le sentiment qu'il lui portait n'était autre qu'une haine féroce qui me fit presque peur. L'idée qu'il pourrait la tuer me traversa l'esprit.

Il s'était tu et arpentait la chambre lentement, absorbé dans ses pensées. Je me mis à considérer mes propres sentiments envers cette femme que j'avais côtoyée durant sept mois, qui m'avait par moments exaspérée et, à d'autres, horrifiée. Une certitude s'imposait à mon âme chaque fois que je revoyais son image dans la forêt du loch Morar : « Beathag a voulu ma mort… elle me hait. »

Sa récente trahison montrait que sa haine s'étendait maintenant à son beau-frère et ancien amant. Je me sentis soudain vulnérable : j'étais victime de la haine d'une personne pour la première fois de mon existence et je doutais que ma foi chrétienne puisse endiguer le ressentiment qui grandissait en moi face à cette découverte. Quand je songeais aux mensonges de Beathag, je tremblais de révolte. Qui était l'auteur du complot qui entourait le seigneur et la châtelaine de Mallaig ? De Beathag ou d'Aindreas, qui avait pu inventer une telle histoire à mon sujet ?

« C'est insensé, Iain ! dis-je soudain. Même si je vous avais détesté alors, ce qui n'est pas le cas, je n'aurais pu m'emparer d'un coffret qu'on livrait à votre père, qui, lui, a toujours suscité des sentiments amicaux chez moi. Tout le monde sait et pourra témoigner que j'aimais beaucoup le seigneur Baltair !

— Mon amour, me répondit-il, je crains fort qu'il ne soit jamais question de mon père. Il demeurera toujours plausible que vous ayez pris le coffret venant de Crathes comme vous étant destiné. Peu importe, d'ailleurs ! Si jamais je fais un procès à Aindreas, il aura besoin d'une plus grande preuve que la seule parole de Beathag.

— Il vous faut lui faire un procès, mon seigneur ! Vous ne pouvez pas vous laisser ainsi dépouiller par un membre de votre clan. Quelle que soit l'importance du vol, c'est inadmissible ! dis-je, révoltée.

— Chez Aindreas, il se cache un autre motif derrière ce vol. En fait, je crois que le vol n'est qu'une étape pour mettre en péril mon titre de chef. Si Iain MacNèil est accusé de malversations envers la Couronne, on pourrait vouloir le remplacer à la tête du clan. C'est pourquoi la seule chose qui importe en cette heure, Gunelle, c'est de convaincre le roi d'Écosse de la perte de cent vingt livres destinées à nos coffres en janvier dernier.

– De le convaincre de la perte ou du vol, mon seigneur, lui dis-je.

– Avec Darnley dans cette histoire, il vaut mieux nous employer à parler de perte. »

Cette option n'était pas pour me rassurer. J'avais compris depuis longtemps que mon mari plaçait l'honneur des MacNèil au-dessus de tout, au détriment de ses intérêts personnels et même au péril de sa liberté. Car, s'il était trouvé coupable de malversations, il allait connaître à coup sûr la prison... et peut-être davantage... À cette idée, mon cœur se serra si fort dans ma poitrine que je crus défaillir. Je regardai attentivement mon mari. Il avait marché jusqu'au foyer au-dessus duquel il avait posé ses mains écartées. Je voyais son dos droit, ses épaules larges et ses hanches étroites mis en valeur par la lumière qui se reflétait tout autour. «Le roi ne me le prendra pas, me dis-je. Je vais m'y opposer de toutes mes forces. »

Le lendemain, au départ du shérif Darnley, Iain fit preuve d'une grande maîtrise de lui-même. Une légère bruine enveloppait la cour, jetait une petite eau sur tout et teintait de gris les éléments du décor. D'un calme inquiétant, mon mari vérifiait l'équipage du représentant du roi, le sourire aux lèvres. Il inspecta les chevaux, la voiture, les étendards. Adoptant une voix bienveillante, il donna ses instructions aux hommes d'armes de Mallaig qu'il envoyait en escorte du shérif jusqu'à Stirling, siège du Parlement écossais depuis un an.

Je me tenais en retrait sous le porche avec les femmes et le révérend Henriot, attendant de faire mes souhaits de bonne route comme une hôtesse le fait dans de telles circonstances, et j'observais, un peu inquiète, le comportement de mon mari.

«Comme Iain a changé depuis le jour où il a accueilli Darnley à la place de son père!» ne pus-je m'empêcher de constater. D'abord et surtout, sa maîtrise de la langue scot. Je me rappelai avec émotion la visite du roi au cours de laquelle j'avais eu honte de mon mari et de son ignorance. Cette pensée me rappela soudain que c'était sans doute cette image d'un jeune seigneur sans instruction que le roi d'Écosse avait conservée de lui. Fixant le shérif Darnley qui venait me saluer, l'air suffisant, je compris que cette image serait ravivée à Stirling par les bons soins de ce dernier. J'appris plus tard que je ne m'étais pas trompée.

Le shérif parti, on aurait dit que tout Mallaig respirait à l'aise. Je découvris à quel point le domaine Mac-Nèil était riche et pourvu de ressources l'été venu. Les produits des moissons, le battage de juillet, l'activité des moulins, des pressoirs et des marais salants plongeaient toute la population du château et du bourg dans une effervescence joyeuse et épuisante qui se poursuivait souvent quelques heures encore après la tombée du jour.

Une semaine après le départ du shérif, ainsi que mon père l'avait écrit, Lennox vint à Mallaig porter les quarante-six livres promises. Encore une fois, il ne put rester plus qu'une nuit, mais nous eûmes, avec Iain, de longs entretiens à l'issue desquels il réitéra son aide pour percer le complot. Dès ce jour, je sus qu'entre le lieutenant et mon mari un lien très solide d'amitié s'était tissé, et qu'entre lui et moi le rôle de protecteur était encore intact.

Juillet baigna le château et la cour dans une chaleur torride et je commençai à rechercher, dès le matin, la fraîcheur de la chapelle et de la grand-salle. Je n'avais heureusement plus de ces nausées passagères qui m'alourdissaient le cœur. Je vivais, aux côtés de Iain, une sorte de sursis. Ni totalement libres ni anxieux outre mesure, nous tentions d'oublier de notre mieux le spectre de Darnley et celui d'Aindreas. Pour mon mari, la distraction que lui apportaient ses études fut cette fois salutaire. Il se plongeait dans ses lectures tôt le matin et n'en ressortait qu'en milieu d'après-midi. Il partait alors chevaucher dans la lande avec quelqu'un de ses hommes et parcourait chaque fois une grande partie du domaine.

Pour ma part, mon oubli passait par la confection de la layette de mon enfant. J'y employais le plus clair de mes journées, secondée par Nellie qui délaissait de plus en plus les travaux trop durs du jardin. Ma brave nourrice avait commencé à souffrir de douleurs aux jambes et aux reins qui ne lui laissaient pas beaucoup de repos et dont je ne savais comment la soulager. Durant les longues heures où nous travaillions l'une à côté de l'autre, Nellie me parlait des maternités qu'elle avait vécues à travers celles de ma mère et de mes sœurs. J'appris ainsi un grand nombre de secrets de jeune mère et de nourrice. Ces merveilleuses conversations m'amenèrent petit à petit à formuler intérieurement le désir de nourrir mon enfant.

C'est à cette époque que le chapitre de Barra, sous la tutelle de l'évêque de Kisimul, envoya à Mallaig deux frères pour assister le révérend Henriot dans son ministère. Cet événement faisait suite à une demande du révérend, antérieure à mon arrivée, que l'instauration de classes à Mallaig avait rendue pressante. Les deux jeunes hommes de Dieu prirent immédiatement une très grande part à l'instruction des enfants, libérant le révérend et Tòmas de leurs longues heures de classe. S'étant adaptés très vite à la vie du château, ils se révélèrent d'agréable compagnie pour tous. L'un d'eux, très bon jardinier, passa beaucoup de temps au potager et l'autre enseigna à Anna et à Màiri la technique de la fabrication des fromages de lait de chèvre. C'est ainsi que je goûtai, à la fin du mois, la toute première production de Mallaig de ce genre de fromage, qui, selon le souvenir que j'en avais gardé des tables du réfectoire d'Orléans, était d'excellente qualité.

Quand des émissaires de Stirling commencèrent à déferler sur les Highlands à la fin d'août, convoquant lairds et seigneurs à comparaître devant le chancelier, nous sûmes que Mallaig n'y échapperait pas. À peu près aucun clan ne pouvait prétendre que tous ses membres étaient parfaitement en règle avec les impôts. Certes, le shérif avait fait du bon travail et les coffres de la Couronne se remplirent d'un apport substantiel prélevé sur les revenus des Highlanders en cet an de grâce 1425. Nous l'apprîmes bien vite, les prisons de Scone et de Stirling se remplirent également. Les convocations n'étaient autre chose que les préliminaires des incarcérations, plus ou moins longues, de lairds, de secrétaires et de petits nobles sur lesquels pesaient des soupçons de malversations. La plupart étaient libérés après quelques jours seulement.

D'autres, dont le souverain voulait faire un exemple, furent gardés en geôle tout l'automne et même une partie de l'hiver. Des gens des clans Cameron, MacDonald, Sinclair, Fraser et MacKenzie en furent.

Dans la dernière semaine d'août, tandis qu'il chevauchait sur les plateaux, mon mari rencontra l'émissaire du roi venant porter la convocation pour Mallaig. L'homme, trapu et morose, voyageait avec un jeune garde. Comme c'était la fin de la journée, Iain les ramena au château et leur offrit le gîte pour la nuit. J'étais dans ma chambre quand je les vis par la fenêtre pénétrer dans la cour, les armoiries de la Couronne écossaise sur leurs haubers. Je pressentis aussitôt le drame auquel je m'étais pourtant préparée : « Iain va partir… Quand reviendra-t-il ? »

Quelques minutes plus tard, je fus au comble de la stupéfaction quand j'appris de la bouche de mon mari, furieux, que le chancelier convoquait le secrétaire de Mallaig, en l'occurrence sa châtelaine.

« C'est tout à fait impensable ! fulminait-il. Il est absolument hors de question que vous y alliez. Ce satané Darnley connaît pourtant votre état… Quel culot ! Je donnerais ma main droite à couper que Beathag y est pour quelque chose… »

Nous avions en effet appris de Rosalind que la belle-sœur de Iain s'était rendue à Stirling, dans un équipage fourni par Aindreas, une semaine après le départ de Darnley. Elle n'était pas revenue depuis. Qu'était-elle allée faire là-bas, elle qui ne parlait pas un mot de scot ? Nous en avions maintenant une petite idée. Elle devait s'être réfugiée auprès du shérif et n'avait nul besoin de parler scot pour le genre d'activités auxquelles elle se livrait.

Iain était rouge de colère et frappait du plat de la main toutes les surfaces à sa portée. Quand finalement il me regarda, il dut voir ma peur, car il se calma, vint vers moi et me prit les mains avec ferveur.

« Ne craignez rien, Gunelle. Vous n'irez pas. C'est moi qui rendrai des comptes sur les revenus de Mallaig. Nul homme, serait-il le roi, ne peut exiger de vous un tel voyage en ce moment. C'est clair et indiscutable ! Je vous jure que j'aurai la peau de Darnley pour cette convocation. Et si ma damnée belle-sœur a joué un rôle là-dedans, et c'est l'évidence même, j'aurai la sienne par la même occasion !

– Iain, je vous en prie, implorai-je d'une voix tremblante, n'allez pas faire la guerre au shérif sur son propre terrain. Vous n'avez aucune chance de vous en sortir. Si on vous enferme comme tant d'autres, à qui serez-vous utile alors ? Vous donnerez raison à Aindreas, à Beathag, et vous ne verrez pas naître votre enfant. Oh, Iain ! promettez-moi de ne pas faire de gestes irréparables… »

Il se dégagea soudain de moi et me contempla. Je vis dans ses yeux qu'il venait de comprendre qu'un long emprisonnement pouvait lui faire rater la naissance de notre enfant, comme je venais de le lui dire. Il poussa un soupir si fort que je le sentis trembler quand il referma ses bras autour de moi.

« Il n'est pas sur cette terre celui qui m'empêchera d'être avec vous le jour où notre enfant viendra au monde », me souffla-t-il.

C'était une bien maigre promesse que cette promesse-là, mais je dus m'en contenter. Quand Iain partit pour

Stirling, trois jours plus tard, j'étais anéantie. J'avais espéré jusqu'à la dernière minute que Tòmas pourrait le remplacer. En effet, dès qu'il avait su la nature de la convocation, le cousin de Iain avait formulé le désir d'aller à Stirling à sa place, comme c'est la prérogative d'un seigneur de choisir un émissaire parmi ses gens quand il se trouve dans l'impossibilité de se présenter à la cour. Mais, toujours égal à lui-même, Iain demeura inflexible. «C'est à moi et à moi seul de représenter Mallaig devant le chancelier du roi d'Écosse» avait été toute sa réponse.

Je crois que la grâce que je demandai à Dieu pour supporter ce départ me fut accordée, car une grande confiance m'habita dès la minute où je perdis de vue l'équipage de Iain sur les plateaux de la péninsule de Mallaig, ce 5 septembre 1425. Le courage inébranlable qui, dès lors, me soutint ne me quitta jamais jusqu'au retour de mon mari.

Chapitre XV

Le fléau

La route que suivait Iain traversait les monts Trossachs et longeait une multitude de lochs jusqu'à Stirling, à six jours de route de Mallaig. Il avait emmené avec lui les chevaliers Eachann et Dòmhnull, qui connaissaient un peu le scot, et seulement deux hommes d'armes. Le révérend Henriot les accompagnait, désireux de visiter l'abbaye Cambuskenneth, un monastère de l'ordre des Augustins auquel il appartenait. Ce voyage l'emplissait d'aise et il babillait sans cesse, excité de sortir aussi loin pour la première fois depuis le début de son ministère à Mallaig. Du reste, il était le seul à parler en chevauchant et ne s'inquiétait pas le moins du monde de n'avoir aucun véritable interlocuteur.

Comme la chaleur était encore suffocante, le groupe avait décidé de voyager le matin et le soir jusqu'à la tombée de la nuit, où l'on cherchait alors un endroit pour établir un petit campement. Sur le midi, les voyageurs faisaient halte près d'un point d'eau, dessellaient les chevaux et les laissaient brouter les fougères. Les hommes se rafraîchissaient au cours d'eau le plus proche, mangeaient et faisaient une courte sieste. Puis, ils reprenaient leur route quand le soleil était moins chaud.

Ce matin-là, Iain se laissait bercer par la cadence lente des bêtes, insouciant du paysage ou du confort de sa troupe, absorbé dans ses pensées. Comme toujours depuis le départ de Mallaig, Dòmhnull avait pris la tête et jetait de temps à autre un coup d'œil au petit homme d'Église, intarissable, pour s'assurer, d'après sa tenue en selle, qu'il ne donnait pas de signes trop grands de fatigue. Le révérend Henriot était un piètre cavalier et on avait réglé l'allure de la petite troupe sur la sienne.

Depuis deux jours, il faisait un temps lumineux et sec. Le terrain accidenté avait amené les cavaliers à monter et à descendre constamment le long des nombreux lochs aux rives boisées qui formaient cette portion des Lowlands. Ils amorcèrent leur dernière descente vers le loch Lomond, qu'on appelait le «roi des lochs d'Écosse» tant il était grand et reposait dans un décor majestueux, entouré comme il l'était de montagnes verdoyantes. Son eau se déversait dans la rivière Leven que Dòmhnull montra du doigt à la compagnie qui s'était regroupée autour de lui sur un promontoire.

«Si nous suivons cette rivière, mon seigneur, dit-il à l'intention de Iain, nous débouchons sur la Clyde vers Glasgow; si nous contournons le loch vers le mont Lomond, nous aboutissons à la Forth vers Stirling et Édimbourg en passant par Doune, l'ancien château du duc d'Albany. C'est là que plusieurs seigneurs des Highlands font escale, en allant ou revenant de Stirling qui se trouve à une journée de route, à bonne allure. Pour y avoir escorté les bestiaux jusqu'à la foire ces dernières années, je sais que c'est la route la plus facile.

— Et sans doute la plus fréquentée, ajouta Iain. Nos infortunés Highlanders qui reviennent de prison seraient très heureux de tomber sur la modeste compagnie de Iain MacNèil qui a si obligeamment hébergé l'intransigeant Darnley. »

Voyant l'air déçu du révérend, il reprit :

« Mais nous y allons quand même. J'aimerais voir comment on nous reçoit maintenant que le château est possession de la Couronne ! »

Des rencontres, ils n'en firent pas. Ils furent en vue du château de Doune au début de la nuit. Trois côtés de la cour étaient entourés du chemin de ronde, le quatrième étant formé par le donjon-corps de garde, un impressionnant édifice de quatre étages. Les dernières lueurs du soleil couchant en éclairaient le crénelage, dans un halo rosé. D'abord, le peu d'animation qui régnait au pied des murs surprit Iain. Ensuite, le fait de n'avoir rencontré personne sur le chemin nord du château, qui remontait vers les Highlands, laissait présager que la place n'était pas visitée. Il fallait une raison extraordinaire à un châtelain pour refuser l'hospitalité à des voyageurs, et Iain trouva plus prudent de retenir sa compagnie à cinq cents pieds et de faire un feu pour signaler sa présence.

La troupe n'attendit pas longtemps les nouvelles. Un jeune garde à cheval vint rapidement à leur rencontre. Il avait l'air effaré et fut extrêmement bref dans son accueil, se contentant de réclamer le révérend Henriot :

« C'est mon maître qui m'envoie, bredouilla-t-il à l'intention de Iain. Il vous a aperçus des remparts et demande le prêtre. Le nôtre est mort hier. Vous ne pouvez pas venir. Seulement le prêtre. Je ne peux pas rester, je dois retourner de suite, mon seigneur… avec le prêtre… »

Il fit immédiatement tourner sa monture avec force gestes en direction du révérend pour qu'il le suive. Les questions que lui cria Iain ne reçurent aucune réponse, pas plus qu'elles n'interrompirent l'avancée du garde vers le château ni ne firent cesser les gestes désespérés qu'il faisait pour inciter le révérend à l'accompagner. Résigné, Iain fit signe au révérend Henriot de le suivre. Il n'y avait aucun moyen d'en savoir plus. Le révérend remonta en selle d'un air intrigué et partit derrière son curieux émissaire en laissant sa compagnie sur un de ses sourires rassurants. Après une heure, ne le voyant pas revenir, Iain décida de remonter près du bois et d'y établir le campement de nuit. «Qu'est-ce qui se passe à l'intérieur?» ruminait-il pour lui-même.

Privée de son bavard voyageur, la petite troupe se trouva, ce soir-là, fort désemparée, pétrie de silence et d'inquiétudes autour d'un repas de viandes séchées. Au moment de prendre son tour de garde, Dòmhnull entreprit de converser avec son seigneur, mû par l'espoir de le soulager du fardeau qui semblait l'accabler depuis leur départ. Il fut surpris de recevoir ses confidences si spontanément. En homme d'expérience, il avait bien jaugé l'état d'esprit du jeune chef.

En effet, Iain profita de l'occasion et s'ouvrit à son chevalier, accueillant toutes ses questions et y prenant même plaisir. Loin de Mallaig, tout le complot prenait une dimension différente à ses yeux. Il se surprit même à mentionner le fait que sa belle-sœur se trouvait à Stirling, une information qu'il jugea préférable de ne pas cacher à Dòmhnull.

«Mon seigneur, avança celui-ci prudemment, si vous craignez des problèmes du côté de votre belle-sœur, pourquoi ne pas vous saisir d'elle et la mettre au cachot, hors d'état de nuire ? Elle a attenté à vos jours. Même le shérif Darnley est du nombre des témoins. Vous avez été bien bon de simplement la chasser de Mallaig à ce moment-là.

— Ce n'est certes pas par bonté que je l'ai fait, répondit Iain. J'ai eu plus pitié de moi que d'elle et je me rends compte aujourd'hui que j'ai agi avec imprudence. »

Tournant les yeux vers le feu, il poursuivit :

« Voyez-vous, Dòmhnull, ma belle-sœur incarne à mes yeux… et aux yeux de tous les habitants de Mallaig le côté ignoble de moi-même. Lui faire un procès, c'est accepter de faire aussi comparaître l'homme indigne que j'ai été. La seule façon de nettoyer Mallaig de sa présence était de la chasser. Je sais bien que ma vie ne se trouve pas débarrassée d'elle pour autant. Il me faudra pour cela la tuer. »

Ramenant son regard sur son chevalier attentif, il ajouta :

« Qu'elle ne m'en donne pas l'occasion… »

Puis, après un long silence, il demanda à brûle-pourpoint :

« Dites-moi, Dòmhnull, vous a-t-elle déjà mis dans son lit ? »

La question directe fit sursauter Dòmhnull. Il n'y avait aucun chevalier, capitaine ou homme d'armes à Mallaig qui n'ait pas sollicité et obtenu les faveurs de la veuve du seigneur Alasdair après le décès de la châtelaine. Le seigneur Iain n'ignorait pas la chose et n'en avait jamais éprouvé de jalousie. S'il posait la question, c'était sans doute pour mesurer le lien qui aurait pu exister entre la veuve et son chevalier. Celui-ci ne croisa pas le regard de son seigneur en répondant, la tête tournée vers le feu.

«Comme tous les autres, mon seigneur, mais pas plus qu'un autre. En votre absence, dame Beathag n'a jamais privilégié un homme plus qu'un autre au château. Ça a toujours été elle qui choisissait qui elle mettrait dans son lit et quand…

– Je sais bien, Dòmhnull! coupa Iain d'un ton moqueur. Même avec moi, c'est elle qui décidait. Si vos services n'étaient pas requis, vous aviez intérêt à ne pas insister, sinon elle vous plaçait en quarantaine et vous affamait… On peut dire qu'elle sait comment manœuvrer un homme. Du moins ses instincts.»

Iain prononça ces dernières paroles sur un ton amer. Dòmhnull comprit que son seigneur éprouvait de la honte et n'en dirait pas plus. En effet, Iain s'étendit, se roula dans sa couverture et lui souhaita une bonne nuit d'une voix morne. Dòmhnull leva les yeux sur la voûte étoilée et pria silencieusement pour toute la compagnie qui allait atteindre Stirling le lendemain ainsi que pour Beathag qui y vivait peut-être ses derniers jours.

Mais le groupe ne put quitter le campement que tard le lendemain, le révérend n'ayant enfin été libéré de son service au château qu'à la fin de l'après-midi. On le vit sortir de l'enceinte seul et venir rejoindre le groupe au trot. Jamais Iain n'avait vu une telle tête au révérend Henriot. Le petit homme avait l'air abattu et vidé de toute son énergie. Il se laissa glisser sur le sol, se signa en contemplant les murs du château et se mit en prière quelques instants. Interdits, les hommes l'observèrent en silence, une vague appréhension leur serrant le cœur. Quand le révérend leur adressa finalement la parole, ce fut pour leur faire le récit désolant de ce qu'il avait vécu dans les murs.

« Mon seigneur, dit-il en regardant Iain, c'est la peste. Au château, sept personnes en sont mortes la semaine dernière, plus leur prêtre avant-hier et trois autres hommes cette nuit. Le premier était Hamish Fraser, qui revenait de Stirling et remontait sur ses terres, le deuxième était son chevalier Ailean. Ils ont contracté la maladie dans les prisons du roi où le fléau fait ravages en ce moment.

— Voilà pourquoi nous ne voyons personne sur le chemin des Highlands, murmura Iain, effaré.

— Et pourquoi on n'ouvre plus le château aux voyageurs, poursuivit le révérend sur un ton las. Et pourquoi j'empeste le vinaigre ! Ils en ont généreusement imbibé tous mes vêtements. Une précaution que leur prêtre n'avait pas prise, mais je doute de son efficacité. »

Il se tourna vers le sud et expliqua :

« C'est l'air du midi qui amène cette maladie… et c'est une punition du ciel. »

Se remettant à genoux, il invita la compagnie à en faire autant :

« Prions, mes frères. Dieu nous écoutera si nous sommes repentants et, dans sa grande sagesse, Il nous épargnera. »

J'étais perdue dans la contemplation du bouquet de fleurs qu'Anna avait placé près de la fenêtre du bureau, comme elle le faisait toujours depuis que j'y passais la majeure partie de la journée à consigner dans les livres les nombreuses recettes de cette fin d'été. J'étais sans nouvelles de mon mari depuis son départ, qui remontait à trois semaines, et aucun clan des Highlands attendant le retour de Stirling de l'un de ses membres ne savait, pas plus que moi, ce qui s'y passait.

On frappa à la porte et je sursautai. Un garde fit entrer deux serfs du domaine qui venaient livrer leur part de récolte dans le magasin du château. Selon mes calculs, ils devaient être les derniers à le faire. La ronde des enregistrements de denrées recommencerait à la fin du mois suivant, avec l'abattage du cheptel qui ne passerait pas l'hiver et de celui destiné à la salaison : alors, je les reverrais tous. L'un d'eux, un grand gaillard roux, sortit de sa besace un mouchoir plié et le plaça devant moi sur la table :

« C'est de la part de ma femme, bredouilla-t-il. Elle fait ça elle-même, et c'est pour le petit, ma dame. Le descendant de notre bon jeune seigneur, votre mari. Que Dieu le protège de la maladie chez le roi ! »

Je ne fis pas attention à la fin de sa phrase et ouvris ce que je savais déjà être un menu présent confectionné par une femme du bourg, pour la layette de mon enfant. Je souris devant les petits chaussons de laine que je tins haut devant moi, dans la lumière du jour. C'était la septième paire de chaussons que je recevais depuis que la mère de Jenny avait commencé le bal des présents au début du mois. J'étais touchée par ces gestes d'affection de la part de gens qui n'avaient souvent rien pour chausser leurs propres nourrissons. Je pris la décision de m'informer, à l'avenir, de tout enfant à naître dans le bourg et de le doter de langes et de couvertures de fourrure.

« Remerciez pour moi votre épouse, Gavin. Ils sont très jolis, lui dis-je. Si nous avons un hiver rude cette année, mon enfant n'aura pas froid aux pieds avec ce présent-là. »

Quand j'eus achevé mes écritures au livre concernant les deux serfs, ils se retirèrent et je demeurai là, en silence, tournant et retournant lentement entre mes mains les petits chaussons à la laine douce et soyeuse. Soudain, j'entendis résonner en moi les paroles de Gavin : « … le protège de la maladie chez le roi ». Je dirigeai mon regard vers la fenêtre, songeuse. « À quelle maladie peut bien faire allusion Gavin ? » À la fin de la journée, j'étais fixée sur la maladie en question.

Nous étions tous attablés devant le repas du soir, à la lueur de quatre grands chandeliers que nous avions recommencé à allumer depuis que le jour descendait plus rapidement et nous plongeait dans l'obscurité dès la fin de l'après-midi. Jamais le révérend Henriot ne fit une entrée plus remarquée que ce soir-là. Flanqué du chevalier Eachann, le petit homme s'avança vers la table dans un silence total, le regard fatigué et désolé.

« Bonsoir, dame Gunelle, me dit-il aussitôt. Je sais que vous attendiez une lettre de votre mari, mais nous n'avons pu trouver de courrier et c'est moi-même qu'il a mandaté pour vous l'apporter, avec Eachann et nos deux hommes d'armes. Le seigneur Iain n'a gardé que Dòmhnull… à Stirling. »

Je m'étais levée, livide, le cœur battant. Je pressentais un malheur. Je tendis mes mains au révérend et, ce faisant, je renversai une coupe. Le regard vide, il fixait la nappe sur laquelle s'agrandissait un cercle humide. Puis il reporta ses yeux sur moi, s'attardant une seconde sur mon ventre. Il avait la bouche ouverte sur des mots qui semblaient ne pas pouvoir sortir. Je vis Tòmas se précipiter sur le révérend et l'entraîner sur un banc, m'évitant le contact de ses mains tendues.

« Asseyez-vous, mon révérend, lui dit-il. Nous pouvons attendre encore un peu avant d'apprendre les nouvelles de mon cousin. Vous semblez si fourbu. »

Se tournant vers moi, les yeux suppliants, il me demanda :

« N'est-ce pas, ma dame ? Le révérend Henriot pourrait partager la fin de notre repas et prendre quelque repos avant de nous raconter son voyage ?

– Bien sûr, murmurai-je. Voilà, révérend. Buvez d'abord un peu et donnez votre manteau… »

Tòmas le lui retirait déjà sans attendre ma suggestion et un chevalier lui versa de la bière dans une chope. Quand il eut bu quelques gorgées, le révérend Henriot se ressaisit et parcourut l'assemblée d'un regard de rescapé qui me mit en alarme. Les conversations avaient de la difficulté à reprendre et l'atmosphère demeurait tendue.

Ce fut seulement tard dans la soirée, quand le révérend put se retirer avec moi près du feu, en la seule compagnie de Tòmas et d'Eachann, pourtant épuisé, qu'il nous fit son récit des semaines passées à Stirling et que j'appris avec effroi que la peste y sévissait. Sans doute la vision d'horreur que j'eus de Stirling en l'écoutant parler dépassa-t-elle de loin celle qui m'avait habitée après ma nuit d'épouvante en forêt. Au fur et à mesure que le révérend progressait dans son exposé, mes mains fébriles étreignaient celles de Tòmas, qui maîtrisait à grand-peine sa propre peur.

Ainsi Iain, comme tant d'autres Highlanders convoqués à Stirling, avait rencontré un plus grand ennemi que le chancelier du roi. Le fléau noir. Notre révérend nous raconta que l'horrible maladie s'était déclarée parmi les prisonniers et avait rapidement fait une cinquantaine de morts dans la ville en l'espace d'un mois. Le roi ne recevait plus, ne convoquait plus, n'emprisonnait plus et mettait tous ses gens en demeure de combattre, avec leurs pitoyables armes, l'épidémie dont on ne savait si elle s'enrayerait d'elle-même.

J'avais tant lu à Orléans sur ce terrible fléau qu'on accusait d'avoir décimé la moitié de la population de France en moins de cent ans! Comme tous, je redoutais la peste qui allait et venait à travers toute l'Europe et qui ne semblait jamais se rassasier de victimes. Elle prenait ici cent âmes, là vingt, au gré de sa fantaisie, dans les bourgs comme dans les villes. Dès son arrivée à Stirling, le révérend Henriot, protégé par la grâce divine comme tous les hommes de Dieu, avait été appelé à assister de nombreux mourants que l'on amenait dans les bâtiments monastiques de l'abbaye. J'appris que Iain s'était réfugié avec ses hommes dans une auberge en périphérie de la ville, attendant les ordres du chancelier. Il avait participé de son plein gré aux corvées d'enterrement, à l'incendie des maisons des victimes et à la protection des puits que l'on interdisait aux pestiférés, de peur qu'ils n'en contaminent l'eau.

Quand la ville connut un répit et que dix jours se furent écoulés sans que de nouveaux cas se déclarent, les travaux de la chancellerie reprirent et, avec eux, les convocations. C'est alors que Iain fut demandé au Parlement et qu'il fit parvenir une lettre et un message au révérend, lui enjoignant de regagner Mallaig et de ne pas l'attendre. Le chevalier Dòmhnull avait refusé de quitter Stirling.

«Je crois sincèrement que la vie de votre mari n'est pas en danger, ma dame, conclut le révérend. En tout cas, il n'est pas aux fers, bien qu'il ne soit pas libre de ses mouvements. Je ne sais pas s'il est parvenu à défendre son point de vue ni même s'il a pu rencontrer le roi, comme il le souhaitait tant. Peut-être que la lettre en dit davantage sur l'avancement de ses affaires. Pour ma part, ajouta-t-il en nous regardant les uns après les autres, je suis infiniment heureux de vous retrouver tous ici, à Mallaig, sains et saufs. Dieu est miséricordieux…»

Le souffle court, je pressai sur ma poitrine la lettre que le révérend m'avait remise, impatiente d'en connaître le contenu. Croisant les yeux implorants de Tòmas, je me levai et pris congé de mes gens. Je montai à ma chambre en hâte, Jenny sur les talons, qui avait peine à suivre avec le chandelier vacillant à chacun de ses pas. Je pris place dans un fauteuil et décachetai le pli. Jenny demeura debout près de la table, prête à m'aider à me dévêtir le moment venu.

Il y avait deux feuillets, de mauvais papier, écrits en gaélique, l'un pour moi et l'autre, une missive très courte, pour Tòmas : des instructions que Iain lui donnait pour les affaires du clan, en particulier quelle attitude adopter envers Aindreas s'il lui venait à l'idée de passer à l'offensive durant sa captivité. Je me rembrunis au mot «captivité». Je demandai à Jenny de me délacer et d'aller remettre à Tòmas le feuillet que je venais de parcourir.

«Je vais me débrouiller pour le reste, Jenny. C'est inutile de revenir, je te souhaite une bonne nuit», lui dis-je.

Le cœur battant, je pris le temps de retirer ma robe et de natter mes cheveux avant de prendre connaissance de la lettre de mon mari. Sa lecture m'emplit d'étonnement. Iain ne me donnait aucune véritable nouvelle, mais m'avait composé un conte d'amour :

Ma bien-aimée,

C'est à mon tour de vivre un cauchemar. L'attente d'être reçu est interminable et tout le jour je pense à vous ; ainsi, j'arrive à oublier l'horreur de la peste qui rôde à Stirling.

Il était un loup que la meute tenait à distance, car, bien qu'il fût vigoureux et redoutable chasseur, il n'était pas aimé. Ce loup solitaire devint triste et amer. Arriva un jour où il surprit sur son territoire une biche qui avait perdu son troupeau. Il avait grand-faim, la proie était facile et il la prit en chasse. La biche allait, désorientée, et ne savait où fuir tellement ce territoire lui était inconnu. C'est alors qu'elle décida de faire face à son prédateur et lui parla son propre langage. Jamais loup n'eut moins faim que ce jour-là.

J'ai connu ce loup, ma dame. Ce loup tombé amoureux d'une biche. Ce loup qui a retrouvé sa meute et en est devenu le chef. Ce loup invincible parce qu'il est aimé de cette biche. Gunelle, ne m'oubliez pas. Soyez avec moi comme je suis avec vous. Je vous aime plus qu'aucun homme n'est capable d'aimer.

Votre bien-aimé,
Iain MacNèil

Je fermai les yeux qui me brûlaient et y appuyai le papier rigide une longue minute, le cœur gonflé de larmes. Puis, lentement, je me levai et marchai vers le lit où je me blottis en chemise légère. Je laissai une chandelle allumée, comme si j'attendais l'arrivée de Iain pour m'endormir. Je plaçai la lettre sur mon ventre et commençai à rédiger ma réponse au conte d'amour d'Iain, dans le secret de mon âme :

« Mon bien-aimé, comme je vous reconnais ! Vous transformez toutes mes peurs. Ainsi, par votre conte, du loup de mes cauchemars vous faites un être chéri. Car vous êtes bien cet être aimable dont mon cœur est plein. Et le territoire qui était sauvage aux yeux de la biche est devenu son meilleur refuge et son plus solide nid… Quel besoin a-t-elle désormais de son troupeau ? Aucun, puisqu'elle a l'amour d'un loup… »

Le seigneur Tòmas retint Eachann dans la grand-salle après le départ de dame Gunelle et du révérend Henriot. Il voulait obtenir plus de détails sur les conditions de détention de son cousin. Les deux hommes ne firent pas attention à l'entrée de Jenny. Elle ne portait pas de lumière et attendait, hésitante, dans un coin de la salle. Elle écoutait leurs chuchotements et retournait entre ses mains le pli destiné à Tòmas. Une vive curiosité la tenaillait et la mettait au supplice. Il y avait à peine deux mois, une lettre l'aurait laissée indifférente, mais elle avait appris à lire depuis et cette lettre-là lui brûlait les mains.

« Saurais-je la lire ? se demanda-t-elle. Si c'est en scot, je ne pourrai pas mais, si c'est du gaélique, je crois que je pourrais déchiffrer l'écriture du maître. Il écrit bien, paraît-il… Le seigneur Tòmas est si secret sur tout ce qui concerne son cousin qu'il ne me dit jamais rien sur lui. Le seigneur Iain pourrait écrire qu'il a la peste, Tòmas n'en soufflera mot. J'aimerais tant savoir…»

N'y tenant plus, elle sortit silencieusement et alla se placer sous une torche dans le hall. Après un bref regard circulaire, elle déplia le feuillet et avec soulagement reconnut le gaélique dès les premiers mots. Elle entreprit sa lecture laborieuse du pli. Elle s'y absorba tant qu'elle n'entendit pas Tòmas venir. Rouge de confusion, tenant d'une main tremblante la feuille dépliée, elle la lui tendit aussitôt. Tòmas fronça les sourcils, l'air interrogateur.

«Voilà, mon seigneur, lui souffla-t-elle. C'est pour vous. C'était dans le pli de dame Gunelle. J'allais vous la porter.

— L'avez-vous lue? lui demanda-t-il sur un ton de reproche en prenant la lettre.

— Je ne voulais pas la lire… c'est-à-dire, je voulais savoir… Je n'aurais pas dû. Je sais que c'est mal de lire une lettre qui est destinée à quelqu'un d'autre. Veuillez m'excuser, mon seigneur. Ça a été plus fort que moi, j'ai si peur pour ma maîtresse… que son mari…», bredouilla Jenny.

Tòmas ne répondit pas. Il fit signe à la jeune fille de ne pas partir et parcourut rapidement la lettre de son cousin, puis, levant les yeux sur elle, il ne put s'empêcher de lui adresser un reproche sur un ton doux:

«Vous pourriez et devriez être punie pour votre geste, Jenny, mais je ne le ferai pas.»

Après un très long moment de réflexion, il détourna son regard de la jeune fille:

«Mon cousin a plusieurs difficultés en ce moment, dont certaines, comme vous venez de le constater à la lecture de ce pli, avec des membres du clan. Il se pourrait même que celles-ci soient à l'origine de toutes les autres. Votre maîtresse est forte, mais elle aura besoin d'attentions plus que jamais. Je compte sur vous, maintenant que vous êtes dans le secret, pour être toujours auprès d'elle et vous attacher à chacun de ses pas.

– Je vous remercie de la confiance que vous m'accordez, mon seigneur! Mais dites-moi seulement pourquoi il faut redouter le retour de dame Beathag.»

Tòmas soupira. Évidemment, il fallait s'attendre à cette question. Son cousin écrivait, entre autres recommandations, de se méfier de Beathag autour du château. Iain avait appris qu'elle avait quitté Stirling aussitôt qu'il avait été enfermé à la chancellerie et craignait qu'elle ne tente quelque chose contre Gunelle en son absence. Tòmas relut le passage, replia le feuillet et le glissa dans son pourpoint. Il résolut de répondre à la question en se limitant à l'essentiel.

Il prit la main de Jenny et l'entraîna sur les remparts sans un mot. La jeune fille se laissa faire docilement, le cœur en fête, les mains moites. Quand ils furent là-haut, à l'écart des sentinelles et plongés dans l'obscurité, Tòmas fit asseoir Jenny contre le mur et prit place à ses côtés.

«Jenny, commença-t-il d'une voix tendue, contrairement à ce qui a été dit, la belle-sœur de mon cousin n'a pas quitté Mallaig de son plein gré. Elle en a été chassée. Pour une raison qui, à elle seule, mérite la mort: elle a tenté de tuer dame Gunelle, puis mon cousin.»

Voyant Jenny porter les mains à son cœur en signe d'épouvante, il poursuivit plus doucement:

«Elle est dangereuse et nous la croyons prête à tout. Elle a réussi par ruse à mettre le shérif Darnley de son côté. C'est pourquoi mon cousin n'est pas dans les grâces du roi, et qu'il n'est pas en mesure de protéger lui-même son épouse en ce moment. »

Fixant la jeune fille dans les yeux, il ajouta :

« Comprenez-vous pourquoi il ne faut absolument pas laisser votre maîtresse seule et ne pas tolérer dame Beathag dans l'entourage du château ?

— Mon seigneur, est-ce que c'est la même chose pour la suivante de dame Beathag ? Est-ce que le château lui est aussi interdit ?

— Finella ? Probablement. Mais je doute fort qu'elle revienne ici seule…

— Elle est pourtant revenue le jour du tournoi. Je l'ai croisée à l'étage quand je suis montée à la hâte pour prendre un ruban… »

À ce souvenir, elle eut une hésitation, baissa les yeux de confusion, puis reprit :

« Elle entrait dans la chambre que dame Rosalind occupe quand elle vient au château. Cela m'a étonnée, mais je n'y ai pas fait attention. Il y avait tellement de monde à Mallaig ce jour-là. D'ailleurs, je ne l'ai pas revue par la suite. »

Tòmas, intrigué, s'était levé. Cette information apparemment anodine lui mettait la puce à l'oreille. Que diable Finella était-elle venue discrètement faire à Mallaig… pour le compte de sa maîtresse, à n'en pas douter ?

« Dites-moi, Jenny, est-ce que Finella vous a vue ou est-ce que quelqu'un d'autre que vous l'a vue dans le château ce jour de la Saint-Jean ?

— Tout le monde était dehors et le donjon était vide quand je suis montée. Je ne sais pas si elle m'a vue, mais il y a au moins une autre personne que moi qui l'a vue ce jour-là. C'est votre cousine Thora, car Finella portait son châle sur son bras… ou dans ses bras, enfin, le châle que Thora a jeté en gage plus tard durant le tournoi. »

Finella, Thora, châle, chambre de Rosalind… tout cela formait un ensemble incompréhensible pour le cousin de Iain. Il fit quelques pas le long du mur, réfléchissant sur cette intrigue. Jenny s'approcha de lui sur la pointe des pieds.

« Mon seigneur, est-ce que je viens de dire quelque chose de grave que j'aurais dû déclarer plus tôt ? lui demanda-t-elle d'une petite voix incertaine.

– Vous n'avez rien à vous reprocher, Jenny. Bien sûr… »

Voulant la rassurer, il lui entoura les épaules avant d'ajouter :

« Ce que vous venez de raconter a certainement une signification importante, mais je ne sais pas laquelle pour le moment. Aussi, je vous interdis de vous tracasser à ce sujet jusqu'à ce… »

Il ne put terminer sa phrase. Sa voix se bloqua dans sa gorge, son pouls s'accéléra. Jenny s'était tout naturellement blottie contre lui, profitant de son geste de réconfort. Il sentait la douceur de ses cheveux contre sa joue et humait son parfum léger de lavande. Jenny se pressa davantage, doucement. Ce fut immédiat : il la prit dans ses bras, resserra son étreinte et posa ses lèvres sur la tête abandonnée au creux de son épaule. « Ma chérie, ne me mettez pas encore à l'épreuve », pensa-t-il. Après un court moment de silence embarrassé, il se dégagea lentement et la ramena par la main au donjon. Il dut s'éclaircir la voix pour lui faire ses vœux de bonne nuit dans le hall :

« Je sais que je peux compter sur votre discrétion et que vous garderez pour vous tout ce que vous avez appris ce soir. N'est-ce pas, Jenny ? Allez, passez une bonne nuit et à demain !

– Bonne nuit, seigneur Tòmas ! Je monte chez ma maîtresse. Je ne la laisserai ni le jour ni la nuit… Je lui dirai que ce sont vos ordres et elle me gardera auprès d'elle. N'ayez crainte pour le reste. Je ne dirai rien et… je ne lirai plus votre courrier. »

Jenny releva ses jupes et gravit à la course l'escalier sombre, sans attendre que le seigneur Tòmas lui tendît la torche dont il s'était emparé en entrant. Il tourna les talons dans la direction opposée, le cœur battant, et monta à sa chambre pour relire les instructions de son cousin.

Le lendemain, tout Mallaig avait appris, de la bouche des voyageurs de retour de Stirling, que le maître était prisonnier de la chancellerie du roi dans une ville où sévissait le grand fléau. Consternés par la nouvelle, la tante Rosalind et l'oncle Griogair furent les premiers du clan à se présenter au château. Dame Rosalind, comme toujours, se portait au secours de sa chère petite châtelaine.

Elle fut surprise de ne pas voir la jeune femme effondrée. Au contraire, elle lui trouva un air plutôt calme, voire serein. La même tranquillité semblait habiter le révérend Henriot. « Ils sont touchés par la grâce divine, ces deux-là, ou par l'inconscience », ne put-elle s'empêcher de penser en les observant côte à côte dans la cour, à son arrivée. Leur accueil fut chaleureux et fit fondre tranquillement la tension qu'elle et son mari Griogair ressentaient depuis quelques jours à leur château de Glenfinnan.

Au fil des conversations, dame Rosalind découvrit bientôt, avec le plus grand étonnement, que sa jeune amie craignait plus un renversement de son mari au sein du clan que le spectre de la peste autour de lui. Ce n'était pas la première fois qu'elle notait chez une femme grosse d'enfant une lubie inventée pour détourner son attention d'un malheur imminent. Ce ne pouvait être que cela : comment Gunelle pouvait-elle honnêtement penser que le simple fait que Iain fût emprisonné susciterait une remise en question de son titre de chef?

Pourtant, les semaines qui suivirent prouvèrent la justesse de ces appréhensions. À part une courte visite, au début d'octobre, d'Aulay, laird à Arisaig, aucun autre laird ne vint prendre des nouvelles du jeune chef MacNèil ni même ne fit mine de lui porter secours et défense. En revanche, Rosalind ne tarda pas à apprendre que les lairds Struan, d'Airor, et Daidh, de Finiskaig, s'étaient rendus chez Aindreas. Selon toute apparence, des négociations occultes avaient lieu entre eux pour isoler Mallaig des affaires du clan.

À la mi-octobre, Raonall, envoyé en éclaireur au loch Morar sous le prétexte d'une chasse au faucon, en revint avec la nette impression d'avoir été tenu à l'écart de plusieurs conversations de son oncle avec les autres lairds. En outre, il n'y avait trouvé aucune trace de Beathag et n'avait pas obtenu d'information à son sujet quand il avait demandé de ses nouvelles. Peu après, Griogair apprit que la veuve d'Alasdair n'était pas retournée dans les îles. «Où peut-elle bien être cachée?» s'inquiétait Tòmas chaque jour.

Dans la péninsule de Mallaig ainsi que sur toute la côte ouest des Highlands, les moissons étaient rentrées, les boucheries et salaisons finies, les foires au bétail terminées. Les habitants des Highlands se préparaient de nouveau pour l'hiver. Plusieurs clans étaient sans nouvelles des leurs, emprisonnés à Stirling, car la plupart des courriers refusaient d'aller dans la ville parlementaire encore aux prises avec la peste.

Le chevalier Eachann devint le messager de Mallaig, portant au seigneur Iain missives de la châtelaine et assaisonnements et plantes aromatiques pour purifier l'air afin qu'il se prémunisse contre la maladie dans sa loge. Eachann faisait le trajet seul et empruntait des routes de montagne afin de mieux assurer sa sécurité. Malheureusement, il n'eut pas accès au jeune chef durant tout le mois d'octobre et eut même du mal à retrouver le chevalier Dòmhnull qui se déplaçait dans la ville, chassé des auberges que l'on fermait pour cause de maladie.

Dans les premiers jours de novembre, c'est le lieutenant Lennox qui put établir une liaison entre Mallaig et Iain. Venu de Crathes avec le deuxième versement du seigneur Keith, il avait obtenu la permission de demeurer quelque temps à Mallaig auprès de la châtelaine. Comme les activités de coupe dans les Grampians allaient rondement depuis qu'une entente avait été conclue avec le clan MacPherson, Nathaniel Keith avait placé le chantier sous la gouverne de son fils cadet, Robert.

Le lieutenant Lennox était à Mallaig depuis à peine deux jours qu'il avait déjà compris qu'il fallait de toute urgence se rendre à Stirling, afin d'éclaircir la situation du jeune chef MacNèil, démarche qui aurait dû être faite dès le début par un de ses lairds. À travers ses conversations avec dame Gunelle, il devina la position précaire du jeune chef au sein de son clan et soupçonna l'œuvre du laird du loch Morar. Passant par Glenfinnan, il reçut l'offre inespérée du seigneur Griogair de l'accompagner et l'accepta. Dame Rosalind les chargea d'une telle quantité de provisions de bouche et de flacons de vinaigre que les deux hommes durent en abandonner une partie avant de gravir la première montagne des Trossachs.

Du même âge, Griogair et Lennox s'étaient formé depuis longtemps une idée pragmatique de la peste : pour se prémunir contre la contagion, il fallait simplement pratiquer une hygiène corporelle rigoureuse, faire abstinence de femme et d'exercices accroissant le besoin de respirer. Le trajet jusqu'à Stirling leur permit tout cela, avec son abondance de lacs et de rivières pour se laver, son absence totale de rencontres et une chevauchée somme toute fort paisible ne nécessitant aucun effort respiratoire excessif.

Quand ils atteignirent enfin le loch Lomond, ils décidèrent de contourner le Ben Lomond par le flanc ouest. Ce faisant, ils ne purent croiser le seul voyageur qui remontait dans les Highlands par la route longeant le flanc est : le chevalier Eachann.

À l'office, ce matin-là, je ne vis pas Nellie. Ma nourrice éprouvait des difficultés de plus en plus grandes à marcher et se désolait de ne pouvoir descendre entendre la messe matinale qu'une fois sur deux. J'observai Anna, qui n'était plus toute jeune non plus, et je me dis qu'en tant que châtelaine je devrais bientôt procéder à une nouvelle répartition des tâches d'intendance que les deux vieilles femmes se partageaient depuis mon mariage. «Màiri est en mesure de relever ce défi depuis que Jenny est attachée à mon service», songeai-je.

C'est ainsi qu'après la messe je demandai à Anna et à Màiri de rejoindre Nellie à l'étage dans l'intention de soumettre mon idée aux trois femmes. J'appréhendais des difficultés du côté des deux nourrices qui mettaient un point d'honneur à tenir un rôle actif au château. Je misai donc sur ma grossesse pour les convaincre de passer des soins de la maison à ceux du futur nourrisson, leur faisant part de mon intention de ne prendre aucune nourrice et d'allaiter moi-même mon enfant. Je pris tout mon temps pour leur exposer mon plan sans bousculer leur délicatesse et, à la fin de la rencontre, les yeux humides de mes deux vieilles domestiques me confirmèrent que j'avais eu raison. Nellie accepta de se retirer des cuisines et Anna, de prendre Màiri avec elle et de l'instruire de toutes les tâches reliées au château, et ce jusqu'à Noël, moment où cette dernière prendrait en charge l'intendance.

Je redescendis au rez-de-chaussée, où je tombai sur Tòmas qui revenait du corps de garde, un paquet ficelé à la main, l'air ému et consterné. Je reconnus les lettres que j'avais confiées à Eachann voilà plusieurs semaines. Elles n'avaient pas été décachetées. Je m'en emparai.

«Qu'est-ce cela, Tòmas? dis-je, la voix étranglée. Elles n'ont pas été livrées?

— Suivez-moi, ma dame, me répondit-il en m'entraînant dans le bureau. Nous venons de recevoir une nouvelle désolante…»

Mon cœur bondit dans ma poitrine : « Iain est mort », ne pus-je m'empêcher de murmurer. Mes yeux agrandis d'effroi durent impressionner Tòmas, car il s'empressa de me rassurer :

« Mon cousin va bien, ma dame. Reprenez-vous, je vous en prie. »

Les yeux humides et me faisant asseoir dans le fauteuil, il m'annonça la nouvelle :

« Il s'agit du chevalier Dòmhnull. Il est mort il y a quelques jours… de la peste. »

Laissant échapper la liasse de lettres, je portai les mains à mon visage, étouffant un cri de désespoir. « Dòmhnull, notre homme fidèle, le plus vieux d'entre nous », me dis-je, effondrée.

Tòmas attendit que je me découvre avant de poursuivre :

« Eachann est arrivé tout à l'heure. Il est resté à l'abbaye de Cambuskenneth jusqu'au décès de Dòmhnull et il a quitté Stirling aussitôt après l'avoir enterré. Eachann est bien-portant, ma dame. Il n'a pas contracté la maladie. Mais il n'a pu livrer ni faire livrer quoi que ce soit à Iain. Les hommes détenus à la chancellerie en attente d'audience ne peuvent plus recevoir de messagers par peur de la contamination. Cependant, ils y sont plus à l'abri de la peste que les coupables enfermés dans les prisons, ou même que les habitants de la ville. Le roi s'est retiré à Scone avec sa famille et il traite les affaires du royaume sans mettre les pieds au Parlement ; c'est pourquoi les audiences sont si longues à obtenir. »

Le cousin de mon mari s'était tu, l'âme affligée comme la mienne. Que faire maintenant pour aider Iain ? Je remerciai Tòmas et lui demandai de m'envoyer le révérend afin de prévoir une messe mortuaire pour notre chevalier décédé. Je l'entendis se retirer et faire entrer Jenny discrètement. Je ne fus pas longue à attendre notre homme d'Église. En examinant le visage émotif du révérend Henriot qui exposait une proposition de service funéraire, je remarquai combien il avait lui aussi vieilli en peu de temps. «Ah! seigneur Baltair, Mallaig mûrit trop vite depuis votre départ», pensai-je.

Après que le révérend eut quitté le bureau, mes yeux se posèrent au sol, sur les lettres que je ramassai. Ainsi, Iain n'avait pas de nouvelles de nous. Je doutais que le lieutenant Lennox et l'oncle Griogair réussissent là où les chevaliers Eachann et Dòmhnull avaient échoué. «À qui écrire si personne n'ouvre notre courrier à Stirling?» me demandai-je. Je marchai jusqu'à la fenêtre et fixai les nuages qui passaient au-dessus des tourelles. Je fus frappée par une idée: écrire à Scone!

«Bien sûr! Pourquoi ne pas m'adresser directement à notre souverain, que je connais et qui me connaît? Si je lui écris en français et que personne de ses gens qui ouvrent le courrier ne connaît cette langue, il y a des chances pour qu'il prenne connaissance de ma missive lui-même... ou son épouse», me dis-je, l'esprit fébrile.

Je pris aussitôt place à la table de travail en repoussant le livre de comptes, sous le regard intrigué de Jenny. Je m'emparai de quelques feuilles de notre meilleur papier et me plongeai dans l'exécution de mon projet: obtenir la libération de Iain et le faire sortir de Stirling au plus tôt. Pour cela, il fallait d'abord qu'il soit entendu et qu'ensuite aucune accusation ne soit portée contre lui.

Il importait de trouver les mots justes pour plaider la cause sans avoir l'air de vouloir m'immiscer dans les affaires de la chancellerie. Je réfléchis longuement à chacune de mes phrases, cherchant à retrouver l'élan de sympathie que j'avais eu envers mon souverain l'hiver précédent. Les mots vinrent librement, avec simplicité et précision.

Au sujet du litige qui concernait nos livres, je résolus de m'en tenir à la version de la somme d'argent perdue et non volée, version que Iain allait sans doute soutenir de son côté s'il venait à être entendu. Comment James Darnley avait-il présenté son rapport sur Mallaig? Impossible de le savoir. Il était cependant évident que Iain aurait à se défendre sur quelques points et à contredire le shérif. Aussi la parole de mon mari devait-elle être soutenue dans l'opinion du roi. Je fis donc ressortir le caractère de fidélité et le service à la couronne d'Écosse dont avait fait preuve le clan MacNèil en facilitant le travail du vérificateur du roi dans les Highlands. Il me sembla également opportun de rappeler que ma propre famille, les Keith, servait les intérêts de la Couronne, d'une part par mon père qui fournissait le bois de chêne aux navires de la flotte royale depuis plus de vingt ans et, d'autre part, par mon oncle William, maréchal en titre héréditaire.

Quand j'en arrivai à ma conclusion, je pensai à ma réponse à Iain contenue dans ces lettres qui ne lui avaient pas été livrées et je me souvins de son conte d'amour. Je baissai les yeux sur mon ventre qui saillait sous ma robe ample. Tout à coup, je sentis l'enfant bouger, comme un doux mouvement de vagues. À cet instant, il m'apparut clairement que j'avais besoin de Iain à mes côtés. Plus que sortir mon mari de la ville pestiférée, plus que de percer le complot au sein du clan, plus que de déjouer les éventuels plans de vengeance de Beathag, plus que tout cela.

«Majesté, soupirai-je à voix haute, je veux ravoir mon époux. Pouvez-vous comprendre cela?»

Je surpris le regard amusé de Jenny sur moi, lui souris et poursuivis mon monologue. «Vous ne pouvez peut-être pas comprendre cela, mais votre épouse, elle, le peut.» Je changeai de feuille et entrepris d'écrire un mot à la reine Jeanne. Lui faisant l'éloge de son époux, avec lequel j'avais eu le grand honneur de m'entretenir, j'évoquai l'admiration qu'elle suscitait dans le cœur du roi et dont il ne se cachait pas. M'adressant à la mère de la petite princesse d'Écosse, je voulus joindre quelque chose pour l'enfant. «Le loup solitaire et la biche, pensai-je soudain. Un conte! Bien sûr!»

«Chère Jenny, dis-je à ma servante, pourrais-tu aller me chercher les contes gaéliques avec lesquels nous enseignons l'écriture aux enfants de Mallaig? Je vais en traduire un et l'inclure dans ma missive. Ainsi, la reine d'Écosse aura une histoire des Highlands à raconter en français à sa fille.»

Gonflée d'enthousiasme, je travaillai une bonne partie de la journée sur cet envoi à Scone avec l'aide de Jenny. Comme elle dessinait fort bien, je lui demandai d'illustrer le conte, qu'elle parsema de petites figures, dans la marge de ma traduction, tout pareillement à des enluminures. La feuille était fort jolie et tout à fait irrésistible quand elle me la tendit.

Je terminai la lettre à la reine en l'informant de mon état. Je lui dis que j'espérais une fille en pensant à la princesse, mais lui tus que mon mari espérait un fils. Je lui mentionnai qu'il souhaitait être de retour de Stirling pour la naissance de notre premier enfant. Je pressentais que le cœur d'une reine voudrait en savoir davantage et qu'elle apprendrait ce que je voulais qu'elle apprenne.

Le bois de la traverse supérieure du lit céda sous le poids du seigneur Iain et se fendit dans un bruit sec. Le jeune homme lâcha prise aussitôt, se laissant choir sur le matelas, le torse ruisselant de sueur. Le lit de sa loge était petit, mais pourvu de solides montants qui avaient sans doute déjà supporté un baldaquin. Il avait adopté les traverses, dégagées de leurs courtines, pour faire ses exercices quotidiens, qui duraient parfois plus de trois heures.

C'est ce qu'il avait trouvé de mieux pour meubler ses interminables journées de captivité. Privé de ses armes, il s'était vite aperçu que son corps s'ankyloserait dans l'immobilité et avait décidé de le faire travailler de n'importe quelle façon. Dès qu'il eut commencé à s'entraîner, il se rendit compte que les bénéfices s'étendaient à son esprit et atténuaient la rage qu'il éprouvait depuis sa convocation. Il fit une moue de dépit en regardant pendre les montants de la traverse fendue. Basculant la tête en arrière, il fixa l'autre traverse: «Bah! il me reste celle-là», marmonna-t-il.

Sur ces entrefaites, on frappa un coup sec à la porte qui s'ouvrit sur le lieutenant Lennox, en manteau long et sans arme à la ceinture. Le lieutenant entra et, faisant un effort pour habituer ses yeux à l'obscurité, il contempla Iain un moment, l'air inquiet. Iain se leva d'un bond en souriant:

«Lennox! Merveilleux! Comment avez-vous fait pour passer? lui lança-t-il en allant droit sur lui, les bras tendus.

— Mon seigneur, dit celui-ci en fixant le torse luisant du jeune homme et en reculant vers la porte qui venait de se refermer, êtes-vous malade?

481

– Ah ça ? Ne faites pas attention, répondit Iain en s'emparant de sa chemise. Je faisais quelques exercices pour garder le dos souple. Je suis en parfaite santé, mon cher. Je n'ai pas la peste si c'est ce à quoi vous pensez. Je n'ai ni fièvre ni migraine. Je ne vomis jamais, malgré que ce que je mange ici soit souvent infect. Je n'ai pas de bubons… Voyez plutôt. »

Il pointa un doigt sur son cou et ses aisselles et, finalement, en direction des quatre murs en ajoutant :

« Pas de fenêtre donnant sur le sud, seulement ces deux meurtrières nord-ouest, vous voyez ? L'air sain des Highlands ! »

Le lieutenant Lennox ne put réprimer un sourire devant la bonne humeur contagieuse du jeune chef Mac-Nèil. Il s'avança vers lui en lui tendant sa main gantée :

« Ça fait plaisir de vous voir, mon seigneur ! Ce n'est pas une mince affaire que d'obtenir une permission de visite à un Highlander en ce moment, mais j'ai fait jouer la carte de mon maître. Les Keith ont bon nom dans les Lowlands, en particulier avec ces gens de la chancellerie. Il faut s'en servir…

– Vous mentiriez en me disant que c'est mon aimable beau-père qui vous envoie, Lennox, rétorqua Iain en souriant malicieusement. Il y a fort à parier que vous venez directement de Mallaig. Je me trompe ?

– Touché ! J'arrive de chez vous, mon seigneur. Votre laird le seigneur Griogair m'accompagne, mais il n'a pas pu entrer ici. On me donne à moi-même peu de temps d'entretien avec vous. Aussi, je vais tout de suite vous donner des nouvelles de votre dame et vous allez m'indiquer les démarches que nous pouvons faire pour vous sortir d'ici. »

Quand on vint chercher le lieutenant Lennox dans la loge, les deux hommes avaient eu le temps de se communiquer le principal des informations et d'en venir à la conclusion que la marge de manœuvre pour sortir le chef de la chancellerie était mince :

« Ou je m'évade ou j'attends mon tour, expliqua Iain. D'après ce que je sais, les audiences sont longues et il ne s'en tient pas plus de trois par semaine. Je n'ai pas obtenu l'ordre d'appel des détenus, mais je compte sur Darnley pour avoir suggéré que je passe le dernier. Si vous pouvez faire quelque chose, c'est là-dessus qu'il faut travailler.

— Le frère de mon maître, le maréchal William Keith, est en poste à Édimbourg, mon seigneur. Je vais aller là-bas et voir si on peut le faire intervenir en votre faveur. Mais avant que je vous quitte, il y a Griogair qui demande si vous savez où logent vos chevaliers Dòmhnull et Eachann dans Stirling.

— Je l'ignore, Lennox. Je n'ai pas eu de leurs nouvelles depuis maintenant deux semaines. Ils avaient trouvé une pension aux abords de l'église Holy Rude, il me semble… »

Cette même après-midi, les recherches du lieutenant Lennox et du seigneur Griogair les firent aboutir à l'abbaye de Cambuskenneth, où on les informa du décès d'un des chevaliers de Mallaig et du départ de l'autre pour les Highlands. Ils n'osaient se demander lequel des deux la peste avait emporté. Un temps humide et froid perçait leurs vêtements de laine et ajoutait à leur peine silencieuse. Les rues désertes et mouillées, le vent persistant qui s'y engouffrait et le ciel lourd de pluie les poussèrent à quitter la ville avant la tombée de la nuit. Le seigneur Griogair, qui s'était attaché au lieutenant, choisit de poursuivre la route avec lui jusqu'à Édimbourg. Les deux hommes ne revinrent à Stirling que douze jours plus tard, avec une lettre de recommandation pour le chancelier, de la main du maréchal Keith. Quelle ne fut pas leur surprise d'apprendre alors que le seigneur Iain MacNèil avait été conduit au palais de Scone la veille.

Durant les deux journées de route de l'escorte vers Scone, le seigneur Iain se retint à plusieurs reprises de chanter. Une fois que la surprise d'être transféré au palais du roi fut passée et que ses nombreuses interrogations se furent estompées faute de réponses, le jeune chef se laissa envahir par l'espoir et l'allégresse. D'abord, on lui avait remis ses armes et son cheval, ce qui tendait à prouver que le roi ne le considérait pas comme un hors-la-loi. Ensuite, le chef d'escorte hésitait à parler de transfert, car il n'y en avait eu aucun depuis le début des convocations de Highlanders à la chancellerie. Iain se prit à espérer qu'il était convoqué en audience auprès du roi.

Il n'était jamais allé à Scone, mais avait beaucoup entendu parler de l'endroit sur la rive est de la rivière Tay et de l'impressionnant palais qui datait de l'époque du roi picte Kenneth MacAlpine. Lorsque la cathédrale St. Giles fut en vue, Iain sut qu'il était tout près. En effet, plongés dans la brume dense, apparurent soudain Moot Hill et, en face, le palais. Jetant un œil sur le chef d'escorte, il en eut la confirmation. L'homme donna des ordres d'une voix sèche pour démanteler le groupe. Une minute plus tard, Iain pénétra seul avec lui dans l'enceinte du formidable palais de Scone.

Au cœur du palais, on le fit entrer dans une vaste antichambre, où on le laissa une heure. Il n'y avait pas de feu, il y faisait sombre et humide. Iain était transi, tant de froid que de nervosité. Une dizaine de personnes attendaient comme lui, désœuvrées, des petits nobles pour la plupart, qui allaient et venaient librement. Il n'y avait pas de garde à l'entrée et Iain s'en étonna. «Est-ce que quelqu'un va enfin me dire ce que j'attends ici?» se disait-il. À un moment, il crut apercevoir le shérif Darnley dans la salle adjacente quand la porte s'ouvrit. Plus tard, ce fut Saxton qu'il pensa reconnaître.

«Je déraisonne, songea-t-il. Qu'est-ce que Guilbert Saxton ferait ici? J'ai vu si peu de gens depuis deux mois que je crois les voir tous en même temps.»

Il s'entendit alors appeler de l'autre côté de la pièce et se leva d'un bond. Un petit abbé vint à sa rencontre, un sourire pincé sur les lèvres, et l'invita à le suivre. Il le mena sans mot dire par un long corridor jusqu'à une alcôve gardée par deux soldats. L'abbé le salua d'un «Je vous en prie, mon seigneur» avant de repartir par le même chemin. L'un des soldats ouvrit une porte et le laissa passer. Iain pénétra dans une pièce fortement éclairée à la chandelle et à la lanterne de suif. Il y régnait une chaleur bienfaisante, qu'un large foyer prodiguait généreusement. Deux autres gardes étaient en faction sur le seuil. Iain les dépassa et s'avança lentement. C'est alors qu'il vit le roi pencher la tête hors de son fauteuil placé devant l'âtre, se tourner vers lui et l'examiner un instant avant de l'interpeller:

«MacNèil de Mallaig! Approchez, mon seigneur. Je ne pensais pas avoir à vous convoquer ici. Voici Kenneth Simpson, qui parle gaélique», dit le roi en scot en désignant un homme roux qui se tenait à l'écart et que Iain n'avait pas vu.

« Majesté, je n'ai pas besoin d'interprète, si telle est la fonction de messire Simpson », prononça Iain dans la même langue en venant s'immobiliser devant le roi, qu'il salua profondément.

Le roi se redressa légèrement sur son siège et détailla longuement son interlocuteur, le sourcil relevé. Les restes d'un repas se figeaient sur une table basse à côté de lui. Iain en déduisit que le souverain venait de manger et que l'entretien n'avait rien de formel. Il se détendit imperceptiblement.

« Je vois. J'ai été mal informé, répliqua le roi, contrarié. Prenez un siège, MacNèil, nous avons à causer. »

Levant les yeux sur le dénommé Simpson, il le congédia d'un signe de tête.

« D'abord, nous allons mettre de côté le rapport de mon shérif. Bien qu'il soit rare que ses intuitions le trompent, j'ai choisi de croire que tel a été le cas dans votre affaire. Je préfère penser que les MacNèil sont des Highlanders en règle avec le trésor de la Couronne écossaise. Ils sont peut-être les seuls, mais je veux croire qu'ils le sont. Ce serait en effet gênant de douter de la parole du chef sur lequel j'ai appuyé ma campagne de vérification de livres l'hiver dernier. »

Après une courte pause, il reprit :

« Ainsi, Mallaig a perdu une somme d'argent considérable, mon seigneur ?

— En effet, Majesté. Il s'agit de cent vingt livres, en janvier dernier, alors que mon père était vivant. Je n'ai pas encore fait enquête, répondit Iain prudemment.

— Bien, bien. L'important est que vous ayez payé votre dû, totalement. Le reste ne m'intéresse pas. Cependant, mon seigneur, j'aimerais savoir si Darnley était au courant de l'état de votre femme au moment où il a quitté votre château, car, s'il le savait, la convocation qu'il a dictée pour Mallaig est pour le moins disgracieuse et ne correspond pas aux façons de faire de notre chancellerie.

– Il ne l'ignorait pas, Majesté. Puis-je demander à mon souverain comment il a appris l'état de mon épouse, alors ?»

Le roi Jacques eut un sourire énigmatique et se leva pour faire quelques pas. Iain se leva aussitôt et demeura immobile, dans l'attente de sa réponse. Elle vint, après un long moment de réflexion :

«Seigneur MacNèil, en vérité, vous avez une épouse fort intelligente et même rusée. Je vois que vous l'ignorez : dame Gunelle correspond avec la reine. Enfin, la reine a l'intention de répondre à la lettre de votre femme, mon cher. Nous avons reçu son envoi il y a une semaine, qui nous apprenait, en plus d'autres choses intéressantes concernant vos livres, sa grossesse. Permettez que je vous adresse déjà mes félicitations. Je garde le meilleur souvenir de votre brillante épouse et de son français impeccable. La reine serait extrêmement déçue si vous n'étiez pas de retour pour la naissance de votre héritier.»

Souriant franchement devant l'air ébahi de Iain, il ajouta :

«Voilà! MacNèil, vous êtes relaxé. Je ne sais pas pourquoi Darnley vous cherche noise. Malheureusement, je crois que cet excellent vérificateur ne porte aucun Highlander dans son cœur. Allez, mon seigneur, bonne route et que Dieu vous garde de la peste!»

Iain se précipita à genoux devant son souverain, main sur la poitrine et tête inclinée, incapable de prononcer une parole tellement il était surpris. C'eût été inutile, car le roi tournait déjà les talons et quittait la pièce d'un pas énergique. Avant que le souverain n'ait franchi la porte, il jeta par-dessus son épaule:

«Transmettez mes hommages à votre distinguée épouse, MacNèil!»

«À ma bien-aimée épouse, Majesté. À ma toute belle… à mon adorable biche!» murmura Iain dans le secret de son cœur ému.

Chapitre XVI

Le retour

Iain n'avait pas beaucoup dormi. De nombreux visiteurs avaient, comme lui, profité de l'hospitalité du roi pour la nuit et encombraient l'étroite salle qui leur était réservée dans l'aile nord du palais. L'odeur fétide de sueur et de laine mouillée qui enveloppait les corps saturait l'air que Iain respirait à travers son plaid, dans lequel il s'était enroulé. Les toussotements et les ronflements des dormeurs avaient rivalisé avec le martèlement de la pluie contre les volets pour le tenir éveillé toute la nuit. Il était pourtant rompu de fatigue et d'énervement après son court entretien avec le roi et, les yeux grands ouverts dans la pénombre, le jeune chef s'était surpris à regretter la solitude et le silence de sa loge à Stirling où il avait si bien réfléchi et où, malgré tout, il s'était bien reposé.

Lorsqu'il se leva enfin, au petit jour, il se sentit gagné par l'impatience de partir. « Je ne peux pas attendre Lennox et Griogair et je ne veux pas repasser par Stirling », songeait-il en entrant dans la salle où l'on servait à manger. Il se joignit à d'autres visiteurs qui partaient ce matin-là et parla avec eux des routes qui remontaient vers le nord. Au moment de sortir, il aperçut Kenneth Simpson dans un coin près de la porte et le salua de la tête.

« Repartez-vous pour Mallaig, seigneur MacNèil ? lui dit celui-ci sur un ton affable en gaélique.

– En effet, lui répondit Iain dans la même langue. Je compte prendre la route qui longe la rivière Tay jusqu'à Rannoch. Êtes-vous aussi de passage à Scone ? Je crois reconnaître l'accent du Nord dans votre bouche, messire Simpson.

– Désolé de vous décevoir, je ne suis pas Highlander. Mais ma défunte femme était de Wick et j'ai appris le gaélique avec elle. Je tiens une auberge à Scone. Quand on a besoin de mes services au palais pour traduire, on me fait demander. Mais c'est assez rare. Les Highlanders se débrouillent tout seuls ou avec quelqu'un de leurs gens. Mais voilà maintenant plus d'un mois que je viens au palais tous les jours pour une dame de la suite du shérif Darnley. Vous la connaissez peut-être, elle vient de l'île de Skye : MacDougall, Beathag MacDougall. Elle ne parle pas un mot de scot, et le shérif passe toute la semaine à Stirling en ce moment. »

Iain s'était figé. « Elle n'est donc pas retournée à Mallaig pendant ma détention », songea-t-il à toute vitesse, avec un certain soulagement. Un frisson le parcourut. Il prit une attitude détendue avant d'enchaîner :

« Je la connais, messire Simpson. J'aimerais la saluer avant de partir, croyez-vous que cela soit possible ? Pourriez-vous me conduire à elle ? »

490

Moi qui dormais comme un loir depuis mon deuxième mois de grossesse, je commençais à m'éveiller maintenant en pleine nuit, trempée de sueur, embarrassée de mon ventre et souvent aux prises avec des crampes dans les jambes. J'étais alors incapable de retrouver le sommeil jusqu'au matin. Je me levais et, prenant soin de ne pas réveiller Ceit dans mon lit ou Jenny dans le sien, j'enfilais une chemise, me chaussais et sortais de la chambre pour déambuler dans le corridor frais. Je chantais alors tout bas des berceuses ou je passais ces heures d'insomnie en prière pour Iain et pour l'enfant à naître.

Depuis le départ du lieutenant Lennox pour Stirling, j'avais recommencé à m'inquiéter atrocement. Les visions de la peste flottaient autour de mes rêves et je me sentais de nouveau isolée. Je ne voyais presque plus Tòmas, qui allait et venait tout le jour, prenant souvent ses repas seul. Il s'était renfermé dans le silence, comme chaque fois qu'il était préoccupé. Et il y avait de quoi l'être. Nous avions été informés de plusieurs manigances qui visaient à resserrer le clan MacNèil autour de l'oncle Aindreas depuis que Griogair avait quitté Glenfinnan. Le cousin de Iain redoutait une prise de contrôle par le laird au loch Morar et ne savait pas comment intervenir pour l'empêcher. Son beau visage était continuellement assombri et Jenny elle-même ne parvenait pas à lui tirer un sourire durant nos longues veillées. De plus, tous deux craignaient sans cesse une apparition de Beathag que j'arrivais pourtant si bien à effacer de ma mémoire.

On ne recevait pas beaucoup de visiteurs au château à ce moment-là de l'année. Nous étions à la mi-novembre et les chemins commençaient déjà à devenir difficiles dans les montagnes, ravinés par les pluies abondantes de l'automne. Dame Rosalind demeurait à Glenfinnan, remâchant ses inquiétudes pour son mari. J'étais surprise de trouver dans les lettres qu'elle m'adressait un sujet qui lui inspirait une peur incontrôlable : la peste. Comme je n'étais pas en mesure de lui rendre visite et de la rassurer, je lui écrivais.

Malgré la grande lenteur des courriers, la correspondance était devenue ma principale activité et m'occupait l'esprit efficacement. J'adressais ainsi des petits mots aux membres de ma famille, à mes oncles William Keith, le maréchal, et John Carmichael, l'évêque d'Orléans. À l'occasion du décès du seigneur Baltair, j'avais reçu une aimable lettre de Guilbert Saxton, l'ancien secrétaire de Mallaig, à laquelle j'avais répondu. Il s'était par la suite établi une correspondance entre nous et je lui écrivis beaucoup à cette époque. Je rédigeais également des lettres pour la reine, que j'espérais remettre à Eachann dès son retour de Scone. En outre, j'avais entrepris la traduction en français de tous les contes gaéliques connus au château, pour mon plaisir et celui, éventuellement, de la petite princesse d'Écosse.

Les affaires du domaine ne nécessitaient plus qu'on y consacre beaucoup de temps. Tous les vivres étaient rentrés. Tous les troupeaux avaient regagné leurs pâturages d'hiver et le voisinage des autres clans ne donnait aucun signe d'alarme. Je crois que la crainte du fléau avait temporairement calmé l'humeur belliqueuse des Highlanders. Même si nous vivions sur des terres éloignées du foyer de la peste, il était possible que la contagion nous atteigne, par la mer ou autrement. Aussi chacun se tenait-il chez soi, évitant le plus possible le contact avec les voyageurs, plus particulièrement les abords des ports. N'eût été l'absence de Iain, qui m'était de plus en plus difficile à supporter, je crois que j'aurais entrepris cet hiver 1425 assez sereinement.

«Comme le temps s'est bousculé, comme tout a changé!» ne pus-je m'empêcher de penser en me reportant à la même époque de l'année précédente. J'étais alors une jeune couventine, fille d'un riche commerçant, précipitée dans le sauvage pays des Highlands, ignorante de sa langue et de toutes ses coutumes, en attente de mariage avec un homme hostile et buté. Je souris à ce souvenir et une phrase du conte de Iain me revint en mémoire: «Ce loup solitaire devint triste et amer.»

Un soir, peu avant le souper, par une fenêtre du donjon, je vis entrer Tòmas et Raonall dans la cour du château. Ils affichaient une mine sévère et, lorsqu'ils mirent pied à terre, Tòmas leva les yeux et m'aperçut à travers les carreaux. Il détourna le regard et dut dire quelque chose à Raonall, car celui-ci regarda aussitôt dans ma direction et me fit un petit salut de la tête. Mon cœur se serra sans que je sache pourquoi. Je descendis dans le hall à leur rencontre. Raonall ressemblait beaucoup à sa mère. Il avait comme elle les cheveux très pâles et fins, le front haut, le nez long et l'allure élancée. Il me prit les mains en m'adressant un sourire qu'il voulait engageant:

«Bonsoir, chère Gunelle. Je ne vous apporte aucune nouvelle de mon père, donc aucun changement chez ma mère n'est à signaler: elle se morfond et se tait. Vous, vous semblez bien vous porter.»

Posant un œil discret sur ma taille, il poursuivit:

«Vous semblez mieux endurer l'absence de votre mari que ma mère... Je vous admire, ma dame!

— Vous êtes aimable, seigneur Raonall, comme toujours. Je vais très bien mais, détrompez-vous, votre cousin me manque douloureusement. Je tente de garder mes inquiétudes pour moi, voilà tout.»

L'entraînant dans la grand-salle, je continuai :

«Nous ne voyons plus personne. Je vous garde à souper et à veiller. Et si vous êtes gentil, j'aurai une chambre pour vous…»

Son rire communicatif chassa le malaise que j'avais ressenti quelques minutes plus tôt. Je vis Tòmas, la mâchoire durcie, se diriger vers le corps de garde, sans un regard pour la pauvre Jenny qui le fixait depuis son arrivée. Quand j'eus pris place dans un fauteuil avec mon invité, je remarquai que la jeune fille ne nous avait pas suivis. Avant que nous n'ayons passé à table, Raonall m'avait informée de ce que j'avais pressenti : l'oncle Aindreas avait convaincu les lairds de démettre Iain et de l'aider à prendre lui-même la conduite du clan.

«Il fait valoir qu'il y a de la révolte contre les Mac-Nèil parmi les autres clans des Highlands qui ont perdu des émissaires emprisonnés à Stirling. Ils rejettent la faute sur le shérif et sur le fait que notre clan l'a soutenu dans son travail. Évidemment, que l'honneur des Mac-Nèil soit entaché par Mallaig dont les livres sont réputés ne pas être conformes vient ajouter à la hargne d'Aindreas contre Iain, m'expliqua-t-il. Aulay, Struan et Daidh le suivent sur cette voie. C'est tout juste si l'on n'accuse pas Iain de la peste dont bon nombre de Highlanders sont morts à Stirling! J'arrive du loch Morar et je n'ai pas réussi à obtenir de parler au nom de mon père. Ils ne veulent rien entendre. Je suis désolé, ma dame, mais il se peut qu'ils décident à quatre du changement de chef.

Si seulement mon cousin était libéré ou que mon père revenait!

— Ils ne peuvent pas faire ça! Iain n'a pas été reconnu coupable encore! Voyons, seigneur Raonall, c'est trop tôt! Et c'est complètement faux, cette accusation de malversation... Vous le savez bien! m'exclamai-je, désemparée.

— Allons, ma dame, vous connaissez Aindreas. Il agit toujours sur un coup de tête. Les autres ne le suivraient pas s'il n'avait pas brandi sa fameuse histoire de vol de coffret. Elle est invraisemblable d'un bout à l'autre, cette histoire, mais les lairds en raffolent, allez savoir pourquoi. Ma mère est complètement révoltée: vous impliquer si ignoblement dans cette affaire. Elle croit qu'ils sont tous jaloux de vous et de mon cousin... Dame Rosalind voit toujours des contrariétés du cœur partout, vous savez comme elle est. Moi, je me suis retenu de croiser le fer quand j'ai entendu Aindreas vous accuser. Il vaut mieux que je ne remette plus les pieds au loch Morar...»

J'étais abasourdie. Quel homme malfaisant que cet Aindreas! Quel fourbe! Je n'étais donc pas au bout de mes surprises avec la famille MacNèil. Rosalind avait probablement raison. En repensant au vote du printemps pour la nomination de Iain à la tête du clan, je ressentis encore l'animosité qui s'était exprimée contre lui. Il devait en être resté quelque chose parmi les lairds. Je soupçonnais également que le siège des troupes des Cameron et des MacDonald qu'ils avaient dû repousser avait refroidi leur ardeur envers leur jeune chef. Enfin, je me demandais même si les défaites des représentants de leurs maisons contre ceux de Mallaig au tournoi ne

jouaient pas aussi un rôle dans leur mauvaise volonté flagrante. «Votre meute grogne contre vous en votre absence, mon amour», pensai-je en soupirant.

Le souper et la veillée qui suivit ne furent pas très
joyeux malgré les efforts que Raonall et moi-même y
mîmes. Cependant, de son côté, Jenny sembla faire
quelques progrès auprès de Tòmas. Je les vis se glisser
des regards doux à plusieurs reprises et ils se tinrent l'un
tout près de l'autre durant toute la veillée.

«Brave Jenny, me dis-je en les voyant faire. Fais-le
sourire un peu, sinon notre cher Tòmas risque de craquer
sous le poids de son impuissance à aider son cousin.»

Les appartements réservés au shérif Darnley au palais
de Scone se trouvaient tout en haut de la tour ouest, et
Iain et son guide n'eurent aucune difficulté à s'y rendre.
«Ce palais m'a l'air assez mal gardé», ne put s'empêcher
de penser Iain en gravissant les escaliers et en parcourant
les corridors où ils ne croisèrent aucun homme d'armes.
Kenneth Simpson guidait Iain en silence, lui glissant de
temps à autre un petit sourire entendu. De toute évidence, il avait l'habitude d'aller et venir librement au palais. Iain se demandait comment il pourrait se débarrasser
de sa présence une fois arrivé chez Beathag. Il voulait
connaître les détails du complot dont il était victime et
tenait à ce que la rencontre avec sa belle-sœur ait lieu sans
témoin. Or, il n'eut pas à chercher longtemps. Quand ils
furent dans l'aile des shérifs, il s'aperçut que chaque porte
était flanquée d'un soldat. Devant l'air surpris de Iain, son
guide se crut obligé de fournir une explication:

«Les shérifs sont des hommes importants pour le roi, mais ils ont malheureusement beaucoup d'ennemis… on se demande pourquoi…, dit-il avec une moue espiègle. Leurs appartements sont surveillés. D'ailleurs, je ne pourrai pas vous accompagner chez dame Beathag. Le shérif Darnley interdit qu'elle reçoive plus d'une personne à la fois. Mais il y a toujours une servante avec elle. »

Indiquant une porte du menton, il annonça :

«Voilà, mon seigneur. C'est ici. Je vous attends, si vous voulez. Je prendrai mon service avec elle après votre entretien. »

Le garde avait déjà ouvert la porte des appartements de Beathag en voyant arriver Kenneth Simpson et il laissa passer Iain sans hésitation. En pénétrant dans la pièce, Iain frémit de rage. «Ce n'est pas encore aujourd'hui que je vais la tuer», songea-t-il rapidement. En la voyant, toute sa haine pour sa belle-sœur reprit possession de son cœur. Il sourit de satisfaction devant l'air ébahi de Beathag quand elle le vit entrer.

«Iain MacNèil ! dit-elle d'une voix étranglée. Tu n'es pas à Stirling ?

— Comme tu peux le constater ! Je vois qu'on ne t'a encore rien dit à propos de Darnley. Il a trompé le roi sur moi et il a pris ma place au cachot…, répondit Iain sur un ton dégagé.

— Tu mens ! N'essaie pas de ruser. Je vois clair dans ton jeu. Tu ne serais pas ici si tu disais vrai…

— Figure-toi qu'en tant que beau-frère on m'a demandé de te ramener chez toi. Ça ne me plaît pas et je ne pense pas le faire, poursuivit Iain sans se départir de son air désinvolte. Si je ne le fais pas, on te renvoie à

Stirling auprès de notre cher détenu qui, paraît-il, te réclame. C'est sans doute ce que tu préfères. La peste ne doit pas avoir de prise sur une femme aussi solide que toi…

– Je suis solide pour bon nombre de choses, Iain, dont avoir été ta maîtresse n'a pas été la moindre. »

S'approchant de lui lentement, elle susurra :

« Dis-moi ce que je dois faire pour que tu acceptes de me ramener dans les Highlands… en supposant que je décide de laisser tomber Darnley pour toi…

– N'avance plus, Beathag, siffla Iain en jetant un coup d'œil sur la servante qui les observait à l'écart au fond de la pièce. Soyons bien clairs : tu ne laisses pas Darnley pour moi ! J'ai perdu beaucoup de temps depuis deux mois à cause de tes petites intrigues et je veux les percer à jour avant de retourner à Mallaig. Je n'entreprends pas non plus de voyage en ta compagnie si tu n'as pas la conscience tranquille envers moi ou un des miens.

– Mon cher Iain, toujours épris de justice à ce que je vois. Tu n'es pas dans ta salle d'armes ici. C'est ma chambre », répondit-elle, un léger tremblement dans la voix.

Iain l'observait et voyait bien que le doute se frayait un chemin dans l'esprit dérangé de sa belle-sœur. À son avertissement, elle avait reculé près du brasero et s'absorbait dans la contemplation des flammes, lissant d'une main pleine de bagues les plis de sa robe damassée. Elle n'avait rien perdu de son port altier et de son élégance. Son cou blanc et son corsage brillaient de l'éclat de ses nombreux colliers. Ses cheveux flamboyants, qui tombaient en cascade sur ses épaules dégagées, scintillaient à la lueur du feu. Le silence s'étirait, et le seigneur MacNèil commença à ressentir un certain malaise. Pour le dissiper, il fit quelques pas dans la pièce jusqu'à la fenêtre par laquelle il jeta un coup d'œil avant de reporter son attention sur sa belle-sœur. Le bruit sec de ses bottes fit se retourner Beathag. Elle le regarda longuement, de ses yeux verts captivants, avides, pleins d'un désir qui le troubla et le choqua à la fois.

«Ta charmante épouse doit te manquer. Tu n'es pas le genre d'homme à faire longtemps abstinence. Elle est sûrement très grosse en ce moment.»

Le voyant se raidir à ces mots, elle poursuivit d'un ton plus mielleux:

«Je pourrais t'arranger cela, tu sais ce dont je suis capable. J'en ai une envie folle en ce moment. Darnley me tient plutôt isolée ici… et privée de plaisirs. Je suis déçue de lui et de Scone. Je croyais que la vie au palais allait me ravir, mais j'ai été confinée dans cette chambre autant que toi dans ta loge à la chancellerie. Nous avons tous les deux du bon temps à reprendre. Pourquoi nous perdre en discours futiles quand nous avons mieux à faire?»

Iain eut un mouvement instinctif de recul. «Elle est folle, pensa-t-il aussitôt. Je ne tirerai rien d'elle. Elle a une idée fixe, toujours la même. Ou je la tue ou je la fuis.»

Il prit une profonde inspiration, se tourna vers la servante qu'il salua d'une légère inclinaison de la tête, et regagna la porte à grandes enjambées. Beathag réagit immédiatement et se précipita sur la porte à laquelle elle s'adossa pour lui bloquer la sortie.

«Un instant, Iain MacNèil! Ne pars pas! Je vais t'expliquer ce qui t'attend à Mallaig. Tu as raison, je n'ai rien à craindre de toi puisque tu n'es plus le chef du clan MacNèil à l'heure où nous nous parlons. Ce n'est pas moi qui subirai un procès, mais ta femme…

– Que dis-tu?» l'interrompit Iain d'une voix étranglée.

À ce moment-là, la porte s'ouvrit brusquement et Beathag fut projetée sur le seigneur Iain, qui eut à peine le temps de la recevoir dans ses bras. Un garde s'étira le cou à l'intérieur de la pièce et annonça d'une voix autoritaire:

«La reine fait demander le seigneur MacNèil!»

Iain repoussa durement sa belle-sœur et s'engagea, à la suite du garde, dans le corridor. Par la porte ouverte, Kenneth Simpson avait eu le temps de voir la scène et, faisant quelques pas derrière le seigneur Iain avant de le laisser partir avec le garde, il lui glissa:

«C'est une dame attachante, n'est-ce pas? Elle m'a demandé de lui apprendre le scot, mais j'éprouve beaucoup de difficultés à me concentrer en sa présence… Vous voyez ce que je veux dire?»

Iain le gratifia d'un sourire crispé, sans répondre. «C'est tout sauf une dame, songea-t-il, mais vous avez raison, Simpson, il est difficile de se détacher d'elle…» Le garde et Iain empruntèrent d'autres escaliers et d'autres corridors pour atteindre l'aile abritant les appartements de la reine Jeanne.

Il fut aussitôt introduit dans la chambre, sans présentations aucunes. La pièce, très longue et abondamment éclairée par la lumière du jour, sentait fort la cire et était lourdement chargée de tapis et de tapisseries. Trois dames et deux seigneurs, qui occupaient le bord des fenêtres, composaient la suite de la reine. Ils interrompirent à peine leur conversation à l'arrivée du seigneur MacNèil. Au centre de la chambre trônait une large table d'ivoire près de laquelle se tenait la reine dans une robe couleur rubis, bordée d'hermine. Aussi grande que le roi, elle avait un visage étroit et des yeux bruns très expressifs. Elle accueillit le jeune chef de clan avec une vive curiosité, car c'est ce sentiment qui l'avait poussée à le faire venir. Elle détailla le chevalier agenouillé devant elle :

« Relevez-vous, seigneur MacNèil, je vous en prie. J'aurais pu tout aussi bien vous faire remettre ceci pour votre épouse, mais je voulais vous voir. Le roi a apprécié l'entretien qu'il a eu avec vous hier et m'a recommandé de vous recevoir. Nous avons eu peur que vous n'ayez déjà quitté Scone. »

Iain leva les yeux et se redressa lentement. La reine lui tendait un pli fermé du sceau de la Couronne. Iain s'avança jusqu'à elle et prit le pli, un sourire sur les lèvres. Il dut lui plaire, car elle lui rendit son sourire et l'invita, d'un signe de la main, à se diriger vers les fauteuils :

« Nous avons trouvé en votre épouse une personne charmante, mon seigneur. Comme vous le savez, nos relations avec l'Angleterre en ce moment sont plus difficiles. Cela nous oblige, entre autres choses, à interrompre quelque peu la correspondance avec nos gens là-bas. Si bien que je n'ai plus guère l'occasion d'écrire en français. Votre épouse me permet de le faire et nous lui en savons gré. »

Prenant place dans un fauteuil et montrant un siège à son interlocuteur, elle poursuivit :

« De plus, je trouve tout à fait amusant de faire partir pour le nord de l'Écosse des missives écrites dans une langue qui vient du continent. Les Highlands sont nettement plus près de Scone que Toulon, Nantes ou Orléans peuvent l'être. Mais le grand intérêt de cette correspondance, c'est que dame Gunelle est une personne fort érudite, ce qui fait que ce qu'elle a à dire est intelligent et même captivant. Nous partageons les mêmes lectures, notamment. C'est pour ces raisons que j'ai l'intention, comme je le lui écris, de maintenir une correspondance avec elle. Vous n'y voyez pas d'inconvénient, j'en suis sûre, mon seigneur.

— Aucun, bien entendu, ma reine. Permettez que Mallaig assure le courrier. Cela sera un grand honneur pour la famille MacNèil de soutenir la correspondance royale entre vous et les Highlands, répondit Iain d'une voix tendue.

— Voilà qui est parfait, commenta la reine. Nous avons appris que la Couronne entretient des liens avec la famille de votre épouse, par le maréchal William Keith. Vous voyez, plus je vais dans mes connaissances, plus je découvre des affinités qui méritent un échange de lettres entre Scone et Mallaig.

— Comme vous parlez de liens, ma reine, si vous le permettez, osa prudemment Iain, j'aimerais vous en signaler un autre, dont je suis certain que vous apprendrez l'existence tôt ou tard. La veuve de mon frère Alasdair, dame Beathag, des MacDougall de l'île de Skye, loge ici au palais en ce moment. Ma belle-sœur fait partie de la suite du shérif James Darnley, qui l'a rencontrée durant son long séjour à Mallaig. Malgré le fait qu'elle ne parle que le gaélique, elle nourrit de grandes espérances sur sa vie ici. Enfin… je ne suis pas certain qu'elle soit le genre de personne qui ait une quelconque place à la cour d'Écosse, si par hasard elle réussissait à s'y glisser. »

La reine détourna les yeux et réfléchit un moment, l'air sévère et contrarié. Puis, elle se leva pour signifier la fin de l'entretien et déclara, avec un sourire contraint :

« Seigneur MacNèil, vous faites sûrement erreur. James Darnley n'a certainement ramené ici aucune dame des Highlands, puisqu'il est marié à une de mes suivantes à Stirling et père de quatre enfants. »

Prenant un air d'entendement et plantant ses yeux dans ceux de son interlocuteur, elle ajouta :

« Vous comprenez, n'est-ce pas ? N'en parlons plus, mon seigneur. Allez, je ne vous retiens pas plus longtemps ! Portez cette missive à votre dame et acceptez mes félicitations pour votre prochaine paternité. Que le ciel vous donne la fille que vous désirez, mon seigneur. »

Iain sentit son front rougir de confusion. Avait-il déplu à la reine par sa révélation ? Captant le regard franc de sa souveraine qui le congédiait, il comprit que les conséquences n'étaient pas désastreuses pour lui et même que la divulgation des relations du shérif avait atteint son but. La reine ferait certainement enquête aussitôt qu'il aurait quitté Scone. Il se réjouissait en pensant à ce qu'il allait advenir de Darnley et de Beathag quand leur liaison serait dévoilée. « Sacré Darnley ! Père de quatre enfants ! » pensa Iain en quittant l'appartement de la reine.

On aurait dit que la missive de la reine enfouie à l'intérieur de son pourpoint donnait des ailes à son porteur. Iain MacNèil était sorti des murs d'enceinte de Scone au grand galop, heureux de chevaucher librement et à son rythme. Après quelques miles cependant, il dut ralentir l'allure, conscient que le manque de soins et d'exercice dont son cheval avait souffert durant sa captivité ne lui permettait pas de le pousser comme il en avait l'habitude. Iain se pencha et tapota l'encolure mouillée sous la crinière noire : « C'est bon, Mungo. Au pas, mon brave. On rentre à Mallaig », lui dit-il en gaélique. Comme bon nombre de chevaliers, le jeune chef s'était attaché à sa bête et il n'envisageait jamais d'en changer en cours de route. S'il voulait faire tout le voyage avec sa monture, il allait falloir la ménager. Le cheval tourna vivement les oreilles dans sa direction et encensa plusieurs fois en signe de plaisir : plaisir de retrouver son maître et d'être monté par lui.

Iain n'avait jamais parcouru cette région des Lowlands et n'avait presque jamais voyagé seul. Le premier jour, cette solitude ne lui pesa guère. Il avait tant à penser sur la fin de sa captivité et sur tous les événements qui l'avaient entourée, dont l'intervention inespérée de son épouse n'était pas la moindre. Toutefois, dès le deuxième jour, il s'aperçut que l'ignorance des routes exposait un voyageur solitaire à de fréquentes embuscades. Il fut attaqué par un petit groupe de brigands mal armés et ce ne fut que grâce à ses talents de cavalier qu'il réussit à s'échapper, faisant franchir à sa monture les obstacles qui les prenaient au piège.

Il savait que les esprits malveillants de la nuit inspiraient de la terreur aux populations des Highlands autant qu'à celles des Lowlands et que les voleurs de grand chemin n'agissaient que le jour. Il y avait longtemps qu'il avait appris à dominer sa peur des fantômes. Aussi décida-t-il de chevaucher le plus possible la nuit. Le mauvais temps d'automne joua également en sa faveur, déversant toute sa pluie durant le jour et balayant les nuages la nuit, sous un vent presque doux. C'est ainsi que

le cheval et le cavalier découvrirent qu'il était extrêmement agréable d'aller de longues heures, presque sans
interruption, sur les chemins déserts, éclairés par la lune
et bercés par le vent.

Privé de conversations et de compagnie, comme il
en avait fait l'expérience à Stirling, Iain reprit l'exploration de son cœur, traversant l'Écosse plongé dans ses
réflexions, dans ses méditations et même dans la prière,
sous un dôme d'étoiles. Au bout de onze jours de route
dans cet état d'esprit, il avait atteint le Ben Nevis et était
devenu un homme parfaitement serein, rempli de la
conviction que les multiples problèmes qu'il envisageait
allaient se régler dès son retour. La suite des événements
lui donna presque raison.

Il faisait nuit noire dans le château. Tout était parfaitement silencieux. Je regardai Bran, qui s'était immobilisé sur le pas de la porte de la salle d'armes, le museau collé au sol et la queue battant l'air, me fixant d'un
air suppliant. Comme chaque fois que je voulais sentir
la présence de Iain à mes côtés, j'étais allée m'asseoir
dans son faudesteuil au fond de cette pièce qui me le
rappelait tant. J'avais apporté mon manteau, sachant
que je n'y trouverais pas de feu. Je n'avais plus sommeil
et une simple marche dans le corridor qui longeait ma
chambre n'avait pas apaisée la nervosité qui me tenaillait.

J'avais un tel goût de parler à quelqu'un, mais je
n'avais osé réveiller personne pour le satisfaire. Je décidai
que Bran, qui ne me quittait pas d'une semelle, serait

mon interlocuteur. Je lui parlais depuis le fond de la salle d'armes, l'invitant à entrer. J'étais toujours fascinée par la façon singulière dont le chien avait été dompté, ne pénétrant dans aucune pièce du château, mis à part la grand-salle ou la cuisine, alors que, dans toutes les maisons nobles où j'étais allée, les chiens et les chats se promenaient librement, tout comme à Crathes. Bran était véritablement au supplice et se trémoussait au son de ma voix, l'air malheureux. J'eus bientôt pitié de lui et honte de le tourmenter.

Je me levai et cessai de lui parler, faisant quelques pas vers la cheminée faiblement éclairée par la torche que j'avais fichée dans un support sur son manteau. Je levai les yeux sur les armoiries des MacNèil et ne pus réprimer un triste sourire en songeant aux tensions qui divisaient la famille. J'étais absorbée dans mes réflexions quand je perçus du bruit provenant de la grand-salle plongée dans le noir. Bran avait quitté le seuil de la porte mais j'entendais ses grognements étouffés et le bruit de ses griffes sur le sol dallé. Mon sang ne fit qu'un tour. «Quelqu'un est là», me dis-je, tremblante. Toute raidie, je m'approchai de la porte et glissai un regard dans la grand-salle. Je ne voyais rien et voulus rappeler Bran, mais ne parvins à émettre aucun son. J'étais là, paralysée, mes yeux fouillant la pénombre et mes oreilles bourdonnant des bruits de ce qui me semblait être une lutte entre le chien et une personne. C'est à ce moment que me parvint distinctement une voix d'homme s'adressant à Bran :

«Couché maintenant! Ça suffit! Voilà, tout doux… calme-toi… c'est ça. Brave chien… Que fais-tu ici en pleine nuit?»

L'homme avait dû apercevoir la lumière diffusée par la torche dans la salle d'armes, car sa voix s'était soudainement tue et j'entendis le bruit de ses bottes qui avançaient lentement dans ma direction. «Ce ne peut être un assaillant, me dis-je à toute vitesse. Bran ne le laisserait pas passer. C'est quelqu'un du château...» Je crus défaillir quand je reconnus l'homme à dix pas de moi: «Iain!»

Je crois réellement que le temps s'est suspendu durant les longues minutes qui suivirent. J'étais dans ses bras, enfin, et plus rien d'autre n'existait pour moi. Je sentais son sang battre dans son cou, à l'endroit où j'avais posé ma bouche. Je humais en de profondes respirations son odeur imprégnée de vent, de forêt et de cheval. Ses bras m'enserraient solidement, immobiles autour de moi. Il frottait lentement sa joue barbue sur ma tête et parvint, après un long moment, à articuler d'une voix tremblante:

«Mon amour, que faites-vous en pleine nuit dans la salle d'armes? Que se passe-t-il ici?

— Il ne se passe rien, lui soufflai-je en accentuant la pression de mes bras autour de son cou. Je crois que je vous attendais. Oh, Iain! comme je vous attendais! Je n'en pouvais plus de vous attendre... C'est fini! Vous êtes là. Dites-moi que je ne rêve pas...

Si vous rêvez, mon amour, c'est que je rêve aussi... ainsi que Bran, me répondit-il en bombant le torse pour regarder mon visage. Et il y aurait, dehors, quatre autres personnes qui rêvent: les trois sentinelles et le palefrenier.»

Je détachai mes bras doucement pour le contempler. Sa voix ne tremblait plus. Il était heureux, sain et sauf, de retour à Mallaig, en catimini. Il pivota et, ce faisant, il nous exposa tous deux à la faible lumière de la salle d'armes. Ses yeux bleus s'accrochèrent aux miens un long moment et il murmura, avant de m'embrasser doucement: «Gunelle, ma merveilleuse…» Sa barbe me piquait, mais je ne pouvais détacher mes lèvres des siennes. Je me pressai contre lui et il dut sentir la rondeur de mon ventre, car il se dégagea lentement et baissa la tête, sans lâcher mes épaules. Il glissa lentement sur mon côté et vint se plaquer dans mon dos, les mains posées sur mon ventre en un doux effleurement, ses bras entourant mes hanches. Ses lèvres frôlèrent mon oreille quand il me dit d'une voix sourde:

«Comme je vous l'avais promis, j'arrive à temps, ma bien-aimée. Et c'est grâce à vous. À votre plume. Mais dites-moi ce que vous avez écrit à la reine d'Écosse pour qu'elle croie que je veux une fille!»

Je ne pus m'empêcher de rire en posant mes mains sur les siennes pour qu'elles sentent bien mon ventre sous le drap de ma chemise.

«Vous ne saurez pas ce que j'écris, mon seigneur. Ce sont des ruses de femme. Contentez-vous d'en apprécier les résultats… Mais ne voulez-vous pas avoir une autre fille? Que me ferez-vous si j'allais vous en donner une à la fin du mois?»

Je me retournai dans ses bras et fis mine de m'inquiéter en plongeant mon regard dans le sien:

«M'aimerez-vous encore?

– Je ne pourrai jamais cesser de vous aimer, ma dame. D'abord, j'en suis incapable, et puis, si je veux avoir un fils, il faudra bien continuer à vous honorer…», me répondit-il en prenant mon visage et en m'embrassant de nouveau avec ardeur.

Dans son désir de prolonger notre moment d'intimité, ne voulant alerter personne de son arrivée, Iain refusa que nous montions à notre chambre et transporta dans la salle d'armes toutes les fourrures de la grand-salle pour nous aménager un nid. Il les installa devant la cheminée, m'y fit allonger et alluma un feu. Puis, il détacha sa ceinture et s'étendit derrière moi, m'enserrant de son bras et offrant l'autre à ma tête. Il tira mon manteau sur nous et posa sa tête sur le sien qu'il avait roulé en boule. Nous restâmes ainsi blottis douillettement l'un contre l'autre jusqu'aux premières lueurs du jour, nous racontant à voix basse l'espace de vie que nous avions passé séparément, lui dans la tourmente et la réclusion, moi dans la longue attente de lui et de notre enfant.

Combien il avait eu raison de nous isoler ainsi! Le lendemain, dès qu'on découvrit son retour, il fut pris d'assaut par tous nos gens, heureux et surexcités de revoir leur maître, et je n'eus plus un seul moment de tendresse avec lui jusqu'au soir.

Je vécus les jours qui suivirent dans une sorte d'engourdissement que je n'arrivais pas à définir. Silencieuse, je ne pouvais détacher mes yeux de mon mari, heureuse de le voir bouger, parler, manger et boire, entrer et sortir des pièces, se dévêtir, s'habiller, se raser et prier. Chacun de ses gestes ou des mots qu'il prononçait prenait un sens plein, renfermait une valeur en soi, ne cessait de m'émerveiller. « La peste ne me l'a pas enlevé et le roi me l'a rendu », pensais-je sans arrêt.

Après un long entretien avec le révérend Henriot au cours duquel il apprit la mort de Dòmhnull, il se consacra entièrement à ses chevaliers et à ses deux cousins, Tòmas et Raonall, qui l'entouraient constamment. Le goût de l'action l'avait vite repris. Comme on pouvait s'y attendre, le désaveu de ses lairds occupa tout l'avant-plan de la vie quotidienne au château. Iain continuait d'agir et de penser en tant que chef du clan et il fallut l'arrivée de Lennox et de Griogair une semaine après son retour à Mallaig pour le décider à convoquer la rencontre décisive avec ses lairds. Je fus surprise de le sentir très confiant et sûr de lui en la circonstance.

« Qui aurait dit qu'il lui fallait goûter à la détention pour acquérir autant de calme devant une attaque ? » pensai-je en l'observant.

Car c'était bien une attaque que cette conspiration fomentée par son oncle Aindreas pour le démettre de son titre. Quand j'écoutais les deux hommes d'âge mûr qu'étaient le lieutenant Lennox et l'oncle Griogair, je percevais l'outrage qui les animait dans leurs discours. À certains moments, il m'apparaissait clair que c'était mon mari qui faisait preuve d'une plus grande sagesse. Il demeurait tempéré dans ses propos et se préoccupait plus de l'unité du clan que du sort à réserver au traître. J'assistais à toutes leurs discussions, me tenant sous la fenêtre, un ouvrage d'aiguille entre les mains. Parfois, Ceit prenait place à mes côtés, mais elle n'avait pas assez de patience encore pour travailler longtemps à ses petites broderies. Une fois, en fixant Iain, j'avais cru voir le seigneur Baltair. Même port de tête, même voix grave, même attention portée à ses interlocuteurs, même qualité de réflexion. Je souris de bonheur et Iain me surprit à ce moment-là. Il quitta le cercle des hommes et vint s'accroupir à ma hauteur en m'interrogeant :

«Ai-je dit quelque chose de drôle, ma dame... ou quelque chose qui vous semble être une erreur pour ainsi sourire de moi?

– Rien de drôle ni d'erroné, lui répondis-je en caressant son visage d'une main. Je revois à l'instant votre père en vous. Vous êtes tout comme lui, mon seigneur: un MacNèil fier, imposant, infaillible et, à mes yeux d'amoureuse, un homme superbe.»

Avançant le visage jusqu'à toucher mon ventre un instant du bout de son nez, il prit ma main, la serra dans la sienne et me regarda longuement, ses yeux bleus remplis d'émerveillement:

«Et vous, ma dame, je ne sais si c'est le fait de votre grossesse ou celui d'avoir été privée de votre mari, mais votre beauté s'est accrue au point que vous êtes devenue en quelques mois la plus belle femme des Highlands... et la biche la plus magnifique qu'un loup ait jamais vue.»

La péninsule d'Airor était balayée par un vent froid venant du nord quand Tòmas quitta le domaine du laird Struan en compagnie de deux hommes d'armes. Il en avait terminé avec les messages de son cousin à chacun de ses lairds et retournait à Mallaig, le cœur indécis quant à l'issue de la démarche. Iain l'avait envoyé dire à chacun d'eux que, pour reprendre le serment prononcé en mars, il fallait venir le faire à Mallaig, car il ne reconnaissait aucun vote le destituant de son titre de chef. Aulay, Struan et Daidh avaient répondu individuellement qu'ils consulteraient les autres lairds avant de rencontrer Iain. Quant à Aindreas, il avait été catégorique:

« Dis à ton cousin que je suis heureux de son retour ainsi que de celui de Griogair. Je les attendais pour organiser la cérémonie du serment. S'il n'est pas dans leurs intentions de diviser le clan, ils répondront positivement à ma convocation. Dis-lui aussi que je vais attendre à février, le temps de laisser dame Gunelle relever de couches. La conduite du clan peut se passer de la cérémonie jusque-là. »

CHAPITRE XVII

LE PROCÈS

Tòmas remonta son col et poussa sa monture. Il lui tardait de rentrer à Mallaig. Une pluie drue accompagna le reste de son voyage. Quand les trois cavaliers pénétrèrent dans le mur d'enceinte, ils étaient complètement trempés. Ils laissèrent leurs chevaux aux mains des écuyers venus les accueillir dans la cour. Les hommes d'armes se réfugièrent en courant au corps de garde et Tòmas se précipita sous le portail du donjon. C'était là que l'attendait Jenny qui surveillait son retour, vaguement inquiète.

«Seigneur Tòmas! Enfin! lui dit-elle aussitôt. Avez-vous vu dame Beathag au loch Morar? Il paraît qu'elle a quitté Scone. Elle pourrait être de retour dans les Highlands...»

Devant l'air ébahi du cousin, elle poursuivit en lui prenant le bras:

«Ah, que vous êtes mouillé! Je suis impardonnable de vous retenir dehors... Venez, mon seigneur, nous allons vous sécher...»

Le chevalier se laissa entraîner docilement. La fatigue et la déception du voyage lui tombaient dessus et alourdissaient ses membres. Il ne vit personne dans le hall quand il entra dans le donjon. «D'abord me changer, se dit-il. Puis rendre compte à Iain de ma tournée.» Jenny, qui lui tenait la main, le précéda dans l'escalier menant dans l'aile de sa chambre. Avec l'assurance d'une servante qui sait ce qu'il faut faire pour assurer le bien-être de son maître, elle alluma un feu et fit chauffer l'eau dans les bassins pour un bain. Ce faisant, elle racontait tout ce qui était digne de mention dans les événements qui avaient eu lieu au château durant les deux jours de l'absence du jeune homme. Quand elle se tourna vers lui, elle eut un léger sursaut : Tòmas, nu jusqu'à la taille, assis sur le lit, enlevait ses bottes. Il avait suspendu sa veste, son pourpoint et sa chemise mouillés sur les montants supérieurs du lit en bordure duquel de petites flaques d'eau commençaient à se former, goutte à goutte, sur le sol.

«Mon seigneur, ne les mettez pas là, lui dit-elle en essayant de dissimuler son embarras. Ils vont dégoutter dans votre lit. Il faut les placer devant l'âtre.»

Voulant s'emparer des vêtements dégouttants de pluie, elle tendit les bras au-dessus de Tòmas qui, sans même réfléchir, lui enserra la taille et l'attira à lui, se laissant basculer sur le matelas. La jeune fille se raidit au contact de ses seins sur la poitrine du jeune homme. Elle demeura sans bouger au-dessus de lui, le regardant dans les yeux, rouge de confusion.

«Mon seigneur, que faites-vous là ? réussit-elle à balbutier.

— Je veux simplement vous dire que vous m'avez manqué… et que je suis heureux que vous vous occupiez de moi comme vous le faites. Je ne demande rien d'autre, Jenny…», lui répondit-il avec maîtrise en la laissant rouler sur le côté.

Interdite, elle resta allongée à côté de lui, le dévorant du regard. Elle passa une main légère dans les longs cheveux mouillés du jeune homme, qui ferma les yeux de contentement. Jenny s'enhardit alors à faire glisser sa main du visage au torse de Tòmas, lentement, en retenant son souffle. Elle vit la peau du jeune homme se hérisser à ce contact et son trouble augmenta.

«Tòmas, lui souffla-t-elle, ne me laissez pas faire. Je ne dois pas… ce n'est pas bien. Si vous saviez comme vous me plaisez! Vous êtes le plus vieux de nous deux, c'est votre devoir de m'aider…

– Avec plaisir, Jenny. Dites-moi comment accomplir ce devoir», lui répondit-il en se penchant sur ses lèvres.

Ce soir-là, le vent battait la lande avec des jets de pluie glacée. Au cœur du donjon, les gens du château s'étaient rassemblés devant la grande cheminée qui profilait des lueurs dorées sur les visages paisibles. La veillée tirait à sa fin, car la châtelaine s'était tue après avoir beaucoup chanté avec Anna et Nellie. Inconfortable, elle changea de position dans son fauteuil, essayant de ne pas réveiller Ceit qui dormait roulée en boule sur le sol, à moitié couchée sur les pieds de sa mère et à moitié sur le ventre de Bran.

«Vous êtes fatiguée, ma dame, lui chuchota son mari. Montez, je vais vous rejoindre plus tard…»

Après avoir demandé à Màiri de prendre Ceit, il se tourna vers Tòmas et Jenny, serrés l'un contre l'autre sur un banc, et dit :

« Tòmas, laisse-nous Jenny un peu, le temps qu'elle mette sa maîtresse au lit... »

Les ordres étaient donnés et chacun, le sourire aux lèvres, s'exécuta de bonne grâce. Le seigneur Iain vivait des heures bénies en son château depuis son retour : tous étaient empressés à répondre au moindre de ses désirs.

« Qu'en pensez-vous, mon révérend ? » demanda-t-il quand il ne resta plus que Lennox, Tòmas, le révérend et lui assis dans le cercle des fauteuils. « Nous avons entendu mon cousin et le lieutenant au souper. Maintenant, j'aimerais savoir comment vous percevez le groupe des lairds et comment vous croyez que mon père aurait réagi. »

Le révérend Henriot aurait préféré ne pas avoir à donner son opinion. Il se dandina sur son siège un moment en haussant les épaules, les yeux rivés sur le feu. Les hommes gardaient le silence, se laissant captiver par le mouvement des flammes le long des bûches. Iain se leva et alla remplir un large hanap de uisge-beatha qu'il fit circuler en l'offrant d'abord au révérend. Contrairement à son habitude, ce dernier en but une bonne gorgée en grimaçant avant de tendre le hanap à Lennox à ses côtés.

« Mon seigneur, commença-t-il après avoir bu. Je connais mieux notre défunt seigneur Baltair que je ne connais chacun de vos lairds. Je suis obligé de vous dire que j'ai peine à l'imaginer dans votre situation...

– Vous voulez dire que les lairds n'auraient jamais suivi Aindreas dans son plan s'il s'était agi de destituer mon père ? l'interrompit Iain d'une voix amère.

— Je veux dire que l'ascendant du seigneur Baltair s'étendait non seulement à ses lairds, frères ou pas, mais à tous les chefs des Highlands et même aux émissaires du roi. Mon seigneur, votre père a exercé l'un des plus longs règnes à la tête du clan dans l'histoire des Mac-Nèil. Corrigez-moi si je fais erreur, il a été nommé chef à la mort de son père, en 1398, ce qui lui a fait vingt-sept ans à ce titre. Vous n'avez pas terminé votre première année, mon seigneur.

— Donc, mon erreur, c'est d'être trop jeune, dit Iain en vidant le hanap que Lennox lui avait passé après avoir bu.

— Mon seigneur, reprit le révérend sur un ton doux, l'erreur, c'est que vos lairds ont tous vingt ans de plus que vous, et le fait d'appartenir au clan MacNèil ne leur enlève pas leurs aspirations d'hommes mûrs: mener les plus jeunes et non être menés par eux. Je partage l'avis du seigneur Griogair et de sa dame: vous êtes jalousé et Aindreas n'est que le soufflet qui attise les sentiments des autres.»

Dans le silence qui suivit, le révérend se leva et vint respectueusement se placer derrière le fauteuil du jeune chef. Il croisa le regard approbateur du lieutenant Lennox et il posa une main sur l'épaule de Iain:

«Mon opinion vaut ce qu'elle vaut, mon fils. Mais je pense très sincèrement que votre foi dans le clan est votre force et vos lairds y sont sensibles. Ce sont tous de bons chrétiens qui ne peuvent renier leur parole si facilement. Ayez confiance, et priez», conclut le révérend sur un ton assuré.

Iain aurait aimé avoir la même confiance en Struan, Daidh et Aulay que celle que montrait le révérend. En les considérant individuellement, il doutait que les lairds reprennent leur parole, mais en groupe, comme ils semblaient vouloir le faire pour affirmer leur position, leur fidélité était diluée. Il tourna le hanap dans ses mains, songeur, puis sursauta quand il entendit Tòmas à ses côtés lui demander en souriant :

« Je peux en avoir aussi ? Laisse, je vais me servir… »

Il lui prit le hanap des mains et se dirigea vers le bahut.

« Mon seigneur, dit alors Lennox, l'air grave, en s'avançant sur son siège, ce qu'il faudrait, c'est un événement qui démontre que vous êtes toujours le chef du clan, avant même que vos lairds n'aient eu le temps de reprendre leur parole envers vous. Il vous faudrait, par exemple, les convoquer à une réunion de clan, pour une raison qu'aucun d'eux ne pourrait ni ne voudrait ignorer…

— Je vois exactement où vous voulez en venir, Lennox, répondit Iain après un court silence. Ouvrir un procès contre Aindreas pour le vol des cent vingt livres en janvier dernier. Ils accourront tous sans même se demander qui est en droit d'exercer la justice des MacNèil. C'est probablement la meilleure idée, mais j'aurais voulu ne pas exploiter maintenant cette affaire impliquant mon épouse dont la grossesse approche de son terme.

— Je vous comprends, mon seigneur, mais je crains qu'avec le retour de votre belle-sœur dans le voisinage il ne soit difficile d'éviter d'en parler ou d'en entendre parler. Si vous agissez demain, dame Gunelle pourra supporter une participation au procès. »

Iain, qui s'était levé, vint s'appuyer au manteau de la cheminée, songeur. Il se sentait à l'aise dans une action offensive, mais il lui manquait tant d'éléments que le procès pouvait déraper. Les hommes se dévisageaient en silence, chacun tentant d'imaginer ce que les autres pensaient. Après un long soupir, Iain vint se placer devant le lieutenant et lui demanda d'un ton sec :

« Dites-moi, Lennox, franchement, c'est ce que vous feriez à ma place ?

– Certes, mon seigneur. C'est absolument ce que je ferais. »

Le procès eut lieu dès la semaine suivante. Iain se rendit lui-même au loch Morar avec Tòmas pour signifier à son oncle sa mise en accusation devant le clan réuni. Le lieutenant Lennox demeura à Mallaig pour assurer la surveillance du château, Iain craignant toujours une attaque de Beathag contre son épouse.

Iain ne la vit pas chez Aindreas quand il y alla, mais il entraperçut sa suivante, Finella, juste assez longtemps pour déceler le trouble que lui causait sa vue. « Celle-là n'a pas la conscience tranquille », se dit-il sans pouvoir se l'expliquer. Le seigneur Aindreas ne fut ni surpris ni fâché de la visite de son neveu. Au contraire, la perspective du procès semblait lui plaire et même servir ses desseins, car il affirma être en mesure de convaincre les autres lairds de participer à cette réunion.

« Quel esprit tordu ! dit Iain à son cousin sur le chemin de retour.

– Il semble tout à fait sûr de ses preuves, Iain. Je ne serais pas surpris qu'il en ait fabriqué avec ta belle-sœur. C'est sans doute ce qu'est venue faire au château Finella le jour du tournoi. Jenny l'a aperçue au troisième étage du donjon, entrant ou sortant de la chambre de ta mère…

– J'ignorais que la suivante de Beathag avait remis les pieds à Mallaig! Bon sang! il va falloir fouiller cette chambre de fond en comble, Tòmas, et vite!» conclut vivement Iain en éperonnant sa monture.

Parmi les diverses opinions exprimées par les gens de Mallaig sur l'affaire, celle du révérend Henriot et celle de Lennox se révélèrent justes dès les premières minutes de la réunion de tout le clan dans la salle d'armes, le mardi suivant.

Les hautes fenêtres laissaient passer si peu de lumière en cette journée sombre de décembre qu'il avait fallu allumer toutes les torches pour éclairer suffisamment les participants. Iain avait revêtu le vieux manteau que son père portait pour rendre la justice et, contrairement à son habitude, il avait recouvert sa tête d'un chapeau. Les lairds virent dans le faudesteuil qui avait servi à quatre chefs MacNèil un homme calme, en pleine maîtrise de lui-même, un homme que les événements d'une seule année avaient mûri considérablement : Iain MacNèil portait tout aussi noblement son jeune âge que son titre de chef.

Les seules femmes à avoir été admises dans la salle étaient les épouses des lairds. Elles étaient regroupées à l'avant de la pièce, près de l'âtre, dans un silence gêné. Dame Gunelle et dame Rosalind se tenaient ensemble, souriantes et confiantes.

«Je vous ai convoqués ici aujourd'hui, déclara le seigneur Iain sur un ton presque solennel, parce que je ne peux accuser un laird d'une faute commise envers le chef sans que la cause soit entendue devant tout le clan. Je sais que ce laird a manœuvré avec certains d'entre vous pour prendre la tête de la famille durant mon absence, mais ce n'est pas de trahison qu'il est accusé dans l'immédiat. Aindreas MacNèil a intercepté une somme d'argent qui était destinée à mon père. Jusqu'à ce jour, il ne l'a pas remise à qui que ce soit à Mallaig. Vous vous êtes déplacés à mon appel pour entendre cette cause et, par ce geste, vous réaffirmez votre foi en moi comme justicier et chef.»

Un lourd silence suivit cette entrée en matière. Les lairds Aulay, Struan et Daidh bougèrent sur leurs sièges, mal à l'aise, tout en jetant de brefs coups d'œil à Aindreas. Le visage de ce dernier s'épanouit et il prit la parole sans attendre qu'on la lui donne :

«Très habile, mon neveu. Félicitations! Mais ne mêlons pas les cartes si vite. Aulay, Struan, Daidh et Griogair ne sont pas venus te rendre grâce d'avoir exposé le clan MacNèil aux doutes de la Couronne et aux foudres des Highlanders, ni refaire leur profession de foi envers toi. Ils sont ici pour entendre des témoins et voir des preuves de mon prétendu vol.»

Promenant sur la salle un regard furieux, il demanda :

«N'ai-je pas raison, mes seigneurs?

– Mon seigneur, intervint Griogair en se tournant vers Iain, pour ma part, je suis ici pour dire à cette assemblée combien je regrette qu'une telle situation existe au sein de notre clan.»

Il ajouta, en regardant Aindreas :

«Je viens, par ma présence, rendre hommage à Baltair et à son fils pour leur total dévouement à la famille MacNèil, l'un des clans les plus puissants et les plus fidèles au roi Jacques. Quoi qu'il ressorte de ce procès, je ne renierai jamais mon serment envers Iain MacNèil. Il a mon entier appui et mon soutien indéfectible. »

Quand Iain vit la tête des lairds d'Airor, de Finiskaig et d'Arisaig se baisser à ces paroles, il sut que le révérend Henriot avait correctement lu le fond de leur cœur. Il prit une profonde inspiration et entama l'exposé de son accusation en terminant sur une question posée à Aindreas :

« Mon oncle, que savez-vous du contenu du coffret de mon beau-père qui vous a été remis par les messagers du lieutenant Lennox en janvier dernier ?

– Rien ! Ce coffret était évidemment scellé et, même s'il ne l'avait pas été, je ne l'aurais pas ouvert. Pour qui me prends-tu ? J'ai rendu service à ces pauvres bougres qui étaient transis de froid et qui ne demandaient qu'une chose : retourner au chantier. Voilà !

– Comment avez-vous appris, en ce cas, qu'il contenait une somme de cent vingt livres en guise de premier versement au contrat dans les Grampians, information que vous avez transmise à James Darnley ? répliqua Iain.

– Je vais t'indisposer, cher neveu, mais toute mon information sur le contenu de ce coffret me vient d'une personne qui a été chassée de Mallaig et qui ne peut y revenir sous peine d'être tuée sur tes ordres. Je parle évidemment de ta belle-sœur qui a dû s'exiler à Scone. C'est dame Gunelle qui lui a révélé le montant de la bourse enfermée dans le coffret après que je le lui ai eu livré.

– Vous soutenez donc que mon épouse a pris livraison du coffret.

– Je l'assure devant cette assemblée : j'ai remis ce fameux coffret scellé en mains propres à dame Gunelle qui était alors en compagnie de dame Beathag. Ce sont, à mon avis, les deux seuls témoins de cette livraison.»

Après une courte pause, il reprit :

«Ce coffre, grand comme deux mains, est en cuir blanc ; les coins, les embouts et la ferrure sont de plomb. Les armoiries Keith étaient frappées sur le sceau.»

Se tournant majestueusement vers le lieutenant, qui se tenait à l'arrière de la pièce, il lui demanda :

«Est-ce exact, messire Lennox, puisque vous avez eu charge de ce coffret depuis Crathes jusqu'au chantier à ce que m'ont dit vos émissaires ?

– C'est exact. J'étais même présent lorsqu'il a été scellé à Crathes, affirma Lennox sur un ton calme.

– Nous avons ici une personne qui a vu ce coffret avant tout le monde dans les Highlands, dit pompeusement Aindreas. Ce sont ma parole et celle de dame Beathag, qui ne peut malheureusement pas s'exprimer ici, contre celle de dame Gunelle, mon neveu. Car j'imagine que ton épouse nie avoir reçu ce coffret de moi ?»

Sans laisser le temps à Iain de répondre, il enchaîna :

«Voilà ce que je propose : une fouille du château. Si nous trouvons ce coffret, que messire Lennox pourra reconnaître, nous aurons la preuve qu'il a bel et bien été livré à Mallaig !

– Le château est vaste, cela pourrait nous prendre la journée à fouiller, mais je ne peux m'opposer à cette démarche. Conduisez donc le groupe, mon oncle. Que seules les personnes engagées directement dans le procès en fassent partie», dit calmement Iain en se levant.

L'assemblée fut soulevée comme une vague. L'air sournois et satisfait, Aindreas prit le commandement du groupe des lairds, suivi du lieutenant Lennox, de Iain et de son épouse. On demanda que toutes les personnes présentes au château demeurent dans la grand-salle pour ne pas nuire aux recherches et ne pas brouiller les pistes. Sous la conduite assurée de l'accusé, la fouille débuta dans le bureau, où étaient logiquement conservés les avoirs négociables de la famille. Rien ne fut trouvé dans cette pièce, non plus que dans les autres du rez-de-chaussée. Ce fut la même chose au premier, notamment dans la chambre de Iain et de Gunelle. Cependant, le guide de l'inspection du château ne se laissait pas démonter et ne semblait pas surpris de ne rien découvrir. «À coup sûr, Aindreas sait exactement où il va trouver ce qu'il cherche», pensa Iain. Il ne fut pas étonné de l'entendre annoncer au bout d'un moment :

«Je propose de continuer l'examen des pièces par celle que dame Gunelle habitait en janvier, c'est-à-dire la chambre à coucher de feu dame Lite.»

Il se tourna vers la jeune châtelaine, un sourire figé sur les lèvres :

«Inutile de parcourir tout le château, ma dame. Cela va vous fatiguer. Je crois savoir que vous avez couché dans cette chambre au troisième étage du donjon durant plusieurs mois, avant et après votre mariage, n'est-ce pas ?

– En effet, mon seigneur, répondit-elle posément. Allons-y donc, les escaliers sont un excellent exercice pour moi.»

Après la lente ascension de tout le groupe jusqu'au dernier étage du donjon, Aindreas pénétra le premier dans la chambre qu'avait occupée sa belle-sœur, dame Lite. Comme il l'avait fait ailleurs, il poussait meubles et tentures, soulevait coussins et matelas. Arrivé devant la fenêtre est de la chambre, il demanda à Iain d'un ton supérieur :

« Nous avons entendu parler d'une cachette que votre mère avait fait pratiquer dans une rentrée du mur. Du moins, les femmes en parlaient entre elles. La connais-tu, mon neveu ? »

Lâchant le bras de son épouse, Iain s'avança devant son oncle et, se penchant sur le banc de pierre formé par le rebord de la fenêtre, il fit glisser la dalle en disant :

« Elle est ici. »

Le teint habituellement foncé de l'oncle Aindreas tourna au blanc lorsqu'il jeta un œil dans la cavité à peine plus grande qu'un bras et qu'il la découvrit complètement vide. Il leva les yeux et croisa le regard bleu acier de son neveu. Les deux hommes se toisaient, contenant avec peine la rage qui montait graduellement de leur cœur.

Les lairds, quant à eux, ne comprenaient pas où voulait en venir l'accusé, mais, de toute évidence, il n'allait plus nulle part. Sa déconfiture était telle après cette découverte qui n'aboutissait à rien qu'il renonça à diriger les fouilles, l'air furieux. Le lieutenant Lennox offrit donc de prendre la relève de ce qui apparut bientôt aux yeux de tous comme une entreprise vouée à l'échec. Après avoir inspecté les pièces du troisième sans enthousiasme, Struan suggéra de mettre fin aux recherches et personne ne fit opposition à sa proposition. Tout le groupe regagna la salle d'armes pour la suite du procès qui se trouvait dans l'impasse. Quand tous eurent repris leurs places, le lieutenant Lennox demanda à poursuivre l'interrogatoire :

« Si vous le permettez, dit-il, comme je connais le contenu du coffret, j'aimerais poser quelques questions qui pourraient nous éclairer sur ses recherches. »

Avec l'assentiment de Iain et d'Aindreas, il poursuivit :

«Seigneur Aindreas, dame Beathag vous a-t-elle dit ce que contenait le coffret, mis à part l'argent ?

— Il n'y avait rien d'autre, je crois», répondit l'accusé avec une certaine hésitation.

Le lieutenant se fraya un chemin dans la foule des hommes debout qui entouraient les lairds et vint se poster devant Dùghall, le chevalier du loch Morar fiancé à Thora. L'homme jetait des regards éperdus à droite et à gauche, se demandant ce qu'on lui voulait.

«Messire Dùghall, articula lentement Lennox, cela ne vous gêne-t-il pas que votre fiancée porte des bijoux que vous ne lui avez pas offerts ? Car j'imagine que ce n'est pas vous qui lui avez donné de l'orfèvrerie française ?

— Ah, vous parlez de la croix en or, lieutenant, répondit-il aussitôt. Thora ne la porte plus. Ce n'est pas moi qui la lui ai donnée, mais ses parents, quand elle a eu dix-huit ans, en janvier…

— Merci, Dùghall !» l'interrompit aussitôt le lieutenant.

Puis, se tournant vers la châtelaine, il lui demanda :

«Dame Gunelle, votre oncle, évêque à Orléans, ne vous a-t-il pas écrit au sujet d'une croix en or qu'il vous avait fait porter dans l'envoi de votre père en janvier dernier ?

— Il m'a écrit en effet à propos de ce cadeau qu'il m'offrait pour mon mariage. J'ai la lettre ici dans le bureau, répondit-elle en fixant un Aindreas au teint livide.

— J'affirme que cette croix en or fabriquée en France, reconnaissable entre toutes, était bien dans le coffret que le seigneur Aindreas a eu entre les mains en janvier et que j'ai vu cette croix pour la dernière fois en juin, au cou de dame Thora, lors du tournoi de la Saint-Jean », déclara le lieutenant d'une voix forte en se tournant vers les lairds.

Un murmure de surprise monta de l'assemblée et alla s'amplifiant. De grosses gouttes de sueur perlaient au front de l'accusé sur lequel convergeaient tous les regards. Le seigneur Iain se leva de nouveau et s'adressa à l'assemblée d'une voix sourde de colère :

« Je crois maintenant qu'il serait opportun de procéder à une fouille du château d'Aindreas, mes seigneurs. Vous ne vous y opposez évidemment pas, mon oncle, puisque vous n'avez apparemment rien à cacher... »

Ce fut ainsi que, quelques minutes plus tard, cette fois sous la gouverne de Iain, s'ébranla dans la cour le groupe des lairds suivi de Lennox en direction du loch Morar. Le cortège était fermé par l'épouse d'Aindreas et les chevaliers des différentes maisons. Tòmas et son cousin Raonall marchèrent jusqu'au pont-levis pour les regarder partir, le sourire aux lèvres, puis le vent froid les ramena dans le donjon où ils rejoignirent les femmes, installées autour du feu dans la grand-salle.

Quand Tòmas vit Gunelle tassée au fond de son fauteuil, le visage pâle, il crut qu'elle s'inquiétait de l'issue du procès :

« Ne vous en faites pas, ma dame. Mon cousin a les choses bien en main. Son oncle ne pourra pas s'en sortir... », lui dit-il d'une voix douce.

Gunelle grimaça un sourire, puis se dégagea soudain du dossier en portant la main à ses reins, les lèvres pincées. Rosalind, assise à ses côtés, se pencha sur elle et lui posa la main sur le bras.

« Cela ne va pas, ma chère ? lui demanda-t-elle.

– Ce n'est qu'un coup de l'enfant, ma dame. Ne vous inquiétez pas… lui répondit-elle, le souffle coupé.

– Dans le dos, ma chérie, ce n'est pas un coup du bébé… Venez, l'enfantement commence», lui dit-elle d'un ton décidé.

Sous le regard affolé de Tòmas, Gunelle se leva et s'appuya au bras de Rosalind qui l'entraîna lentement vers sa chambre.

Je n'eus aucune envie de m'opposer et je me laissai guider par elle, gagnée par sa forme d'autorité qui m'apaisait plus qu'elle ne m'alarmait. En traversant la salle, je vis Nellie quitter Ceit pour nous emboîter le pas. Puis, Anna apparut à la porte des cuisines et, voyant le cortège que nous formions, elle nous rejoignit en souriant. Tòmas vint se placer devant moi, marchant à reculons, les yeux exorbités :

«Dois-je envoyer chercher mon cousin, ma dame? Voulez-vous qu'il revienne?

– Pas pour le moment, Tòmas. Je vous remercie. Je le ferai demander plus tard», lui répondis-je d'une voix entrecoupée.

Je fus bien longue avant de pouvoir de nouveau penser à mon mari et à ce qu'il advenait du procès, car les heures qui suivirent me retranchèrent complètement du reste du monde. Seules Nellie, Anna et Rosalind existaient dans l'univers clos de ma chambre et de mon ventre qui, me semblait-il, en occupait toute la place. Attentives, affairées, compétentes et tellement rassurantes, elles m'accompagnèrent tout le long de cet incroyable exploit qu'est celui de mettre un enfant au monde. Cela prit tout le reste de cette éprouvante journée et une partie de la nuit suivante.

Le vent cinglant fouettait les cavaliers qui avaient accéléré le rythme de leur course au fur et à mesure qu'ils approchaient du loch Morar. L'impatience et la nervosité les tenaillaient. Aindreas ne précédait pas l'équipage, mais restait derrière, au milieu de ses chevaliers. Quand Iain eut mis pied à terre, dans la cour entourant le château de son oncle, il regarda en direction des fenêtres basses du donjon et aperçut sa cousine Thora et Finella qui le fixaient d'un air incrédule.

Les lairds descendirent de cheval et se regroupèrent autour de Iain qui prit la conduite des fouilles aussitôt que le groupe fut complet. Ils pénétrèrent dans le château par le corps de garde, puis enfilèrent le corridor menant à la tour d'habitation à un train d'enfer. Contrairement à ce que son oncle avait fait précédemment chez lui, Iain ne touchait à rien, se contentant de promener un regard scrutateur sur les objets, notant à voix haute toutes les acquisitions nouvelles de la famille durant l'année : là une table, ici une armoire, un bahut, des tapisseries, un ensemble de coupes de verre fin. Les lairds écoutaient, étonnés et confus, comprenant ce que leur jeune chef insinuait.

Arrivé dans la pièce commune, Iain salua sèchement sa cousine et, plissant les yeux devant Finella, il siffla :

« As-tu apprécié le tournoi de la Saint-Jean, l'été dernier, Finella ? Je ne te savais pas aussi amatrice. »

À ces mots, Aindreas sursauta et se rua sur la jeune femme qu'il empoigna durement par le cou, ses yeux lançant des éclairs:

«Espèce d'idiote! Je t'avais dit d'être discrète… Ils l'ont trouvé à cause de toi!»

Iain le saisit aussitôt par son pourpoint, lui fit lâcher prise et le projeta sur les lairds qui les entouraient. Il dégaina son claymore, tremblant de colère, et le pointa sur la poitrine découverte de son oncle dont on s'était instinctivement saisi et qu'on retenait par les bras.

«Voilà qui est intéressant, salaud!» grogna Iain.

Sans quitter des yeux son oncle, il éleva la voix pour interpeller Finella:

«Maintenant, ma chère, tu vas expliquer ce que veut dire mon oncle à ces seigneurs venus t'entendre.»

La jeune femme se mit à trembler de tous ses membres, paralysée par l'angoisse. Elle jetait des regards éperdus en direction de Thora et de sa mère qui se tenaient à l'écart, les yeux fixes, agrandis par la peur.

«Alors, Finella! Ne nous fais pas perdre notre temps!» reprit Iain, le moment de stupeur passé.

«Tais-toi, malheureuse!» lui cria Aindreas.

Les yeux toujours braqués sur ceux de son oncle, Iain fit à l'intention de Lennox un signe de tête en direction de Finella et murmura entre ses dents serrées: «Elle a besoin d'aide, Lennox.» Le lieutenant dégaina et vint placer sa lame sous le menton de la jeune femme. Aindreas fit un mouvement pour se dégager en répétant l'ordre de se taire, mais Iain coupa l'attache de la veste de son oncle avec la pointe de sa lame, ce qui le força à s'immobiliser, les yeux injectés de sang.

« Parle donc à la fin ! Il va le tuer ! » vociféra l'épouse d'Aindreas, hors d'elle.

Finella sursauta sous l'injonction et déglutit, les yeux rivés sur l'arme de Lennox qui l'abaissa imperceptiblement. Elle ferma les paupières un instant et respira à fond avant de passer aux aveux d'une voix chevrotante :

« Le seigneur Aindreas et dame Beathag avaient projeté de placer un coffret blanc dans la chambre de dame Rosalind à Mallaig durant le tournoi. Ils m'ont offert une petite bourse pour que ce soit moi qui le porte et le cache dans le banc de fenêtre de la chambre. Il ne fallait pas que je sois vue, bien qu'il n'y eût rien dans ce coffre. Ça, je puis le jurer, je l'ai ouvert avant de le déposer.

– Une petite bourse… », répéta Iain en baissant son arme.

Il fit quelques pas autour du groupe :

« Le reste de celle qui était destinée à mon père et dont tu as bien employé le contenu à ce qu'on peut voir, Aindreas. Au fait, que te reste-t-il de toute cette somme ? Et des autres objets : les lettres et le cadeau de mariage de l'oncle de dame Gunelle…

– Je suis heureux de t'apprendre qu'il n'y a plus rien, mon neveu, répondit méchamment Aindreas, qui s'était détendu depuis qu'il n'était plus sous la menace directe de l'arme de Iain et qui n'avait plus rien à perdre à la suite de l'aveu de Finella. J'ai brûlé les lettres et tout dépensé… La croix, on a fait une petite erreur en la portant en juin, mais on s'en est débarrassé. »

La déclaration d'Aindreas descendit sur l'assemblée comme une ancre au fond de l'eau. Tous les yeux se tournèrent vers Iain dans un silence profond. Le jeune homme foudroyait son oncle du regard, le poing crispé autour du manche de son arme qu'il faisait osciller lentement.

« Écoute, Iain, articula Aindreas d'une voix tendue, ce n'était pas bien méchant. C'était une somme dont Baltair n'avait pas vraiment besoin et que personne à Mallaig n'avait l'air de réclamer. Je ne l'aurais probablement pas gardée, n'eût été la façon dont tu as traité Beathag… »

L'oncle ne put terminer sa phrase. Iain avait bondi sur lui. Il l'empoigna par le revers de sa veste et l'entraîna près du foyer en faisant un signe de tête à Lennox qui avait lâché Finella. Ce dernier vint maintenir l'oncle qui protestait mollement, ne sachant ce que son neveu s'apprêtait à faire. Il n'attendit pas longtemps pour comprendre. Iain tira si violemment sur la manche de son pourpoint qu'il l'arracha d'un seul coup, lui découvrant le bras droit jusqu'à l'épaule, puis il le saisit et l'appuya sur le dossier d'un fauteuil qui se trouvait là. Lennox vint aussitôt l'y immobiliser. En un éclair, levant son claymore au-dessus de sa tête, Iain assena un violent coup juste à la hauteur du coude et sectionna le bras dans une giclée de sang qui éclaboussa le visage du lieutenant. Hébété, l'oncle regardait son avant-bras tombé sur le sol dans une mare de sang noir. Son épouse s'était évanouie. Après avoir poussé un cri de stupeur, le reste de l'assemblée se taisait. Les paroles de Iain résonnèrent avec un étrange accent d'indifférence :

« Dans l'Antiquité, c'est la main qu'on coupait à un voleur. Quand la traîtrise s'ajoute au vol, c'est la moitié du bras qui y passe. »

Se tournant vers Thora, il dit :

« Bande ton père avant qu'il ne se vide, Thora, sinon on pourrait m'accuser de l'avoir laissé mourir au bout de son sang. »

La chevauchée dans cette fin de journée sombre, qui ramena à Mallaig Iain et ses hommes, fut rapide et silencieuse. Les chevaliers n'osaient pas émettre de commentaires sur la sanction de la trahison d'Aindreas. Le visage fermé et dur, Iain avait pris la tête de la troupe aux côtés du lieutenant Lennox qui respectait son silence. Ce dernier savait ce qu'il en avait coûté au jeune chef de diviser le clan avec cette affaire et il comprenait qu'il n'en tirait aucune victoire.

Comme ils amorçaient leur descente des plateaux vers le château, ils croisèrent le chevalier Eachann qui revenait de Scone, rapportant le courrier de la reine destiné à la châtelaine. Le cavalier poussa sa monture vers le groupe, avec l'air heureux de celui qui apporte de bonnes nouvelles et, sans noter la mine grave et contrariée du chef, il se lança dans un récit échevelé de son voyage.

C'est ainsi que, avant de pénétrer l'enceinte du château, Iain apprit de son messager que le shérif Darnley avait été cantonné par le roi dans des tâches liées aux affaires immédiates de la chancellerie à Stirling et que Beathag, renvoyée du palais de Scone par la reine, s'était réfugiée à l'auberge de Kenneth Simpson où elle semblait se plaire. « Au moins, voilà une menace qui est écartée de Mallaig pour un temps, se dit amèrement Iain en songeant à sa belle-sœur. Plût au ciel qu'elle trouve à se satisfaire suffisamment chez Simpson pour ne jamais remettre les pieds dans les Highlands ! »

J'étais épuisée. L'interminable alternance de serrements et de relâchements de mon ventre s'était accélérée, me labourant les reins chaque fois. Depuis combien de temps est-ce que je poussais ainsi sans grand résultat, du moins de mon point de vue? Nellie ne me lâchait pas. Je sentais ses mains sur mes genoux repliés et j'entendais toujours sa voix calme et encourageante. Entre deux crampes, j'arrivais à percevoir ce qui se passait autour de moi et d'elle. « Elle est étroite, mon seigneur, et l'enfant semble être de bonne taille », entendis-je Anna expliquer à Iain dans le corridor où il faisait les cent pas. « Iain est donc revenu », me dis-je dans le brouillard de la souffrance. À un autre moment, j'entendis Bran hurler. Voyant mon air effaré, Anna se pencha sur moi et me dit d'un ton rassurant:

« Continuez, ma dame. Ne faites pas attention. C'est le chien qui répond à vos cris. Il n'est pas plus raisonnable que son maître. Ah, ces maris qui ne se possèdent plus quand leur femme accouche! C'est une vraie pitié de voir se morfondre à ce point des hommes par ailleurs si vaillants. N'arrêtez pas de crier. Cela vous fait du bien et aide à pousser! Tant pis si mon maître ne le supporte pas… »

J'avais à peine entendu ses explications. Crier: je n'aurais pu m'en empêcher tant la douleur fut grande à la fin de l'accouchement. Peu après minuit, ce troisième mercredi de l'avent 1425, pour mon plus grand bonheur, je donnai naissance à un fils. À travers mes larmes de joie et d'épuisement, je reconnus Iain dans le petit être emmailloté que Nellie déposa au creux de mes bras : sa mignonne tête noire, ses poings menus et serrés, sa voix puissante pour un si petit corps et l'avidité avec laquelle il s'empara de mon sein.

J'éprouvai un formidable sentiment de réussite après cette naissance. Une fois ma toilette terminée, Anna fit entrer Iain qui vint prudemment regarder son fils endormi dans mes bras. Je sentis alors son émotion comme un message de reconnaissance. Il fronçait ses sourcils épais en passant sa main tremblante au-dessus de la tête de notre enfant, sans oser le toucher. Je lui saisis les doigts et les posai sur le petit crâne chaud et duveteux. Je le vis alors fermer les yeux un moment et, lorsqu'il les ouvrit, une larme s'en échappa.

« Il est magnifique, ma bien-aimée. Qu'ai-je fait pour être tant comblé par vous ? murmura-t-il en plongeant son regard bleu dans le mien.

— Rien d'autre que d'être vous-même, mon seigneur. Et ainsi que vous êtes, vous méritez ce fils, tout autant que mon amour », lui répondis-je simplement.

Nous contemplâmes longtemps le bébé ensemble, puis, devant mon évident besoin de repos, mon mari voulut se retirer et me laisser aux soins de Nellie, mais je le retins à mon chevet, voulant connaître le dénouement du procès. Maintenant que mon fils était né, aucune fatigue n'aurait pu me détourner de cette volonté. Il dut pressentir que j'allais insister, car il s'exécuta d'une façon concise et avec un air sombre. Ce fut ainsi que j'appris en quelques minutes le terrible châtiment infligé à l'oncle Aindreas qu'on avait puni sur les lieux mêmes de son crime. La haine de mon mari avait ainsi trouvé son aboutissement dans cette punition. C'est à ce prix qu'il avait gagné sa cause et avait, du fait même, recouvré sa pleine autorité de chef des MacNèil.

« Ne soyez pas amer, mon amour, lui murmurai-je. Vous avez fait ce qu'il fallait faire. Je suis fière de vous.

– Aujourd'hui, c'est de vous que nous avons à être fiers, répliqua-t-il en me caressant la main. Je le suis infiniment, Gunelle, et je vous remercie… »

Je dormis très peu et je m'éveillai courbaturée avec les premières lueurs du jour. Je soupirai d'aise parce que ma grande joie ne s'était pas estompée. Nellie et Anna s'étaient relayées dans ma chambre, veillant sur mon sommeil et sur celui de mon fils. Elles accueillirent mon réveil d'un sourire si lumineux que je fondis en larmes. Plus tard, pendant que j'allaitais mon fils, j'eus la visite de Ceit. Son petit visage animé de curiosité, elle s'approcha prudemment de mon lit sur la pointe des pieds :

« Père m'a dit que j'ai un frère et Jenny m'autorise à venir le voir. Est-ce que je peux, mère ? »

Découvrant le bébé dans ses langes, elle s'exclama, les yeux ronds de stupeur :

« Il est minuscule et noir de cheveux ! On m'avait dit qu'il vous ressemblerait… Regardez ces petites mains. Comment pourraient-elles tenir un claymore ? Père aura beaucoup à faire s'il veut qu'il devienne chevalier », conclut-elle sur un ton expert.

J'eus toutes les peines du monde à ne pas éclater de rire devant l'air supérieur de ma fille, ce que Nellie et Anna, elles, se permirent en chœur. « Il sera pourtant chevalier un jour », songeai-je en posant un regard émerveillé sur mon petit Baltair repu.

Table